国家社科基金一般项目"新中国少数民族比较诗学体系建构研究（1949—2015）"（项目批准号：16BZW183）结项成果

中国民族比较诗学研究

龚举善 著

中国社会科学出版社

图书在版编目（CIP）数据

中国民族比较诗学研究/龚举善著.—北京：中国社会科学出版社，2024.6
ISBN 978-7-5227-3122-3

Ⅰ.①中… Ⅱ.①龚… Ⅲ.①诗学—比较研究—中国 Ⅳ.①I207.2

中国国家版本馆 CIP 数据核字（2024）第 041615 号

出 版 人	赵剑英
责任编辑	王小溪
责任校对	冯英爽
责任印制	戴 宽

出　　版	中国社会科学出版社
社　　址	北京鼓楼西大街甲 158 号
邮　　编	100720
网　　址	http://www.csspw.cn
发 行 部	010-84083685
门 市 部	010-84029450
经　　销	新华书店及其他书店
印　　刷	北京君升印刷有限公司
装　　订	廊坊市广阳区广增装订厂
版　　次	2024 年 6 月第 1 版
印　　次	2024 年 6 月第 1 次印刷
开　　本	710×1000　1/16
印　　张	30.5
插　　页	2
字　　数	427 千字
定　　价	169.00 元

凡购买中国社会科学出版社图书，如有质量问题请与本社营销中心联系调换
电话：010-84083683
版权所有　侵权必究

目　　录

导论　中国民族比较诗学的研究态势与意义 ……………… 1
　　第一节　中国民族比较诗学研究的态势 ………………… 2
　　第二节　中国民族比较诗学研究的意义 ………………… 30

第一章　中国民族比较诗学的生成语境与建构原则 ……… 51
　　第一节　中国民族比较诗学的生成语境 ………………… 51
　　第二节　中国民族比较诗学的建构原则 ………………… 75

第二章　中国民族比较诗学的概念谱系与核心语域 ……… 86
　　第一节　中国民族比较诗学的概念谱系 ………………… 86
　　第二节　中国民族比较诗学的核心语域 ………………… 102

第三章　民族根性：少数民族比较诗学 …………………… 134
　　第一节　少数民族神话比较诗学 ………………………… 134
　　第二节　少数民族民歌比较诗学 ………………………… 157
　　第三节　少数民族民间故事比较诗学 …………………… 172
　　第四节　少数民族叙事长诗比较诗学 …………………… 178
　　第五节　少数民族英雄史诗比较诗学 …………………… 182

第六节　少数民族作家文学比较研究……………………189
　　第七节　少数民族文学理论批评比较研究…………………208

第四章　中华诉求：少数民族与汉族比较诗学……………………220
　　第一节　少数民族与汉族诗学观念的总体性比较…………220
　　第二节　主体民族文学及其诗学的带动作用………………244
　　第三节　少数民族文学及其诗学的补益功能………………262

第五章　世界眼光：中外民族比较诗学……………………………269
　　第一节　中外民族神话比较诗学……………………………270
　　第二节　中外民族史诗比较诗学……………………………282
　　第三节　中外民族作家文学及其诗学比较研究……………298

第六章　中国民族比较诗学研究的方法论…………………………329
　　第一节　社会学·民族学·人类学方法……………………330
　　第二节　女性主义·生态学·文化学方法…………………345
　　第三节　文本阐释·比较文学·类型学方法………………366
　　第四节　传播学·译介学·地理学方法……………………388

结语　中国民族比较诗学的融合创新规律…………………………405
　　第一节　中国民族比较诗学的多元自性融创规律…………405
　　第二节　中国民族比较诗学的交叉互惠融创规律…………416
　　第三节　中国民族比较诗学的对外互鉴融创规律…………427

参考文献………………………………………………………………455

后　　记………………………………………………………………482

导　论

中国民族比较诗学的研究态势与意义

中国民族比较诗学，是广义中国当代民族比较文学的一个分支学科，具体指中华人民共和国成立以来相关学者对我国包括少数民族在内的文学及其理论批评所做的原生性比较研究以及建基其上的后发式、发散性比较研究的集合体。显然，这里的"诗学"，主要指包括我国少数民族文学理论批评在内的中华民族文学理论批评集群，而非狭义的某一民族诗歌理论、作诗技艺或《诗经》研究之学。正如我国56个民族构成中华民族共同体一样，我国民族诗学是中华民族文化共同体的有机组成部分，也是世界诗学谱系中具有中国特色和东方神韵的重要板块，自然成为我们从事比较诗学研究及其理论体系建构的民族财富和特色资源。

本书相关研究阈限设定为：研究时段——中华人民共和国成立至2020年；研究视野——跨民族、跨语际、跨文类、跨学科、跨文化；研究对象——以中国当代少数民族之间、少数民族与汉族之间、中外民族之间文学及其理论批评的比较研究为重点。总体而言，我国当代诗学视域中有关文学作品、文学史、文学批评、文学理论方面民族维度的比较性研究成果以及具有可比性的少数民族、少数民族与汉族、中外民族文学理论批评之间的再比较，均为民族比较诗学的研究范畴。其中，前者为已然显性比较研究，后者为应然隐性比较建构。

这里主要简述与中国民族比较诗学及其体系建构相关的国内外研究态势，进而归纳中国当代民族诗学及其比较研究的意义。

第一节 中国民族比较诗学研究的态势

中国当代民族诗学及其比较研究在国内外均取得相应实绩，其中，国内研究成果更为显著。

一 国内基本研究范式

纵观新中国，特别是新时期尤其是21世纪以来国内学者以我国民族文学、诗学及其比较研究为核心视域的研究成果，尽管其间还存在诸多不尽如人意之处，但总体态势可概括为研究队伍不断壮大，研究成果日趋丰硕，学科意识渐臻明朗。具体而言，中华人民共和国成立以来，有关民族文学、诗学及其比较的研究取得了很多成果。其中，民族诗学基本范畴、各民族文学关系、民族文学及其理论批评比较等方面的研究成果相对突出。这些研究较为集中地展示了中国当代民族诗学及其比较研究的总体形象，为我们系统描述具有中国当代民族特色的比较诗学话语体系和学科体系提供了必要的检索对象和研究范式。

（一）民族诗学范畴研究

中国当代对民族诗学范畴的梳理虽然不够充分，但已初步形成若干相对稳定的研究范型。从空间范围来看，彝族经籍诗学的本体论范畴、文学平行本质比较的方法论范畴、中印韵味关系论范畴等方面的研究，相当程度上代表了新中国特别是新时期以来民族比较诗学范畴由小到大、自内而外、从自性到他性渐次展开的三大范式。

首先是相对全面的民族诗学个案研究——彝族经籍诗学范畴。

在我国少数民族诗学研究界域，彝族诗学不仅历史悠久，而且范畴丰富，并拥有较强的系统性和相对浓厚的学理性，因而自成一体，在我国少数民族诗学共同体中别具一格。

康健、何积全、王本忠、王子尧、王冶新、王明贵、王继超、贾丽娜等在彝族古代诗学资源发掘、整理和初步研究方面扎实垦拓，先后推出《彝族诗文论》《彝族古代文论》《彝族古代文论研究》《彝族传统经籍文学研究》等一批专著，对彝族古代诗文理论先贤举奢哲、阿买妮、布独布举、布塔厄筹、举娄布佗、实乍苦木、布麦阿钮、漏侯布哲、布阿洪以及佚名者的相关诗学著述进行了有效汇集、翻译和阐发。就彝族古代诗学范畴研究的全面性、系统性、学理性而言，巴莫曲布嫫的相关成果特别是《鹰灵与诗魂——彝族古代经籍诗学研究》，显然更具代表性。

巴莫曲布嫫认为，"彝民族的古代诗学就是植根于本民族古老的文化传统的深厚土壤之中，在特殊的民族历史进程中和悠久的文化背景下产生和发展而成的一个理论体系，因而她不但有着独具特色、自成一格的'以诗论诗'的理论形态，而且还以一系列特殊而鲜明的概念、范畴和命题构筑起自己独特而又具有浓厚民族特色的诗学体系"①。她将彝族古代诗学范畴归纳为三大系列：一是创作主体范畴系列，包括学、识、才、情、义、思、旨等；二是诗歌本体范畴系列，包括根、主、题、风、骨、力、形、影、魂、神、惊、精、色、景、界、意、境、味、宽、狭、深、浅、诗架、诗体、诗景、诗辉、诗格、诗式等；三是诗歌语言形式范畴系列，包括字、句、音、声、韵、段、偶、对、正、连、接、扣、押、紧、合、出、生、通等。其中，主、题、风、骨、味五要素堪称彝族诗学本体论的核心范畴。

立意层面的"主"要求"诗要立主脑"。这里的"主"，有主旨、主题、主脑、主干、主体、主根、主韵等多层意涵。② 在彝族诗学史

---

① 巴莫曲布嫫：《鹰灵与诗魂——彝族古代经籍诗学研究》，社会科学文献出版社2000年版，第433页。

② 参见巴莫曲布嫫《鹰灵与诗魂——彝族古代经籍诗学研究》，社会科学文献出版社2000年版，第525页。

上,"主"最初由阿买妮在《彝语诗律论》中提出,布麦阿钮的《论彝诗体例》和布阿洪的《彝诗例话》均予以强调。"后世诗论各家从不同的角度进一步开掘'主'的内在涵意,并在理论上加以细致入微的阐述,从而在以下几个方面发展了阿买妮的'主'论":其一,作为诗歌的情性特征——由"人"到人的"情性"说;其二,作为诗歌的描写对象——由篇"主"到段"主";其三,作为诗意的语境变化——由段"主"到句"主";其四,作为诗艺的辩证处理——由多"主"到正副"主";其五,作为声韵的音乐旋律——由描写之"主"到声韵之"主"。① 如布麦阿钮说"写诗好不好,有主才分明,神韵主上出,文采笔上生",布阿洪重申"写诗要有主,有主诗才明,无主不成诗"。

题旨层面的"题"主张"一切可入诗"。具体而言,彝族诗学理论中的"题"大致有三层含义。一指"题目、题材或题旨";二指诗中所描写的"主体事物";三指由"主体事物"所表现出来的情节与旨趣。② 巴莫曲布嫫注意到,"题"常与"主"并列或仅次于"主","正所谓'无主不成诗,无题不成文'。其具体含义的指归则须根据上下文语境的限制来界定,一般情况下,'题'单独出现时,多指第一个层面的含义,即题目、题旨或题材;如若与'主'连用或对举,则往往指归于后两个层面的含义"③。

风格层面的"风"常与"骨""格"联袂使用,有神韵、风格之意。阿买妮、布麦阿钮等均在风格层面理解这一范畴。阿买妮指出,"有旨才有风,有风才有题,有题才有肉,有肉才有血"④;"声韵扣分

---

① 参见巴莫曲布嫫《鹰灵与诗魂——彝族古代经籍诗学研究》,社会科学文献出版社2000年版,第521—523页。
② 参见巴莫曲布嫫《鹰灵与诗魂——彝族古代经籍诗学研究》,社会科学文献出版社2000年版,第526页。
③ 巴莫曲布嫫:《鹰灵与诗魂——彝族古代经籍诗学研究》,社会科学文献出版社2000年版,第527页。
④ 阿买妮:《彝语诗律论》,载康健等编《彝族古代文论》,贵州人民出版社1997年版,第62页。

明：开头押开头，中间押中间；句句紧相扣，押来才有风，写来才有格"①。布麦阿钮更是直接将"风格"合用："说与写诗人，诗体有多种；写来风格异，非可一概论。各类诗当中，各有其体裁，各有其风格，诸体韵不同。"②

骨力层面的"骨"多指风骨。因"风"侧重于文学作品的外在风度，"骨"偏重于作品的内在气质，所以举奢哲在《彝族诗文论》中明确标举"诗的作用大，诗的骨力劲"。概括来说，彝族诗学中"骨"的范畴主要有五种义项。一是诗歌作品的整体框架和结构主干，概称"诗骨"；二是文学作品特别是诗作在整体上体现出来的一种精劲练达的风格特点，一般称为"骨力"或"诗力"；三是指由"主"派生而来的作为诗歌篇章中段落、偶句的骨架要素；四是诗作较为强劲的艺术感染力；五是指声韵连扣等形式方面的和谐紧凑所形成的锤炼之功。李祥林较为详细地讲述了阿买妮的"诗骨""骨力"说，对我们深入理解彝族诗学"风骨"论很有帮助。③

诗味层面的"味"内含滋味、韵味、风味、品位之意，正所谓"滋味各异趣"。于晓川认为，彝族文论中的"味"与"韵""主""骨""根"等彝族文论范畴有内在联系，是美感产生的重要来源，自然也是文学创作所追求的目标之一。在 12 篇彝族古典文论中，7 篇涉及"味"论，仅布麦阿钮的《论彝诗体例》中就出现了 23 次。

---

① 阿买妮：《彝语诗律论》，载康健等编《彝族古代文论》，贵州人民出版社 1997 年版，第 62—63 页。

② 布麦阿钮：《论彝诗体例》，载康健等编《彝族古代文论》，贵州人民出版社 1997 年版，第 176—177 页。

③ 论者认为，"在中原传统美学之外的彝族阿买妮的诗学论著中，也屡屡有见'骨'范畴的使用，不但表述自成系统，其美学含义亦别具特色，如：'举奢哲说过：每个写作者，在写诗歌时，声韵要讲究，人物要写活。诗文要出众，必须有诗骨，骨硬诗便好，题妙出佳作。'又如：'文章讲音美，诗贵有硬骨；无骨不成诗，无音不成文。'在她看来，'诗骨从旨来'，'写诗抓主干，主干就是骨'，创作者要根据不同内容确立不同的诗'骨'，所谓'诗骨如种子，种子有各样，样样种不同'，同理，'诗骨各有异'，'因诗而不一'，切忌笼统划一。"参见李祥林《多民族视野中的彝族诗学与中国文论》，《四川大学学报》（哲学社会科学版）2013 年第 6 期。

相比而言，味与韵的审美关联更为密切。从外在形韵到内外兼修的声韵，再到内在神韵，均与"味"如影随形。何云涛在研究民间叙事诗时，发现规整与错落并存的建筑美是彝族自古以来诗歌创作以及诗学所谋求的形式规范，其中，"五言句""三段诗"是其基本的结构方式。不过，彝族诗歌虽然结构规整，但语言比较生活化、口语化，不像文人诗歌和汉族诗歌那样严格要求对偶、对仗。除常见的五言诗外，也有部分比较整齐的七言诗或五七言杂陈诗。如民间叙事诗《七色女》就是七言诗："七色泉有七样色，白天晚上放光泽。轻风吹过波浪起，翻起鱼鳞千千万。"五七言杂陈诗如《酒歌》："老天生男女，男女配成双。接亲吃喜酒，爹妈最喜欢。我家算最穷，没钱买喜酒。有个好心酿酒人，名叫阿娜杜茨帕。要酒去找他，找他就有酒。"显而易见，五七言杂陈诗实际上仍以五言形式为主导。与此同时，彝族诗论也重视声韵，但更多强调音节相押。①《诗音与诗魂》总结道："九十九个韵，可归为九种，九种分九组，每组四字成。四字四个韵，四韵要有连，有连才有扣，有扣才生辉——各句各有主，两句主成双；三句有对正，四句双韵生；五句单韵连，六句双韵对；七句声韵转，八句变韵生；九句偶有扣，十句各韵分。"②

在追求形韵美、音韵美的基础上，彝族诗歌尤为醉心于神韵之美，彝族诗学也据此衍生出相关的诗学命题，如"体和韵相称""情与思充盈""影形成意境""风骨神韵深""诗力在于精""诗影寓诗魂""骨劲出诗魂"等。③

关于彝族诗学的理论生成，谢会昌依据《论彝族诗歌》《论彝族诗体例》和《彝族诗文论》三部论文集，总结出认识论、本体论、方法

---

① 参见何云涛《论彝族民间叙事诗的审美特征》，《贵州民族研究》2016年第12期。
② 佚名：《彝诗史话》，载康健等编《彝族古代文论》，贵州人民出版社1997年版，第286页。
③ 参见巴莫曲布嫫《鹰灵与诗魂——彝族古代经籍诗学研究》，社会科学文献出版社2000年版，第434页。

论三大基石。

一是认识论基石。按谢会昌的理解,彝族经典诗学奠基者举奢哲、阿买妮以及后世众多毕摩,在"文艺是什么"这一根本问题上,总体上秉持着唯物主义认识论。他甚至判断,"从古希腊的亚里士多德、赫拉克里特到19世纪俄国革命民主主义文艺理论家别林斯基、车尔尼雪夫斯基,无论是所谓的'模仿'说,或者'再现'说,在哲学层次上,都与举奢哲的'记下一切事,记下人间情'基本文艺观点大抵一致"[①]。

二是本体论基石。除举奢哲、阿买妮等大师外,其他彝族诗论家也高度关注诗歌本体论问题。佚名作者在《论彝族诗歌》中特别强调想象和构思的极端重要性:"要使诗绚丽,绚丽靠想象,想象能飞腾,想象能贯通"[②];"好诗靠脑转,精妙靠构思。构思要新颖,色彩要缤纷,叙述要通畅,骨力要强盛"[③]。相关学者认为,这与陆机的"精骛八极,心游万仞"和刘勰的"神与物游""心以理应""思接千载""视通万里""意授于思,言授于意"有异曲同工之妙。

三是方法论基石。谢会昌在《彝族诗学的理论基石》一文中,论及民族诗学研究的方法论问题。他认为,"哲学上的方法论便也是诗学分析论述问题的根本出发点,亦可为彝族诗学的理论基础"[④]。如若将举奢哲、阿买妮等人的12种彝族古代经籍诗学综合予以考察,便不难发现,双元辩证思维方法始终贯穿于彝族诗学研究的过程之中。

除部分民族诗学范畴的个案研究外,新近还出现了少数民族文学总体性关键词研究方面的成果[⑤],因发表时间超出本课题研究时限,留待

---

① 谢会昌:《彝族诗学的理论基石》,《贵阳金筑大学学报》2004年第2期。
② 佚名:《论彝族诗歌》,载康健等编《彝族古代文论》,贵州人民出版社1997年版,第312页。
③ 佚名:《论彝族诗歌》,载康健等编《彝族古代文论》,贵州人民出版社1997年版,第341页。
④ 谢会昌:《彝族诗学的理论基石》,《贵阳金筑大学学报》2004年第2期。
⑤ 参见刘大先《改革开放以来少数民族文学关键词概述》,《扬州大学学报》(人文社会科学版)2021年第2期。

此后以丰补歉。

其次是自成一说的跨民族比较诗学方案——"平行本质"范畴。

扎拉嘎将比较研究的宏观类型大体分为两种：一是同质性事物内部的替代型比较；二是平行性事物间的不可替代型比较。"比较文学中的不同民族文学，属于平行本质关系，这使得关于它们之间关系的比较研究，具有部分不可替代的性质。"[1] 鉴于新中国各民族文学及其理论批评之间的关系首先表现为平行本质关系，扎拉嘎在《比较文学：文学平行本质的比较研究——清代蒙汉文学关系论稿》中特别提出并集中论述了"文学平行本质"范畴。

按照扎拉嘎的理解，"平行本质"范畴中的"平行"，意指平行事物之间你中有我、我中有你、同中存异、异中求同的间性特征或双重关系状态。文学的平行本质研究广泛存在于比较文学及其高级理性形态——比较诗学之中，民族比较诗学研究自然也不例外。进一步说，民族比较诗学必须正视不同民族的文学及其理论批评之间的比照关系，因而也就不能不跨越各相关民族文学及其理论批评之间的差异性，进而追求彼此之间的交往与对话效果。可见，在多向、多维、多层比较中，探寻中华各民族文学及其理论批评的差异性以及蕴含在这些差异性之中的共同性和规律性，才是完整意义上的平行本质比较的要义所在。

按照扎拉嘎对平行本质比较研究的一般理解，我们可以将中国当代民族文学及其理论批评的平行本质研究形态概括为"四型六序"。所谓"四型"，是指平行本质研究的四种基本类型，即"共时型"平行本质研究，"历时型"平行本质研究，"同层型"平行本质研究，"异层型"平行本质研究。[2] 所谓"六序"，即以新中国民族文学及其理论批评为

---

[1] 扎拉嘎：《比较文学：文学平行本质的比较研究——清代蒙汉文学关系论稿》，内蒙古教育出版社2002年版，第20页。

[2] 参见扎拉嘎《比较文学：文学平行本质的比较研究——清代蒙汉文学关系论稿》，内蒙古教育出版社2002年版，第25—26页。

观察点的中华民族比较诗学研究至少拥有六大衍生序列。一是在中华民族共同体内部，各相关民族、语种、文学形态及其理论批评之间，构成相应的平行本质比较关系；二是在中华民族共同体内部，少数民族文学及其理论批评集合体与汉民族文学及其理论批评集合体之间，构成平行本质互动关系；三是中华民族共同体中以少数民族文学及其理论批评为主体的诗学形态，与国外其他民族或国家相关文学及其理论批评形态之间，构成平行本质互鉴关系；四是中华民族文学及其理论批评整体与国外相关国别文学及其理论批评整体之间，构成平行本质互见关系；五是中华民族文学及其理论批评集合体与中华民族其他艺术形态集合体之间，构成平行本质参照关系；六是中华民族文学及其理论批评整体与国外文学及其理论批评整体之间，构成平行本质观照关系。当然，这种平行本质比较研究并不排斥事实上的影响比较研究以及隐含其中的同质化处理的必要性。[①]

扎拉嘎同时强调，有效进行民族文学及其理论批评之间的平行本质比较的前提之一是比较者必须具备相应的主体素养，以便构筑平行中的双比较平台。这种主体素养大体包含四个方面：一是宽广的知识储备；二是较强的语言能力；三是合理选用评价尺度；四是对比较文学方法的熟练把握。显然，这种"高标准"和"严要求"，对于培育拥有自觉学科意识和相应建构能力的民族比较诗学研究者无疑具有指导价值和提升意义。

最后是跨国界、跨语际比较诗学范例——中印"韵/味"范畴。

1949年特别是新时期以来，包括少数民族文学理论批评在内的中华民族诗学与外国相关诗学形态的比较研究渐成风尚。其中，从范畴论层面看，季羡林先生所倡导的中印"韵味"比较堪称范例。

[①] 正如扎拉嘎所说，"提出比较文学是'文学平行本质的比较研究'，不是说在比较文学中不存在'同质性'的问题，也不是说在比较文学研究中，不能做任何'同质化'的处理"。参见扎拉嘎《比较文学：文学平行本质的比较研究——清代蒙汉文学关系论稿》，内蒙古教育出版社2002年版，第32页。

季羡林既认可一国之内不同民族的文学及其理论批评间的比较研究，也尊重比较文学与比较诗学的跨国界、跨语际、跨文化辨析。在定稿于1988年9月14日的《关于神韵》一文中，季羡林对印度文艺理论史上"韵/味"之论的演进历程作了简要而明晰的梳理，进而认为，印度韵论将"词汇"的功能及其表达的相应意义规范为三个基本层面：一是"表示"功能，表示字面本义；二是"指示"功能，指示引申义；三是"暗示"功能，暗示领会义。他说，"中印两国同样都用'韵'字来表示没有说出的东西、无法说出的东西、暗示的东西。这是相同的一面。但是，在印度，dhvani这个字的含义，从'韵'发展到了'暗示'。而在中国，'韵'这个字，虽然也能表示无法说出的东西，同'神'字联在一起能表示'暗示'的含义，却从来没有发展到直截了当地表示'暗示'的程度。这是不同的一面，我们必须细心注意"①。季羡林的观点可视为对中印韵论之异同最为精要的概说，直接启发了后来者的相关研究。其中，侯传文、汤力文、任先大等学者对中印诗学特别是中印古代韵论异同说的考辨，客观上形成了后发性比较研究的学术合力。

侯传文将中印"韵"论的相同之处归结为三点：第一，都指文艺作品一种美的境界；第二，都指一种言外之意；第三，都有只可意会、难以言传的特点。② 而在汤力文看来，中印韵论存在五个方面的趋同——在形成发展中都经过了从语音韵到诗义韵的阶段；在风格上都追求"言外之意"；在审美旨趣上均注重作者、欣赏者的审美意识和想象意识的会通；在创作上都强调以情感意境为主，以词语修饰为辅；在分类上均以"韵"为衡量标准。③ 任先大认为，中印两国韵论

---

① 季羡林：《比较文学与民间文学》，北京大学出版社1991年版，第339—340页。
② 参见侯传文《中印"韵""味"比较谈——兼与刘九州同志商榷》，《外国文学研究》1989年第3期。
③ 参见汤力文《中印韵论比较研究》，《深圳大学学报》（人文社会科学版）1997年第1期。

虽然并不存在"事实联系",但二者之间仍然存在诸多相似之处:一是对"韵"这一审美范畴极为推崇;二是将韵与味有机联系起来,二者在本质上存在相通之处;三是对韵的内涵的理解基本相同;四是在言说方式上都善用比喻。①

按照前述扎拉嘎有关文学平行本质比较的思路,中印韵论毕竟分属两大不同的民族文化共同体,具有各自相对独立的国族特征。侯传文从五个方面界定中印"韵"论之异。其一,来源不同——中国"韵"论源于人物品评,印度"韵"论源于文法理论中的音义关系;其二,韵义不尽相同——中国"韵"义是艺术美的境界,印度"韵"义以暗示义为主;其三,指称范围不同——中国"韵"论指作品的整体艺术魅力,印度"韵"论指词义的暗示部分;其四,适用标准不同——中国"韵"论常被用来评价艺术风格,印度"韵"论更多地作为衡量作品品位高低的尺度;其五,哲学遵循不同——中国"韵"论崇尚道家哲学中有无相生、重无尚虚、虚实相生的观念,印度"韵"论的思想基础是梵我同一。② 汤力文将中印韵论的不同之处归纳为三个方面。一是理解"韵"的着眼点不同——中国韵论看重整体诗篇所表现出的意境美和韵味,印度韵论对"韵"的分析则从分析词的暗示义开始;二是对"韵"的特殊境界所持倾向不同——中国韵论追求清幽淡远的意境,印度韵论更为贴近世俗生活情怀;三是在诗歌创作手法上各有追求——中国韵论推崇从有意到无意,从有法到无法,从形迹到精神,从必然到自由,创作出神韵天然的作品,印度韵论则更加看重推敲词语的含义。③ 而任先大则认为,中印"韵"论主要有两大歧异:一是各

---

① 参见任先大《中印古典"韵"论比较研究》,《吉首大学学报》(社会科学版) 2007 年第 2 期。
② 参见侯传文《中印"韵""味"比较谈——兼与刘九州同志商榷》,《外国文学研究》1989 年第 3 期。
③ 参见汤力文《中印韵论比较研究》,《深圳大学学报》(人文社会科学版) 1997 年第 1 期。

自的来源不同；二是印度韵论对韵有更深层次的分类研究，而中国韵论则无此分类。①

中印韵论与味论关系密切，故而有"韵味"一说。刘九州在《中印"味说"同异论》一文中指出："中印古代艺术理论中的'味说'是有比较基础的。这就是：作为古代艺术理论概念的'味'，都指的是艺术作品所表现出的某种感染作用，大致相当于现在所说的美感。"② 阮籍率先在中国文论史上将"味"作为真正的艺术理论概念，故有"雅乐不烦""五声无味"之论。西晋陆机的《文赋》首次将"味"引入文论，东晋王羲之首次将"味"引入书论，南朝宗炳首次将"味"引入画论，钟嵘的《诗品序》首次以"味"论诗，司空图则第一个系统地完善了"味"论。在印度，婆罗多牟尼的《舞论》最初将"味"作为艺术理论概念，他将戏剧之"味"分为八种，还特别提出"味"生于"三情"——别情、随情、不定情的"情缘"命题。此后，檀丁的《诗镜》、欢增的《韵光》均指涉诗味。中国古代文论则将意境视为"味"之源头，认为"味"来源于情景交融之后所呈现的艺术形象。③

侯传文就刘九州的"味即美感"说提出商榷。在他看来，"如说一个人读书读得'津津有味'，或者读完作品之后感到'回味无穷'等等，其中的'味'指的可能就是美感。但是作为审美范畴的'味'，其基本含义还是艺术美"④。陈融也认为，"情在印度古代文论中是个含意丰富而又界限含糊的概念。它既含有情感的意思但又不等同于情感；既含有情景的意思也不等同于情景。所以英译本把它译成 state，兼表情况

---

① 参见任先大《中印古典"韵"论比较研究》，《吉首大学学报》（社会科学版）2007年第2期。
② 刘九州：《中印"味说"同异论》，《外国文学研究》1986年第3期。
③ 参见刘九州《中印"味说"同异论》，《外国文学研究》1986年第3期。
④ 侯传文：《中印"韵""味"比较谈——兼与刘九州同志商榷》，《外国文学研究》1989年第3期。

与情感"①。因此，笼统地谈论"味即美感"是不恰当的。相比而言，中国古代文论中的"韵""味"虽有差别，但审美情致上的相通性使之常常联袂而出；而印度文论中的"韵""味"之论则有较大差别。《舞论》提出并持续丰富的"味"论，特别是它源自古代印度戏剧实践和表演经验进而抽象为文艺理论基本原理的探索精神和理论品位，对我们立足文学现场提炼理论命题仍有启示意义。

那么，中印味论有何异同呢？二者的相同点在于中印味论的实质都是关于艺术美的探讨，认识方式都具有直观性。中印两国味论的主要区别在于表现的侧重点有所不同："中国文论中的'味'，是从诗、文、书、画等表意抒情艺术的创作和欣赏实践中总结出来的审美范畴，并且也主要运用于抒情写意艺术，因而具有明显的表现性"；"印度古代文论中的'味'是从戏剧这种再现艺术的创作实践中总结出来的，运用到诗歌领域时，史诗和叙事诗也占主要地位，因而带有明显的再现性"。②

(二) 民族文学关系研究

民族诗学范畴与民族文学关系密不可分，或者说，相关民族诗学范畴正是在民族文学关系的对比参照中提炼出来的。事实上，比较文学最初就被视为文学关系史的一个分支。新中国特别是新时期以来，"民族文学关系"日渐成为少数民族比较诗学研究中的显学。正如姑丽娜尔·吾甫力所说："20世纪80年代以后，伴随着少数民族文学研究的发展，中国各民族文学关系研究的重要性也更加凸显。国内跨民族、跨语言、跨文化的文学研究，成为各民族文学研究者广泛关注的领域。"③ 其中，

---

① 陈融：《试析印度古代文论中的"味"》，《江西师范大学学报》（哲学社会科学版）1991年第3期。
② 侯传文：《中印"韵""味"比较谈——兼与刘九州同志商榷》，《外国文学研究》1989年第3期。
③ 姑丽娜尔·吾甫力：《比较文学视野下的中国少数民族文学研究：回顾与瞻望》，《中国比较文学》2011年第2期。

刘亚虎的《中华民族文学关系史（南方卷）》于1997年由人民文学出版社出版。因其重视文学发展的民族性、区域性及其关联性，客观上成为我国民族文学关系史学科化建设的开端之作。

21世纪以来，我国民族文学关系研究步入纵深阶段，开始了集团式、规模化探索之旅。刘亚虎、邓敏文、罗汉田分头撰著的三卷本《中国南方民族文学关系史》2001年由民族出版社集中推出，这是中国社科院重点课题的结项成果，当然也是新中国民族文学研究领域中的前沿成果。作者们走进我国南方民族文学现场，掌握了大量鲜活而珍贵的第一手资料，通过深入、系统的研究，揭示了我国南方各民族文学之间相互交往、相互交流、相互借鉴、相互推动、共同发展的历史演进规律。随后，扎拉嘎的《比较文学：文学平行本质的比较研究》、郎樱和扎拉嘎主编的两卷本《中国各民族文学关系研究》以及关纪新主编的《20世纪中华各民族文学关系研究》等相继问世，而以相关民族文学关系为研究主题的学术论文则更多。

就民族文学关系研究的总体性、全面性而言，郎樱和扎拉嘎主编的《中国各民族文学关系研究》具有代表性。该著涵括了古代神话传说、屈原与楚辞、魏晋南北朝各民族文学关系、唐宋各民族文学交流、元代对中国文学变迁的影响以及回族作家李贽、满族作家曹雪芹的汉文创作，兼及汉族作家到南方民族地区的采风写作，成为中国民族文学交往与对话研究的标志性成果之一。就阶段性民族文学比较而言，《20世纪中华各民族文学关系研究》以"20世纪"为观照视域，宏观勾勒了20世纪中国民族文学的发展历程，剖析了其间众多代表性作家作品，阐述了民族文学交流与融合的路径，展望了中华民族文学集合体走向世界的前景。同时，该著将主体论、文本论、关系论以及文学地理学、文学传播学、文化人类学有机结合起来，体现出较强的知识性和方法论意识。与《20世纪中华各民族文学关系研究》同年出版的《中国古典文学图志》，是杨义提出"重绘中国文学地图"

导论　中国民族比较诗学的研究态势与意义

学术理念之后的第一部著作，开拓了语图互文的文学史书写路径。概而言之，《中国古典文学图志》主要论述了10—14世纪我国中原文学和边地少数民族文学的碰撞与交融，既确认了中原文学的凝聚力和影响力，也肯定了少数民族文学作为"边缘力量"的文化活力，并在此基础上创造性地提出中国文学是汉民族文学与各少数民族文学"齐头并进的总体文学"结构的观点。

当代学界关于中华民族文学关系及其研究总体面向的描述，大体可用"三种状态""三个重点""三个层次""三维结构""四个纽带""一体/三文"予以概括。

关纪新认为，中华各民族文学之间的关系，主要有三种状态——孤立发展状态、局部联系状态和普遍联系状态。这种判断基本符合新中国民族文学关系总体演进的实际情形。汤晓青将中国各民族文学关系理解为"跨界"文学研究，其中蕴含着比较文学的全部要素。据此，她将新中国各民族文学关系研究归结为"三个重点"。第一个重点，研究少数民族文学在中华民族文学集合体中的独特价值与历史地位；第二个重点，研究少数民族、少数民族与汉族文学之间的关系形态及其相互影响；第三个重点，研究中国各民族文学相互交流、彼此促进的内在规律。①

梁庭望承认，中华各民族文学间的交往与交流，促进了各民族文学间多维度关系网络的生成，民族文学关系研究据此成为民族文学理论研究的较高阶段。中华各民族文学关系研究，主要包括三个层次，即各少数民族文学之间的关系，少数民族文学与汉民族文学间的关系，少数民族文学与外国文学间的关系。他进而从本体论和发生论角度将中华民族文学关系标注为"三维结构"和"四个纽带"。所谓"三维结构"，即由作品本体的民族文化底蕴、历史与时代交融的美学闪光点、独特的艺

---

① 参见汤晓青《比较文学视阈下的中国各民族文学关系研究》，《新疆大学学报》（哲学·人文社会科学版）2006年第1期。

术手法合构而成的民族文学创作平台。① "四个纽带",即"中国自古以来就是一个统一的多民族国家,在多元一体的格局下,尽管曾经有过重组和融合,但各民族在漫长的历史进程中,始终被经济纽带、政治纽带、文化纽带、血缘纽带紧密地联结在一起。由于经济相依,政治相从,文化相融,血缘相通,形成了你中有我、我中有你的民族关系。"②正是经济、政治、文化和血缘这四种纽带联合发力,共同促成了中华民族文学及其理论批评的互动融通格局。

梁庭望同时探讨了我国民族文学互动融通格局得以生成的内在运行机制。起初,他认为中华文化板块结构下的民族文学关系主要表现为互相补充、互相影响、互相融合三个基本层次。随后,"三个层次"被扩充为"五个层次"。他的完整表述是:"整个中国的四个文化板块是一个整体,文学之间互相影响,互相渗透,互相借鉴,互相补充,互相融合,多元一体。多民族文学史不是单纯的文学关系,而是中华民族关系的折射和写照。"③ 其中,互相影响和互相补充是中华文化多元一体框架下民族文学关系的基础和核心,因为,"互相影响"实际上包括了互相渗透、互相吸收等方式,而互相补充本身又是互相融合的内在机制和外部表征。由此可见,中国文学史实际上是以中原文化圈为主体的中华多民族文学有机融合的历史。如此说来,这种互相补充不仅体现在动态的文学创作过程之中,而且表现为静态的文本互见和风格样貌的补缺与充实。

在考察和论述先秦、秦汉、魏晋南北朝时期南方民族文学关系时,刘亚虎提出"一体/三文"的研究构想。所谓"一体","就是把整个中华民族文学(包括华夏/汉族文学和少数民族文学)以至某一

---

① 参见梁庭望《中华文化板块结构与中国文学关系研究》,民族出版社 2011 年版,第 72—73 页。
② 梁庭望:《中华文化板块结构与中国文学关系研究》,民族出版社 2011 年版,第 45 页。
③ 梁庭望:《中华文化板块结构与中国文学关系研究》,民族出版社 2011 年版,第 102 页。

文学现象、某一作家作品当作一个整体进行审视，瞻前顾后，瞧里瞧外，力戒孤立、随意地空谈"①，因为民族文学关系史的研究应该是对包括空间形式和时间形式的中华民族文学整体形态进行全方位审视。所谓"三文"，就是在民族文学关系研究中，必须密切联系文本、文献和文化。

从上述简要梳理中，不难发现，新中国民族文学及其关系研究，事实上已经涉及比较诗学研究中的观念与方法、内容与形式、自律与他律等诸多重要问题，这些也正是新中国民族诗学及其比较研究的基本内容。

（三）比较诗学理论的总体性研究

在比较文学和民族比较诗学理论方面，相关学者做出了开拓性的贡献。除季羡林外，少数民族出身的比较文学研究专家乐黛云、曹顺庆等在包括比较诗学在内的比较文学理论体系建构方面走在前列。苗族学者乐黛云曾出任中国比较文学学会会长、国际比较文学学会副主席，她所独撰或主编的《比较文学原理》《比较文学原理新编》《比较文学与中国现代文学》《中西比较文学教程》《世界诗学大辞典》等，在比较文学的学科化、体系化、中国化进程中发挥了不可替代的作用。满族学者曹顺庆第一个在中国大陆编著《中西比较诗学》，此后相继出版《东方文论选》《中外比较文论史（上古时期）》《世界文学发展比较史》《比较文学学科理论研究》《比较文学论》《跨文化比较诗学论稿》《比较文学学》《比较文学教程》《中西比较诗学史》《比较文学：东方与西方》《比较文学学科史》《比较文学概论》《迈向比较文学第三阶段》《比较文学与文论话语》《中外文论史》《跨文明比较文学研究》《中西诗学对话》《比较文学变异学》等众多著作或教材，2014 年当选中国比较文学学会第四任会长。他所倡导的中西诗学比较观念、方法与模式，成为新

---

① 刘亚虎：《中国南方民族文学关系史·先秦秦汉魏晋南北朝卷》，民族出版社 2001 年版，第 34 页。

时期以来中国比较诗学建构知识构架的重要参照。可以肯定，乐黛云、曹顺庆等少数民族学者关于比较文学和比较诗学全面而深入的探索，对于开启我国民族比较诗学及其体系建构之旅具有理论奠基作用。

郎樱和王佑夫分别于 1986 年、2001 年提及民族文学研究中的"比较诗学"问题，但未及展开研究。实际上，有关少数民族文学理论批评或显或隐的比较研究历史应该早于上述"提名"时间。就新中国特别是新时期以来少数民族文学理论批评及其比较研究的基本历程来看，确实涌现出了一批执着探索和深度开掘的学者，展示出老中青数代学者协同接力的动人场景。

扎拉嘎将少数民族文学理论置于"民族文学理论"的视域中进行研究，因为在关乎中国文学研究的"民族"维度中，少数民族文学理论和汉民族文学理论，乃至外国相关文学理论之间有着千丝万缕的联系，本质上属于广义中华民族诗学的有机组成部分或重要参照系数。扎拉嘎认为，民族文学理论建基于民族文学创作及其批评实践基础之上，它追求相应的学理性、规律性和体系性。具体而言，"民族文学理论的主要任务，是要确定民族文学的定义和范畴，探讨民族文学的特征和本质，揭示民族文学的发展规律和不同民族文学之间的相互关系问题"[①]。他进而强调——民族文学理论归属或主要归属于文学理论；民族文学理论的主要特点是将文学基本原理与民族学相关原理有机结合起来；马克思主义关于正确处理民族关系及其文学关系的理论阐述具有重要指导意义。扎拉嘎的论述或许还有进一步扩展与深化的空间，但他所设计的关于民族文学理论学科的框架性建设方案，对创建中国当代民族特色诗学共同体具有启示意义。

21 世纪以来，欧阳可惺连续发表系列论文，较为系统地阐发了当代少数民族文学批评学科的建设问题。《当代少数民族文学批评理论的

[①] 扎拉嘎：《马克思主义文艺学与民族学原理的结合——关于民族文学理论研究的思考》，《民族文学研究》1989 年第 5 期。

历史哲学基础》希望将少数民族文学批评理论引入人类精神哲学的思考中，把少数民族文学放到历史哲学的基础层次上予以探讨，唯其如此，才能更好地确立少数民族文学理论批评的逻辑支点。《中国当代少数民族文学批评与族性文化、民族主义》一文指出，应认真甄别族性文化，否则，就有可能误读文学中的民族主义倾向，进而使当代少数民族文学批评因依附、沉溺于民族主义偏见而徘徊于混杂、错位的境地。①《民族主义意识形态与当代少数民族文学批评的介入理念》一文，期待经由民族主义意识形态话语的梳理和分析，促使批评者在进行"族裔性"表达时，能够建立起真正的协商意识、重塑意识和公共意识。②《当代中国少数民族文学研究的三种范式》将作为学科的"中国当代少数民族文学"研究过程中凝聚而成的主要范式归纳为三类，即国家主体范式、民族主体范式、关系论范式。论者强调，新中国少数民族文学研究范式类型的划分是相对的，并且，在具体操作过程中，国家主体范式中包含着民族主体意味的细微表达，民族主体范式中也有相当的国家主体意识的体现，关系论范式中既有国家主体范式和民族主体范式，也有两个范式间的关系互动。③

针对欧阳可惺的《"走出"的批评》所提出的相关问题，席扬有针对性地进行了回应。他首先肯定该著的主要观点和创新之处，然后提出自己关于民族文学批评及其主体介入姿态的基本构想。席扬的核心主张是，"在文学被视为'微观政治学'的后现代语境中，我国当代少数民族文学的批评空间已经被无限拓宽，它的严正性不只是体现在对于年轻的少数民族文学学科的正面建构，更重要的是它在积极面对创作实践所

---

① 参见欧阳可惺《中国当代少数民族文学批评与族性文化、民族主义》，《新疆大学学报》（哲学·人文社会科学版）2009年第2期。
② 参见欧阳可惺《民族主义意识形态与当代少数民族文学批评的介入理念》，《新疆大学学报》（哲学·人文社会科学版）2011年第3期。
③ 参见欧阳可惺《当代中国少数民族文学研究的三种范式》，《民族文学研究》2017年第5期。

累积起来的方法论资源及其介入策略,这应当成为少数民族文学研究者必要的知识谱系和学术规约"①。李晓峰在总结20世纪50—70年代我国少数民族文学批评范式时,认为它一方面保持了与主流文学理论批评范式的一体化趋向,另一方面也形成了自己独特的政治诗学与政治叙事学的批评范式。"这一批评范式以少数民族传统诗学为资源,以具有民族特色的叙事功能为核心,重组了现实主义叙事理论诸元素,政治批评与诗学批评、叙事学批评同时在场,三位一体。"②

相对于上述关于诗学建设的正面阐述,曹顺庆、姚新勇、刘大先等更多地在反思中寻求重建少数民族理论批评新形象的路径。

曹顺庆对民族文学研究有着异乎常人的敏感。在他看来,近现代以来,中国少数民族文学研究处于西方话语、汉族话语、精英话语三重霸权压迫之下。有鉴于此,他力主批判三重话语霸权,倡导各民族文学及其理论批评的多元共生,推动民族文学及其诗学研究总体生态的均衡化和正态化。尽管关于"三重话语霸权"的判断未必完全准确,但他所提出的杂交化民族文学及其研究的基本思路已成为学界共识。姚新勇针对当代少数民族文学批评提出较为严厉的反批评。在他看来,当代少数民族文学批评的主要问题有以下几点:一是宏观研究的系统性、理论性欠缺;二是微观批评的空泛,对文本的结构性把握不足;三是思考和讨论重要理论问题的被动性、随意性、重复性。不过他同时承认:"现在情况已有所变化,民族文学的思考开始更多地向真实问题靠拢。"③

刘大先对民族理论批评既有反思,也不乏反思中的建构。他认为,

---

① 席扬:《寻找民族文学批评的正确性与可能性——评〈"走出"的批评——当代少数民族文学的阐释与实践〉》,《中央民族大学学报》(哲学社会科学版)2012年第6期。

② 李晓峰:《论20世纪50至70年代少数民族文学批评范式》,《民族文学研究》2017年第6期。

③ 分别参见姚新勇《对当代民族文学批评的批评》,《文艺争鸣》2003年第5期;姚新勇《萎靡的当代民族文学批评》,《西南民族大学学报》(人文社会科学版)2004年第8期。

真正"当代"意义上的少数民族文学理论批评始自改革开放的新时期。但是，总体上看，我国少数民族文学特别是作家文学研究明显存在一些问题。首先是心态问题。面对纷繁复杂的创作景观，少数民族文学批评家表现出三种心态。一是婢女式的"另册"心态；二是盲目自大的"关门做老爷"心态；三是"糊涂的农夫"心态。这三种心态都不是少数民族文学研究应有的态度。其次是理论批评范式陈旧的问题。如一叶障目式的"文本鉴赏型"批评，常常抓住一个孤立的文本做孤芳自赏式的评论，这就造成民族文学理论批评是否有效的问题。最后是批评资源配置不合理的问题。从事专业的少数民族文学理论批评的人力资源明显偏少，成果影响力不足，总体上表现出捉襟见肘的窘境。① 有鉴于此，他站在学科建设的高度，就民族文学研究的立场、方法以及理论命题的生产等问题进行了更具学理性的建构。他主张，必须将"少数民族文学"置于现代发生的情境中予以历史定位。具体来说，少数民族文学发生学意义上的社会主义性质，决定了在具体语境中研究少数民族文学时必须考虑统一的多民族国家多样性话语的现实问题。与此相应，少数民族文学既可以采取综合研究的路径，也可以选择分解研究的方法，前者注重整体风貌和对理论转型的把握，后者侧重个案剖析与同情理解。但目前的少数民族文学研究过于强调边缘性研究方法，如何在多样性中寻找某种共通的集体性应是开拓少数民族文学研究学术生长点的可能性所在。②

二 国外相关研究动态

国外关于中国民族文学及其理论批评的研究成果主要体现在三个方面，即民族民间文学研究、民族作家文学研究、比较文学以及比较诗学基础理论研究。

---

① 参见刘大先《当代少数民族文学批评：反思与重建》，《文艺理论研究》2005年第2期。
② 参见刘大先《民族文学研究的方法、立场和理论命题的生产》，《贵州民族大学学报》（哲学社会科学版）2014年第1期。

(一) 关于中国民族民间文学研究

国外关于中国民族民间文学的研究，以"三大史诗"集群研究成就最为显著。俄、德、英、美、法、日、蒙、吉尔吉斯斯坦等二十多个国家对《格萨尔》《江格尔》和《玛纳斯》均有研究。

18世纪中后期，《格萨尔》开始引起欧洲学者的关注。两百余年来，由《格萨尔》的发掘、考订、翻译、研究等凝聚而成的"格萨尔学"，已经成为国际史诗学界的焦点视域之一。关于国外《格萨尔》研究成果概况，魏英邦的《国外学者研究〈格萨尔〉史诗若干成果述评》①，李连荣的《国外学者对〈格萨尔〉的搜集与研究》②，索南卓玛的《国内外研究〈格萨尔〉状况概述》③，王景迁、蒋盼、于静的《文化解读与史诗英译——以藏族英雄史诗〈格萨尔〉国外英文译本为研究中心》④ 等，合力勾勒出相对完整的异域格萨尔研究学术史轮廓，这里不再另行介绍。至于《江格尔》及其研究，早在19世纪初，德国、俄国学者在搜集、翻译、出版《江格尔》的同时，便开始了初步注释与评介。至1940年在卡尔梅克自治共和国首都厄利斯塔市召开"纪念《江格尔》诞生500周年"全苏学术研讨会时期，俄罗斯的《江格尔》研究已经取得显著进展，发表和出版了许多相关研究论文与著作。其中，"影响较大的是鲍·雅·符拉基米尔佐夫院士的《蒙古—卫拉特英雄史诗》(1923)，斯·科津院士的《江格尔传》(1940) 和《蒙古人民的英雄史诗》(1948) 以及尼·波佩通讯院士的《喀尔喀蒙古英雄史诗》(1937)"⑤。阿地里·居玛吐尔地的《〈玛纳斯〉国内外研究综述》对

---

① 魏英邦:《国外学者研究〈格萨尔〉史诗若干成果述评》,《青海社会科学》1986年第5期。
② 李连荣:《国外学者对〈格萨尔〉的搜集与研究》,《西藏研究》2003年第3期。
③ 索南卓玛:《国内外研究〈格萨尔〉状况概述》,《西藏研究》2006年第3期。
④ 王景迁、蒋盼、于静:《文化解读与史诗英译——以藏族英雄史诗〈格萨尔〉国外英文译本为研究中心》,《烟台大学学报》(哲学社会科学版) 2012年第3期。
⑤ 仁钦道尔吉:《蒙古口头文学论集》,社会科学文献出版社2011年版，第246页。

《玛纳斯》在国外的研究状况做了全面描述。无论如何,作为民族史诗的宏富之邦,新中国特别是新时期以来业已成为"三大史诗"的研究重镇,其显著标志是,2012年11月18日,来自近30个国家和地区的代表经过提议并投票,成立了"国际史诗研究学会",并推举中国社会科学院民族文学研究所所长朝戈金为会长。

在中国神话和民间故事研究方面,俄苏、欧美、日本学界相对突出。

俄罗斯汉学家李福清(B. Riftin)选编《中国各民族神话研究外文论著目录》[1],描绘了国外自19世纪30年代至2003年间有关中国神话及其比较研究的学术路线图。据他考索,圣彼得堡大学东方系格尔基耶夫斯基教授撰著的《中国人的神话观与神话》[2]是世界首部关于中国古代神话系统的研究专著。据他回忆,莫斯科东方文学出版社1965年出版中国学者袁珂的《中国古代神话》俄文版,李福清亲自主编并为之作后记。E. Yanshina的俄文译本《山海经》于1977年在莫斯科出版(2004年再版)。

李福清同时回顾了法国、英国、美国、日本等多国学者对包括少数民族在内的中国民间文学的研究状况。至于中国近邻朝鲜和韩国,相关学者不仅关注中国神话等民间文学样态,而且在中朝、中韩神话比较研究方面不乏实绩。因第五章"中外民族比较诗学"将适当展开此类研究成果,这里不予赘述。

(二)关于中国民族作家文学研究

欧美学界关于老舍、沈从文、白先勇等知名作家作品的翻译与评价相对充分。

---

[1] [俄]李福清编:《中国各民族神话研究外文论著目录》,北京图书馆出版社2007年版。

[2] С. М. Герджиевский Мифические возрения и Мифы китайцев, Санкт‐Петербург, 1892.

相比而言，以俄亥俄州立大学为重镇的美国学术界的相关成果较有代表性。在知名学者马克·本德尔的推动下，该校不仅享有相对丰厚的中国文学研究基础，而且设置了与中国民间文学和少数民族文学相关的课程体系。张英进主编《现代中国文学》收录马克·本德尔独撰的《中国少数民族文学》可视为英文文献对现当代中国少数民族文学的首次评述。马克·本德尔的《中国少数民族文学》依次讲述了六方面的内容。其一，较为深入地分析了新中国少数民族文学形成的社会历史背景，阐述了1980年后蓬勃发展的中国各民族文学创作，并将"华语语系文学"（Sinophone Literature）判别为汉语写作和少数民族母语写作的参照谱系。其二，以20世纪中国少数民族文学发展为主轴，较为集中地介绍了沈从文的"边地"写作和彝族诗人吉木狼格的"非非主义"创作、汉族作家的民族题材创作以及《民族文学研究》创刊、"骏马奖"的设立等。其三，对少数民族口头文学进行了探讨。其四，介绍了少数民族母语文学的发展状况。其五，对蒙古族、朝鲜族、藏族和西南少数民族相关文学创作的个案研究。21世纪以来，他又连续推出《中国西南的少数民族歌谣》《雪子：彝族史诗〈勒俄特依〉中的动植物》《支格阿鲁精神：阿库乌雾的彝族诗歌》等系列学术论文。

老舍的小说于20世纪30—40年代译至欧美。20世纪70年代后，William A. Lyell Jr.、Jean M. James、William Lyell and Sara Wening Chen 等相继译介了老舍的《骆驼祥子》等作品，并进行了前后比较研究（Ranbir Vohra）。美、法学者 Susan Mcfadden、Steven Reid、Hugo Marsan 等高度重视白先勇作品的翻译和研究，时有新人耳目之见。需要特别指出的是，沈从文的创作不仅受到国外学界重视，而且客观上已经形成一股沈从文研究热潮。美国学者夏志清、金介甫、王德威以及华裔作家聂华苓等，对沈从文的生平与创作有不同程度的研究。夏志清在其享誉海内外的文学批评经典《中国现代小说史》中重点关注过老舍、沈从文等中国少数民族作家作品，钱锺书称其文笔之雅，识力之定，"足以开拓心胸，澡雪精神"。美国汉学家金介甫曾被学界誉为"国外沈从文研究第一人"。1977年，他以《沈从文笔下的中国》一文获得哈佛大学博士学位，并撰有《沈从文传》《凤凰之子——沈从文》等。至于沈从文在欧美及亚洲其他国家的研究概况，可参阅张晓眉《沈从文文学在欧美国家传播及研究述评》①、金垠伶《沈从文研究在韩国》②、小岛久代《沈从文研究在日本》③ 等综述性文章。因结语部分将重点讨论老舍、沈从文及其创作在海外的译介与研究状况，这里不予展开介绍。关于外国其他学者对中国少数民族作家文学的相关研究，邱婧在《海外中国少数民族文学研究的现状及问题》④ 一文中有所勾勒，此处不再详述。

谈及日本的中国民族作家文学研究，不能不提到西胁隆夫。西胁隆夫早在岛根大学任教期间就创办了《中国少数民族文学》杂志，刊发了众多关于中国少数民族作家文学及其相关研究成果；多次到访中国相关高校和民族地区，广泛结识中国各民族作家，邀请玛拉沁夫及回族学者胡振华等访问日本；举办各种有关中国少数民族文学的学术活动，率先在日本高校开设中国少数民族文学课程，系统化、高层次推广中国民族文学及其理论知识。"正因为他及牧田英二、君岛久子、伊藤清司先生等的努力，日本人民对我国少数民族文学的了解才日甚一日。"⑤

20世纪80年代以来，西胁隆夫关于中国少数民族文学及其理论批

---

① 张晓眉：《沈从文文学在欧美国家传播及研究述评》，《楚雄师范学院学报》2014年第5期。
② 金垠伶：《沈从文研究在韩国》，北京师范大学，硕士学位论文，2010年。
③ [日]小岛久代：《沈从文研究在日本》，《吉首大学学报》1986年第4期。
④ 邱婧：《海外中国少数民族文学研究的现状及问题》，《湖北民族大学学报》（哲学社会科学版）2021年第3期。
⑤ 白庚胜：《西胁隆夫推出专著〈中国少数民族文学〉》，《民族文学研究》2002年第1期。

评的研究步入快车道。其中，西胁隆夫担任主编的日文期刊《中国少数民族文学》①于1983年创刊，《丝绸之路的文学》②和《中国的少数民族文学》③分别于1987年、2001年出版。上述集刊、著作以及其他相关研究论文，构成中日民族文学交往史上独特的"西胁隆夫现象"。特别是2001年面世的《中国的少数民族文学》，是他二十多年来研究中国少数民族文学的理论结晶，堪称日本学界研究中国少数民族文学的扛鼎之作。总体而言，西胁隆夫在研究中国少数民族文学及其理论批评时，表现出宽广的学术视野、厚实的知识累积和锲而不舍的探究精神，体现了广义比较诗学的求真精髓。在深入考察了包括苏联在内的民族文学研究资源后，他意识到，"虽然在这里明确了各民族文学的存在，以及民间文学的职能，但在苏联并没能确认'少数民族文学'这个概念"④。关于日本研究中国少数民族文学的历程，西胁隆夫认为，大致可分为三个阶段：一是依据汉语资料对中国少数民族文学及其理论批评进行翻译和研究；二是国际交流语境下中日学者关于中国少数民族文学及其研究的互动交流；三是在田野调查的基础上对中国少数民族文学进行相关翻译研究。据他回忆，1966—1976年，日本几乎没有进口中国少数民族文学作品。1978年后，他开始直接接触中国少数民族作家和学者，结识了《玛纳斯》演唱大师居素普·玛玛依，并到云南、贵州、广西、北京等地访学考察。事实证明，西胁隆夫关于中国少数民族文学及其理论批评的深度研究扩大了中国少数民族文学及其诗学研究的国际影响。

---

① 日本首家专门译介、研究中国少数民族文学的刊物，日本岛根大学史文研究室《中国少数民族文学》刊行委员会发行。该刊第一集《小说特集》1983年问世，第二集《新疆少数民族文学专号》1985年出刊，第三集《特集·东北·内蒙古》1991年付梓。
② [日] 西胁隆夫：《丝绸之路的文学》，《丝绸之路的文学》刊行委员会，1987年版。
③ [日] 西胁隆夫：《中国的少数民族文学》，参见康磊《关于西胁隆夫〈中国的少数民族文学〉的邂逅与译评》，《福建广播电视大学学报》2018年第1期。
④ [日] 西胁隆夫：《中国少数民族文学论·序言》，何鸣雁节译，《民族文学》1985年第3期。

(三) 关于比较文学与比较诗学的基础性研究

俄国历史诗学和历史比较诗学（又称历史比较文艺学）创始人维谢洛夫斯基，向来被公认为"俄国比较文学之父"。在其代表作《历史诗学》（1870—1906）中，他对诸如文学起源、文学体裁的形成与演变、情节诗学、修饰语史、文学中的对比手法以及诗歌语言风格等文艺理论基本问题进行了鞭辟入里的系统研究，开辟了一条"从诗的历史中阐明诗的本质"的新型诗学研究路向，从而将比较诗学推进到马克思主义文艺学形成之前所能达到的最高水平——历史比较诗学的新境界。

苏联的比较文学研究于20世纪50—60年代得以复苏，这以两大学者的相关活动为标志。一是阿列克谢耶夫主持的"三大研究"：俄苏文学与国内其他少数民族文学的关系研究；俄苏文学与国外其他斯拉夫民族文学的关系研究；俄苏文学的世界意义。二是苏联聂乌帕科耶娃研究员于1960年莫斯科讨论会和1962年在布达佩斯举行的东欧国家比较文学讨论会上先后对美国学派展开的激烈批评。她认为，美国学派使文学的比较研究同具体历史研究相对立，不可能揭示国别文学和世界文学的相互关系，并有可能导致抹杀文学的民族特点。为此，聂乌帕科耶娃建议用"各民族文学的联系和相互影响"代替"比较文学"概念。在她看来，这种"联系"可归结为两种基本类型，即接触联系和类似联系。① 上述事件特别是聂乌帕科耶娃的批判性建构，标志着比较文学苏联学派的重新崛起。

美国文学理论家韦勒克的《比较文学的名称与性质》② 和勃洛克的《比较文学的新动向》③，均主张包括比较诗学在内的比较文学的"跨

---

① 参见干永昌《比较文学理论的渊源与发展》，载干永昌等选编《比较文学研究译文集》，上海译文出版社1985年版，第25页。
② [美] 韦勒克：《比较文学的名称与性质》，黄源深译，参见干永昌等选编《比较文学研究译文集》，上海译文出版社1985年版，第122—135页。
③ [美] 勃洛克：《比较文学的新动向》，施康强译，参见干永昌等选编《比较文学研究译文集》，上海译文出版社1985年版，第185—207页。

国"思维。罗伯特·克莱门茨梳理出"比较文学"的五种定义,其中突出了比较研究的跨民族、跨国界视野。美国比较文学学会会长苏源熙教授所撰的《Comparative Literature in an Age of Globalization》,在总结近年国际比较文学发展史的基础上也特别强调比较诗学研究"跨越国家民族界限"的特性。美国《比较文学》季刊和《比较文学研究》杂志在包括文学理论批评在内的影响研究和平行研究方面积累深厚,贡献良多。此外,根据法国学者伊维·谢弗雷尔在《走向比较诗学?》中的梳理,《文艺复兴时期诗学与20世纪诗学》,D. W. 佛克玛、易布思和佐埃斯特编的《比较诗学》①,C. 奎来恩编的《比较诗学》② 等,都是比较诗学领域里的精品之作。在 A. 马里诺的《比较论与文学理论》一书中,作者为一种自发的比较诗学定义做了充满活力的辩护。③ 该著关于"普适文学"的愿景虽然不乏乌托邦色彩,但对比较诗学功能的突出强调无疑具有积极意义。

在此,不能不特别提及法国著名比较文学理论家艾金伯勒。艾金伯勒对比较文学和比较诗学有着多方面的独特建树。20 世纪 50 年代他在竞选巴黎大学比较文学教席时,就在申请中表示要引入一种新的比较文学观念。该申请随后以《比较文学或比较不是理由》刊登在《巴黎大学年鉴》上。经数年思考和补充,其具有开拓性和建设性的学术专著《比较不是理由》于 1963 年正式出版。按照艾金伯勒的逻辑,比较文学实际上是对具体文学作品进行细致比较从而归纳出"一个由诸不变因素构成的系统"。换言之,比较文学实质上就是比较文学理论批评学,它必须经过由个别到一般、由具体到抽象、由现象到本质、由作家作品到理论批评、由文学比较到揭示规律的转进与升华过程。

---

① [荷兰] D. W. 佛克玛、易布思、佐埃斯特编:《比较诗学》,阿姆斯特丹 Rodopi 出版社 1978 年版。

② [美] C. 奎来恩编:《比较诗学》,纽约 Garlard 出版社 1985 年版。

③ 参见 [法] 伊维·谢弗雷尔《走向比较诗学?》,任生名译,《中国比较文学》2001 年第 1 期。

对于中国化比较文学、比较诗学体系建构而言，艾金伯勒观点的突出意义至少体现在四个方面。

其一，比较文学既是关于以作家作品为中心的文学现象的实践性文学评价方式，也是理论性的文学研究活动。

其二，比较文学中的影响研究和平行研究并非毫不相干或互不相容，而是有着显在或潜在的对照、互鉴、互补关系。

其三，影响研究与平行研究之间的互补以及比较文学与比较文学之间的再比较，本质上就是比较文学理论批评，亦即比较诗学。这不仅意味着法国学派和美国学派应该并且可以走向对话，而且所有类似的对话必将促成比较诗学这一新兴学科的诞生。他明确指出："历史的探寻和批判的或美学的沉思，这两种方法以为它们自己是势不两立的对头，而事实上，它们必须互相补充；如果能将两者结合起来，比较文学便会不可违拗地被导向比较诗学。"①

其四，对建设中国特色的比较文学和比较诗学抱有殷切期待。1985年8月，在国际比较文学学会巴黎年会上，时年75岁的艾金伯勒以《比较文学在中国的复兴》为题发表演讲。他说，20世纪80年代以来，中国比较文学少有纯理论演绎的沉重负担，兼备理论联系实际的深远传统，它正以自己的步履走向世界。②

包括中国民族文学、民族文学理论批评以及含有比较诗学因子的中外相关研究成果，当然不止于上述梳理这般简约，其实际情形应该丰富、复杂得多。即便如此，通过上述框架式梳理，我们仍不难得出三点基本估价。

第一，新中国特别是新时期和21世纪以来，以国内学者为主、国外研究为辅的关于我国少数民族进而延展至中华民族文学及其理论批

---

① ［法］艾金伯勒：《比较文学的目的，方法，规划》，戴耘译，载干永昌等选编《比较文学研究译文集》，上海译文出版社1985年版，第116页。
② 参见乐黛云《中国比较文学的现状与前景》，《中国社会科学》1986年第2期。

评，以及建基其上兼具比较视野的多层次、多维度诗学研究，已经拥有相对丰厚的资源累积。

第二，从严格意义上的学科体系、学术体系和话语体系的系统建构角度衡量，部分少数民族语言诗学以及外国语诗学资源的译介及其研究相对滞后，个案层面民族诗学的深度比较尚嫌不足，具有中国当代特色的少数民族原生性比较诗学体系以及后发性比较诗学体系建构工程尚未真正启动。

第三，上述国内外研究状况表明，中华人民共和国成立以来，在包括少数民族诗学及其比较研究在内的中国当代诗学发展历程中，建构新中国少数民族比较诗学的现实可能性和理论必要性已然凸显，探索性开启新中国少数民族比较诗学体系建构研究的时机渐趋成熟。

第二节 中国民族比较诗学研究的意义

季羡林在论及包括比较诗学在内的比较文学功能时曾明确指出："我们研究比较文学，不要怕人说是'实用主义'、功利主义。干一件事情有时候必须考虑一下实用，考虑一下功利，否则，自己就会堕入别人或自己挖好的陷阱内而不能自拔。"[①] 事实正是如此，对新中国民族文学理论资源进行多向比较，并在此基础上寻求相应的体系建构，是一项既有理论意义又具实践价值的文化建设工程。

一 中国民族比较诗学研究的理论意义

中国当代民族诗学及其比较研究的理论意义主要体现在三个方面：拓展民族文学研究视野；凝聚具有中国当代特色的文学理论话语；完善并优化中国当代诗学格局。

---

① 季羡林：《比较文学与民间文学》，北京大学出版社1991年版，第318页。

（一）梳理和总结新中国有关民族文学理论批评显在和潜在的比较诗学资源，拓展民族文学研究视野

深度回眸新中国相关民族文学及其理论批评的原生性资源，系统检视同期关于少数民族诗学及其比较研究的既有成果，为建构新时代民族比较诗学体系寻求相对坚实的基础，这是本书研究的基础性总结性目标。这种目标指向两个既相互区别又彼此关联的层面：一是比较视域中新中国相关学者已有的关于少数民族文学及其理论批评的局部总结；二是以此为依据所作的更为全面和宏观，具有一定可比性的重建性比较研究和框架设计。

1925 年，保尔·瓦雷里在巴黎国际笔会的庆祝宴会上发表演讲。在这篇演讲中，他认为，各民族文学之间存在"显著而精微的差异"，因而，在接触、理解、翻译和研究异质性民族文学及其理论资源时，总有一些意义片段绕开我们，致使我们无法完全拥有其全部意涵。不过，正是这种若即若离的理解关系，使得不同民族的文化在陌生化情境中产生一种恋人般的相互倾慕之情。梳理和总结中国民族文学理论批评显在和潜在的具有一定异质色彩的比较诗学资源，既可推动这些诗学资源之间的互动交流，也可深度拓展民族文学研究视野。

新中国特别是新时期以来，对于有关民族诗学亦即文学理论批评原生性资源的挖掘、整理、翻译和出版工作全面展开，在此基础上开始了关于民族诗学观念的后发性局部比较，并且，少数民族比较诗学的继发性再研究也被提上议事日程，一批带有总结性、汇编性和潜在参照性乃至自觉比较性的关于少数民族文艺理论方面的著述相继面世。除张寿康1951 年编的《少数民族文艺论集》外，新时期相对重要的著述有：岩温扁搜集整理的《论傣族诗歌》，巴·格日勒图以蒙文版为主辑录或编著的《蒙古族文论选（1721—1945）》《蒙古族作家文论选（1721—1945）》《蒙古文论精粹》《蒙古文论史研究》，中国少数民族文学学会

编的《少数民族文学论集》①，苏尤格整理的《诗镜》，马清福所著《八旗诗论》，康健、王子尧、王冶新、何积全编译的《彝族古代文论》，王本忠、何积全、康健主编的《彝族古代文论研究》，罗义群编著的《中国苗族诗学》，中国少数民族古代美学思想资料初编编写组选编的《中国少数民族古代美学思想资料初编》，冯育柱、于乃昌、彭书麟主编《中国少数民族审美意识史纲》，买买提·祖农、王弋丁主编的《中国历代少数民族文论选》，陈守成、庹修宏、陈世荣主编的《中国民族文学与外国文学比较》，王佑夫所著的《中国古代民族文论概述》，王佑夫主编的《清代满族诗学精华》，王弋丁、王佑夫、过伟主编的《少数民族古代文论选释》，王满特嘎所撰的蒙文版《蒙古文论史（17—20世纪初）》，云峰主编的《民族文化比较论》，关纪新、朝戈金合撰的《多重选择的世界——当代少数民族作家文学的理论描述》，邓敏文所著的《中国多民族文学史论》，周延良所著的《汉藏比较文学概论》，马学良、梁庭望、梁庭望、李云忠主编的《中国少数民族文学比较研究》，龙长吟所著的《民族文学学论纲》，等等。

21世纪以来，民族诗学在新时期资源梳理的基础上步入总结性比较阶段。朝戈金所著的《口传史诗诗学——冉皮勒〈江格尔〉程式句法研究》，罗庆春所著的《灵与灵的对话——中国少数民族汉语诗论》，陈岗龙所著的《蒙古民间文学比较研究》，扎拉嘎所著的《比较文学：文学平行本质的比较研究——清代蒙汉文学关系论稿》，王佑夫所著的《中国古代民族诗学初探》，王佑夫主编的《民汉诗学比较研究》，王满特嘎所撰的蒙文版《蒙古现代文学理论批评研究》，郎樱、扎拉嘎主编的《中国各民族文学关系研究》，彭书麟、于乃昌、冯育柱主编的《中国少数民族文艺理论集成》，陈岗龙、额尔敦哈达主编的《奶茶与咖啡：东西方文化对话语境下的蒙古文学与比较文学》，关纪新主编的《20世纪

---

① 第一、二、三集由中国民间文艺出版社分别于1983年、1985年、1987年出版，第四集由新疆人民出版社于1987年出版。

中华各民族文学关系研究》，王卫华所著的《〈江格尔〉与〈荷马史诗〉比较研究》，中国作家协会选编的《新中国成立60周年少数民族文学作品选（理论评论卷）》，沙马拉毅主编的《彝族古代文论精译》，仁钦道尔吉编著的《蒙古口头文学论集》，孟和乌力吉所撰的蒙文版《蒙古文文论理论建构（1900—1949）》，何积全所著的《彝族古代文论研究》，包红梅所著的《蒙古文学文体转化研究——〈青史演义〉与蒙汉文历史著作的比较》，刘大先主编的《本土的张力：比较视野下的民族文学研究》，才旦夏茸著、贺文宣译的《藏族诗学概论》，李晓峰、刘大先所著的《多民族文学史观与中国文学研究范式转型》，东噶·洛桑赤列著、贺文宣译的《藏族诗学修辞指南》，巴·布林贝赫所著的《蒙古英雄史诗诗学》等相继出版，客观上掀起了一股民族诗学及其比较研究的热潮。

在上述角度各异、内容繁复的关于民族诗学及其比较研究的成果集群中，《中国少数民族文艺理论集成》《本土的张力：比较视野下的民族文学研究》《民汉诗学比较研究》分别代表了新中国少数民族比较诗学建构途中的三种模态。

《中国少数民族文艺理论集成》辑录了自先秦至新中国成立的两千余年我国44个少数民族的两百余位文论家的三百余篇（部）重要文艺论著，总计百余万字。相比单个民族文论汇集或单纯的两族文论之间的异同比较，这部理论集成所收各代、各族、各相关文论之间客观上构成民族诗学研究资源的系统观照以及"此时无声胜有声"的互文关系，因而具有潜在诗学参照的比较功能。

《本土的张力：比较视野下的民族文学研究》是中央民族大学"文学理论与民族文学研究丛书"中的一种，分为学术史、个案研究、相关学科借鉴三个板块，集中选录21世纪以来相关学者撰写的少数民族文学及其理论批评方面的比较研究论文23篇。刘大先在导言中指出，随着译介学、文化研究以及媒介研究的兴盛，比较文学自身的理论与视域逐渐突破了传统影响研究与平行研究的窠臼。他认为，"对于他者的好奇和探究的欲望根植于人类认知深处，在他者和自我之间协调好距离，转换视角和角色，是构筑'之间'状态的关键，这种非此非彼、即此即彼的'之间'是新知诞生的处所"①。特别是近十余年来，少数民族文学研究受惠于综合国力的增长、国内外文化交往的增多以及传媒技术的更新，族别之间、族别与域外其他民族之间的比较渐成气候，进行相应总结和理论提升的时候到了。"以这种比较视野衡诸中国少数民族文学，则既要注意它们作为中国文学内部的次属文学的共性——前现代时期的不同族群文学传统尽管根源不同，却有着'大一统'的主流文化观念的统摄性影响，现代时期尤其是经过社会主义革命进入的当代中国少数民族文学更是深处国家意识形态建构的中心命题之中，它们都是文化混血的产物；也要注意到它们有着不同原生传统的独特性。"② 总体上看，该著显现了民族比较诗学研究的自觉意识。

《民汉诗学比较研究》堪称我国少数民族与汉族比较研究学科化探索的积极尝试。王佑夫在该著开篇代序中旗帜鲜明地提出"应当开展民汉比较诗学研究"的主张。该序实际上是作者发表在《民族文学研究》2001年第2期上的同题论文。除代序外，另收23篇不同程度关乎民族比较诗学的学术论文。这些论文既涉及宏观层面的民汉诗学观念、范畴比较，也关涉少数民族作家、作品、诗论、词论、文论间的比较分析。王佑夫指出，从比较的角度研究民汉两种诗学，探讨其丰厚遗产又极具发展潜力的诗学资源系统，势必形成一门新的学科——民汉比较诗学。这门新兴学科的意义有以下几点：一是给少数民族诗学定位；二是为中国诗学研究开拓新领域；三是充实中西诗学比较；四是促进少数民族与汉族诗学双向交流与发展；五是提高少数民族诗学自身建设的自觉性；六是为建设具有真正中国特色的文艺学

---

① 刘大先：《民族文学的跨界、翻译与超越》，载刘大先主编《本土的张力：比较视野下的民族文学研究》，中国社会科学出版社2013年版，第1页。
② 刘大先：《民族文学的跨界、翻译与超越》，载刘大先主编《本土的张力：比较视野下的民族文学研究》，中国社会科学出版社2013年版，第14—15页。

新体系提供借鉴。虽然少数民族与汉族比较诗学仅仅是我国民族比较诗学体系建构中的维度之一，但其自觉化、理论化、体系化的民族诗学设计愿景，已然标志着新中国民族诗学学科建设的正式开启。

(二) 在多向对话与多维比较中提炼具有中国性、民族性、当代性、原创性的民族诗学理论话语，展示民族诗学新形象

可以肯定，通过诗学形态的少数民族比较、少数民族与汉族比较、中外民族比较，可望在多重交流与多元对话中揭示中华多民族文学及其理论研究的民族特色和基本规律，总结出具有中国性、民族性、当代性、原创性的民族文学话语方式，以便强化中华诗学共同体的整体观念。在此基础上建构具有中国民族特色的比较诗学体系和逻辑框架，借以拓展我国当代民族诗学建设和文艺理论发展的学术空间，这是历史赋予我们的神圣文化使命。这意味着，必须以比较的眼光来打量处于交叉地带的民族文学及其理论批评生态。而囊括了比较诗学的比较文学与民族文学研究的相遇，毫无疑义地促进了民族比较文学和比较诗学的当代发生。

在回望中国当代民族诗学及其比较研究的国内现状时，我们曾将相关比较诗学研究范畴划分为三个基本层次，并将在第二章"核心语域"部分进一步介绍诸如多元一体与一体多元、民间文学与作家文学、民族性与现代性、地方性与世界性、单边叙事与多边叙事、板块结构与知识图谱等基本理论话语方式。说到底，民族比较诗学研究的中心纽带和价值旨归，很大程度上在于更好地推动中华各民族文学及其理论批评的交融创生。鉴于此，这里以吴刚的交融范畴研究和关纪新对多重文化场域中的老舍研究为例，选择性地观摩新中国少数民族比较诗学研究过程中由交流、融合到创造、新生的价值方略与话语路径。

在吴刚系统阐发"文学交融"说之前，相关学者对中华文化规制下的中华民族文学及其诗学形态——民族文学理论批评的相互交往、交流、交融问题已经多有论述。其中，梅新林、梁庭望等从宏观文化架构

层面所给出的创见,让人耳目一新。

21世纪之初,梅新林从文学地理学角度提出"内圈"与"外圈"的命题。他认为,中华文学"内圈"八大区系与"外圈"四大区系之间处于能动与互动的关联状态。[①] 梁庭望随后连续发表《中华文化板块结构和多民族文学史观》等系列论文,提出著名的"中华文化板块结构"论,我们将在第二章"核心语域"部分进行评述。

吴刚将"文学交融"界定为两个或两个以上民族的文学在交流中相互吸引、相互影响和彼此吸收。就中国多民族文学生态而言,从"交融"视角来思考中华多民族文学关系更为准确。中华多民族文学存在着广泛的空间交融关系:"从微观与宏观出发,即存在'局部交融'与'整体交融'。'局部交融'可分三个层次,即以中原汉文学为中心,形成内层文学交融点;以边疆少数民族文学为中心,形成中层文学交融点;以边疆少数民族与跨境民族文学为中心,形成外层文学交融点。'局部交融'具有'内聚性''扩散性''杂糅性'特点;'整体交融'具有'吸纳性'、'辐射性'特点。"[②]

一是内层文学交融点。内层文学以汉文学为中心,兼及周边多民族文学。比如河南,宋代之前该地区文学占据中国文学的核心地位,充分交融后涌现出杜甫、白居易、刘禹锡、李贺、李商隐等一批文学大家,同时形成了众多文学世家和文学流派,引领着中华民族文学发展的方向。

二是中层文学交融点。该层文学主要以少数民族文学为中心,由于其地理位置比较偏远,与内层中原文化相对隔绝。相比而言,赫哲族的说唱文学更多地表现出一种多元文化结构,史诗《伊玛堪》就明显受到蒙古族、突厥语民族以及女真文化传统等多重影响。

---

① 参见梅新林《中国文学地理学导论》,《文艺报》2006年6月1日第6版。
② 吴刚:《中华多民族文学的交融范畴》,《贵州民族大学学报》(哲学社会科学版) 2015年第1期。

三是外层文学交融点。外层文学以跨境民族文学为中心。比较之下，我国北方和南方的少数民族文学多为输出型文学，而西南民族文学更多地表现为引入型文学。具体而言，少数民族文学的跨境交融有三种类别。其一，与跨境民族同源共享的文学，如赫哲族与俄罗斯境内的那乃人有许多相同故事，《玛纳斯》也是柯尔克孜族与境外吉尔吉斯族的共有文学遗产。其二，少数民族外输型文学，包括一个民族的文学输向邻近多个国家和国内若干民族的文学输向某个邻国两种形式，前者如北方蒙古族史诗《江格尔》《格斯尔》流布到蒙古国以及俄罗斯境内相关蒙古族群，后者如南方彝族、壮族、瑶族民间文学对越南相关少数民族文学的影响。其三，境外文学传入我国民族区域，如印度的《僵尸鬼故事二十五则》传至我国蒙藏地区后，以《尸语故事》之名流传，后又远播朝鲜和日本。[①] 局部交融是整体交融的基础，整体交融是对局部交融的升华和超越。少数民族文学如果要在局部交融的基础上达成南北对话和进一步交融，势必经由中原汉文学的接洽，然后才能实现全方位互动的整体性交融。吴刚强调，整体交融实质上就是中华多民族文学的交融，特别是少数民族与汉族文学间的交流交融。文学交融如此，中华民族的诗学交融也不例外。

作为满族文化研究专家，关纪新对老舍的深度研究堪称典范。他认为，满族文化海纳百川，满族文学胸襟开放，具有极强的兼容性。纳兰性德、文昭、岳端等满族文学早期才俊，均生活于中原文化腹地。曹雪芹兼具满汉文化因子，家学渊源深厚。满族作家老舍的汉语创作与新中国文坛总体气候同升降，并且，他从本民族文艺思想的基点起步，广泛吸纳中西方文艺理论，继承传统又超越羁绊，自成一家。因此，"如果运用老舍的创作道路来探测我国多民族文学的现实发展，用老舍作品在民族文学流变中的多重意蕴，来比照着摸索少数民族文学的内在规律，

[①] 参见吴刚《中华多民族文学的交融范畴》，《贵州民族大学学报》（哲学社会科学版）2015年第1期。

会是很有意义的一件事"①。历史地看，任何单一民族文学的发展与繁荣，都需要与周边民族文化、文学交流互动，这在一国之内或相邻跨国边境民族之间体现得尤为充分。老舍的成功，恰恰说明各民族文化、文学相互交流交融的必然性与合理性，同时也昭示了跨国、跨族文化与文学交往对话的必要性。正如关纪新所说，"老舍的经验证实，处在社会大变革时代的少数民族作家，不应当，也不再可能到相对封闭的文化环境中找寻成功之路，要勇于走进广阔的充满异质文化碰撞的天地间，在接受外民族文化冲击的过程中，体现出自己民族文化的内在魅力和外在风采"②。

关纪新将多维民族文化交融混生的作家类型命名为"植根本源—文化交融型"作家，而老舍正是这类作家的典型代表。在关纪新看来，老舍是最早具备重新认识自我民族进而塑造自我民族文化品格的现代中国少数民族作家之一，其晚期之作《正红旗下》显然代表了他的这种民族忧患意识和文化自省精神。正是在横跨"满—汉—西"的多重文化视野中，老舍追寻到了属于自己的、超乎常人的、极其精到的书写方式。

实际上，民族文化之间的兼容互通已经成为多民族国家优秀作家脱颖而出的普遍现象。古代如此，现代如此，当代更是如此。当代藏族作家阿来在接受访谈时，清晰地表达了跨民族、跨国界文化交流对于一个作家的极端重要性。他认为，中国是一个文化多元化的国家，固守狭隘的民族身份不合时宜。在谈及《尘埃落定》时，他站在国家角度推及世界视野的重要性："这部小说的成功，还有很多方面的因素。比如我在地方史、宗教史方面积累的知识，比如能通过汉语言从各国优秀文学中汲取丰富的营养，比如我把我的故乡放在世界文化这个大格局，放在整个人类历史规律中进行的考量与思想。"③ 只有这样，才能在交流互鉴、交

---

① 关纪新：《多重文化场域中的老舍》，《满语研究》2007年第2期。
② 关纪新：《多重文化场域中的老舍》，《满语研究》2007年第2期。
③ 阿来：《文学表达的民间资源》，《民族文学研究》2001年第1期。

融共进中促进中华民族文学共同体的繁荣；也只有这样，才能在多向对话与多维比较中，更多、更好地凝聚具有中国性、民族性、当代性、原创性的民族诗学理论话语。

(三) 致力相对自足又多元共生的民族诗学及其体系的生态化建设，完善、均衡并优化内外兼修、理据合一的中国当代诗学总体格局

从中国当代文学理论学科建设和总体诗学格局角度看，民族诗学的比较研究可望从"民族"维度补足既有文学理论研究及其体系建设的视野缺位，可以更好地推进相对自足又多元共生的民族诗学及其体系的生态化建设，完善并优化内外兼修、理据合一的中国当代诗学格局。

作为统一的多民族国家，新中国开启的民族诗学及其比较研究，既是民族文学创作持续推进的内在吁求，也是民族文学理论批评及其比较研究不断深化的必然逻辑走向。就学科层面而言，民族比较诗学既是民族比较文学发展的高级进阶，又是完善新中国多民族诗学及其体系建设的正当选择。美国比较文学教授勃洛克明确指出："比较文学研究与国别文学之间这一持续的相互关系可以表现为对诗学与文学理论的重新增长的兴趣。"[①] 在今天看来，勃洛克将比较文学的范围框定在国别文学之间，未能考虑族别之间文学现象的比较问题——这有可能是一种视域缺陷。不过，他敏锐地将诗学与文学理论看作比较文学的价值增长点，则不能不说体现了一位学者真正的理论睿智。虽然各民族文学关系研究仅仅是民族比较诗学的基本层面，但其对于总体文化格局和学科体系的补足效益却显而易见。

从学术史的角度考索，周扬、郭绍虞、刘梦溪等在新时期初期均阐

---

① [美] 勃洛克：《比较文学的新动向》，施康强译，载干永昌等选编《比较文学研究译文集》，上海译文出版社1985年版，第200页。

述过建立具有中国民族特色的马克思主义文艺理论及其体系的重要性和紧迫性问题。

1986年,《文学评论》第1期首发周扬早年在延安鲁艺的讲稿《新文学运动史讲义提纲》。"编者按"特别指出:"这里发表的是周扬同志1939—1940年间在延安鲁迅文学艺术院授课的讲稿,至今未曾在报刊上发表过。文化大革命中被作为'黑材料'存入周扬专案中,1982年才重见天光。"① 周扬在论及新文学运动的意义时认为,"新文学运动史……是一个民族的文学为一面继承自己民族优良遗产,一面吸收外来有益营养,一面更加民族化,一面更融合于世界文学而奋斗的历史"②。显然,周扬所说的"民族""民族化",主要是指中华民族和中国化,具有显著的国族一体化语用特征。1983年8月13日,在青岛接受《社会科学战线》编辑部记者提问时,针对"有的作家不满意文学创作的民族传统和特色,想要追求西方"的偏向,周扬突出强调了三个要点:一是要在民族文学及其理论的基础上建设中国特色马克思主义文艺理论;二是民族风格不仅关乎文学的内容与形式,而且与民族语言高度相关;三是应该批判地吸收外国民族文化遗产。③ 现在看来,周扬当年的论述,对于我们在中华民族共同体的框架下建构具有民族特色的新时代诗学体系仍不乏警示意义。

1980年,郭绍虞曾论及当时少数民族文论的研究现状。他认为,我国古代文艺理论研究已经取得很大进展,但与具有民族特色的马克思主义文艺理论这个目标还有距离。他期望,建设具有中国民族特色的马克思主义文艺理论应均衡"三个较多"和"三个较少"间的关系——文论诗论较多而小说和戏曲理论相对较少;上古、中古理论关注较多而近现代理论关注较少;汉民族文艺理论阐释较多而少数民族

---

① 参见周扬《新文学运动史讲义提纲·编者按》,《文学评论》1986年第1期。
② 周扬:《新文学运动史讲义提纲》,《文学评论》1986年第1期。
③ 参见周扬《关于建设具有中国民族特点的马克思主义文艺理论问题——周扬同志答〈社会科学战线〉记者问》,《社会科学战线》1983年第4期。

文艺理论阐释较少。不过，后来的研究实践证明，他的期望已经实现了。

刘梦溪同样站在国族立场上审视建立具有中国民族特色文艺学理论的体系问题。他刻意重申三个要点：一是运用现代国际通例来阐发中国古代民族诗学的一些特定概念、范畴及其含义；二是通过多方位比较显现民族诗学个性中的共性；三是在此基础上进行系统的理论概括，建立具有中国民族特色的文艺学理论体系。显然，刘梦溪已经意识到中国民族文艺理论古今、内外多重比较的重要性，并客观上触及了民族比较诗学的创构问题。随后，他自觉将这种民族眼光和比较思维用于探讨中国各民族之间文学及其理论的双边与多边交流过程。其中，"最重要的和最困难的却是具体真实地发掘和阐明一个作家、一部作品、一种题材、一个母题、一个形象、一种手法等等，在两个民族间的实际影响和交流过程及其性质和意义"①。

张永刚新近关于民族文学研究与中国当代文论建设关系的思考，重点关注我国少数民族理论批评对于丰富和完善新中国统一的多民族国家文学理论的结构性意义，体现出可贵的反思精神。他明确指出，我国少数民族文学在新中国成立后才得到真正重视，但与此形成反差的是，少数民族文学理论并未成为新中国文学理论建设的重要资源，也未形成契合我国少数民族文学创作及其理论批评规律的范畴、逻辑和基本话语方式。他认为，应在马克思主义中国化的前提下充分发掘中国民族文学的特质，并且将这种特质与多民族文学创作最具活性的当下状态联系起来。当然，理论的产生有赖于时代的思想资源，在少数民族文学研究领域，还有赖于研究主体的角色意识和对研究对象的处置方式，有赖于向理论的普遍规律索求相应的阐释价值与话语品位。由此出发，梁庭望、张公瑾主编的《中国少数民族文学概论》堪称富有理论意识的少数民族文学理论著作。为消除中国当代文论与少数民族文学及其研究之间的

---

① 刘魁立：《关于民族文学研究问题的断想》，《民族文学研究》1988年第1期。

隔膜，张永刚建议应进一步厘清三重关系：一是少数民族文学研究是当代文论建设的重要资源，这是由文学理论的生成逻辑和少数民族文学研究的现实状态所决定的；二是少数民族文学研究应在完善中国文学观念、构建当代文学理论中不断优化、提升自身理论品位；三是少数民族文学研究与中国乃至世界文学理论的贯通是新时代文学理论创新的题中之义。① 在此过程中，既要重视当代文论的主导作用，也要发挥民族文学自身研究的积极影响。

上述研究表明，缺失民族维度的当代诗学及其体系建构是不完整的，因此必须借力于民族比较诗学的次生建构来达成中国当代诗学总体格局的完善、均衡和优化。

二　中国民族比较诗学研究的实践价值

中国民族比较诗学及其体系建构，具有多方面的实践价值。

（一）凸显新中国少数民族文学及其理论批评的比较优势，有利于激发更多学者参与中国民族文学诗学建设的积极性和创造力

有如国内外研究现状所述，新中国特别是新时期尤其是21世纪以来，关于民族文学及其理论批评的广义诗学研究成果渐多，学理色彩日浓，学科意识趋显，并在此基础上开始了民族比较诗学及其体系化建构的初步尝试。这些研究实绩，已经、正在并将继续激发更多学者参与中国民族文学理论建设的积极性和创造力。

在老一辈专家学者的带动下，姚新勇、欧阳可惺、李晓峰、刘大先等中青年学者在民族文学理论批评及其学科建设方面表现出宽广的学术视野、扎实的理论功底和良好的创新态势。除相关单篇论文外，姚新勇的《寻找：共同的宿命与碰撞》②和《观察批判与理性——纷杂时代中

---

① 张永刚：《少数民族文学研究与中国当代文论的基本关系》，《民族文学研究》2020年第1期。
② 姚新勇：《寻找：共同的宿命与碰撞》，中国社会科学出版社2010年版。

一个知识个体的思考》①第二编的部分内容，欧阳可惺等所著的《"走出"的批评——当代少数民族文学批评的阐释与实践》②《民族叙述：文化认同、记忆与建构》③《区域文学的律动——〈天山〉流变与新疆当代文学》④，李晓峰的《被表述的文学：20世纪中国文学史书写中的民族文学》⑤和他主编的13卷《中国少数民族文学学术史》⑥以及与人合著的《中华多民族文学史观及相关问题研究》⑦《多民族文学史观与中国文学研究范式转型》⑧——这些著述在21世纪中国民族文学理论批评及其体系建构中不容忽视。

限于篇幅，这里简要介绍青年学者刘大先关于民族诗学研究的代际意义。毫无疑问，刘大先在当下民族文学理论批评研究领域是一个独特的具有象征意义的存在。其年龄、学历、视野、职业以及相关著述，都自含一种承前启后、继往开来的担当和锐气。李云雷对他的评价是，"刘大先是青年一代学者中的佼佼者，他从个人的体验出发，不断提出新的问题，也在向时代深处探索。"⑨李蔚超将刘大先视为当代典型的"成长"个案，通过观察刘大先的批评实践，"可以察觉一位当代'文学批评家'的诞生、成长与文学场域、文学体制的关系，也可观察时代

---

① 姚新勇：《观察批判与理性——纷杂时代中一个知识个体的思考》，文化艺术出版社2010年版。
② 欧阳可惺、王敏：《"走出"的批评——当代少数民族文学批评的阐释与实践》，新疆大学出版社2011年版。
③ 欧阳可惺等：《民族叙述：文化认同、记忆与建构》，暨南大学出版社2013年版。
④ 欧阳可惺、钟敏：《区域文学的律动——〈天山〉流变与新疆当代文学》，暨南大学出版社2014年版。
⑤ 李晓峰：《被表述的文学：20世纪中国文学史书写中的民族文学》，中国社会科学出版社2013年版。
⑥ 李晓峰：《中国少数民族文学学术史》13卷，辽宁师范大学出版社2020年版。
⑦ 李晓峰、刘大先：《中华多民族文学史观及相关问题研究》，中国社会科学出版社2012年版。
⑧ 李晓峰、刘大先：《多民族文学史观与中国文学研究范式转型》，中国社会科学出版社2016年版。
⑨ 李云雷：《刘大先：新一代人的探索》，《边疆文学·文艺评论》2016年第2期。

的文学风尚如何转化为批评话语,如何在批评家的实践中萌生、发展、成熟从而变作一种熟练的尺度,当批评家成为行业权威时,或可影响一时的文学风气"①。

进入21世纪,刘大先相继出版个人专著《现代中国与少数民族文学》②《文学的共和》③《千灯互照——新世纪少数民族文学创作生态与批评话语》④《八旗心象:旗人文学、情感与社会(1840—1949)》⑤《从后文学到新人文》⑥《贞下起元——当代、文学及其话语》⑦,与李晓峰合著《多民族文学史观与中国文学研究范式转型》以及《中华多民族文学史观及相关问题研究》,主编《本土的张力——比较视野下的民族文学研究》⑧,显示出强劲的实践追踪能力和蓬勃的理论创新水平。《现代中国与少数民族文学》分为六个部分。绪论整体性检视现代中国的形成与少数族裔文学的生成发展的历史系及其背后的学理特征,接下来的五章依次论述"历史与书写""主体与认同""差异与表述""地理与想象""迷狂与信仰"。总体上看,该著史论结合,将纷纭复杂的中国近现代少数民族文学及其理论批评现象、思潮、类型特征提纲挈领、条分缕析地清理出来。《文学的共和》是作者相关学术论文的汇编,分史、论、文本、影响、田野五部分。作者意欲疏通从"少数民族文学"到"多民族文学"的学术脉络,探讨全球化与新媒体交叉语境中的区域政治、社会记忆、地方知识、身份认同、性别意识、影像表

---

① 李蔚超:《"后文学时代"的文学批评——刘大先文学批评实践论》,《芳草》2022年第3期。
② 刘大先:《现代中国与少数民族文学》,中国社会科学出版社2013年版。
③ 刘大先:《文学的共和》,北京大学出版社2014年版。
④ 刘大先:《千灯互照——新世纪少数民族文学创作生态与批评话语》,暨南大学出版社2017年版。
⑤ 刘大先:《八旗心象:旗人文学、情感与社会(1840—1949)》,社会科学文献出版社2021年版。
⑥ 刘大先:《从后文学到新人文》,上海文艺出版社2021年版。
⑦ 刘大先:《贞下起元——当代、文学及其话语》,中国言实出版社2022年版。
⑧ 刘大先:《本土的张力——比较视野下的民族文学研究》,中国社会科学出版社2013年版。

述、仪式书写和文学生活。《千灯互照——新世纪少数民族文学创作生态与批评话语》分为"文学生态"和"批评话语"两大部分。第一部分涉及 21 世纪以来十余年少数民族文学编年综论，在广泛收集、介绍、评论作家作品的基础上提炼出相关年度最为典型的文学现象、热点与创新，并由此生发出包括文学技巧的美学试验、性别意识与族性表达、情感结构的转型、主旋律的民族表达、底层的多元声音、母语文学与翻译、文化记忆与身份认同、地域文化与民族形式等诸多理论思考，其中的"五个维度""四个问题"颇具创意；第二部分关乎少数民族文学批评，作者对差异共生、文学共和、本土化生、文学正义、母语思维、双重视角、信仰与侨易、历史重构、现实想象与国家美学等各种新兴话语实践进行了精到论析，并尝试在此基础上建构一种具有中国气象和全球视野的民族诗学体系。在《八旗心象：旗人文学、情感与社会（1840—1949）》一书中，"雷蒙德·威廉姆斯的情感结构、本尼迪克特·安德森的想象的共同体、斯图亚特·霍尔'文化身份'等理论，启发了刘大先将'心'与'象'这两个中国古典文论的重要语词合成了'八旗心象'。在中国古代哲学中，'心'是主观的来源和归所，'象'是客观在主观中的呈现，以'象'类物，是古人的模拟、描述外部认识世界的手段和方法。其意义大多是描述创作的构思阶段，与外在的物相对而生。然而，刘大先在深谙道理的前提下，将八旗心象定义为创作后的作家心态"[①]。这种发现和化用，体现了一位青年学者的学术睿智。

合著《中华多民族文学史观及相关问题研究》的"基本问题"部分，探讨了中华多民族文学史观的法理、学理、学科等理论基础，剖析了中华多民族文学史观的历史观、文学观、民族观、国家观、哲学观等构成要素，阐述了中国文学史视域中创作主体身份的多民族属性、多种

[①] 李蔚超：《"后文学时代"的文学批评——刘大先文学批评实践论》，《芳草》2022 年第 3 期。

文学传统、多种文学形式以及多语种、跨语种与双语写作诸问题,反思了少数民族文学学科的建设问题。《多民族文学史观与中国文学研究范式转型》某种程度上可视为《中华多民族文学史观及相关问题研究》的修订版。该著较为全面地阐释了多民族文学史观赖以生成的理论基础、基本内涵、结构要素、现实价值和学术意义,进而拓展式探究了中国多民族文学创作及其理论研究中的时空问题、文学史书写中的国家知识属性问题,揭示了多民族文学史观与中国历史哲学转型的基本关系。此外,刘大先还著有文化随笔集《时光的木乃伊》[1]《无情世界的感情——电影记忆》[2],以及译著《陈查理传奇:一个中国侦探在美国》[3] 等。

刘大先关于民族文学及其理论与批评的系统研究,标志着中国学者参与中国民族文学诗学及其体系化建设的积极性和创造力已经、正在并将继续得到增强。

(二) 经由民族文学及其诗学的比较研究,甄别经典,传承经验,有助于推进我国民族文学以及理论批评的发展和繁荣

季羡林在当年为乐黛云主编的《中西比较文学教程》所作的序言中特别言明:"我们研究比较文学决不是为研究而研究(为研究而研究也不能一概抹煞),我们的研究是为创造新中国的新文学服务的,为加强各民族之间的理解服务的,为整个人类走向大同之域的理想服务的。"[4] 在这三种"服务"中,第一种服务显然指向少数民族比较诗学研究对于文学创作的助推价值。

正是在比较中,可以甄别文学经典和理论范例,进而确立其示范意

---

[1] 刘大先:《时光的木乃伊》,安徽教育出版社2012年版。
[2] 刘大先:《无情世界的感情——电影记忆》,安徽教育出版社2013年版。
[3] [美] 黄运特:《陈查理传奇:一个中国侦探在美国》,刘大先译,上海文艺出版社2014年版。
[4] 季羡林:《比较文学与民间文学》,北京大学出版社1991年版,第326页。

义和引领作用。欧阳可惺在论及多民族文学述史问题时，倡导三种意识，即历史主义意识、文学社会学意识和比较文学意识。他特别强调，比较文学意识是一种跨界的、开放的、世界文学的意识。一言以蔽之，比较文学意识可望帮助作家、批评家和理论家甄别作品，确认经典，总结优长，传承经验。

《20世纪中华各民族文学关系研究》第一章"功在史册的文学向导"重点介绍了鲁迅、茅盾、老舍、马宗融、冯牧、玛拉沁夫等六位少数民族文学导师，他们对少数民族文学的带动之功堪称典范。这里仅以冯牧为例，领悟其帮扶少数民族文学的诚挚情怀。

冯牧对新中国少数民族文学的贡献，主要体现在他对少数民族具体作家的关怀和两个相对宏观的报告上。关于他在中国民族文学发展史上的地位，执笔者李鸿然这样评价："我国当代少数民族文学事业的发展与繁荣，也记录着冯牧的历史功绩。在将近半个世纪中，冯牧是中国几代少数民族作家的良师益友；在文学发展的新时期，冯牧又是接替茅盾和老舍，为中国当代少数民族文学的发展作全面规划，并在理论上和实践上对少数民族作家进行多方面指导的文学前辈。"[1] 新中国成立后，冯牧曾在云南工作、生活和写作，因而对包括少数民族在内的云南文学关注尤多。他多次公开表示，如果说北京是第一故乡，延安是第二故乡，那么云南则是第三故乡。时常陪同冯牧在云南采风的彝族作家张昆华承认，他得到冯牧耳提面命式的指导最多。其实，比自己大10来岁的彝族代表性作家李乔，也得到冯牧多方面的关心和激励。

总体来说，时任中国作协副主席的冯牧，是继茅盾、老舍之后分管全国民族文学工作的优秀作家和文学管理工作者。茅盾和老舍关于我国民族文学工作的相关报告，是我国少数民族文学发展的重要文献，冯牧的报告也不例外。他于20世纪80年代所作的关于少数民族文学创作的

---

[1] 关纪新主编：《20世纪中华各民族文学关系研究》，民族出版社2006年版，第50页。

两个报告,"如同两盏航标灯,指明了新时期少数民族文学前进的航路"①。第一个报告《大力发展和繁荣我国各少数民族的社会主义文学》,科学检视了新中国少数民族文学所取得的"巨大成就"和"基本经验",明确指出了发展和繁荣我国各少数民族社会主义文学的五大"迫切任务"。第一,鼓励少数民族作家写出更多、更好既具民族特色又有时代精神的作品;第二,力倡题材、体裁、形式和风格的多样化;第三,努力提高少数民族作家的思想和艺术水平;第四,加强少数民族文学评论工作;第五,组织少数民族作家参观访问。可以认为,冯牧的"五大任务"是对老舍"八项措施"的承续和发展,表明新中国对发展和繁荣少数民族社会主义文学及其理论批评政策的一惯性和创新性。第二个报告是《争取少数民族文学在社会主义新时期的更大繁荣》。该报告回望了20世纪80年代前期我国少数民族文学的发展历程,在总结同期少数民族文学创作经验的基础上,提出了四个亟待解决的问题:一是在文学创作中进一步保持和发扬民族特色;二是充分发挥少数民族作家特有的创作优势;三是拓展生活领域进而予以整体把握;四是丰富少数民族文学的艺术形式、手法和风格。不难发现,"四个问题"是前述"五大任务"的进一步明确化、主体化和问题化,也是新中国民族文学及其理论批评总体战略在新时期的丰富与深化,客观上有效地推动了我国民族文学及其理论批评的发展和繁荣。

(三)科学阐发和理性弘扬中华民族诗学共同体的独特创造,有益于增强中华现代诗学的理论自信和国际学术竞争力

中国当代民族诗学及其比较研究共同体的多民族性、整体关联性和生态均衡性,依托中华民族传统文学及其理论批评的优质基因,与时偕行,吐故纳新,以全球化语境中崭新的中华形象和中国气度傲立文峰,极大地凝聚了中华文化的向心力,增强了中华现代诗学的理论自信,提

---

① 关纪新主编:《20世纪中华各民族文学关系研究》,民族出版社2006年版,第54页。

升了中华民族诗学的国际竞争力。据此可见，从国族文化战略高度评估新中国民族比较诗学及其体系建构工程所持有的提高民族文化软实力、维护国家文化战略安全、争取中华文化国际话语权的宏大目标，完全符合人类文化共同体的目标诉求。

科学阐发中华民族诗学的总体特征，理性弘扬中华民族诗学共同体的创造价值，离不开三个相对独立又彼此参照的比较维度：一是我国各民族诗学观念、资源、形态、体系之间的互证维度；二是我国少数民族诗学与汉民族诗学之间的互鉴维度；三是中华民族诗学共同体与世界其他国家、民族、地区诗学形态之间的互映维度。这三重比较维度，决定了全球化时代文学创作、理论批评和文化对话的多极性和非纯粹性。换言之，置身于文化交往交流交融的语境之中，所谓民族文学及其诗学形态均被纳入了跨界性质的相互交流、相互比照、相互磨合、相互渗透、相互依存的文明互鉴的轨道之中。

在这种情况下，国族内部文学及其诗学间的多元比较，毫无疑义地成为更高一级跨国跨文明形态之间整体性比较的基准阶段和学术铺垫。譬如，我国相关民族之间、少数民族与汉民族之间的创世神话有根有本，有源有流，语系丰盈，体态各异。然而，一旦将其与世界其他国家、民族的创世神话单元以及由此而来的创世神话体系置于同一阶次的比较平台予以互映，便可形成某些更为宏观的带有规律性的认知。论及中国和希腊天体起源神话时，庹修宏认为，二者有许多相同之处，但也存在一些差异。在揆度比较文学的可比性时，陈惇特别强调了世界眼光的重要性。在他看来："比较文学的目标是寻找人类文学的共同规律，促进文学交流，争取世界文学这一宏伟前景早日到来，那么，它就应该把全世界各个地区各个民族的文学都放在自己的研究视野之内，既包括西方文学，也包括东方文学。"[①] 比较文学如此，作为比较文学理论境

---

① 陈惇：《论可比性——比较文学的一个重要理论问题》，《北京师范大学学报》（人文社会科学版）2000 年第 3 期。

界和高级阶段的比较诗学当然也不能例外。正如杨乃乔所说，比较诗学是中外文论走向汇通性研究的主流方向，比较视域是比较诗学得以安身立命之本，他者视域是比较视域的内在品质。从这种意义上说，"相互照亮"的交集思维已然成为比较诗学在学科理论建设上的必备理念。[①]

随着新中国综合国力的提升以及参与国际文化大循环的活力持续增强，中华民族文学、诗学、比较诗学诸学科以及由此聚集而成并辐射开来的中华民族广义的文学学科群，在全球文学交流、理论对话、文明互映中的展示力和竞争力也随之与日俱增。对此，王宁以特有的中国文化自信进行了比较观察。据他判断，与美国的比较文学学科相比较，中国的比较文学依然生机勃勃，并在中外文化学术交流中扮演着不可替代的重要角色。尽管中国的比较文学作为独立学科是相对晚近的事，但其发展速度之快令人惊异，并已有效进入国际比较文学和比较诗学的学术视野，成为国际比较文学学会的重要成员。[②] 张隆溪也明确宣告，所有那些鼓吹文学或比较文学已死的讣告，无论说得多么有戏剧性，终究注定无效。

正是基于上述内部依据和外部环境双重逻辑的综合约定，我们有理由期待并相信，新中国少数民族比较诗学及其体系建构研究是新时代的文化朝阳事业，它正以中国特色学科体系的新形象走向国际文明互映的大舞台。

---

① 杨乃乔：《论比较诗学及其他者视域的异质文化与非我因素》，《北京大学学报》（哲学社会科学版）2007年第1期。
② 参见王宁《中国比较文学学科的"全球本土化"历程及其走向》，《学术月刊》2006年第12期。

第一章

中国民族比较诗学的生成语境与建构原则

  人类历史的发展总是呈现出连续性和阶段性相统一的基本模式。纵向观察，当经历了一个具有相对性的历史阶段之后，人们大多习惯于对过去的历史经验进行回望和总结。这种瞻前而顾后的思维惯例，常常以鉴古知今的方式和继往开来的锐气帮助我们获取更多的历史经验和创新智慧。摆在我们面前的事实是，新中国开创了中华民族各项伟业的新纪元，中国民族文学及其理论批评随之迈入快速发展的文化轨道。特别是新时期尤其是21世纪以来，伴随着社会主义文化大发展大繁荣的时代主旋律，我国民族文学以及建基其上的民族诗学及其比较研究也得以稳步发展并日趋学科化。从知识发生学和学科本体论角度看，中国当代民族诗学及其比较研究受到多重内外因素的综合影响，并据此形成了体系化建构的若干基本原则。

第一节 中国民族比较诗学的生成语境

  中国当代民族诗学及其比较研究的历史生成，受制于五大方面的现实背景、文化情境和学科语境：一是中国化马克思主义唯物史观的引导；二是"统一多民族国家"情境的限定；三是"人民共和"社会主义制度的规约；四是多民族文学史观的牵引；五是民族文学学科建设的基础性铺垫。

一 中国化马克思主义唯物史观的引导

马克思主义经典作家非常关注并深入研究了民族及其交往关系问题。马克思、恩格斯作于1845—1846年的《德意志意识形态》(Die Deutsche Ideologie)第一次全面、系统地阐述了历史唯物主义基本原理,承认社会存在对社会意识的决定作用,强调社会生产力以及经济因素对于社会历史发展的优先权,将物质力量视为政治生活、法律生活、道德生活以及包括宗教生活和文艺生活在内的其他精神生活的坚实基础,标志着马克思主义哲学步入成熟形态。在论及生产方式、交往方式对世界历史的重要影响时,《德意志意识形态》指出:"各个相互影响的活动范围在这个发展进程中越是扩大,各民族的原始封闭状态由于日益完善的生产方式、交往以及因交往而自然形成的不同民族之间的分工消灭得越是彻底,历史也就越是成为世界历史。"[①] 1847年6月,在共产主义者同盟首次代表大会上,恩格斯和沃尔弗参与拟定的《共产主义者同盟章程》率先提出"Proletarier aller Länder, vereinigt euch!"("全世界无产者,联合起来")的号召;同年年底,共产主义者同盟第二次代表大会期间,马克思、恩格斯将这一口号正式写进《共产党宣言》中。马克思、恩格斯认为,随着资产阶级新型工业的兴起和世界性生产与消费时代的到来,"过去那种地方的和民族的自给自足和闭关自守状态,被各民族的各方面的互相往来和各方面的互相依赖所代替。物质的生产是如此,精神的生产也是如此"[②]。因而,民族文学和地方文学向世界文学迈进,将成为一种必然趋势。1888年,恩格斯为英文版《共产党宣言》作序时将"proletariats"改作"working men"("劳动者")。如果说"全世界无产者联合起来"

---

① [德]马克思、恩格斯:《德意志意识形态》,人民出版社2003年版,第32—33页。
② [德]马克思、恩格斯:《共产党宣言》,人民出版社2014年版,第31页。

最初主要是作为无产阶级解放运动一个战略口号的话,那么,"全世界劳动者联合起来"则成为基于世界性经济发展和文化交流的事实性判断,这种判断已经包含了对于文学艺术及其理论研究跨国跨族交往合理性的肯定。

列宁和斯大林继承并发展了马克思、恩格斯关于民族交往与融合的思想。1913年年底,列宁特撰《关于民族问题的批评意见》(以下简称《批评意见》),逐层阐述了自由派与民主派对语言问题的态度、"民族文化"及其自治、民族平等和少数民族的权利、中央集权制与自治等重要论域。其中,列宁一方面突出强调了民族平等的重要性——"谁不承认和不维护民族平等和语言平等,不同一切民族压迫或不平等现象作斗争,谁就不是马克思主义者,甚至也不是民主主义者"①;另一方面,基于民族平等的考量,列宁将消除民族隔阂、消灭民族差别、实现民族同化的趋势看作"资本主义向社会主义转化的最大推动力之一"②。也是在这篇《批评意见》中,针对"崩得分子"以及党内部分机会主义者以"民族文化"为幌子而进行的大国沙文主义鼓噪,列宁明确提出"民主主义的和全世界工人运动的各民族共同的文化"主张。他认为:"每个民族文化,都有一些民主主义的和社会主义的即使是不发达的文化成分,因为每个民族都有被剥削劳动群众,他们的生活条件必然会产生民主主义的和社会主义的意识形态。但是每个民族也都有资产阶级的文化(大多数还是黑帮的和教权派的),而且这不仅表现为一些'成分',而表现为占统治地位的文化。"③ 这正是列宁"两种民族文化"理论的由来。

---

① 中共中央马恩列斯著作编译局:《关于民族问题的批评意见》,载《列宁全集》第24卷,人民出版社1990年版,第130页。
② 中共中央马恩列斯著作编译局:《关于民族问题的批评意见》,载《列宁全集》第24卷,人民出版社1990年版,第130页。
③ 中共中央马恩列斯著作编译局:《关于民族问题的批评意见》,载《列宁全集》第24卷,人民出版社1990年版,第125—126页。

相比而言，斯大林的"民族四要素"说一度产生深远影响。在深入研究民族问题时，斯大林相继撰写了《马克思主义和民族问题》《民族问题和列宁主义》《社会民主党怎样理解民族问题》《论党在民族问题方面的当前任务》等系列著述。1913 年，斯大林在《马克思主义和民族问题》一文中，对"民族"概念进行了清晰界定。他指出："民族是人们在历史上形成的一个有共同语言、共同地域、共同经济生活以及表现于共同文化上的共同心理素质的稳定的共同体。"① 虽然"四要素"说不一定完全适合各国各民族的身份认同实践，但它在一个相当长的时期内对我国民族识别以及民族文学理论建设产生了显著影响。

马克思主义经典作家的唯物史观及其指引下有关民族国家融合本质的重要论述，不仅科学揭示了跨民族文学交流的必然性、必要性和进步性，而且深刻影响到新中国民族共同体建构的整体观念与交往范式，因而对推进具有中国特色的多民族文学及其理论批评共同体研究具有重要指导意义。

随着现代化进程的加速以及少数民族经济与文化的快速发展，不同民族之间的交往交流日益频繁，各民族文学及其理论批评之间的整体性融合趋势也日趋凸显，"多元一体"格局随之成为民族进步和国家兴盛的重要标志。新中国少数民族文学研究正是在中华民族"多元一体"格局的历史进程中不断发展演变的。虽然各民族文学及其理论批评都有其自身演变发展的历史轨迹，但各民族文化之间从未停止彼此的碰撞与交融，这种文化之间的碰撞与交融落实到文学领域就表现为一个民族的文学吸收了其他民族的文学传统，同时，这个民族的文学传统也会对其他民族文学的发展产生影响。

从这个意义上讲，一部民族文学史并不是各民族文学发展过程的

---

① [苏联]斯大林：《马克思主义和民族问题》，载《斯大林全集》第2卷，人民出版社1953 年版，第294 页。

简单叠加，而是各民族文学经过传承、发展、交流、交融而逐步形成的既独立发展又各具特色、既相互联系又相互融合的有机整体。正如张炯所述："文学史观是研究文学史的基本指导思想，作为史学的一部分，它当然要受到整个史学观的影响。迄今为止还没有其他什么史观会比辩证唯物史观更能够整体地合规律地说明人类历史的发展……应该说，辩证唯物史观至今仍然是科学的文学史著作的基石，也是科学的文学史观的合理的灵魂。"[①] 在他看来，"文学史"可分为三个基本层次：一是史料收集层次；二是史家评价层次；三是规律探寻层次。显然，这三个层次均关涉述史主体的历史认知和艺术观念，它们背后都隐含着相应的历史观，亦即文学史观。毫无疑问，中华多民族文学史的现代书写，一方面受制于中华多民族文学创作及其理论批评的既有事实，另一方面则与马克思主义唯物史观密切相关。正是由于新中国56个民族"多元一体"的国族现实以及马克思主义历史唯物史观和辩证唯物史观的联动指引，"少数民族文学"的入史问题才如此紧迫地进入严肃的学术视野，并由此构成"中华多民族文学史观"的当代言说语境。

二 "统一多民族国家"情境的限定

中华民族的多源性早已成为社会现实和学术共识。至公元前221年，秦王嬴政用10年时间相继统一了韩、赵、魏、楚、燕、齐六国，结束了战国时期长达500余年的混战局面，建立了统一的秦王朝。由此，中国已成为一个统一的多民族国家，各族人民逐渐形成了根深蒂固的"大一统"国家观念和"多民族"中华意识。尽管古代儒家学者托名孔子问答的《礼记》承认中原华夏与四周夷蛮戎狄之间"语言不通，嗜欲不同"的事实，但《春秋》已经意识到"夷狄入中国，则中国之；中国人夷狄，则夷狄之"的交往性及其合理性。1912年年初，在就任

---

① 张炯：《论中国文学史的史观与分期、前沿问题》，《文学遗产》2004年第2期。

临时大总统的宣言书中，孙中山特别强调："国家之本，在于人民。合汉、满、蒙、回、藏诸地为一国，如合汉、满、蒙、回、藏诸族为一人，是曰民族之统一。"① 由此奠定了"五族共和""民族统一"的现代民族国家思想根基。20世纪30年代特别是1939年，国内学界掀起了一场关于"中华民族"的大讨论，顾颉刚明确提出"中华民族是一个"② 的观点。而在毛泽东参与撰写并多次进行重要修改的教材式著述《中国革命与中国共产党》③ 第一章第一节"中华民族"中，既指出中华民族"共有数十种少数民族"的事实，又明确指出"中国是一个由多数民族结合而成的拥有广大人口的国家"，"中华民族又是一个有光荣的革命传统和优秀的历史遗产的民族"。④ 与这种语境相适应，石人的《中国民族文艺之史的研究》、赵景深的《民族文学小史》、陈易园的《中国民族文学讲话》、梁乙真的《中国民族文学史》等陆续面世。当然，这里所使用的"民族文学"概念与我们今天所说的少数民族文学并不完全相等，而是更加接近国家文学，亦即中华民族文学。

中华人民共和国成立后，以宪法形式规定了"中华人民共和国是统一的多民族国家"。受统一的多民族国家社会情境的规定，统一的多民族文学以及据此而来的统一的多民族文学研究应运而生。具体而言，兼顾"民族"维度的自觉化、规模化、体系化的民族文学理论批评建设工程开端于新中国，加速于新时期，深化于21世纪。1958年7月，中宣部召开专门会议，拟定编写一部以马克思主义为指导的包括各少数民族文学在内的中国文学发展史，凡暂时无法写出文学史的民族均应编出文学概况，凡有少数民族的省份各编辑一套少数民族文学作品选。会议明确要求，上述工作全部于一年内完成，国庆10周年前必须交稿或出

---

① 广东省社会科学院历史研究室编：《孙中山全集》第2卷，中华书局1981年版，第2页。
② 具体情况可参见马戎主编《"中华民族是一个"：围绕1939年这一议题的大讨论》，社会科学文献出版社2016年版。
③ 1952年修改定稿时，以《中国革命和中国共产党》为题收入《毛泽东选集》第2卷。
④ 毛泽东：《中国革命与中国共产党·第一章》，《共产党人》1940年第4期。

版。事实证明，这次会议的目标基本达成，成为国家推动民族文化发展战略"顶层设计"的光辉范例。不过，相比而言，改革开放的新时期才是中国各民族文学研究的丰收期。1979年年初，贾芝等五人起草了《关于成立少数民族文学研究所的请示报告》。1980年，人民文学出版社出版了唐弢、严家炎主编的《中国现代文学史》（第三册），将视野投向了蒙古族、维吾尔族等少数民族现代作家作品。1983年4月6日，在听取王平凡等人的汇报后，周扬明确指出，"各个少数民族的精神财富，不仅属于本民族，并且也是整个中华民族的宝贵财富，也是世界文化的一个组成部分"；"在国内各民族的关系上，我们党历来强调，不要搞大汉族主义，也不要搞地方民族主义"；"随着社会的发展，各个民族的共同性会越来越多"。①

正是依托解放思想的历史契机，一大批关注中华多民族文学的研究成果特别是史论性著述陆续面世。② 其中，侗族学者邓敏文的《中国多民族文学史论》，从多民族文学史建设的角度，全面总结了中国各民族文学史建设的基本历程和历史经验。夏冠洲、阿扎提·苏里坦、艾光辉主编的四卷本《新疆当代多民族文学史》，对新中国新疆地区汉族、维吾尔族、哈萨克族、柯尔克孜族、蒙古族、回族、满族、塔吉克族、锡伯族9个民族的文学创作成就进行了系统梳理。郎樱、扎拉嘎主编的《中国各民族文学关系研究》分"先秦至唐宋"

---

① 参见《一项开创性的事业——周扬同志谈少数民族文学研究》，《民族文学研究》1983年创刊号。
② 如毛星主编的《中国少数民族文学》，王保林主编的《中国少数民族现代文学》，特·赛音巴雅尔主编的《中国少数民族当代文学史》，杨春的《中国少数民族当代文学史》，桑吉扎西的《中国少数民族文学》，邓敏文的《中国多民族文学史论》，刘亚虎的《中华民族文学关系史（南方卷）》，马学良、梁庭望、张公瑾所著的《中国少数民族文学史》，梁庭望、黄凤显的《中国少数民族文学》，吴重阳的《中国少数民族现当代文学研究》，李鸿然的《中国当代少数民族文学史稿》和《中国当代少数民族文学史论》，等等。郎樱、扎拉嘎主编的《中国各民族文学关系研究》以及关纪新主编的《20世纪中华各民族文学关系研究》等，也具有不同程度的史论性质。"史论"体在民族文学研究领域的兴盛，彰显了我国少数民族文学研究中理论品质的强化和比较意识的自觉。

"元明清"两册,广泛探讨了中国古代各民族神话的关联,考辨了屈原、李白、曹雪芹等作家以及《红楼梦》等经典作品的民族归属问题,较为深入地检视了民族融合对唐诗创作的影响,辩证揭示了蒙汉、满汉、蒙藏等民族文学交流以及南方少数民族作家汉族题材创作所蕴含的基本规律。关纪新主编的《20世纪中华各民族文学关系研究》较为客观地介绍了鲁迅、茅盾、老舍、马宗融、冯牧、玛拉沁夫等对民族文学及其理论批评发展所做的杰出贡献,对老舍、沈从文、张承志、乌热尔图、吉狄马加、阿来等少数民族作家创作进行了汇通式剖析,阐明了民族文学发展中交流互动的必然选择,探寻了我国民族文学从国家文化语境走进全球化浪潮的现代品质。虽然这些研究成果各有侧重,但它们都有一个共同指向——在"统一多民族国家"的总体情境中展开学术探讨。

黑格尔说过:"每种艺术作品都属于它的时代和它的民族,各有特殊环境,依存于特殊的历史的和其他的观念和目的。"[①] 不同的自然地理环境和社会、历史人文环境会给予每一个民族特殊的文化面貌,这些特殊的文化面貌理所当然地体现在相应的文学创作之中。中华多民族文学的叙事表达、情感抒发、主题设定等无不是对各民族生活风情和审美文化等现实境遇与历史文化传统的生动反映,这种从各民族文学作品深处投射出的精神风貌构成了中华多民族文学的主要特征。前述夏冠洲等主编的《新疆当代多民族文学史》"前言"这样阐释"当代多民族文学"观念——"它有两个层次:一是从民族文化上看,体现了新疆当代文学的多样性和丰富性,从文化传统到语言载体都是多民族的;二是共同的时代背景和地域环境,使多民族文学之间互相吸收、借鉴、渗透,形成了一种相互交融的整合状态。因此,研究'当代多民族文学'也不应是一个民族一个民族地孤立进行,在研究不同民族文学的特质、优势、成就的同时,也应研究它们相互之间的

---

① [德]黑格尔:《美学》第1卷,朱光潜译,商务印书馆2009年版,第19页。

联系、渗透与影响，指出其在新疆以至全国多民族文学中的特殊地位和贡献。"①从这个意义上讲，科学的"中华多民族文学史观"源自中华多民族的现实情境以及中华多民族文学的鲜活史实，反过来又一定程度上助益于健康的、可持续的中华多民族文学生态的发展与优化。

"统一多民族国家"的现实情境无疑为中华多民族文学史观提供了法理和学理的双重理论依据。正如李晓峰所言，中华多民族文学史观是基于中国多民族的发展历史和统一的多民族国家的现实属性提出来的，"而中华多民族文学史观所强调的正是'统一的多民族国家'这一中国特定的国家属性"②。多民族国家各民族之间持续不断地交往交流交融，体现在文学中就是各民族文学之间的相互影响，这种国家框架内的跨民族文化交往本身就表现出鲜明的比较诗学特征。

三 "人民共和"社会主义制度的规约

中国民族诗学共同体的最终生成，明显受益于"人民共和"的社会主义制度。社会主义的本质要求是解放生产力，发展生产力，最终实现全民共同富裕；社会主义制度的显著优越性，在于充分尊重人民群众的历史主体地位以及由此而来的生命积极性、生产主动性、生活创造性，以达成富强民主、文明和谐、自由平等、公正法治、爱国敬业、诚信友善的价值目标。受中国特色社会主义制度的总体规约，新中国民族文学事业始终被置于"社会主义多民族国家"的整体话语框架中予以权衡，新中国民族文学及其理论批评共同体的"社会主义"属性随之成为区别于其他社会形态中文学活动的根本属性。

中国社会主义事业的领导核心是中国共产党，这保障了包括民族

---

① 夏冠洲等主编：《新疆当代多民族文学史》小说卷，新疆人民出版社2006年版，第8页。
② 李晓峰、刘大先：《多民族文学史观与中国文学研究范式转型》，中国社会科学出版社2016年版，第245页。

诗学在内的社会主义文学事业的政党立场、国家意志与民众利益相一致。中国特色社会主义对民族平等的突出强调，有效激发了各民族的文化自信心和民族自豪感。在论及新中国民族政策与老舍民族观的转变时，舒乙动情地说："中国共产党的民族政策是中国共产党作为执政党的最成功的政策之一，取得了令全球瞩目的辉煌成就，让中国这个多民族的大国成了当今世界上最稳定最和谐最和睦最少民族纠纷的国家。"①

作为理论范式的"新中国少数民族文学"以及由此而来的新中国民族诗学，既是中国特色社会主义文学及其理论批评的本真体现，也是新中国社会主义文化制度顶层设计的结果。正是在马克思主义民族文化理论和毛泽东《在延安文艺座谈会上的讲话》基本精神的指导下，新中国民族诗学建构之旅稳步起航。1949年7月召开的首届中华全国文学艺术工作者代表大会，毛泽东亲临大会，朱德致辞，周恩来、茅盾、周扬等分别作报告。周扬在7月5日所作的《新的人民的文艺》的报告中明确指出，"《在延安文艺座谈会上的讲话》规定了新中国的文艺的方向"②。玛拉沁夫在为《中国新文艺大系（1976—1982）少数民族文学集》所作的"导言"中，将"社会主义"界定为新中国文学的"共同气质"。他认为："社会主义文学，这是我国五十六个民族的文学的共同气质。只有坚持文学的社会主义方向，我们各民族的文学才能健康地发展，它的艺术成果才能符合各民族人民的根本利益和长远利益。"③

---

① 舒乙：《老舍和少数民族文学》，《广播电视大学学报》（哲学社会科学版）2007年第1期。
② 周扬：《新的人民的文艺——在中华全国文学艺术工作者代表大会上关于解放区文艺运动的报告》，载中华全国文学艺术工作者代表大会宣传处编《中华全国文学艺术工作者代表大会纪念文集》，新华书店1950年版，第70页。
③ 玛拉沁夫：《〈中国新文艺大系（1976—1982）少数民族文学集〉导言》，载玛拉沁夫、吉狄马加主编《中国少数民族文学经典文库（1949—1999）》理论评论卷，云南人民出版社1999年版，第28页。

新中国民族文学及其理论研究的社会主义性质，得到学术界的普遍认同。新中国民族文学话语与社会主义国家文化话语呈现共频状态，需要各民族作家、批评家突破狭隘单一的文化视野，去建构一种超越少数族群的共同文化身份。姚新勇认为，作为学科的中国"少数民族文学"一直被置于"社会主义文学"框架之中，它的发展必然要受到"社会主义"属性的制约。① 刘大先进一步将新中国少数民族文学及其理论批评背后的意识形态本质视为社会历史建构之物，亦即新中国民族文学及其诗学建构与中华人民共和国的总体建构具有社会主义的"同构性"。② 事实正是如此，如果说"人民共和"的社会主义国家主流话语是少数民族作家形成"民族—国家"认同的外部力量的话，那么，新中国所实施的一系列民族文化激励政策以及少数民族地区崭新的社会主义新生活则是少数民族主旋律式创作的内在驱动因素。正是在这种外在力量和内部驱动的共同作用之下，新中国的少数民族作家们普遍执着于书写自身强烈的国家认同情感。所以刘大先说，新中国七十余年少数民族文学的知识生产总是与时代思潮同频共振，它们作为社会主义政治平等和文化正义的产物，始终不断追求着统一多民族社会主义国家"积极的多样性"③。也正是这种"民族平等""人民共和"的社会主义语境，为民族诗学及其比较研究奠定了走向更具包容性与开放性前景的基础。

民族文学与作为现代国家的"新中国"具有"同构性"，现代民族国家的建构为文学叙事提供了清晰的时空边界和明确的叙述对象，民族文学话语必然会受到"新中国"民族国家话语的规约而呈现出与国家意识形态的一致性。吕微认为，在各少数民族文学史的述史过程中，作为国家意志的党政规划、作为民族自我意识的集体幻象和反映学者个人

---

① 姚新勇：《追求的轨迹与困惑——"少数民族文学性"建构的反思》，《民族文学研究》2004年第1期。
② 刘大先：《中国少数民族文学学科之检省》，《文艺理论研究》2007年第6期。
③ 刘大先：《中国少数民族文学研究七十年》，《东吴学术》2019年第5期。

见解的具体写作共同影响着少数民族文学史的撰写，尽管这三种话语权及其组合方式在不同时期有不同的表现，但学者们的述史行为却无一例外地表现出与国家意识形态或隐或显的内在联系。他进而指出，新中国的少数民族文学史编纂工作是"一次用现代思想对民族遗产所作的空前规模的整理，也就是将民族遗产纳入到一个现代方案的历史框架中重新予以定位和解说（批判地继承），使之成为现代民族国家所能理解和接受的历史前提，其成绩是可观的"①。

作为一种国家学术话语，新中国各民族文学及其研究既蕴含着各自民族特有的民族文化特质，更体现出在政治话语与国家意识形态影响下的价值重构特征，因而，对民族文学资源的整理和发掘也就成为新中国国家建制的组成部分。从这种意义上讲，承载着各民族文化传统并见证其历史面貌的民族民间文学也在建构共和国文学秩序的过程中获得了"合法身份"，实现了文化权利层面的平等共生。正是这种"多民族"互文性语境，为民族文学研究走向更具包容性与开放性的比较诗学范式奠定了基础。

四　多民族文学史观的学术牵引

"多民族文学史观"的讨论是21世纪民族文学理论建设的一个新的学术热点。2004年在成都召开的首届"中国多民族文学论坛"标志着这种讨论的正式开始，《民族文学研究》2007年第2期开设了"创建并确立中华多民族文学史观"专栏，持续性地深化了对这一问题的讨论。关纪新、朝戈金、汤晓青、刘大先、曹顺庆、徐新建、姚新勇、李晓峰、欧阳可惺、罗宗宇等数十位学者，以"中国多民族文学论坛"和《民族文学研究》为阵地，在参与"多民族文学史观"讨论的同时建构并拓展着"多民族文学史观"的理论内涵和话语边界。

---

① 吕微：《中国少数民族文学史编写中的学科问题与现代性意识形态》，《民族文学研究》2001年第1期。

追寻并确认各民族文学在中国文学史特别是中国当代文学史上的存在感，是"多民族文学史观"的核心主张所在。概略地说，多民族文学史观对包括少数民族诗学及其比较研究在内的学术牵引作用主要体现在三个方面。

其一，呼应了国族文化战略设计的内在要求。"多民族文学史观"的直接目标是建构"多民族文学史"。"多民族文学史的建立既是中华民族多元共生文化的需要，也是中国文学发展的必然趋势。多民族文学史的建构既可以从中国文学的源头中得到启示，又能够从中国文学历史上的繁荣阶段——南北民族文化的交融中汲取智慧。"① 宏观地看，20世纪初的辛亥革命和"五四"新文化运动，分别从政治和文化层面开启了从"中国文学史"到"中华文学史"的战略设计之旅，这种战略设计属于国家民族总体性文化战略的一部分，并在此后成为具有中国特色的述史规制。

美国汉学家宇文所安认为，"20世纪初开始出现于中国的新的叙事型文学史，在另一种基本方式上完全不同于中国以往对文学史的兴趣，也就是说，这些新的叙事性文学史乃是'中国文学史'。在国家主义的语境中，政府支持新的全国性学校系统和全国性大学系统，文学史书写和中国作为民族国家的新意识变得紧密相连"②。中华人民共和国成立后，现代国族观念犹如一条红线始终贯穿于中国古代文学史、现代文学史和狭义的当代文学史等各种主流版本的书写过程。用现代国族观念引领民族文学创作，统领文学史写作，进而规范文学理论批评观念，其间固然不能排除政治意识形态的必要参与，但历史传统、民族身份、文学面向、学术逻辑等诸多要素的综合规约力量同样不可小觑。要而言之，无论是中国现当代文学史还是中华文学通史，都必须是也只能是中华各

---

① 曹顺庆、付品晶：《多民族文学史的编写问题》，《民族文学研究》2008年第2期。
② ［美］宇文所安：《史中有史（上）——从编辑〈剑桥中国文学史〉谈起》，《读书》2008年第5期。

民族文学共生共享的历史。

其二，尊重了民族共同体建构过程中的现代性"边缘"思维。与"多元一体"的整体性原则异曲同工的是，非一元论思维尤为珍视"一体多元"的涵容性格局。正是在"一体多元"理念的统摄之下，人们将本已明晰的"中华民族文学"强调为"中华多民族文学"，将"中华民族文学史"强化为"中华多民族文学史"。这种看似冗余的强调，显示出学界对于此种陈旧观念的革新意愿。

文学史研究中的非一元论边缘思维，要求述史者承认并尊重少数民族文学、少数民族与汉族文学、中外民族文学之间多元交往交流交融的经验，而且特别看重少数民族与汉族文学之间的互补共生特征。唯有如此，才能有效达成中华民族文学及其历史的整体观照。究其实，中华民族文学及其理论批评内部的所谓"中心/边缘"论只是相对而言的，它们彼此之间具有不同程度的交叉性或叠加性，间性特征非常明显。在现代学术语境中，人们习惯于将汉民族文学和少数民族文学视为异质同构的两大核心文化单元，以求话语阐释和体系建构上的便利。辩证分析，"有关'中心'与'边缘'的理论设想本身只在特定视角中有效，'边缘'在其内部显然自认为'中心'，自其视角望去，主流话语所谓的'中心'才是边缘，这是个双向互动的凝视活动"①。现在可以肯定的是，随着社会经济的快速发展和信息技术的迅猛延伸，中华各民族文学之间的多向互动将以更高频率和更深层次持续推进，中华文化的多元互鉴特征亦愈发明朗。

其三，彰显了"民族"维度在文学研究中的合法性。文学史撰述工程中的文学史观，与人类主体的多种态度、文学现象的多向跨度、述史方式的多元角度密切关联，并据此凝聚成各种文学史的繁复结构。其中，经济基元、政治风向、地理特征、文化思潮、文学流派、传播媒介，抑或是作家族属、作品题旨、语种差异、文体选择、风格类型等，

---

① 刘大先：《中国少数族裔文学的空间话语》，《民族文学研究》2011年第4期。

都是文学史书写中的常规尺度。毫无疑问，"民族"不失为文学史建构活动中多重维度中的重要一维。相对而言，"中国文学史"和"中国文学史观"突出的是统一国家观念，"中华文学史""中华文学史观"侧重于凸显民族国家的整体形象，而"中华民族文学史""中华多民族文学史"和"中华民族文学史观""中华多民族文学史观"则是对文学史写作"民族"维度的特别强调。多民族文学史观在"民族"维度上的特别彰显，体现在以下四个方面：一是中国公民民族成份的复杂性；二是各民族之间不断交融的历史实存性；三是多民族文学共同体的合理合法性；四是设定多民族文学史观是促成多民族文学史的基本前提。据此观之，所谓多民族文学史观实质上强调的是少数民族文学史观，亦即少数民族文学公平入史的问题。

五 民族文学学科建设的基础性铺垫

中国特色民族文学学科建设，起步于中华人民共和国人民当家作主的 20 世纪 50 年代，转型于改革开放的 20 世纪 80 年代，拓展于深化改革和扩大开放的 21 世纪。具体而言，这种学科化基础性铺垫虽然经历了较长时期的积累，但其关键环节集中体现在话语初萌、"民间"拉动、平台托举等主要层面。

（一）"少数民族文学"学科话语初萌

历史地看，"1949 年"对于包括少数民族在内的中国文艺事业来说具有起点乃至焦点意义。同年 7 月，首次文代会通过的《中华全国文学艺术界联合会章程》明确发出"开展国内各少数民族的文学艺术运动"的倡导。9 月，中国人民政治协商会议第一届全体会议通过了《中国人民政治协商会议共同纲领》，要求人民政府帮助各少数民族积极发展政治、经济、文化和教育事业。10 月，茅盾在《人民文学》"发刊词"中提出的重要任务之一就是"开展国内各少数民族的文学活动，使新民主主义的内容与各少数民族的文学形式相结合，各民族间互相交换经验，以促进新中国文学的多方面的发展"①。茅盾关于"少数民族的文学"观念,既受到苏联作家第一次代表大会通过的《苏联作家协会章程》关于民族文学的阐释思路和高尔基关于"少数民族文学"基本看法的启发,② 也获益于 20 世纪 30 年代末中国学术界有关"中华民族"③ 大讨论的辩证思维成果,更重要的则是意欲回应业已发端并持续凸显的中国多民族文学发展的现实诉求。正因如此,李晓峰认为"发刊词"中的"少数民族文学"范畴具有三个层面的学科意义。④

20 世纪 50 年代初,张寿康编的《少数民族文艺论集》收录了费孝通的《发展为少数民族服务的文艺工作》、严立的《开展少数民族的艺术工作》、孜牙萨买提的《新疆各民族的文艺》、钟华的《贵州苗族的民歌》、力文的《藏民歌唱毛主席》、辛弘的《黎族的文艺》以及郭基成等整理的《锡伯族的文艺活动》等文章。在题为《论研究少数民族文艺的方向》的"代序"中,张寿康强调:"少数民族的文艺,是中国文艺中不可少的一部分。因为,我们是一个多民族的国家。"⑤ 他同时指出,高尔基在苏联作家第一次代表大会上所说的"苏维埃文学不仅仅是俄文的文学——这是全联邦的文学"同样适用于表述我国多民族文学现实——"中国文学不仅仅是汉文的文学——这是全中华的文学。"⑥ 他还通过《人民日报》"人民文艺副刊"上的两封"读者来信"和徐特立为"少数民族文物展览会"的题词,进一步阐明了新文学史应包含"中国各民族的文学"的重要性。大体而论,到 20 世纪 50 年代中后期,

---

① 茅盾:《〈人民文学〉发刊词》,《人民文学》1949 年创刊号。
② 参见段宝林《高尔基与苏联少数民族文学》,《民族文学》1982 年第 1 期;李鸿然《少数民族文学:概念的提出与确定》,《民族文学研究》1999 年第 2 期;李琴《中国"少数民族文学"概念溯源》,《民族文学研究》2022 年第 3 期。
③ 参见马戎主编《"中华民族是一个":围绕 1939 年这一议题的大讨论》,社会科学文献出版社 2016 年版。
④ 参见李晓峰《"少数民族文学"构造史》,《当代作家评论》2017 年第 5 期。
⑤ 张寿康编:《少数民族文艺论集》,建业书局 1951 年版,"代序"第 2 页。
⑥ 张寿康编:《少数民族文艺论集》,建业书局 1951 年版,"代序"第 2—3 页。

伴随着老舍关于少数民族文学的"两个报告"① 以及相关少数民族文学史编纂工程的启动,我国少数民族文学研究已经完成从"泛少数民族研究的组成部分"到逐渐独立的"少数民族文学及其研究"的学科化转型之路。

1962年,华中师范学院中国语言文学系编《中国当代文学史稿》明确将少数民族文学发展概况纳入当代文学史的讨论范围,标志着我国少数民族文学及其研究进入高校学科机制。该教材在各阶段"创作成就"部分,专门介绍"兄弟民族文学",认为我国少数民族有着久远的口头文学传统和相应的书面文学实绩,理应成为祖国文学宝库宝贵乃至辉煌的组成部分。②《中国当代文学史稿》关于少数民族"新文学"性质的认定,"正确地解决了少数民族文学的地位问题",标志着作为学科的"少数民族文学"理论话语的正式确立,并在一定程度上规范了"少数民族文学"研究的发展方向。③

(二) 民间文学工程的拉动

启动于20世纪50年代的大规模民族普查,对少数民族文学学科而

---

① 老舍相继作了两个带有阐释党和国家民族文学政策意味的报告。1956年2月底3月初,中国作协第二次理事会(扩大)召开,重点讨论培养青年作家和发展兄弟民族文学的问题,老舍作《关于兄弟民族文学工作的报告》;1960年7月30日,在中国作协第三次理事会(扩大)会上,老舍作《关于少数民族文学工作的报告》。在前一个报告中,老舍总结了新中国少数民族文学创作、资料整理、语言翻译、学术研究等方面的成绩、问题与努力方向,他欣喜地指出:"特别值得我们兴奋的是:有文字的民族,像蒙古、维吾尔、哈萨克,与朝鲜等族,已经有了新时代的现实主义文学。没有文字的民族也产生了用汉文写作的作家。多民族的文艺已不是一句空话了!"老舍强调,要"克服大汉族主义思想和地方民族主义思想"。(参见老舍《关于兄弟民族文学工作的报告》,《民间文学》1956年第3期。)在后一个报告中,老舍讲了五个问题:全面跃进,百花齐放;各少数民族新文学的兴起与文学队伍的成长;搜集、整理古典和民间文学作品,批判继承文学遗产;互相学习,文学交流,培养干部;我们的光荣任务。老舍特别重申,"我国早已是一个统一的多民族国家,各民族在长期相处与交往中,创造了我们整个的祖国历史与文化。在文学方面也是如此。我们各少数民族文学是祖国文学不可分割的一部分。"(参见老舍《关于少数民族文学工作的报告》,《文艺报》1960年8月第15—16期合刊。)

② 华中师范学院中国语言文学系编:《中国当代文学史稿》,科学出版社1962年版,第32页。

③ 何联华:《中国当代少数民族文学》,华中师范大学出版社2015年版,第15页。

言至少具有两方面的重要性：一是为少数民族文学确立民族身份，这是民族文学学科得以成立的核心前提；二是在大规模、全方位民族普查工作中，积累了大量的少数民族民间文学资料，为进一步推进少数民族文学研究和民族文学史的撰写积累了宝贵资源。①

1950年3月29日，"中国民间文艺研究会"②在京成立。周扬在致辞中不仅对中国民间文艺研究会的性质作了清晰阐述，而且也为新中国民间文艺研究设定了方向和基调。他真诚希望："今后通过对中国民间文艺的采集、整理、分析、批判、研究，为新中国文艺创作出更优秀的更丰富的民间文艺作品来。"③郭沫若在题为《我们研究民间文艺的目的》的讲话中，将民间文艺研究会的任务归纳为五点：一是保存并传播珍贵的文学遗产；二是研习民间文艺的优点；三是接受民间的批评与自我批评；四是为历史学家提供最正确的史料；五是进一步发展民间文艺。④为切实推动我国民间文艺及其研究事业的发展，中国民间文艺研究会创办了一份不定期出版的民间文艺研究刊物《民间文艺集刊》（共出版三期），以发表理论研究文章为主，兼顾征集而来的优秀民间文学作品，客观上加快了我国民族文学研究的步伐。

具有焦点意义的事件之一是黄铁、杨知勇、刘绮、公刘等于1954年搜集整理的彝族撒尼人叙事长诗《阿诗玛》正式出版，这是我国少数民族民间文学史上的重要收获。随后，《人民文学》等相继刊发有关

---

① 姚新勇：《追求的轨迹与困惑——"少数民族文学性"建构的反思》，《民族文学研究》2004年第1期。

② 郭沫若任首届会长，老舍、钟敬文任副会长。其宗旨在于，"在中国共产党的领导下，以马克思列宁主义、毛泽东思想为指导，贯彻百花齐放、百家争鸣方针，团结广大民间文学工作者，积极搜集、整理、推广、研究我国各民族民间文学，为繁荣和发展我国社会主义科学文化事业而奋斗！"1987年起，"中国民间文艺研究会"更名为"中国民间文艺家协会"。

③ 周扬：《在中国民间文艺研究会成立大会上的开幕词》，《周扬文集》第2卷，人民文学出版社1985年版，第10页。

④ 参见郭沫若《我们研究民间文学的目的——在中国民间文艺研究会成立大会上的讲话》，载钟敬文主编《中国民间文艺学的新时代——中国民间文艺学四十年》，敦煌文艺出版社1991年版，第7—8页。

研讨文章。在此基础上，由广西师范学院中文系编选的《中国当代文学研究资料·〈阿诗玛〉专集》面世，其中收录了臧克家的《撒尼族人民的叙事长诗——〈阿诗玛〉》、公刘的《〈阿诗玛〉的整理工作》、雪蕾的《读〈阿诗玛〉的一些体会》、孙剑冰的《〈阿诗玛〉试论》、杨知勇的《撒尼族叙事诗〈阿诗玛〉整理经过》等文章，对少数民族民间文学及其理论研究不乏启益。1955 年 4 月，中国民间文艺研究会主办的《民间文学》在京创刊，钟敬文在 4 月 23 日发行的创刊号上发表"发刊词"，明确论述了民间文学的重要意义。

新时期以来，我国民间文学学术推进工程在理论批评和"集成"编撰两大层面成效显著。在理论批评层面，中国民间文艺研究会主办的《民间文学论坛》于 1982 年 5 月正式创刊（2004 年更名为《民间文化论坛》）。该刊是在周扬、钟敬文、贾芝等老一辈民间文艺家的倡导和主持下创办的，以开拓民间文学研究新领域、展示民间文学研究新成果、发展中国马克思主义民间文艺学为宗旨，迄今发表了数千篇相关学术论文，对推进我国民间文学和民族诗学学科建设厥功至伟。在规模化集成方面，"中国民间文学三套集成"[①] 和 "中国民间文学大系"[②] 堪

[①] "中国民间文学三套集成"是《中国民间故事集成》《中国歌谣集成》《中国谚语集成》的统称。该集成倡议于 1981 年，正式启动于 1984 年。由民间文艺学家刘锡诚精心组织，周扬出任编委会主任，钟敬文、贾芝、马学良分别担任"三套集成"的主编。三套书的省卷本计 90 卷，县卷本 4000 余卷，前后历时 20 余载，既收集保存了异常丰富的中华民族非物质文化遗产，也在编选过程中形成了一套具有中国民族特色的民间文学分类标准，并据此凝炼出相对科学的研究方法和工作规范，因而被誉为新中国文化建设工程的"世纪经典"和"文化长城"。

[②] 《中国民间文学大系》是一项正在进行中的大型文化建设工程。2019 年 12 月 25 日，中国文学艺术界联合会、中国民间文学大系出版工程领导小组在北京人民大会堂举行成果发布会，宣布《中国民间文学大系》首批图书推出神话、史诗、传说、故事、歌谣、长诗、说唱、小戏、谚语、谜语、俗语、理论等 12 大门类，共计 1200 余万字。"大系"文库建设是该工程的标志性成果，共分 12 个系列编纂出版，计划到 2025 年付梓 1000 卷，共计 10 亿字。完成后的《中国民间文学大系》将是有史以来搜录民间文学数量最多、内容最丰富、种类最齐全、形式最多样、最具活态性的文库，不仅可充分展现了民间文艺的田野调查成果，而且可望极大地提高我国民族诗学的研究水平，更好地发挥中华优秀传统文化在实现中华民族伟大复兴进程中的助推作用。

称新中国民族文化"拳头产品"和"样板工程"。

关于新中国民间文学及其研究的文学史价值与学术史意义,毛巧晖进行了相对集中的研究。在她看来,何其芳的《从搜集到写定》、钟敬文的《谈口头文学的搜集》、李束为的《民间故事和整理》、柯蓝的《杂谈搜集研究民间文学》、许直的《我采集蒙古民歌的经过和收获》等,都是民间文学搜集、整理活动催生的民族诗学果实。[①] 而《民间文学》的创刊及其所发的相关文章,表明新中国民间文学已经逐步从民俗学、人类学领域剥离出来,并逐步打开了马克思主义多民族民间文学研究的新局面。[②] 总体上说,"民间文学由于其在延安时期对于革命的重要意义,在新中国成立后被纳入'革命中国'构建的进程,成为文学接驳国家话语的重要场域。民间文学在表层政治权力话语的影响中成为'人民文学'的核心与中坚"[③]。据此可见,由于国家主流意识形态的主导,作为理论范式的"口头创作"受到高度重视,民间文学研究随之被纳入国家诗学治理方案。

(三) 民族文学平台的托举

基于我国多民族的实际状况,1949年10月19日,中央人民政府特别设置民族事务工作机构。随后,西北、西南、华北、东北、中南等各大行政区以及民族事务较为集中的省、市、县也陆续成立民族事务主管机构。这些政府主管机构与下述相关研究平台协同发力,共同推动着包括文学及其理论批评在内的新中国民族文艺事业的发展。

一是院所平台。1951年起,国家陆续创办中央民族学院、中南民族学院、西南民族学院、西北民族学院等民族高等院校,奠定了新中国

---

① 参见毛巧晖《国家话语与少数民族民间文学资料搜集整理》,《广西民族师范学院学报》2012年第2期。
② 参见毛巧晖《〈民间文学〉与新中国民间文艺学——基于1955年至1966年〈民间文学〉的考察》,《民族文学研究》2013年第4期。
③ 毛巧晖:《现代民族国家话语与民间文学的理论自觉(1949—1966)》,《江汉论坛》2014年第9期。

民族文学及其理论研究可持续发展的学术基础。1978年，中央民族学院建立了七个少数民族语言文学硕士点，标志着中国少数民族语言文学学科地位的确立。1987年，中央民族学院整合、重组中国少数民族语言文学硕士点和博士点，招生范围扩至全部55个少数民族语言文学，并于1993年更名为中央民族大学。[①] 21世纪以来，国家民委所属其他民族院校全部升格为民族大学，部分省区民族院校如西藏民族学院、青海民族学院、湖北民族学院、广西民族学院、云南民族学院、贵州民族学院等，大都相继更名为民族大学。不仅如此，民族地区的部分综合性或师范类高校如内蒙古大学、内蒙古师范大学、西藏大学、新疆大学、新疆师范大学、伊犁师范大学、广西师范大学、宁夏大学、延边大学、吉首大学等，都开设了与民族语言文学相关的院系或专业。[②] 中国社会科学院少数民族文学研究所于1980年成立，2002年更名为中国社会科学院民族文学研究所。除从事少数民族文学研究外，该所还培养了相当数量的少数民族文学高层次人才。上述不同层次院所的创建，相关少数民族语言文学专业的设置，以及少数民族语言文学学科方向硕士生、博士生的培养，为我国少数民族文学及其研究输送了大量中高层次研究人员及管理人才，其显在和隐性文化辐射功能无可限量。

二是学会平台。1979年6月，中国少数民族文学学会在四川成都成立，贾芝担任学会首任理事长。这是国内第一个全国性民族文学研究组织，也是依托中国社会科学院民族文学研究所的规模庞大、会风优良、持之以恒、辐射广泛的全国性民族文学研究团体。1980年，中国作家协会成立少数民族文学委员会；1985年，由中国作家协会主管的中国少数民族作家学会成立。1993年，中国少数民族比较文学研究

---

① 参见梁庭望《20世纪的中国少数民族文学研究》，《中南民族学院学报》（人文社会科学版）2001年第1期。
② 参见刘大先《中国少数民族文学研究七十年》，《东吴学术》2019年第5期。

会在中央民族大学成立，庹修宏任首届会长，季羡林、乐黛云等知名学者出席成立大会。中国少数民族比较文学研究会旨在通过对少数民族文学的比较研究，开阔视野，探寻规律，探索少数民族比较文学与比较诗学的学科理论和研究方法。这些学术研究组织，对推动新时期以来我国少数民族文学及其比较研究的繁荣与发展发挥了不可替代的作用。此外，诞生于2004年并连续举办十余届的"中国多民族文学论坛"已经成为民族文学研究的品牌平台；中国当代文学研究会少数民族文学分会的相关研讨活动也一并助力我国当代民族诗学研究的发展。

三是期刊平台。1981年《民族文学》创刊，这是由中国作家协会主管、中国作家出版集团主办的国家级少数民族文学月刊。作为我国扶植和培养少数民族作家作品的重要平台，《民族文学》对繁荣我国多民族文学、促进中华民族团结进步具有重要意义。1983年年底，中国社会科学院主管、民族文学研究所主办的《民族文学研究》创刊。该刊作为我国唯一的国家级少数民族文学研究专业期刊，依托所内外乃至国内外优质学术资源，发表了大量高层次的民族文学研究论文，见证并带动了数代学术人才的成长。与《民族文学研究》形成学术合力的，还有《中央民族大学学报》《中南民族大学学报》《西南民族大学学报》《广西民族大学学报》《西北民族大学学报》《云南民族大学学报》《北方民族大学学报》《大连民族大学学报》《贵州民族大学学报》《内蒙古民族大学学报》《青海民族大学学报》《西藏民族大学学报》等十余种民族院校人文社科类学报，它们共同成为推进我国民族文学及其理论批评研究的重要阵地。此外，《贵州社会科学》《青海社会科学》《内蒙古社会科学》以及《文学评论》《当代文坛》《南方文坛》《当代作家评论》等综合期刊、专业期刊以及其他未及尽列的民族地区地方性刊物，也是开展少数民族文学及其理论批评研究的重要学术平台。

四是会议平台。新时期特别是21世纪以来，中国作协、有关科研机构、民族高校以及相关少数民族文学学会，定期或不定期举行各种形制、不同主题的学术研讨会，推出了大量有关民族文学及其理论批评方面的学术论文，造就了大批民族文学研究新人。除前述中国少数民族文学学会、中国少数民族作家学会、中国当代文学研究会少数民族文学分会、中国少数民族比较文学研究会等举办的学术会议外，其他的一些特别会议同样值得历史铭记。譬如，1986年年初，《民族文学》杂志社在京举办的"少数民族文学理论研讨会"；1993年举办的中国少数民族比较文学研究会首届学术讨论会①；21世纪举办十余届的"中国多民族文学论坛"，等等。

五是网站平台。依托中国社会科学院少数民族文学研究所的中国民族文学网于1999年创建，并于2000年立项建设"少数民族文学研究资料库"。该项目由朝戈金、郎樱研究员共同主持完成，最终成果为声像资料2885件、图片资料9776张、文字资料约30879册，涵盖中国少数民族口头文学资料、中国少数民族作家文学资料、中国少数民族古代文学作品及手抄本等多种类别。现在，处于不断补充和完善中的中国民族文学网已经成为民族诗学研究的综合性网络平台。伴随着网络时代的到来，《民族文学》《花的原野》《回族文学》等少数民族文学期刊先后创立了网络版，众多少数民族作家、从事少数民族理论批评的学者以及民族高校担任相关课程教学、科研工作的教师等，可借助相关网络平台发表创作与研究成果。中国少数民族文学学会推出的微信公众号，不定期发布民族文学研究方面的高质量系列论文，已经成为民族文学研究者不可或缺的学术园地。

六是奖励平台。根据主办者的性质，少数民族文学奖可分为国家奖、地方奖、民间奖三类。国家奖主要包括茅盾文学奖、鲁迅文学

---

① 此次会议所涉五大议题具有较强的学理性、前瞻性和比较诗学意味。一是中国少数民族比较文学史的建设问题；二是中国各民族民间文学的比较研究；三是中国少数民族文学与外国文学之间的影响研究；四是各民族作家文学之间的比较研究；五是媒介学方面的理论探讨。

奖、全国优秀儿童文学奖以及专为少数民族文学及其理论批评所设立的"骏马奖"。地方奖由地方政府或地方作协主办。如甘肃省民族事务委员会、甘肃省文学艺术界联合会主办的"少数民族文学奖";重庆市民族宗教事务委员会、重庆市人社局、重庆市文学艺术界联合会、重庆市作家协会共同发起的"重庆文学和艺术奖"(含少数民族文学奖);等等。民间奖主要指具有民间性质的少数民族文学及其理论批评方面的学会或社团奖。如壮族作家创作促进会的"壮文文学奖"、侗族的"鼓楼奖"和"风雨桥"奖,等等。同时,政府部门与民间组织联袂评奖成为21世纪以来少数民族文学奖励的特征之一。如"朵日纳"文学奖由政府主管的内蒙古文联与中国少数民族作家学会等联合评定。可以认为,这些奖项的设立与颁发,既发掘、发现和奖掖了民族地区优秀作家作品和理论研究成果,又吸引、激励和推动着更多作家和学者投身民族文学及其理论研究的行列中来,客观上促进了民族文学事业的繁荣与发展。

七是培训平台。培训平台大体分为两类:一是作家评论家培训班,二是翻译培训班。创作培训班一般由各级作协举办。规模和影响力最大的应该是中国作协所属鲁迅文学院举办的少数民族作家培训班。该班最早于1981年由中国作协文学讲习所(鲁迅文学院前身)开设,至2021年10月,鲁迅文学院已举办各类少数民族作家培训班37期,来自全国各地的少数民族作家逾千人次接受培训。2020年11月底,《民族文学》重点作家评论家培训班暨"多民族文学名家走进延边"文学实践活动在延边朝鲜族自治州举行。2021年6月,由中国作协主办、云南作协协办的"中华民族一家亲"全国少数民族作家培训班在云南大理开班。与此相应,相关民族地区作协也举办了形式多样的创作评论培训班。民族作家评论家培训班对提高民族文学及其理论批评的发展水平、维护和推进国家总体文化战略具有重要意义。至于民族文学翻译培训班,《民族文学》身体力行,率先垂范,无论是"成都班"还是"北京班",在提高民族文学翻译及其研究质量、繁荣发展少数民族文学及其理论批评、推进中华民族共有精神家园建设、铸牢中华民族共同体意识方面发挥了积极作用。

第二节　中国民族比较诗学的建构原则

论及比较诗学研究范围的宽广性，法国学者谢弗雷尔指出："比较诗学的研究范围，像它所评价的文学一样，是无边无际的。最终，它可以导致营造一种真正的'文学理论'：一种对文学的理论探讨，一种建立在广阔而坚实的基础上的文学理论。"① 尽管如此，从知识常规出发，一般将比较诗学的主要研究范围框定在三个方面，即范畴术语的比较研究，理论家批评家的比较研究，文论观念及其体系的比较研究。厄尔·迈纳一方面认可比较诗学的跨文化性质，另一方面又作出必要限定，"在已有的实际研究中，比较主要是文化内部的，甚至是国家内部的"②。1983年，他对中国学者季羡林的观点作出如此呼应——"那种认为比较研究只能限定在两种文学（或两国语言）以上的范围内的看法只是一种约定俗成的偏见，不是合乎逻辑的科学推论……中国文学历史悠久，崇尚古风，也完全可以在本身范围内找到许多比较研究的理想课题。"③

那么，究竟怎样开展民族比较诗学及其体系的建构呢？以下四项基本原则为我们提供了基本依循，即可比性、跨越性、文学性、理论性。

---

① [法] 伊维·谢弗雷尔：《走向比较诗学？》，任生名译，《中国比较文学》2001年第1期。
② [美] 厄尔·迈纳：《比较诗学——文学理论的跨文化研究札记》，王宇根、宋伟杰译，中央编译出版社1998年版，第5页。
③ [美] 厄尔·迈纳：《比较诗学：比较文学理论和方法论上的几个课题》，鲁效阳译，《中国比较文学》1984年创刊号。本文标题"比较诗学"亦即"比较文学理论"，它是作者提交给1983年8月在北京举行的中美双边比较文学研讨会的会议论文。

一 可比性原则

1982年，季羡林在《比较文学随谈》中论及比较文学和比较诗学的可比性问题。其中，他特别强调了两个要点。其一，"比较"生成于异同之间——"如果完全一样，那就用不着比较。如果完全不一样，则无从比较。只有介乎一样与不一样之间，比较方法才能应用得上"。其二，中国、印度、古希腊罗马这三大自成体系的文艺理论板块，"更是我们分析研究的主要对象。我们要看一看其间同在何处，异在何处……逐渐能使用明确的、科学的语言把这些线索和规律表达出来"。①

根据比较文学的现行通则，民族比较诗学的可比性同样需要具备相应的基本前提，如同源性、类同性、异质性、变异性等。同源性本是比较生物学的核心概念，一般指两种核酸分子的核苷酸序列之间或两种蛋白质分子的氨基酸序列之间的相似程度，后用以借指进化过程中源于同一祖先不同分支之间的关系。此处主要是指相关民族诗学在进化史上拥有某些共同的文化渊源，其价值目标主要是同中见异。所谓类同性，指没有直接影响关系的不同国家、不同民族的诗学所表现出来的相似性与契合度。这种相类求同的优势在于，便于进行非实证性的跨国、跨族、跨语平行研究，有利于促进不同诗学形态间的互见、互证和互补。异质性，指不同事物之间某些本质特征上的差异性，这里主要是指不同国家、民族、语际、文化之间诗学形态的差异性。通过异中求同，可以更好地寻求不同诗学体系、诗学话语的共通性，更有效地把握民族、国家乃至世界诗学共同体的基本规律。而变异性，本指事物在其发生、发展、译介、传播、接受过程中的变动性和延异性，在比较诗学领域，是指某些诗学观念、原则、概念、范畴、方法等在文化旅行过程中的变化与异动属性。从知识谱系学角度看，影响比较更多地表现为同源性和变异性，平行比较则更为关注类

---

① 季羡林：《比较文学与民间文学》，北京大学出版社1991年版，第161页。

同性或异质性。

陈惇关于比较文学可比性问题的阐述，同样适用于民族比较诗学。他认为，各种文学现象间的亲缘关系、交叉关系和价值关系，是从事文学比较活动的客观基础。① 他所说的"亲缘关系"，是指各个民族文学之间相互碰撞、相互吸收、相互融合、相互促进的关系。这种关系既广泛存在于不同民族文学及其理论批评之间，也常常体现在不同国家的文学及其理论批评之间。中国古代文论与日本古代文论、英国文论与美国文论以及《圣经·创世记》和弥尔顿的《失乐园》等，十分明显地存在着亲缘关系和因果联系。亲缘关系多表现为影响研究。相比而言，非亲缘性价值关系适用于平行研究。这种研究意味着打通种种既定界限，使文学研究在一定程度上超越时间和学科限制，在可比性条件下，将不同民族、不同时代的文学及其理论批评现象纳入研究轨道。苏联学者日尔蒙斯基将这种非亲缘联系称作"历史类型学的相似或者契合"。他说："人类的社会历史发展的共同过程具有一致性和规律性的思想，是历史比较研究各民族文学的基本前提。"②

扎拉嘎则将可比性视为不同事物间的某种"同质"关系，并将其细化为三种形态。

一是平行比较形态。文学平行本质的比较研究，是不可通约的联结和不可通约的比较。他认为，中国各民族文学之间既有相互影响的关系，也有平行比较关系。因此，对于中国民族文学及其理论批评的比较研究，既可以进行影响研究，也可以进行平行比较。

二是关联影响形态。扎拉嘎认为，有必要严肃区分汉语文学史与汉族文学史这两个概念，历史上那些用汉语进行创作的作家，往往显示出双重文学属性，这是需要正视并应加以研究的。其意是，汉语或汉文创

---

① 参见陈惇《论可比性——比较文学的一个重要理论问题》，《北京师范大学学报》（人文社会科学版）2000年第3期。

② ［苏联］日尔蒙斯基：《对文学进行历史比较研究的问题》，倪蕊琴译，载干永昌等选编《比较文学研究译文集》，上海译文出版社1985年版，第285页。

作不等于汉族文学创作；同理，汉语诗学也不等同于汉族诗学，它更可能是包括汉族和相关少数民族在内的中华民族共同的广义的民族诗学，这在新中国推广汉语普通话的语境中表现得尤为充分。任何不同民族的两部存在影响关系的作品之间，可能同时存在三种倾向：一是总体受到一定影响；二是某些部分不曾受到影响；三是某些方面突破可能的影响。这意味着，不仅中华民族内部各民族文学及其理论批评之间彼此关联，相互影响，而且，从世界范围来看，前述比较视野中的文学及其理论批评的"亲缘关系"，也表明文化形态交流互渗、网状辐射已经成为普遍规律。这也同时表明，世界上不存在没有平行关系的影响关系，影响研究本身也属于平行研究的特殊例证。

三是交融互惠形态。扎拉嘎指出，中国各民族的文化、文学都不可能是孤立发展起来的，而是你中有我，我中有你，交融互惠。因而，应将相互作用的原则贯彻到多民族文学史观以及少数民族比较研究的现代转型之中。

二 跨越性原则

中国当代民族比较诗学建构中的跨越性原则，主要是指跨国族、跨语际、跨文类、跨学科、跨文化等跨界特征。

必须承认，当我们论及诸如民族、民族文学、民族诗学时，同时也意味着是在关系、间性和比照的意义上来谈论问题的。根据季羡林和厄尔·迈纳的观点，在中国这样一个多民族大国，比较文学和比较诗学拥有多向、多维阐释空间。相关学者已经注意到，中国内部的"民族间性"，促使我们不得不考虑民族身份的跨越以及文学形态的共享问题。正因为民族间性问题的客观存在，所以我们必须面对中国民族诗学建构中的跨界形象。严格来说，比较诗学研究所要跨越的，首先是民族界限，其次才是国家界限。至于语际和文化因素，本原地、先在地蕴含于民族、国家元素之中。同一民族诗学思想，也可能属于同一文化传统，只有在不同文化传统体系的比较中才有可能发现具有普遍意义的基本规律。从这个层面上说，"跨民族"比较的根本旨归在于"跨文化"比较。质言之，在比较诗学研究中，跨民族、跨国界、跨语际常常处于异质同构的有机文化运作之中。

陈惇持"四跨"说。他认为，"比较文学是一种跨民族、跨语言、跨文化、跨学科的文学研究"①。同理，比较诗学研究领域通常在两国、两民族及其以上文学理论批评之间进行。就此而言，比较诗学也可称作跨界诗学关系学，民族比较诗学也就是少数民族之间、少数民族与汉民族之间、少数民族与外国之间的诗学关系学。傅钱余曾论及黑格尔美学思想对民族文学研究观念和方法的指导价值，对我们全面认识民族比较诗学的跨学科性质有一定启示。②

1985年中国比较文学学会成立时，对相关问题进行了宏观思考。与会代表在反思《韦氏新世界词典》关于比较文学"跨国"性质的界定时，主张扩大既有比较文学学科边界，认为跨国性"大世界"和一国内"小世界"的作家作品以及其他文学现象之间都可进行比较研究。据张首映描述，首届研讨会的显著特点，就是突出少数民族文学与汉族文学、少数民族文学与外国文学之间的关系研究。③

在民族诗学的跨界比较中，经济、政治、文化情境的参证是前提，诗学本体的比较是核心，影响绩效或规律性总结是目标。一般而言，处于优势地位和领先水平的诗学形态在比较性研究中享有更多的施加机

---

① 陈惇：《论可比性——比较文学的一个重要理论问题》，《北京师范大学学报》（人文社会科学版）2000年第3期。

② 傅钱余认为，"民族文学理论的建设也需要来自于其他学科的理论方法作为借鉴的资源，在这样的视野中，重读黑格尔的《美学》，能够启发我们重新思考民族文学研究，一是黑格尔辩证法对关系的重视可以纠正当前民族文学研究和民族文学创作中的'单边'局限；二是黑格尔对自然美的重视进而体现的对人和自然关系的看法，启示我们关注民族文学中的自然观、生态观；三是黑格尔提出的文体'变种'的思路有利于我们思考少数民族文体特殊性及其相关问题。"参见傅钱余《黑格尔美学思想对民族文学理论的启示举隅》，《湖北民族学院学报》（哲学社会科学版）2011年第1期。

③ 参见张首映《中国比较文学学会首届年会论文撮要》，《文艺研究》1986年第2期。

缘，因而造成民族文学及其理论批评间跨界交流比较的非均衡性。诚如姚新勇所说，中国文学及其理论批评格局无疑是中华各民族之间交流互动的结果，"但这种互动的盲动性、错综性、不平衡性，决定了我们不可能为之发现一个充分、有效的历史框架，将错综复杂、参差不齐的中华各民族文学整体纳入进来，进行有效的解释"[①]。在这种情形之下，发现并建构弹性的、灵动的、富有涵盖力的中国多民族文学及其理论批评的整体性结构，恰恰是我们努力的方向。

三 文学性原则

一般认为，"文学性"作为明确的诗学概念，最初由俄国形式主义批评家雅各布森提出。他于1919年在莫斯科语言学派和彼得格勒诗学研究群发表、1921年于布拉格成书出版的《晚近俄国诗——侧写之一：维立密尔·克勒伯尼可夫》中，将文学科学的研究对象指认为"文学性"，亦即使一部既定作品成为文学作品的特性。该作先后被翻译为德语、英语和法语，广有影响。据张汉良考证，在雅各布森看来，理解某首新诗的语言可以有三种切入角度，并要把握三重"关系"：一是它和现存诗歌传统的关系；二是它和当时日常语言的关系；三是它和当时发展着的诗歌风格的关系。[②] 雅各布森认为，要将诗学建构为一种独立学科，首先必须彰显诗作或文学的独特性——追求具有美学功能的语言。1958年，雅各布森进一步将诗学研究对象定位为语言艺术（verbal art），而不仅仅是诗的艺术，并认可"诗学在文学研究中处于领先地位"[③]。雅

[①] 姚新勇：《关于"多民族文学史"研究的断想》，《民族文学研究》2007年第2期。
[②] 参见张汉良《"文学性"与比较诗学——一项知识的考掘》，《中国比较文学》2012年第1期。
[③] "Poetics deals primarily with the question. What makes a verbal message a work of art? Because the main subject of poetics is the differentia specific of verbal art in relation to other arts and in relation to other kinds of verbal behavior, poetics is entitled to the leading place in literary studies", Roman Jakobson, *Closing Statement: Linguistics and Poetics*. in Thomas A. Sebeoked., *Style in Language*, Cambridge, Mass: MIT Press, 1960, p. 350.

各布森关于文学性之于诗学及其比较研究极端重要性的强调，不仅源自他对语言艺术文学性的偏好，事实上也借力于他对"人脑与语言结构相互发明"的诸多实验。为此，自20世纪30年代末开始，他广泛涉猎了与认知语言高度相关的各种后设性知识系统——生理学、心理学、医学以及语言哲学。

厄尔·迈纳的比较诗学思想简明、清晰而深刻，既强调比较立场的相对性和比较方法的灵活性，也尊重比较本体的文学性及其自主性。纪建勋、张建锋认为，作为跨文化比较诗学奠基人的厄尔·迈纳，其比较诗学研究表现出对"文学自主性"的深刻体察，并始终坚守鲜明的"文学本位"立场。在此基础上，厄尔·迈纳细致地清理了东西方诗学传统，透辟地揭示了比较视域下"文学"及"文类"的本质，并深刻阐明了东西方诗学差异性背后的历史与文化成因，在比较诗学史上具有固本守正的重要意义。①

关于比较诗学的学科建制，余虹表达了自己的见解——比较诗学以及中国式比较文艺学，均为现代性"文学"体制中建立起来的比较理论批评范式，属于文学研究或文学科学的一部分。问题在于，20世纪语言论转向以来，经由科学主义与审美主义的携手操持，文学理论批评貌似成为研究文本活动的一种科学。但这显然是一种现代性幻觉，比较诗学恰好分享了这一幻觉，因为它一度沉迷于过于封闭的文学圈中难以自拔。鉴于比较诗学既是文学诗学，也是文化诗学和社会诗学，因此有必要倡导一种开放的比较诗学观。② 毫无疑问，余虹的辩证反思不无启示意义。但同样必须坚守的是，文学与文学性确实是比较诗学的核心基因。陈惇认为，只有文学才是比较文学的出发点和归宿点。但在比较研究实践中，相当一部分学者往往更为看重比较对象间的影响类型、途

---

① 参见纪建勋、张建锋《"文学自主"与"文学本位"：厄尔·迈纳跨文化比较诗学方法论刍议》，《文艺理论研究》2018年第1期。
② 参见余虹《"文学"下放：批评理论与比较诗学的家族意识》，《外国文学研究》2003年第3期。

径、效果或高度宏观的规律性总结，因而经常发生偏离文学性的问题。韦勒克也非常重视比较文学和比较诗学研究中的文学性向度。而在陈惇看来，比较文学对象的文学性，并不完全等同于韦勒克所说的"文学性"，而是指比较文学研究过程必须紧紧围绕文学这个中心，亦即不能回到封闭式的文学内部研究。

姚新勇将新中国少数民族的文学性建构历程分为两个阶段。第一个阶段，20世纪50年代开始，少数民族文学被赋予社会主义属性；第二阶段，从新时期到21世纪，主要表现少数民族文学对民族性的自在追求。[1] 据此，作者从建构新中国"少数民族文学性"的角度，经由历史的、现实的、学科的、理论的分析，梳理了少数民族文学从"社会主义性"到"民族性"演变的话语轨迹，阐述了这一演变的非反思性、过渡性带给少数民族文学理论研究的制约性，剖析了少数民族文学"民族性"追求之于少数民族文化身份建构与多元一体中国文化建构的逻辑悖论。他比较后认为，从学科话语建构史的角度看，不存在天然的、本质性的少数民族文学，而只有被建构起来的特定的"少数民族文学"。[2]

上述关于文学、文学性、民族文学之于包括少数民族比较研究在内的比较诗学建构的重要性和非唯一性的论述，事实上以潜在比较思维的方式重申了诗学比较的核心基点。

四 理论性原则

凌晨光认为，"诗学，按照现在通常的理解，其中的'诗'是'文学'的代称，不仅仅指'诗歌'这样一种具体的文学体裁样式，因此

---

[1] 参见姚新勇《追求的轨迹与困惑——"少数民族文学性"建构的反思》，《民族文学研究》2004年第1期。
[2] 参见姚新勇《追求的轨迹与困惑——"少数民族文学性"建构的反思》，《民族文学研究》2004年第1期。

'诗学'即'文学学',也就是文学理论,比较诗学也就是比较文论"①。民族比较诗学既然是以民族文学理论批评为出发点的比较,那么,除可比性、跨越性、文学性原则外,理论性无疑是比较诗学实践的基本价值追求。

进行民族比较诗学研究必须以文学史视域中的民族作家、作品、风格、思潮、流派等为依据,以各民族文学批评为基础,谋求民族比较诗学建构中哲理性、思想性、科学性的有机统一。具体而言,进行包括少数民族在内的比较诗学研究的理论性原则主要有三项指标:一是坚实的相关学科理论根基;二是自觉的方法论意识;三是理论阐释的深刻性与自洽性。在真正的民族诗学及其比较研究实践中,这三项指标通常是有机融合在一起的。

马学良、梁庭望、王佑夫、扎拉嘎、关纪新、朝戈金、汤晓青、姚新勇、欧阳可惺、李晓峰、刘大先等一批学者关于民族文学理论批评及其部分比较研究成果,具有相对突出的学理性。扎拉嘎甚至要求必须突出比较文学和比较诗学研究的哲学意涵。在他看来,在多民族文学研究中,重新理解并认真对待比较思维是重要的理论课题。

新时期以来比较视域中的民族诗学研究著述中,《多重选择的世界——当代少数民族作家文学的理论描述》堪称理论掘进之作。该作在马克思主义唯物史观的指导下,以新中国少数民族主流创作——作家文学为考察对象,综合运用社会学、文化学、民族学、心理学、语言学、文艺美学等多学科交叉的理论与方法,系统而深入地探讨了当代少数民族文学的历史定位、少数民族作家与民族文化传统、少数民族文学的双语创作、少数民族文学的历史文化批判意识与审美意识、中华各民族文学互动状态下的多元发展等问题,明确提出加强少数民族文学理论系统建构的主张。"尤为值得关注的是,该著基于作家创作与文化传统相互关系的深层考辨,创造性地总结出少数民族创作主

---

① 凌晨光:《比较诗学与各种艺术的相互阐发》,《百家评论》2017年第5期。

体的三大类型：文化自律型、认祖归宗型和文化他附型；基于少数民族文学审美意识的生成逻辑，深刻揭示了民族生活对于形成特定民族独特审美心理结构的规约作用；基于少数民族文学相对自足的现代批判观念，凸显了少数民族文学作为当代进步文化形态之一所必须坚持的启蒙主义精神和科学的民族文化观；基于世界文学总体生态平衡的未来眼光和开放胸怀，提出了民族文学多元、持续发展的道路选择与范式兼容问题。"① 由此可见，《多重选择的世界——当代少数民族作家文学的理论描述》在少数民族诗学内涵式深度比较研究方面具有垦拓性示范价值。

当然，从学科建构逻辑上看，民族比较诗学应以民族比较文学批评学为基础。这也正是我们将"民族诗学"研究范围定位于"民族文学理论批评"的最初缘由。相关学者已经意识到民族文学批评对于民族文学理论的发展以及在此基础上进行民族比较诗学体系建构的重要作用。如朱斌等认为："各民族文学理论、文学思想的比较，要以各民族文学具体文学史和文学批评的比较为基础。"②

事实上，不仅民族比较诗学建构追求相应的理论性、体系性与逻辑性，即便是文学创作，也需要相应思想和理论的支撑。一个优秀的民族作家，必须具备五种基本素养，即丰厚的生活积累、完整的知识结构、超拔的思想境界、健康的审美趣味和独特的表达技巧。毫无疑问，相对完整的知识结构可望保证作家在感性积累的基础上对社会人生进行全面、理性而辩证的审视，从而增强文学作品的力度。这里所说的"知识"，既包括历时性的古代和现代生活知识，也指涉共时性的本土和异域理论知识，既关联哲学、政治、经济、法律、伦理、宗教等知识背景，也涵盖社会学、人类学、民俗学、文化学、美学、文艺学、心理

---

① 龚举善：《新中国少数民族文学总体研究的方法论选择》，《民族文学研究》2016年第4期。
② 朱斌、张瑜：《对我国少数民族文学比较研究的反思》，《北方民族大学学报》（哲学社会科学版）2011年第2期。

学、语言学等方面的学科储备。① 除硬性的知识结构保障，富有弹性的思想境界也是一个作家成功和成熟的标志。正如孙绍振所说："有些作家在生活经历上比较曲折，有传奇色彩的人生经历，但是思想欠深刻，感情上也不够丰富多彩，缺乏对生活独特的深邃见解，这些作家有时可能以题材的特异和情节的曲折取胜，写出某些轰动一时的作品来，但是由于思想情趣比较平庸，艺术上就缺乏创造，这些作品的生命力就难免受到影响。"②

---

① 参见龚举善《作家主体综合素养论》，《郧阳师范高等专科学校学报》2011年第1期。
② 孙绍振：《作家的心理素质》，《当代文艺探索》1985年创刊号。

第二章

中国民族比较诗学的概念谱系与核心语域

中国民族比较诗学的学科形制，离不开相应的概念谱系；而作为体系化建构的重要标志，应看其是否拥有相对自足同时又具有相应普适性的核心话语系统。新中国少数民族比较诗学及其体系建构的概念谱系和核心语域，构成该学科的知识根基和本体支点。

第一节 中国民族比较诗学的概念谱系

新中国民族比较诗学的概念谱系，主要由三大概念单元构成：一是"民族"与民族文学、少数民族文学；二是比较文学与少数民族比较文学；三是诗学、比较诗学和少数民族比较诗学。

一 "民族"与民族文学、少数民族文学

关于"民族"的概念，历来所见殊异，但都无一例外地指向"共同体"，即承认其内在存在着有关的趋同性因素。据考，《荷马史诗·伊利亚特》中就出现过"民族"一词。但影响较大的系统化的民族理论则出现在19世纪中期。法国学者吉尔·德拉诺瓦认为："从其广度、韧性、变化来说，民族现象主宰了整个19世纪和20世

纪的历史。"① 1851年，意大利学者马齐提出民族的"六同"说，即共同的居住地区、共同的起源、共同的语言、共同的风俗习惯、共同的经历、共同的法律和宗教。② 次年，德裔瑞士籍政治学家 J. K. 布伦奇利提出"八同"说。"八同"说将民族特征概括为八个方面，即同居一地，同一血统，同一肢体形状，同一语言，同一文字，同一宗教，同一风俗，同一生计。③ 在英国马克思主义历史学家埃里克·霍布斯鲍姆看来，"现代意义及政治意义上的民族，是相当晚近才出现的"④。苏联汉学家刘克甫关于"民族"的新定义无疑具有视野上的参考价值——"民族"是以共同的地域、经济生活、婚姻为"形成条件"，以共同的语言、物质、精神文化为"客观特征"，以自我意识和自我称谓为"根本要素"的"社会共同体"。⑤

我国"民族"一词的最初启用有本土、译介两说。本土说认为，"民族"源自中国传统文献，如东汉学者郑玄的《礼记注疏》有"大夫不得特立宗社，与民族居百家以上"的记载；南朝史学家萧子显撰写的《南齐书》载顾欢《夏夷论》之言"今诸华士女，民族弗革，而露首偏踞，滥用夷礼"；唐代李筌的《太白阴经》序言载"智人得之以守封疆，挫强敌；愚人得之以倾宗社，灭民族"。1882年，王韬提出"民族繁殖，物产饶富"的观点，胡适有"中国民族拿来开化这些民族的材料，只是中国的古文明"⑥的论断。凡此种种，虽与今天通行的狭义"民族"内涵并不完全相同，但显然具有种族乃至族群意涵的局部会通。

梁启超对民族问题的研究可谓既专业又精到，其特别贡献主要体现

---

① [法]吉尔·德拉诺瓦：《民族与民族主义：理论基础与历史经验》，郑文彬、洪晖译，生活·读书·新知三联书店2005年版，第14页。
② Otto Bauer, *The Question of Nationalities and Social Democracy*, Minneapolis: University of Minnesota Press, 2000, p. 113.
③ 参见梁启超《政治学大家伯伦知理之学说》，《饮冰室文集点校》第1卷，云南教育出版社2001年版，第452页。
④ [英]埃里克·霍布斯鲍姆：《民族与民族主义》，李金梅译，上海人民出版社2000年版，第20页。
⑤ 参见贺国安《刘克甫谈汉民族研究与民族理论问题》，《民族研究》1987年第4期。
⑥ 胡适：《白话文学史》，上海古籍出版社1999年版，第9页。

在四个层面。一是自觉阐发了具有中国特色的"民族"概念;二是于1899年和1902年分别在《东籍月旦》《论中国学术思想变迁之大势》中先后采用了"东方民族"和"中华民族"概念;三是较为全面地介绍了布伦奇利的"八同"民族观;四是较为深入地考辨了中华民族一体多元的共同体特征。由此可见,梁启超不仅是我国近代民族理论研究的集大成者,而且是中国文化史上从学理上深入、系统地探究民族问题的卓越学者。

无论是古代部落族裔向民族国家的凝聚,还是近现代以来特别是新中国对于民族群落的身份识别,"民族"都离不开"国家"的总体政治安排。因此,"国家"和"民族"常常被统合为"国族","中华民族"便是典型的"国族一体"范畴。1893年,孙中山倡立兴中会时,以"驱除鞑虏,恢复中华"为宗旨。12年后,中国同盟会成立,其政治纲领被扩展为"驱除鞑虏,恢复中华,创立民国,平均地权"。后来,针对形势的发展特别是帝国主义对于中国半殖民地、次殖民地统治的实际情形,孙中山改而主张"五族平等""五族共和",进一步将民族主义与国家利益结合起来,从而开拓出民族主义的全新境界。1924年,在关于"三民主义"的系列演讲中,孙中山不仅将民族主义置于首位,而且明确提出了民族认同的"五力"要素——血统、生活、语言、宗教、风习。其中,在"民族主义"第五讲中,他大力倡导恢复民族精神:"中国退化到现在地位的原因,是由于失了民族的精神……如果不想方法来恢复民族主义,中国将来不但是要亡国,或者要亡种。"[1] 基于此种忧患意识,他明确主张"由宗族主义扩充到国族主义"[2],甚至认为"民族主义就是国族主义"[3]。

基于上述简要梳理,可以认为,民族、国族都是中国文化系统中的

---

[1] 广东社会科学院历史研究所编:《孙中山全集》第9卷,中华书局1986年版,第232页。
[2] 广东社会科学院历史研究所编:《孙中山全集》第9卷,中华书局1986年版,第238页。
[3] 广东社会科学院历史研究所编:《孙中山全集》第9卷,中华书局1986年版,第185页。

原生概念。对此，郝时远做了深入考辨。郝时远认为，在中国古代文献中，"民族"作为名词形式应用于宗族之属和华夷之别的一些例证，证明了"民族"一词是古汉语的固有名词。在近代中文文献中，具有现代意义的"民族"一词出现在19世纪30年代。日文中的"民族"一词见诸19世纪70年代翻译的西方著述之中，系受汉学影响。但是，"民族"一词在日译西方著作中明确对应了volk、ethnos和nation等词语，这些著作对nation等词语的定义及其相关理论，对清末民初的中国民族主义思潮产生了直接影响。进而，他对"民族"一词的东方流转作出宏观勾勒——古汉语"民族"一词在近代传入日本，并被赋予了现代意义。中国人主要从日译西书中接受了西方有关现代民族——国家时代的"国民""民族"含义，在建构现代中国和中华民族的探索中，经历了从传统"宗族的种族"到近代"民族的种族"的转化。①

　　关纪新、朝戈金基于民族问题的历史性与现实性，认为民族环境下的文化及其组成部分——文学必定附带民族色彩。因为，"在人类自身还没有脱离'民族'这一特定历史阶段时，文学就必定是民族的文学。民族文化就必定要表现在文学活动中"②。民族文化是一个相对稳定并能综合反映民族整个存在状况的综合体。民族文化对文学活动的影响，其主体性关键在于作家的族籍。因此，只要一个作家戴着本民族的"文化眼镜"观照生活，无论他书写哪个民族的题材，其作品仍然具有本民族的民族性。

　　从学科归属角度看，民族文学是按照文学创作、传播、接受中的族属身份来辨识文学属性的一种类型学方法。广义的民族文学自然包含少数民族文学，但绝不仅仅等于少数民族文学。在中国这一统一的多民族

---

　　① 参见郝时远《中文"民族"一词源流考辨》，《民族研究》2004年第6期。类似的观点还可参见茹莹《汉语"民族"一词在我国的最早出现》，《世界民族》2001年第6期；黄兴涛《"民族"一词究竟何时在中文里出现》，《浙江学刊》2002年第1期；方维规《论近代思想史上的"民族""Nation"与"中国"》，中国香港《二十一世纪》2002年4月号；邸永君《"民族"一词见于〈南齐书〉》，《民族研究》2004年第3期等相关论文。

　　② 关纪新、朝戈金：《多重选择的世界——当代少数民族作家文学的理论描述》，中央民族大学出版社1995年版，第38页。

国家内部，56个民族的文学集合体构成中华民族文学，也就是通常所说的"中国文学"。

同时，因为"民族"的想象性、认同性以及"文学"自身的精神性及其复杂性，"民族文学"及其理论批评自然也就具有多样性和流动性，进而导致民族比较诗学研究的多维性和动态性。韦勒克曾经指出，比较文学"首先是关于口头文学的研究"，其次是"对两种或更多种文学之间的关系的研究"。① 民族文学与口头文学的天然联系，意味着两种及两种以上民族的文学之间完全可以进行比较研究。循此思路，两种及其以上的民族文学理论之间也拥有比较的合法性。如此说来，"比较是所有的批评和科学都使用的方法"②，民族诗学当然也不例外。刘为钦曾谈及韦勒克、沃伦《文学理论》中的"national literature"概念，认为这里的national既有"国家"意涵，也有"民族"指向。在欧陆语系中，无论是英语中的national literature，法语中的la littérature nationale，还是德语中的nationale literatur，既可译成"国别文学"，也可译为"民族文学"。在这种情况下，进一步明确并规范民族文学以及由此而来的民族文学理论批评就显得十分必要。

关于"民族文学"特别是中国化的"少数民族文学"概念的缘起以及划分标准，段宝林、李鸿然、李琴等有相应介绍。归纳相关学术界定，"民族文学"大体有广义、中义、狭义之分。③ 无论在何种

---

① ［美］雷·韦勒克、奥·沃伦：《文学理论》，刘象愚等译，生活·读书·新知三联书店1984年版，第41—42页。
② ［美］雷·韦勒克、奥·沃伦：《文学理论》，刘象愚等译，生活·读书·新知三联书店1984年版，第40页。
③ 广义的民族文学泛指一切含有民族题材、民族风格、民族意识和民族审美特质的文学，既包括少数民族作家用本民族语言书写本民族生活、他民族生活的文学，也包括少数民族作家用他民族语言书写本民族、他民族生活的文学，还包括汉族作家用汉语书写的涵容少数民族与汉民族生活的文学。中义的民族文学指涉少数民族作家书写的反映一切相关民族生活的文学集合体。狭义的民族文学专指少数民族作家创作的反映作家本民族生活，表现作家本民族价值观念和审美情趣的文学。无论作家是用本民族语言写作还是用他民族语言写作，都能彰显其所属民族的文学精神；它是民族文学的"标本"，是民族文学研究的主要对象，自然是民族文学史写作的核心内容。

层面上界定"少数民族文学",必须首先确认这样一个逻辑基点——作为新中国文学概念谱系有机组成部分的"少数民族文学"是社会主义文化综合建构的产物。茅盾根据1949年7月第一次文代会通过的《中华全国文学艺术界联合会章程》中"开展国内各少数民族的文学艺术运动"的规定,在1949年10月《人民文学》公开发表的"发刊词"中明确提出具有中国当代特色的"少数民族文学"概念。这一概念不仅对新中国文学的性质、任务、目标、理论资源与批评范式等做出明确界定,而且将"开展国内各少数民族的文学活动"作为重要文化倡导。

我国学术界关于"少数民族文学"的评判标准,大致有一元论和多元论之分。玛拉沁夫等主张"三要素"论——少数民族族属身份,少数民族生活内容,少数民族语言文字。他明确提出:"以作者的少数民族族属作为前提,再加上民族生活内容和民族语言文字这二者或是这二者之一,即为少数民族文学。"[1] 现在看来,少数民族文学"三要素"说相对周全,但也不可避免地窄化了少数民族文学的生存与生长空间。徐其超梳理后认为,从新中国成立前夕提出"少数民族文学"概念,到20世纪80年代民族文学标准大讨论,"民族文学"和"少数民族文学"无论作为范畴还是学科,都未得到圆满解决。[2] 他比较后指出,无论是族籍、语言、题材"三要素标准"说,还是"文化综合形态标准"说,都不及何其芳1961年所提出的"判断作品所属民族一般只能以作者的民族成分为依据"。他强调,"族籍标准"说内涵明确。具体而言,"少数民族文学是少数民族人民和少数民族作者、作家从古迄今创作的

---

[1] 玛拉沁夫:《中国新文艺大系·少数民族文学》导言,载《玛拉沁夫文集》第6卷,广西教育出版社2006年版,第120页。

[2] 参见徐其超《回到何其芳——少数民族文学界定标准之反思》,《西南民族大学学报》(人文社会科学版)2008年第12期。

一切民间文学和作家文学之总和"①。梁庭望也赞同以族籍为核心要素考量民族身份。② 目前，这类观点已成为少数民族文学界的基本共识。不过，发展地看，"'少数民族文学'只是一个词语，它的内涵应该是敞开的"③。

二 比较文学与民族比较文学

"比较文学"同样具有多义性，它既是一种研究方法，也是一种学科命名。"就前者而言，是因为比较的视野几乎是进行任何文学批评和研究的基础，没有辅助、映照、对比的他者文本与思想材料，局限于某个单一作品、作家与现象，不可能形成具有学理性和知识性的判断与结论，充其量是个自恋式的自说自话；就后者而言，则更有着一个多世纪的学术史积淀，并且在学科自身的流变之中形成了区别于浮泛比较视野的独特的研究对象、范围和方法论。"④

"跨国比较"堪称传统意义上经典比较文学的核心命意。一般认为，"比较文学"作为学术概念最初出现于1816年法国学者诺埃尔与拉普拉斯合编的《比较文学教程》，但该著并未明确论述比较文学的研究方法与学科理论。1829年，法国巴黎大学维尔曼教授将自己的一部著作命名为《比较文学研究》。1830年，巴黎大学安贝尔教授讲授"文学艺术的比较历史"课程，客观上涉及比较文学问题。1848年，英国学者安诺德开始使用"比较的各国文学"这类术语。进入20世纪，"比较文学"的学科化、系统化更为显著。1931年，梵·第根的《比较文

---

① 徐其超：《论民族文学与世界文学杰作对话》，《西南民族大学学报》（人文社会科学版）2011年第12期。

② 参见梁庭望《中华文化板块结构与中国文学关系研究》，民族出版社2011年版，第151页。

③ 刘大先：《论改革开放以来中国少数民族文学的主体变迁与认同建构》，《文艺研究》2020年第6期。

④ 刘大先主编：《本土的张力：比较视野下的民族文学研究》，中国社会科学出版社2013年版，"导言"第1页。

学论》将"比较文学"视为一种文学批评。1934年,日本学者野上丰一郎提出:"比较文学的目的是研究各国文学作品的相互关系的学科。不待言,这包括西方与东方,古代与中世纪的、与现代的全部有价值的作品。"① 法国学者西蒙·冉纳更是明确要求:"比较文学不应该排斥文学理论,应当探讨文学问题,应对作品进行形式分析。"② 据此可见,"比较文学"以学科形象在东西方学术视域中的相遇,不仅使之具有了更加宏阔的比较视野,而且进一步强化了比较文学的理论品格,从而为比较诗学的产生准备了条件。

卡雷(Carré)之所以特别强调"比较文学不是文学比较",并不意味着比较文学可以拒绝比较思维和比较方法,而是旨在突出比较文学的特征不仅在于比较,更在于它是一种跨越国界、跨越语言界限的文学现象之间的比较。韦勒克也曾肯定比较文学的"关系"性质。他说,"'比较文学'的另一个含义是指对两种或更多种文学之间的关系的研究。这一用法是以已故的巴登斯贝格(F. Baldensperger)为首,聚集在《比较文学评论》(*Revue de littérature comparée*)刊物周围的盛极一时的法国比较文学学派确立的"③。这种比较文学"关系"论,当然包含了民族文学关系。法国著名比较文学理论家基亚在《比较文学》中更是明确提出,"比较文学是国际间的文学关系史"④。不过,包括基亚本人在内的学者日后越来越清醒地认识到,文艺理论批

---

① [日]野上丰一郎:《比较文学论要》,刘介民译,载刘介民编《比较文学译文选》,湖南人民出版社1984年版,第38页。
② 转引自干永昌《比较文学理论的渊源与发展》,载干永昌等选编《比较文学研究译文集》,上海译文出版社1985年版,第19页。
③ [美]雷·韦勒克、奥·沃伦:《文学理论》,刘象愚等译,生活·读书·新知三联书店1984年版,第42页。
④ [法]马里奥斯·法朗索瓦·基亚:《比较文学》,王坚良译,载干永昌等选编《比较文学研究译文集》,上海译文出版社1985年版,第79页。

评也是比较文学的有机范畴。①

如前所述，季羡林1981年曾论及比较文学问题。1982年，在答记者问时，他将比较文学界定为不同国家文学间的比较。在为1984年创刊的《中国比较文学》所撰发刊词《汇入世界文学研究的洪流中去》一文中，他依然突出强调中国文学与他国文学之间的比较以及东方文学与西方文学之间的比较。相比于后起的平行研究，季羡林更看重影响研究。他说，"我赞成比较文学研究直接影响的一派。这一点我是无法否认的。限于自己的气质，做学问，我喜欢摸得着看得见的东西；对那些高高在上玄之又玄的东西，我不擅长，也不喜欢"②。当然，"这并不是说，我反对平行研究。我只是想说，搞平行研究，必须深入探索，细致分析，瞻前顾后，明确因果"③。此后，季羡林不仅持续关注少数民族文学的比较研究问题，而且在此过程中发展了他的比较文学观念。在1986年举行的"全国首届东方文学比较研究"学术讨论会上，季羡林做了题为《当前中国比较文学的七个问题》的发言。其中指出："在中国和印度，民族文学之间是可以而且应该进行比较研究的。"④ 在为陈守成等主编的《中国民族文学与外国文学比较》所作序言《少数民族文学应纳入比较文学研究的轨道》中，季羡林再次重申："我们不但要把我国少数民族的文学纳入比较文学的轨道……而且我们还要在我国各

---

① 基亚强调："比较文学并不是比较。比较不过是一门名字没起好的学科所运用的一种方法；我们可以更确切地把这门学科称为：国际文学关系史。"基亚关于"比较文学是国际间的文学关系史"的观点，明显受益于他的老师。他自己也承认这一点："我的老师让-玛利·伽列认为，凡是不再存在关系——人与作品的关系、著作与接受环境的关系、一个国家与一个旅行者的关系——的地方，比较文学的领域就停止了，随之开始的如果不是属于辩术的话，就是属于文艺批评的领域。"参见[法]马里奥斯·法朗索瓦·基亚《比较文学》，王坚良译，载干永昌等选编《比较文学研究译文集》，上海译文出版社1985年版，第75—76页。

② 季羡林：《比较文学与民间文学》，北京大学出版社1991年版，第2页。

③ 季羡林：《比较文学与民间文学》，北京大学出版社1991年版，第3页。

④ 季羡林：《当前中国比较文学的七个问题》，载《季羡林文集》第8卷，江西教育出版社1996年版，第458页。

民族之间进行比较文学的活动。"① 扎拉嘎认同季羡林的学术主张，认为"将比较文学的定义，局限在'国际文学关系史'的范围内，这在一开始就存在着不科学的方面。因此，将一国之内各民族文学关系研究，归入比较文学的范围，就成为比较文学发展到一个新阶段的标志"②。

乐黛云所持开放性比较文学观与季羡林大体接近，她认为不应该将比较文学的"比较系数"框定在语言、民族、国家和学科四个层面。在她眼中，比较文学的国际主义视野、历史的纵深感、文学及学科间的关系、寻求文学发展的共同规律等，才是比较文学学科的要义所在。③

古添洪、陈慧桦编著的《比较文学的垦拓在台湾》④ 被称为中国台湾地区第一部比较文学论集，试图构建比较文学的"阐发法"，值得关注。

综合上述学术阐释，我们可将民族比较文学界定为从民族维度对多民族国家内部各民族文学之间或跨国界民族文学现象之间的比较研究。其中，少数民族比较文学则是指以中国少数民族文学为出发点的跨越国族的具有可比性的文学现象间的比较研究。

三　诗学、比较诗学和民族比较诗学

当比较文学开始拥有自觉的理论追求和学科意识的时候，比较诗学诞生的时机也就到来了。美国学者罗伯特·克莱门茨十分肯定地指出："作为一个研究领域的比较文学，它涉及到文学理论和文学批评。"⑤ 韦勒克也认为，在文学研究活动中，文学理论、文学批评和文学史三者通

---

① 季羡林：《少数民族文学应纳入比较文学研究的轨道》，载《季羡林文集》第8卷，江西教育出版社1996年版，第464页。
② 扎拉嘎：《比较文学：文学平行本质的比较研究——清代蒙汉文学关系论稿》，内蒙古教育出版社2002年版，第9页。
③ 参见乐黛云主编《中西比较文学教程》，高等教育出版社1988年版，第33页。
④ 古添洪、陈慧桦编著：《比较文学的垦拓在台湾》，台北东大图书公司1976年版。
⑤ [美]罗伯特·克莱门茨：《比较文学的渊源和定义》，黄源深译，《文艺理论研究》1981年第4期。

力合作，才能完成阐释任务，为此，他明确要求"比较文学应当回到当代文学研究和文艺批评的洪流中去"①。他不仅十分重视文学、美学研究中的"文学性"问题，而且极力追求比较研究的整体性和客观性。②只有这样，才能在扩大与集中、民族主义和世界主义、文学审美与文学社会学之间保持均衡。

按照苏联列宁格勒语文学派代表人物、历史比较批评范式的倡导者日尔蒙斯基的理解，"比较并不取消所研究现象（个人的、民族的、历史的）的特性；相反，只有借助于比较，也就是判明异同，才能正确判明其特性之所在"③。至于"诗学"概念，最初见于古希腊学者亚里士多德的《诗学》。当时作诗既是一门学问，也是一种技艺。亚里士多德率先界定了诗的种类、性质和功能，并将诗学概念引入美学场域。

亚里士多德的诗学阐释，对美国普林斯顿大学国际知名跨文化学者、比较文学系教授厄尔·迈纳（又译孟尔康）产生了显著而深刻的影响。他明确指出，"就我们所知，亚里士多德是我们所拥有的对作为人类知识一个独立分支的文学的性质进行明确而具有独创性研究的最为完美的典范。其篇幅也许是短了点，但《诗学》是不同文化体系出现的诗学（我们刚才称之为原创性诗学，originative poetics）中最为持久、最富于生命力者"④。正因如此，"诗学的存在所需的对于文学独立性的假定涉及的就不是一个'黑洞'（black hole），而是由许多不同类型的

---

① ［美］勒内·韦勒克：《比较文学的危机》，黄源深译，载干永昌等选编《比较文学研究译文集》，上海译文出版社1985年版，第132页。

② 韦勒克认为，"唯一正确的概念无疑是'有机体'这个概念。它把艺术作品看作是千差万别的整体，是一个符号的结构，这些符号包含并要求具有意义和价值"；"一旦当我们不是把文学当作争夺文化声誉的舌战，或是对外贸易的商品，甚至民族心理的指示器，我们将达到人类所可能达到的唯一真正的客观性。这种客观性不是中性的科学主义，不是冷漠的相对主义和历史主义，而是与对象在本质上的对抗，那就是在平心静气地苦思苦想之后，进行分析，并最后做出估价"。参见［美］韦勒克《比较文学的危机》，黄源深译，载干永昌等选编《比较文学研究译文集》，上海译文出版社1985年版，第134页。

③ ［苏联］日尔蒙斯基：《对文学进行历史比较研究的问题》，倪蕊琴译，载干永昌等选编《比较文学研究译文集》，上海译文出版社1985年版，第284页。

④ ［美］厄尔·迈纳：《比较诗学——文学理论的跨文化研究札记》，王宇根、宋伟杰译，中央编译出版社1998年版，第16—17页。

知识共同构成的'星群'（constellation）"①。诗学产生以后，便有了不同诗学形态之间的比较，而比较的规模决定着比较的性质和结果，并与比较的时空和本体范围大小及其边界相关。

20世纪80年代，厄尔·迈纳与斯坦福大学刘若愚教授一道启动了中美比较文学的双边研讨与交流活动，极力呼吁并身体力行一种具有"真正的"跨文化视野的比较文学研究，产生了积极影响。厄尔·迈纳的经典之作《比较诗学》（*Comparative Poetics*）于1990年以英文方式出版。在此，厄尔·迈纳将比较诗学明确定义为"从跨文论角度对诗学作比较探讨"。同时，他认为中国诗学是在《诗大序》的基础上产生的。这显然关联"诗经之学"的早期学术渊源。

追根溯源，中国最初的所谓"诗学"，确实专指《诗经》之学。后来扩至诗歌的创作技巧和批评著述，如元代杨载的《诗法家数》、明代周叙的《诗学梯航》等。从学科建设角度看，中国比较诗学肇始于清末的王国维，并在20世纪30年代得到初步发展，20世纪80年代之后快速复兴。按照季羡林的理解，从世界范围来看，文艺理论真能持之有故，言之成理，确有创见而又能自成体系的，只有中国、印度、古希腊罗马三个地方。就思想方法和表达形式来说，西方文论偏于分析，中国文论长于综合。中国式的综合方式，善用一些生动的形容词，绘形绘色，给人以暗示、联想和艺术享受。但有时流于迷离模糊，如"隔与不隔""本色天成""羚羊挂角，无迹可求"等，神龙见首不见尾，让人不得要领。"怎么解决这个矛盾呢？我觉得，只有一个办法，那就是，加强文艺理论的比较研究。"② 这里所说的"文艺理论的比较研究"，就是我们今天所说的比较诗学研究。我们还应注意到歌德的"世界文学"观念和奥尔德里奇的"环宇文学"论，希望借此打通文化和历史的障

---

① [美]厄尔·迈纳：《比较诗学——文学理论的跨文化研究札记》，王宇根、宋伟杰译，中央编译出版社1998年版，第20页。
② 季羡林：《比较文学与民间文学》，北京大学出版社1991年版，第160页。

碍，重建全世界及所有民族文学的联合体，更为有效地揭示文学的艺术特征和发展规律。这种研究趋向客观上有益于比较诗学学科的诞生。但从根本上说，新中国尤其是新时期和 21 世纪以来，受惠于综合国力的增长、现代传媒的更新以及国内外文化交往的增多，族别之间、族别与域外他民族文学文化之间的比较条件日趋成熟，研究渐成气候，进行学术总结和理论提升的时机已经成熟。①

关于比较诗学的类型，一般认为主要有三种。一是时间维度上的流变研究。研究文学理论批评在不同国度的传播与流变，即文学理论批评的"旅行"问题。通过梳理西方文论在中国流传中的增衍变化，可以更深切地认识到中国文学理论批评的某些特质和新质。二是空间上的对比研究，旨在研究两种或两种以上不同形态的诗学在某些文学基本问题上的差异，通过对这些差异性问题的相互观照和比较解读，构建彼此的关联，从而发现异质性文学理论批评各自的特色与局限。三是关系维度上的阐发研究。将不同民族的文学观念、文学理论和文学批评中的一些具有内在可比性的基本问题加以相互印证，相互发现，相互阐释，然后相互运用，以求把握文学的普遍规律。当前的法国学派、美国学派、中国学派，大致对应着比较诗学研究的上述三种类型。

王向远主张从两大基本层面把握比较诗学的内涵。"一、'比较文论'，即各国文学理论的比较研究；二、从文学史及作家作品出发，从微观分析上升到宏观概括，对各国文学总体的美学风貌、共通规律与民族特色的研究。这两个方面互为补充，才是完整意义上的'比较诗学'。"② 事实上，准确地说，比较文学史应该是比较文学理论亦即狭义比较诗学的基本原理在以时间为主轴的文学比较实践中的具体运用。从这种意义上讲，比较诗学是比较文学研究的最高阶段。尽管如此，比较

---

① 参见刘大先主编《本土的张力：比较视野下的民族文学研究》，中国社会科学出版社 2013 年版，"导言"第 1 页。
② 王向远：《比较诗学：局限与可能》，《中国文学研究》2004 年第 3 期。

诗学毕竟不等同于比较文学。相对而言，比较诗学旨在追求比较结果的理论性、共通性和规律性，而比较文学可能更倾向于比较过程中的实践性、差异性和独特性。如此说来，狭义的比较文学又成为比较诗学的基础。

如果说比较文学某种意义上就是国际文学关系学，那么，有学者据此推断出"比较诗学就是国际诗学关系学"的命题。其学理依据在于，"比较诗学是比较文学属下的一个学科，关于比较文学的所有规定都适用于比较诗学。如果说比较文学是用汇通的视域研究文学的学科，那么，比较诗学就是用汇通的视域研究诗学的学科"[①]。

自从比较诗学成为新的学科增长点以后，其民族维度便不可或缺。陈惇和刘象愚将比较诗学直接界定为"专指不同民族不同文化体系的文学理论的比较研究"[②]。与此相近，扎拉嘎的广义比较文学观呼应了季羡林的学术倡导，认为"比较文学主要是研究不同民族文学之间关系及其发展规律的一门学科"[③]。进而，他将比较文学的研究范围定位于六大"关系"研究——民族文学关系、语种文学关系、文化语境文学关系、国别文学关系、文学与其他艺术门类关系、其他艺术门类之间的关系。他的指涉可能过于宽泛，但始终将不同民族文学关系视为比较文学赖以生成的基石。

正是在这样的学术背景下，包括少数民族古典诗学在内的民族诗学及其体系建构引起了有关学者的关注。王佑夫曾敏锐地指出，我国古代少数民族文论有其独特的、较为完整的理论体系，是中国古代文论一个不可或缺的组成部分。他特别强调，彝族文论不仅概念丰富，独具特色，而且有着较为严密的诗学体系，堪称中国古典民族诗

[①] 周荣胜：《比较诗学的第一领域：国际诗学关系研究》，《北京教育学院学报》2018年第3期。
[②] 陈惇、刘象愚：《比较文学概论》（修订版），北京师范大学出版社2000年版，第233页。
[③] 扎拉嘎：《比较文学：文学平行本质的比较研究——清代蒙汉文学关系论稿》，内蒙古教育出版社2002年版，第15页。

学的典范。①

在总结民族诗学资源的基础上,民族比较诗学(Comparative Poetics of Nationalities) 应运而生。从学科生成逻辑来看,民族比较诗学是中国比较诗学不可或缺的有机组成部分。它既是我国民族比较文学的分支学科和现代文学理论研究的重要方法,也是新中国多民族诗学的基本生存样态。

宏观地看,一切文学理论批评几乎都是比较性质的,亦即都具有不同程度的比较诗学特质。正如20世纪50年代弗莱在教堂山召开的国际比较文学大会上所说:"所有文学批评的问题都是比较文学的问题。"②

回顾我国少数民族文学比较诗学研究的演进历程,除前述诸多学者的相关理论铺垫外,郎樱、王佑夫等的学科倡导尤为可贵。

20世纪80年代中期,在《比较文学及少数民族文学的比较研究》一文中,郎樱特别强调比较文学研究中方法论的重要性,她认为,主题学、类型学、比较诗学等方法,均可用于比较文学的平行研究、影响研究以及"平行—影响"综合研究。就我国少数民族文学比较研究的总体状况来看,史诗、叙事诗研究方面的成就尤为引人注目。在此基础上,郎樱提出建构比较诗学的命题。③

---

① 王佑夫指出:"以彝族文论为例,它所用来作为理论符号的许多概念,诸如骨、肉、血、风、主、体、根、影、平、扣、连、对、立、惊、采、神、色等等,与我们所熟知的西方文论和汉族文论的概念术语不尽一致,有的甚至相去甚远。而在这众多的概念中,居于核心地位的是'主'。它是彝族文论的理论母题,它与其他许多概念(如干、体、题、骨、景、韵、根、影等等)相组合,便派生出新概念(如主干、主体、主题、主骨、主景、主韵、主根、主影)。由此可见,彝族诗学体系有着独具的特色。"参见王佑夫《中国古代少数民族文论的价值与地位》,载王佑夫主编《民汉诗学比较研究》,中央民族大学出版社2017年版,第5—6页。

② Northrop Frye, "Literature as Context: Milton's Lycidas", Eds. Donald Keesey, *Contexts for Criticism*, Palo Alto/California: Mayfield Publishing Company, 1987, p.303.

③ 在郎樱看来,"比较诗学(又称比较美学)虽然兴起较晚,但是越来越受到人们的重视。不同民族在审美理想、审美趣味上存在着明显的差别,对于同一事物,不同民族的人民可能会产生不同的联想,产生不同的看法。因此在进行文学的比较过程中,不能停留在事实的比较上,要求加强理论内涵,寻求出规律性的东西,进而做出价值判断。而比较诗学的研究有助于比较文学研究的深化"。参见郎樱《比较文学及少数民族文学的比较研究》,《民族文学研究》1986年第1期。

21世纪伊始，王佑夫大力提倡民汉比较诗学。他认为，新时期以来，少数民族诗学研究已经取得可喜成就，研究少数民族诗学与汉族诗学关系和规律的条件日趋成熟。"在此情况下，从比较的角度研究民汉两种诗学，探讨民汉诗学均有着很强的发展潜力，其遗产又极为丰厚，这种研究势必形成又一门新学科，即民汉比较诗学。我们应当建立这一新的学科。"① 他将民汉比较诗学视为一个复杂的网络系统，其中包括五个维度：一是民汉诗学整体比较；二是同一区域民汉诗学比较；三是不同宗教信仰的少数民族诗学与汉民族诗学比较；四是少数民族诗学内部各子系统间的比较；五是汉族诗学整体与各少数民族族别诗学的比较。其中，汉族诗学与各少数民族诗学比较，如满汉诗学、蒙汉诗学、维汉诗学、藏汉诗学、彝汉诗学、傣汉诗学、回汉诗学、壮汉诗学等，是民汉诗学整体比较的基础和重点。② 关于民汉比较诗学研究的意义，王佑夫认为主要体现在六个层面：一是定位少数民族诗学；二是开拓中国诗学研究新领域；三是完善中西诗学比较；四是促进民汉诗学交流发展；五是加强少数民族诗学自身建设；六是为中国特色文艺学新体系提供借鉴。

比较文学和比较诗学的民族性维度既是客观存在的文化现实，也是诗学研究中他性认同的策略性选择。正因如此，既要正视并重视比较诗学研究中的民族因素，又要警惕过度的民族主义诉求。罗马尼亚学者保罗·柯奈阿曾提醒人们："过分重视个别性和地域性，常常会同民族主义合流"③；"民族主义的问题在于其模糊性，起初是一种自然而有益的情感，是出于对生养我们的土地，对有共同语言、习俗和文化，尊崇相同价值的人们的热爱。但是由于种种原因（恐惧、挫折、经济对立、感情伤害、成人状态的不适等等），从某一刻伊始，这种对身边人们的热

---

① 王佑夫：《应当开展民汉比较诗学研究》，《民族文学研究》2001年第2期。
② 参见王佑夫《中国古代民族诗学初探》，民族出版社2002年版，第37页。
③ [罗马尼亚] 保罗·柯奈阿：《相对主义的挑战和理解"他者"》，周莽译，载乐黛云、张辉主编《文化传递与文学形象》，北京大学出版社1999年版，第36页。

爱通过曲面镜的折射，从人性的微笑和热情化为对外人满怀恨意的狞笑和要将其贬斥和摧毁的非理性欲望"。① 这意味着，比较诗学中的欧洲中心论、美国中心论抑或其他各种极端民族主义中心论都是不合时宜的。

第二节　中国民族比较诗学的核心语域

中国当代民族比较诗学拥有自己相对自足的话语方式。概而言之，其核心语域主要包括以下话语范型：多元一体与多元共生；民间文学与作家文学；民族性与现代性；地方性与世界性；单边叙事与多边叙事；板块结构与知识图谱。

一　多元一体与多元共生

费孝通于1988年秋出席中国香港中文大学会议期间，发表著名论文《中华民族的多元一体格局》。他分别从族群的多元起源、地区性的多元统一、中原地区民族大融合等诸方面论述了"多元一体"的精义，集中阐述了中华民族共同体特别是新中国成立以来56个民族多元一体格局的形成、发展及其意义。

显然，"多元"与"一元"相对，意指多样性、相对性、交互性和辩证性。费孝通指出，在中华民族起源的问题上，存在着多元论与一元论、本土说与外来说的争辩。新中国成立后，依托考古成果和民族识别，科学判断中华民族早期历史的条件基本成熟。很难想象，原始时代的中华文明同出一源。秦始皇结束战国割据局面是一件划时代的大事，民族交融和国家统一由此成为历史主流。费孝通赞同陈连开、谷苞等人的观点——秦汉之际，中原民族统一体与北方游牧民族统一体实现历史性的汇合，促使作为民族实体的"中华民族"进一步完成。在中华民

---

① ［罗马尼亚］保罗·柯奈阿：《相对主义的挑战和理解"他者"》，周莽译，载乐黛云、张辉主编《文化传递与文学形象》，北京大学出版社1999年版，第37页。

族多元一体格局形成过程中，有两大关键步骤：一是华夏族团的会聚；二是汉民族的形成。① 此后，唐宋600年间，中原地区客观上成为以汉族为主体的民族熔炉。元代和清代，少数民族入主中原，全方位加速了中华民族的大混杂与大融合。由此可见，"多元一体"既尊重了平等和谐的"多元"，又达成了同心聚力的"一体"，因而，它既是中华民族共同体的显著特色，也是中华民族文学及其诗学的文化生态表征。

正是多元一体社会情境的规定及其相应文化氛围的渲染，新中国民族文学及其理论批评也表现出"你中有我，我中有你"的交往互补特征。汪荣认为，作为一个复合系统的国家，中国包含了多种民族、宗教、文化。与此相对应，中国文学的复合系统也包含了多元语言和诗学传统，构成了内部的多样性、多元性和可比性，这为民族文学和民族诗学的建构提供了范式前提。② 进而，他呼应了刘大先的"文学共和"论——"'文学的共和'复活了'共和'这一概念并赋予新的意涵，其中尤为值得关注的是社会主义中国与少数民族文学的关系问题。从诸多的相关研究中，我们已经可以判定：少数民族文学是社会主义中国的文化建制，两者是共生同构的。唯有'人民共和'，才有'文学共和'。社会主义的'人民性'和'集体性'与平等基调奠定了少数民族文学存在的合法性来源和学科建制的基础。"③

与多元一体相对应的，是一体多元的共生观念的倡导。这是刘大先学术反思中的一个重要创见。他认为，20世纪80年代中期以来，随着

---

① 费孝通指出，"汉族形成之后就成为了一个具有凝聚力的核心，开始向四周围的各族辐射，把他们吸收成汉族的一部分。紧接汉魏在西晋末年黄河流域及巴蜀盆地出现了'十六国'，实际上有二十多个地方政权，大多是非汉民族建立的。在这大约一个半世纪（304—439年）里正是这个地区民族大杂居、大融合的一个比较明显的时期，是汉族从多元形成一体的一幕台前的表演，而这场表演的准备时期早在汉代开始，匈奴人的'归附'即是其中的一幕"。参见费孝通主编《中华民族多元一体格局》，中央民族大学出版社2018年版，第27页。

② 参见汪荣《历史再现与身份认同：以新时期以来的"蒙古历史叙事"为中心》，社会科学文献出版社2017年版，第143页。

③ 汪荣：《历史再现与身份认同：以新时期以来的"蒙古历史叙事"为中心》，社会科学文献出版社2017年版，第158页。

西方结构主义之后各种所谓"后学"观念的兴起，经过了科学转向与语言论转向，解放与革命的宏大叙事一度褪色，中国学术界对于历史、社会、文学的认知也随之改变。"于是，在90年代之后少数民族文学研究的'多元一体'总体框架中，可以看到一种'多元共生'。"[①] 与"多元一体"整体性原则有所不同的是，多元共生思维珍视"一体多元"的多民族涵容性。正是在"一体多元""多元共生"理念的统摄之下，学者们将"中华民族文学"突出强调为"中华多民族文学"，将"中华民族文学史"凸显为"中华多民族文学史"。在刘大先看来，这种多元普遍主义（pluralist universalism）是一种较为现实的选择，即在少数民族文学的多元性存在中寻求中华民族共有的价值遵循，承认各民族具体的文化诉求以及据此展开的丰富多彩的多民族文学实践，并以此作为民族文化身份的功能性基础。[②] 这种强调，一方面表明汉民族文学及其理论批评一元论观念的不合时宜，另一方面又显示出学界对于传统文学观念的革新意愿。[③] 由"多元一体"论到"多元共生"观，既表达了对社会主义中国多民族文学及其理论批评多元性的认同，又突出了多元基础上的共生性与和谐性，因而具有鲜明的文化生态意味。

在构建民族文化新生态的意义上，相关学者注意到多元共生诉求中"中心/边缘"思维的辩证价值。李晓峰特别提醒，我们不仅能感受到汉民族主流文化对少数民族边缘文化居高临下的"阐释"姿态，甚至可以感受到源自主流强势话语对于少数民族文学及其理论研究不同程度的漠视。[④] 张永刚针对不同程度的视少数民族文学为边缘性写作的错误认识，明确指出："这与尊重多样文化、倡导多元共生的时代要求相距

---

① 刘大先：《中国少数民族文学研究七十年》，《东吴学术》2019年第5期。
② 参见刘大先《论中国多民族文学的全球语境——兼及多元性与共同价值》，《汉语言文学研究》2014年第1期。
③ 参见龚小雨、龚举善《中华多民族文学史观的复合响应逻辑》，《青海社会科学》2019年第1期。
④ 参见李晓峰《中国当代少数民族文学创作与批评现状的思考》，《民族文学研究》2003年第1期。

甚远。因此，主动汲取多民族文学研究成果，更新文学理论观念方法，实为当代文论建设的迫切使命。"①

据刘大先分析，少数民族作家文学的"边缘化"，是先天不足与后天失调共同作用的结果。解决之途在于，以多元共生的文化理念"突破既有规范和界限，对被挤压和放逐在边缘的少数民族文学加以兼容，这种文化立场并非是对于多元一体的摒弃，而恰恰是对其不足的弥补"②。

刘俐俐和李长中则更多地留意到"边缘"的特殊意义。刘俐俐认为，"边缘"恰恰有着不可替代的参照价值——循着后殖民文化理论的思路，我们可以充分了解少数民族作家及其边缘性意义。也是在这种意义上，她呼吁珍视少数民族文学及其理论批评的某种边缘性姿态。③ 李长中对此给予积极回应，认为在边缘文化和中心文化交流与对话中可以建构一种新型的"文化混血"关系。④

二 民间文学与作家文学

1986年，季羡林在为自选集《民间文学与比较文学》所作自序中说，民间文学与比较文学有着天然的亲密关系。他不仅高度重视包括少数民族民间文学在内的国内民族文学在比较文学研究中的基础地位，而且热切希望从比较文学的角度关注印度民间文学，这样，"我国民间文学的研究和比较文学的研究，都将相得益彰，开出新鲜的花朵，为世界比较文学开辟一个新的园地，为建立比较文学的中国学派打下基础"⑤。

---

① 张永刚：《少数民族文学研究与中国当代文论的基本关系》，《民族文学研究》2020年第1期。
② 刘大先：《中国少数民族文学学科之检省》，《文艺理论研究》2007年第6期。
③ 参见刘俐俐《后殖民主义语境中的当代民族文学问题思考》，《南开学报》2000年第1期。
④ 参见李长中《当代少数民族文学批评：理论与实践》，民族出版社2013年版，第73页。
⑤ 季羡林：《比较文学与民间文学》，北京大学出版社1991年版，第167页。

马学良、梁庭望、李云忠主编的《中国少数民族文学比较研究》重点关注我国少数民族民间文学的比较研究。该著第一章主要论述中国少数民族神话比较，涵盖开天辟地神话、图腾神话、推原神话、洪水神话、物种起源神话、射日神话等层面的比较。第二章"中国少数民族民歌比较研究"对民歌以及歌场、艺术风格、格律等做了比较。第三章"中国少数民族民间传说、故事比较研究"包括龙的传说比较、风物传说比较、变形故事比较、机智人物故事比较、寓言故事比较。第四章"中国少数民族民间叙事长诗比较研究"阐释了英雄史诗的基本特征，介绍了三大英雄史诗，比较了突厥语民族史诗与希腊史诗、《格萨尔》与《罗摩衍那》以及《兰嘎西贺》与《罗摩衍那》，并对爱情叙事长诗、斗争叙事长诗、风俗叙事长诗等分别做了比较。相比而言，该著倾向于以民间文学的相关比较来凸显民族文学的历史成就，对少数民族作家文学的比较研究明显不足，仅第五章"中国少数民族现代作家文学比较研究"对少数民族作家20世纪20年代的文学创作、东北沦陷区文学创作、三四十年代国统区文学创作以及新疆地区文学创作、"延安少数民族作家群"的文学创作进行了研究。之所以出现这种情况，除特定文学史观影响之外，也与中华人民共和国成立前少数民族作家文学相对贫弱的文学事实有关。[①]

马学良对民族文学研究的理论贡献之一，是他与巴莫曲布嫫联合提出"双元多向"论。所谓"双元"，指少数民族民间文学和作家文学；所谓"多向"，指少数民族文学之间、少数民族文学与汉民族文学之间、国内边境各少数民族文学与邻国文学之间的多向关系。他们认为，"在进行影响研究的过程中既可以在东方与西方之间、国与国之间进行

[①] 关纪新、朝戈金认为："在那相当久远的历史跨度之间，我国现有的55个少数民族中的绝大部分，又的确不曾有过自己民族的书面创作。于是，人们在谈起少数民族文学的时候，常常只是提到一些民族的民间文学成就，却习惯性地忽略了少数民族的作家文学。"参见关纪新、朝戈金《多重选择的世界——当代少数民族作家文学的理论描述》，中央民族大学出版社1995年版，第1页。

比较，也可以在族与族之间，以至一族内部进行比较，这样就可以使比较文学研究向多层次、多元化的方向纵深发展"①。民间文学和作家文学被看作民族比较文学以及比较诗学研究的两大基元，符合文学史哲学的一般规律。

我们业已承认，新中国民族比较文学和比较诗学对包括神话、民歌、民间故事、英雄史诗等在内的民间文学格外关注。尽管少数民族古代民间文学主要以口承方式创作和传承，但也不乏用民族文字或借用汉语记录并保存下来的部分民间文学典籍。从某种意义上说，少数民族民间文学比汉民族民间文学的蕴藏更为丰富多彩。正如汤晓青所说，数千年来，各少数民族保存了许多珍贵的民族文学史料。20世纪80年代以来，全国性的民族古籍整理出版工作开始实施并持续加速，启动了《中国少数民族古籍总目提要》等工程，成果十分丰硕。②

不过，少数民族民间文学虽然源远流长，体量庞大，影响深远，但也存在一些问题。关纪新、朝戈金认为，从传播学角度看，民间文学以口头性、集体性、世袭性、变异性见长；从社会功用层面看，民间文学更加重视实用性，而以教育性、审美性为辅。这两重特征及其综合绩效，一方面有助于民间文学自身的发展，有利于满足各民族对民间文学样式多层面的需求；另一方面，这些特征又不可避免地为其向更高级层次晋级设下了文化障碍。这种障碍主要体现在两个方面。其一，民间文学的集体创作性一定程度上阻碍了那些富有个性的审美创造；其二，

---

① 马学良、巴莫曲布嫫：《略论少数民族文学的影响研究》，《西南民族学院学报》（哲学社会科学版）1989年第1期。

② 在已经挖掘、整理、出版的五千余种各民族古籍中，文学口承古籍占有相当的分量。"以史诗为例，除了著名的三大史诗藏族《格萨尔》、蒙古族《江格尔》、柯尔克孜族《玛纳斯》之外，还有纳西族的《崇班图》、佤族的《司岗里》、傣族的《巴塔麻嘎捧尚罗》、侗族的《起源歌》、维吾尔族的《乌古斯传》、壮族的《布洛陀》《莫伊大王》、瑶族的《密洛陀》等。少数民族的口头文学传说、故事、歌谣、谚语、叙事诗、祭祀歌、论辩词等，与各民族的不同文字的历史文献资料相佐证，揭示了以往人们不了解、或有意忽略的历史发展脉络，充满了民族文化的神奇魅力。"参见汤晓青《比较文学视阈下的中国各民族文学关系研究》，《新疆大学学报》（哲学·人文社会科学版）2006年第1期。

民间文学的口传性有可能导致传播场域的封闭性和接受效益的有限性。①

关纪新、朝戈金同时认为，随着生产力水平的进一步发展，人类完成了脑力劳动与体力劳动的分工，作家文学成为文化现实。与民间文学形态相比，作家书面文学凸显出两大比较优势：一是保证了富有创造力的个人化审美追求的实现；二是便于民族文学的外向型跨越式交流对话，从而保障文学审美效益的最大化。②当然，在民间文学与作家文学之间，民间文学无疑是作家文学的根基或母本，民间文学的繁荣最终必将助益于作家文学的发展。换言之，民族文学由民间口头形态向作家书面形态过渡是文化演进的必然趋势。历史地看，少数民族作家文学在其破茧之时可能会受到民间文化土壤的覆盖或重压，但一旦作家冲出重压崭露头角，丰厚的民间文化土壤便又随之成为相关民族作家文学优渥的营养之源。③事实表明，藏族作家文学中表现出来的充盈的艺术想象力，维吾尔族作家文学中富含的思维机敏性，满族作家文学中透射而出的人生幽默感，蒙古族作家文学中集"苍狼""白鹿"两极文化为一体的刚柔相济的审美方式，无不受益于相应民间文学深厚的传统底蕴。④正是基于这种辩证省思，关纪新、朝戈金欣喜地宣告少数民族作家文学无可限量的未来前景。⑤

---

① 参见关纪新、朝戈金《多重选择的世界——当代少数民族作家文学的理论描述》，中央民族大学出版社1995年版，第11页。
② 参见关纪新、朝戈金《多重选择的世界——当代少数民族作家文学的理论描述》，中央民族大学出版社1995年版，第12页。
③ 参见关纪新、朝戈金《多重选择的世界——当代少数民族作家文学的理论描述》，中央民族大学出版社1995年版，第15页。
④ 参见关纪新、朝戈金《多重选择的世界——当代少数民族作家文学的理论描述》，中央民族大学出版社1995年版，第65页。
⑤ 关纪新、朝戈金相信，"当我国文坛上再也不是只有一部分民族拥有自己的作家文学，而是各个少数民族已纷纷营造自己的作家文学殿堂的时候，我国民族文学发展的徐缓的准备阶段便宣告彻底地成为过去，一场以各民族作家或作家群体为选手的多元的竞赛和角逐也就开始了"。参见关纪新、朝戈金《多重选择的世界——当代少数民族作家文学的理论描述》，中央民族大学出版社1995年版，第14页。

此外，王菊的《比较文学视野下的彝族文学研究》以彝族文学为典型例证，分别从民间文学和作家文学两大层面，有选择地比较了相关少数民族之间史诗、神话、传说、民间故事、民间诗歌的异同，并具体对比分析了禄洪与岑参、高乃裕与孟浩然、鲁大宗与孟浩然、"公安派"与高奣映、余家驹与王维、李云程与刘勰、李乔与玛拉沁夫、李纳与杨沫、吴琪拉达与铁依甫江·艾里也夫、吉狄马加与贾科莫·莱奥帕尔迪、阿库乌雾与叶赛宁等作家作品，对我们在比较视野中更好地认识少数民族民间文学与包括国内外作家在内的作家文学的互映关系不无启益。

三 民族性与现代性

《多重选择的世界——当代少数民族作家文学的理论描述》不仅集中而独到地阐述了少数民族民间文学与作家文学的关系以及各自的相对优势，并且异常敏锐而深刻地辨析了少数民族文学的"三个基本支撑点"——民族特质、时代观念、艺术追求及其辩证互惠关系。"这三个基本支撑点，在民族文学的创作中是相互交叉、互相依傍的：文学的民族特质与艺术追求，都应获得时代观念的鲜明照射；文学的民族特质与时代观念，又要凭借艺术追求去实现；而时代观念与艺术追求，又要围绕着民族特质这一少数民族文学的根本来表达。"[①] 其中，对少数民族文学而言，"民族特质"至关重要，因为它是一个民族所拥有的异于他族的独特性质。因此，"民族特质"既是少数民族文学赖以生存的基础条件，同时也赋予少数民族文学以独特的质的规定性，进而成为民族文学得以认定的核心标志。少数民族文学及其理论批评的民族特质，常常以民族文化心理的方式投射到具体文本之中，最终表征为民族性。通常情况下，我国少数民族文学的民族性主要体现在三个方面：一是文学内

[①] 关纪新、朝戈金：《多重选择的世界——当代少数民族作家文学的理论描述》，中央民族大学出版社1995年版，第19页。

容的民族性；二是文学形式的民族性；三是文学风格的民族性。

姚新勇借用斯图亚特·霍尔的《文化身份与族裔散居》中有关文化身份重建的"在场"与"新世界"观点，认为包括少数民族文学在内的特定文学民族性的建构，离不开三个"在场"，即原初文化家园的在场、汉文化的在场、中国的在场。姚新勇指出，虽然少有文章将民族文学的民族性建构与民族文化的身份建构结合起来考察，但民族文学文化身份重构的努力已经蕴含在民族文学对于民族性的建构之中。①

尽管狭义的民族性重在突出民族独特性，但这显然是与现代性和中华性对举而生的比较性范畴。诚如刘大先所说，所谓的"民族性"，凝聚着中华各民族的宝贵精神财富，其中既有相互之间的多样性差异，也有彼此相通相融的某些内容。② 而且，严格来说，"少数民族文学"本身也是现代性的产物，在本土性和国家性的强力支撑下，作为学科存在的"中国少数民族文学"一开始就是在全球化语境中诞生的。③ 对此，美国学者卡尔·瑞贝卡持有同样明晰而深刻的洞见。④

承上而来，刘大先进一步提出中国式启蒙现代性问题。虽然"现代性"的含义极为复杂，但启蒙现代性无疑占据主流地位。"20世纪80年代以来的中国文学在思想解放的潮流中，普遍接受启蒙现代性的指引。随着不同文学潮流的出现，少数民族文学逐渐获得主体性言说的自觉，构成了与主流文学话语对话的多元化成分，它的意义在于

---

① 参见姚新勇《追求的轨迹与困惑——"少数民族文学性"建构的反思》，《民族文学研究》2004年第1期。
② 参见刘大先《从"民族"发现"文学"》，《民族文学研究》2014年第4期。
③ 参见刘大先《论中国多民族文学的全球语境——兼及多元性与共同价值》，《汉语言文学研究》2014年第1期。
④ 卡尔·瑞贝卡指出，"中国独特的民族主义必须被视为嵌入全球普遍历史问题的一个部分，否则研究就会陷入关于排他性和纯粹真实性的修辞中，也会成为一个单纯记载了中国如何应激性地复制了全球已经存在的制度形式和意识形态的目录。"参见[美]卡尔·瑞贝卡《世界大舞台：十九、二十世纪之交中国的民族主义》，高瑾译，生活·读书·新知三联书店2008年版，第8页。

通过自我表述，而成为西方式现代性话语的他者对照，包含着反哺主流话语的潜力。"① 这种启蒙现代性的功能在于，推动了少数民族文学创作的繁荣，带动了民族文学批评的兴起，引发了对少数民族文学主体性问题的思考，激发了对一些少数族裔出身的现代文学作家从族群文化和民族心理视角的再研究。但这种现代性思维模式也给少数民族文学理论批评带来一些新的问题，即少数民族文学研究尚未形成原生性理论，在国家总体性方案与个体化评论之间显示出政治与审美交织、理性判断与感性体悟相混杂的情形，批评话语往往限于民族风情、文化特质、民族性等讨论之中，并存在直接挪用主流文学话语的倾向。②

欧阳可惺追溯了"现代性"与欧洲文艺复兴和启蒙运动之间的文化渊源，认为现代性体现出强烈的对于传统的否定性、叛逆性和批判性，进而将现代性理解为人类不断追求进步和发展的文化精神。他强调，随着少数民族文学及其理论批评的发展，"现代性"已经并将继续成为少数民族文学批评的逻辑起点和价值取向。③ 由于现代性的当代性、反思性、动态性和开放性本质，不同时代、不同民族、不同地区的文学批评必然有着不同的存在形态。这说明新时期特别是 21 世纪以来少数民族文学理论批评形象正总体上步入纵深地带。

关于中国民族文学现代性的总体路向，吕微发表了自己的看法——从比较的角度看待少数民族文学研究，可以获取更为丰富的内涵。当我们立足中国社会主义现代性语境来解构西方资本主义现代性时，不难发现，具有前现代性的民间文学备受推崇，甚至一度被作为文学史的主流、主潮或主线加以描述。事实上，作为学科的中国文学史或"中华民族文学史"已经相当真实地反映了当代中国各个民族从前现代步入现代

---

① 刘大先:《新启蒙时代的少数民族文学:多元化与现代性》,《青海社会科学》2013 年第 1 期。
② 参见刘大先《中国少数民族文学研究七十年》,《东吴学术》2019 年第 5 期。
③ 参见欧阳可惺《现代性意义与中国少数民族文学批评》,《民族文学研究》2003 年第 3 期。

的历史轨迹,并据此形成国家与民族、民族与民族、国家与个人、民族与个人、个人与个人之间极其复杂的对话关系。总体上看,中国当代国家意识形态、民族进步中的现代性冲动以及对于现代性的个人理解,共同影响了中国特色现代性的思想方法。①

关纪新在研究过程中注意到,在民族文学发展中,"两种作用力"间的张力效应值得珍视。其一是内聚力。这种趋同性力量通过各民族文学之间的亲近与交流,有效推动了各民族文学的交叉融合。正是由于这种内聚力的影响,少数民族文学在各自较快发展的同时,也势必与汉民族文学保持越来越多的共同点。其二是趋异力。其基本诉求是,在各民族文学高频率、深层次交流时,既要乐于借鉴他民族文学的特色与优长,又要防止在交往对话中丧失自我个性。② 这种辩证思维路径,尤为适用于观察和处理民族文学理论批评的民族性与现代性关系。

作为少数民族作家兼学者,罗庆春较为系统、深入地论述了现代性境遇下中国少数民族文学批评的当代转向问题。具体而言,新时期以来,中国社会进入全面转型时期。当此之时,各种域外文化理论、文艺思潮、批评方法等被引进来,文化批评、伦理批评、精神分析、文体批评、语义阐释等新兴诗学观念和批评方法走进包括少数民族文学理论批评在内的中国文艺理论场域,原有的批评格局被打破,新的理论思维和学术框架逐步确立。中国少数民族文学批评自我确立、自我超越的当代转向,集中体现在三个方面。第一,少数民族文学批评逐步获得"自我确立"的文化位置。在这一"自我确立"的过程中,主要采取了三种具体策略:一是认同少数民族审美文化传统;二是回归文学艺术本体论;三是自觉体认地理区域、发展层次、文化模式、批评话语等多重边

---

① 参见吕微《中国少数民族文学史研究:国家学术与现代民族国家方案》,《民族文学研究》2000年第4期。
② 参见关纪新主编《20世纪中华各民族文学关系研究》,民族出版社2006年版,"绪论"第3—4页。

缘性。第二，以"自我确立"为基础，少数民族文学批评进一步追求批评内涵和方法层面的"自我超越"。具体体现在以下两点。一是努力超越既有的民族文化传统；二是超越汉语文学既定的审美规范。第三，实现批评方法的多元化。不仅习用常态批评方法，而且开始运用历史学、社会学、民族学、民俗学、心理学、文化人类学、原型批评、比较文学、比较文化学等综合性批评方法来研究少数民族文学。[①]

新中国少数民族文学批评基于上述多重转向，不仅有效地改善了中国当代文学理论批评的总体品质，而且显著推进了我国民族文学创作实践的多元化发展，因而本质上属于基于民族性的现代性转向，我们不妨称之为"民族现代性"。

四 地方性与世界性

民族诗学研究中地方性与世界性的关系，可发散性地表现为原乡性与异乡性、本土性与外来性、区域性与全球性的关系，并与前述民族性与现代性、民族性与世界性双元对举范畴有着紧密的语域关联。

地方性原本是地理学中地方性分异的基础，指自然地理环境中最普遍和最低级的地域特性。因民族文学特别是中国少数民族文学自含和他附的区域性乃至边地性特征，所以具有较为鲜明甚至十分浓郁的文化地理学征候。从这种意义上说，文学的地方性是文学本土性的前提，文学本土性是文学民族性的根底，文学民族性则是文学世界性的基础性参照。

在全球化和中国情境的对比范畴中探寻中国现当代民族文学的价值特性，必须先承认文学内在的"普遍性"。1827年，歌德首次提出"世界文学"概念，意指文学有着跨越地域和民族界限的巨大活力。1848年，马克思和恩格斯将"世界文学"写入《共产党宣言》。不同于歌

---

① 参见罗庆春《转型中的构型——论中国少数民族文学批评当代转向》，《西南民族学院学报》（哲学社会科学版）2002年第8期。

德,马克思、恩格斯所倡导的"世界文学"是对文学摆脱民族片面性与局限性趋势的价值判断。在对歌德的"世界文学的时代"进行阐释后,席扬、卢林佳指出,在"世界文学"时代,作为普遍性主体的中国当代少数民族文学经过与"他者"的碰撞,通过吸收"他者"的差异性来丰富并确证"自我"。"少数民族文学所表达的'自我',不是排拒了所有异质的'自我',而是通过扬弃将'他者'包含于自身之中的'自我',这个'自我'有能力将'他者'作为自身发展的环节,以此不断促成自我更新,在超越'他者'的过程中又能不断反诸自身。"①这种关于"自我"与"他者"辩证关系的探讨,正是跨民族、跨语际、跨文化比较诗学研究的真义所在。

用这种思维审视我国民族文学与世界文学、本土文学理论批评与外国文学理论批评的关系,可望获取一些新的启示。当然,这种跨界参照应以"地方性""本土性"以及"民族现代性"为思维原点。

譬如,在广大边地少数民族文学之外的"京味文学",特别是其中的"京味小说",一向被认为是独具地方性和民族性的文学现象。赵志忠、关纪新等少数民族学者都曾论及民族视域中京味小说的"地方性"问题。

京味小说无疑是京味文学的主流。赵志忠认为,京味文学之"味",亦即北京地方文化之味。清王朝自1644年入主中原后,将城内原有居民迁至城外,按八旗制重新分控京城。1908年的统计资料显示,当时京城常住人口414528人,八旗人口223248人,占53.9%。尽管如此,汉字文化依然显示出强大的涵化力量。至乾隆年间,京城旗人语言已经发生明显变化,更多采用具有旗人味儿的汉语——今天北京话的原型。特有风习和富于京味儿的语言方式,使京味文学别具一格,自成一脉。其中,曹雪芹、文康、老舍的小说创作,演示了民族京味小说的历

---

① 席扬、卢林佳:《主体 关系 差异——从黑格尔的辩证法论中国现当代少数民族文学的特质》,《中央民族大学学报》(哲学社会科学版)2014年第3期。

史轨迹。正白旗包衣世家出身的曹雪芹，主要生活在雍乾时期，所以他非常熟悉带有旗人味的北京话。《红楼梦》的京味儿，不仅突出体现在满式汉语上，也体现在思想内容方面，一部《红楼梦》，就是一个没落的满洲贵族逆子用旗人所熟悉的北京话描绘出的满洲贵族生活画卷。曹雪芹之后一百多年，文康以其小说《儿女英雄传》名世。该作在京味方言运用上更为大胆成熟。文康之后半个世纪，老舍以标准的北京话反映北京人的生活。人们似乎一致公认，老舍笔下纯正精粹的北京话，京城下层人物的日常百态，以及诙谐、幽默的叙事风格，为我国民族文学史增添了不可替代的色彩。总体评价，这三位满族作家及其创作为我们清晰勾勒出民族京味小说的文化发展之旅。①

鉴于既往文学史对文康及其《儿女英雄传》估价不足的问题，关纪新特别强调并十分推崇该作所取得的思想与艺术成就。与赵志忠的评价有所不同的是，关纪新试图在纵横比较中凸显《儿女英雄传》的文学史价值。他认为，出自满人文康之手的近60万言《儿女英雄传》，是第一部直截了当、放开手笔书写清代满族社会题材的长篇白话小说。作品不仅如实表现了清代旗族自身的民族意识与民族心理，还准确展示出当时的满汉关系，而且几乎囊括了评书艺术的全部要素。这些要素具体表现为三个层面：一是"载文载武、家国关怀的情节"；二是"跳进跳出、亦述亦评的说书"风格；三是"纯用京语白话写成"的"异常口语化的语言"。凡此种种，使该作"确乎精妙到了无以复加的地步"，不但比《三国演义》《水浒传》等"拟说书"类小说更适宜搬到书场上，而且与《红楼梦》一样可以成为"绝好的京语教科书"。进一步

---

① 赵志忠认为，"曹雪芹是京味小说的奠基人，以北京话写北京人的生活是从他的《红楼梦》开始的。文康是京味小说的继承人，他的《儿女英雄传》在题材上、语言上完全继承了京味小说的特点，并将北京话的运用提高到了一个新高度。老舍是京味小说的集大成者，他的一系列京味小说，最彻底地继承了曹雪芹、文康的艺术风格，使京味小说的题材更加广泛，语言更加精炼，幽默更加成熟，并且使京味文学最终成为中国文坛上的一个流派——京派。"参见赵志忠《曹雪芹·文康·老舍——京味小说溯源》，《民族文学研究》1998年第3期。

说："因《红楼梦》当初不能不被动地遮蔽起八旗社会生活的相应表征，留下了民族文学书写的较大遗憾，故而，我们把《儿女英雄传》认定是一部清代文学史上通盘表现旗族生活场景无出其右的大制作，是不会有误的。"① 这种定位，并非出于单纯的民族情感作出的评价，而是在理性阐释和综合比较中作出的历史评判。

就我国民族文学及其理论批评来说，在地方性与世界性之间，还有一个非常关键的中间环节——中华性。这是一种国族层面的关于中华民族文学及其理论批评共同体总体特征的宏观概括。鲁迅早年所说的"民族"，大抵也是基于国家层面民族共同体的整体性把握。所以，"注重的倒是在绍介，在翻译，而尤其注重于短篇，特别是被压迫的民族中的作者的作品"②。刘大先认为，1909年鲁迅和周作人合作翻译的《域外小说集》，倾向性地推介俄国、波兰以及北欧表现民众苦难和民族解放的作品，目的在于唤醒国人，再造中华。基于此，刘大先判断，"新中国早期的民族区域自治政策，目标是将少数族群融合到政党—国家的行政结构中去，而不是将主体文化（一般被表述为汉文化）或者社会主义意识形态强加给他们"③。新时期以来，中华视域中的民族文学及其理论批评开始自觉寻求与世界文化沟通对话的契机。

雷纳·韦勒克在对"世界文学"作词源学考辨时，认为"世界文学"是从歌德"weltliteratur"一词翻译过来的。表面来看，歌德当时表达的是研究从新西兰至冰岛世界五大洲的文学，而不一定是现今意义上的"世界文学"。那么，到底何为"世界文学"呢？据韦勒克观察并深入剖析，歌德的"世界文学"至少包含三重含义：一是用于指

---

① 关纪新：《〈儿女英雄传〉管见》，《民族文学研究》2011年第1期。
② 鲁迅：《我怎么做起小说来》，载《鲁迅全集》第4卷，人民文学出版社2005年版，第525页。
③ 刘大先：《论中国多民族文学的全球语境——兼及多元性与共同价值》，《汉语言文学研究》2014年第1期。

称一种新的理想的文学构建方式；二是指向文学创作的世界性构成；三是将"世界文学"作为"文学杰作"的同义语。因为文学的民族性与世界性相对存在，而且真正意义上的世界文学可能长期处于一种"期待"状态，所以韦勒克建议用"总体文学"来代替"世界文学"。① 显然，韦勒克的辨析进一步深化了关于比较文学和比较诗学跨界本质的认识。

究其实，"民族文学"与"世界文学"是歌德相对提出的并列概念。所谓"民族文学"，主要是指国族（或国家）意义上的文学共同体。在众所周知的"民族文学已经不是十分重要，世界文学的时代已经开始"②的著名论述中，"民族文学"与"世界文学"是对应性表述，并非族群或族裔文学的代称，更不等同于各少数民族文学。尽管如此，歌德关于文学研究的世界视野，仍然有助于我们思考包括少数民族文学及其理论批评在内的族群或族裔文学现象的异质性与同构性。特别是在技术化、数字化、信息化、网络化、全球化时代，中国古人有关"海内存知己，天涯若比邻"的梦想已然成真，无论是族群层面的文学创造，还是国族层面的文学共同体实践，都不免多了一份参与国际文化大循环的向往之情。作为多民族国家的中国文学及其理论批评自然不能例外。

毫无疑问，地方性"民族文学"向全球性"世界文学"的延伸，已经并将继续带来民族文学及其比较研究的新视野、新关系、新格局、新动能。对此，钱念孙预测，随着世界文学时代的来临，人类文学的组合方式和结构机制将发生重大变化，各国文学在性质上由"无机体"

---

① 在雷·韦勒克看来，"'总体文学'这个名称可能比较好些，但它也有不足之处。原来它是用来指诗学或者文学理论和原则的。在近几十年里，提格亨（P. Van Tieghem）想把它拿过来表示一个与'比较文学'形成对照的特殊概念。根据他的说法，'总体文学'研究超越民族界限的那些文学运动和文学风尚，而'比较文学'则研究两种或两种以上文学之间的相互关系。"参见［美］雷·韦勒克、奥·沃伦《文学理论》，刘象愚等译，生活·读书·新知三联书店1984年版，第44页。

② ［德］歌德：《歌德文集》第10卷，范大灿译，人民文学出版社1999年版，第409页。

变成了"有机体"。与此同时，世界文学时代的到来，还极大地拓展了文学作品的传播范围，通过译介、变异和接受，各民族文学成为世界"公共财产"。在这一总体认知框架下，关纪新和钱中文分别作出了各自的研判。针对"总体文学"的近期规划和"世界文学"的远景目标，关纪新提出六点看法。其一，由民族文学的基础阶段发展到世界范围内各民族文学组构的"总体文学"阶段是必然趋势；其二，从"总体文学"再过渡到一体化的"世界文学"需要极其漫长的历程；其三，现阶段的紧迫任务仍然是大力发展各自的民族文学；其四，我国任一民族的这种发展必然要通过与国内外诸民族的交流互动来达成；其五，应允许我国处于不同发展层面的民族以不同步履进入"总体文学"的高级状态；其六，已经和即将步入"总体文学"发展进程的民族必须在实践中不断摸索面对世界并最终走向世界的经验。① 上述"六条"，一定程度上揭示了我国民族文学、诗学以及比较诗学研究中民族性、现代性、世界性相统一的规律。与此有所不同的是，钱中文在考察了经济全球化趋势后，得出文化全球化、一体化的现实性及其"不可能性"的双重结论。他深入分析后指出，当强势文化与弱势文化相遇时，通常会产生冲突与融合两种正反相成的情形，但难以达成完全一体化。在他看来，"世界文学"只是各个国家、民族优秀文学的汇集，而非一种独立的文学形态，不同民族文学之间具有趋同性而非一体性。文学的生命力来自其民族性与世界性的博弈，二者是辩证统一、相辅相成的关系。②

坚持地方性，追求世界性，这二者并不矛盾。事实上，当我们面对构建人类命运共同体的全球化语境时，"让民族文学走向世界文学，让世界文学走进民族文学，是改进、完善民族文学理论的需要，也是改

---

① 参见关纪新、朝戈金《多重选择的世界——当代少数民族作家文学的理论描述》，中央民族大学出版社 1995 年版，第 168—169 页。
② 参见钱中文《论民族文学与世界文学》，《中国文化研究》2003 年第 1 期。

进、完善世界文学理论的需要"①。

五 单边叙事与多边叙事

显然，单边叙事是相对于双边叙事、多边叙事而言的。在有关民族比较诗学研究领域，欧阳可惺撰文集中探讨过单边叙事以及隐含的多边叙事问题。

欧阳可惺认为，单边叙事又称单边叙述，是一种通过简约或重写的方式将日常生活经验中那些丰富、随意、多样的现实进行策略性限制的叙事行为。据欧阳可惺判断，进入 21 世纪，民族文学创作及其理论批评过程中的单边叙事不仅没有消失，反倒有逆向增长之势。

具体到我国当代少数民族诗学叙事形态来说，造成单边化的原因较为复杂。其中，地理特征、文学传统、宗教背景等因素的复合作用十分明显。不过，追根溯源，少数民族文学单边叙事最核心的要素乃是作家主体对于本民族主体意识的片面追求，从而造成本民族意识形态话语过度扩张。在上述因素的综合影响下，当代一些少数民族文学文本叙事缺乏其他民族的"他者"视角，或者对"他者"叙事进行简约化和限制性处理，着重书写本族群、本民族生活，想象的都是单一的本民族事件、场景、人物、观念和理想。作为当代少数民族文学批评，面对这样的单边叙事文本需要进行理性反思。维吾尔族文学批评者帕尔哈提·吐尔逊已经注意到这个问题，并分析了这种自说自话、自产自销式单边叙事的惯性和弊端。

进一步反省，造成单边叙事在部分少数民族文学中盛行还有着读者方面的原因。特别是小说这种"情感结构"叙事样式，更容易唤起读者对于自身民族及其文学的溺爱或专宠。"当然，从文学社会学的角度看，单边叙述文本也会由于自己叙述的'共同视角'，在拥有一部分读

---

① 徐其超:《论民族文学与世界文学杰作对话》，《西南民族大学学报》（人文社会科学版）2011 年第 12 期。

者的同时也极易疏离更多文学市场的读者。"① 对此，少数民族作家和相关文学批评者应足够重视。

从比较诗学的角度权衡，异质性参照是文化互动得以成立的基本伦理原则。萨义德说得好，任何一种文化的建构都需要一种异质性"他者"的参照——"每一文化的发展和维护都需要一种与其相异质并且与其相竞争的另一个自我（lter ego）的存在"②。少数民族比较诗学视野中"多边叙事"的价值，恰恰在于以"共同被叙述"策略赢得多向对话的机遇，借以克服"单边叙事"的文化自闭症状。特别是在现实主义文学的叙事场域，社会情境和叙事对象均要求作家兑现生活的复杂性和叙事的相对客观性书写，在这种情况下，多边叙事成为必然选择。所以欧阳可惺说，"仅靠单边叙述无法完成所有本民族或族群的意识形态话语意义的表达，要完成这样的表达还需要多边的叙述，还需要多种他者群体或民族景观、事件等的共同被叙述"③。

不仅如此，假如作家在创作过程中遵循了现实生活的复杂逻辑，那么，客观层面的多边叙事诉求将迫使作家修正单边叙事的企图。欧阳可惺将这种多边叙事诉求称为与个人自言自语相对的"公共性因素"。在他看来，即使一味醉心于单边叙事者，一般也无法摆脱社会公共交往领域中"公共性因素"的影响和制约。这意味着，在构建中华民族共同体、人类命运共同体、人与自然生命共同体的总体背景之下，执意奉行

---

① 欧阳可惺指出，单边叙事的根本缺陷在于，由于在叙事过程中未能将更多的"他者"与自我表达进行统合叙述，在强调某些东西并有意识地或曲折地排斥其他某些事物的时候，极有可能在叙事行为中出现诸多"空缺"——这本是通过他者的表现用以增加自我真实性的叙事话语。但由于"空缺"的存在，就会产生叙述过程中作为社会历史背景的"景观"的模糊性或简约化，有可能使文学文本所要表达的意图受到消损和制约，而这会降低在更广大的社会接受阅读层面的传播，实际上是在进行文学影响的自我遮蔽。参见欧阳可惺《"走出"的批评：关于当代少数民族文学的多样性与"单边叙事"》，《民族文学研究》2010年第3期。

② ［美］爱德华·W.萨义德：《东方学》，王宇根译，生活·读书·新知三联书店1999年版，第426页。

③ 欧阳可惺：《"走出"的批评：关于当代少数民族文学的多样性与"单边叙事"》，《民族文学研究》2010年第3期。

包括少数民族文学及其理论批评在内的文学创造活动中的单边叙事立场，将会变得越来越艰难。原因有二。其一，自我主体与他性主体是一种关系性存在。自我主体的本质是在与他性主体的关系中生成的，一个民族或族群也必须通过与他性民族或族群的关联而实现自身的价值。同理，少数民族文学及其理论批评文本也必须在与其他民族文学及其理论批评文本的关系链条中获得自身的存在感。其二，文化形态的异质性、混杂性和变动性，决定了民族文学及其理论批评叙事的多边性。当下，任何一个民族的文化身份都是"混杂"或"混血"的，每个民族的文化都是经由与其他文化的歧异性互动而彰显的，每个民族文化的内涵都不断受到他者因素的影响与形塑，任何文化的认同与被认同都是多重的，变动不居的。

加拿大学者詹姆斯·塔利在论及"陌生的多样性"问题时，高度赞扬"海达族家园精神"的借鉴价值。这恰好成了欧阳可惺关于"公共性因素"的重要学术资源。"陌生的多样性"尊重各民族基于当代社会公共性精神的引导而致力于相互间的协商对话，进而寻求协调彼此之间文化差异的恰当方式。欧阳可惺在研究中注意到，上述公共性与多样性理念，不仅有利于多民族文学创作的繁荣，而且有助于更为充分有效地培育少数民族文学理论批评的多边叙事精神。他特别强调，当代中国少数民族文学批评同样需要这种精神。[①]

新中国民族文学及其理论批评实践中多边叙事的突出意义，在于尊重民族文学叙事中的多边对话和民族文学理论批评中的协商共进。严格来说，这种多边叙事既是各民族中的"个人"与他民族"个人"之间关系的叙事，也是一民族与其他各民族关系的叙事，同时还是一种跨越本民族文化而向未来敞开的多向、多元、多维关系叙事。基于此，欧阳

---

① "特别是新中国成立以来，当'少数民族文学'作为一个学科被提出后，少数民族文学创作和批评基本上都是在国家的意识形态导引下进行的，在这时，作为国家公民的少数民族文学作家和批评者在文化意义上是多重性的。"参见欧阳可惺《"走出"的批评：关于当代少数民族文学的多样性与"单边叙事"》，《民族文学研究》2010年第3期。

可惺创造性地提出"走出的批评"——"走出"主观设置的单边叙事圈子，摆脱自我限制和自性隔离，面向广阔的社会生活天地和丰富多样的文学叙事。①

六 板块结构与知识图谱

包括少数民族诗学在内的新中国民族比较诗学学科化的重要依据，是在其核心语域中已经开启了宏观结构和知识图谱建构。择其要者，中华文化板块结构、民族文学化合论、史诗结构机制论、学科知识图谱、民族诗学共同体等，堪称进行民族比较诗学体系建构的基本话语方式。

（一）中华文化板块结构

"中华文化板块结构"是梁庭望对民族诗学及其比较研究的重要理论贡献。他依据地理环境、经济生活、民族分布和文化特点，将中华文化分为四大板块：中原旱地农业文化圈、北方林草猎牧文化圈、西南高原农牧文化圈和江南稻作文化圈。四大文化圈下属 11 个文化区，它们既各具特色，又彼此关联，构成地大物博、气象万千的中华文明图景。他认为，中华民族四大板块结构在周代即已形成，秦汉以后逐步演化为大杂居、小聚居的布局，各民族间由血缘、经济、政治、文化等四条纽带紧密相连。

据梁庭望回忆，1986 年开始参与由马学良总负责的《中国少数民族文学史》编写工作时，自己就开始思考中国少数民族文学的总体布局，并套用新中国初期的分区方法将少数民族文学划分为北方地区、西

---

① 欧阳可惺认为，"'走出'的少数民族文学批评就是要强调各种不同民族文学个体和个体文学的存在价值，强调不同文学意义的合理性与合法性，尊重各少数民族文学表达的差异性存在；同时，在这个基础之上实现对各种不同文学差异性表达的相互妥协和协商、重塑，也是重新再阐释、再解读的过程。所以，体现公共性可能是批评价值最大化的选择。"参见欧阳可惺《"走出"的批评：关于当代少数民族文学的多样性与"单边叙事"》，《民族文学研究》2010 年第 3 期。

北地区、西南地区、华南地区、中东南地区五大板块。《中国少数民族文学史》出版后，梁庭望仍然觉得没能准确反映民族文学的分布特点。1994年，受费孝通"多元一体"思想的启发，梁庭望首创"中华文化板块结构"理论，并以《试论中华文化的板块结构》为题载于中央民族大学文学艺术研究所当年推出的《民族文化比较论》论文集。经深入研究和不断补充，该理论始终贯穿于此后陆续面世的《中国少数民族文学概论》《中国少数民族文学比较研究》等著述以及少数民族文学博士生培养过程之中。

梁庭望明确指出，在"中华文化板块结构"的四大板块中，中原旱地农业文化圈以黄河中下游为轴心，早期东至山东，北抵长城，南迄长江之北，西至陇东，尤以陕西、河南、河北、山东、山西、安徽为中心地区。该文化圈又可细分为黄河中游文化区和黄河下游文化区，前者是夏文化的策源地和龙集团的崛起区，后者为凤集团和商文化的发祥地。该文化圈文化发达，四大发明皆源于此，诗歌、散文、小说、戏剧等文学成就及其他文化典籍灿若星河。草原森林狩猎游牧文化圈横贯我国北部地区，自东北经漠南、河西走廊直抵天山南北。此圈又可分为东北文化区、内蒙古高原文化区和西北文化区等三大区域，史诗文化尤为发达。西南高原农牧文化圈又可细分为青藏高原文化区、云贵高原文化区和四川盆地文化区等三个区域，处于我国地势第一、二级阶梯，以峡谷和台地为主，地形复杂。该文化圈多数居民属于汉藏语系藏缅语族的藏族、门巴族、珞巴族、羌族、彝族、纳西族、白族、傈僳族、拉祜族、阿昌族、哈尼族、基诺族、普米族、独龙族、怒族、景颇族等，此外还有壮族、傣族、苗族、瑶族、德昂族、布朗族、佤族等，藏传佛教和民歌文化发达。江南稻作文化圈包括华中文化区、华东文化区和华南文化区。该文化圈偏西多为苗瑶各族祖先居地，鄂西为巴人，其他大部分地区为古越人。江南地区多出学者名流，文学上以神话、诗歌文化和地方戏剧见长。

中华文化四大板块及其结构特征，主要体现在四个方面。一是各相邻文化圈、文化区之间边缘交叉、互相重合；二是各文化圈、文化区环环相扣，构成互相吸收、互相渗透、互相交融的态势；三是以中原文化圈为中心，三个少数民族文化圈呈"冂"形环绕周边；四是各文化圈、文化区之间历时性与共时性相结合，使中国文化形成多元一体格局。①上述四大板块及其结构特征，对中华民族文学及其诗学形成强大的辐射性影响。总体而言，梁庭望所倡导的"中华文化板块结构"论以其独特的文学地理学品格见长，具有鲜明的中国特色，对于人们深度了解和准确把握中国民族文学的地理分布特征和文化交往规律有积极的启示意义。

(二) 民族文学化合论

中华各民族的交往交流交融，必然带来包括文学艺术在内的中华各民族文化间的交往交流交融，进而促成中华各民族诗学亦即文学理论批评形态间的互鉴与融通。

"民族文学化合"论，本质上是对"民族文学关系"在中国语境特别是在新中国社会文化总体情境规约之下具体融通方式的理论概括。邓敏文之所以采用"化合"而非"融合"概念，有其特定考量：

> "化合"与"融合"都是从自然科学领域中借用来的词语。前者在化学领域中经常用到，如"化合反应"、"化合物"、"化合价"等等；后者主要用来描述某些客观存在的物理现象和生物现象，如"水乳交融"、"融合遗传性"等。前者是指两种或两种以上的物质经过化学反应而生成新的物质，参加反应的物质的性状都发生了改变，如氢与氧化合而生成水；后者是指几种不同的事物合成一体，但其化学性质都未改变，也没有新的物质产生，如盐和水融合成盐

---

① 参见梁庭望《中华文化板块结构与中国文学关系研究》，民族出版社2011年版，第106页。

水，其化学性质都未改变。所以说，"化合"与"融合"在自然科学领域中是有区别的。①

显然，邓敏文旨在强调中华各民族文学融通之后所形成的新质。此前，我们习惯用相互交流、相互影响、相互借鉴之类的词语来表述中华各民族文化或文学间的相互关系。然而，"交流"在更多情况下是指参与交流的各方把自己特有的东西提供给对方，如"物资交流""经济交流"等；所谓"影响"，也只能使受影响的一方发生某些变化，如外国文化对中国文化的影响，西方文化对东方文化的影响，汉族文化对少数民族文化集合体的影响，等等。如此说来，中国各民族文学间的交叉融合是基本前提，因为没有政治、经济和文化的交流就没有相互影响，没有相互影响就不可能发生文学的化合反应，也就不可能生成新的化合文学。② 不过，无论是"交流"前提还是"影响"结果，都不足以反映新旧事物之间由量变到质变的发展过程。而"化合"则不同，它可以使我们的文艺品种越来越丰富，使文学世界越来越繁荣。邓敏文认为，我国现存各民族文学，都是各个民族文化长期"化合"与"混血"的结果。譬如，《红楼梦》既非满族文学的近亲繁殖，也非汉文学的单质个体，而只能是满汉文学在那种特定历史条件下交流与化合的结果。

化合文学的民族特性，主要取决于人口数量的多寡、社会发展水平的高低以及文化政策的松紧。"各民族文学在化合反应过程中，不是以简单的替换方式或置换方式进行，而是以一种相互补充、融为一体的化合方式进行。这种化合反应的'生成物'，从整体上看，已经变成了一种新的民族文学。"③ 结合中国各民族文学的"化合"过程及其结果，可总结出以下显著特征：第一，中国各民族文学是以化合态的形式存在的；第二，中华多民族文学化合体处于持续变化之中；第三，在特定时

---

① 邓敏文：《中国多民族文学史论》，社会科学文献出版社1995年版，第76页。
② 参见邓敏文《中国多民族文学史论》，社会科学文献出版社1995年版，第79页。
③ 邓敏文：《中国多民族文学史论》，社会科学文献出版社1995年版，第85—86页。

空中，中国文学化合体内的"化合价"并不均衡。所谓"化合价"，是指参与化合反应的各民族文学在化合反应过程中对周边其他民族文学的化合能力。通常情况下，各民族文学的"化合价"与其辐射力大小成正比。考究汉民族文学对少数民族文学集合体的"氧化"过程，大体经历了三个阶段：自我形成阶段、外向扩散阶段和深入影响阶段。

"文化/文学混血"论可视为"民族文学化合"论的另一种表述方式。罗庆春（阿库乌雾）是该论的积极吹鼓手。他认为，新中国成立以来，我国各少数民族文学相对单一的文化背景不断受到大时代多元文化的碰撞，少数民族文学创作表现出由"文化混血"向"文学混血"的二次转移。随后，他又从文学创造、接受、发展三大层面分别论述了新中国少数民族文学复杂多样的价值取向和不断走向"文化混血"的文化精神构成。[1]

首先是文学创造的"混血"。此种"混血"主要有三大表征。从创造主体的文化背景看，我国少数民族文学创作无法规避"文化混血"的历史命运；从创作主体的文化构成以及时代生活对创作主体的要求看，我国少数民族文学创作必然遭遇"混血"的现实；在全球化语境中，文学艺术发展的多元同构、多元共生的总体趋势，要求少数民族作家必须进行"混血"实践。

其次是文学接受的"混血"。从各少数民族文化发展史和当代世界文化生态视域来看，少数民族优秀文学作品的鉴赏、批评与接受过程实际上是创造性的"超越本文"的"二度体验"，因而具有"文化混血"意义上的"二度实现"性质。

最后是文学发展的"混血"。新中国特别是新时期以来，少数民族文学创作由单一型向混融型发展，少数民族文学理论研究也由狭隘、偏视型向宽容、正视型发展。

---

[1] 参见罗庆春《"文化混血"：中国当代少数民族文学文化构成论》，《民族文学研究》2006年第1期。

正是基于中国民族文学走向了"混血"时代的基本价值判断，罗庆春将其晚近出版的散文诗集直接命名为《混血时代》①，并几乎在同一时间将这一文化执念带入关纪新主编的《20世纪中华各民族文学关系研究》一书。在由其执笔的第三章第八节，罗庆春站在彝族汉语诗歌文化构成与精神指向的高度，再次重申理性、辩证对待"文化混血""文学混血"问题的现实性、重要性和迫切性。在他看来，彝族文化抵抗同化的唯一策略就是自觉同化到时代文化发展的总体趋势之中。这既是一种眼界和胸怀，也是一种策略和智慧，更是中华各民族文学及其理论批评融通共进、互惠发展的必然选择和基本规律。

(三) 史诗结构机制论

如前所述，中国民族文学中的民间文学特别是北方史诗和南方神话源远流长，在中华民族文学史上厥功至伟。施爱东关于史诗结构机制的阐释不失为民族民间文学研究的拓新之论。

在分析中外史诗的叠加单元结构时，施爱东提出"史诗虚拟模型"命题，并在此基础上总结了史诗的结构机制。施爱东认为，从史诗演述者的演述环境、创编功能角度出发，可以更加清晰地探究史诗的情节结构机制，进而揭示出单元叠加形式对于史诗演述的增广规律。他强调，史诗的结构机制必须具备一种可持续发展的功能——单元叠加功能。为有效测定史诗结构机制，有必要为史诗虚拟模型的生存状态设定理想的、均匀的边界条件。这种"边界条件"涉及五重界定。②

其一，基础文本界定。主要包括两大环节：一是史诗中不可更改的情节基干及其排列顺序；二是活态史诗文本拥有一种相对简约并可持续发展的结构机制。

其二，受众界定。假定受众具备关于某史诗的一般知识，借以监督演述者不至于大面积偏离史诗的情节基干。

---

① 阿库乌雾：《混血时代》，作家出版社2015年版。
② 参见施爱东《史诗叠加单元的结构及其功能》，《民族文学研究》2003年第4期。

其三，演述者界定。史诗演述者一般分为"神授艺人"和"承袭艺人"两种。因"承袭艺人"不参与史诗创作，所以那些能够在一定的记忆基础和结构框架内进行即兴创作的"神授艺人"是讨论的关键所在。

其四，演述时空界定。假定演述者可能被要求在任意时间、任意地点进行演述，而任意时间或地点的受众都可能见识过不同演述者的表演。

其五，演述技艺界定。假定演述者必须领悟一套可靠的演述技巧，譬如对演述程式和技巧的灵活操作，对可持续发展的结构机制的创造性领悟。

依托五重"界定"，史诗结构机制享有四大基本功能：一是叠加单元所产生的结果不影响原有情节基干的总体走向；二是叠加单元及其组合是对原有情节的发展而非更改；三是不同时空中的任意两个叠加单元在演述活动中可以彼此兼容；四是叠加单元须在已经设定的情节基干中展开。[①] 要达成上述功能诉求，史诗的结构原则只能是叠加单元既满足既定情节基干，又拥有自足自洽的系统性能。因此，"回到原点"是史诗叠加单元的基本结构机制。此外，施爱东还就"叠加单元"与框架结构、消极母题链、史诗集群等相关结构理论范畴做了必要区辨。

（四）学科知识图谱

包括少数民族文学及其理论批评在内的新中国民族文学与民族比较诗学，已经开始谋求描绘学科的知识图谱。这恰恰是一门学科即将成型的重要标志。

如果说扎拉嘎从指导思想和学理依据上提出了民族文学理论建构的马克思主义文艺学与民族学原理相结合的思路，那么，龙长吟的《民族文学学论纲》则倾向于从系统论的角度探讨民族文学及其学科体系的生

---

① 参见施爱东《史诗叠加单元的结构及其功能》，《民族文学研究》2003年第4期。

成与特征。受马学良等建立"中国少数民族文学学"动议的启发，龙长吟阅读了中外有关民族学和文学理论批评方面的著述，以传统文艺学知识框架为参照，重点描述了民族文学学作为独立学科的理论构架、主要任务和研究方法。他认为："民族文学学是美学理论中的一个分支。它是用科学理论的方式来掌握民族文学这个特定的世界；也就是说，它是从民族的角度来研究文学的一种新的文学理论。"[1] 据此，《民族文学学论纲》在总括性绪论后，依次探讨了地域特色、民族历史、政治经济、宗教信仰、民族心理、审美观念、民族风习、民族语言等因素与民族文学千丝万缕的联系，阐述了民族口传文学与作家书面文学的关系，并初步揭示了各民族文学交叉融合的基本规律。该著出版后，杨盛龙、詹志和、杨淑媛等相继予以评论，这些评论之间以及这些评论与《民族文学学论纲》之间，客观上也构成了比较和对话关系。

王佑夫长期致力于中国古代民族文论以及民汉比较诗学方面的理论研究，为民族诗学知识体系建构做出了重要贡献。他首先确认，中国少数民族诗学完全具备作为一门独立学科的三大要件：社会实践基础、特定研究任务、完整知识体系。[2] 少数民族文论的知识系统主要体现在五个方面。一是文学本质论。少数民族文论注重情感的真挚性和原生性，并已充分认识到文学的模仿与表现相统一的本质特征。二是文学功能论。少数民族文论不但指出了文学的政治、道德、审美作用，并且突出强调了少数民族文学之于传播知识、启人心智、引领民众的作用。三是创作规律论。少数民族文论珍视灵感思维在文学创作中的特殊作用，并深入分析了人物性格塑造的多面性和复杂性以及生活真实与艺术真实等理论问题。四是文艺起源论。少数民族文论将文学起源与模仿、劳动、宗教、语言等因素联合起来考察，表现出理论探源的丰富性。五是文学发展论。少数民族文论高度重视各民族文学及其理论批评之间的相互渗

---

[1] 龙长吟：《民族文学学论纲》，湖南文艺出版社1997年版，第18—19页。
[2] 参见王佑夫《中国古代民族诗学初探》，民族出版社2002年版，第17—18页。

透,彼此助益,和谐共进。① 最后王佑夫强调,我国少数民族文论是个集合概念,其下属各少数民族文论应该是其元素性分支概念。对此,有必要认真总结,深入比较,系统归纳,以增强中华民族诗学的自主性与自信心。

在老一辈学者的带动下,相对年轻的民族文学研究者不断涌现,并在民族诗学研究实践中尝试运用某些新的方法,力争提出一些具有创意的学科知识构型。其中,杜红梅关于21世纪少数民族文学研究"知识图谱"的提炼不乏新意。针对部分少数民族文学研究成果的主观性与片面性,她将可视化空间结构与"知识图谱"的视觉思维运用于民族文学研究领域——基于CiteSpace对民族文学研究进行相对客观、科学的研究,表现出自觉的方法论探索意识。作为一种知识组织和管理工具,CiteSpace研究模式并非几组数据间的简单比较,而是对海量文献信息进行深度打捞,据此绘制"一图展春秋、一图抵万言"的图谱形象,借以全面展现某一学科的总体风貌。对于少数民族文学研究而言,"基于CiteSpace的图谱能够清晰呈现既有研究的共被引情况,即能够将各种研究诸如研究主题、热点或前沿等以知识链条方式呈现出其内在逻辑的相关性,并以一种图谱化方式再现新世纪民族文学研究的真实样态"②。这意味着,合理借用现代相关学科的新概念、新技术和新方法,不仅可以提升少数民族文学的研究效率,而且可望据此获取新的知识图谱,进而拓展民族比较诗学的问题域,提高中华民族诗学共同体的建构速率。

(五)民族诗学共同体

进行包括少数民族诗学在内的诗学理论及其体系勾勒,不仅有利于我国民族文学及其诗学完整知识谱系的描绘,而且对建构具有中国当代

---

① 参见王佑夫《中国古代民族诗学初探》,民族出版社2002年版,第16页。
② 杜红梅:《新世纪少数民族文学研究的知识图谱》,《中央民族大学学报》(哲学社会科学版)2017年第5期。

民族特色的诗学共同体意义重大。事实上，强化中华民族诗学共同体的整体观念，正是铸牢中华民族共同体意识独特的文化资源和精神支撑。逆向表述，中华民族共同体包含并依托中华民族文化共同体，中华民族文化共同体自含中华民族文学以及建基其上的民族诗学共同体，而中华民族诗学共同体的建构显然离不开各少数民族诗学集合体、汉民族诗学集合体以及域外诗学集合体的多向参照和有机互证。正是在这样的建构逻辑中，民族诗学及其比较研究才显示出异乎寻常的结构性意义和方法论价值。

张炯在检视远古以来中华民族数次大规模交融活动之后指出："在漫长的历史过程中，中华各民族既有频繁的政治、经济、文化交流，也有彼此的征战和杀伐，而正是经历这样的过程，他们逐步融为今天占我国人口百分之九十以上的汉族以及蒙古族、维吾尔族、满族、藏族等其他兄弟民族。"[1] 也就是说，民族交融与文化融通互为条件，这在民族大融合的过程中表现得尤为充分。

有学者将中华民族共同体的建构方式归纳为三个层次：要素重叠、纽带联结、功能依存。[2] 从民族共同体建设的现实情形来看，这种分层有一定的合理性。李晓峰在其主持的国家社科基金重大项目结项成果《中国少数民族文学学术史》中，对我国少数民族民间文学、作家文学、文学理论批评以及文学史编撰等进行了较为系统的描述。其中，"中国少数民族文学理论学术史"不仅回顾了少数民族古代文论的发展历程，而且对少数民族当代文学理论的话语生成、话语范式和话语转型作了富有学理性的探讨，其间不乏"共同体"的价值蕴涵。

在民族共同体意识的文化形塑过程中，关涉英雄创造历史还是群众创造历史的原则问题。对此，维谢洛夫斯基的历史诗学为我们提供了有益参考。1870年，维谢洛夫斯基在圣彼得堡大学首次讲授"总体文学

---

[1] 张炯：《论中国文学史的史观与分期、前沿问题》，《文学遗产》2004年第2期。
[2] 参见郝亚明《中华民族共同体建设的三个维度》，《西北民族研究》2021年第1期。

史"课程时，就表现出卓尔不群的"历史诗学"追求。在其"总体文学史"理论体系中，有一个根本性的观念——历史是全体生存于"历史"之中的人民所创造的历史，而非个别英雄创造抑或这些英雄所概括或标识的历史。此后数十年，维谢洛夫斯基坚持不懈地追寻着这种"总体文学史"的事实。他所关注的"民间文学"，更多时候是"跨国界"的"民族文学"，或者说是不计"国别"的民间文学，其中包含着我们今天所说的"少数民族文学"。总体来说，维谢洛夫斯基的建构目标，是意欲在文学共同体中寻求一种类型化的表达方式，试图在此基础上抽取全部诗学大厦的基本元素。①

在中国各民族源远流长的民间文学传统中，民族史诗似乎最能体现民族共同体及其文学共同体的集体意志。如同刘亚虎所述，"随着族群意识的逐渐高昂，歌颂民族祖先、叙述民族历史便形成一种风尚，大量的民族史诗会应运而生"②。事实证明，民族史诗在团结族群、融通民心、凝聚共识方面功效显著。

《格萨尔》既是藏族生活和历史的记忆，也涉及包括汉族、蒙古族、土族、纳西族、普米族、傈僳族和白族等在内的其他民族的生活内容和风土人情。徐国琼、林继富等通过比较后认为，流传于我国西藏昌都、青海玉树和云南迪庆藏族自治州等地的《格萨尔王传·加岭传奇之部》明显区别于其他以征战为主题的史诗部本——它没有正面描写大规模战争场面，而是在充满传奇色彩的故事情节中，渲染加岭两地汉藏人民的友好往来。岭地大王格萨尔对加地皇帝说："我空性大王格萨尔，并不是为了钱财到加地，也不是为了贪念加地的美食，只是为了加岭两地众生的事。"加地公主护送格萨尔王至加岭地界时唱道："世上人人都需要依靠，好比加地需要靠岭地，又好比岭地离不开加地，加岭两地

---

① 参见李正荣《从总体文学史观看民族文学与主流文学关系》，《民族文学研究》2012年第5期。
② 刘亚虎：《中国南方民族文学关系史·先秦秦汉魏晋南北朝卷》，民族出版社2001年版，第343页。

需要相依靠。"① 林继富还通过汉藏之间龙女报恩、蛇郎故事、橘仙故事、木鸟故事、两朋友故事、兄弟纠葛、二母争子、青蛙丈夫、灰姑娘、无手少女、天鹅处女、百鸟衣、中山狼、求无名、梦先生、问三不问四、宝石戒指、乌鸦背青蛙、小鸡仔报仇、猫狗结怨、老鼠报恩、猴子的心忘在家、人心不足蛇吞象、超凡的好汉兄弟等诸多民间故事的异同比较，详尽而系统地阐述了汉藏共享叙事母题以及他们的友好交往。最后得出结论，汉藏之间多维度的交流和彼此吸收，是构成两个民族民间叙事传统共同性的重要因素；汉藏文化的共性结构，以及构筑其上的知识共同体，对强化汉藏民族认同、推动汉藏社会文化和谐发展具有重要意义。

在构建民族共同体和民族诗学共同体方面，无论民间文学、作家文学还是文学理论批评，虽然它们形态各异，但在目标指向和价值功能方面却志趣相投。王佑夫在总结我国古代诗学资源时，认为古代民族诗学与汉民族诗学之间具有广泛的同一性，同时也不乏自身独特的异质性。具体而言，在我国民汉诗学两大系统中，"汉族文化作为中心向四周辐射，少数民族文化从四周向中心凝聚；二者既彼此渗透、交融，又相对自我独立与发展，以此构成中国文化的整体"②。关纪新在宏观论述 20 世纪中国少数民族文学整体演进态势时，同样强烈地感受到促进中华民族文学及其诗学共同体生成的共性因素正在不断增长。特别是 20 世纪后半期，统一的多民族国家政治局面逐渐明朗而稳定，在这种情形之下，"各民族群众的精神文化生活在内容和形式上日益显示出同构倾向"③，建构中华民族文学和比较诗学的条件已然成熟。

---

① 林继富：《汉藏民间叙事传统比较研究：基于民间故事类型的视角》，人民文学出版社 2016 年版，第 58 页。
② 王佑夫：《中国古代民族诗学初探》，民族出版社 2002 年版，第 64 页。
③ 关纪新主编：《20 世纪中华各民族文学关系研究》，民族出版社 2006 年版，"绪论"第 4 页。

第三章

民族根性：少数民族比较诗学

所谓少数民族比较诗学，是指我国各少数民族诗学之间的比较研究及其规律性总结，亦即新中国少数民族文学理论批评之间的比较研究系统。诚如刘象愚所述，比较文学并非要完全跨越国界、学科和文化三大领域，但它必然"是一种跨民族和语言界限的文学研究"[①]。同理，少数民族比较诗学必须遵循跨民族比较诗学的基本原则。

中国当代少数民族诗学的比较研究主要集中于民间文学、作家文学、文学理论批评三大板块。

第一节 少数民族神话比较诗学

"神话，作为人类童年的记忆，是氏族先民'在想象中和通过想象以征服自然力，支配自然力，把自然力加以形象化'的'心理胎记'，是作为'原始宗教与道德智慧上实用的特许证书'，是宗教思想最基本的表达方式之一。"[②] 中国当代少数民族神话方面的比较研究，涉及宇宙创世神话、生命推原神话、洪水再生神话、射日安民神话等创生性关

---

① 刘象愚：《关于比较文学学科基本理论的再思考》，《北京师范大学学报》（社会科学版）2003年第6期。

② 佟德富：《神话宇宙时空观初探》，《中央民族大学学报》（哲学社会科学版）2011年第5期。

联类型的诸多方面。

一　宇宙创世神话比较研究

关于宇宙天体的最初形成，我国古代少数民族众说纷纭，归结起来主要有主客两条解释路径：神创说、物质说。显然，前者认为宇宙由神创造，与宗教世界观相联系；后者断定宇宙天体由一种或数种原初物质生发而来，与少数民族丰富多彩的劳动实践密切相关。①

对比我国诸多创世神话谱系，不难发现，尽管不同文化圈的神话因地理环境、气候条件、族群特征、文化风习等方面的差异而表现出相应的区别，但也存在某些作为中华神话共同体的趋同性特征。较为明显的总体趋向有以下三种。

第一，"中国创世神话经历由零碎、简短、残缺的原生形态到连贯、复杂、完整的系统形态的漫长发展历程。这一历程经历三个发展阶段，分别形成创世神话的三种基本形态，即原生形态、衍生形态、系统形态"②。其中，系统形态是中国创世神话成熟的标志。

第二，我国少数民族宇宙创世神话的大体过程为：先有混沌粗糙的天地模型，然后由神力吹开、啃开、撑开、劈开、积成或化成；因天地开辟之初天小地大，所以设法将天拉长或把地缩小；天地造好后，需设法予以稳定，部分神话含有补天修地的情节；宇宙稳固后，再进一步创化天地万物。

第三，我国少数民族创世神话几乎蕴含着相同的母性——"女神"崇拜意识，这显然与早期人类的母系社会情结有关。"透过她们开天辟地的神奇情节，我们似乎隐约窥见女权社会里妇女主宰一切以及她们的

---

① 参见郭海云《简述中国古代少数民族的宇宙观》，《西北民族学院学报》（哲学社会科学版）1993年第3期。
② 向柏松：《中国创世神话形态演变论析》，《文艺研究》2014年第6期。

聪明灵巧和吃苦耐劳的风采。"①

关于宇宙初始形态，马学良、梁庭望、李云忠主编的《中国少数民族文学比较研究》认为，少数民族神话将宇宙初始形态归纳为"三态"——气态、液态和固态，尤以液、气二态为要。相比而言，蒙古族、满族、哈萨克族等草原文化圈多以液态水为原始形态；藏族、彝族、拉祜族、纳西族等高原文化圈以及壮族、傣族、侗族、苗族、瑶族、畲族等稻作文化圈则主要持"气态"说。在同一文化圈内，相关初始形态在不同族群中存在一些细微差别。譬如，同为气态，藏族为混沌之气，苗族为云雾，纳西族为黑白二气，壮、傣族为急速旋转的多色热气，拉祜族的《天地日月的来历》中为烟火之气。同是固态，壮族多为盘石或气蛋，《阿嫫晓白》中基诺族认为，远古只有水，炸开两片冰，轻者上升为天，重者下沉为地。总体而言，"少数民族神话中宇宙的原初形态，无论是气态混沌或液态混沌，除了与各族先民所处多云多雨多雾的环境密切相关，还明显地受到盘古神话的影响"②。由此可见，包括我国少数民族在内的宇宙创世神话本质上仍是先民对于社会生活的艺术反映。正如马克思在《〈政治经济学批判〉导言》中所说，"任何神话都是用想象和借助想象以征服自然力，支配自然力，把自然力加以形象化"；换言之，神话是"通过人民的幻想用一种不自觉的艺术的方式加工过的自然和社会形式本身"。③

关于宇宙"三态"的生成机理，中国学者认为，各族神话中的气态、液态和固态，并非简单地套版自然环境，而是在多元互渗原始思维的引导下，以自然崇拜为中介，以审美意识和类比幻化在神话中创造

---

① 马学良等主编：《中国少数民族文学比较研究》，中央民族大学出版社1997年版，第11页。
② 马学良等主编：《中国少数民族文学比较研究》，中央民族大学出版社1997年版，第7页。
③ 中共中央马恩列斯著作编译局：《马克思恩格斯选集》第2卷，人民出版社1972年版，第113页。

出来的"自然—文化"复合形态。其中,"绝大多数少数民族神话都认为天地的开辟有赖于外力,这就是神造天地、巨人造天地、巨人和众人造天地和动物造天地"①。这表明,在我国古代民族创世神话系统中,主观创世论与客观创世说并非截然对立,它们常常彼此补充,相互阐明。

在我国北方,蒙古族的天体神话与天神神话非常丰富,囊括了天地诞生神话、天神体系神话和天神造人神话。有学者比较后认为,蒙藏神话存在诸多相似点:其一,北斗七星由地上的凡人变成;其二,创世神多为高度人格化的善良之神;其三,天神崇拜与地神、山神、动物崇拜等密切相关。

蒙古族民间创世说,认为世界是"腾格里"(天)或"布儿罕"(佛祖)创造的产物,这在早期蒙古神话故事、英雄史诗、图腾崇拜以及萨满教义中颇为盛行。蒙古族的《麦德尔娘娘》神话反映了天地形成的基本过程:洪荒时期大地混沌一片—天地分开—神龟类动物驮起大地。其中,天神是由日神、月神、雷神、星神、光神等组成的完整谱系。新时期以来,国内藏族神话研究在"类型、母题与特征""创世神话""原始宗教神话""英雄神话"等方面成效显著,其中,藏族创世神话研究成果最为丰富。广义的藏族创世神话,主要包括《什巴塔义》《什巴问答歌》《马和野马》《大鹏与乌龟》《猕猴变人》《七兄弟星》《什巴卓浦》《大地和人类》等。这些口头流传或以书面形式保存下来的创世神话,拥有特别浓郁的民族特征和高原风情。

维吾尔族神话以女神创世为主。现有《女天神创世》《女天神创造亚当》《顶地球的公牛站在哪里》等维吾尔族女性天神创世神话,表现了维吾尔族乃至整个阿尔泰语系突厥语族民族和蒙古语族先民的上天——"腾格里"信仰,并不同程度地表明维吾尔创世神话受到伊斯

---

① 马学良等主编:《中国少数民族文学比较研究》,中央民族大学出版社1997年版,第8页。

兰文化的影响。①

柯尔克孜族不仅有野鸭鲁弗尔于混沌初始之时筑巢造地、牛鱼负载大地的创世神话，而且其英雄史诗《玛纳斯》也不乏创世情愫。柯尔克孜先民用"三界""四极""七层"来概括宇宙大地。"三界"是指神灵颠额尔居住的天界、妖魔麇集的地界以及人类栖居的中界；"四极"是指环绕中央的东西南北四域，"四极"之外则是洪水滔滔的宇宙海；"七层"即三层天界、三层地界和人类中界的统称。"宇宙的整体架构，犹如一座用木栅搭起的毡房一样，沉甸甸的天幕，原来是压在地上的，后来是巍峨的高山把天撑起。故高山在柯尔克孜神话中有'天柱'之称。"②张彦平认为，柯尔克孜神话中的"三界"观，其天界不像汉族神话中的"天庭""天宫"那般富丽堂皇，那里住着天神阔克·颠额尔、日神昆·颠额尔、月神阿依·颠额尔等众多神祇；地界也并非但丁描述的"地狱""炼狱"般阴森可怕，相反，它们保持着原始社会解体时部落族长制度下游牧文化的传统景象。引人关注的是，柯尔克孜创世神话中的天界神灵也如草原上的牧人一样过着操鞭赶羊的平凡生活。俄国学者瓦里汗诺夫19世纪中叶在柯尔克孜地区采写到天界与人界的互感神话——世间所闻雷声正是天界神灵在牧羊时的挥鞭声与吆喝声，长鞭断梢成为划过天幕的闪电。

汪立珍曾专门研究鄂温克族的宇宙创世神话。在她看来，"综观鄂温克族古籍文献和近年田野考察的鄂温克族创世神话，其内容主要讲述宇宙的构成、天地分离、大地起源、风雷雨等自然现象的形成"③。鄂温克族同样认为宇宙分为三界：神仙居住的天界（鄂温克语为"维勒包放"）、人类生灵居住的人界（鄂温克语为"道林拜包放"）和魔鬼生活的地界（鄂温克语为"额给勒包放"或"伊勒门罕"）。

---

① 参见那木吉拉《维吾尔族女天神创世神话研究》，《长江大学学报》（社会科学版）2016年第1期。
② 张彦平：《创世神话——原始初民的宇宙观》，《西域研究》1995年第3期。
③ 汪立珍：《鄂温克族创世神话类型探析》，《呼伦贝尔学院学报》2007年第2期。

叶尔肯·哈孜依、贠娟对哈萨克族和蒙古族创世神话进行了比较研究。哈萨克族神话《迦萨甘创世》中记述，宇宙黑暗混沌，迦萨甘将洪水中漂浮的鹅卵石一分为二，水汽蒸腾化为天空，干涸之地变为大地。而蒙古族则有多种关于宇宙生成的神话。其一，宇宙初为一团云彩，后渐渐分明，清浊之物上升下沉，分别化为天地；其二，释迦土娃佛将土撒向浩瀚的水面，终成大地；其三，释迦牟尼、麦德尔和额齐格·保如很等三佛派昂噶图鸟潜入水底捞土创世。比较而言，哈萨克族和蒙古族创世神话有着更多的相似点——"无论是哈萨克族神话还是蒙古族神话都反映了创世神（或佛、萨满神灵）在天地混沌之时开辟宇宙，或在神兽之上创造天地，或在原始水面上创造大地。这和中国其他民族的开辟神话思维是类似的……两个民族对于天地宇宙的认识也是相似的，即由混沌宇宙发展为多重立体宇宙结构。"[①] 但二者之间也存在差异：一是天神形象有所不同，哈萨克族之神完全神化，而蒙古族神话的释迦土娃等属半神半人；二是哈萨克族崇拜单一神，而蒙古族则表现出多神崇拜倾向。

《天宫大战》是满族创世神话的代表性文本之一。神话中的满族始祖母天神阿布卡赫赫、地母巴拉吉额姆、布星女神卧拉多为宇宙创始三姊妹，体现了萨满女神崇拜意识。该神话最初流传于满族先民女真人氏族部落之中，对北方天象、地理以及生命起源、生存哲理等做了朴素的解释，反映了人类童年时代幼稚的宇宙观和生存观。王会莹认为，太阳、四季交替等时空原型在上述三女神以及恶神耶鲁里身上得到了隐喻性体现，进而揭示出满族先民受制于当时的自然条件而形成的原始思维与太阳神阿布卡赫赫三位一体混同型意义间的关系。[②]

我国南方少数民族创世神话极为丰富，并伴生相当数量的创世史

[①] 叶尔肯·哈孜依、贠娟：《哈萨克族与蒙古族神话渊源比较研究》，《西部蒙古论坛》2020年第4期。

[②] 参见王会莹《北方"天空大战"神话的时空哲学——满族创世神话原型解读》，《黑龙江民族丛刊》1999年第4期。

诗。云贵一带的彝族古籍《西南彝志》、创世神话《人祖的由来》、创世史诗《查姆》，珞巴族的《天和地》，毛南族的《盘和古》，仡佬族的《制天地》，德昂族的《祖先创世纪》，侗族的《龟婆孵蛋》，景颇族的《开天辟地》，布依族的《力戛撑天》，傈僳族的《创世神话》《天地和人的来历》等，都有大同小异的关于天地宇宙生成的记载。纳西族东巴经《懂述战争》中记载，天地尚未镇定、日月星辰尚未出现之时，上方有佳音，下方多佳气，佳音与佳气相合变化，出现了金木水火土五行，五行变化则衍生出天地万物。[①] 究其原因，华南珠江流域的古人类少有因战争和自然灾害等原因而发生的大规模迁移，"生活在这一地区的少数民族的考古学文化呈现出整体性的前后承传的序列状态，相应地，其神话特别是创世神话的出现也呈现出整体性、系列性和丰富性的特征"[②]。

　　创世神话是创世史诗产生的基础之一，二者在我国神话系统中往往联袂而行。不仅如此，"创世史诗既然是在创世神话的基础上形成和发展起来的，而且当创世史诗一旦成为一种民族的'根谱'、知识总汇以及原始信仰或自然宗教的'圣经'而存在，它又极大地强化各民族创世神话在传统社会之民俗生活中的地位与功能"[③]。

　　关于我国西南民族地区史诗中的创世元素，李子贤作了专门研究。他认为，在我国西南少数民族文化圈中，产生、存续并流传着创世史诗的少数民族，主要有彝族、藏族、壮族、白族、哈尼族、纳西族、土家族、傈僳族、普米族、拉祜族、景颇族、布朗族、基诺族、阿昌族、独龙族、布依族、德昂族、傣族、侗族、苗族、瑶族、怒族、佤族等，约

---

　　① 参见徐晓光《清浊阴阳化万物——日本与我国西南少数民族的创世神话比较》，《贵州民族学院学报》（哲学社会科学版）2007年第1期。
　　② 覃乃昌：《我国南方少数民族创世神话创世史诗丰富与汉族没有发现创世神话创世史诗的原因》，《广西民族研究》2007年第4期。
　　③ 李子贤：《从创世神话到创世史诗——中国西南地区产生创世史诗群落的阐释》，《百色学院学报》2010年第2期。

占西南少数民族总数的五分之四。其中，彝族、纳西族、哈尼族等少数民族地区甚至流传有与种族支系相关的多种大同小异的创世史诗。关于我国南方少数民族创世史诗的具体传承方式，李子贤将其大体归纳为四种。一是早已用少数民族文字固定下来并以书面文本为载体的创世史诗。如西双版纳傣族的《巴塔麻嘎捧尚罗》、四川凉山彝族的《勒俄特依》、纳西族的《创世纪》、楚雄州彝族的《查姆》等。二是没有文字的少数民族通过祭司、艺人等在特定场合口耳相授、世代相传的创世史诗，显示出"民族集体记忆"的特征。如傈僳族的《创世纪》、拉祜族的《牡帕密帕》、佤族的《司岗里》等。三是书面文本和口头传承交叉流布的创世史诗。如大凉山彝族、丽江纳西族的创世史诗。四是新中国成立后重新发掘、整理、出版的书面文本形态的创世史诗。

作为一种具有久远历史的文学样式，我国南方少数民族创世史诗是以天地万物起源和人类世界诞生为核心内容的长篇文艺创作。南方不同的少数民族之间，其创世史诗既有关联性也有差异性。马国伟以彝族和纳西族的创世史诗为例，认为两个民族的创世史诗在艺术形象、语言特色、结构方式以及民族审美观念等方面既有趋同性也有异质性。[①]

总体而论，我国南方少数民族的创世神话与史诗重在表现创世神灵借助创造性劳动而成就大千世界的力量、壮美和崇高。"它们与刚刚出现的农业生产结合在一起，把农业生产的活动融化进开天辟地的壮举中，但又不是农业生产的简单复写，而是依照原始人特有的思维方式和情感，把整个过程神圣化、集中化，描绘出一幅充满神秘色彩的宏伟壮阔的天神或巨人创世图。"[②]

[①] 马国伟认为，"一方面，两个民族的创世史诗均以古氐羌文化为共同的文化'底层'，以中国西南这片特定的生态环境为其孕育和发展的共同土壤，并在这一地理和文化空间范围内经历了较长时期的相互交流与影响过程，所以存在诸多相似性；另一方面，两个民族的创世史诗又因分别熔铸了各自民族的主体文化——毕摩文化和东巴文化而得以世代传承，所以又各有其鲜明的民族特色。"参见马国伟《彝、纳西创世史诗的艺术特色比较研究》，《中央民族大学学报》（哲学社会科学版）2007年第5期。

[②] 刘亚虎：《南方史诗论》，内蒙古大学出版社1999年版，第132页。

二 生命推原神话比较研究

严格来说，生命推原神话也是广义创世神话的一个类型和有机组成部分。这里之所以单列叙述，既是基于兼顾已有研究惯例的考虑，更是为了凸显生命至上的主体价值地位。

回望我国少数民族生命推原神话及其研究状貌，人类推原神话和其他物种推原神话是其主要话语范型。

首先是人类推原神话。

可以肯定，在中国神话发展史上，历史悠久、流传极广、演化最多的当属伏羲、女娲神话系统。"从先秦两汉的《山海经》《楚辞》《淮南子》，一直到唐宋间的《独异志》《路史》，都有一些关于女娲、伏羲的记载；河南、山东、陕西等不少地区，苗、瑶、彝、布依、仫佬等不少民族，都流传着活形态的女娲、伏羲神话和关于女娲、伏羲的信仰风俗；一些考古遗址也出土不少女娲、伏羲的砖画、帛画等。它们组成了女娲伏羲神话演变的长长画卷。"[1] 可见，在中华民族的推原神话系统中，伏羲、女娲享有共同始祖的崇高地位。

我国少数民族关于人类推原神话渊源之多样、内容之丰富、演化之多彩，令人称奇。与前述创世神话相关，北方推原神话推崇天神造人。蒙古族的《天神造人》《为什么狗有毛而人无毛》等神话，均讲述天地形成以后天神们将人送到地上，从而繁衍了人类。[2] 陈岗龙认为，布里亚特蒙古神话有两种不同的系统："一种是保留原始萨满教信仰的神话，这类神话主要反映布里亚特蒙古先民的氏族社会，后来比较系统地保留

---

[1] 刘亚虎：《中国南方民族文学关系史·先秦秦汉魏晋南北朝卷》，民族出版社2001年版，第251页。
[2] 参见邢莉《蒙古族和藏族天体神话与天神信仰比较研究》，载陈岗龙、额尔敦哈达主编《奶茶与咖啡：东西方文化对话语境下的蒙古文学与比较文学》，民族出版社2005年版，第306—307页。

在英雄史诗《格斯尔》中"①;"另一种系统的神话……采用了一些《圣经》神话的母题,譬如用男人的肋骨创造女人的神话和洪水神话。然而更深层意义上表达了一种基督教的救世主观念"②。总之,无论蒙古神话如何变异,天神造人这一基点都是恒定的。同样,在前述满族创世神话《天宫大战》中,人类也由女神用自己的骨肉创造而成。准确些说,是三位女神共同创造了人类、天禽、地兽、土虫等。这深刻反映了萨满教中的人神关系。③

辩证地看,少数民族神话之间以及少数民族与汉民族神话之间相互影响,交互借鉴。其中,汉族的"羲娲系统"对南方少数民族推原神话中抟土造人以及兄妹婚配模式的影响尤为明显。尽管这样,我国少数民族推原神话仍有其显著特点:一是少数民族神话关于人类渊源问题的推原远比汉族神话丰富;二是少数民族神话中的造人"原料"表现出多元融合性,造人过程也比汉族造人神话更为复杂。

综合考察,各民族推原神话异中有同,同中见异。其差异性主要表现为主体不同、"原料"不同、结果不同、艺术风格不同。虽然如此,但在千姿百态的推原神话中,中华民族多元一体与一体多元意义上的国族向往却一如既往。正如郎樱所说:"先秦汉文献中记载的夏商周三代最具代表性的族源神话,说明两个重要问题:第一,华夏是由包括戎、羌、东夷等多个古代部族构成的;第二,华夏文化形成之初,多部族、多源头的文化格局就已经出现,由此也奠定了中华民族文学的多元性、丰富性。"④

其次是物种起源神话。

少数民族神话关于物种起源的路径大体有五种:神造万物、天上来物、垂死化生、自然演化、英雄寻求。而就其种类来说,主要有动物起

---

① 陈岗龙:《蒙古民间文学比较研究》,北京大学出版社2001年版,第34页。
② 陈岗龙:《蒙古民间文学比较研究》,北京大学出版社2001年版,第35页。
③ 参见王宏刚《萨满教创世神话中的人本主义曙光》,《西北民族研究》2007年第4期。
④ 郎樱:《中国北方民族文学比较研究》,民族出版社2011年版,第488页。

源和植物起源两大类别。当然，这些物种起源神话常常与人类推原神话和宇宙创世神话的总体背景如影随形。

我国少数民族物种起源神话既有自身区域和民族特色，又离不开中华文化总体基因的强大统制。无论是动物起源还是植物起源，最终都与人类主体需求密不可分。譬如，羌族神话《开天辟地》《盘古出世开天地》《狗是大地的母舅》等，其中的"狗"就与人类生活息息相关。《开天辟地》将玉狗置于鳌鱼耳朵里，以维持天地的稳定。①《盘古出世开天地》中的盘古王直接由白狗变化而来——保留人身狗头形象的盘古王不仅将天地二分，而且死后继续造福世界——体气化生风云，双目化为日月，四肢变成四方，身骨变为石头，内脏变成河流，汗毛化作草木。

在中华民族神话系统中，"龙"是一种变化多端、行云布雨、开山移河的神异动物。虽然偶有恶龙一说，但总体上看，勇敢、智慧、正直是其核心品质，因而逐渐成为中华各族人民共同信奉的图腾。作为高度象征性的动物，龙会聚神性、人性、物性于一体，其身体结构的每一部分都有现实生活的依据——牛头、鹿角、驴嘴、虾眼、象耳、龟颈、蛇身、鱼鳞、马鬣、虎掌、鹰爪、羊须（又作"人须"），是名副其实的与人类生活高度相关的动物集合体。如果细加辨别，便不难发现，在"中华龙"的文化构型上，少数民族有关龙的神话虽然各有其民族化的局部变异，但总体上呈现出民汉文化的融合特征。②

---

① "《开天辟地》里说古时候天与地是白鹅蛋与黑鸡蛋，阿补曲格和红满西商量造天地，就用黑天地里的大鳌鱼来支撑白鹅蛋里滚出来的青石板，但因大鳌鱼总是动来动去，让天地震摇，红满西就把玉狗叫来放在鳌鱼的耳朵里，说是鳌鱼的母舅，如果鳌鱼再动，玉狗就会咬它，因此鳌鱼就不敢乱动了"，天地从此得以稳固。参见殷晓燕《羌族民间传说与神话故事中的动物形象分析》，《中华文化论坛》2013年第2期。

② 殷晓燕在探讨羌族民间传说与神话故事时认为："'羊须'则象征着心性善良，而这一形象与羌族有很大关系。在历史发展中，羌人与汉人接触较早，并且很早就有部分融入了华夏族，在龙体中输入了羊的血液，而羊文化大量融入龙体，龙羊须的形成，正反映了龙、羊文化的融合，也折射出羌、汉民族间在文化与形象等方面的融合。"参见殷晓燕《羌族民间传说与神话故事中的动物形象分析》，《中华文化论坛》2013年第2期。

在有关植物起源神话中,"种子"起源具有基元意义。王宪昭认为,作为我国古代神话的一个重要类型,涉及五谷杂粮的种子起源神话是中国各民族特别是南方少数民族普遍存在的文化现象。据其初步统计,目前搜集到的种子神话涉及 41 个民族。因为种子关乎自然生态和人类存续,所以,农耕文明特别是稻作文化圈中的种子起源成为广义民族创世神话体系中的基本母题。"种子起源母题是稻作文化在神话中的客观反映,本质上映射出人类进入农耕经济的历史足迹。它较早地产生于中国南方的稻作民族,并凸显了我国南方水稻栽培过程的民族特点和地域特征。"①

但这并不意味着北方游牧文化圈缺乏物种起源神话。事实上,北方少数民族关于植物特别是常青植物的观念崇拜由来已久。蒙古、突厥等阿尔泰语系诸民族中流传的常青植物神话,认为将长生水滴洒于松柏、麻黄等植物上,便可使之四季常青,永不凋落。②

三 洪水再生神话比较研究

洪水神话兼具灾难和再生两大层面的含义。准确些说,正是天地之间一度洪水泛滥,人类生命火种的烛照和互文性延续才显得极其悲壮和异常珍贵。

关于洪水再生神话的起因,东西方的解释明显不同。我国洪水神话集中反映了远古祖先与大自然之间的冲突和救赎以及原始社会内部的矛盾,而《旧约全书》的说法则具有浓厚的宗教意味和阶级色彩。据《创世记》所载,在上帝创造世界的六大环节中,第二大环节是创造天

---

① 王宪昭:《中国早期稻作文化与种子神话传说》,《理论学刊》2005 年第 11 期。
② 那木吉拉指出,"在这些神话诸例中,哈萨克族《长命泉的传说》反映了初民的原始思维和观念,实为原生神话,而蒙古族民间活态常青植物神话和蒙古文《苏勒哈尔乃传》所载突厥语民族常青植物神话为次生神话。此外,上述常青植物神话的核心母题——长生水使松柏等植物常青不败的母题似乎只见蒙古、突厥语民族相关神话传说。"参见那木吉拉《蒙古、突厥语族民族常青植物神话比较研究》,载陈岗龙、额尔敦哈达主编《奶茶与咖啡:东西方文化对话语境下的蒙古文学与比较文学》,民族出版社 2005 年版,第 235 页。

空并将水分开，第三大环节是把水分开形成大地和海洋，亦即创造大陆。人类出现并得以繁衍后，物欲横流，作恶享乐。耶和华说，要将所造之人、走兽、昆虫以及空中的所有飞鸟都毁灭掉。鉴于挪亚是"义人"，耶和华提前让他造好方舟，并嘱咐其届时带上家人和地上的畜类七公七母、空中的飞鸟七公七母进入方舟。挪亚600岁时，大渊的泉源都裂开了，天上的窗户也敞开了，大雨下了四十昼夜，洪水淹没了最高的山，除挪亚一家8口成为人类的遗种得以存续外，亚当和夏娃的其他后代都被洪水吞噬了。这是一个罪恶与救赎、灾难与再生相交集的原型故事，后人常常将其视为对发生于史前时代全球性大洪水——挪亚大洪水的一种神话性、伦理化的解说。

刘亚虎所著的《中国南方民族文学关系史·先秦秦汉魏晋南北朝卷》和马学良等主编的《中国少数民族文学比较研究》，重点阐述了我国南方各民族特别是南方少数民族的洪水再生神话。

我国南方洪水再生神话与部分原始史诗中的洪水故事相伴而传。其中，苗、瑶、壮、白、黎、彝、侗、佤、毛南、布依、仫佬、拉祜、傈僳、基诺、纳西、哈尼和高山等民族均有比较丰富、完整的洪水兄妹婚神话。在刘亚虎看来，这些神话故事清新活泼，在长期的流传过程中，逐渐逸出我国西南边界，成为太平洋—亚洲南部文化区重要的文化因子。就其表层结构而言，南方少数民族洪水神话和故事大体可分为洪水前、洪水中、洪水后三个阶段，分别讲述洪水发生的起因、洪水中的避难以及洪水后人类的繁衍生息。从更为宏观的文化视野看，南方少数民族关于人类繁衍的洪水神话、葫芦神话和兄妹婚神话，属于中华广义伏羲兄妹婚神话的区域性衍生形态。刘亚虎据此得出结论，虽然世界许多民族都有洪水泛滥之类的神话传说，但"它们没有洪水后兄妹婚的情节；中原汉族也有洪水后兄妹婚的类型，但和南方少数民族洪水型故事比较起来，缺了最具神秘色彩、最有特点的洪水中兄妹躲于葫芦里避难的情节。这个情节与洪水发生的起因、洪水后的兄妹婚（或天婚等）繁衍人类结合起来，形成了南方少数民族洪水神话的完整结构"①。

马学良、王菊等对我国南方少数民族洪水神话中的避水逃生工具、退水方式、人类再生等问题做了较为系统的阐述。

马学良等指出，我国洪水神话覆盖九州，遍及四陲，尤以南方高原文化圈的藏缅及孟高棉、稻作文化圈的壮侗、苗瑶语诸族为最。在北方民族和南方民族之间，在南方四个语族的少数民族神话之间，在我国少数民族神话和国外洪水神话之间，都有诸多相似点，当然更有各自的特色。②关于灾后逃生工具，可谓千奇百怪——葫芦、水盆、竹篮、大瓜瓢、牛皮袋、皮囊、南瓜、金鼓、木臼、木桶、木柜、木槽、木船、木房等各显其能，各尽其用。其中，葫芦在逃生工具中占据主流地位。洪水消退有两种途径，一是自然消退，二是斗争退水。从类型学观点看，南方洪水浩劫中有三类幸存者：伏羲兄妹，普通兄妹或姐弟，孑遗与仙女婚配。伏羲兄妹繁衍人类的神话流行于稻作文化圈中的壮、侗、水、布依、仫佬、毛南等族；西南高原文化圈的彝、藏、白、怒、哈尼、傈僳、景颇诸族神话中肩负传宗接代任务的多为兄妹或姐弟；而在仡佬、纳西、普米、德昂等民族神话中，则常常是一男子遗与仙女婚配孕育子孙后代。③怒族神话《洪水滔天》中，将洪水后的兄妹俩结为夫妻，"后来他们生了七个儿子，就是现在的汉、白、傈僳、怒族等，七个儿子各在一个地方住下，一代代传下来，大地上有了人类"④。

王菊对"藏彝走廊"少数民族洪水再生神话进行了对比研究。在

---

① 刘亚虎：《中国南方民族文学关系史·先秦秦汉魏晋南北朝卷》，民族出版社2001年版，第262—263页。

② 参见马学良等主编《中国少数民族文学比较研究》，中央民族大学出版社1997年版，第45页。

③ 参见马学良等主编《中国少数民族文学比较研究》，中央民族大学出版社1997年版，第49—51页。

④ 马学良等主编：《中国少数民族文学史》（修订本）上，中央民族大学出版社2001年版，第90页。

她看来,"藏彝走廊"是藏、羌、彝、傣、壮、纳西、傈僳、景颇等诸多少数民族的迁徙通道,"沉淀和保留了诸多民族独特而又丰富的文化、语言和民俗,储存了众多民族和族群的生存记忆和文化叙事"①。其中,流传于四川的《洪水漫天地》《居木武吾》,流传于云南的《查姆》《洪水泛滥》《洪水连天》《洪水滔天史》《尼苏夺节》以及贵州的《洪水纪》《洪水泛滥与笃米》等洪水神话,是远古人类对特大洪灾的文化记忆。云南彝区的洪水神话《梅葛》称,妹妹生下怪葫芦,天神操纵金银二锥打开葫芦,依次走出汉、苗、藏、傣、白、回等众多民族。据彝族神话《居木热略》记述,洪水后仅存居木热略,后娶天神之女兹阿木庭托为妻,生了三个儿子皆为哑巴。经由天神示意,居木热略将深山之竹放至火塘里烧,令三个儿子围坐火塘边,竹子炸裂火星四溅,烫得三个哑巴儿子以不同的语言惊叫起来——老大讲藏语,老二讲汉语,老三讲彝语。此后,它们兄弟三人分别成了汉、藏、彝三族的祖先。②

王菊认为,通过若干类型洪水再生神化的归类比较,不难得出两点共识。第一,藏彝走廊"洪水后的幸存者通过各种方式实现了人类的再生,同时也归并了各族的共同祖源"③;第二,"生活在一个利益相关和来往密切的区域空间——藏彝走廊,藏族、羌族、彝族、怒族、门巴族、傈僳族、普米族、基诺族等的先民们已经开始采用'虚构型谱系'(Fictive Genealogy)来表述自己族群与他者族群的关系"④。

北方的洪水神话不如南方繁盛,而且明显受到宗教特别是佛教思想的影响。相比之下,蒙古族的创世神话以潜水神话为富,阿尔泰潜水神话、布里亚特潜水神话、喀尔喀蒙古潜水神话、内蒙古潜水神话堪称四种代表性范型。这四种创世神话在内容、构思和具体表述等方面虽有差别,但都认同上天或佛祖创造世界这一基点。陈岗龙认为,总体上

---

① 王菊:《比较文学视野下的彝族文学研究》,民族出版社2013年版,第51页。
② 参见罗曲、李文华《彝族民间文艺概论》,巴蜀书社2001年版,第73页。
③ 王菊:《比较文学视野下的彝族文学研究》,民族出版社2013年版,第55页。
④ 王菊:《比较文学视野下的彝族文学研究》,民族出版社2013年版,第56页。

看，蒙古潜水神话依照布里亚特—喀尔喀—内蒙古的次序逐步变化。布里亚特神话最为古老，喀尔喀神话受到早期佛教的影响，内蒙古东部神话则表现出佛教影响下诸说混合的特征。"蒙古族中更普遍流传的搅拌乳海神话流传在内蒙古东部。民间史诗艺人在演唱'蟒古思故事'的开篇中一般叙述'搅拌乳海，提取日月，从而创造宇宙光明'的主题，其原型直接来自印度的搅拌乳海神话。"① 据此可知，我国南北方少数民族的洪水再生神话存在区域差异。

四 射日安民神话比较研究

射日神话具有鲜明的中国民族特色和安身立命的抚慰意蕴。因部分射日神话同时包含着射月情节，因而有时也称为射日月神话。在我国特别是南方安民神话中，先民常常将炽热的天气与"多日"观念联系在一起，因此射日神话一般居于主导地位。据俄国学者李福清统计，中国至少有38个少数民族流传着大同小异的射日神话。②

多数学者倾向于将射日观念与热带、亚热带环境气候联系起来考察其生成渊源。如高福进认为："南方一些民族受较炎热气候的影响，多日意识的形成与气候直接有关；抗旱意识反映了最基本的生存本能，进一步讲则是农业生产的需要，于是便有了射日说。"③ 这种诠释不无道理，但新的疑问也随之而来：为何同样处于炎热干旱气候条件下的其他一些地区或民族却未形成多日意识和射日神话呢？为何在北方甚至更寒冷的东北、西北地区也存在多日观念呢？在他看来，之所以出现这种情况，原因有以下两点。第一，尽管世界其他民族少有多日、射日神话传

---

① 陈岗龙：《蒙古民间文学比较研究》，北京大学出版社2001年版，第16—17页。
② 李福清认为，"许多民族征伐（射）太阳的神话情节非常相同，基本上有两个主要的情节单元（motif，母题）。一是天上同时出现几个太阳，另一个是英雄要消灭多余的太阳。许多民族的此类神话还有一些其他母题，如剩下的太阳躲起来了，黑夜笼罩大地，大家派各种动物叫它出来，但都无效，只有公鸡能叫太阳出来。"参见［俄］李福清《神话与鬼话——台湾原住民神话故事比较研究》（增订本），社会科学文献出版社2001年版，第126页。
③ 高福进：《射日神话及其寓意再探》，《思想战线》1997年第5期。

说，但这些民族或地区同样盛行着太阳神话或太阳崇拜；第二，中国多日观念的形成并非同时存在于众多少数民族之中，而是有先有后，这与中国不同区域不同民族间的交往融合和文化传播高度相关。[①]

事实确实如此。《淮南子·本经训》载有"羿射十日"神话——十日并出民无所食，于是尧命羿射日。因太阳炽烈而产生射日的原始冲动，符合现代地理科学意义上的纬度划分以及与之相对应的日照状况，这也是射日神话赖以生成并广为传播的生活基础和自然参数。梁庭望对纬度高低、生产方式与射日神话分布特点等做了较为详尽的描述：

> 综观我国射日神话的分布，北纬35度以上只有蒙古、满、赫哲很少几个民族中有流传……有人认为是受南方神话辐射所致，这是有一定道理的。大量的射日神话，流传于高原文化圈、稻作文化圈的藏缅、壮侗、苗瑶语族少数民族中，南亚语系孟高棉语族的几个民族中也都存在。这个分布至少与两个因素有关，一是与北纬30度以下相比，北方气候相对寒冷，那里的居民需要的是温暖的阳光而不是射日。而居住于北纬30度以下各族祖先，显然经常受烈日之苦，存在着射日的心态基础。其次，从长白山经漠南到天山南北，这一带的民族很长时间从事的是狩猎和驯养，干旱威胁不大。而南方各族农业发端较早，水旱关系甚大，故而对猛烈的阳光存在着恐惧心理。这说明，射日神话与农业关系比较密切，驯养采集次之。[②]

梁庭望注意到，就我国少数民族多日神话数量而言，自北而南渐次递增。蒙古族12日，满族9日，可能套用了南方太阳神话的数目。北

[①] 高福进分析，"少数民族射日神话共同默认保留一日的结局，所以射日神话的深刻内蕴，揭示为古人自然崇拜和农业抗旱的生存本能，同时证明古人之信仰与自然环境与现象的紧密关联。"参见高福进《射日神话及其寓意再探》，《思想战线》1997年第5期。

[②] 马学良等主编：《中国少数民族文学比较研究》，中央民族大学出版社1997年版，第72—73页。

方其他少数民族的太阳数目很少。南方则不同，壮、侗、布依诸族均为 12 日，苗族同时存在 12 日 12 月和 8 日 8 月（甚至还有 98 日 98 月）说，瑶族和毛南族为 10 日，羌族 9 日，傈僳族 9 日 7 月，仡佬族 7 日。"由于太阳太多，照得大地万物枯萎，江河断流，田地龟裂，人畜渴死，引起一片恐慌，因而射日。"①

相比而言，虽然北方民族受纬度、气候以及与之相关的其他地理因素等综合影响，射日神话不及南方普遍，但这并不意味着北方没有射日神话。事实上，我国北方的射日神话可能更具悲慨之气。《莫日根》与《乌恩射太阳》这两部蒙古族神话中的射日英雄明显带有某种悲情色彩——莫日根未能射下最后一个太阳而被变为旱獭，永世栖息于洞穴之中；乌恩射下作孽多端的 11 个太阳，违背了天帝意旨，被压身山下。由此可见，"在蒙古族的射日神话里，射日英雄身上洋溢着北方民族豪迈、雄浑的气质。可以这样说，是北方酷寒的气候孕育了莫日根和乌恩这样充满悲壮色彩的射日英雄，也是它区别于其他地区少数民族射日神话的显著特征之一"②。

在比较了我国少数民族射日神话中的射日主体与过程之后，梁庭望还深入剖析了我国少数民族射日神话的内涵层次。概而言之，我国所有的少数民族射日神话都包含了三大层次。一是结构层次。这是表层结构，一般表现为故事情节的前因、射日、后果三部分。其中，射日部分又可细分为准备、选点、射箭、收尾四个环节。二是主旨层次，又称目的层次。少数民族射日神话的根本主旨在于表达各族先民跟大自然作斗争的意志和决心。三是原始意识层次。这是深层结构层次，又称核心层次，实际上是万物有灵意识在人与自然关系中的互渗特性。"从这里我们不难看出，射日神话不过是氏族社会人们祈雨和驱旱魃仪式的故事。

---

① 马学良等主编：《中国少数民族文学比较研究》，中央民族大学出版社 1997 年版，第 75 页。

② 张勤：《中国少数民族射日神话类型与分布研究》，《贵州师范大学学报》（社会科学版）2008 年第 2 期。

射日神话中那些英雄对着苍穹射箭的情节,不过是那时法师们进行祈雨仪式的象征性动作,并有一套说明性的故事罢了。"① 这在我国南方特别是西南少数民族射日神话中有着充分而独特的体现。

西南彝族盛行的日月神话主要有日月起源神话、射惩日月神话和日月再生神话。据肖远平梳理,彝族日月起源神话主要包括两类:神造日月和化生日月。前者如云贵地区的《阿细的先基》《查姆》《阿黑西尼摩》《创天立地》《天地的产生》,四川地区的《六个太阳七个月亮》等;后者如贵州地区的《日月二象论》《西南彝志·天地进化论》等。射惩日月神话分为惩罚和射落两种方式,如云南、贵州一带的《毙日射月》《虎咬日月》《天神争王》《支格阿龙》等。日月再生神话多通过让公鸡打鸣或小鸟歌唱来呼唤日月,如贵州的《呼日唤月》、四川的《安日月》等。就价值追求来看,"彝族日月神话是彝族童年时期思想意识、审美观念的真实反映,它暗示了人类'历史性'的未来——走向美好与和谐的发展趋势……这或许正是彝族日月神话所蕴涵的民族生态和谐的审美理想"②。

相关学者具体对比分析了西南地区彝苗民族、壮侗语族等关于造日月、射日月、请日月神话的异同之处。

云南彝族的《查姆》用高度诗化的语言生动渲染了创造日月的过程。众神之王涅侬倮佐颇指派长子到千重天上种了一棵桫椤树,"树花白天开,日日花开照人间。白天黑夜两朵花,轮流开在太空间。白天开花是太阳,夜晚开花是月亮,太阳开花月不明,月亮开花星不闪。两花轮流开,两花难相见,千年花不谢,万载花鲜艳"③。苗族的《阳雀造日月》则说,往古之时,天上没有太阳和月亮,聪明的阳雀做了9个石

---

① 马学良等主编:《中国少数民族文学比较研究》,中央民族大学出版社1997年版,第79—82页。
② 肖远平:《神话的超越——彝族支嘎阿鲁射日神话的审美追求》,《贵州民族学院学报》(哲学社会科学版)2009年第2期。
③ 罗曲、李文华:《彝族民间文艺概论》,巴蜀书社2001年版,第41页。

盘，制成了9个太阳；又造了8个石盘，变成了8个月亮；然后用力抛到天上，于是有了9个太阳和8个月亮。

鉴于多日并出带来的灾难，彝族神话英雄支格阿龙用神弓反复试射，最终站在土尔山顶的柏树上完成了射日、射月任务。苗族神箭手桑扎分两轮各射21箭，均未射中日月，后在不断增高的马桑神树的帮助下，终于射下一对日月。结果，受惊的日月不再出来，人间重陷黑暗之中，"请日月"成为当务之急。四川彝族的《喊独日独月出》由巴克阿扎差遣白公鸡，三天喊出独日，三夜喊出独月。苗族的公鸡唤日神话叙事诗《杨亚射日月》讲到，英雄杨亚用唯一幸存的岩桑树制成弓箭，成功射下7轮日月，余下的太阳和月亮吓得深藏不出，于是大地陷入一片漆黑。人们让声音细小的公鸡半夜喔喔叫，最终喊出了月亮和太阳。[1] 苗族的《公鸡请日月》更富戏剧性，在蜜蜂、黄牛、狗都无法请出日月后，大红公鸡阿丢用优美动听的歌声请出了太阳和月亮姑娘。

经由上述简要比较可知，彝苗日月神话大同小异。其趋同性在于：日月由神祇或神灵所造；因太阳和月亮数量过多，动植物面临生存威胁；射落多余的日月；公鸡再请日月。至于彝苗射日月神话的局部差异，主要表现为对日月起源描述的侧重点、射日月与物种神话的结合程度以及请日月过程的繁简方式等有所不同。[2]

我国南方的壮侗语族容纳了壮族、水族、黎族、侗族、傣族、仫佬族、毛南族、布依族、仡佬族9个民族。除仫佬族尚未发现射日神话外，其他8个民族均有射日神话异文。综合考察，壮侗民族射日神话共有15个功能性母题，其中4个是所有文本的共有母题，即多日并出，引发灾难，英雄射日，请出太阳。[3]

壮族射日神话《侯野射太阳》讲述了雷公造了12轮艳阳，导致大

---

[1] 参见张勤《中国少数民族射日神话类型与分布研究》，《贵州师范大学学报》（社会科学版）2008年第2期。
[2] 参见王菊《比较文学视野下的彝族文学研究》，民族出版社2013年版，第63—65页。
[3] 参见高海珑《中国壮侗语族射日神话形态结构分析》，《民间文化论坛》2010年第5期。

· 153 ·

地干涸，民不聊生。巨人侯野将多余的 11 个太阳接连射下，留下的一轮太阳因惊恐而躲进海里不敢露脸，大地气温骤降寒若冰霜。"侯野和众人抱起公鸡和母鸭，冒着严寒，在黑暗中爬坡涉水，走到海边，把公鸡放在母鸭背上，母鸭背着公鸡游去。游到海中心，公鸡就鼓着翅膀，高声呼唤，太阳才慢慢地从海底升上来。"① 壮族射日神话与南方各族射日神话多处相近，"但有几则神话很特别，它们与壮族布洛陀文化结合起来，形成了神祇与英雄的双重叙事，而这在其他民族的射日神话中是比较少见的"②。

侗族的日月神话往往与洪水神话脉络相通。在《洪水滔天》以及古歌《人类的来源》《侗族祖先哪里来》中，侗人将章良（又译姜良或丈良）、章妹（又译姜妹或丈美）视为始祖。章良救蛇 700 条，章妹救蜂 7000 只，最终得以集蛇、蜜蜂、啄木鸟、画眉鸟之力，制服雷婆。雷婆放出 12 个太阳退洪水，洪灾退去，7 个太阳烘烤大地："种稻稻不长，种菜菜不出。鱼塘没有鱼，山坡没有树。"在这种情况下，章良射落多余的太阳，留下一大一小，小太阳后来变成月亮。这是较为主流的说法。此外，也有螺蠃（或细腰蜂、长腰蜂）因无法射箭而用砍刀砍去多余太阳的故事。③

与南方相关少数民族"请太阳"的母题略有不同，侗族流传着特有的"救日月"神话。其中，《救太阳》大意如下。古时候，太阳长照不落，人们安居乐业。恶魔商朱害怕阳光，便用大铁棍敲掉挂太阳的金钩，太阳落下，商朱在昏天暗地中横行无忌。广和闷兄妹两人一个去天上寻金钩，一个在地上找太阳。闷找到太阳后被商朱所杀，心变成朝阳

---

① 张勤：《中国少数民族射日神话类型与分布研究》，《贵州师范大学学报》（社会科学版）2008 年第 2 期。
② 周翔：《神祇与英雄的双重叙事：布洛陀与壮族射日神话》，《百色学院学报》2020 年第 2 期。
③ 参见米舜《侗族日月神话信仰习俗与生态景观》，《贵州大学学报》（社会科学版）2012 年第 3 期。

花,血化为太阳黑子。因太阳被商朱用污水浇冷,广便用鼓风炉炼太阳,炼出雷声轰隆隆,溅出星星满天飞。众人制服商朱之后,用麻绳把太阳拉上天空,广留下管理麻绳,拉动太阳东升西落。①《救月亮》则说,月亮照得妖魔无处遁形,魔王变为大榕树,挡住月光,妖怪趁机作乱。侗族武士叟的箭法神奇高明,他借助大杉树奔上月宫砍伐大榕树,但即砍即合,并将他粘在树上。叟猛喝三声,妖树枝叶落下,再也挡不住月光。此后叟便留在月宫监视魔王。② 两则神话实为同一类型结构:一是日月常出常落,人民安居乐业;二是妖魔害怕日月,使计破坏日月之光;三是英雄惩治妖魔,拯救日月;四是英雄留在天际,永葆日月。由此可见,侗族不仅崇拜日月,而且还为此挽救日月。特别是侗族的月亮、女性崇拜,蕴含着和谐、宁静、温馨、平和的价值追求。③ 另有学者认为,射日和救日神话并存,是西南少数民族地区生存矛盾的艺术表现。④

还有学者论述了壮族《侯野射太阳》和布依族《射太阳》的异同点。二者的相同之处有以下几点。一是太阳数量和射日原因一致,都是12个太阳造成严重旱灾;二是射日者均具有神奇非凡的品质;三是射日工具和立足点相同,均用弓箭站于高处射日;四是结尾都有公鸡请太阳的情节。其不同点主要体现在三个方面:一是射日过程不同;二是口头程式显著不同;三是射日数量略有差别。据此可知,"壮族和布依族

---

① 参见杨通山、张泽忠编《救太阳——侗族民间故事精选》,广西民族出版社2002年版,第1—3页。
② 参见杨通山、张泽忠编《救太阳——侗族民间故事精选》,广西民族出版社2002年版,第26—27页。
③ 参见米舜《侗族日月神话信仰习俗与生态景观》,《贵州大学学报》(社会科学版)2012年第3期。
④ 管新福认为,"射日神话表达的是对旱灾频繁的恐惧及其不懈的战斗情景;而救日神话则是对光明的追求与守护,这种神话具有极其丰富的内涵,是侗族乃至西南地区少数民族生存矛盾的集中体现。他们一方面渴望晴好天气以使农业丰产丰收,另一方面又担心长时间的晴朗导致连旱天灾,体现了稻作民族奇特的生存景观和复杂心态。"参见管新福《贵州侗族神话和民间故事中的生命意识》,《贵阳学院学报》(社会科学版)2019年第2期。

具有密切的亲属关系，因此两个民族的射日神话在情节上的相似度很高，如射日原因、太阳的数量、射日者、射日工具和公鸡唤日等方面；而又因为各自的迁徙路线不同，以及民间文学的变异性特征，导致这两个民族的射日神话在具体内容上各具特色"①。

张勤对自己收集到的 67 篇中国射日神话及相关异文进行了较为系统的研究，涉及满、蒙、壮、侗、苗、瑶、黎、彝、佤、水、羌、畲、毛南、土家、哈尼、布依、高山、珞巴、傈僳、仡佬、纳西、景颇、布朗、阿昌等诸多少数民族。经比较分析与综合，她将这些神话的母题归纳为若干类型。一是洪水之后，数日并出，造成灾难；二是英雄的神奇出生与超凡能量；三是英雄射日过程中遇到艰难险阻；四是英雄射日获神灵相助；五是英雄成功射日；六是世间留存一轮日月；七是所留太阳受到某种植物的遮蔽，此类植物也不会干旱或晒死；八是留下的太阳常常心惊胆战地躲避；九是公鸡担负唤日之责；十是人类送给公鸡一把梳子，即今日所见鸡冠，以作报答。在此基础上，张勤得出以下结论。第一，中国少数民族这些丰富的射日神话或以口耳相传的活形态广为流传，或以书面文字的形式定型下来。第二，从射日神话的地区和民族分布上看，4 篇来自满族、蒙古族等北方民族，其余 63 篇神话及异文均来自南方特别是西南少数民族地区，这或许与南方高温暑热的自然气候有关。第三，许多民族射日神话情节极为相似，基本由三大母题构成：一是多日当空；二是英雄准备射日；三是成功射下多余的太阳。②

通过多方研究，人们还发现我国少数民族射日神话中其他一些相同或近似点，如射日工具、射日地点、射日英雄等。英雄射日的工具主要是弓箭或弩，此外就是杆、杵、刀之类的武器。英雄射日的方

---

① 陈玉琳：《壮族和布依族射日神话比较》，《广西民族师范学院学报》2021 年第 2 期。
② 参见张勤《中国少数民族射日神话类型与分布研究》，《贵州师范大学学报》（社会科学版）2008 年第 2 期。

式则以"射"为主,部分少数民族辅之以砍、戳、拿、套、咬、骂、咒等。① 至于射日地点,大都在树上。关于射日英雄,少数民族地区射日神话中的射日英雄多以具有神力的男性英雄为主。②

第二节 少数民族民歌比较诗学

"民歌是指那些可以歌唱或吟诵的民间韵文类口头创作,具有篇幅短小及抒情性强的特征,通常有一定的节奏、韵律、章句和曲调。"③ 这里所说的少数民族民歌,主要指流布于我国少数民族地区并具有相应民族特色的民谣、民歌的统称。如壮族的欢哈,瑶族的香哩歌,侗族的大歌,回族的花儿,藏族的"鲁""谐",等等。尽管少数民族民歌常常伴随着相应的民族音乐、舞蹈等表演艺术元素,但其语言(或歌词)部分具有明显的文学性。从这种意义上讲,关于少数民族民歌的比较研究同样拥有民族比较诗学的意味。

我国少数民族民歌及其理论批评的显性与隐性比较,主要体现在民歌种类、歌场、格律、风格、功能、传承以及学术史研究诸方面。

一是民歌种类比较。

马学良等主编的《中国少数民族文学比较研究》将民歌分为劳动歌、情歌、仪式歌等若干大类,并通过相互间的关联性比较以揭示相关民族的情感意趣、审美趋势、民俗风尚和性格特征。在论及少数民族仪

---

① 参见张勤:《中国少数民族射日神话类型与分布研究》,《贵州师范大学学报》(社会科学版) 2008 年第 2 期。

② "比如彝族的支格阿龙、壮族的侯野、瑶族的密洛陀、苗族的桑扎、纳西族的桑吉达布鲁、哈尼族的俄普浦罗、布朗族的顾米亚、阿昌族的遮帕麻、布依族的勒戛、侗族的姜良、蒙古族的额尔黑莫日根、满族的三音贝子等,还有更多无名的猎人、神箭手,他们身怀绝技,肩负重托,为了拯救众生,不畏艰险,甚至甘愿冒着牺牲生命的危险,把肆意妄为、为害四方的多余的日月射下来,让人间恢复正常,人类得以继续繁衍生息。"参见周翔《射日神话中的女性英雄形象及其性别秩序隐喻》,《百色学院学报》2021 年第 6 期。

③ 马学良等主编:《中国少数民族文学比较研究》,中央民族大学出版社 1997 年版,第 88 页。

式歌时，将其共同点归纳为三个方面：第一，大多反映人们对神的虔诚、恐惧和祈福的共同心理，往往带着宗教的神圣光环①；第二，常常在宗教氛围中凸显一定的理性光华，表现人们一定的思想观念和思维方式②；第三，往往反映比较广泛的社会生活内容③。当然，不同的少数民族仪式歌也存在某些差异性：其一，"仪式歌所反映的各少数民族的习俗文化有区别"④；其二，"伴随劳动而产生的仪式歌有明显的南北之别"⑤。

受耿生廉"民歌五级分类法"的启发，董科将少数民族民歌分为"歌族""歌种""歌类"三个层次。他认为，"层次分类法"对于包括少数民族在内的民歌而言，是一种比较合理同时也堪称清晰的分类方式。歌族主要按照民族及其支系来进行划分。从理论上说，可将中国55个少数民族的民歌视为55个歌族，每个歌族还可按照民族支系再划分为若干亚歌族。如云南彝族民歌歌族由撒尼民歌、尼苏民歌、罗罗民歌、纳苏民歌等亚歌族组成。歌种是民族地区音乐形态具有某些共同特征或风格的有一定规范性的歌族。如彝族尼苏歌族四大腔中的"海菜腔"就是流行于石屏地区的歌种。歌类，则是按照民歌题材或体裁来划分的相对具体的类型。我国西南少数民族地区常见的歌类主要有情歌、山歌、儿歌、丧葬歌、劳动歌、年节歌、婚嫁歌、礼仪歌、贺新房歌等。⑥在这种分类格式的影响下，有人将重庆地区的少数民族民歌分为

---

① 参见马学良等主编《中国少数民族文学比较研究》，中央民族大学出版社1997年版，第108页。
② 参见马学良等主编《中国少数民族文学比较研究》，中央民族大学出版社1997年版，第111页。
③ 参见马学良等主编《中国少数民族文学比较研究》，中央民族大学出版社1997年版，第114页。
④ 马学良等主编：《中国少数民族文学比较研究》，中央民族大学出版社1997年版，第115页。
⑤ 马学良等主编：《中国少数民族文学比较研究》，中央民族大学出版社1997年版，第116页。
⑥ 参见董科《西南少数民族民歌分类新构想》，《四川戏剧》2011年第5期。

三大类若干种。所谓三大类，亦即将重庆少数民族民歌分为古歌、劳动歌、生活歌（情歌、哭嫁歌、盘歌）三类。其中，古歌既反映了民族民歌发生的规律，也包含着相应的宗教文化。土家族的梯玛神歌就属于描述祖先起源和民族迁徙等内容的一种古歌。重庆地区的劳动歌主要包括牧歌、田歌、轿夫歌、盐客调、薅草锣鼓、劳动号子等。生活歌可分为情歌、盘歌、哭嫁歌等具体类别。①

对于黑龙江少数民族来说，其民歌类别不仅丰富多样，而且富含民族特色。达斡尔族民歌可分为山歌体民歌扎恩达勒、舞蹈歌曲哈库曼、长篇叙事歌乌春、宗教祭祀歌雅德根等；鄂温克族民歌包括猎歌、牧歌、酒歌、萨满歌等，尤以扎恩达勒、鲁克该勒见长；鄂伦春族民歌主要有占达仁、吕日格仁、萨满调等；赫哲族民歌则有山歌体加连阔、流行小调赫尼娜、说唱形式依玛堪等。

在民歌种类比较研究中，还有一种特殊情况——"诸族同歌"，亦即同一民歌形式在相邻多民族间盛行或流传。"花儿"这种民歌形式广泛流行于我国新疆、甘肃、青海、宁夏等民族地区的汉族、回族、东乡族、撒拉族、保安族、东干族、藏族、土族、蒙古族、裕固族等民族之间。作为西北各族人民集体智慧的产物，"花儿"是上述各族人民在长期的生产劳动、生活实践中共同创造的，特别是汉语"花儿"更是多民族交流交融的艺术结晶。基于此，武宇林撰文指出，藏族、蒙古族、东乡族、裕固族、撒拉族、保安族等少数民族一般兼通两种以上语言，因此在用汉语演唱"花儿"时，会不经意间将本民族的语法、词汇、曲调等融入其中。因此，"在藏族、蒙古族、撒拉族等少数民族创作的'花儿'歌词中不时可见夹杂有藏语、蒙古语、撒拉语的音译词，在回族等信仰伊斯兰教的少数民族创作的'花儿'中更是遍布阿拉伯语、波斯语的音译词。正是由于上述诸多少数民族的共同参与，'花儿'民歌不仅在主题、音乐

---

① 参见胡牧《重庆少数民族民歌及其分类》，《重庆文理学院学报》（社会科学版）2017年第4期。

方面，甚至在语言方面也富于变化，五彩纷呈"①。

二是民歌歌场比较。

"歌场实为少数民族歌唱活动特有的景观，它集经济、政治、宗教、审美、文学艺术于一身，在定义上可归纳为：负载多种文化事象的，以自发性、群众性、民俗性、综合性为主要特征的民间歌唱风俗的载体。"② 潘春见分别从文化内涵、内容和形式的异同等层面比较了少数民族歌场的特点。在她看来，语言文化的差异导致不同民族歌场的称谓千差万别——如壮族的"歌圩"，侗族的"月贺""月也""丹堂""坐妹""坡会"，苗族的"游方""坐寨""赶边边场"，瑶族的"歌堂"，西北的回族、土族、撒拉族、东乡族诸族的"花儿会"，等等。相比而言，南方壮侗语族各少数民族歌场和西北各民族的"花儿会"多以清歌互答为主，少有舞蹈；而西南少数民族的歌场除歌唱外常伴以舞蹈，如白族的"绕三灵"和彝族的"跳月"等。③

关于歌场的生成，潘春见总结出四大文化契机：一是多数歌场脱胎于远古以氏族为单位的祭祀活动，这些祭祀礼仪带有浓郁的自然崇拜、图腾崇拜和生殖崇拜的遗风④；二是歌场明显保留有远古婚俗的痕迹⑤；三是歌场的产生和延续一般伴随着神话传说⑥；四是歌场与早期集市具有共生共存现象⑦。

---

① 武宇林：《"花儿"民歌与北方少数民族语言》，《宁夏社会科学》2012 年第 2 期。
② 马学良等主编：《中国少数民族文学比较研究》，中央民族大学出版社 1997 年版，第 117 页。
③ 参见马学良等主编《中国少数民族文学比较研究》，中央民族大学出版社 1997 年版，第 117 页。
④ 参见马学良等主编《中国少数民族文学比较研究》，中央民族大学出版社 1997 年版，第 118 页。
⑤ 参见马学良等主编《中国少数民族文学比较研究》，中央民族大学出版社 1997 年版，第 118 页。
⑥ 参见马学良等主编《中国少数民族文学比较研究》，中央民族大学出版社 1997 年版，第 120 页。
⑦ 参见马学良等主编《中国少数民族文学比较研究》，中央民族大学出版社 1997 年版，第 121 页。

黄龙光等则从时空观和本体论角度探讨促成和维系歌场的基本条件。其一，稳定的时节（多与节庆重合）；其二，稳固的地域空间；其三，兼具歌唱、吟诵、舞蹈等文化活动内容；其四，相当规模数量的参与者。因此，"少数民族的传统歌场具有一定的地域性、民族性、集体性、周期性以及民俗性"①。论者指出，西南地区独特的立体自然物候与多元文化语境，共同构建了少数民族的多彩歌场。歌场的最初形成，与各少数民族的传统信仰、节日庆典、婚恋习俗、文化传承、文艺娱乐、集贸市场密切相关。依据不同的目的与功能，西南民族地区的歌场可分为八种类型，即祭坛性歌场、劳动性歌场、恋爱性歌场、族际交往性歌场、教化性歌场、文娱性歌场、市场性歌场和文化传承性歌场。这些歌场与各少数民族的经济、社会、文化、宗教、文学密切相关，是名副其实的"大观园"。因地理环境、语言文化、民俗风情等差异，西南少数民族对歌场的具体称谓也不尽相同。受西南少数民族文化多元一体、多源协力、多维立体、多元交叉特征的综合规定，其传统歌场成为各民族相互认同的黏合剂，也是传统与现代文化之间的重要纽带。②

三是民歌格律比较。

毫无疑问，就民歌的文体归类而言，仍属诗歌大类。因其同时追求可吟可唱的表演效果，所以格律便成为民歌表现形式中的基本元素。从既有民歌诗学研究成果来看，原中央民族学院少数民族文学艺术研究所文学研究室编著的《少数民族诗歌格律》较为集中地探讨了我国四十多个少数民族的诗歌格律，主要涉及藏族、彝族、羌族、傣族、白族、纳西族、苗族、侗族、壮族、土家族、黎族、高山族、鄂温克族、鄂伦春族、蒙古族、回族、维吾尔族、哈萨克族、柯尔克孜族、塔吉克族等

---

① 黄龙光、徐娜：《试论西南少数民族传统歌场》，《昆明理工大学学报》（社会科学版）2009年第10期。

② 参见黄龙光、徐娜《试论西南少数民族传统歌场》，《昆明理工大学学报》（社会科学版）2009年第10期。

少数民族民歌。①

　　北方的哈萨克民歌一向重视严整的格律。据师忠孝研究，严整的哈萨克民歌，"一般包括主歌和副歌。主歌绝大多数属俗歌体，每段四行，每行十一个音节（简称十一音）。这十一个音节又分为一个三音音步和两个四音音步。音步末尾重读。根据三音音步在诗行中所处的不同位置，分作三四四、四三四及四四三（此式极少见）三种格式"②。尤其值得关注的是，哈萨克民歌特别讲究韵脚的优美，押韵之处往往有两个音节，甚至三四个音节同时相押，主要韵式有四种：AABA、AABB、ABAB 和 AAAA，其中以 AABA 最为常见。关于哈萨克族民歌的"腔/词"关系，刘敏等认为，唱腔是语言和音乐的结合形态，是民歌中所有关系的核心，其要点有四：一是表演语境及其形式是腔词的基础；二是整齐规律的腔词韵律；三是多种节拍的腔词轻重关系；四是词曲交错的腔词句式关系。③

　　无论我国少数民族民歌的民族特色如何丰富多彩，形式美、格律美都是其基本特征和不懈追求。甘肃省的东乡族民歌特别是民谣——洛洛、了略、哈利、真扎诺、胡拉啥胡勒、连格哇拉达等，都有独特的格律要求。即便是东乡族的谚语，也具有形式简短、句式整齐、音韵和谐的特点。一般每节二句，每句多为十个以上音节，主要押头韵、脚韵。④汉藏语系藏缅语族的珞巴族，流行珞巴语口头文学。珞巴语的音节结构主要有两大类：一是声韵结合的音节，二是韵母自成音节。珞巴

---

　　① 马学良认为，"少数民族的诗歌格律表现形式比较复杂，不仅有头韵、颈韵、尾韵，还有腰尾韵、腹尾韵、首尾韵、交叉韵。有的民族诗歌还分正韵、句韵、内韵。民族诗歌不仅有押韵的一种形式，在有声调的语言中，还有很多是押调的。或既可押韵也可押调。还有的诗歌中带衬词，词语对仗和连珠复叠。"参见马学良《民族文学研究的新课题——试论少数民族的诗歌格律》，载中央民族学院少数民族文学艺术研究所文学研究室编《少数民族诗歌格律》，西藏人民出版社 1986 年版，第 1 页。

　　② 师忠孝：《浅谈哈萨克民歌的格律及其译配》，《语言与翻译》1987 年第 3 期。

　　③ 参见刘敏、徐敦广《哈萨克族民歌腔词关系辨析》，《文艺争鸣》2018 年第 6 期。

　　④ 参见马自祥《东乡族民歌及其格律》，《西北民族学院学报》（哲学社会科学版）1984 年第 1 期。

语没有声调对立现象，但大多数音节（或词）都有其习惯的音高，所以在一连串的讲唱中，仍可显现出抑扬顿挫的语调。据此，人们将珞巴语民歌分为夹日体和博力体两类。夹日歌是一种古老的歌体，一般由巫师演唱，多表现神话内容，常用于叙事性赞颂和祝祈。夹日歌的曲调由一个乐句构成，共六个节拍，反复吟唱，具有庄重、肃穆、深沉的特点。① 与夹日歌相比，博力歌一般篇幅较短，偏于抒情，因而节奏鲜明，富于变化，多用于喜庆场合和酒会唱和。②

彝族、羌族、壮族、侗族民歌的格律也各具特色。李德君认为，从句式看，彝族歌谣有五音节体、多音节体、长短相间体和自由体；从结构看，彝族歌谣可分为一段体、三段体和多段体。彝族歌谣虽不严格押韵，但凉山地区不少歌谣因为句末词语相同，造成整个音节相押的效果，从而使整首歌谣获得特有的音乐美。③ 羌族民歌种类繁多，一般将其分为山歌、酒歌、情歌、喜庆歌、宗教歌、叙事歌和新民歌等。从体制上说，羌族民歌长者可达数千行，短者只有四五行，一般以四、五、六、八句或多句为一首或一节，但以四句为一首或一节者居多；就句式而言，四言、五言、六言、七言、多言等不拘一格，尤以七言句式见长，俗称"七四句式"，即每句七言，每首四句。④ 廖汉波等专门论及广西德保县壮族侬府支系的歌谣吟唱。作者认为，从民间鉴赏习惯来看，吟诗时的音乐只是外在形式，诗句的文学性才是其核心内涵。壮族吟诗在自然对歌场合虽均为"临机自撰"的现场发挥，但依然有"歌路"规则。以《德保歌圩山歌》记录的作品为例，对歌时不仅要尊重

---

① 参见于乃昌《珞巴族民歌格律》，载中央民族学院少数民族文学艺术研究所文学研究室编《少数民族诗歌格律》，西藏人民出版社1986年版，第92页。

② 参见于乃昌《珞巴族民歌格律》，载中央民族学院少数民族文学艺术研究所文学研究室编《少数民族诗歌格律》，西藏人民出版社1986年版，第96页。

③ 参见李德君《彝族歌谣的形式和韵律》，载中央民族学院少数民族文学艺术研究所文学研究室编《少数民族诗歌格律》，西藏人民出版社1986年版，第119页。

④ 参见梁和中《羌族民歌格律》，载中央民族学院少数民族文学艺术研究所文学研究室编《少数民族诗歌格律》，西藏人民出版社1986年版，第131页。

"求、抢、斗、情"等结构程序,还要追寻"赋、比、兴"以及暗喻等文学表现手法,并且在诗句字数、平仄及押韵等方面均有基本要求。①至于北部侗族民歌格律,既不同于南部侗歌,又区别于当地汉族民歌,它是一种以押调为主、押韵为辅,讲究对仗,具有独特风格的民歌形式。②

在少数民族民歌格律中,也有某些相同或近似的规律可循。如"一韵到底"作为我国民间诗律的一种押韵方法,"是我国壮、侗、苗、瑶、高山、哈萨克、满等民族民歌及西北的'花儿'常见的一种韵律形式。这种韵律形式一般都具有流转通畅、气势恢宏、音乐性强的旋律特征。无论用于短歌创作还是用于长歌创作,都能非常自由灵活地表达各族劳动人民喜怒哀乐的思想感情和对美好生活和理想的追求,并在唱法上都具备一气呵成、如江河奔涌的共同审美规范"③。

四是民歌风格比较。

从美学角度看,少数民族民歌同样存在刚与柔、隐与显、雅与俗、庄与谐的风格问题。我国少数民族民歌尽管各有特色,但总体来说,南北差异尤为显著。"在北方草原,各民族的生活环境具有巨大的空间特征,莽莽戈壁,茫茫草原,天地湖海都给人以旷远雄浑的形象特征,因此,每天在这大自然背景下过着跃马扬鞭生活的草原民族,不但在性格上剽悍粗犷,而且在精神审美上也倾向于沉雄苍凉";"南方民族则喜欢用江河奔流、空谷回音等作比喻,在动态上往往给人或扶摇直上、或直转而下、或平和柔顺的相互交替、秀壮同存的审美快感"。④受制于这种基元性因素,北方民歌以粗犷率直为要,南方民歌以含蓄蕴藉见

---

① 参见廖汉波、戴忠沛《广西德保壮族对歌传统"吟诗"的音韵格律及歌路举要》,《民族文学研究》2019年第4期。
② 参见石林《侗族北部民歌格律》,《中央民族学院学报》1986年第2期。
③ 马学良等主编:《中国少数民族文学比较研究》,中央民族大学出版社1997年版,第171页。
④ 马学良等主编:《中国少数民族文学比较研究》,中央民族大学出版社1997年版,第149页。

长,两种风格,一刚一柔,一显一隐,一俗一雅,相映成趣。当然,这仅仅是就少数民族民歌的总体倾向而言的,实际上,我国南北少数民族民歌既具有区域和民族个性,也不乏作为文学形式的艺术共性,因而,在具体的民歌文本中,更多地表现出刚柔相济、隐显互映、雅俗共赏的混成特征。这也正是艺术辩证法在民族民歌活动中的生动体现。

少数民族民歌的这种地域风格和民族风格紧密相连。如藏族高亢悦耳的"鲁体"和"谐体",哈萨克族深沉的"对唱",土族凝重而悠扬的"道拉",撒拉族轻快爽直的"玉儿",以及在多民族中传唱并各具特色的"花儿"等,都是地域性与民族性协同创生的结果。"目前流行在新疆的回族'花儿',唱腔既保留了内地'花儿'高亢、嘹亮、粗犷、明快的特点,通过长期的发展又兼收并蓄了悠扬、细腻、委婉的特色。吐词清晰,旋律性强,节奏节拍规整统一,形成了自己独特的风格,突出了浓郁的新疆地域特点。"[1] 有学者专门考察了民歌资源富集的重庆少数民族民歌风格,认为重庆作为巴文化的发祥地和流传地,辖区内的少数民族民歌大多与巴渝竹枝词、巴渝舞等有着内在联系。作为一种独特的区域文化,"俏皮、清新、质朴、真挚和口语化是重庆少数民族民歌主要的艺术特色,它们富有山水交融的诗性美,彰显着重庆少数民族积极乐观的生活态度"[2]。

正因为相邻民族间的交往与交流,使不同民族共生并共享某些民歌类型成为可能。前述人类非物质文化遗产——"花儿",就广泛盛行于我国西北地区,成为名副其实的"大西北艺术之魂"。在比较土族和撒拉族"花儿"时,郭晓莺认为,土族人民与汉、藏、蒙、回、撒拉等民族世代杂居,在继承和保留本民族文化特色的同时,也吸纳并融合了

---

[1] 马生福、朱大伟:《新疆回族民歌风格特征探析》,《新疆艺术学院学报》2007年第3期。
[2] 胡牧:《重庆少数民族民歌及其分类》,《重庆文理学院学报》(社会科学版)2017年第4期。

周边民族文化的优秀因子，其生存的文化空间也随之呈现出多元文化交融并存的局面。譬如，"土族花儿的旋律由土族情歌发展演变而来，并吸收了某些藏族情歌的成分，风格独特，旋律高亢嘹亮，节奏自由，多用三拍子，旋律起伏较大，音域宽广，结构一般为双乐句变化反复体，结束音拖长而下滑，具有浓郁的土族风味"①。在长期的历史发展中，撒拉族运用本民族语言并兼用汉、藏语言创造了丰富多彩的民歌。"撒拉花儿是撒拉族人民用汉语演唱的一种山歌，主要流行于循化撒拉族自治县，化隆县的甘都，甘肃的大河家、刘家等地区也很盛行。撒拉花儿高亢明亮，自由奔放。"②将土族和撒拉族的"花儿"相比较，不难发现二者的艺术共性。首先，从内容上看，都以生动的形象来表现思想感情；其次，从艺术形式上看，二者的歌词都大量采用赋、比、兴的表现手法，使"花儿"的言辞更加含蓄风趣，形象更为鲜明生动，韵味尤其婉转悠长；最后，从格律上看，两个民族的"花儿"都有优美的格律和动人的旋律，吟咏时有着明快的节奏与和谐的音韵。

五是民歌功能比较。

作为少数民族民间文学极具本真性和韵律美的重要组成部分，少数民族民歌与其他周边艺术体式一样，发挥着表达感情、认识生活、启迪智慧、愉悦心灵以及人际交往、民族融合等多方面的社会文化功能。

覃乃昌论及壮族歌谣《嘹歌》时指出："《嘹歌》是著名的壮族长篇古歌，是经过长期的口头传诵后，经过文人的加工和删改，用古壮字记录并在格式上作了适当规范的歌谣集，它具有重要的文学价值、艺术价值、历史价值、民俗学价值、语言文化学价值和古文字研究价值。"③侗族十分重视民歌的社会文化功能，向来有"饭养身，歌

---

① 郭晓莺：《土族花儿与撒拉族花儿的艺术共性》，《中国土族》2008年夏季号。
② 郭晓莺：《土族花儿与撒拉族花儿的艺术共性》，《中国土族》2008年夏季号。
③ 覃乃昌：《〈嘹歌〉：壮族歌谣文化的经典》，《广西民族研究》2005年第1期。

养心"的文化传统。其中，风俗歌在侗族生活中被赋予教育、宣泄、接纳、交流、团结等诸多功能，并作用于生产生活与人的生命历程的方方面面。① 布依族民歌所传承的文化内涵，是民族感情的艺术荟萃与社会生活的审美投射，并发挥着广泛的社会功能：愉悦身心的群体娱乐功能；普及文学及音乐艺术的审美教育功能；缓解劳累提高劳动生产效率的实用功能；展现本民族独特人文风情的展示功能；沟通情感及促进人际交往的媒介功能；规范人们思想行为的道德教化功能；传承本民族历史文化的功能。② 纳西族民歌则具有情感交流功能、审美娱乐功能、人生礼仪功能、宗教祭祀功能、教育传承功能。③ 关于浙江畲族民歌的价值，相关学者发表了大致相近的看法。如宋璐璐认为，传诵于浙南丽水一带的畲族民歌具有生活实用价值、艺术欣赏价值、艺术再创造价值以及文化艺术研究价值。④ 朱琼玲也对畲族民歌的社会功能作了多层面理论探析。⑤

学者们同时注意到，某些特定类型的少数民族民歌在某一方面或相关层面具有特殊意义。苏桂宁等撰文阐述了仫佬族民歌中"黑暗意识"的独特文化价值，即对黑暗事物尤其是对死亡的忧惧、对光明的崇拜与向往、将黑暗视为具有生命属性的时空。"黑暗意识是仫佬族人的心灵习性，是民族文化的根与魂，它不仅使仫佬族人面对黑暗与恶劣生存条件时实现了诗意的栖居，还提升了仫佬族民歌的审美格调，使其自然意

---

① 参见吴青芬、朱婧《侗族民歌的社会教育功能及传承发展研究》，《教育文化论坛》2019年第1期。
② 参见肖毓《论布依族民歌的社会功能和传承困境》，《兴义民族师范学院学报》2010年第4期。
③ 参见唐婷婷《纳西族传统民歌的文化功能与传承》，《云南民族大学学报》（哲学社会科学版）2010年第2期。
④ 参见宋璐璐《浙江畲族民歌初探》，《艺术研究》2015年第1期。
⑤ 朱琼玲认为，"畲族民歌是畲族人民生产实践经验的归纳总结和日常生活的生动体现，是传统畲民自我娱乐、自我学习、自我教育的'百科全书'，在畲族的发展历程中发挥着重要的作用，是传统畲民的主要娱乐方式、社交工具、教育手段和文化传承的载体"。参见朱琼玲《畲族民歌社会功能探析——以畲歌歌词为切入点》，《丽水学院学报》2015年第1期。

象和道德意象都表现出崇高的审美个性。"① 袁翔珠认为，民歌在南方少数民族传统婚姻习俗中具有不可或缺的地位，这主要体现在三个层面：第一，民歌演唱水平成为南方少数民族重要的择偶标准和条件；第二，"以歌为媒""依歌为聘"是南方少数民族缔结婚姻关系的必经程序；第三，民歌艺术是南方少数民族结婚礼仪中必需的环节。②

少数民族民歌还拥有相应的文学史建构功能。沈意在探讨魏晋南北朝时期北方少数民族民歌时认为，魏晋南北朝时期的北方少数民族民歌混杂在所谓的"北朝民歌"中，这些北方少数民族民歌展现了相关少数民族的性格特征和精神风貌，具有文学史书写的参考价值。③ 此外，少数民族民歌还具有一定的学科拓展功能。④

六是民歌传承比较。

胡小满将我国自明清以来少数民族传统民歌的传承与保护历程划分为三个阶段：一是以文字为主记录唱词的文字期；二是借用乐谱记录"音符"的乐谱期；三是借用录音、录像等现代科技手段的音像期。他呼吁现代社会保护传统民族民歌需运用现代思维与科技手段，并需行政、法律、社会公众等多方面的协同努力。"借助这样的努力，力争使

---

① 苏桂宁、吴静：《论仫佬族民歌的黑暗意识及其文化价值》，《湘潭大学学报》（哲学社会科学版）2019 年第 2 期。

② 参见袁翔珠《论民歌在南方少数民族婚姻习惯法中的作用》，《贵州民族研究》2014 年第 9 期。

③ 在沈意看来，"如果没有北方民歌这种刚健清新的风格，气势磅礴的唐诗是无法想象的。论者往往指出南北文风的融合是导致唐代诗歌大繁荣的一个重要原因，由此我们也可以看出北方刚健文风对唐代诗歌高峰的形成所起到的重要作用。因此，无论是从民族精神来看，还是从民族文学的繁荣来看，魏晋南北朝时期的北方少数民族都为之做出了重要的贡献。"参见沈意《魏晋南北朝时期北方少数民族民歌简论》，《内蒙古大学学报》（哲学社会科学版）2009 年第 1 期。

④ 少数民族民歌及其理论批评将边缘的、少数民族的、听觉性的艺术纳入美学研究视野，"有利于新兴的艺术人类学摆脱传统美学对精英艺术的过度关注和对民间艺术、群众性艺术漠视的狭隘思想束缚，拓宽美学研究的视野和领域，使美学得到民间审美经验和大众审美经验的启发、汲取边缘文化的活力和来自听觉艺术的审美经验，从而弥合美学与草根文化之间的裂痕，激活中国美学对本土艺术与现实文化的理性思考。"参见范秀娟《少数民族民歌研究的艺术人类学意义》，《杭州师范学院学报》（社会科学版）2006 年第 6 期。

那些'年事已高'的传统民歌得到理性的人文关怀；使许多弥足珍贵的资料（文字、音像）得以收集；许多歌师、唱家的精妙技艺得以传承；许多特有的传统人文环境得以维系。"①

彝族既有丰富而相对系统的诗学体系，也不乏千姿百态的民间文学，其中自然包括了丰厚的民歌资源。彝族主要聚居于四川凉山彝族自治州和云南楚雄彝族自治州，其民歌延续了彝族人民的文化信仰，承载着悠久的民族历史，对彝族民族文化传承和传播具有非常重要的意义。但在新的社会转型时期，彝族民歌出现了边缘化、断代式和区域差异化的发展状况。通过比较，宋阿依姆认为，云南楚雄彝族的民歌推广为四川凉山彝族民歌的发展提供了相当宝贵的经验——"大致可分为点线面三个层面的战略规划：推出'明星式'彝人歌手获取'流量'，重视新时代的彝歌基层教学、搜集整理、翻译和学术研究，以及利用现代传播形态体现彝族民歌的美学价值和社会价值。"② 羌族民歌的维系机制同样值得借鉴。"在羌族民歌族内传承过程中存在一套作用于族群内部的'概念'、'行为'与'声音'，它体现出一种如提莫西·赖斯（Timothy Rice）所谓的历史建构、社会维持、个人创造与体验的一种双向交流的关系。"③ 这种双向交流关系影响到彝族民歌的内容与形式，进而通过"礼仪、地位、禁忌"等一系列维系机制发挥传承与保护效能。

需要强调的是，少数民族原生态民歌的"活态"传承与保护意义重大，这在全球化语境下倍显迫切。因为少数民族原生态民歌的传承已失去了原有的文化生境，原生态民歌艺术继承人缺乏，以及原生态民歌的现行教育体系不完整，导致我国少数民族原生态民歌传承一度陷入窘境。为此，有关学者提出少数民族原生态民歌"活态"保护的三种模

---

① 胡小满：《中国少数民族传统民歌的保护》，《西南民族大学学报》（人文社会科学版）2004年第9期。

② 宋阿依姆：《四川凉山彝族民歌的美学特征及其可持续发展战略》，《民族学刊》2019年第5期。

③ 文飞：《四川羌族民歌族内传承的逻辑起点与维系机制》，《四川戏剧》2019年第9期。

式：第一，开发文化产业，走产业化活态保护之路；第二，建立文化保护生态环境，实现自觉传承保护；第三，鼓励创新，增强少数民族原生态民歌发展的内力。①

在技术化、数字化、信息化、网络化、全球化背景下，包括民歌在内的少数民族文艺传承虽然面临诸多挑战，但同时也为我们更加快捷、全面、立体地给予传承保护提供了难得的机遇——网站的信息存储功能与传播优势让民歌的数字化传承变为现实："互联网的信息存储模式使少数民族民歌可以得到永久性的保存，互联网的多终端互动可以拓展少数民族民歌传承渠道，移动互联网更丰富了少数民族民歌传播空间。"②当务之急，应主动适应互联网时代少数民族民歌的数字化传承要求，加快建立"两库一台"——少数民族民歌传承人网络数据库、民歌网络数据库以及少数民族民歌云展示平台。

七是民歌学术史比较。

王静对20世纪以来中国少数民族民歌研究做了较为全面的学术史梳理。她将五四运动至20世纪20年代中期视为中国民歌研究的启蒙阶段。此期尚未涉及真正意义上的少数民族民歌研究，但为此后的研究提供了初步的研究经验和某些参考样本。新中国成立后，高度重视包括少数民族在内的民歌研究。新时期以来，中国少数民族民歌研究步入发展快车道。王静认为，中国民歌研究的初始阶段，在西方民俗学及民歌论著的影响下，专业学者们不仅整合、梳理了部分民族资料，而且对民歌和民谣的起源、发展以及概念的界定、分类、艺术手法、基本估价等作了初步探索。据她考索，"少数民族"概念是在1924年《中国国民党第一次代表大会宣言》中提出的，意指部分"民族"，与今天所说的"少数民族"含义并不相同，而且当时的少数民族民歌研究也缺乏

---

① 参见李平平《全球化背景下少数民族原生态民歌的"活态"传承与保护》，《贵州民族研究》2017年第12期。

② 杨瑾：《互联网时代少数民族民歌的数字化传承与传播》，《贵州民族研究》2017年第12期。

学科自主意识。新中国成立后，包括少数民族民歌在内的少数民族文学研究步入学术化轨道。特别是1958年的新民歌运动，更是对此后的民间民歌搜集、整理、流传以及民歌理论批评的发展产生了积极影响。新时期以来，中国少数民族民歌研究实现了五个方面的进展。一是民歌分类有了专题研究；二是出现了综合性概述成果；三是地区性民歌著述陆续面世；四是收获了诸如《壮族歌谣概论》等单个民族的民歌专著；五是出现了其他更具综合性的研究成果。综合判断，新中国关于少数民族民歌的既有研究成效显著，但也存在一些问题，需进一步深化研究。[1]

除少数民族民歌学术史的总体性纵向比较外，另有部分成果倾向于某一地区或某一民族民歌研究情况的概述。雷嘉彦在评述柯尔克孜族民歌研究概况时指出，柯尔克孜族民歌种类丰富，数量庞大，但学界对其研究却相对不足。大体来说，新中国成立后的前三十年、新时期、21世纪，这三个历史时期的研究成果不够均衡，但总体上呈上升之势。"与'文革'前的零星片段研究相比，自上世纪80年代以来，从研究成果到对柯尔克孜族民歌的关注人群都有所拓展，学者们的研究视角也逐渐从对民歌文本的分析比较等转向开始将民歌放置于一个大的文化背景中，或走向田野对其进行动态的研究考察。"[2] 王丹在回顾新时期以来哈萨克族民歌研究现状时，特别强调问题意识的重要性。在她看来，改革开放以来，国内的哈萨克民歌研究在资料搜集、整理以及音乐形态研究、文化研究、文学研究、比较研究、传承研究等方面取得了一定成

---

[1] 王静认为，"整体上看，20世纪以来对少数民族民歌的研究大多集中在具体作品的评介层面上，缺少纵横捭阖的思考，严格地说，还没有一部真正的将民族与文化结合起来的民歌综合研究专著。随着信息和媒体的发展，经济和文化的全球化的继续……中国民间文化的丰富多样性也越来越被人们所接受。近年我国的民间文化遗产抢救工程的启动，应成为民族民歌研究的新契机，而西方人类学、文化学、生态学、口头传统等理论的新的运用，应成为民歌研究的新方向"。参见王静《20世纪以来的中国少数民族民歌研究综述》，《内蒙古大学艺术学院学报》2009年第1期。

[2] 雷嘉彦：《柯尔克孜族民歌研究述评》，《南京艺术学院学报》（音乐与表演版）2013年第3期。

果，但研究中也有不尽如人意之处。一是民歌概念及其分类比较模糊；二是文本和语境相分离的现象较为严重；三是微观个案和区域民歌的比较研究不足；四是缺乏跨界视野以及多学科视野下的深度研究。[①] 李静燕则集中关注21世纪以来瑶族民歌研究的特点。借助CiteSpace软件进行计量统计与可视化分析，通过对中国知网数据库2001—2021年"瑶族民歌"主题研究的分类综述，她发现，瑶族民歌研究经历了民族音乐特征、民族文化特征、文化传承保护等多方面的探索，已快速发展为一门多学科多视角研究的地方性显学。瑶族民歌研究的未来旨趣，主要表现为三个面向：一是更加重视当代学术关怀，着力挖掘铸牢中华民族共同体意识层面的文化资源；二是注重内部研究与外部研究有机融合，不断拓宽瑶族民歌研究视野；三是立足整体性立场，形成瑶族民歌研究的学术共同体。[②]

上述有关少数民族民歌学术史的思考，有总有分，异中见同，虽然尚未达到规模化、系统性研究境界，但业已形成自觉的学科意识，其显在与潜存的诗学比较视野已清晰可见。

第三节　少数民族民间故事比较诗学

广义的民间故事包括生活故事、幻想故事、寓言故事、民间传说、民间笑话等，是民间口头创作、口耳相传的散文化叙事作品的统称。"在民间文学中，民间故事是最具可比性的。在世界民间文学的研究中，不同民族和不同国家之间民间故事的比较研究是最有成绩的。"[③]

无论虚构与否，民间故事都是现实生活与人们愿望的文学化表达。

[①] 参见王丹《改革开放以来国内哈萨克族民歌研究的回顾与思考》，《新疆艺术学院学报》2018年第1期。
[②] 参见李静燕《2001—2021年瑶族民歌研究综述——基于CiteSpace的文献计量与可视化分析》，《昆明理工大学学报》（社会科学版）2021年第6期。
[③] 陈岗龙：《蒙古民间文学比较研究》，北京大学出版社2001年版，"前言"第3页。

按照《中国少数民族文学比较研究》的理解，民间故事的主人公可以是人，可以是动植物，也可以是假想的神仙鬼怪。作为一种"自觉的艺术"，民间故事不需要具有宗教信仰的内核。在民间故事的谱系之内，狭义的"故事"也有别于"传说"，"故事"可以不以确定的人物、史实为依据，允许虚构或具有一定的虚构色彩，但归根结底还是民众生活经验和理想愿望的艺术反映。稍加比较便会发现，包括少数民族在内的我国民间故事存在着显著的类型化倾向，亦即很多民族的民间故事大同小异。究其原因，不外乎以下三点："第一，故事同源。每个民族的形成都经历过同化和分化的过程……在中国远古时期，活动着几个大的族群，后来分化为几十个民族，在那些有血缘关系的民族中，必然流传着许多相似的故事。第二，故事同境。同境是指民族所处的环境相同。相似的故事，不能都用同源来解释，故事情节不谋而合的现象是常有的，这是由于相同的自然环境和生活条件造成的。第三，相互交流。民间故事有很强的生命力，尤其是一篇优秀的故事，绝不会只停留在出生地而不移动，它能够突破山河的阻隔、语言的障碍，不翼而飞，在广阔的空间流传。"①

在中华民族民间故事系统中，有几类范型颇具比较优势。

第一，龙的传说比较。基本切入点有：蛇图腾与龙图腾的融合；龙形象的差异与变异；龙的活动空间；龙的多种性能；龙的分化与人格化。宏观地看，"古老的龙形象走过了漫长的路程，大体上经历了这样几个阶段：灵性动物──→幻化为水神和生育神──→人格化为民族的祖先和帝王的化身──→升华为民族文化和精神的象征。"②

第二，风物传说比较。重点包括：风物传说的类型比较；风物传说的风格比较；风物传说的人格化与历史化比较；风物传说的社会文化功

---

① 马学良等主编：《中国少数民族文学比较研究》，中央民族大学出版社1997年版，第197页。
② 马学良等主编：《中国少数民族文学比较研究》，中央民族大学出版社1997年版，第198页。

能比较。

第三，变形故事比较。主要探讨"变形"的发展轨迹、"变形"的取向、男性变形故事、女性变形故事等异同特征。

第四，机智人物故事比较。相关比较维度主要指向人物形象的聪慧、幽默、滑稽、"骗术"、恶作剧、傻气、正义等。

第五，寓言故事比较。已有研究成果关涉少数民族寓言与汉族寓言比较、西藏寓言与印度寓言比较、蒙古族寓言与印度寓言比较、新疆寓言与印度寓言比较等。

盛行于我国北方少数民族中的萨满传说异常丰富，某种程度上可视为萨满的口述历史。根据学者色音的研究，北方民族的萨满传说可归纳为以下几种类型：萨满神灵传说、萨满仪式传说、萨满法器传说、萨满图腾传说、萨满教祖传说、萨满巫术传说、萨满斗法传说。萨满传说吸收了其他民间传说的相关母题，并影响到其他一些民间传说的构型。总体而言，大多数萨满传说都是赞美和歌颂萨满的超凡法力与治病扶伤的美德，甚至有些萨满还被夸张地描绘成创造宇宙万物的造物主。萨满传说之所以广泛流传于我国北方少数民族日常生活之中，是因为历史上我国北方阿尔泰语系的大多数民族都信仰萨满教。"中国北方民族地区为世界萨满教文化的典型区域之一，也是国际上公认的萨满文化形成和发展的核心区域之一。随着历史上北方各民族文化交流的不断加深，萨满教不仅在北方各民族固有文化的基础上相互借鉴和吸收，同时为适应社会的潮流，萨满教还根据不同历史时期传入的外来宗教在本民族本地区的影响不断调整自己，使自己始终在北方各民族文化中占有一席之地。"[1]

在我国北方少数民族中，蒙古族民间故事具有鲜明的自身特点。

---

[1] 色音：《比较文学视野中的北方民族萨满传说类型》，载陈岗龙、额尔敦哈达主编《奶茶与咖啡：东西方文化对话语境下的蒙古文学与比较文学》，民族出版社2005年版，第263页。

其中，独眼巨人故事、马头琴传说、尸语故事等堪称标志性民间文化符号。

陈岗龙认为，比较东西方独眼巨人故事，可发现四大共性，即"巨人""独眼""住山洞牧羊"和"吃人"。蒙古族有关"独眼"的记载最早见于《蒙古秘史》。溯其渊源，独眼巨人的原型应该是突厥—蒙古民族的山神崇拜。就其自身演化过程来看，"独眼巨人"故事大体经历了"远古山神崇拜""神话传说""民间故事"三个阶段，它们在不同文化区域停留的时段有所不同。相比之下，"在希腊，独眼巨人处在神话阶段，属于希腊的诸神体系；在东方，突厥和蒙古民族中已进入了传说和民间故事的阶段"①。

蒙古族关于马头琴起源的传说大体有四种类型：神魔共创型、"那木吉拉马尾"型、"苏和的白马"型、"马头明王"型。在分类比较了马头琴的神魔共创传说、那木吉拉传说、苏和白马传说后，陈岗龙进一步分析了"马头琴"作为民族文化符号的象征意义："马头琴卷颈上的雕刻除了马头以外，还有大鹏鸟、'马塔尔'（恶魔）和龙头等标志。其中，马头是主类型，而大鹏鸟、'马塔尔'（恶魔）和龙头等是亚类型。从马头琴的历史发展来看，经历了一个从马头大鹏鸟、'马塔尔'（恶魔）和龙头等多种符号亚类型走向统一的符号的过程。而这正是马头琴由地方民间社会的文化符号逐渐转型为统一的民族符号的过程。"②陈岗龙认为，马头琴传说的原始含义，隐喻着蒙古族古老的萨满教主题。大鹏鸟的"头"不仅蕴含着蒙古民族的信仰，而且象征着国家权力。结合内蒙古东部地区蟒古思故事演唱民俗中马头琴——朝尔的符号及其象征功能和文化意义，可以认为，"马头琴在东蒙古的史诗表演中被当作巫术用具来使用，以马头琴伴奏演唱蟒古思故事的史诗艺人相当于萨满。实际上，东蒙古民间的蟒古思故事表演中的马头琴是马头琴传

---

① 陈岗龙：《蒙古民间文学比较研究》，北京大学出版社2001年版，第50—51页。
② 陈岗龙：《蒙古民间文学比较研究》，北京大学出版社2001年版，第65—66页。

说主题的阐释和实践"①。

陈岗龙对蒙藏、蒙满民间故事《尸语故事》进行了重点比较。

"尸语故事"最初起源于印度，是一组优美动人的民间故事。这种故事具有三个突出特点。一是连环串插式结构。世界上只有《五卷书》《一千零一夜》等少数几部故事集拥有这种结构。二是它的传播与佛教有密切关系。三是以书面翻译和口头传播两种形式流行于蒙藏民族中。这种跨国族、跨语际传播的特征，决定了必须借助比较文学和比较诗学的研究方法。②

可以肯定，《尸语故事》是随藏传佛教传入蒙藏地区的。藏语将《尸语故事》称作《若钟》。据《柱下遗教》（又译《拉萨志》《柱间遗嘱》《柱间史：松赞干布遗训》等）、《贤者喜宴》《西藏王统记》（又称《西藏王统世系明鉴》）等藏族古典史著记载，早在西藏山南雅隆部落第八代赞普布德贡杰时代，藏族社会便流传着《尸语故事》《鸟的故事》《玛桑故事》等。

藏族《尸语故事》的若干版本大都由佛教徒编纂而成，但主要分为13章本和21章本两大系统。两大版本系统关于龙树大师命令王子背魔尸的故事基本相近，但具体情节有所不同。这些版本的相同之处有以下几点。其一，都以宣扬佛教生死轮回和因果报应思想为目的；其二，均具有浓厚的藏族生活气息；其三，都是广大藏族人民进行娱乐教育和反抗压迫的精神武器；其四，文体上多采用与藏族说唱传统相匹配的韵散文结合的形式。③

现今所见蒙文《尸语故事》多为14—15世纪乃至更晚时期的藏文译本。蒙古族《尸语故事》（又称《龙树大师传》《喜地呼尔》）多达三十余种版本，分别用回鹘体蒙文和托忒蒙文两种手抄本文字写成，具

---

① 陈岗龙：《蒙古民间文学比较研究》，北京大学出版社2001年版，第73页。
② 参见陈岗龙《蒙古民间文学比较研究》，北京大学出版社2001年版，第87页。
③ 参见陈岗龙《蒙古民间文学比较研究》，北京大学出版社2001年版，第97页。

第三章　民族根性：少数民族比较诗学

体分为13章、22章、26章、30章、35章等不同章节本。多数《尸语故事》比较完整地流传于蒙古地区，其中的一些情节母题还直接或间接影响到蒙古民间故事和英雄史诗。[①]"《尸语故事》不仅深刻影响了蒙古族民间文学，而且对古代蒙古族的作家文学也有一定的影响。"[②]

纵横比较，蒙古族《尸语故事》虽然源于藏族《尸语故事》，但也有其自身的创新与发展。蒙文《尸语故事》的前13章直接精译于藏文，相当程度上保留了基本的语法特点；蒙文第14章及其以后的章节则是蒙古民族的创新性改编之作。[③]

《尸语故事》还被译成满文。《满族佛传故事二十一篇》系手抄本，现藏于北京故宫博物院图书馆，讲述21次请灵丹妙药神额尔德尼的故事。这21个故事分别是：富人的儿子；君臣杀死两只蛤蟆；图呼尔岱的故事；猪头萨满的故事；日光的故事；恩德布赫的故事；鸟丈夫；木匠和画匠；妇人夺心救汗；被鬼咬掉鼻子舌头的女人；祷告观音菩萨的老人；居心叵测的汗；毕拉瞞尼当了汗；好色的汗；鬼汗落水；羊退大象；汗的亲戚杀死三头鬼；露面容丑鬼被驱；佛祖教化老人从善；恶人效法致死；老鲁赫的故事。满文《尸语故事》源于蒙藏特别是蒙文版《尸语故事》，同时又一定程度上区别于蒙藏故事。通过比较不难发现，《满族佛传故事二十一篇》中的某些蒙古语人名、地名，显然是从蒙文21章本音译过来的。不过，与蒙藏《尸语故事》相比，满文《尸语故事》在译介、传播过程中又发生了若干变异。这种变异性主要体现在以下五个方面。第一，梵文、藏文、蒙文本故事的主人公背尸体，满文本主人公吉祥仁义汗背的则是灵丹药神；第二，满文本《尸语故事》具有浓厚的萨满教意味；第三，满文本中的许多人名、地名、称谓等已改用满语表述；第四，满文本比蒙藏本《尸语故事》的故事情节更为丰

[①] 参见陈岗龙《蒙古民间文学比较研究》，北京大学出版社2001年版，第93页。
[②] 陈岗龙：《蒙古民间文学比较研究》，北京大学出版社2001年版，第95页。
[③] 参见陈岗龙《蒙古民间文学比较研究》，北京大学出版社2001年版，第102页。

富曲折,更具可读性;第五,满文本出现了满族风俗描写。①

我国南北少数民族均有机智人物故事。北方有蒙古族的《巴拉根仓的故事》《沙格德尔的故事》,维吾尔族的《阿凡提的故事》《毛拉则丁的故事》,哈萨克族的《霍加纳斯尔的故事》《阿勒尔库沙的故事》;南北过渡文化带有藏族的《阿古登巴的故事》《聂局桑布的故事》,彝族的《错尔木呷的故事》;南方有纳西族的《阿一旦的故事》,壮族的《公颇的故事》,布依族的《甲金的故事》,苗族的《谎江山的故事》,瑶族的《卜合的故事》,等等。这些故事内容风趣,语言凝练,结构紧凑,"充满生活乐趣,没有说教的腔调,当然也不是单纯的逗乐,在笑的背后,隐藏着严肃的内容"②,深受人民喜爱。

第四节　少数民族叙事长诗比较诗学

民间叙事长诗是与创世史诗、英雄史诗并列的一种叙事长诗类别。总体上说,我国少数民族叙事长诗是各少数民族人民生活、情感和思想的反映,具有凝练、集中、富于音乐性等特征。具体有以下几点。

第一,我国少数民族叙事长诗一般都有生动而完整的故事情节,多以个人或家庭的不幸为主要内容,大多以爱情悲剧为主题。

第二,多采用日常生活中的各种事物与人物进行类比,在简洁的叙述和曲折的情节中刻画人物性格,较少心理描写。

第三,惯于运用叙事和描写、叙事和抒情相结合的创作方法。

第四,有相对稳定的结构框架,一般正诗之前有烘托气氛、提请读者注意的序诗,正诗大多包括开头、发展、高潮和结局,最后是尾声。

---

① 参见季永海《〈尸语故事〉在满族中的流传》,《民族文学研究》1993年第4期。
② 马学良等主编:《中国少数民族文学比较研究》,中央民族大学出版社1997年版,第233页。

第五，在形式音律上，多为四行一节，也有多行一节的，可押头韵、脚韵、腰脚韵，也可同时押头韵和脚韵。①

曼拜特·吐尔地在探讨柯尔克孜族和哈萨克族等北方古老民族民间叙事长诗时，特别注重二者的共性特征。他指出，这两个历史上长期毗邻的北方民族同属一个语支，游牧经济主导下的文化交流十分密切，因而诸多古老民间叙事长诗的情节、细节以及修饰语等都具有极高的相似性。"《叶尔托斯提克》在柯尔克孜族和哈萨克族民间文学中以幻想故事和史诗的形式保存。虽然《叶尔托斯提克》有《金羊拐骨》《库拉蔑尔干》《英雄杜坦》《英雄托坦》《叶尔纳扎尔》《阔奇别斯拜》等不同名称，并以各种形式演唱，但它们的情节、母题、主题相差无几。"②

南方干栏稻作文化圈少数民族的叙事长诗，既有对现实的描绘，又不乏浪漫的想象，侧重于塑造对本民族做出过重大贡献的杰出人物，情节有急有缓，轻重交错，起伏多变，刻画人物较为细致。西南山地阔叶文化圈彝族、哈尼族、傈僳族、纳西族、拉祜族、藏族、白族等少数民族的叙事长诗，以歌颂纯真的爱情、争取婚姻自由、反抗不合理婚配为主。如彝族的《阿诗玛》《我的幺表妹》，傣族的《娥并与桑洛》，傈僳族的《重逢调》《逃婚调》，拉祜族的《蜂蜡灯》，藏族的《在不幸的察瓦绒》等。"山地阔叶文化圈少数民族的叙事长诗，具有叙事通达、抒情淋漓尽致的特点，并且将叙事、抒情、描写巧妙地结合起来，成功地塑造了富有各民族鲜明特征的艺术典型。"③ 段莲、智宇晖对黎族与其他壮侗语族民间爱情叙事长诗的情节模式做了比较研究：

　　黎族与居住在云南、贵州、广西等的傣、壮、布依、侗、水、

---

① 参见马学良等主编《中国少数民族文学比较研究》，中央民族大学出版社1997年版，第303页。

② 曼拜特·吐尔地：《论柯尔克孜族和哈萨克族古老民间叙事长诗的共性》，《新疆社会科学》2007年第1期。

③ 马学良等主编：《中国少数民族文学比较研究》，中央民族大学出版社1997年版，第305页。

毛南等族属于汉藏语系的壮侗语族……黎族中属于爱情长诗的如《甘工鸟》《猎哥与仙妹》《巴定》《四季歌》等;傣族的如《召树屯》《娥并与桑洛》《孔雀姑娘》《宛纳帕丽》《玉南妙》《南波冠》《葫芦信》等等,极其丰富;壮族的如《唱文龙》《唱离乱》《幽骚》,布依族《光铁芳》《布卡和兰莎》,傈僳族的《重逢调》《逃婚歌》,侗族的《珠郎娘美》《秀银与吉妹》等等。①

进而,作者将上述叙事长诗的情节模式归纳为三种,即"爱情—阻挠—幻化"模式、"爱情—阻挠—离别"模式、"爱情—阻挠—团圆"模式。

就我国少数民族叙事长诗的题材类型来看,爱情叙事长诗、斗争叙事长诗、民俗叙事长诗堪称主流范型。

首先是爱情叙事长诗。少数民族的爱情叙事长诗以描写夫妻悲欢离合的爱情故事以及歌颂纯真爱情、反抗封建礼教、争取婚姻自由为主题,具有较为深刻的社会意义。宏观来看,"我国少数民族的爱情叙事长诗在爱情观、试情求爱、对情人的赞美、相思表达上有着相似之处,而在民族文化心理,借喻、比兴所涉自然风物等方面则存在有明显的区别"②。

其次是斗争叙事长诗。北方草原游牧文化圈少数民族的斗争叙事长诗以反映民族间的战争为主,歌颂民族英雄的斗争事迹,一定程度上具有英雄史诗色彩;南方干栏稻作文化圈和山地阔叶文化圈少数民族的斗争叙事长诗侧重表现民族的生产生活斗争。其中,与山地阔叶文化圈相比,干栏稻作文化圈的少数民族斗争叙事长诗更为集中地描写了封建统治者的专制暴虐以及人民的不幸与抗争。特别是近代以来,南方干栏稻

---

① 段莲、智宇晖:《主题学视域下的黎族与其他壮侗语族民间爱情叙事长诗比较》,《琼州学院学报》2014年第6期。
② 马学良等主编:《中国少数民族文学比较研究》,中央民族大学出版社1997年版,第318页。

作文化圈少数民族的叙事长诗涌现出大量反映民众起义以及抗击外敌入侵的叙事长诗。①

最后是民俗叙事长诗。少数民族的民俗叙事长诗主要反映古代少数民族的生产劳动和生活习俗，以劳动歌、婚嫁歌、理词等为基本表现形式。劳动歌如土家族的《挖土锣鼓歌》，纳西族的《欢乐调》，壮族的《建房歌》，傈僳族的《生产调》《牧羊调》等；婚嫁歌如土家族的《哭嫁歌》，佤族的《哭婚调》，彝族的《哭出嫁》《妈妈的女儿》等；"理词"如壮族的《传扬歌》、水族的《诘俄伢》等；风俗歌如壮族的《三月歌》、布依族的《六月六》等。②

就总体艺术风格来看，我国各少数民族叙事长诗既有个性，也不乏共性。一般认为，我国北方的草原游牧文化圈诸民族如蒙古、满、维吾尔、哈萨克、柯尔克孜等族，他们的叙事长诗多具有较完备的情节结构，故事性强，线索单纯，语言优美，富于节奏感。因北方少数民族叙事长诗钟情于刻画英雄形象，所以往往显得大气磅礴。我国南方壮族、侗族、苗族、瑶族、布依族、仫佬族等少数民族的叙事长诗，如壮族的《嘹歌·唱离乱》、侗族的《忆祖宗歌》、瑶族的《尾生和银根》、布依族的《调北征南》、仫佬族的《唱罗城》等，同样以直接或间接反映各民族社会生活为主，尤为重视表现人们被迫迁徙的痛苦以及对暴力的反抗。③正如杨春所说："逐水草而居，一切仰赖自然的草原游牧文化民族，倾向于对蓬勃生命力的崇高感，长诗高昂奔放，充满浓郁的草原气息，飘逸悠扬，表现出游牧民族特有的奔放豪爽之气。艰于开垦、易于收获的干栏稻作文化民族，则倾向于人类某种心灵的探求，长诗清丽委

---

① 参见马学良等主编《中国少数民族文学比较研究》，中央民族大学出版社1997年版，第229—334页。

② 参见马学良等主编《中国少数民族文学比较研究》，中央民族大学出版社1997年版，第336—337页。

③ 参见马学良等主编《中国少数民族文学比较研究》，中央民族大学出版社1997年版，第304—305页。

婉，洋溢着南国山乡恬淡秀丽的色彩。而介于二者之间，半农半牧的山地阔叶民族则显得深沉含蓄，质朴刚劲，淳厚天真，表现出山地民族特有的机智、勇敢和朴实的性情。"①

第五节　少数民族英雄史诗比较诗学

在既往诗学研究史上，有学者将我国少数民族英雄史诗作为民族民间叙事长诗的一个类别。这种类属划分并非没有道理，但鉴于我国少数民族英雄史诗特别是《格萨尔》《江格尔》《玛纳斯》"三大史诗"自身的独特性、相互关联性和全球影响力，值得我们专类探讨。

我国英雄史诗藏量大，流传广，影响深。其中，三大英雄史诗经典不仅是藏族、蒙古族、柯尔克孜族人民的骄傲，也是中华民族的光荣和世界史诗发展史上的奇迹。就我国少数民族英雄史诗的主流分布而言，90%以上集中在东起黑龙江、西至天山、南抵青藏高原这一广袤地域，客观上形成了一条包括我国北部、西北部地区以及青藏高原在内的"北方英雄史诗带"。从语系角度看，"阿尔泰语系民族的英雄史诗是我国北方英雄史诗带的主要构成部分。阿尔泰语系由突厥语族、蒙古语族、满—通古斯语族三个语族组成，在这三个语族中，突厥语民族与蒙古语民族的英雄史诗蕴藏量特别丰富"②。

《中国少数民族文学比较研究》用较大篇幅深入比较了三大史诗的异同之处。该著认为，作为宏伟的英雄史诗，三大英雄史诗有其相同或相似之处。这种趋同性突出表现在五个方面。

第一，三大英雄史诗体制浩瀚宏富。《格萨尔》内容浩繁，篇幅至巨，据说有120部，韵文近100万行，散韵文总计达1000万字，被誉

---

① 马学良等主编：《中国少数民族文学比较研究》，中央民族大学出版社1997年版，第336页。

② 马学良等主编：《中国少数民族文学比较研究》，中央民族大学出版社1997年版，第260—261页。

为世界上最长的英雄史诗;《江格尔》由 200 部相对独立的史诗构成,20 多万行;居素甫·玛玛依演唱的《玛纳斯》共 8 部,23 万多行,加上各种《玛纳斯》异文,总计约 50 万行。我国三大英雄史诗的规模不仅与一般英雄史诗的篇幅和容量存在差异,而且远远超过希腊史诗《伊利亚特》和《奥德修纪》。①

第二,三大英雄史诗都是口传活态史诗。无论是西方的《奥德修纪》《伊利亚特》《罗兰之歌》《尼伯龙根之歌》《卡勒瓦拉》,还是东方的《罗摩衍那》《摩诃婆罗多》《沙逊的大卫》,均为书面或基本上定型化的史诗。我国三大英雄史诗虽有一定数量的手抄本、木刻本或部分整理出版的文本,但口头传承仍是主要途径。"至今《格萨尔》的演唱活动在藏族地区、《格斯尔》的演唱活动在蒙古族地区依然存在,《江格尔》在蒙古人游牧的草原上也仍有传唱。而《玛纳斯》的演唱活动,至今是柯尔克孜牧民精神生活的重要组成部分。"②

第三,三大英雄史诗均系跨族跨国传播。藏蒙史诗《格萨(斯)尔》不仅广泛传播于我国西藏、青海、甘肃、四川、云南等地的藏族民众中,而且在内蒙古、新疆的蒙古族中流布广远,并扩散到土、白、裕固、普米、纳西等民族中。在此基础上,《格萨(斯)尔》还跨越国界,流传到周边的印度、巴基斯坦、不丹、蒙古、俄罗斯等国。

第四,三大英雄史诗均以"征战"为主体内容。依据"征战"的对象、性质和内容,人们将三大英雄史诗分为两大类:一是部落联盟建立过程中的部落征战;二是英雄反抗侵略、降伏妖魔、保卫人民的正义之战。③

第五,三大英雄史诗在人物塑造上具有共性因素。《格萨(斯)尔》《江格尔》《玛纳斯》均以主要英雄命名,都致力于歌颂三位英雄

---

① 参见郎樱《中国北方民族文学比较研究》,民族出版社 2011 年版,第 29 页。
② 郎樱:《中国北方民族文学比较研究》,民族出版社 2011 年版,第 29 页。
③ 参见郎樱《中国北方民族文学比较研究》,民族出版社 2011 年版,第 30—31 页。

征战的业绩和一生的事迹。①

三大英雄史诗的差异性主要体现在四个方面。第一，三大英雄史诗的美学特征为各美其美；第二，三大英雄史诗的核心形象塑造有所不同；第三，三大英雄史诗的演述方式不同；第四，三大英雄史诗的叙述模式与发展结构有所差异。②

英雄史诗的结构既影响到文本的母题呈现方式，也关乎史诗作品的叙事效果，历来受到演述者、接受者和研究者的重视。郎樱认为，从叙事结构上进行比较，"《格萨尔》与《江格尔》的每一部都能独立成篇，无论它们增加多少征战内容，增加到多少部，仍然由一位主要英雄将它们贯穿起来，使之成为一部完整的史诗。《玛纳斯》采用谱系式发展结构，每部描写一位英雄的事迹，每部都是一部完整的史诗，能独立成篇，独立演唱"③。这种有头有尾、顺时、连贯地叙述英雄从诞生到老年一生事迹的叙事方式，属于典型的东方史诗叙事风格。印度史诗《罗摩衍那》，亚美尼亚史诗《沙逊的大卫》，哈萨克族史诗《阿勒帕米斯》《阔布兰德》，维吾尔族史诗《乌古斯传》《古里奥吾里》，柯尔克孜族古老的英雄史诗《艾尔托什吐克》等，与我国三大英雄史诗的叙事方式基本相同。④

郎樱认为，《格萨尔》（藏族）与《玛纳斯》（柯尔克孜族）、《乌古斯传》（维吾尔族）、《艾尔托什吐克》（柯尔克孜族、哈萨克族）、《阿勒帕米斯》（哈萨克族、乌孜别克族）等突厥语民族史诗相比，虽然它们形成的年代不同，所反映的民族生活也不相同，但它们之间却拥有不少极为相似的母题。⑤ 进而，她分别从祈子母题、神奇受孕母题、

---

① 参见郎樱《中国北方民族文学比较研究》，民族出版社2011年版，第31—32页。
② 参见郎樱《中国北方民族文学比较研究》，民族出版社2011年版，第32—36页。
③ 郎樱：《中国北方民族文学比较研究》，民族出版社2011年版，第37页。
④ 参见马学良等主编《中国少数民族文学比较研究》，中央民族大学出版社1997年版，第266页。
⑤ 参见郎樱《中国北方民族文学比较研究》，民族出版社2011年版，第452页。

英雄特异诞生母题、苦难童年母题、少年立功母题、英雄婚姻母题、英雄变形母题、英雄外出敌人来犯母题以及妻子被劫、父母沦为奴隶、亲属背叛等多个方面，比较分析了贵德分章本《格萨尔王传》与突厥史诗母题的相同或近似性。在将贵德分章本《格萨尔王传》与其他分部本《格萨尔》相比较时，郎樱发现其三个较为显著的特点："一是宗教色彩少；二是保留的古老文化成分较多；三是与其他《格萨尔》版本相比较，它与《玛纳斯》等突厥史诗所具有的类同古老母题的数量更多一些。"①

郎樱还特别比较了《江格尔》和《玛纳斯》的女性形象问题，认为《江格尔》与《玛纳斯》中的仙女和神女形象都具有母系氏族社会女萨满神话的特点。她将其中的女性形象分为四种类型，即会飞翔的仙女、使英雄死而复生的神女、具有预知能力的神女和善战的女英雄。这些史诗中的妇女大多能征善战，有的神女还拥有凌空飞翔、起死回生、预知未来的神力。江格尔的母亲车琴坦布绍以及格莲金娜、阿依曲莱克、帕提姑丽等，都是会飞翔的仙女；江格尔父子和洪古尔皆有死而复生的经历，使他们死而复生的则是英雄的未婚妻、妻子或母亲，这在《玛纳斯》各种异文中也有体现；江格尔的夫人阿盖公主及毛岱赛汗的夫人阿拜格尔勒都是"能追述过去99年往事，能预卜未来99年凶吉"的神女。玛纳斯的夫人卡妮凯、赛麦台依的夫人阿依曲莱克也都具有未卜先知的神力。藏族史诗《格萨尔》对格萨尔之妻珠牡的梦兆也有精彩的描绘。②

仁钦道尔吉对蒙古英雄史诗进行了系统研究。他认为，以《江格尔》为代表的蒙古史诗，近二百多年来引起了相关蒙古学家、民俗学家、民间文学家和史诗学家们的广泛关注，客观上业已形成国际性蒙古史诗学。"除了蒙古语族民众大量聚居的中、俄、蒙三国有数以百计的

---

① 郎樱：《中国北方民族文学比较研究》，民族出版社2011年版，第228页。
② 参见郎樱《中国北方民族文学比较研究》，民族出版社2011年版，第183—188页。

各民族学者从事蒙古英雄史诗研究外，还有德国、英国、法国、意大利、芬兰、匈牙利、美国、加拿大、日本、土耳其等欧、亚、美三大洲20多个国家的学者也投入到这项研究事业中。"① 根据蒙古历史、蒙古各部落迁徙史以及史诗自身的特性，仁钦道尔吉将蒙古英雄史诗划分为三大体系——布利亚特体系、卫拉特体系、喀尔喀—巴尔虎体系。这三大体系的蒙古英雄史诗拥有七个流传中心：布利亚特、卡尔梅克、西蒙古卫拉特、新疆等地区卫拉特、喀尔喀、巴尔虎、扎鲁特—科尔沁。作为蒙古英雄史诗的高峰，《江格尔》既深刻又生动地反映了古代蒙古人民社会生活和思想意识的各个方面，为历史、哲学、宗教、风俗、语言、艺术等诸多学科提供了弥足珍贵的信息资料。

汤晓青赞同仁钦道尔吉在《略论〈玛纳斯〉与〈江格尔〉的共性》一文中所提出的基本观点——关于蒙古英雄史诗与突厥英雄史诗"共享"文化传统的问题。两大史诗的共性主要体现在：相似的形成与发展过程、相似的题材、相似的结构以及人物形象、萨满信仰、原始母题、细节描写等方面。柯尔克孜英雄史诗《玛纳斯》与蒙古族卫拉特人的英雄史诗《江格尔》之所以具有上述共性，是因为两个民族既有古老而共同的阿尔泰语系英雄史诗传统，同时又有西迁以后的相同影响。这种"共性"研究的意义，不仅在于运用了比较的方法，更在于这种研究拥有深广的文化背景支撑。②

《蒙古英雄史诗诗学》是蒙古族著名诗人兼学者巴·布林贝赫最重要的史诗研究著作。该著综合运用文化学、社会学、人类学、民族学、文艺美学等交叉研究的方法，对诸如宇宙结构、黑白英雄形象体系、骏马形象、人与自然的深层关系、文化变迁中的史诗发展、意象韵律风格等重要民族诗学问题进行了深入研究，特别是较为系统地探讨了蒙古英

---

① 仁钦道尔吉：《蒙古口头文学论集》，社会科学文献出版社2011年版，"前言"第2页。
② 参见汤晓青《1995年少数民族文学研究》，《民族文学研究》1996年第3期。

雄史诗的特征，比较阐释了蒙古英雄史诗正反面人物的基本形态，动态考察了蒙古英雄史诗的历史发展演变规律，初步建构起蒙古族英雄史诗的诗学理论框架。

在陈岗龙看来，我国蒙古族英雄史诗除了在新疆卫拉特、内蒙古东部地区广为流传外，在内蒙古西部的鄂尔多斯、阿巴嘎、察哈尔、乌拉特也有部分留存，相关专家将其归入巴尔虎史诗系统。"鄂尔多斯、喀尔喀、巴尔虎地区至少流传着《阿拉坦舒呼尔图汗》《阿拉坦嘎鲁海汗》《阿贵乌兰汗》《阿拉坦嘎鲁胡》《三岁英雄古纳罕乌兰》等共同的史诗作品。这说明了鄂尔多斯史诗和喀尔喀、巴尔虎史诗在主题和题材方面的共性和内在的联系。它们是在同一个英雄史诗主题与题材的传统中形成和发展起来的。"① 从源流上看，这些地区在蒙古民族尚未形成的史前时代就共同孕育出原始蒙古的英雄史诗，在此后长时间的迁徙、交流过程中，蒙古原始英雄史诗随着环境的改变而不断走向分化，因而形成同中见异、异中有同的总体格局。

降边嘉措对藏蒙英雄史诗《格萨（斯）尔》进行了比较研究。在梳理蒙文本《格斯尔》的若干不同版本——北京木刻本、咱雅本、扎木萨拉诺本、诺木其哈敦本、卫拉特托忒本、鄂尔多斯、乌素图召本以及《布里亚特格斯尔》《岭格萨尔》等之后，他得出四点结论：一是蒙文《格斯尔》流传广泛；二是它们都是繁简不同的各种形式的分章本；三是北京13章本的影响最大；四是具有鲜明的蒙古族特色和草原气息。降边嘉措指出，藏族英雄史诗《格萨尔》传入蒙古地区后迅速并广泛流传，与蒙古族悠久古老的文化传统融合后，最终成为蒙古古典文学三大高峰之一。这并非偶然现象，而是有着深刻的社会、文化原因。其一，《格萨（斯）尔》在藏蒙两个民族的流传与发展有着大体相同的历史背景和社会缘由；其二，《格萨尔》除暴安良、抑强扶弱的主题思想引起了蒙古族人民的强烈共鸣；其三，蒙藏两个民族有着相同的

---

① 陈岗龙：《蒙古民间文学比较研究》，北京大学出版社2001年版，第188—189页。

宗教信仰；其四，蒙藏民族有着大体相同的民族审美意识；其五，史诗是蒙藏人民喜闻乐见的一种艺术形式。虽然如此，"蒙文本《格斯尔》不是藏文的简单复制品，它凝聚着蒙古族人民聪明才智，有着鲜明的民族气魄和民族风格，是深深地植根于蒙古族社会生活中的艺术珍品"①。

丹碧比较分析了《玛纳斯》和《江格尔》的"历史映像"问题。他认为，尽管《玛纳斯》是史诗而非历史著作，但它所反映的历史事件、关键人物，乃至山水地名等，基本上都有迹可循甚至有据可查。与此相反，《江格尔》中的历史因素就不够明显，甚至"江格尔"这一形象的历史原型存在与否也颇多争议，尚无定论。从这种意义上说，《江格尔》更多地代表着卫拉特蒙古人在特定历史时期的一种精神象征。那么，"《玛纳斯》、《江格尔》两部史诗的历史映像在表现手法上为何如此不同呢？一个近于直白显露而真切感人，一个工于隐喻象征而发人深省。究其原因，大约由两个民族不同历史境遇与不同史诗心理所导致而成"②。具体而言，《玛纳斯》表现出一种不怕牺牲、排除万难、保家卫国的"玛纳斯精神"；《江格尔》处处展现着东征西战、开疆扩土、建功立业的开拓精神，体现出艰苦卓绝、自强不息、奋斗不止的"江格尔精神"。"由两个民族不同历史境遇与史诗心理所孕育出来的两部史诗，殊途同归，如今已以共同的英雄主义、乐观主义、理想主义、爱国主义品格和自强不息、奋斗不止、除旧革新、与时俱进的精神为中华文化所容纳，为各民族所共享。"③

除上述英雄史诗及其比较研究外，汉藏语系中的藏缅语族、苗瑶语族和壮侗语族也有自己的英雄史诗或史诗群。除了《格萨尔》之外，

---

① 降边嘉措：《关于蒙藏〈格萨尔〉的关系》，《内蒙古社会科学》1985年第2期。
② 丹碧：《关于史诗〈玛纳斯〉和〈江格尔〉的历史映像问题》，载陈岗龙、额尔敦哈达主编《奶茶与咖啡：东西方文化对话语境下的蒙古文学与比较文学》，民族出版社2005年版，第103—104页。
③ 丹碧：《关于史诗〈玛纳斯〉和〈江格尔〉的历史映像问题》，载陈岗龙、额尔敦哈达主编《奶茶与咖啡：东西方文化对话语境下的蒙古文学与比较文学》，民族出版社2005年版，第105页。

我国南方少数民族还流传着其他诸多英雄史诗，如羌族的《羌戈大战》、壮族的《莫一大王》、纳西族的《黑白之战》、傣族的《兰嘎西贺》《海罕》《厘俸》，等等。其中，"彝族的《勒俄特依》虽然包含了大量创世神话部分，但是叙述彝族著名英雄支格阿龙一生事迹的部分构成这部史诗的重要组成部分。因此，有人称这部史诗为创世史诗，也有人称这部史诗为彝族古老的英雄史诗"①。贵州民族大学王斯的硕士学位论文《贵州苗、布依、彝族英雄叙事长诗研究》对贵州各少数民族英雄史诗的情节结构和演唱环境进行了比较研究，并结合场域的不同提出传承与保护少数民族地区英雄史诗的建议，具有一定的参考价值。

第六节　少数民族作家文学比较研究

毋庸讳言，相比于少数民族民间文学比较研究，我国少数民族作家文学的比较研究起步较晚，成果体量也相对偏弱。不过，透过新时期以来相关学者对古代、现代和当代以少数民族作家作品为中心的各种文学现象的比较磋商，我们发现这恰恰是我国民族比较诗学现代建构过程中新的学术增长点。

一　古代少数民族作家文学比较

纵观中华民族文学史的整体格局，古代少数民族作家文学可能不如民间文学那般繁盛，作家阵容、作品数量及其社会文化影响也可能不像汉民族作家文学那样显著，但这并不意味着我国古代少数民族作家文学乏善可陈。

叶志刚、智川合著的《中国少数民族作家文学》第一章扼要介绍了我国古代少数民族作家文学的概貌。其中，重点梳理了古代少数民族

---

① 马学良等主编：《中国少数民族文学比较研究》，中央民族大学出版社1997年版，第262页。

诗歌，主要推介了维吾尔族的《福乐智慧》《突厥语词典》《真理的入门》《鲁提菲诗集》《古丽与诺鲁孜》《五卷书》《爱情与苦恼》《漫游记》《四十圣徒传》《格则勒》《柔巴依》；藏族的《米拉日巴道歌集》《萨迦格言》《仓央嘉措情歌》；哈萨克族的《真理的宝石》《爱情史诗》；回族的《雁门集》《丁鹤年集》《独坐》《系中八绝》；蒙古族的《行余堂诗》《红梨斋集》《梦喜堂集》《大谷山堂集》；满族的《饮水集》；彝族的《感通寺恭读明太祖御墨》《雁字诗》；纳西族的《雪山始音》《雪山庚子稿》《万松吟卷》《隐园春兴》《云过淡墨》《啸月堂诗》《山中逸趣》《芝山云过集》《空翠居集》《光碧楼诗抄》；白族的《桂楼集》《词记山花·咏苍洱境》《花甸水洞》《赠游湖诸君子》；壮族的《崖州裴氏盛德堂》《临江晚眺》《素轩诗集》《六盘山》；布依族的《邵亭诗钞》《邵亭遗诗》《影山词》等。此外，还论及诸如《勋努达美》《郑宛达瓦》《先知传》《集翠园》《萤窗异草》等藏族、维吾尔族、满族小说，并提到藏族、维吾尔族、蒙古族、满族部分戏剧文学创作。①

现有文学史料表明，藏族作家文学大约产生于 7 世纪，随后面世的敦煌文献《赞普传略》具有很强的文学性。11 世纪以后，诸如贡嘎坚赞的哲理诗《萨迦格言》、桑吉坚赞的传记文学《米拉日巴传》、六世达赖仓央嘉措的《仓央嘉措情歌》、才仁旺阶的长篇小说《旋努达美》等，谱写了藏族作家文学史的壮美序曲。公元 10 世纪后半期至 12 世纪，维吾尔族文学快速发展，马合木德·喀什噶里的《突厥语大辞典》、阿合买提·玉格乃克的《真理的入门》，特别是尤素甫·哈斯·哈吉甫的叙事长诗《福乐智慧》，创造了维吾尔族作家文学的早期经典。此后，鲁提菲、纳瓦依、尼扎里等诗人诗作，将维吾尔族作家文学

---

① 这些戏剧作品主要包括藏族的《文成公主》《诺桑王子》《顿月顿珠》《苏吉尼玛》《卓瓦桑姆》《朗萨姑娘》《赤美滚登》《白马文巴》；维吾尔族的《弥勒会见记》；蒙古族的《刘行首》《西游记》；满族的《秋胡戏妻》《曲江池》《紫云庭》《虎头牌》等。

推至成熟境界。13世纪的《蒙古秘史》对后世蒙古文史创作具有深远的影响，如尹湛纳希的《青史演义》就明显受到它的滋养。萨都剌的《雁门集》是回族"献给中华民族诗歌宝库里的第一束奇葩"，不仅在国内争相传抄，而且还流传到日本。至于元好问、丁鹤年、李贽、纳兰性德、曹雪芹等，更是我国少数民族古代作家的优秀代表。

从学术史的角度看，我国古代少数民族作家文学相对自觉而系统的研究开端于新中国特别是改革开放以后的新时期。回族学者谷少悌1985年发表的《中国少数民族作家文学的范围及特点之简述》一文，在比较视野中勾勒了古代少数民族作家文学的早期状貌。他认为，公元6世纪，正值中原地区庾信、徐陵以"逌逸兼之"的骈文典范独擅诗坛之时，维吾尔族先民已经有了被称为"鄂尔浑——叶尼塞文献"的书面文学作品，以毗伽可汗的口吻撰述的阙特勤碑文将叙事、说理和抒情结合起来，堪称杰作；"安史之乱"时期，当杜甫以其"尽得古今体势"的绝代才华和沉郁顿挫的诗风写下"诗史"时，生活在帕米尔高原上的藏族先民有了第一代史学家兼文学家巴·赛囊，他的第一部藏族文学作品《巴协》文笔优美而明畅；13世纪中叶，当"永嘉四灵"以"横绝忽起，冰悬雪跨"的诗风蜚声中原文坛时，察哈尔大草原上的蒙古民族有了第一代以成熟的蒙古文字创作的作家，《蒙古秘史》不仅记述了"一代天骄"统一蒙古的丰功伟绩，而且围绕着成吉思汗刻画了一百多个栩栩如生的英雄人物。[①] 正是在这种对比中，谷少悌肯定了我国古代少数民族作家文学的进取姿态。

魏永贵在评述古代北方少数民族文学研究概况时更为关注作家文学及其相互关系。根据他的梳理，新时期以来，白寿彝主编的《回族人物志》以及云峰的《元代蒙古族汉文诗歌漫谈》、门岿的《元代西域诗人及其创作》等论文，对元代少数民族诗人及其作品给予高度评价，所表

---

① 参见谷少悌《中国少数民族作家文学的范围及特点之简述》，《西北民族学院学报》（哲学社会科学版）1985年第1期。

达的观点与20世纪60年代文学史著作中的阐述形成鲜明对比。殷孟伦、朱广祁点校的《雁门集》，朱永邦的《元明清以来蒙古族汉文著作家简介》，王叔磐、孙玉溱等编选的《元代少数民族诗选》《古代蒙古族汉文诗选》，郝树侯的《元好问诗选》，以及陈衍辑的《元诗纪事》，顾嗣立的《元诗选》整理校订等，共同推进了新时期少数民族作家文学研究的速率。1988—1989年，门岿相继发表了《元代蒙古族及色目诗人考辨》《论元代女真族和契丹族诗人及其诗作》等论文，对十余位蒙古族和色目诗人的族别与生平进行考订，并论述了八位女真诗人和六位契丹族诗人的创作。这些成果虽未能从总体上阐发古代北方少数民族作家文学在中国文学史上的地位与价值，但蕴含其间的新观念、新方法均预示着古代北方少数民族作家文学研究正在兴起。

20世纪90年代，这种研究持续深化。其中，云峰的《蒙汉文学关系史》《蒙汉文化交流侧面观》较为集中地阐述了古代蒙汉文学关系，着重分析了伯颜、泰不华、月鲁不花等诸多蒙古族诗人的汉文诗歌创作，充分肯定了蒙古族汉文诗歌的文史价值。荣苏赫、赵永铣、贺西格陶克涛等编撰的《蒙古族文学史》，对伯颜、泰不华、月鲁不花等蒙古族诗人及其汉文诗歌的思想内容与艺术成就进行了富有深度的研讨。李正民的《元好问研究论略》对元好问研究进行了学术史层面的总结。魏中林的《法式善与乾嘉诗坛》《法式善诗学观刍议》《法式善的诗学思想及其在乾嘉诗坛上的地位》等论文，分别从创作论、本体论、风格论等方面系统考察了法式善的诗学思想体系。这些著述以及关纪新与朝戈金的《多重选择的世界——当代少数民族作家文学的理论描述》，邓敏文的《中国多民族文学史论》，张炯等主编的《中华文学通史》等，不仅补救了包括古代北方少数民族文学在内的资料搜集、整理方面的相关缺失，也使学术界对各民族文学有了全新的认识。[①]

[①] 参见魏永贵《多元文化视野下的古代北方民族文学研究述评》，《内蒙古民族大学学报》（社会科学版）2020年第5期。

21世纪以来，古代北方民族文学研究步入深入发展期。马冀编校的《杨景贤作品校注》完整收录并详细校注了杨景贤的现存作品；米彦青主编的《清中期蒙古汉诗集系列点校》对蒙古族诗人梦麟、和瑛、博明、松筠、法式善的汉诗进行了点校；康奉主编的《纳兰成德集》将纳兰的诗、词、赋、杂文、杂识等集纳其间，并介绍了海内外相关专家的研究文章；中国人民大学与北京大学联合编纂的《清代诗文集汇编》收录了纳兰性德、岳端、梦麟、和瑛、博尔都等众多北方少数民族文人的汉文别集；张寅彭、强迪艺编校的《梧门诗话合校》记录了乾嘉时期相关诗人的诗作与逸事。①

相比而言，马学良等主编的《中国少数民族文学史》、郎樱和扎拉嘎主编的《中国各民族文学关系研究》、扎拉嘎的《比较文学：文学平行本质的比较研究——清代蒙汉文学关系论稿》、关纪新主编的《20世纪中华各民族文学关系研究》以及刘亚虎、邓敏文、罗汉田分头撰写的《中国南方民族文学关系史》等史论性质的著述，对宏观把握和对比分析我国古代南北少数民族民间文学与作家文学、文学创作与理论批评及其繁复的关系形态具有重要意义。

关于少数民族古代作家作品的比较研究。扎拉嘎的《〈一层楼〉〈泣红亭〉与〈红楼梦〉》依次从思想内容、人物形象、创作方法、结构艺术、表现手法等层面深入比较分析了清代蒙古族作家尹湛纳希和满族作家曹雪芹的小说创作，层层推进，细致入微，堪称范例。扎拉嘎突出强调，通过上述多方面的比较，"可以更加有力地证实：《一层楼》《泣红亭》是清代蒙汉文化交流的产物，《一层楼》《泣红亭》与《红楼梦》在思想和艺术方面存在着渊源关系，《红楼梦》对《一层楼》《泣红亭》产生了积极而多方面的影响，但是，《一层楼》《泣红亭》并

---

① 参见魏永贵《多元文化视野下的古代北方民族文学研究述评》，《内蒙古民族大学学报》（社会科学版）2020年第5期。

不是《红楼梦》故事的因袭,而是来源于生活的独创文学"①。具体而言,情节前后接续的章回体小说《一层楼》和《泣红亭》,以姊妹篇形式问世于清朝咸丰至同治年间,被认为是蒙古族最早由文人独创的以现实生活为题材的长篇小说。尹湛纳希的这两部小说与另一部历史题材的长篇小说《大元盛世青史演义》(简称《青史演义》),共同开创了蒙古族长篇小说的先河。因尹湛纳希酷爱《红楼梦》,并于 30 岁以后用蒙文翻译过《红楼梦》,所以受其影响至深。在《一层楼·序》中,他明确表示:"昔曹雪芹著《红楼梦》,余观此书,悲欢离合,缘结三生。嬉笑怒骂,诲醒冥顽之众;化身千百,论述补天之方。情愫缠绵,波澜翻奇;无尽相思,昭然历历。"②据此可见,《一层楼》《泣红亭》与《红楼梦》之间确实存在着显在与潜在多层面的可比性。

扎拉嘎认为:"要对《一层楼》《泣红亭》与《红楼梦》的关系作出科学的判断,最主要的工作,就是将它们放在一起作多方面的细致的比较研究。这是深入研究《一层楼》《泣红亭》的前提所在。"③蒙古族对《红楼梦》的接受主要体现在三个方面:一是蒙古王府《石头记》抄本的广泛流传;二是哈斯宝及其《新译红楼梦》的面世;三是尹湛纳希将《红楼梦》的情节模式和叙事风格带进了《一层楼》《泣红亭》等创作之中。透过贲璞玉的恋爱、婚姻及其性格成长史,我们很容易感受到《一层楼》《泣红亭》中所展现的忠信府的繁华与没落,与曹雪芹家族的荣枯以及《红楼梦》中贾府的兴衰有颇多相似之处。

尹湛纳希创作的《一层楼》《泣红亭》,从思想内容到人物形象,从创作观念到表现手法,都与《红楼梦》有着相当程度的参照、借鉴与继承关系。

---

① 扎拉嘎:《〈一层楼〉〈泣红亭〉与〈红楼梦〉》,内蒙古人民出版社 1984 年版,"绪论"第 8 页。
② 尹湛纳希:《一层楼》,甲乙木译,内蒙古人民出版社 1978 年版,"序"第 1 页。
③ 扎拉嘎:《〈一层楼〉〈泣红亭〉与〈红楼梦〉》,内蒙古人民出版社 1984 年版,"绪论"第 7 页。

首先，思想内容比较。扎拉嘎认为，《红楼梦》对《一层楼》和《泣红亭》思想倾向方面的影响，主要体现在追求个性解放、揭露包办婚姻和封建社会对妇女的压迫，以及对各自传统的生活方式和封建统治政策的离异等方面。不过，《一层楼》和《泣红亭》并非简单传递《红楼梦》的进步思想。"质言之，《一层楼》《泣红亭》在思想内容方面，除去追求爱情自由和反对压迫妇女而外，有两点特别值得我们重视：其一，是《一层楼》《泣红亭》有一个在形式上表现为与《红楼梦》相反的社会主张，即尊儒或者说追求读书明理；其二，是《一层楼》《泣红亭》描写了一个为《红楼梦》所不曾写到的重要社会现象，即民族文化交流或者说内地思想文化对清代漠南蒙古的深远影响。"①

其次，人物形象比较。《一层楼》《泣红亭》中的璞玉、炉梅、琴默、贲玺、白老寡等人物形象，与《红楼梦》中的贾宝玉、林黛玉、薛宝钗、贾政、刘姥姥等人物形象，确有神似之处。这些人物塑造方面的神似，"比之思想倾向方面的相似，可以更加明显地反映出两部作品之间的渊源关系"②。

再次，创作方法比较。这里所说的创作方法，主要是指现实主义创作原则。在这一方面，《一层楼》《泣红亭》同样延续着《红楼梦》的现实主义创作道路。如果一定要找出尹湛纳希与曹雪芹在现实主义创作中的某些不同，那便是他在《一层楼》和《泣红亭》中兼用了一定程度的浪漫主义因素。③

最后，表现手法比较。《一层楼》《泣红亭》不仅以主要人物的性格和命运描写为结构轴承，而且在人物关系的配置方面借鉴了《红楼梦》的形式，因而脉络分明，紧凑和谐，成为中国民族古典小说中具有

---

① 扎拉嘎：《〈一层楼〉〈泣红亭〉与〈红楼梦〉》，内蒙古人民出版社1984年版，第42页。
② 扎拉嘎：《〈一层楼〉〈泣红亭〉与〈红楼梦〉》，内蒙古人民出版社1984年版，第120页。
③ 参见扎拉嘎《〈一层楼〉〈泣红亭〉与〈红楼梦〉》，内蒙古人民出版社1984年版，第148页。

独特风格的作品。①

总之,《一层楼》和《泣红亭》对《红楼梦》的借鉴,并非简单的情节模仿或形式移借,而是创造性地学习和建构性地超越,体现了民族交往、文化交流、文学交融的基本规律。

二 现代少数民族作家文学比较

《中国少数民族文学比较研究》对中国现代少数民族作家文学的研究虽然着力不多,但仍自成一家之言。该著认为,中国少数民族现代作家文学是在苏联十月革命和我国五四运动的直接影响下产生的。总体上看,新中国成立前,我国各少数民族与汉民族一样,同处于民主革命时期,同样受到帝国主义、封建主义和官僚资本主义"三座大山"的沉重压迫。正因如此,中国现代各民族作家文学有了共同的时代主题。当然,由于地域文化背景、具体斗争环境以及风俗民情的不同,在20世纪20—40年代,"我国少数民族现代文学又相对地形成了几个'文学区域'和作家群体,如东北沦陷区、国统区、新疆地区的少数民族文学和延安少数民族作家群体的创作等,在相同之中又出现了明显的差异"②。

其一,关于20世纪20年代少数民族作家文学异同的比较。

首先是此期少数民族作家文学的主要相同点。第一,时代精神的共识,各少数民族具有共同的历史使命和奋斗目标,由此决定了对于文学的共同要求,并共同接受着汉民族文学的影响。第二,作家主体的趋同。各少数民族作家都是本民族优秀知识分子和爱国人士,大都精通汉语。第三,创作形式的认同。大多以古体诗词见长。其次是此期少数民族作家文学的基本差异性,这主要体现在乡土诗的写作和对民族民间

---

① 参见扎拉嘎《〈一层楼〉〈泣红亭〉与〈红楼梦〉》,内蒙古人民出版社1984年版,第166页。
② 马学良等主编:《中国少数民族文学比较研究》,中央民族大学出版社1997年版,第342页。

艺术形式的不同借鉴上。总体来说，此期民族作家以自己作品的广泛性和深刻性，书写了我国各民族的战斗心声，得到马学良等专家的肯定。①

其二，关于东北沦陷区少数民族作家文学的比较。

"反映东北沦陷区生活的少数民族文学创作，指的是1931年'九·一八'事变发生到1945年'八·一五'光复的14年间，东北少数民族进步作家所创作的反映东北沦陷区人民生活和斗争的文学作品。"②当时，满族作家李辉英、舒群、马加、端木蕻良、关沫南、金剑啸，朝鲜族作家金昌杰、李旭，蒙古族作家宝音德力格尔、仁钦好日乐、纳·赛音朝克图等，怀着对家国亲人的挚爱和对侵略者的仇恨，以文学创作为斗争武器，反映家乡人民的苦难生活，讴歌他们英勇的对敌斗争，为东北民族地区现代文学的产生、发展做出了应有的贡献。概括来说，这批作家的共同性在于：大都是血气方刚的文学青年；大都来自社会底层；大都经历了家乡沦陷的痛苦和日伪政权的反动统治；大都怀有一种义不容辞的社会责任感和文学使命感。③

这批作家的差异性主要体现在以下两方面。其一，关内外少数民族文学创作的差异性。流亡关内的作家作品紧密结合作家个人经历，写真事，抒真情，总体上表现出强烈的民族反抗意识和雄浑明朗的格调；沦陷区的作家作品在暴露所谓"王道乐土"的黑暗生活和书写受难人民的心声时，多采用相对曲折和比较隐晦的表现手法。其二，不同民族作家在反映沦陷区生活上的差异性。沦陷时期，关外的端木蕻良、舒群、马加、李辉英、关沫南、金剑啸等满族作家，在继承满族文学传统的基

---

① 参见马学良等主编《中国少数民族文学比较研究》，中央民族大学出版社1997年版，第351页。

② 马学良等主编：《中国少数民族文学比较研究》，中央民族大学出版社1997年版，第352页。

③ 参见马学良等主编《中国少数民族文学比较研究》，中央民族大学出版社1997年版，第353页。

础上，学习借鉴诸如鲁迅、茅盾、巴金、托尔斯泰、高尔基等中外小说名家的创作技巧，用汉文创作了大量作品。① 朝鲜族朴八阳、金朝奎、安寿吉以及女作家姜敬爱等，"九·一八"事变后来到中国，同国内朝鲜族作家并肩战斗，并用文学作品为我国抗日战争呐喊助威。蒙古族作家纳·赛音朝克图、仁钦好日乐、宝音德力格尔等，大多从事教育工作，受"十月革命"的影响和"五四"新文化运动的洗礼，他们的作品以反对封建制度和宗教钳制为主题，具有较为浓厚的启蒙主义色彩。②

其三，关于20世纪30—40年代国统区少数民族作家文学的比较。

当时国统区的少数民族作家创作，主要沿着反帝反封建两大主题延伸发展，抗战文学和乡土文学成绩显著。学者们认为，我国现代乡土文学兴起于20世纪20年代，鲁迅的《故乡》《祝福》等堪称奠基之作。"此后的几十年里，乡土文学潮流一直顺着生活的悲歌和田园的牧歌两个分支发展……综观三四十年代的少数民族乡土文学，也大致归属于这两个分支。前者可推马子华、李寒谷为代表，后者自然由沈从文领衔。这两种类型的乡土文学，无论在生活情调或艺术风格上，都迥然有别，各呈异彩。"③ 具体到我国现代少数民族作家生活悲歌型和田园牧歌型乡土文学创作上，其审美差异性主要体现在以下四个层面。

一是审美视角的不同取向。前者侧重于从政治、经济等社会学层面去观察和把握生活；后者主要从文化人类学和文化地理学层面去认识和表现生活，擅长以温和舒缓的笔调抒写乡土民情，寄托着一种美好而朦胧的理想追求。

---

① 参见马学良等主编《中国少数民族文学比较研究》，中央民族大学出版社1997年版，第360页。
② 参见马学良等主编《中国少数民族文学比较研究》，中央民族大学出版社1997年版，第361—362页。
③ 马学良等主编：《中国少数民族文学比较研究》，中央民族大学出版社1997年版，第364—365页。

二是人物形象塑造的不同追求。前者在具有浓厚地域乡土色彩的典型环境中表现人物的经济状况、政治态度和社会属性，追求具有典型性格的乡土形象的塑造；后者重在讴歌乡土人物的人性美和人情美。

三是风尚习俗内涵的不同书写。前者在乡土生活的风习画面中演示社会历史的变迁，寄寓重大社会命题；后者关注山光水色和风土人情，常常是独具异彩的风俗画卷。

四是艺术色调的不同把握。前者多采用现实主义创作方法，纪实性强，感情真挚，爱憎分明，文风严峻；后者多以抒情诗的笔调写作，充溢着田园牧歌式的情调，具有一定的浪漫主义情怀。

其四，关于抗战时期少数民族作家文学的价值选择比较。

总体而言，在"抗战"主题统摄之下，当时的少数民族作家文学逐渐聚合为两大价值分野，即讴歌与批判。讴歌的是"中国的脊梁"——塑造抗日英雄形象，弘扬中华民族的优秀传统与民族精神；批判的是"国民的劣根性"，主要是对抗日战争中所暴露出来的民族劣根性的剖析与批判。二者各有侧重，相反相成，互补互济。通过二者的比较分析，有利于总结少数民族抗战文学经验，揭示此期少数民族文学发展的基本规律。[1]

其五，关于"延安少数民族作家群"的比较。

"延安少数民族作家群，是指民族民主革命时期，去延安学习、工作和从事文学创作活动的少数民族作家。他们主要是满族的马加、舒群，回族的胡奇、穆青，壮族的陆地、华山，彝族的李纳，土家族的思基，侗族的苗延秀等6个民族的9位作家。"[2] 这几位作家的共性在于：都是在革命的熔炉里锻炼成长；都将火红的青春献给了火红的年代；作品都力求表现"新的形象、新的思想、新的语言、新的审美意识"。当

---

[1] 参见马学良等主编《中国少数民族文学比较研究》，中央民族大学出版社1997年版，第373—375页。

[2] 马学良等主编：《中国少数民族文学比较研究》，中央民族大学出版社1997年版，第389页。

然，受历史局限和特定环境的影响，"延安少数民族作家群"的创作也存在某些不足：一是艺术形式和创作技巧相对粗疏；二是作品中共性的因素较多，个性的东西偏少。

经由上述多方面比对，学者们总结出中国现代少数民族作家文学的五个基本特点。第一，由于社会历史条件的共时性，我国各少数民族现代文学及其与汉族现代文学之间，表现出许多近似或相同的精神追求，并一同成为中国现代文学的有机组成部分；第二，爱国主义和民族团结的主题，始终贯穿于中国少数民族现代文学史的全过程；第三，中国少数民族现代文学在继承本民族古代文学和民间文学优秀传统的同时，善于吸收汉民族文学、"五四"新文学、苏联无产阶级文学以及西方古典文学的经验与技巧；第四，中国少数民族现代作家基本上采用现实主义方法进行文学创作；第五，中国少数民族现代作家文学总体上存在着典型性不强和历史感不足的问题。①

三 当代少数民族作家文学比较

当代少数民族文学创作主体，既有新中国成立前就有一定创作实绩甚至负有盛名的老一辈作家，也有与共和国一道成长起来的中坚力量，活跃于当下文坛的则是新中国成立后出生的数代作家群体。吴重阳所著的《中国少数民族现当代文学研究》、李鸿然所著的《中国当代少数民族文学史论》、特·赛音巴雅尔主编的《中国少数民族当代文学史》、杨春所著的《中国少数民族当代文学史》、关纪新与朝戈金合著的《多重选择的世界——当代少数民族作家文学的理论描述》等，对诸如老舍、沈从文、毛依罕、尼米希依提、康朗英、康朗甩、李乔、陆地、苗延秀、祖农·哈迪尔、端木蕻良、纳·赛音朝克图、金学铁、黎·穆塔里甫、郝斯力汗、胡孜拜、巴·布林贝赫、扎拉嘎胡、李凖、玛拉沁

---

① 参见马学良等主编《中国少数民族文学比较研究》，中央民族大学出版社1997年版，第405页。

夫、铁依甫江·艾里耶夫、朋斯克、包玉堂、丹真贡布、饶阶巴桑、李陀、白先勇、席慕蓉、霍达、乌兰巴干、乌热尔图、陈村、阿来、扎西达娃、吉狄马加等少数民族作家，作了精到阐述，其中隐含比较诗学因子。

老舍、沈从文等少数民族文学大家，虽然名世于中国文学史上的"现代"时期，但因其创作成就拓展到了当代文学视域，并在新中国文学史上扮演着重要而复杂的"导师"角色，从而成为中国现当代文学"通识研究"绕不过的文化风景。

沈从文十分推崇老舍对故都风物的文学描写。他说："老舍长处是一般作者所不能及的，人物性格的描画，也极其逼真动人，使作品贯以一点儿放肆坦白的戏谑，老舍各作品，在风格和技术两方面都值得注意。"① 而老舍在回答《人世间》关于"1934年我爱读的书籍"的调查时，表示自己很喜欢《从文自传》。两人之间相互欣赏，基于诸多相似之处，即同为20世纪30年代京派文学的代表人物，两人的作品都有深厚的京派文化底蕴；关注平凡者的生存；专注于民族灵魂的救亡再造；表现了现实主义艺术追求。具体来说，"抗战"引发了老舍和沈从文创作上的显著变化：一是由战争的旁观者转向抗战的参与者；二是由地方风物描写转向抗战书写；三是由传统笔法转向洋为中用。②

尽管老舍和沈从文的创作都表现出现实主义艺术追求，但因为不同的成长经历和相异的文化视域，致使二者的"城乡"写作呈现出不同的特色——老舍往往通过意味深远的文化象征体现深刻的社会文化意涵，沈从文城乡对照的叙事策略则展现了张扬理想人性、重塑民族精神的现代性追求。③《中国少数民族文学比较研究》特别对比分析了沈从文小说中的"两个世界"——湘西世界和城市世界。湘西世界有着朴

---

① 沈从文：《沈从文全集》第16卷，北岳文艺出版社2002年版，第220页。
② 参见佟杨《抗战时期老舍与沈从文的文学创作比较》，《滨州学院学报》2016年第1期。
③ 参见傅晓燕《老舍与沈从文城乡文化视阈比较浅析》，《名作欣赏》2014年第23期。

素的人情美，富有生命活力，充满了美的道德元素；而城市世界却患有道德沦丧、人性扭曲、人情泯灭等城市文明病。因此，前者是一个肯定的世界，后者是一个否定的世界。"也正是在这两个世界的真善美与假恶丑的对照中，寄寓着他改造人的灵魂、改造民族性格的思想。"①

贾静通过对老舍和沈从文城市题材小说的比较，阐述了二者间的异同表现以及独特的文学史价值。她认为，作为"人民艺术家"的老舍和"文体作家"的沈从文，都善于选用城市题材来表现社会文化与人伦秩序，并借此批判传统文化中的糟粕与痼疾，意欲达成促进国民性格、民族文化乃至社会形态转变的文学理想。因此，老舍和沈从文的城市批判小说蕴含着一种悲剧色彩。但因为老舍和沈从文人生经历、文化心理的差异，导致二者的城市批判小说在感情倾向、文化心理、批判方式、价值趋向等方面存在诸多差异。② 总之，无论是老舍的"城市人"眼光，还是沈从文的"乡下人"视角，二者都通过犀利独特的笔调展现了那个特定时代中华民族文化、文明与人性的关系，并据此获得了中国文学史上无法替代的地位。

有学者论及老舍与沈从文的女性观以及女性形象的塑造问题。关于二者的妇女解放观，苟利认为，老舍与沈从文对于在中国实现知识和民主的女性解放道路持怀疑态度，但他们对此种怀疑的阐述方式有所不同。老舍的《月牙儿》通过"妈妈"与"我"皈依与反叛的不同人生

---

① 马学良等主编：《中国少数民族文学比较研究》，中央民族大学出版社1997年版，第367页。

② 这些差异主要体现在四个方面。第一，"老舍与沈从文对城市人生的批判态度有所不同，前者批判中有同情，后者彻底的批判否定。前者倾向文化批判，后者专注人性解剖"；第二，"当老舍与沈从文分别以'城市人'与'乡下人'的眼光和心态审视城市生活时，其笔下的城市形态各有不同——老舍的城市构成一幅敷衍苟且、守旧灰暗的人生百态图，而沈从文则展示了一幅轻浮虚伪、堕落肮脏的世间群丑图"；第三，"对城市的道德腐坏与人性沦丧的原因探究上，老舍选择中西文化背景参照，而沈从文将都市文化与湘西文化作对比反观"；第四，"老舍的批判方式是笑骂，不'赶尽杀绝'，'一半恨一半笑地去看世界'；而沈从文不同，外乡人在京的疏离感以及'乡下人'固恋乡村、鄙视都市的情怀，使他的城市批判缺乏老舍的幽默调侃，而是秉持挖苦讽刺的否定观"。参见贾静《文化、文明与人性——老舍与沈从文城市小说比较》，《甘肃教育学院学报》（社会科学版）2001年第2专辑。

第三章　民族根性：少数民族比较诗学

道路的选择，揭示造成女性悲惨命运的社会原因；沈从文的《萧萧》则透过萧萧悲剧性生命形态的书写，表现作家对女性解放的担忧，批判了"湘西世界"蒙昧盲目的生命价值无意识。相比之下，"如果说老舍是从外部层面揭示出造成女性悲剧命运的社会性必然原因的话，那么沈从文更侧重于从内部层面揭示出造成女性悲剧命运的精神性因素"①。赵玉梅以老舍的《月牙儿》和沈从文的《柏子》为例，认为二者虽然对妓女的不幸与抗争都寄予深切同情，但对妓女形象的描写以及蕴含其中的价值诉求却各有不同——"老舍侧重于批评黑暗社会对底层女性的摧残，强调社会解放；沈从文则侧重于表现下层妓女卑微却不失人性美好的精神，强调人性美和人性解放。"② 这种评判，基本符合老舍、沈从文当时的创作实际。

土家族学者魏巍从文化寻根、国族建构、美学追求、现代性诉求、内在悲剧性等层面对沈从文和老舍进行了较为全面的比较研究，提出了有别于既往流行观点的一些新见解。他认为，在少数民族视野下，"把沈从文与老舍纳入中国 20 世纪或者现代文学史进行考察，隐含着学界将他们经典化的努力，他们的创作当然属于 20 世纪中国文学不可分割的一部分，并且是现代文学三十年中不能被遗漏的对象"③。面对具有争议性的沈从文族属身份问题，魏巍也提出了自己的看法。在他看来，沈从文对湘西少数民族恰恰有着天然的身份认同感，其创作当然属于少数民族文学。相反，老舍对自身的满族身份一度缺少认同感。进一步说，无论是沈从文还是老舍，都不是狭隘的民族主义者。尽管沈从文与老舍对以"船"喻国的见解各不相同，但他们在对民族国家的认同上

---

① 荀利：《老舍与沈从文女性解放观及阐述方式之比较》，《文化创新比较研究》2019 年第 30 期。
② 赵玉梅：《老舍和沈从文笔下的妓女形象比较——以〈月牙儿〉和〈柏子〉为例》，《开封教育学院学报》2014 年第 12 期。
③ 魏巍：《沈从文与老舍比较研究——以民族文学为视角》，人民出版社 2019 年版，第 9 页。

却又表现出惊人的一致性。正因如此,当我们今天重新阅读沈从文与老舍的文学作品时,仍不难发现,无论是沈从文对美好人性的呼唤还是老舍对唯利是图的批判,皆超越了种族地域的界限,因此具有深刻的批判性和以史鉴今的建设意义。①

阎秋红在比较老舍与端木蕻良的抗战小说时,认为二者虽然都是满族作家,但在创作中却分别采用了传统文化和萨满教文化两种不同的视点。总体上看,"20 世纪 40 年代老舍在战争语境中反思传统文化的两面性,并表达了对一种充满野性生命意识的异质文化的向往;20 世纪 30 年代端木蕻良却恰好张扬了东北地域文化中的充满野性和活力的一面,他的抗战小说预留了一份可资借鉴的文化资源,可以满足老舍的抗战小说的文化期待。由此二者的抗战小说形成了一道文化互补与审美映照的文学景观"②。

如前所述,人们习惯于将老舍视为京味文学的典型代表,并在比较视野中多方面阐释其京味小说的独特性。黄红春等在比较老舍与叶广芩的京味小说时认为,同为满族作家,后者是前者京味文风的继承者,其作品皆以雅俗相谐的方式书写北京文化,展现传统文化。"但是,他们的作品也有不同之处,内容上有写平民生活和贵族生活的不同,视角上有远距离旁观与近距离审视的区别,艺术风格上有幽默、悲怆和凄婉动人的差别。从老舍到叶广芩,他们的创作既有承续性又有互补性,体现了京味小说的不断发展。"③

田文兵从题材选择、语言风格、文化心态等方面比较了老舍和王朔新老京味小说的异与同。首先,从创作题材来看,老舍、王朔的京味小说都选择北京人文景观作为主要叙事对象,都取材于北京生活中的真人真事。但二人生活的时代、环境不同,对北京生活的认知各有不同,故

---

① 参见魏巍《沈从文与老舍比较研究——以民族文学为视角》,人民出版社 2019 年版,第 223—224 页。
② 阎秋红:《老舍与端木蕻良抗战小说之比较》,《民族文学研究》2005 年第 1 期。
③ 黄红春、王东梅:《叶广芩与老舍京味小说的比较》,《满族研究》2016 年第 4 期。

其笔下的北京风景各有千秋。其次,其语言风格的表现,尽管都采用北京方言口语创作,但相较之下老舍的作品以俗白方言口语展现地方色彩,直白中见雅致,而王朔的作品专注于北京方言的模仿再造,所仿之作无法真正承载文化重任,但凸显出以俗讽雅的颠覆效果。最后,就文化心态而言,老舍所建构的"京味"文学充分体现了北京文化的内涵和俗雅融合的美学特征,而王朔一反文人雅士之风,以顽主心态和市井"京骂"来挑战传统的文学叙事。因此,王朔的文化立场"与现代'京味'文学的源头和创立者老舍的写作心态不可同日而语"①。

作为"边地的歌者",沈从文与阿来的创作也有某些相同之处。作为少数民族优秀作家,沈从文与阿来的作品多取材于偏僻的故乡边地,想象奇特,语言富有魅力,并对现代工业文明所带来的问题进行了独特思考,因而具有浓郁的地方风情和丰厚的文化意蕴。特别需要强调的是,两位作家以各自不同的审美理想和表达方式传递了重塑国民性的强烈渴望与美好向往。不过,因为两位作家毕竟生活在不同时代、不同区域,他们的知识结构、文学观点、审美趣味等自然也存在差异。《边城》与《尘埃落定》同写边地人的生活,但二者从不同层面传达着作者对人性的不同理解。沈从文所打造的幻境"边城",是他本人不愿世间美好事物被世俗化的功利倾向所取代,试图用文字传达他的人生期盼和审美理想。相比而言,阿来直面边地生活丑恶,用犀利之笔无情地掀开了土司世界的一切污浊与腐败,以寓言方式暗示了它在人类社会中所具有的某种普遍性,并在内心深处寄寓着对国家民族,乃至人类未来的美好期待。总体来说,"《边城》表现了边缘地域少数民族文化的纯洁性和权力的缺席,而《尘埃落定》则反映出社会文化和制度的复杂性和权力的普适性"②。

---

① 田文兵:《建构与颠覆:老舍与王朔创作中的"京味"比较》,《兰州大学学报》(社会科学版) 2008 年第 2 期。

② 郭群、姚新勇:《殊途同归的理想守望——〈边城〉与〈尘埃落定〉之比较》,《石家庄铁道大学学报》(社会科学版) 2010 年第 4 期。

寇才军认为，相继成名的藏族作家扎西达娃和阿来，两人各有所长，但也存在相对不足。"扎西达娃执于'民族性'一念，忽视了藏民族生活历史中人的丰富性，但他毕竟以民族文化的熏染抗拒了对外来技巧的简单模仿。阿来的创作，尤其是《尘埃落定》，已开始沉入生活、沉入历史现实中的藏人心灵本身，应该说，在文学是人学的观念上，阿来已接通了世界文学的通则。但在文学技巧上，则显得不足。"[①] 马忠礼、当子扎西在比较阿来和扎西达娃小说主题后指出，两位少数民族作家作品都展现了藏域的神秘与奇特，但受时代背景与具体环境的影响，阿来与扎西达娃在小说主题上表现出迥然不同的特点。阿来的作品侧重历史书写与人性呼唤，扎西达娃则将笔力集中于新旧观念的冲突和生存之道的探索方面。两人小说主题的具体分野在于，阿来的小说重在展现历史和挖掘人性中的真善美，扎西达娃的创作意在彰显特定时代下传统与现代、宗教与文明的冲突；阿来重视"中庸的现实"，扎西达娃关注"极端的现实"；阿来擅长在一部作品中展开多主题书写，扎西达娃单个作品中的主题则相对单一。[②] 应该说，这种比较性结论有一定的学术参考价值。

林建华对壮族作家陆地、京族作家李英敏及其创作进行了相关比较。陆地1918年出生于桂西南的乡农之家，李英敏1916年出生于桂东南的鱼米之乡，两人分别成长于稻作文化和渔业文化。他们的童年都受到本民族民间文学的滋养，都坚持现实主义创作道路，都以自己的创作成就取得与当代文坛名家对话、与中国文坛精品接轨的资质。但两位作家的文学创作也各有千秋。陆地擅长小说，李英敏精于电影文学剧本；陆地所塑造的人物丰富而生动，李英敏笔下的不少人物存在单纯扁平之

---

① 寇才军：《由扎西达娃和阿来的创作看当今藏族作家文学的发展》，《西南民族学院学报》（哲学社会科学版）1999年第3期。
② 参见马忠礼、当子扎西《阿来与扎西达娃小说创作主题之比较》，《安徽文学》（下半月）2016年第10期。

嫌。① 这种比较虽然相对简略，但对于认识我国南方少数民族作家个性，扬其之长避其之短，进而推进新时代少数民族文学的总体发展不无启益。

有学者将中国古代文学经典《红楼梦》与当代作品《尘埃落定》进行大跨度比较，认为二者在结构、人物的安排上有高度重合之处。"如果说《红楼梦》是通过四大家族的荣辱兴衰烛照了封建专制社会和体制下'具有自由民主萌芽'的官宦儿女们必然命运的'红楼梦'的话，那么《尘埃落定》就是通过土司家族荣辱兴衰的历程烛照'土司制度'这种'特殊的政治生态'和'人性景观'必然命运的'碉楼梦'。"② 不过，尽管阿来沿袭了家族小说的结构模式和人物设计，但他对土司制度的文化形态以及人性的丰富性、深刻性的表达却具有开拓性。这种开拓性主要体现在三个方面。一是《尘埃落定》所创设的"两个世界"——土司内外、南北边境的血腥与蜕变以及汉藏文化的对峙，比《红楼梦》更具体，更丰富，更具有民族特色；二是在人性表达的深度上，前者道尽红楼儿女情长、浮华散尽后的哀怨凄凉，后者表达碉楼梦醒、尘埃落定后的泰然哲思；三是在女性人物的塑造上，曹雪芹"一生难忘女儿女子的才、智、德、恩惠"，而阿来却坦露女性被摧残的惨相与象征。

除单个作家作品间的比较研究外，部分成果对区域性或总体性少数民族文学作了更为宏观的比较性探索。

李鸿然的《中国当代少数民族文学史论》虽然并非当代少数民族作家文学比较研究方面的专论，但通过其总体论述框架的设计和照应性理论阐释，我们可以不时窥见闪现其间的某些简明而精彩的比较之论。譬如，谈到北方草原文学时，李鸿然一方面高度概括新中国草原文坛"老八骏"和"新八骏"的参照关系，另一方面又着重阐述了草原"新

---

① 参见林建华《殊途同归：壮京文学比较研究》，《河池学院学报》2005年第6期。
② 熊泽文、李康云：《红楼梦与碉楼梦——从〈红楼梦〉与〈尘埃落定〉的比较看阿来的继承与突破》，《乐山师范学院学报》2005年第4期。

八骏"各自的创作状况，并在差异性分述中简要归纳了"新八骏"文学追求的共性所在。他认为："草原文坛'新八骏'，是指近20年内蒙古文坛上脱颖而出的优秀少数民族小说家，除鄂温克族的乌热尔图外，还有蒙古族的郭雪波、哈斯乌拉、白雪林、孙书林、巴根、伊德尔夫，鄂伦春族的敖长福。"① "新八骏"的创作追求和文学个性虽有不少差异，但他们都密切关注内蒙古的历史与未来，因而拥有强烈的"三原意识"（草原、高原、沙原），并因此具有鲜明的地域文化特色和各自的民族风格。

徐其超曾对获得茅盾文学奖的少数民族作家作品进行过比较研究。他认为，霍达的《穆斯林的葬礼》、李凖的《黄河东流去》以及阿来的《尘埃落定》等，作为茅盾文学奖推举的当代少数民族优秀作品，横向上共同显示了独特的文化视角和巨大的文化含量，纵向上展现了少数民族文学的历史流变与发展态势，"从而以对话和建构并重的应对策略给处于全球化语境中的中华民族传统文化与中国文学的发展以启示"②。

毫无疑问，当代少数民族文学主要表现为作家文学，而"少数民族当代文学的最大贡献，是通过文学书写对各民族文化交流的促进与对统一多民族国家的集体认同，它以多民族的文学共同体的建设，指涉了中华民族共同体意识的实践"③。

第七节　少数民族文学理论批评比较研究

毫无疑问，新中国特别是新时期以来，有关少数民族文学理论与批评资源的系统性整理与学科化研究越来越受到重视，相关成果日渐增多，客观上已经成为中国当代特色文艺学学科体系中相对独立的分支学

---

① 李鸿然：《中国当代少数民族文学史论》下，云南教育出版社2004年版，第597页。
② 徐其超：《昭示与启迪——茅盾文学奖之少数民族获奖作家作品论》，《民族文学研究》2005年第4期。
③ 李晓峰：《少数民族当代文学研究的回顾与反思》，《当代作家评论》2021年第3期。

科——少数民族诗学。这种关于少数民族文学理论批评的成果集群,是包括汉民族学者在内的中华民族协力建构的文化结晶。无论是宏观阐述还是微观解读,少数民族诗学研究都内含或外显着多维度的比较视野,并以"古代—现代""北方—南方"两大参照方式体现出来。

关于比较视野下中国当代少数民族文学理论批评的宏观描述与阐释,李晓峰、王平凡、刘大先、代迅等有相对集中的阐述。

李晓峰认为,20世纪50—70年代,我国少数民族文学理论批评总体上保持着与同期主流意识形态文学阐释范式的一体化趋势,并由此形成了独特的政治叙事学批评范式。首先是政治诗学中的政治批评及其话语范式。政治规范的高度统一性,促成了此期少数民族文学话语的高度一致性。尽管其间经过了逐步完善和不断调整,但在20世纪50—70年代的文学实践中,上述规范渐次形成了以"党的领导""社会主义""阶级斗争"为核心价值取向的政治标准与批评范式。具体到少数民族文学的评判问题,出现了三个基本向度的政治评价标准。一是正面肯定符合政治标准的少数民族文学创作;二是辩证评价政治倾向正确但未完全达标的作家作品;三是批评乃至批判不符合时代政治评价标准的作家作品。其次是政治诗学与政治叙事学中的诗学与叙事学话语范式。20世纪50—70年代,马克思现实主义艺术理论、苏联社会主义文学理论以及毛泽东文艺思想作为我国社会主义文学理论批评的指导思想,规约着少数民族文学理论批评的主流意识形态根脉。相比而言,此期所体现出来的多民族多元诗学并立的价值评价导向和理论体系特征,是少数民族诗歌研究最大的价值和贡献;而对小说等叙事作品来说,情节和叙事结构退居其次,民族风俗成为小说重要的叙事元素,并被赋予表达民族特点的叙事功能。[1] 最后是政治批评与诗学批评、叙事学批评同时在场的话语范式。在具体实践中,政治、诗学与叙事学三者同时在场,是此

---

[1] 参见李晓峰《论20世纪50至70年代少数民族文学批评范式》,《民族文学研究》2017年第6期。

阶段少数民族理论批评的基本格局。①

当历史的车轮进入改革开放的新时期，亦即20世纪80—90年代，我国少数民族文学创作及其研究同时进入繁盛期，这与中国特色社会主义的道路选择以及全球化语境下异域文化思潮的多重影响密切相关。何联华的《新时期中国少数民族文学的创作与研究走向》、尹虎彬的《论少数民族文学创作中的民族意识与现代意识》、邓爱华的《新时期少数民族文学的多种文化思想的冲突》等，已不再满足于对新时期少数民族文学作表面概括，而是以民族性为切入点，对少数民族文学创作的民族意识与现代意识、民族性与现代性、自性文化与他者文化、少数民族文化与中华民族文化等关系问题进行深度理论思考。换言之，"20世纪50年代关于'民族特点'的讨论，在80年代转型为对'民族性'和'民族意识'的讨论。这标志着少数民族当代文学研究观念与范式开始转型"②。

作为中国社会科学院少数民族文学研究所筹建人之一，王平凡早在1986年就撰文指出，走进新时期的我国少数民族文学研究，思维空间显著拓展，研究方法得以更新，研究队伍不断壮大，整个学科一派生机。他将迈入新时期的少数民族文学研究特点归纳为"五多五少"③。应该说，他的比较性归纳是实事求是的。他同时认为，新时期以来的民族文学研究领域虽基本铺开，但整体布局不够均衡。除上述"五多五少"外，民间文学特别是神话史诗的搜集、整理、翻译发展较快，而从

---

① 李晓峰认为，在这种格局下，"大多数少数民族文学批评能够立足实际，既彼此兼顾，又能鞭辟入里地操持政治诗学、政治叙事学批评。其中，最有代表性的是谢冕对巴·布林贝赫诗歌的评价"。参见李晓峰《论20世纪50至70年代少数民族文学批评范式》，《民族文学研究》2017年第6期。

② 李晓峰：《少数民族当代文学研究的回顾与反思》，《当代作家评论》2021年第3期。

③ "从研究重点上看，作家文学方面对当代作品观照较多而对古典作品观照较少，民间文学方面对远古文学观照较多而对近代文学观照较少。在研究角度上看，从政治学社会学角度对文学进行短距离的照射较多而从民族文化、民族学、人类学等方面对作品进行长距离的照射较少，在研究的层次上对创作成果进行静态的分析较多，而对创作过程的综合性考察较少。孤立型的微观研究较多而同质与异质间的比较型的宏观研究较少，总之，我们还缺少对文学作品的宏观的、多层次、多角度的系统把握。"参见王平凡《新时期民族文学研究的现状及其展望》，《民族文学研究》1986年第6期。

宏观理论层面把控体裁精悍、内蕴丰富的传说故事、歌谣谚语以及长篇叙事诗等则明显落后。这也是此后一段时间亟须把握的学术研究方向。

我国少数民族理论批评在21世纪呈全方位跃进态势。在相关学术归纳中,刘大先的《新世纪少数民族文学的叙事模式、情感结构与价值诉求》一文不能简单被视为关于新世纪少数民族作家文学的一般性研究,而是此期少数民族文学理论批评领域具有概括性、纵深感和甄别度的诗学成果。

刘大先把新中国少数民族文学的发展过程划分为三个阶段。一是新中国成立至20世纪70年代的社会主义现实主义阶段,代表性作品结集于1960年出版的小说集《新生活的光辉》中;二是新时期多元启蒙阶段,少数民族文学及其研究出现了多元并立的局面;三是21世纪少数民族文学"自上而下,由内而外"的整体发展阶段。作为核心论域,刘大先从比较诗学角度重点阐发了21世纪以来少数民族文学的叙事模式、情感结构、价值诉求等宏观框架。所谓"自上而下",是指21世纪少数民族文学及其理论批评获得了来自国家层面顶层设计的知识关怀;所谓"由内而外",则指越来越多的少数民族作家开始了由他者言说到自我表述的规模化转型之旅。

刘大先认为,21世纪少数民族文学塑造了三种人物形象,形成了三种叙事模式,凸显了三种情感倾向。具体而言,三大类型形象分别为衰老者、外来者和出走者。"这三类意象/形象其实都是失败者:老人落伍于时代的潮流,外来者失败于改造旧有文化,出走者则落魄于资本市场中的弱势地位。因而,少数民族文学从这个意义上来说,其实是整个中国文学在新世纪的一个侧面。"[1] 这三类人物形象在21世纪他者言说与自我叙述的双重表述中,相应地凝聚为三种主导性叙事模式。一是"现代"与"传统"的冲突或和解模式,这是对"文明与野蛮"模式的

---

[1] 刘大先:《新世纪少数民族文学的叙事模式、情感结构与价值诉求》,《文艺研究》2016年第4期。

置换;二是"全球化"与"本土化"模式,这是对"世界性"与"民族性"模式的置换;三是神话历史模式,重新回缩到族群共同体的首尾连贯的叙事神话之中。就此期少数民族文学创作的情感倾向来看,怨恨、忧郁、欢欣是其基本指向。其中,"怨恨"表现为一种对现代性——诸如城市、汉族和商业的怨羡;"忧郁"指沉溺在过去的怀想之中;"欢欣"则是怀旧观念的反向变体。情感结构的这种变迁,表明多元认同已经成为当下中国的现实,同时意味着少数民族文学中仍存在固守某种"心造"传统的民族心态。鉴于此,"唯有全面、整体地考察少数民族文学,并将其置入到中国当代文化与思想的建构与生产之中,我们才能在真正探索发明文学、再造共和、复兴传统的道路"①。

关于新中国少数民族文学理论的当代发生,代迅强调,这离不开对西方文学理论的借鉴。在他看来,中国当代少数民族文学理论发端于20世纪60年代初期,定型于20世纪80年代初期,20世纪90年代以来受到西方文化身份理论的深刻影响。这种理论移借,一方面冲击了汉族中心主义文学史观,另一方面也产生了某些消极影响,如对西方民族文学观进行简单类比或直接套用,造成与我国少数民族文学理论的阐释错位。因此,"我们需要结合中国少数民族文学创作的实际状况,改变外来西方文学理论和中国本土少数民族文学之间缺乏内在必然联系的情况,建构能够有效阐释中国少数民族文学创作的理论话语体系"②。

在对当代少数民族文学及其理论批评进行总体性研究的同时,古代少数民族文学理论批评也成为新中国少数民族诗学及其比较研究领域的亮点之一。

如前所述,我国古代少数民族诗歌创作成果丰硕。以叙事诗为例,

---

① 刘大先:《新世纪少数民族文学的叙事模式、情感结构与价值诉求》,《文艺研究》2016年第4期。

② 代迅:《中国当代少数民族文学理论的发生——兼谈西方文学理论与中国本土文学的错位》,《社会科学战线》2018年第6期。

现有的55个少数民族几乎都有自己古老的叙事长诗。据概略统计，西北地区的哈萨克族传承了近250部叙事诗，南方傣族的诗歌数量高达500部。"在这样特殊的文学沃土之上，产生了丰富的叙事诗诗学理论，并构成了独立的系统。这些理论既大量散见于作品本身的诗序、诗尾及单篇文字，也存在于一些民族流传下来的文论专著之中。已经翻译出版的《论傣族诗歌》《彝族诗文论》《论彝族诗歌》及《论彝诗体例》等，无疑都是它的代表作。"[1] 中国古代少数民族诗论内容丰富，但主要有两大要点。一是以人物塑造为核心。彝族诗论家举奢哲将"人物要逼真""要把人写活"奉为人物塑造的基本信条。二是追求诗作的完整性，包括叙事情节的完整性和构思布局上的完整美。[2] 除诗论之外，我国古代少数民族文论也是我们借以了解古代少数民族文学和文化的重要窗口。与古代汉族文论相似的是，少数民族古代文论也注重感性直观式体悟，而非舍弃具体文学现象的纯粹逻辑思辨。两相比较，汉族文论中的相关资料大都可以从其他文献典籍中找到参证依据，而少数民族相当数量的文学史料则主要依靠文论的记载得以留存。[3]

作为新中国培养出来的首位精通蒙藏两种语言的博士，额尔敦白音的博士学位论文《松巴堪布诗学研究》（蒙文版）入选《中国蒙古学文库》，并于2004年由辽宁民族出版社出版。该著的研究对象松巴堪布是18世纪蒙古族（一说土族）的高僧学人，著有涉及哲学、宗教、语言学与文学等各类典籍8卷。《诗镜所讲修饰之法比喻论星宿妙鬘和异名

---

[1] 王佑夫：《中国古代少数民族文论的价值与地位》，载王佑夫主编《民汉诗学比较研究》，中央民族大学出版社2017年版，第7—8页。

[2] 参见王佑夫《中国古代少数民族文论的价值与地位》，载王佑夫主编《民汉诗学比较研究》，中央民族大学出版社2017年版，第9—10页。

[3] 据王佑夫梳理，"西域人辛文房所著《唐才子传》，鲜卑后裔元好问所编《中州集》，布依族莫友芝所著《黔诗纪略》、蒙古族法式善所著《梧门诗话》、壮族韦丰华所著《今是山房吟余琐记》、满族杨钟羲所著《雪桥诗话》及其与宗室盛昱合编《八旗文经》等等，对研究我国古代少数民族的汉文创作及区域文学和断代文学，是不可或缺的"。参见王佑夫《中国古代少数民族文论的价值与地位》，载王佑夫主编《民汉诗学比较研究》，中央民族大学出版社2017年版，第14—15页。

简要如意宝坠》《修辞法简要诗镜入门》等著作以诗论诗,加注散文,对檀丁的(檀智)《诗镜》进行多方阐释,精辟独到之处为历代学者所赞叹。然而,原文以古藏文撰写而成,不便诵读,致其延误数百年之久。《松巴堪布诗学研究》主要包含导论、译文和注释三大部分。额尔敦白音的翻译,既忠实于原文,又注重准确、流畅与典雅,以期突出以诗论诗的文体特点,力争表达作者诗评修饰理论的基本思想和艺术主张。不仅如此,额尔敦白音还以古释古,采用文献学和阐释学的方法,撰写了1239条脚注,对原文所涉文化历史、诗学佛学等方面的概念范畴与经文典故、神佛、人物、事件等,详加译介,并对作者诗学理论中的特色话语不时予以精到点评,成为蒙古族古代文论学术史上首部研究蒙古族藏文文论的巨著。不过,因该著未能及时译成汉文,因而在很大程度上影响了它在新中国诗学领域的传受效应。

藏族诗学受古印度檀丁诗歌理论著作《诗镜》的影响极大,对文学作品特别是诗歌创作的字数、句段、格律、节奏等都有精深研究。藏族诗歌"非常注意字数的整齐,句数的统一,同时由于诗歌和音乐结合在一起,又很注意节奏和谐,形成了藏族诗歌各种各样的形式和章法"[①]。藏族的诗歌形式主要有五言诗、六言诗、七言诗、八言诗、九言诗、十言诗以及长短句、复句诗、问答歌、字母诗等。藏族诗歌格律的显著特点,就是巧妙运用藏文的发音、字形和意义,特别注重音韵和谐,显示它独有的艺术美,即千姿百态,变化多端,雅俗共赏。[②] 从格律上看,藏族诗歌可分为以下种类:五音节自由体、六音节四句体、六音节自由体、六音节多段体、七音节自由体、七音节四句体、多段回环体、自由体、年阿体。藏族诗歌还拥有丰富多彩的重叠方式:句首重叠(31种格式)、句子其他位置重叠(13种格式)、整个诗句重叠(15种

[①] 多杰结博:《略谈藏族诗歌格律》,耿予方译,载中央民族学院少数民族文学艺术研究所文学研究室编《少数民族诗歌格律》,西藏人民出版社1986年版,第45页。

[②] 参见多杰结博《略谈藏族诗歌格律》,耿予方译,载中央民族学院少数民族文学艺术研究所文学研究室编《少数民族诗歌格律》,西藏人民出版社1986年版,第16页。

格式)、元辅音和发音部位重叠以及前后呼应、混合重叠、回旋诗，等等。

古印度旦志所著的《藏族诗学明鉴》按照《诗镜》顺序简述藏族诗学理论，贺文宣根据1957年青海人民出版社藏文本将其翻译成汉文，2016年由民族出版社汉藏文双语对照出版。该著由三大部分组成。第一部分为"诗学的本体"，涉及诗歌体裁、题材和语种；第二部分为"诗歌的庄严"，详尽论述了非共同修饰法和共同修饰法；第三部分为"诗学的除过"（除去过错），罗列了诗学"十过"。"非共同修饰法"详细阐明了双关、极明、平等、悦耳、极柔、义明、宏壮、显赫、美妙、等持十大修饰法。论者描述"等持法"时写道："此物特点运用于，联想类似事物时；按照通常之事理，准确表达为等持。'固目达花闭眼时，莲花等却目圆睁。'描写眼睛动作时，才用动词闭和睁。"① 共同修饰法又包括意义修饰法、字音修饰法、隐语修饰法，然后再依次细分。如隐语修饰法又可细分为断句、两可、无序、嬗替、同形、艰涩、数字、穿凿、兼名、藏名、同名、迷惑、顶针、单避、双避、混杂等16种类型。由贺文宣翻译本可见，分类非常精细，表述也很通俗，但较为烦琐，时有交叉。

维吾尔族诗学是我国少数民族诗学的一块瑰宝。"虽然，在漫长的历史进程中，如同大多少数民族诗学一样，它还基本上限于狭义的诗学范畴，即诗歌理论批评，但由于维吾尔书面创作历史悠久，口头文学甚为发达，加上它不仅有自己的语言文字，而且几乎所有文人都通晓一种乃至数种其他民族（包括境外民族）语文，并运用于创作。这样，维吾尔族诗学就呈现出多样化的存在形态，丰富而不单一。"② 王佑夫在甄选维吾尔族古代诗学资源时，发现海尔克特（又译赫尔克提）在叙

---

① ［古印度］旦志：《藏族诗学明鉴》，多吉坚参等梵译藏，贺文宣藏译汉，民族出版社2016年版，第23页。
② 王佑夫：《中国古代民族诗学初探》，民族出版社2002年版，第113页。

事长诗《劳动与爱情》（又译《苦爱相依》）的结尾已经表达了相应的诗学观，纳瓦依的诗作《格则勒》用对举或问答的方式传达了形象生动的诗学思想，杜尔别克的《尤素甫与祖莱哈》、阿·纳扎尔的《爱情诗集》、尤素甫·哈斯·哈吉甫的《福乐智慧》等，均以自己的方式传递着独特而丰富的诗学信息。

至于维吾尔族古代诗学专论，法拉比的《论诗》《论诗人艺术的规律》，玉素甫·赛卡克的《知识的钥匙》，纳瓦依的《艺坛荟萃》《两种语言的争辩》《韵谱》，阿曼尼莎的《心灵的协商》，穆合麦提·本·阿不都拉·哈拉巴提的《论诗人》，毛拉艾斯木吐拉·穆吉孜的《乐师史》等，足可称道。其中，《论诗》以阿拉伯诗歌作为考察对象，就诗的本质、诗意与韵律的关系、诗思与演说的区别、联想与幻想等问题进行了较为系统的论述；《论诗人艺术的规律》详尽阐发了亚里士多德的"模仿"说，从描写对象、语言运用、读者心理等多种角度对希腊诗歌体裁进行了分类研究，并区分了优秀诗人与平庸诗人的界限；《知识的钥匙》广涉文学、语言、美学等内容，是一部具有百科知识性质的广义诗学专著；《艺坛荟萃》作为维吾尔族文学史上第一部带有作家评论性质的专著，"对许多作家的成长及一些著名作品的流传起了重要作用"；《两种语言的争辩》针对当时崇尚波斯文、鄙弃维吾尔文的倾向，"用比较方法，系统论述维吾尔语言的丰富性与优美性，对维吾尔书面文学发展影响巨大"[①]。遗憾的是，因这些著作大都未被译为汉文，故而客观上未能在中华民族诗学共同体中发挥应有的增益功效。

论及维吾尔族诗学，就不能不提到《福乐智慧》及其相关研究。这个复合型文学文本，蕴含着丰富、独特、深刻的诗学思想。郎樱指出："在这部不朽的诗作中，反映出11世纪支配着维吾尔人民的观念与习惯的力量，反映出那个时代维吾尔人的行为模式、思维方式、生活情

---

① 王佑夫：《中国古代民族诗学初探》，民族出版社2002年版，第120—121页。

趣以及价值取向。"① 在她看来，《福乐智慧》不仅继承发扬了维吾尔族人民的优秀文化传统，而且融东西文化于一体，并据此形成了"多层文化结构"。从内容层面看，《福乐智慧》的四位主人公都是伊斯兰教徒，他们赞美真主，讴歌圣战，宣扬伊斯兰教义；从形式角度看，《福乐智慧》开篇三章是对真主、先知以及先知伙伴的礼赞，这种结构方式在波斯诗歌中极为常见，几乎成为伊斯兰诗歌的一种固定叙事模式。接着赞颂了美丽的春天和当时的统治者布格拉汗。紧随四篇赞词，《福乐智慧》又用6章篇幅阐明关于天体以及人类的知识、价值、智慧、善行等观点。尽管如此，透过伊斯兰文化的表层，仍不难发现隐含其间的多层文化结构——维吾尔—突厥文化、印度佛教文化、中原儒家文化、古希腊文化，它们合力铸就了《福乐智慧》复杂的深层文化结构。②

除结构形式外，郎樱还具体阐释了《福乐智慧》的戏剧冲突、语言特色和格律追求。其戏剧性体现在以对话的方式展现人物、场景以及情节进展；注重人物的行为动作，动词时态多为戏剧惯用的现在进行时态；善于设置人物和情节上的对立与冲突。在语言方面，大量运用比喻、对比等修辞手法。如用"沙漠"比喻无知者的心田，用"敏捷的羚羊"比喻稍纵即逝的福运，用"狼与羊在一起饮水"比喻天下太平——既形象生动，又富有民族特色。同时，《福乐智慧》采用阿鲁孜诗律、玛斯纳维诗歌形式，以双行体为主，另有173首四行体诗歌，其间不乏民歌和智者贤人箴言，使诗作格律严谨，抑扬顿挫，具有很强的节奏感和音乐性。③

清代满族诗学成果丰硕，特色鲜明。在深入研究、反复比对的基础上，王佑夫总结出满族诗学的四大特征——独立性、开放性、民族性、贵族性。

---

① 郎樱：《中国北方民族文学比较研究》，民族出版社2011年版，第341页。
② 参见郎樱《中国北方民族文学比较研究》，民族出版社2011年版，第354—355页。
③ 参见郎樱《中国北方民族文学比较研究》，民族出版社2011年版，第377—379页。

其一，独立性。"吸纳汉族诗学而形成自己的理论系统，独立发展，是满族诗学的首要特征。"① 自清康熙时期起，满族皇室及朝廷官员，就多以写诗为荣。上行下效，满族诗歌盛行一时，从而为满族诗学的兴盛奠定了基础。清朝也是汉族诗学发展史上的集大成时期，王夫之、叶燮、王士禛、沈德潜、袁枚、翁方纲等人的诗歌理论，金圣叹、张竹坡等人的小说理论，桐城派的散文理论，李渔、焦循等人的戏曲理论，刘熙载的综合性文论《艺概》等，开创了汉族诗学全面推进的新局面。在这种诗学环境带动下，满族诗学获得长足发展。起初，以爱新觉罗·玄烨、纳兰性德为旗手，允礼、允禛、文昭、岳端、马长海、恒仁等钟情于诗歌创作，相关的满族诗论相继面世。乾嘉时期，满族诗学进入多向展开阶段。除诗论之外，还出现了戏曲理论、小说理论和翻译理论。"其中，小说理论取得辉煌成就，以曹雪芹、脂砚斋为代表，由裕瑞、弘晓、昭梿、和邦额、明义等人基本形成一支小规模的满族小说理论批评队伍。道光以后，满族文学创作仍有发展。文康的小说、汪笑侬的京剧，都占有一定地位；女诗人顾太清被评论家将她与清代词坛之冠的纳兰性德并提。"② 总体而言，满族诗学是以本质论、功能论为核心的具有相对独立性的理论系统，并非汉族诗学的一般附庸。

其二，开放性。满族诗学虽然具有相对独立性，但因其缺乏悠久而深厚的自身传统，因而外向性借鉴必不可免，并据此获得开放性理论品质。事实上，清代统治者曾推出一系列举措，广泛吸收包括汉民族在内的相关民族的先进文化资源，以便在双向或多向交流中提升本民族文学艺术及其理论批评水平。"这些举措主要有下列几个方面：设立翻译机构，培养翻译人才，大量译介汉文典籍及文学艺术作品，采取各种方式，广泛延揽汉族知识分子传授汉族文化，大力发展图书事业，先后推出工程浩繁的大型丛书《古今图书集成》及《四库全书》，'以为士子

---

① 王佑夫：《清代满族诗学的基本特征》，《民族文学研究》1994年第2期。
② 王佑夫：《清代满族诗学的基本特征》，《民族文学研究》1994年第2期。

仿模规范'(昭梿《啸亭杂录·续录》)。"①

其三，民族性。王佑夫指出，与其他使用汉语言文字的少数民族相比，满族诗学思想的民族性更为鲜明，这主要体现在强烈的民族功利主义和现实主义方面。当然，"满族诗学的现实主义并不完全等同于汉族诗学的现实主义。满族诗学基本上都出于统治集团的大小成员之手，因而它对汉族现实主义诗学中大胆揭露封建社会罪恶，敢于直面人生的进步思想，除曹雪芹等极少数人外，并未予以接受。它主要阐述的是以写实的手法表达皇胄权贵沉浮思想情感的种种理论观点"②。

其四，贵族性。因满族文学及其理论批评的主体是统治阶级和贵族集团，所以贵族色彩浓厚，功利目的尤为突出。

我国南方少数民族诗学在学科化与系统性方面，以彝族诗学最为典型。围绕彝族诗学的相关比较，我们将在下一章予以讨论。

---

① 王佑夫：《清代满族诗学的基本特征》，《民族文学研究》1994年第2期。
② 王佑夫：《清代满族诗学的基本特征》，《民族文学研究》1994年第2期。

第四章

中华诉求：少数民族与汉族比较诗学

论及我国古代民族诗学的地位与价值时，王佑夫认为，既往历史进程中始终存在着中部地区与东西南北周边区域之间在诸如生态环境、生产水平、民风习俗、道德规范、文学艺术等方面的巨大差异，并最终形成"两种文化"——以中原为中心、以汉族为主体的汉族文化；以周边为圆圈、以少数民族为主体的少数民族文化。"两种文化"间的总体动势表现为："汉族文化作为中心向四周辐射，少数民族文化从周围向中心凝聚；二者既彼此渗透、交融，又相对自我独立与发展，以此构成中国文化的整体。"① 与此相关，中国民族文学及其诗学形态也呈现出类似的关系状态。

从较为宏观的层面看，少数民族与汉族比较诗学主要体现在总体性诗学观念、主体民族诗学的推进作用、少数民族诗学的补益功能等方面。

第一节 少数民族与汉族诗学观念的总体性比较

少数民族与汉民族诗学观念的总体性比较，集中体现在文学本质

---

① 王佑夫：《中国古代少数民族文论的价值与地位》，载王佑夫主编《民汉诗学比较研究》，中央民族大学出版社2017年版，第2页。

论、诗学背景论、主体素养论、文学创作论、文本特征论、阐释接受论、价值功能论诸方面。这在彝汉诗学比较视域中表现得尤为充分。

一 少数民族与汉族文学本质特征论比较

从宏观层面看，包括少数民族诗文理论批评在内的中国诗学是一个庞大的多元一体的文化系统。艾光辉在比较中国古代民汉诗学关于文学本质论问题时认为，中国汉民族诗文理论发轫于先秦时代，"诗言志"是其关于文学本质最早也是最权威的理论规定，并由此不断延展为缘情说、情志说、神韵说和性灵说。而古代少数民族诗文理论则难以确定一个统一的"开山纲领"，但在关于文学本质问题的理解上，少数民族诗学与汉民族诗文理论在主导倾向上基本一致，都认同文学是情感的反映。进一步讲，中国古代少数民族与汉民族的文学本质论具有两大共同点：其一，少数民族文论和汉族文论均强调作家对所表现的艺术内容必须倾注全部真情实感；其二，古代少数民族文论和汉族文论关于作家主观情感与客观世界关系的理解大致相同，都承认作家之"情"乃"感物而动"的结果。[①] 至于二者关于文学本质认识相一致的原因，主要有两点：第一，汉族和各少数民族文论有着大致相近的社会和文化环境；第二，中国各民族文化之间的相互渗透和影响，造成民族诗学共同体对文学本质认识的趋同性。

不过，中国古代少数民族与汉族诗学既有趋同性，也有相异点。相比之下，汉族文论善于从情理关系的角度探讨文艺的本质特性，强调情理统一；而少数民族诗学在处理情理关系时，并不特别强调文学之"情"必须依附或受制于政治伦理规范，甚至高度尊重纯真性情的表现。人们同时注意到，中国古代少数民族诗学一方面强调表现论，另一方面也尊重模仿说。"对古代少数民族和汉族文学本质论进行比较的审

[①] 参见艾光辉《古代少数民族与汉族文学本质论之比较》，《民族文学研究》1992年第4期。

视,我们可以发现它们一个重要的区别:古代少数民族文论中有着比汉族文论更为丰富、完整、成熟的摹仿说思想。少数民族文论家,不仅认识到文学的模仿性质,而且对文学中摹仿与表现的辩证关系也有深刻的理解。"① 傣族诗论家祜巴勐堪称此方面的杰出代表。少数民族与汉族比较诗学对于文学本质问题趋同性和相异点的宏观把握,表明二者之间既存在互映互证通道,也享有互补互鉴功能。

宋晓云以刘熙载《艺概》中的"诗概"和举奢哲、阿买妮的彝族诗文理论为例,对汉彝诗歌本质观作了哲学、美学、文学等多层面的比较研究。

首先,哲学层面的汉彝诗歌本质观。刘熙载和举奢哲、阿买妮等都曾由这一层次出发来阐释诗歌的本质问题。其中,刘熙载认为"诗"乃"天地之心",应表达"民之性情",亦即既重视描写客观自然,也追求诗歌对于世道人心的艺术表现。刘熙载将分居两端的诗学态度融为一体,铸成"诗为天人之合"的新观念。与刘熙载"诗为天人之合"的本质观有所不同,举奢哲、阿买妮认为诗歌的本质是"寻根"。正如宋晓云所说:"人类社会生活包罗万象,从人的生老病死,到各种各样的工艺制作,从歌场对歌相恋到父母送嫁女儿……构成了社会生活的多彩画面。举奢哲、阿买妮等人认为诗歌就是寻找这些画面的最初来源。"②

其次,美学层面的汉彝诗歌本质观。诗可以传达其他文学样式不能传达的意蕴,使人读后如饮醇酒,"诗善醉"正是刘熙载关于诗学理论的一个创见。具体而言,"金石之音"的声调音韵美是刘熙载所说的"诗善醉"的第一层含义;"言外无穷"的意象意境是"诗善醉"的第二层含义;"其中有物"的思想感情之美是读者"陶醉"的第三层含

---

① 艾光辉:《古代少数民族与汉族文学本质论之比较》,《民族文学研究》1992年第4期。
② 宋晓云:《刘熙载与举奢哲、阿买妮诗歌本质观之比较》,《民族文学研究》2001年第2期。

义。而举奢哲、阿买妮则认为"美在韵上生",因为"韵"是欣赏者感知诗歌语言进而达成阅读、欣赏状态的重要审美元素。

最后,文学本体层面的汉彝诗歌本质观。关于诗歌本体的构成,刘熙载认为,"文、辞、志合而为诗"。"文辞"属于诗的形式要素,"志"则是诗的内容要素。先秦至近代,大量诗文著述涉及文、辞、志及其相互关系,但大多重志而轻辞,重情而轻文。刘熙载在继承前人旧说的基础上,从"文、辞、志"协和统一的整体性角度来揭示诗歌创作的本质,显然是一种正本清源的诗学建构。举奢哲、阿买妮认为,诗歌的本体构成是人、情、景,它们是诗歌创作中不可缺少的三个要素。举奢哲在《彝族诗文论》中明确主张诗歌和故事要写"当时情和景"以及"情和景中人",阿买妮以彝族特有的三段诗为例,要求"头一段写景,二一段写物,三一段写主"。举奢哲、阿买妮创立的诗歌本体层次观,被布麦阿钮、布阿洪、实乍苦木等彝族诗学家所继承和发展。

通过上述比较,宋晓云得出结论,刘熙载与举奢哲、阿买妮对诗歌本质的认识可谓同中见异,异中有同。其相异之处有以下三点:刘熙载高度重视创作的主体情怀和"心"的作用;举奢哲、阿买妮则更为关注文学创作的群体情怀。这种文学创作主体侧重点的差异,恰恰是导致彝族叙事诗学繁盛、汉族抒情诗学发达的重要根由。刘熙载和举奢哲、阿买妮关于诗歌本质认识的相同之处在于:一是都认为诗歌是广泛的自然现象和社会生活在艺术上的反映;二是都认识到诗歌创作要有感情;三是都强调诗歌必须讲究韵律。"由此可见,双方所探讨的相同之处,正揭示了诗歌共同的规律。"[1]

二 少数民族与汉族诗学创作背景论比较

袁愈宗对彝汉古典诗学生成的自然地理背景、社会环境背景、文化

---

[1] 宋晓云:《刘熙载与举奢哲、阿买妮诗歌本质观之比较》,《民族文学研究》2001年第2期。

知识背景等作了较为系统的比较研究。

其一，彝汉诗学自然地理背景比较。彝族主要分布在我国西南地区的滇、川、黔、桂四省区的楚雄、红河、凉山、毕节、六盘水、安顺等地。就彝汉诗学发生、发展的自然地理背景来看，彝族诗学主要发生于我国地势第二阶梯的云贵高原一带，其间多山谷河流，少平原盆地，气候温暖湿润，植被丰富多样；汉语诗学主要发生、发展于我国地势广袤的第三阶梯以及第二阶梯的四川盆地和黄土高原，其间多平原、盆地，地域辽阔，气候更趋多元，交通相对发达，文化生态富足，诗学源远流长，并据此成为中华民族诗学共同体的主体部分。尽管如此，包括诗学在内的我国彝族古代文献却异峰突起，自成一格。按支系划分，彝族古代文献主要有六大类别，即诺苏文献、纳苏文献、聂苏文献、撒尼文献、阿哲文献和乌撒文献。现今所存的十余部彝族诗学著述主要是在黔西北以及与之毗邻的滇东北彝族聚居区发现的，属于古代阿哲文献和乌撒文献，是中华民族诗学宝库中独具特色的组成部分。①

其二，彝汉诗学社会环境背景比较。秦始皇统一六国之前，西南地区部族林立。秦汉时期，中央王朝在西南地区设立越巂、益州、牂牁、沈黎、永昌诸郡，任命土长进行羁縻统治。晋至南北朝时期，西南爨氏日渐强大，称雄南中一带。唐朝初年，滇西乌蛮在洱海地区逐渐发展壮大，成为六个较大的部落组织，史称"六诏"或"南诏"。开元年间，唐敕封南诏第四代王皮逻阁为"云南王"，并在唐王朝的支持下统一六诏。大理国时期，虽然学习宋朝的科举选拔制度，但主要权力仍然掌握在以大理王为中心的世家大族手中。元明清时期，中央王朝实行改土归流政策，由朝廷委派官吏进行管治。将古代西南彝族社会环境与中原以汉族为主体的社会发展历史相比较，便不难发现，汉族在政治制度、历史进程方面较早进入封建社会，王朝更迭虽然频繁，但其社会体制更为

---

① 参见袁愈宗《古典彝语诗学与汉语诗学理论背景比较》，《楚雄师范学院学报》2018年第1期。

成熟和先进；而彝族社会较晚发展到封建社会阶段，有些部落王国长期处于落后的奴隶制阶段。在经济生活方面，古代彝族社会主要以畜牧业为主，在较平坦的坝区辅之以小规模的农业生产，基本是一种自然经济；而同时期中原地区则以农业生产为主要经济方式，适当辅之以手工业生产。这种社会环境无疑会影响到彝汉诗学的生成方式、发展模式和理论形态。[①]

其三，彝汉诗学文化知识背景比较。按照袁愈宗的界定，彝汉比较诗学视野中的文化知识背景涵盖了哲学、宗教、伦理、艺术等方面的价值取向、思维模式和心理结构。从自然地理条件到社会环境再到文化意识，呈递进影响关系。就彝汉诗学发生的文化知识背景而论，二者既有水乳交融的一面，同时也有各自独具特色的文化传统。彝族不仅具有本民族特色的语言和文字，还在对社会、人生、宇宙的观察与思考中形成了特色鲜明并自成体系的哲学观、伦理观、宗教观和艺术观。这些文化形态通常由彝族文化的核心阶层——毕摩掌控并负责进行传授。当然，在包括诗学在内的彝族文明发展过程中，儒释道文化乃至基督教、天主教等也对彝族文化产生过不同程度的影响。明清时期，随着"改土归流"政策的逐步实施，用汉语写作的彝族诗人日渐增多，如禄洪、左正、鲁大宗、高乃裕、高䎨映、余家驹、左文臣等。而汉族文化主要产生于农耕文明背景之下，并由此孕育出儒道思想，同时将源自印度的佛教思想发扬光大。三教合流，对中华民族的整体精神气质以及文学创作和诗学思维产生了根本性影响。总之，"把彝语诗学与汉语诗学产生的文化背景进行比较，我们可以看出彝语诗学的文化背景原始气息更为浓厚，其哲学思想、宗教思想都带有原始文化的神秘性。彝族文化以毕摩文化为核心，在受到外来思想的影响时能始终保持自己的主要特色。而汉语诗学的文化背景以本土产生的儒道为基础，吸收容纳来自异域各方

[①] 参见袁愈宗《古典彝语诗学与汉语诗学理论背景比较》，《楚雄师范学院学报》2018年第1期。

的文明精华，形成雄浑壮阔的特色，具有一种海纳百川的气势"①。

三 少数民族与汉族诗学主体修养论比较

李沛将中西方诗学的发生及其价值重心进行对比分析后指出，"西方古代文论的源头与主脉是'艺术模仿自然说'，把自然（客观现实）视为文学艺术之本体，所以，对创作中主客体关系的认识重心在客体；而中国古代文论的根基'言志说'，它把创作主体受外物触发而产生的主观情志视为文学之本体，所以，对创作中主客体关系的认识，重心在主体。"② 这在我国古代民族文论中也有突出表现。正因如此，包括少数民族诗论在内的中国古代文论特别看重作家的主体修养。

袁愈宗、刘湘萍就彝汉诗学主体身份及其修养问题作了比较研究。他们认为，现有彝汉诗学资料业已表明，彝语诗学理论家的宗教色彩更为浓厚，身份也具有多重性。彝语诗学一般源自民族原始宗教，受外来文化影响相对较少，"改土归流"后受到中原汉族文化一定的影响。相比而言，彝语诗学的创作目的更为实际，常常与日常生活密不可分。而大多数汉语诗学理论家的宗教意识相对淡薄，既注重"文以载道"，也不失理想表达，追求主体境界，立意相对高远。具体来说，汉语诗学的创作者往往秉持"文如其人"的观点对文学进行评判，认为文学风格与个人品性是密切关联的，特别看重自己以及他人的内在品德。③

王佑夫在研究中国古代民族诗学时，充分肯定彝族诗论家对作家主体修养的高度重视。因为文学艺术家思想、道德、知识、艺术修养的优劣直接关系到作品的成败和艺术成就的高低，所以布麦阿钮特别强调

---

① 袁愈宗：《古典彝语诗学与汉语诗学理论背景比较》，《楚雄师范学院学报》2018年第1期。
② 李沛：《少数民族与汉族文学创作论之异同》，载王佑夫主编《民汉诗学比较研究》，中央民族大学出版社2017年版，第41—42页。
③ 参见袁愈宗、刘湘萍《古典汉语诗学与彝语诗学创作特征比较论》，《贵州民族大学学报》（哲学社会科学版）2018年第2期。

第四章 中华诉求：少数民族与汉族比较诗学

"书根靠攻读，文根在勤奋，苦炼出诗文"，"功底在于文，文富在积累，文思功底硬，写作乃能精"；实乍苦木要求作家认真对待选材以及真实性等问题；漏侯布哲更是将创作主体的修养概括为十个方面：

"一要书根深"，就是要博览群书、知古晓今；"二要文笔强"，就是要具备比较娴熟的驾驭语言文字的能力；"三要有识力"，就是说要具有比较敏锐透彻的洞察力，善于洞幽察微；"四要史实熟"，就是要熟悉历史；"五要诗艺精"，就是要纯熟地掌握创作规律和文学技巧；"六要谙民情，七要知君臣"，这两句是说，既要了解下层社会民众的生活和心声，又要熟悉上层社会的状况；"八要知山名，九要知河道"，这两句是要求作家具备一定的自然知识；最后一条"十要有真才"，意思是说一个作家必须具备艺术才华。①

由此可见，彝族诗论和汉族诗论一样，都将作家主体视为文学创作中的积极能动因素，只不过对于某些具体诗论家来说其表述方式可能会有所差异。刘淑欣曾连续发表《彝汉古代诗论历时性比较研究》《彝汉古代诗论比较研究二题》《彝汉古代诗论中的"相对观"之比较》等多篇论文，纵横交错地比较了彝汉诗学的演进特点与相关范畴。在论及两个民族的诗学关于主体修养论的差异性时，她认为彝族诗论以叙事诗创作为重，注重诗人的阅历知识；而汉族诗论以抒情诗创作为主，注重诗人的道德修养。② 宋晓云也持类似观点。在具体比较刘熙载与彝族诗论家关于作家主体素养问题时，她说："刘熙载与举奢哲、阿买妮都认为创作主体对诗歌创作的影响至关重要，因而都反复谈及创作主体的修养问题。不过，刘熙载特别重视符合儒家伦理道德的'品'，而举奢哲、

---

① 王佑夫：《中国古代民族诗学初探》，民族出版社2002年版，第89—90页。
② 参见刘淑欣《彝汉古代诗论历时性比较研究》，《民族文学研究》1995年第3期。

阿买妮特别强调创作主体的知识修养。"① 马廷中、杨晓莲、周文德在《中国彝族古代文艺理论初探》一文中指出，要写出好的作品，作家必须具备四种修养。一是丰富的社会生活知识；二是一定的艺术才能和艺术修养；三是内容与形式相统一的文本；四是寓教于乐的召唤结构。②

　　郑依对尤素甫·哈斯·哈吉甫和孔子诗学思想体系中的道德修养论进行了比较研究。在她看来，哈吉甫用回鹘文写成的《福乐智慧》是一部以诗歌形式书写的关于政治、法律、宗教、道德、科学、文学等问题的"百科全书"，它既是维吾尔古典文学的杰出代表，也是蕴含丰富诗学思想的理论文献，对当时及后世周边区域的文学创作和理论建构产生了巨大影响。引人关注的是，《福乐智慧》所体现出的诗学思想与孔子的诗学观有诸多相似之处。其一，关于文艺与道德修养的关系。尤素甫认为，"言语是智慧和知识的表征，优美的语言能照亮人心灵"；孔子注重诗、礼、乐的统一，并将之视为进行以仁为中心的个人修养的关键所在，因而提出"兴于诗，立于礼，成于乐"的基本原则。其二，关于诗歌的社会作用。尤素甫强调诗歌的怨刺作用；孔子则系统提出并深刻论述了"兴观群怨"理论。诗学观的相似性，说明两人的诗论存在一定的联系，或者说，尤素甫客观上受到了孔子诗学观的影响。③

　　上述关于少数民族与汉族诗学主体修养论相关比较的再比较，既有利于从民族性和主体论角度认识文学创作的深层规律，也有助于在比较视野中确立民族比较诗学共同体的多元互惠形象。

四　少数民族与汉族诗学文学创作论比较

　　民汉诗学关于文学创作问题的比较性阐述，主要体现在创作思维、

---

① 宋晓云：《刘熙载与举奢哲、阿买妮诗歌创作观之比较》，《中南民族学院学报》（人文社会科学版）2001年第2期。
② 参见马廷中等《中国彝族古代文艺理论初探》，《西南师范大学学报》（哲学社会科学版）1997年第1期。
③ 参见郑依《尤素甫·哈斯·哈吉甫与孔子诗学思想之比较》，《湖南工业职业技术学院学报》2011年第6期。

第四章　中华诉求：少数民族与汉族比较诗学

创作过程、创作特征诸层面。

一是创作思维论。

尽管不同民族的思维方式可能不尽相同，但文学思维的人学本质及其在具体创作过程中所必然表现出来的情感性、想象性、直觉性、创造性以及可理解性，仍然有力地保障着各民族文学创作拥有思维取向上的开放性和兼容性。事实上，"民族文学是一定历史阶段中的文学概念，在有民族存在的前提下，少数民族作家在创作时既要有民族界线，又不能死守这条界线"[1]。正是在这种"有界"与"无界"之间，民族诗学才拥有了跨民族比较的必要性与可能性。

论及彝族古代诗学，王佑夫充分肯定彝族文论家"不仅认识到感情因素是艺术创造过程中的一个重要组成部分，没有情感，就没有文学；而且更深入地认识到，情感应是文学作品的内在血液，而不是外在的附加物"[2]。进而，他明确赞同彝族文论大师举奢哲关于文学想象性和虚构性特征的阐述，认为这些特征恰好是对创作思维的本质概括。谢会昌的《彝族诗学的理论基石》一文专门比较了彝汉古代诗学情志论的相通之处。该文指出，唯物论哲学、辩证法思维以及对诗文特质的把握，是彝族诗学的理论基石。自《尚书·尧典》的"诗言志"到清代叶燮的相关论述，大抵与彝族诗文论的理论基石相近。现代学者朱自清将"诗言志"之"志"疏正为"胸臆，情怀"，闻一多则说"志者，记也"，这与彝族诗学家举奢哲所论之"记"相通。"心有灵犀一点通，正如钟嵘《诗品·序》所言：'气之动物，物之感人，故摇荡性情，形诸舞咏'；刘勰《文心雕龙·明诗》认为：'人禀七情，应物斯感，感物吟志，莫非自然'，这又几乎与举奢哲异口同声。"[3] 可见，在文学创作"情志"思维论层面，彝汉诗学并无本质上的不同。

---

[1] 关纪新主编：《20世纪中华各民族文学关系研究》，民族出版社2006年版，第237页。
[2] 王佑夫：《中国古代民族诗学初探》，民族出版社2002年版，第87页。
[3] 谢会昌：《彝族诗学的理论基石》，《贵阳金筑大学学报》2004年第2期。

宋晓云从创作动机的角度对维吾尔族和汉族的"发愤著书"说进行了比较。在对比分析维汉有关"发愤著书"说的相关诗学资源后，她初步总结出二者的异同所在。从相同点来说，维汉两个民族的文论家都非常重视"发愤著书"的个人动机和社会效果，都希望借立言名于后世。少数民族与汉族"发愤著书"说的差异性主要有三点。第一，维吾尔族文学家和理论批评者更倾向于追求社会性的文化认可，而汉族的"发愤著书"说则相对看重主体感性生命的回响与延续；第二，汉族的"发愤著书"说鼓励作家在身体残废的情况下奋发有为，以文全身，而维吾尔族的"发愤著书"观并不强调这一点；第三，维吾尔族的"发愤著书"论突出强调知识传播作用，而汉族的"发愤著书"说则更为看重修身养性齐家治国平天下等综合性社会功能的实现。[①] 这些比较性判断未必完全准确，但作为一家之言不乏理论参考价值。

不同民族作家不尽相同的人生际遇、人格理想和思维个性，对作家创作道路、美学选择和艺术风格有着不可忽视的影响。纳兰性德非常推崇中原诗人谢灵运、陶渊明、李白、杜甫等人的性情之作："古诗称陶谢，而陶自有陶之诗，谢自有谢之诗。唐诗称李杜，而李自有李之诗，杜自有杜之诗。人必有好奇逢险、伐山通道之事，而后有谢诗；人必有北窗高卧、不肯折腰乡里小儿之意，而后有陶诗；人必有流离道路、每饭不忘君之心，而后有杜诗；人必有放浪江湖、骑鲸捉月之气，而后有李诗。"[②] 此种评价，闪烁着耀眼的创作心理学的智慧之光，足见纳兰性德非常推崇中原诗人谢灵运、陶渊明、李白、杜甫等人富有创造个性的性情之作。

二是创作原则论。

举奢哲和阿买妮所开创的基本诗学原则，始终贯穿于彝族诗歌创作

---

① 参见宋晓云《维汉"发愤著书"说之比较》，《新疆师范大学学报》（哲学社会科学版）2003年第4期。
② 纳兰性德：《通志堂集》上，黄曙辉、印晓峰点校，华东师范大学出版社2008年版，第336页。

及其理论批评建构的过程之中。在比较刘熙载与举奢哲、阿买妮诗歌创作观时，宋晓云从创作对象、创作主体等层面对汉彝诗学的创作原则作了明确阐述。刘熙载强调，作诗"不可一作不真"，并且必须"往活处炼"；举奢哲、阿买妮要求"主脑要抓准""要把人写活"。布塔厄筹、举娄布佗、布麦阿钮等明显继承了举奢哲、阿买妮"什么都可写""事象要显豁"的写作原则。其中，布塔厄筹主张"诗能写一切，一切可入诗"；举娄布佗认同"万物都可写，能叙大小事，能讲猪鸡鸭，能讲牛羊马"；布麦阿钮认为，诗歌的创作对象可以是自然界的天、地、水、土，也可以是社会生活中的各种人、事。成书于明清之际的《论彝族诗歌》，同样遵循"感情表达出，事物说清楚"的信条。综上所述，彝汉诗学"都认为诗歌创作应坚持一定的原则，以便使诗歌作品鲜活、生动，达到吸引读者的目的。他们或要求'真'，或要求'活'，指出应反复锤炼作品。刘熙载所说的'真'、'活'，更多地是指主体情感的真实感人；举奢哲、阿买妮所说的'真'、'活'，更侧重于诗歌中人物塑造的真实感人"①。

三是创作特征论。

宋晓云将彝族诗学创作特征的要点归纳为三个方面。一是经验性与直观性。由于彝族诗论家们在阐发个人关于文学创作的基本看法时，较多地强调创作经验，所以我们在其诗论中往往会看到"我是这样写""我写是这样""写法是这样"之类的句式，这也是他们宣扬自己诗学主张的标志性表述。二是自古至今的时序观念。彝语诗学著述的开篇，惯于从古开始叙述，给人以历史纵深感。三是自觉承续古代先哲的诗学脉络。彝语诗学中多见"天师举奢哲，他和阿买妮""举奢哲大师，他是这样说，他是这样写""古时奢哲说"之类的表达，旨在彰显后学对两位先哲及其诗学思想的推崇态度和接续自觉。"因此，在彝族诗学思

---

① 宋晓云：《刘熙载与举奢哲、阿买妮诗歌创作观之比较》，《中南民族学院学报》（人文社会科学版）2001年第2期。

· 231 ·

想的发展历程中,其基本的概念和命题都没有什么变化,具有超强的稳定性。"①

基于上述事实,袁愈宗、刘湘萍进一步比较了古代彝语诗学和汉语诗学关于创作特征论的异同所在。他们认为,二者的相似之处有以下几点:其一,从知识体系上看,都具有一定的体系性和历史传承的连续性;其二,从思维特征上看,都具有直观性和实践经验性的特点;其三,从理论渊源上看,都有一种追本溯源的"前在"意识和"圣人"情怀。二者的差异之处突出体现在:由于彝语诗学建构者兼有知识者、作家、巫师、劳动者等多重身份,致使他们对于自己理论家的身份意识较为模糊。这也是我们常常难以考证某些彝族诗学著作的著者身份和创作年代的重要原因。与之相反,汉语诗学的创作者绝大部分对于自己的创作身份有着明确的体认,他们的诗学建树也因此具有鲜明的主体性和时代感。由此而来,彝语文学创作及其诗学建构体式在较长时间内变化不大,它们与汉语诗学特别是汉语诗学的形式创新相比尚有一定差距。②

郎樱在讨论我国民族文学间的比较研究时指出,尽管少数民族与汉族之间存在地理条件、民族风习、知识传统等多方面的差异,但在中华民族大家庭中,各种不同形式的交往和交流,最终形成了少数民族与汉族文学及其诗学互鉴中的融通效应,都为中华民族诗学共同体做出了自己的贡献。譬如,维吾尔族诗圣尤素甫·哈斯·哈吉甫与中原诗词大师苏轼,他们均诞生于祖国的西部地区,生活于大体相同的时代。"苏轼的词作具有浓郁的抒情色彩,表达了人生体验和人生理想,风格雄劲豪迈、热情奔放,开创了宋词的新风。尤素甫·哈斯·哈吉甫的诗作《福乐智慧》气势磅礴宏伟,具有哲理性和思辨色彩。他们两位都是宋代文

---

① 袁愈宗、刘湘萍:《古典汉语诗学与彝语诗学创作特征比较论》,《贵州民族大学学报》(哲学社会科学版) 2018 年第 2 期。
② 参见袁愈宗、刘湘萍《古典汉语诗学与彝语诗学创作特征比较论》,《贵州民族大学学报》(哲学社会科学版) 2018 年第 2 期。

学史上并驾齐驱的文学巨匠。"① 这种比较研究中的趋同性勘定，符合建构中华民族及其文化共同体的总体价值追寻。

五 少数民族与汉族诗学文本特征论比较

少数民族与汉族诗学关于文本特征论的比较研究，在彝汉诗学比较领域有相对经典的表现。彝汉文本特征论比较主要体现在文本媒介形态、文本体式、文本意味诸方面。

关于文本媒介形态特征比较。王佑夫比较了彝汉固态文本与活态文本间的差异。总体来说，汉族古代文论多为文字固化的书面文论，它们基本上是静态的文化符号系统。这种形态的文论在其流传与接受过程中也许会发生局部变异，但经过考证基本上能够不同程度地还原其本来面目。而彝族古代文论则有所不同，它们虽有彝语甚或彝文作为载体，但并非通过印刷渠道来流传，而是通过毕摩世代相传，属于活态文本。"在传抄过程中，后代毕摩不可避免地会有所增益，有所删节，有所修改（至于那些口承的文论，在口口相传过程中，变化更是频繁和复杂）。"② 当然，这里所说的活态文本，并不完全等同于口头文本，多指文本在流传和接受过程中的变异性特征。

关于文本体式特征比较。因彝族诗学多为五言韵文体，所以结构上表现出较为突出的程式化倾向。相比而言，汉族诗学的文本表现形态则复杂、丰富得多，语体上以散文为主，辅之以诗体、赋体、骈体等韵文体，文本结构上较少有固定的程式化规定。因相关少数民族文学理论批评家也采用汉语撰述诗学文本，致使汉语诗学体式的形态更趋多样化。鉴于此，袁愈宗归纳出汉语诗学文本的四种体式形态。一是散见于各类子书中的文史哲一体化的诗学形态，这在先秦时期较为常见；二是各种诗话、词话、文话以及诸如《文赋》《文心雕龙》之类的诗学著述，这

---

① 郎樱：《中国北方民族文学比较研究》，民族出版社2011年版，第380页。
② 王佑夫：《中国古代民族诗学初探》，民族出版社2002年版，第98页。

类体式的汉语诗学一度成为中国古代诗学的主流形态；三是分布在不同书信、笔记、序跋，乃至经传、训诂、小说、戏剧中的诗学见解；四是以总评、夹批、眉批、"圈点"等形式呈现出的小说和戏剧评点诗学，如毛宗岗、张竹坡、金圣叹、脂砚斋分别对《三国演义》《金瓶梅》《水浒传》《红楼梦》所作的评点等。①

与汉族主流诗学形态相比，彝族古代经籍中关于哲学、历史、宗教、医药、文学等方面的著作几乎都用诗歌形式写成。这种情形在中国其他少数民族中绝无仅有，即使在世界其他民族的文化景观中也十分罕见。现整理、翻译、出版的彝族古代诗学著述主要有举奢哲的《彝族诗文论》、阿买妮的《彝语诗律论》、布塔厄筹的《论诗的写作》、布独布举的《纸笔与写作》、举娄布佗的《诗歌写作谈》、实乍苦木的《彝诗九体论》、布麦阿钮的《论彝诗体例》、漏侯布哲的《谈诗说文》、布阿洪的《彝诗例话》，另有《彝诗史话》《论彝族诗歌》《诗音与诗魂》三部佚名诗学著作，我们不妨将其合称为"彝族诗学12著"。总观这12部彝族诗学典籍，均以五言见长。袁愈宗总结出彝诗"五言"崇拜的三大原因。其一，彝语词汇组合规律的限定。彝语五言组合，便于更为形象地、富有特色地描写本民族生活，更充分地传达民族情感，更适宜于歌舞表演节奏的需要，也更易于为本民族广大读者或听众所接受。其二，诗学先哲的约定俗成。彝族历来崇拜信仰祖先，诗学先哲举奢哲关于"彝书的体式，多是五字句"、阿买妮关于"诗有各种体，多为五言句"的阐述，成为后世毕摩和普通彝民的规矩绳墨。其三，"五言"形式与彝族传统哲学的"五色"观念密切相关。彝族先民认为，红、黄、青、黑、白五色是宇宙天地万物的本色和基础，据此，彝族远古部落依五色而分为五个族群，分居东西南北中五个方位，这种哲学认知，以集体无意识形式沉淀于彝族文化的方方面面，其中必然包括

---

① 参见袁愈宗《汉语诗学与彝语诗学文本特征比较论》，《红河学院学报》2008年第1期。

第四章　中华诉求：少数民族与汉族比较诗学

诗学选择。①

在文本体式和语言格式方面，论诗诗是一种较为特殊的形式。总体而论，彝族之外真正以诗论诗的民族并不多见，元好问以七绝形式系统地阐发诗学理论的著名组诗《论诗绝句三十首》无疑是论诗诗的典范。王佑夫将彝族古代论诗诗与汉族论诗诗的差异性归结为四个方面。第一，彝族诗学中的"以诗论诗"是最主要甚至是唯一的文论表现形式，而汉族诗学中的"以诗论诗"只是众多文论形式之一，并不享有主流地位；第二，彝族诗论大都是五言长诗，如布麦阿钮的《论彝诗体例》近四千行，而汉族诗学中的"以诗论诗"多为五言或七言绝句；第三，彝族五言诗论通常思虑周密，有相对完备的理论体系，而汉族"以诗论诗"的文论基本上是感悟式、随想式、片段式的，缺乏在精短的诗章中建构理论体系的自觉意识；第四，彝族"以诗论诗"的诗学方式是明理化、智性化的，而汉族的"以诗论诗"常常寓理于诗，具有一定的形象性和情感性。②

关于文本意味特征比较。我们在导论中业已申明，"味"是中华民族诗学体系的核心范畴之一。以"味"为原点，逐渐延伸出诸多概念和术语，如"真味""意味""风味""滋味""韵味""情味""逸味""思味""体味""品味""玩味""寻味""回味""禅味""余味"等。于晓川考察后指出，"彝族文论当中的'味'集中出现在阿买妮所著《彝族诗律论》、布麦阿钮的《论彝诗体例》、布阿洪的《彝诗例话》以及《论彝族诗歌》《诗音与诗魂》《彝诗史话》等篇章，其中又以《论彝诗体例》中使用'味'为最多。不管是在汉族文论还是在彝族文论当中，'味'都在审美鉴赏、审美判断、审美心理活动等三个方面有其深刻内涵"③。稍加辨析便不难发现，彝族诗学非常看重"味"论与

---

①　袁愈宗：《汉语诗学与彝语诗学文本特征比较论》，《红河学院学报》2008年第1期。
②　参见王佑夫《中国古代民族诗学初探》，民族出版社2002年版，第96页。
③　参见于晓川《味"味"之味——彝族文论与汉族文论之个案比较》，《西北民族大学学报》（哲学社会科学版）2007年第2期。

"韵""景""境""情""意"等主客体因素间的互动生成机制。阿买妮等彝族诗论家十分重视诗歌之"韵",认为"句中有声韵……看来才有味"。但在论述"押韵""扣"之于诗歌创作的重要性时,她在《彝语诗律论》中提出"作者须辨清,传者自品味""精妙在于笔,文味笔上生""人们才爱读,看起才有味"。尽管彝汉民族诗学关于"味"的理解不尽相同,但二者在用"味"来表达文学创作与审美接受中的体悟、领会等复杂心理状态及其过程时具有一定的相通性。事实上,在具体的诗歌语境中,"味"和"景"(又称"境")、"情"(也称"意")密切相关,既是诗学本体论范畴,也是诗学价值论的诉求,本质上属于意境论的核心指标。正因如此,佚名《论彝族诗歌》特别强调,"诗妙在有画,画中要有境,境中要有意,意通诗就精"[①];"这样写的诗,意味就深沉"[②];"彝族三段诗,题旨皆分明。意中情很浓,读来味很深"[③]。

彝汉文本意味论也存在一些差异,于晓川将其归纳为三个方面。第一,虽然彝族诗学中的"味"与"意""境""韵"相互关联,但更多的是与"主""根""骨力"等交织在一起;而汉族诗学中的"主""骨""根"等范畴出现频率较低。第二,彝族诗学中的"味"虽具有一定的衍生能力,但与汉族诗学中的"味"相比明显偏弱,所涉及的范围相对较窄,其内涵也不及汉族诗学的"味"论广阔、深邃。第三,彝族诗学中的"味"论虽然重要,但尚未上升到核心话语地位;而汉族诗学中的"味"论则具有显著的核心话语意义。[④] 由此而来,我们可

[①] 佚名:《论彝族诗歌》,载康健等编《彝族古代文论》,贵州人民出版社1997年版,第312页。
[②] 佚名:《论彝族诗歌》,载康健等编《彝族古代文论》,贵州人民出版社1997年版,第317页。
[③] 佚名:《论彝族诗歌》,载康健等编《彝族古代文论》,贵州人民出版社1997年版,第326页。
[④] 于晓川:《味"味"之味——彝族文论与汉族文论之个案比较》,《西北民族大学学报》(哲学社会科学版)2007年第2期。

以进一步比照出彝汉"意境"说的三大"不同"。一是彝汉诗歌"意境"说的发端不同——前者由物到象,后者由意到象;二是彝汉意境论关于情与景、虚与实关系的侧重点不同——前者重景与实,后者重情与虚;三是彝汉诗论关于诗歌"意境"美学特征的指向不同——前者指向"诗魂"说,后者追求艺术化境。

六 少数民族与汉族诗学阐释接受论比较

刘湘萍、袁愈宗从接受主体、传播媒介、接受方式等方面对彝语诗学和汉语诗学进行了比较研究。

从接受主体来看,彝语诗学的接受者可分为三类:毕摩、学徒和普通民众。毕摩和学徒学习、接受并阐释诗学理论,首要目的在于掌握一门文化技艺,以便在相关宗教礼仪场合或集会中展现自己的知识素养、音乐才能和宣播宗教文化的特权,在赢得民众敬仰的同时获取相应的物质利益和生活补给。彝语诗学接受者中的普通民众,他们对诗学理论的接受具有修身、养心、益智、审美、娱乐等多方面的综合功能。汉语诗学是一种精英诗学,接受者主要是各种士大夫和文人,他们同时也是汉语文学作品以及诗学文本的创作者。与彝语诗学接受者相比,汉语诗学特别是汉族诗学的阐释者和接受者的宗教背景相对淡薄,接受目的也相对多元,对于获取功名、传承文化或陶冶性情,既可以各执一端,也允许并存不悖,当然也可能前后变异。[①] 这说明,彝汉诗学接受主体及其阐释目的同样是同中见异,异中有同。

从传播媒介来看,因彝族地区社会、经济整体发展水平在较长时间内与中原地区存在较大差距,文化教育相对落后,民族文学及其诗学理论一般是靠口耳相传的方式进行传播的。即使是彝文经籍,历史上也没有大规模的印刷出版,而主要以手抄方式流布社会。而在以汉文化为主

---

① 参见刘湘萍、袁愈宗《接受视域下的彝语诗学与汉语诗学比较》,《西昌学院学报》(社会科学版) 2018 年第 3 期。

的中原地区，文化教育程度相对较高，印刷出版业较为发达，口耳相授和书面传播协同发展，特别是书面传播的覆盖式普及，极大地推动了汉语文学及其诗学理论的快速传播和广泛接受。正如张胜冰所言，以汉民族为代表的中国经籍文学及其诗学成果，主要经由文字文献进行传播，蕴含着较为鲜明的儒、释、道等传统文化观念；而少数民族文学的传播方式主要借助口头传播，因而对于儒、释、道等传统文化观念的传播不及汉民族文学突出，但这种情形也造就了西南少数民族文学的原始美、神秘美、怪异美以及奇幻美。这表明，诗学传统的形成与媒介形态的发展和演变密切相关。①

从接受方式来看，彝族文学发展史上基本没有高度组织化的文学流派或文学社团，彝语文学及其诗学理论的传播和接受主要依靠师徒相授、代际相传的私人化教育方式予以实现，具有显著的承接性和超强的稳定性。而在汉语尤其是汉族文学及其诗学理论发展演进史上，文学思潮、文学流派，乃至自觉形成的文学社团层出不穷。在同一思潮影响下，常常出现大致相似的创作风格和诗学理念，进而客观形成或主观生成相应的文学及其理论流派或社团。这些思潮、流派、社团之间的交往交流或争鸣争斗，尽管有时也存在一些负面效应，但总体来看，推动了文学及其理论批评的传播和接受，促进了文学的发展、学术的繁荣和文化的进步。

上述关于彝汉诗学阐释接受论的对比分析，只限于一般性民族文学及其理论批评的单向度内部接受。另有一种多向度跨民族阐释接受研究，更能代表民族比较诗学的复合阐释接受特征。扎拉嘎关于清代汉族文学及其理论批评对蒙古族文学及其理论批评的影响研究，为我们提供了这种跨民族复合接受比较的范例。

扎拉嘎认为，在中国各民族文学关系中，清代蒙汉文学关系形态具

---

① 张胜冰：《西南少数民族原始诗学与汉语诗学的关系》，《民族艺术研究》2004年第6期。

有典型意义。他将这种具有典型意义的文学交往与诗学互涉梳理为九大类型。①

一是蒙译汉文小说。有清一代,《红楼梦》《三国演义》《水浒传》《西游记》《金瓶梅》等长篇名著被翻译为蒙文,其他如《封神演义》《隋唐演义》《东周列国志》《粉妆楼》《英烈春秋》《西汉演义》《东汉演义》《薛仁贵征东》《薛丁山征西》《罗通扫北》《狄青平南》《施公案》《济公传》《侠义传》等历史演义小说、英雄传奇小说和公案小说,乃至《今古奇观》等短篇小说集,也都被陆续翻译为蒙文,它们最初主要以手抄本形式流布于蒙古地区。

二是模仿汉文创作。部分蒙古族作家吸纳汉文小说的基本题材或某些情节,借鉴汉文小说的创作方法和技巧,描写蒙古民族想象中的内地生活故事。恩和特古斯将汉族说唐故事与蒙古英雄史诗相融合,写出蒙古系列"说唐"新作《苦喜传》《尚尧传》《契僻传》《羌胡传》《全家福》,效果良好。

三是仿创蒙文新作。主要指仿照汉文创作规制或格式,创作出取材于蒙古族历史或现实生活的长篇小说。比如尹湛纳希的《一层楼》《泣红亭》《青史演义》以及未完成的《红云泪》等,正是在借鉴汉文章回小说体后创作出来的,对蒙古族长篇小说创作具有开拓性意义。

四是仿汉文诗作。仿照汉族格律诗的韵律与风格特点,古拉兰萨和贡纳楚克等创作出仿汉文律诗的蒙古诗歌。

五是催生民间"本子故事"。受汉族文学影响,蒙古族民间艺人在说唱英雄史诗的基础上兴起了"本子故事"这种说唱艺术的新形式。

六是采用汉文进行创作。法式善、梦麟、和瑛、松筠、柏葰、博

---

① 参见扎拉嘎《比较文学:文学平行本质的比较研究——清代蒙汉文学关系论稿》,内蒙古教育出版社 2002 年版,第 1—6 页。本文转述时根据文学创作到理论批评的逻辑走向做了相应修正。

明、裕谦、瑞常、倭仁、崇绮、明安图、那逊兰保等一大批蒙古族作家开始直接采用汉文进行创作。

七是保存汉文典籍。蒙古族作家、学者和相关艺人还为保存汉文典籍做出了重要贡献。

八是蒙古族小说理论批评的发展。除稍后将要论及的尹湛纳希外，哈斯宝曾编译《唐宫逸史》《唐宫逸史补》，翻译《今古奇观》和节译《红楼梦》，并吸收金圣叹、张竹坡、张新之、王希廉等评点《水浒传》《金瓶梅》《红楼梦》的观点和方法，对《红楼梦》进行了富有民族特色的再批评。

九是汉族学者对蒙文典籍的保护与传承。钱大昕、顾广圻、叶德辉等人对《蒙古秘史》的抄录、刊印和保存，李文田的《元朝秘史注》、沈曾植的《蒙古源流笺证》、张尔田的《蒙古源流校注》、洪钧的《元史译文证补》、魏源的《元史新编》，以及王国维等人关于蒙古史的研究和钩沉等，对搜罗、翻译、保存、研究和传承包括蒙古族文学资源在内的文化典籍具有积极意义。

由上述类型梳理可知，"在清代蒙汉文学关系中，可以发现对研究民族文学关系理论，对探讨比较文学理论有重要意义的大量例证。这使清代蒙汉文学关系成为理论层次较深，有较高研究价值的课题。"[①]

七　少数民族与汉族诗学价值功能论比较

少数民族与汉族诗学都强调文学的社会与审美功能的实现，只不过侧重点可能有所不同。王佑夫宏观地概述了民汉古代诗学的三重差异。首先，在文化根基上，古代少数民族文论拥有鲜明的宗教意识；而汉族文论则以儒家思想为核心。其次，在思维方式上，古代少数民族文论较少正面、系统地阐述文学本质等根本性问题；而汉族文论在魏晋玄学的

---

① 扎拉嘎：《比较文学：文学平行本质的比较研究——清代蒙汉文学关系论稿》，内蒙古教育出版社2002年版，"前言"第5—6页。

影响下，着意探讨文学的社会本质特别是审美本质，这从刘勰的《文心雕龙》到叶燮的《原诗》便可见一斑。最后，在审美心理上，少数民族诗学表现出多样化状态，信仰伊斯兰教的维吾尔族以"智慧"为美，崇奉佛教的藏族以"圆满"为美，其他少数民族多以真实质朴为美；而汉民族文论因为受儒家温柔敦厚诗教传统的影响，总体上以文质彬彬为美。[①]

龙珊等将颇具典型意义的彝族古代诗学价值功能论的基本内容归结为四个方面。

其一，反映功能——"诗的作用大，诗的骨力劲"。彝族诗论家明确要求诗歌应积极、全面、深刻地反映现实生活，使彝族民众在生活实践中进一步认识社会人生，丰富生活阅历，把握历史规律。

其二，抒情功能——"事物写清楚，感情表达出"。彝族诗学认为，诗歌具有抒写生命中的喜怒哀乐爱恶欲等丰富感情形态的重要功能。举奢哲强调，诗歌既要记事，也要抒情，此所谓"事物写清楚，感情表达出"。为此，诗人必须"浓墨描事象，重彩绘心谱"，以此达成"心情全表达"的目的。[②]

其三，教化功能——"书向众人开，书义深又广"。彝族诗学将诗歌的教化功能框定在五个层面。一是激发民众对宇宙天地、社会人生的哲理性思考；二是教化民众秉持良好的道德品性；三是在传录知识的过程中深化民众的历史记忆；四是"以诗教诗"；五是传习生产生活技能和工艺制作。由此看来，这些浸润着民族智慧与中华精神的彝族诗学典籍不仅传递着丰富的文化信息，而且深刻塑造着民众的心灵和人格。

其四，宗教功能——"记下作经文，超度死者灵"。一个显见的事

---

① 参见王佑夫《中国古代少数民族文论的价值与地位》，载王佑夫主编《民汉诗学比较研究》，中央民族大学出版社2017年版，第2—5页。

② 参见举奢哲《彝族诗文论》，载康健等编《彝族古代文论》，贵州人民出版社1997年版，第35页。

实是，在包括诗歌在内的彝族典籍中，宗教题材占很大比重。毫不夸张地说，彝族毕摩主要以诗歌形式宣扬"万物有灵""灵魂不灭"观念以及自然、祖先和图腾崇拜观念，从而使宗教的教化旨趣得以广泛传播。

鉴于彝族诗学相对完整的功能系统，相关学者对以彝族为代表的西南少数民族诗学和以汉族为代表的汉语诗学进行了价值功能层面的比较。宋晓云在从事民族诗学比较的过程中发现，举奢哲和阿买妮是彝族古代诗学的奠基人，刘熙载堪称汉族传统诗学的总结者，他们的诗歌价值观具有民族比较诗学的重要价值。这种功能性价值比较主要体现在两个方面，即认识教育功能和审美娱乐功能。宋晓云认为，与汉族诗学家刘熙载相比，彝族诗论家们似乎更为看重诗歌的认识教育作用，"指路是诗歌"可视为彝族诗学家首肯的文学功能。彝族古代诗学家举奢哲明确指出：

还有的诗歌，它还能表现，人间的美好，人类的昌盛，民众的欢欣。//还有的诗歌，它还能表现，人类的勇敢，工匠的聪明，平民的勤奋。//还有的诗歌，它还能表现，牛羊的繁殖，金银的来因。//还有的诗歌，它还能叙述，禾苗的生长，庄稼的收成。①

阿买妮同时强调，"诗的体类呀，体有天样大，类有地样宽，诗歌比天地。对于人间呢，为人类指路，指路是诗歌。诗歌如明月，诗歌像阳光"②。这显然是对诗歌认识教育功能的热情礼赞。关于审美娱乐价值，彝族诗学将"为人解忧愁"视为诗歌的功能之一，而刘熙载则以"自寓怀抱"为诗学的核心审美尺度。这种"自寓怀抱"包括三重意

---

① 举奢哲：《彝族诗文论》，载康健等编《彝族古代文论》，贵州人民出版社1997年版，第32—33页。
② 漏侯布哲：《论彝族诗歌》，王子尧译，康健、王冶新、何积全整理，贵州民族出版社1990年版，第144页。

涵：一是诗人可用作品寄托自己的意愿；二是创作主体通过创作行为得到心理补偿；三是读者"观诗各随所得"①。

宋晓云比较后得出结论，刘熙载与举奢哲、阿买妮都清醒认识并充分肯定了诗歌的社会教育和审美娱乐功能，但双方的侧重点确有不同。刘熙载发扬了"诗可以怨"的儒家诗学传统，要求文学反映人民疾苦，推进社会革新。而举奢哲和阿买妮则突出强调诗歌的"指路"功能，要求诗歌更多地传授具体实用的知识技能。"就诗歌的审美价值而言，刘熙载更重视诗歌抒发创作主体的喜怒哀乐之情，从而使创作主体的情感获得释放，得到升华。举奢哲、阿买妮看重的却是诗歌书写社会中群体情感、表达群体心声的作用，即将审美重心落在欣赏主体一边。他们之间的这种差异性，正是两个不同民族、不同诗学体系差异性的体现。"②

宋晓云同时比较了刘熙载与喀喇汗王时代维吾尔族著名学者、思想家、诗人、诗论家尤素甫·哈斯·哈吉甫的诗学思想。这两位不同民族、不同时代的学者，对诗学理论的表述虽有差异，但他们关于诗学功能的界定却有异曲同工之处。两人都认为，文学具有反映、干预现实政治道德生活以及提升和保存人的名誉声望的作用；二者的不同之处在于，尤素甫更为重视文学对于知识的传播作用，而刘熙载更为看重文学的情趣、理趣以及审美娱乐功能。③

在关注西南少数民族原始诗学与中原汉语诗学的关系时，张胜冰指出，汉魏以来，汉语诗学就格外重视"风骨"观念，刘勰所著《文心雕龙》还总结了"建安风骨"的诗学范型。与此相应，举奢哲也提出"骨力"说。尽管"骨力"与"风骨"是否属于同一内涵的诗学概念尚

---

① 宋晓云：《刘熙载与举奢哲、阿买妮诗歌价值观之比较》，载王佑夫主编《民汉诗学比较研究》，中央民族大学出版社2017年版，第126页。
② 宋晓云：《刘熙载与举奢哲、阿买妮诗歌价值观之比较》，载王佑夫主编《民汉诗学比较研究》，中央民族大学出版社2017年版，第127页。
③ 参见宋晓云《尤素甫·哈斯·哈吉甫与刘熙载文学价值观之比较》，载王佑夫主编《民汉诗学比较研究》，中央民族大学出版社2017年版，第75页。

待进一步探讨，但有一点是相同的，它们都追慕诗歌中充实而真挚的思想内容，反对无病呻吟的创作倾向。正因如此，诗歌才能发挥其特有的社会作用。由此可知，西南少数民族原始诗学与中原汉语诗学之所以拥有相同或近似的文艺观念，是因为中华各民族享有某些共同的文化传统和诗学经验。不过，相比之下，汉语诗学在文学功能系统上是以一种较为成熟的诗学话语来表达的，而少数民族诗学则多通过日常生活话语来表现。也是在这种意义上，我们说彝族诗学更具原始诗学色彩——这种原始形态的诗学与少数民族原始歌谣、神话、史诗、叙事诗等民间口传文学活动交融在一起，成为了解人类早期文学活动的珍贵资料。与此相关，少数民族诗学所表达的诗学观念与现实生活似乎更为亲近，更多地带有人类质朴的天性和纯真之气；而汉族诗学则往往从国家、社稷等宏大叙事角度来理解文学艺术及其理论批评活动，甚至将其视为"经国之大业，不朽之盛事"。①

第二节　主体民族文学及其诗学的带动作用

汉民族作为中华民族共同体的主体民族，其文学及其诗学形态对周边少数民族文学以及建基其上的诗学系统具有辐射和推进作用。这种推进式带动作用集中体现在两大层面。一是汉民族古典文学及其诗学对少数民族文学及其诗学的影响；二是以鲁迅为代表的现代作家创作对少数民族文学及其诗学建构的引导。

一　汉民族文学及其诗学对少数民族文学及其诗学的影响

汉民族古典文学及其诗学对少数民族的影响是显著而持久的。因其间的具体情形十分复杂，我们试以清代蒙古族诗人法式善对汉族相关诗

---

① 张胜冰：《西南少数民族原始诗学与汉语诗学的关系》，《民族艺术研究》2004年第6期。

人诗学思想的接受为例,检视汉民族古典文学及其诗学对少数民族文学及其诗学影响的一般情形。

作为清朝乾嘉时期的重要诗人和学者,法式善是蒙古族唯一参编《四库全书》的学者。此外,现存《存素堂诗初集、二集、续集》凡33卷,《诗龛诗稿》2卷,存诗3000余首,另有文集7卷,《八旗诗话》1卷,《梧门诗话》16卷。从其文学创作和诗学著述来看,唐代诗风特别是王维、孟浩然对他影响至深。诚如米彦青所说,法式善的诗作流露出对唐代王、孟、韦、柳诗歌创作风格的追崇,他的诗学思想是兼容并包的。①

法式善在艺术上特别崇尚东晋诗人陶渊明和唐代诗人王维、孟浩然的清俊雅逸之风。这种"慕陶倾向"和"王孟情结",为法式善形成自身的创作个性提供了可能。《梧门诗话》卷四称:"余最爱孟襄阳诗,每于寒夜挑灯读之,至四鼓不倦。拟作十余章,愧弗肖。近见陈紫澜浩《舟中夜读孟山人诗》一章,何其移我情也。"② 之所以如此,原因之一在于二人有着相似的心路历程。据米彦青分析,法式善和孟浩然的仕途都不太顺畅,孟浩然的诗歌创作风格明显受到坎坷仕途的影响,无法与自然、田园真正融合在一起。法式善仕途不畅,使其诗句有陶诗之影而少陶诗之魂。殊途同归的心灵苦闷,使法式善在追求陶公诗心的路途上发现了孟浩然的遗迹。不过,在学习王孟诗作诗风的同时,法式善也试图突破王维和孟浩然诗歌的既定思想境界,从其咏物诗中不难看出学习王孟但并非尽摹王孟诗风的某些变化。当然,细品法式善的某些诗作,会发现其少了一些王孟式的灵动、清远和温润,而多了些僵滞、苍茫和冷涩,并存在着难以回避的程式化缺憾。"这种差异性,表现出他们的社会历史感、人生价值取向与艺术才能的差别,也从客观上反映了封建

---

① 参见米彦青《论唐代"王孟"诗风对法式善诗歌创作的影响》,《南京师大学报》(社会科学版)2010年第1期。

② (清)法式善著,张寅彭、强迪艺编校:《梧门诗话合校》,凤凰出版社2005年版,第128页。

社会鼎盛时期的盛唐，和正走向封建没落的康乾盛世两个时代诗歌的不同特点：充满活力与日趋保守僵化。"①

需要说明的是，法式善一方面追慕陶潜和王孟诗风，另一方面也推崇李杜、元白诗歌，并对宋诗和明清诗坛表现出选择性尊重。杜甫、元白诗歌对法式善的影响，表现为其诗作内容从同情人民疾苦到抒写性情的转变。尽管如此，法式善对王维、孟浩然、杜甫、白居易以及晚唐诗风的辩证吸收，也表现出唐诗影响下的多样化创作面影。在深度追慕唐诗风度的同时，法式善对宋代的苏轼和黄庭坚等的诗风也兼收并蓄，其诗文创作也据此拥有清峭瘦硬的一面。在将法式善的宗唐倾向和宋诗趣尚进行对比分析后，有学者认为，"法式善的宋诗趣尚濡染于翁方纲，又沾溉于清初的朱彝尊和查慎行等人；其淡泊自守的性情与追求适意逍遥的人生志趣，则是他接近宋诗的深层心理基础和精神动力……法式善对唐宋诗的灵活立场和多元态度，出入于诗坛的主流论说之间，和而不同，充分展现出自身诗学思想的邃密与通达"②。

同时，法式善还十分敬重明代茶陵诗派代表人物李东阳。他不仅深入研习《怀麓堂稿》《怀麓堂诗话》，而且还撰写了《西涯考》《西涯诗》《续西涯诗》《李东阳论》等著述。对法式善而言，"快读西涯诗，西涯胸中有。文章惊一代，眉寿夸十友。翩然神其来，面目落吾手"，以此达成与前代先贤的跨时空人格认同。而在历时多年撰著而成的《梧门诗话》中，法式善对清乾嘉诗坛众多诗人的诗作进行了评点性比较，进而提出自己的"唐诗观"。概言之，"法式善的'唐诗观'有以下两个特征：一是法式善在对唐诗的接受中，其诗论主体意识一旦形成，便产生了一种向后延伸的历史积淀，为自己及其后诗作追随者对唐诗的接

---

① 米彦青：《论唐代"王孟"诗风对法式善诗歌创作的影响》，《南京师大学报》（社会科学版）2010 年第 1 期。
② 代亮：《法式善的宋诗趣尚》，《民族文学研究》2019 年第 3 期。

受和评价定下了一个主调。二是诗话中对王孟诗渊源的探讨及其'清'、'淡'艺术风格的寻绎"①。

基于"唐诗观"的基础性铺垫,兼顾宋明清相关诗学的认知理路,法式善较为系统地阐述了自己的诗学理论。就其诗学理论生成逻辑来看,王士禛的"神韵说"、沈德潜的"格调说"、翁方纲的"肌理说"、袁枚的"性灵说"等都发挥了效用不等的建构作用。相比之下,《梧门诗话》主要受到王士禛和袁枚的影响,兼备沈德潜和翁方纲诗学思想的韵致。不过,需要说明的是,法式善并非简单套用这些理论资源,而是在辩证综合的基础上重建自己的创造性诗学理论。

米彦青比较后指出,法式善取法唐诗所张扬的性情之论,与同时期袁枚倡导的"性灵说"可谓同中存异。袁枚与赵翼、张问陶并称"性灵派三大家",其"性灵说"要求突破传统束缚,质疑翁方纲以学问为诗的诗学主张,力主书写个人遭际和情怀。法式善也阐述过性情与学问间的辩证关系,认为二者兼得,方为境界。他明确指出:"诗之为道也,从性灵出者,不深之以学问,则其失也纤俗。从学问出者,不本之以性情,则其失也庞杂。兼其得而无其失,甚矣其难也。"② 基于这一认识,法式善不仅区辨了性情与学问的界限,而且进一步论述了"性情论"与袁枚的"性灵说"也并非完全一致。③ 在法式善眼中,性情之"情"并非任性滥情,而是应以礼义为准绳、以"风骚汉魏唐宋八大家"的道统高格为指导,这样才能写出好作品。尽管法式善平生以唐诗为论诗

---

① 米彦青:《从〈梧门诗话〉看法式善的唐诗观》,《内蒙古大学学报》(哲学社会科学版)2010年第2期。
② (清)法式善:《存素堂文集·鲍鸿起野云集序》,载《续修四库全书》第1476册,上海古籍出版社1995年版,第690页。
③ 法式善对鲍鸿起的性情之论深以为是。他说,"随园论诗,专主性灵。余谓性灵与性情相似,而不同甚远。门人鲍鸿起文逵辩之尤力,尝云:'取性情者,发乎情,止乎礼义,而泽之以《风》《骚》、汉、魏、唐、宋大家。俾情文相生,辞意兼至,以求其合。若易情为灵,凡天事稍优者,类皆枵腹可辨,由是街谈俚语,无所不可。芜秽轻薄,流弊将不可胜言矣。'余深是之。"参见(清)法式善著,张寅彭、强迪艺编校《梧门诗话合校》,凤凰出版社2005年版,第209—210页。

标准，尤以王维和孟浩然为楷模，主张"境界实出于蕴真"，但面对具体的诗歌实践和繁复的文学体式，法式善还是以不拘一格的开放眼光对待之。正因为转益多师的敞亮心怀，他才特别关注清初诗坛的吴梅村对唐代元白纪事诗的接受。①

法式善的诗学理论虽然集中体现在《梧门诗话》《存素堂文集》中，但他在校订《全唐文》和参编《熙朝雅颂集》时也将自己的诗学思想贯穿其中，因而具有丰富而精深的表现形式。譬如，他从诗歌形象与意境关系的角度提出"物外之致"的新见解，可视为对司空图"韵外之致"和王士禛"神韵"说的发展，同样值得关注。

与概论性质的《梧门诗话》相比，《八旗诗话》无疑是法式善研究八旗诗作专论性质的诗学著述。民族文学理论批评家们一致认为，《八旗诗话》是清代诗学史上首部也是唯一一部专门阐述八旗文人诗歌创作的理论批评著作。该著诗评条目249则，涉及清初至乾隆年间八旗诗人252人，其中包括女性作家10人。从民族角度看，蒙古八旗8人，汉军八旗85人，其余均属满洲八旗。李淑岩在探讨该书成书原因时指出，除得益于著者文化世家的文学熏染外，与法式善长期辗转于翰林院检讨、四库提调、翰林院侍讲学士、翰林院侍读学士、国子监祭酒、国子监司业等高层文学侍从之职有关，这使其有可能董理《熙朝雅颂集》，并为撰著《八旗诗话》提供了宝贵机缘。因法式善独特的生活经历，使得《八旗诗话》具有显著的非虚构文学史料价值。首先，该著搜罗了许多有关诗人的家世背景、生活经历、创作概况等传记性资料，具有一定的传记文学色彩。其次，该著记述了八旗汉军子弟满洲化、满洲八旗子弟汉族化以及文风蔚起的基本过程。同时，该著保存了相关家族文学创作和评论方面的第一手资料。因今存清代八旗文学史料仅有铁保编

---

① 法式善明确表示，"纪事之诗，委曲详尽，究以长庆一体为宜，不得议其格之卑也。然元白合作亦少，至梅村而始臻极盛，则此体自当以娄东为大宗。"参见（清）法式善著，张寅彭、强迪艺编校《梧门诗话合校》，凤凰出版社2005年版，第396页。

《熙朝雅颂集》，且所录诗人传记颇为简略，其他如唐晏的《八旗人著述存目》、恩华的《八旗艺文编目》、盛昱的《八旗通志》等只录相关存目或著述梗概，所以法式善的《八旗诗话》便显得分外珍贵。不过，相比于史料价值，《八旗诗话》的诗学价值更为显要。经过比对与整合，李淑岩总结出该著的三大诗学价值。一是揭示了八旗文人诗歌创作的审美观念与诗学趣味；二是具体而系统地呈现了法式善"性情"论的诗学观；三是彰显了法式善崇古趋异、创新求变的革新精神。①

法式善在诗学史上的声誉，位望清华，乾嘉之际声名赫奕，在旗籍诗人中的地位更是无出其右，堪称江南袁枚和京师翁方纲之间执文坛牛耳者。蒋寅评价，作为乾隆末年和嘉庆前期对诗坛产生重大影响的诗歌批评家，法式善的诗学主张修正了袁枚的性灵诗学，有意识地收集了女性诗歌，较大程度地完成了对当时诗歌的历史记录。"在这个意义上，法式善的诗学可以说是体现了乾隆诗学向嘉、道诗学过渡和转型的典型个案，在清代中叶的诗学转型中产生了重要影响。"②他进而认为，法式善的治学方式近于王士禛，生平留意掌故和诗学，著述勤奋多产。关于法式善诗学的基本特征，可从三方面予以把握。③

其一，对袁枚"性灵"说的承接性。从《梧门诗话》所反映出的诗学观念及其批评方法来看，法式善的诗学理论与袁枚诗学观念之间存在着明显的渊源关系。之所以作出此种判断，有例为证。《梧门诗话》评论鄂容安的诗"俱有寄托，兼见性灵"，郑虎文的诗文"乃自见性灵之作"，陶涣悦的《自怡轩诗》"专主性灵"，叶毅庵的《榕城百咏》"缀辑遗轶，陶写性灵"，蒋征蔚的诗"于抒写性灵之中不失风格"，杨

---

① 参见李淑岩《论〈八旗诗话〉与法式善的诗学观》，《学术交流》2012年第5期。
② 蒋寅：《法式善：乾嘉之际诗学转型的典型个案》，《江汉论坛》2013年第8期。
③ 蒋寅高度评价法式善诗学建构的转型意义："这是乾隆以后诗话写作立足于当代创作、由艺术批评转向诗史记录的重大转型的理论概括，它在嘉庆初期出现正反映了当时正在形成的全新的写作意识。"蒋寅：《法式善：乾嘉之际诗学转型的典型个案》，《江汉论坛》2013年第8期。

守知的诗"诗工近体,性灵独绝",邵梦余、陈基、李佩金的诗"善写性灵";《八旗诗话》称庆玉的诗"抒写性灵",嵩山的诗"贪用词藻,致涸性灵",那霖的诗"抒写性灵,时或见绌",来宾的诗"鲜经籍之腴,而饶性灵之趣"。以上评语,足见有无性灵是法式善解读诗歌的重要标准。

其二,现实性与广泛性。法式善郑重申明,自己的诗话研究对象不考虑康熙以前的作家作品,地域上则不限南北,试图尽可能广及当时值得关注的诗人诗作。

其三,持论的宽厚性。法式善论诗,宽厚待人,温和评诗,少见苛评。

在基本厘清法式善诗学的文化渊源、核心观念和主要特征之后,有必要适当回顾相关学者对法式善和袁枚诗学思想进行比较研究的基本概貌。

首先是"南袁北法"的神交方式。

法式善性好交游,乐于导掖新进,并为此建有多处书斋以为文人雅集之所,如"玉延秋馆""陶庐""诗龛""梧门书屋"等。据《清史列传·文苑传三·法式善》载:"诗龛与梧门书屋,室中收藏万卷,间以法书名画,外则莳竹数百竿,寒声疏影,翛然如在岩谷间。"[1] 蒋寅引证《啸亭杂录》进一步印证了这一点。[2] 法式善的诗龛内醒目地悬挂着《诗龛十二像》和《诗龛向往图》。其中,《诗龛十二像》所绘人物依次是陶渊明、李白、杜甫、韩愈、白居易、王维、孟浩然、韦应物、柳宗元、苏轼、黄庭坚、李东阳,他们正是法式善心目中的文学偶像。

---

[1] 王钟翰点校:《清史列传·文苑传三·法式善》,中华书局1987年版,第5948页。
[2] "法式善书斋先有诗龛,后有梧门书屋,是京师著名的沙龙。据昭梿《啸亭杂录》载:'(法式善)祭酒居净业湖畔,门对波光,修梧翠竹,饶有湖山之趣。家藏万卷,多世所罕见者。好吟小诗,入韦、柳之室。家筑诗龛三间,凡所投赠诗句,皆悬龛中以志盍簪之谊。'时称'四方之士论诗于京师者,莫不以诗龛为会归,盖岿然一代文献之宗矣'。"参见蒋寅《法式善:乾嘉之际诗学转型的典型个案》,《江汉论坛》2013年第8期。

第四章　中华诉求：少数民族与汉族比较诗学

据称，乾隆后期，"诗龛"的影响力几乎与袁枚的"随园"相当，一度成为北方诗坛的唱和中心。陶澍的《题法时帆前辈五家诗龛图》写道："梧门居士金仙人，说法今现诗龛身。三车尽扫辟支果，拈花一笑诸天闻……维摩丈室柳湾侧，翛然一榻辞俗氛。当其瓣香坐啸咏，栴檀薝卜交氤氲。"袁枚更是反复谈及法式善的诗龛。他的《题时帆先生〈诗龛图〉》这样评价法式善的诗龛雅集盛况："时帆先生诗中佛，偶学维摩营丈室。不供如来但供诗，沙笼锦字东西列。先生声望著鸡林，早动名流仰止心。"《随园诗话》补遗卷六第四十六则如此描述："法时帆学士造诗龛，题云：'情有不容已，语有不自知。天籁与人籁，感召而成诗。'又曰：'见佛佛在心，说诗诗在口。何如两相忘，不置可与否？'余读之，以为深得诗家上乘之旨。"①。袁枚76岁时，受邀为法式善诗集作序，对其"诗龛"雅集依然赞誉有加："然有诗龛焉。与之坐卧有诗友焉，与之唱酬有诗话焉。"②

尽管法式善受到袁枚"性灵"说的影响并将其辩证改造为"性情"论，袁枚也对法式善的诗作诗论及其所提供的雅集场所大加赞誉，但二人因主要依靠书信方式相知相谊，故而铸成一段"南袁北法"的神交佳话。对此，李淑岩的评价相对公允："袁枚与法式善之间的交往，按年辈讲，称得上是前贤与后学间的忘年之交；依其交往形式而言，二人未曾谋面，仅以书信往还；推及交往内容，则或征索序文，或彼此唱和，相与切磋唱酬近10年之久。且在袁枚的推重与提携下，法式善成为继其之后乾嘉文坛的盟主之一。"③

其次是诗学观的同中见异。

李淑岩将袁法二人诗学观的相近之处归结为三个方面。

---

① （清）袁枚：《随园诗话》第4册，陈君慧注译，线装书局2008年版，第854页。
② （清）法式善：《存素堂诗初集录存》，国家图书馆藏嘉庆十二年（1807年）湖北德安王埔刻本，卷首。
③ 李淑岩：《袁枚序法式善诗集考——兼论袁、法二人的忘年之谊》，《文艺评论》2012年第4期。

一是袁法对"唐宋之争"态度上的一致性。唐宋之后，文学上的尊唐抑或崇宋便一直争讼不休，直至乾嘉时期，"尊唐崇宋"依然是诗坛分宗别派、著书立论的重要话题。"袁枚与法式善，乾嘉诗坛前后盟主，二人对此态度却近于一致，即反对区唐别宋，认为唐、宋不过是国号而已，应该视唐、宋诗具体情况而定"[①]。

二是袁法对"学人之诗"所持态度近乎相同。乾嘉时期，汉学考据之风盛行，翁方纲等大力标榜"学人之诗"，与以袁枚为代表的"性灵派"形成诗学理论上的对垒态势。对此，法式善对"性灵"说总体上持理解同情的态度，明确反对"学人之诗"，积极倡导"才人之诗"。他明确表态："有学人之诗，有才人之诗。学人之诗，通训诂、精考据，而性情或不传。才人之诗，神悟天解，清微超旷，不可羁绁。唐之太白、乐天，宋之放翁、诚斋，各得其所。近国朝渔洋尚书，以神韵为主，悔余编修以透露为主，则又各得才人之一体者也。而近世或以其平近少之。岂知水性虚而文生，竹性虚而节生，是有天焉，不可学而至也。"[②]

三是袁法"性灵"说与"性情"论主导精神上的相通性。无论是袁枚的"性灵"说还是法式善的"性情"论，虽然具体内涵有所差异，但价值遵循都是对于主体个性和独特情致的尊重与追求，因而在主导精神上是相通的。这也成为二人彼此相知、诗交多年并在乾嘉诗学之争中保持大体一致诗学观的思想前提和基本保障。

袁枚与法式善的诗学思想虽有理论上的渊源关系和大致相近的价值诉求，但也有不尽相同之处。首先，在袁枚的诗学观念中，将"性灵"当作本原性以及最高位的概念，而在法式善的诗学观念中，认为"性灵"是需要进行调控的原始情感冲动，必须对之加以调适，因而将其视为进入诗歌创作过程的下位概念。其次，两人虽然都具备平民情怀和性

---

① 李淑岩：《袁枚序法式善诗集考——兼论袁、法二人的忘年之谊》，《文艺评论》2012年第4期。

② （清）法式善：《存素堂文续集·容雅堂诗集序》，嘉庆十七年（1812）刻本。

别平等意识，但相比而言，法式善的诗学特别是《梧门诗话》后两卷单论闺秀之作，更表现出对女性的充分尊重以及对女性诗歌成就的高度关注。尽管《梧门诗话》受采录年代限制只收录了130余位女性诗人，但法式善仍然特别强调"本朝闺秀之盛，前代不及"，其所收录的乾嘉女性诗人也比《随园诗话》完备得多。更为重要的是，袁枚的《随园诗话》虽乐于表彰女性诗人创作，但少有对女性诗作艺术特色和总体成就的评价，而法式善的《梧门诗话》不仅记录女性诗歌，而且非常重视对于女性诗歌思想内容和艺术风格的阐述。最后，袁枚和法式善都非常关注旗籍诗人诗作，但法式善的《八旗诗话》更为充沛地表达了他的民族意识和族属关怀。当然，法式善的《梧门诗话》和《八旗诗话》也存在某些滥收、错讹和失序等问题，这也是需要正视并应细加辨析的。[1]

二　鲁迅对少数民族文学及其诗学的引导作用

作为中国现代文学重要奠基人之一的鲁迅，毫无疑义地代表着中华民族新文化的方向。他的创作成就和诗学主张，广泛而深刻地影响并引导着中华民族现代以来文学及其诗学发展的主流动向，客观上成为少数民族与汉族诗学发展史上的光辉旗帜和经典范例。

就北方少数民族文学及其诗学发展而言，鲁迅对蒙古族、达斡尔族、满族、回族、维吾尔族、藏族以及其他相关少数民族作家和文学理论批评家产生了不同程度的导向作用。

据崔银河梳理，文学刊物《蒙古农民》创办于1925年4月，是由第一批蒙古族中共党员乌兰夫、多松年、奎璧等在蒙藏学校创办的。该刊发表的某些文学作品明显受到鲁迅的影响。此后，多松年、乌兰夫等去苏联学习，接触到鲁迅作品的一些俄译本。纳·赛音朝克图在日留学期间读过不少鲁迅的作品，并借鉴鲁迅笔法创作了《沙漠，我的故乡》

---

[1]　参见蒋寅《法式善：乾嘉之际诗学转型的典型个案》，《江汉论坛》2013年第8期。

及其他一些早期诗歌。此外,一大批蒙古族现当代作家在青少年时期都受过鲁迅作品的影响,如扎拉嘎胡、安柯沁夫、玛拉沁夫、敖德斯尔等。达斡尔族文艺理论家孟和博彦早在20世纪30年代便开始阅读《呐喊》和《彷徨》,对《阿Q正传》更是情有独钟。① 孟和博彦本人明确指出,"鲁迅作品和思想在现代文学史上是没有作家能与其相比的,不仅蒙古族,在内蒙古地区生活、工作的其他各少数民族人民同样喜爱鲁迅作品中所表现出的深刻思想内容和高超艺术技巧"②。

为了更好地阅读和接受鲁迅的文学及其诗学思想,势必要加强对鲁迅作品的翻译和推介工作。这方面,涌现出一批诸如索德纳穆、宝音贺希格、那顺巴特尔、松迪、巴图、巴雅尔、布仁赛、璞仁来、吉格吉德等优秀学者。他们对鲁迅思想精髓的深刻理解以及对鲁迅风骨与蒙古族人民坚忍不拔、宁折不弯品质的对应把握,使蒙译鲁迅作品不仅准确地传达出鲁迅精神的内涵,而且焕发出新的时代光彩,因而深受蒙古族人民的喜爱。

新中国成立后,孟克巴彦、玛拉沁夫、彭斯克等蒙古族作家作为首批学员于1953年到中央文学讲习所——鲁迅文学院的前身——学习深造。数十年来,孟克巴彦、玛拉沁夫、彭斯克、安柯沁夫、敖德斯尔、扎拉嘎胡等数代蒙古族作家百余人次到鲁迅文学院深造,系统学习鲁迅著作、现当代文学史和文学理论基本知识,有效提升了蒙古族文学的创作水准。③ 特别是蒙古族现代诗歌的奠基人纳·赛音朝克图,早年留学日本,新中国成立后曾任内蒙古自治区文联副主席、内蒙古作家协会主席。其诗内容昂扬向上,形式凝练工整,风格明丽奔放,深受读者喜

---

① 参见崔银河《鲁迅与蒙古族当代文学》,《广播电视大学学报》(哲学社会科学版) 2005年第4期。
② 转引自崔银河《鲁迅与蒙古族当代文学》,《广播电视大学学报》(哲学社会科学版) 2005年第4期。
③ 参见崔银河《鲁迅与蒙古族当代文学》,《广播电视大学学报》(哲学社会科学版) 2005年第4期。

第四章　中华诉求：少数民族与汉族比较诗学

爱。可以肯定，他的诗作既受到时代环境的催发，也获益于鲁迅精神的熏陶。在20世纪50年代初，他就深情咏赞过《鲁迅》，60年代吟诵过《英雄的旗手》，其宁折不弯的精神与鲁迅形成人格同构效应。蒙古族作家鲍尔吉·原野的散文随笔"吸收了不少鲁迅的文血"，传承了鲁迅式的幽默、自嘲、自审精神，既有"广大的悲凉"，也于"幽默中有一种文化的深痛"。

鲁迅对满族作家老舍、端木蕻良和回族作家张承志等人的影响，已经成为中国现当代文学史上独特的文化景观。

朱自清于1929—1933年曾在清华大学、燕京大学讲授《中国新文学研究纲要》，该课程油印稿后经朱氏家属辗转至李广田、王瑶、赵园等学者之手，得以整理出版。其中的"老舍"部分，特意标明"鲁迅的影响"。可以认为，这是大学"教科书"对老舍接受鲁迅影响的最早定位。"正是因为感染了鲁迅那不涉游戏的严肃的讽刺、那文笔的严冷隐隐地蕴藏着哀矜的情调，《老张的哲学》与《赵子曰》才逐渐逸出'游戏的调子'，'有一个严肃的悲惨的收场'，从而'异于谴责小说而为现代作品'；王淑明在为《猫城记》所作的书评中，则分外关注《猫城记》与《阿Q正传》的联系，他认为，正是因为袭用了《阿Q正传》'这样象征表现的手法'，才使《猫城记》的'幻设'成真。缘于此，《猫城记》可谓'鲁迅的《阿Q正传》的扩大；但后者和《猫城记》所不同的，却在于《阿Q正传》只创造一个典型的社会人物，而《猫城记》却是在于要企图创造一个典型的社会'；无独有偶，李长之也声称'老舍的讽刺，常使我想起鲁迅，他们所注意的对象是非常相似的'——即'中国一般的国民性'。"[①] 据此可见，鲁迅对老舍的影响早已引起学界的关注。

2009年2月初，在"纪念老舍先生诞辰110周年国际学术研讨会"上，孙郁以《老舍的鲁迅观》为题目发表演讲，对老舍的鲁迅接受作

[①] 关纪新主编：《20世纪中华各民族文学关系研究》，民族出版社2006年版，第15页。

了比较深入和系统的阐发。他首先历时性地回顾了老舍对鲁迅的接受与评价小史。在鲁迅逝世两周年的时候，老舍发表了《鲁迅逝世两周年纪念》一文。这篇随感式文章从治学、翻译、文学创作等方面肯定了鲁迅的成就。孙郁认为："这种肯定与周作人《关于鲁迅》式的介绍大异其趣。他说出了唯有小说家和仁者才能说出的话。"[①] 1945年，重庆知识界举行鲁迅纪念会，老舍不仅做重要发言，而且现场朗诵了《阿Q正传》第七章"革命"。[②] 1946年，老舍在美国发表《中国现代小说》的演讲，给予鲁迅以崇高评价："他在中国现代文学中之地位，类似高尔基在俄罗斯文学中的地位。"[③] 孙郁认为，就当时的情境而言，老舍眼中的鲁迅区别于一般的"左翼"作家，他有超越时代、民族和国界的更为复杂和深切的价值。[④]

在孙郁看来，老舍至少在三个方面"重新发现"了鲁迅。一是发现了鲁迅创作中那些貌似非文学中的文学性，并在"非史非诗里接近了史与诗"；二是发现了鲁迅的小品文将感情、思想、文字聚集在一起，具有异乎寻常的文学能量[⑤]；三是鲁迅的文学成就不仅影响了中国，而且享誉世界。由此，孙郁发现，老舍认同自己在某些方面和鲁迅有相通之处，但他们二人在精神背景上存在较大差异。无论如何，老舍自己苦苦寻求与期盼的创作境界，有的竟被鲁迅率先实践了，"这给了他一个惊异"。孙郁认为，"他喜欢《阿Q正传》原因很简单，自己眼里的世间还是未庄的天地，无数赵老太爷在管辖着奴隶们。在他的大量小说里，那些挣扎在底层的小民、俗吏，未尝不是如此"[⑥]。基于此，老舍

---

① 参见孙郁《老舍的鲁迅观》，《兰州大学学报》（社会科学版）2009年第2期。
② 谷林在《鲁迅纪念会》一文中回忆："老舍发言原来是这次纪念会的大轴节目：朗诵一章《阿Q正传》。说是朗诵，可是发音不高，也没有那种诗人气派的抑扬顿挫，显得沉静温雅，字句却分外清晰，听来直沁心脾。几十年过去了，犹若余音绕梁，平生机遇，仅此一遭。"参见谷林《淡墨痕》，岳麓书社2005年版，第67页。
③ 老舍：《老舍全集》第17卷，人民文学出版社1999年版，第132页。
④ 参见孙郁《老舍的鲁迅观》，《兰州大学学报》（社会科学版）2009年第2期。
⑤ 参见老舍《鲁迅逝世两周年纪念》，《抗战文艺》1938年第7期。
⑥ 孙郁：《老舍的鲁迅观》，《兰州大学学报》（社会科学版）2009年第2期。

表达了浓郁的家国情怀和深沉的忧患意识："假如自己不努力要强，真使我觉得中国的命运和阿Q的命运没有两样。"①

具体而言，老舍与鲁迅的相通之处有以下几点。其一，深刻审视国民内心成为老舍与鲁迅的呼应地带，他们有相近的体验和相似的表达；其二，老舍和鲁迅都拒绝象牙塔的情调，而看重乡间与市井的"风景"，并因此形成"亲昵的心结"；其三，老舍对鲁迅的认可缘于一个基本点——对"五四"的肯定。"老舍眼里的鲁迅，则巍巍乎如山，茫茫兮似海。他们精神的衔接处，也恰是两代人的五四传统的衔接处。"②

关于老舍小说中的"鲁迅因子"，王吉鹏、高明明将其归结为三个方面：一是人物形象的延续。无论是鲁迅笔下的祥林嫂还是老舍笔下的"祥林嫂"型妇女形象，都是中国特定时代妇女悲剧命运的缩影。不过，相比之下，鲁迅的小说充满了批判意味，老舍的作品则更多地浸透着同情。二是文化精神的继承。鲁迅和老舍作为现实主义作家，创作中都自觉地承担着国民性改造和文化批判的启蒙使命，都确立了"立人"的思想。三是艺术手法的发扬。二人在塑造人物形象时，都特别注重主要人物和次要人物的设置以及二者间艺术功能的匹配。③

丁颖在《文学精神的承继与嬗变》一文中，对鲁迅之于满族作家端木蕻良的影响进行了比较研究。20世纪20年代中期至30年代初，尚在中学就读的端木蕻良、李辉英、关沫南、舒群等满族青年就开始阅读鲁迅的作品。可以肯定，端木蕻良后来在小说创作上的成功，既与作家明确的族属身份和地域意识密切相关，更与作家在思想精神层面自觉研习鲁迅创作以及鲁迅对他的关怀和提携有关。据相关记载，1933—1936年，端木蕻良先后给鲁迅写过13封信，鲁迅曾回复过7封信。鲁迅不

---

① 老舍：《老舍全集》第14卷，人民文学出版社1999年版，第367页。
② 孙郁：《老舍的鲁迅观》，《兰州大学学报》（社会科学版）2009年第2期。
③ 参见王吉鹏、高明明《老舍小说中的鲁迅因子分析》，《南通航运职业技术学院学报》2009年第3期。

仅热情鼓励端木蕻良投身时代生活和文学创作实践,甚至认真阅读和亲自修改端木蕻良的短篇小说《爷爷为什么不吃高粱米粥》与长篇小说《大地的海》。端木蕻良这样评价他收到鲁迅回复后的欣喜之情——像一线阳光呼叫着我。① 鲁迅的魅力在于,"把自己的目光逼着投向荒原大泽里去,在那里搜寻到他在城市里庄严的经典里尊贵的庙堂里所找不到的真理"②。基于这种崇拜心理,端木蕻良自觉地学习鲁迅,走出家庭,投入广阔而复杂的社会变动之中。据此,丁颖认为,端木蕻良的乡土描写受到了鲁迅传统的影响,再现了东北农村乡土世界的传奇和魅力,充满了天然野性和生命朝气,暗藏着一丝革命与变动的信息。端木蕻良不仅阅读鲁迅的作品,学习鲁迅的战斗精神和艺术境界,而且热心研究并撰写了《论阿Q》《再论阿Q》《论阿Q拾遗》《鲁迅先生和青年》等大量关于鲁迅研究的文章,这极大地影响了他的创作方向。在这些文章中,端木蕻良从创作体验和实际感受出发,结合文化比较、文本细读、宏微观分析等方法,一方面对鲁迅文学创作的思想与艺术价值进行了深刻剖析,另一方面就鲁迅在中国精神文化史上的地位和意义给予了崇高评价。③

关沫南同样受益于鲁迅的榜样力量。这位与"五四"同龄的满族作家,曾任黑龙江省文联副主席、省作协名誉主席。他的小说集《蹉跎》直承鲁迅"对传统的生活与旧道德社会"的无情讽刺以及对下层知识分子的同情与解剖,浸透着鲁迅一脉的沉郁与悲凉气氛;《老刘的烦闷》中靠教书吃百家饭的"老刘",与孔乙己颇有几分神似;《古董》中手中挥舞着手杖的"鬼子"少爷,分明源自鲁迅笔下的"假洋鬼子";《在夜店中》的宋雨华近乎《孤独者》中的魏连殳,虽曾倔强地

---

① 参见端木蕻良《我的创作经验》,《万象》1944年第5期。
② 端木蕻良:《论鲁迅》,《文艺阵地》1940年第2期。
③ 参见丁颖《文学精神的承继与嬗变——鲁迅对满族作家端木蕻良的影响研究》,《齐齐哈尔大学学报》(哲学社会科学版) 2009年第1期。

奋斗，但是失业打击着他，冷漠包围着他。① 由此，可见关沫南受鲁迅影响之深。

毫不夸张地说，在与新中国一同成长起来的少数民族作家群中，几乎没有不受鲁迅文学熏陶的作家。

鲁迅的文学精神和诗学思想对维吾尔族作家同样产生了积极作用。作为维吾尔现代文学奠基人之一的阿不都哈力克·维吾尔，20世纪20年代就受到鲁迅的影响。20世纪30年代中后期，鲁迅及其作品在新疆的传播更为广泛，影响力也更为强劲。其中，"维吾尔文学的开拓者黎·穆塔里甫，开辟了《新疆日报》'文学园地'专栏，把诗人和作家们组织在他的周围。他通过俄文版来给青年讲解鲁迅和鲁迅作品。维古尔·色拉尼、祖农·哈迪尔、乌铁库尔、克里木·霍加等维吾尔族诗人、作家，都先后听过他的讲解"②。著名翻译家托乎提·巴克，在被错划为"右派"以及此后被关进"牛棚"期间，仍然坚持鲁迅所具有的"愈艰难就愈要作"的精神志气，全力翻译鲁迅作品，直至走出逆境。郭基南在谈及鲁迅作品和新疆锡伯族作家的关系时说，鲁迅对锡伯族现当代文学产生了很大影响，特别是其爱憎分明的创作立场，对大众百姓朴素而真挚的思想感情，以及独特的艺术表现手法、生动的形象刻画、言简意赅的语言风格等，无不深刻影响着锡伯族现当代文学的发展走向。③

在对北方少数民族文坛产生重要影响的同时，鲁迅传统也给予了南方少数民族文学及其诗学以长久、有力的正面牵引。

拥有苗族血统的沈从文虽然只比鲁迅小11岁，但他十分钦佩鲁迅的人格魅力和文学成就，并视鲁迅为"乡土文学"的一代宗师而执经叩问。关纪新主编的《20世纪中华各民族文学关系研究》认为："沈从

---

① 关纪新主编：《20世纪中华各民族文学关系研究》，民族出版社2006年版，第12页。
② 关纪新主编：《20世纪中华各民族文学关系研究》，民族出版社2006年版，第11页。
③ 参见关纪新主编《20世纪中华各民族文学关系研究》，民族出版社2006年版，第11页。

文分外看重鲁迅'能直中民族中虚伪，自大，空疏，堕落，依赖，因循种种弱点的要害'。不仅'在批评一个海派时，沈从文大概甚至是有意识地采用了鲁迅的分析方法'；更在对绅士的泼辣态度上，与鲁迅不约而同地采取了'乡下人'姿态。"① 尽管沈从文所谓的"乡土"不一定就是鲁迅所理解和表现的"乡土"，也不一定是当下流行的"乡土"观念，但隐含其中的乡村、土地、故乡等核心元素必不可少。从这种意义上讲，几乎所有的作家都有自己特定的"乡土"或"乡土群"。因而，当一个作家写作时，总会有意无意地回眸过往的生活根系，并常常唤起对于童年或青少年时期"故乡"背影的忆念。不过，狭义的"乡土"往往与"边地"和"农村"相联系，甚至就是"边地"和"农村"的同义语。对鲁迅而言，绍兴乡土（包括艺术典型化的"未庄"和"鲁镇"）就不仅仅是自然地理意义上的指认，而是自然地理、社会环境、文化传统、人情世故、民族习性等多种要素的文化综合体符号。所以说，沈从文寄情"湘西""边城"，李乔魂牵"欢笑的金沙江"，玛拉沁夫心系"茫茫的草原"，东北满族作家群则怀想"科尔沁旗草原""万宝山""鸳鸯湖"。正是在这种文学语境中，"乡土文学"某种程度上成了少数民族作家呼应时代、表达感情、寓教于乐的"蓄电池"。也是在这种意义上，沈从文对鲁迅之于乡土文学的深拓之功予以高度评价——鲁迅作为作家行业的领路者，以其乡村回忆为题材的小说对包括自己在内的相关中国作家有深刻启发。②

在描述鲁迅对我国南方少数民族文学的导向作用时，《20世纪中华各民族文学关系研究》深情忆及云南现代少数民族作家对鲁迅的敬

---

① 关纪新主编：《20世纪中华各民族文学关系研究》，民族出版社2006年版，第16页。
② 也是在这种意义上，"沈从文曾高度评价鲁迅'于乡土文学的发轫'，指出'作为领路者，使新作家群的笔，从教条观念拘束中脱出，贴近土地，挹取滋养，新文学的发展，进入一新的领域'。他还感念地说：'由于鲁迅先生起始以乡村回忆做题材的小说'的示范，'我的学习用笔，因之获得不少勇气和信心'。"参见关纪新主编《20世纪中华各民族文学关系研究》，民族出版社2006年版，第17页。

仰之情。① 李乔明确指出，他感念鲁迅先生在他迷惘、困惑之际，为他指明了出路，特别是鲁迅先生的"普罗文学"倡导，指引着他"走进一个文学的新天地"②。至于其他的云南少数民族作家，则多从鲁迅的著述中如饥似渴地汲取营养。其中，自学成才的白族作家张子斋，以鲁迅著述特别是鲁迅杂文为文学启蒙教科书，深入学习鲁迅的战斗和精神生活态度，认真模仿鲁迅的语言风格。他的《天花的刺》《谈"文人相轻"》《聪明人和傻子》分别习仿鲁迅的《无花的蔷薇之二》《论"文人相轻"》《聪明人和傻子和奴才》，而《张子斋文集》中近百万字的"杂文卷"和"评论卷"，则是他学习鲁迅创作与诗学思想后的厚重答卷。③

鲁迅传统也影响到藏族作家阿来。阿来曾坦率地说："我喜欢鲁迅的《故事新编》更甚于他的《阿Q正传》和《狂人日记》，我认为他的'故事新编'体现了一种对已有故事的重新观察及其独特复述能力，这是对已有故事往无限可能的方向发展进行的一个有力的探索。"④ 事实正是如此，阿来不仅勤于汲取西方文化及藏地民间资源、宗教传说等多方面的营养，还善于吸收学习汉民族文学大师鲁迅的创作经验，从而达成创作的民族性、深刻性和先锋性。这表明，无论是鲁迅的文学思想还是艺术技巧，对鲁迅时期特别是后鲁迅时期包括少数民族在内的中国文学及其理论批评持续发挥着重要而积极的影响。

---

① "我们无论如何评价，都不会高估萌生期的云南现代少数民族文学与鲁迅的血肉联系。20世纪20年代，'封建势力还非常顽固地统治着云南，首先从思想上动摇着他们的根本的，是鲁迅'。据白族作家马子华回忆，当时昆明的书店，只要是鲁迅先生的著作，每次一到就会售缺；而在云南省立第一中学校里，一些国文教师编写的讲义，也大部分选用了《呐喊》《彷徨》《野草》中的作品……正是缘于鲁迅作品的启蒙，一中的部分学生，包括马子华、柯仲平（他自称母亲'不是汉人'），走上了创作之途。"参见关纪新主编《20世纪中华各民族文学关系研究》，民族出版社2006年版，第8页。

② 李乔：《我在文学上的梦》，《文学界》1990年第1期。

③ 参见关纪新主编《20世纪中华各民族文学关系研究》，民族出版社2006年版，第9—10页。

④ 阿来：《月光下的银匠》，长江文艺出版社2001年版，"跋：通往可能之路"第374—375页。

第三节 少数民族文学及其诗学的补益功能

汉民族文学及其诗学在带给少数民族文学及其诗学以辐射性、主导性影响的同时，少数民族文学及其诗学也给予以汉民族为主体的中华民族文学及其诗学共同体多方面的补益。这种补益功能的最终达成，主要借助两种方式：一是少数民族文学及其诗学直接影响汉民族文学及其诗学的发展与建构；二是少数民族文学及其诗学通过自身的独特性，补充和完善中华民族文学及其诗学的总体格局。

论及比较视野中的中国各民族文学关系，汤晓青清醒地认识到，在中国历史上，没有哪个民族能像汉族那样与其他少数民族保持长期的密切来往，也没有哪个民族的文学如汉族文学那样与少数民族文学形成多维影响和被影响的关系。① 这是少数民族与汉族文学及其诗学关系的一个重要方面。另一方面，有如张炯所说，"汉族文化和文学之所以比较先进，则又与善于吸收其他民族文化和文学的长处分不开。例如宋元杂剧的兴起和后来弹词宝卷的发展，与北方民族先后入主中原，带来重视说唱文学的传统便很有关系"②。有鉴于此，王佑夫特别提出少数民族对汉族诗学的贡献问题。③

现在，少数民族文学及其诗学对于汉民族文学及其诗学的补益功

---

① 参见汤晓青《比较文学视阈下的中国各民族文学关系研究》，《新疆大学学报》（哲学·人文社会科学版）2006年第1期。

② 张炯：《论中国文学史的史观与分期、前沿问题》，《文学遗产》2004年第2期。

③ 王佑夫强调："毋庸讳言，汉民族的文学理论批评保存资料最多、脉络清晰，与历史发展的进程相互印证，为批评史家最爱。然而，这种仅仅局限于书面的传统批评史写作，忽略了几千年来在中国定居文明与游牧文明对峙下，同样贯穿于游牧民族历史进程中的口头诗学理论，以及在这一进程中其他某单一民族或者是相同地域族群形成的相对自成系统的诗学。因为即使是那些'视野局限于汉族的文艺理论'的文学批评史著作，也无法绕开少数族裔的汉语诗学大家的身影，只是把他们一律等同于汉族诗学家罢了。这个现象，恰好可以证明我国少数民族向汉族诗学领域的挺进，并同样对汉族诗学理论的建构作出了杰出的贡献！"参见王佑夫《当下民族文学理论批评需要什么》，《中央民族大学学报》（哲学社会科学版）2011年第5期。

第四章 中华诉求：少数民族与汉族比较诗学

能，以及少数民族与汉族文学及其诗学一道参与中华民族文学及其诗学共同体的建构，已经成为文学理论界的共识。譬如，从文体视域上看，《20世纪中华各民族文学关系研究》充分注意到少数民族叙事长诗对汉民族叙事诗创作的补足功能。论者认为，作为一个诗歌大国，中国主要以抒情诗见长，而类似《孔雀东南飞》《花木兰》之类的叙事长诗数量很少。与此形成反差的是，少数民族叙事长诗却异常发达，仅傣族就有五百多首长篇叙事诗。"这些叙事长诗不但填补了中国当代文学叙事长诗的空白，而且，长诗的铺排艺术、结构艺术、想象与联想的丰富奇特，丰富了当代诗歌与小说的写作技巧"；又如，少数民族浪漫主义创作极大地补充了当代小说浪漫主义表现不足的缺陷——"中国小说，从来是尊崇现实主义的写作方法，特别是当代小说，几乎是现实主义独尊，这也极大地限制了中国当代小说的发展。这个局面，由于少数民族浪漫主义小说，特别是沈从文小说的影响，才在历史新时期有所改变"①。这种比较含义上的互补性阐释，再次表明文化共同体建构中"各美其美，美人之美，美美与共"的重要性。

在我国少数民族与汉族文学及其诗学交往、对话的历史上，元代蒙汉文学以及据此而来的诗学交流现象格外引人注目。就具有比较诗学性质的讨论蒙汉文学关系的现有成果来看，以下几种著述较有代表性：扎拉嘎的《比较文学：文学平行本质的比较研究——清代蒙汉文学关系论稿》，云峰的《蒙汉文学关系史》《元代蒙汉文学关系研究》《蒙汉文化交流侧面观——蒙古族汉文创作史》，米彦青主编的《元明清蒙汉文学交融研究论文集》等。就元代蒙汉文化互动和文学交流的总体框架而言，蒙古族文学及其相关理论批评思想对中原以汉民族为主体的文学格局和诗学建构产生了不容忽视的文化影响。正如云峰在论及元代蒙汉文学关系时所说："元代蒙汉文学关系在整个蒙汉文学关系史上具有一定的典型性和重要性。它对其后明、清以及现、当代的蒙汉文学关系具有

---

① 关纪新主编：《20世纪中华各民族文学关系研究》，民族出版社2006年版，第309页。

一种示范和开先河的作用与价值。"① 基于此,他将蒙古族的这种文学助益现象归纳为三个方面:一是蒙古民族及其文化对元杂剧、散曲和诗歌创作产生了重要影响;二是不少蒙古族帝王显宦、文人学士用汉文创作了大量文学作品;三是相关汉族文人创作了大批反映蒙古族生活的文学作品。在《元代蒙汉文学关系研究》中,云峰重点论述了元代蒙汉文学关系研究的社会历史文化背景以及蒙汉诗歌关系、蒙汉杂剧关系、散曲关系等问题。该著的核心观点集中体现在《略论元代蒙汉文学关系》一文中。

总体上看,云峰赞同有关蒙汉文学的主流观点,认为在元代蒙汉文化交流的大背景下,蒙汉文学关系甚为密切。其中,蒙古族文化对元杂剧、散曲的繁荣,蒙古族文人所创作的杂剧、散曲和诗歌作品,以及汉族诗人反映蒙古民族生活的诗作等,都是蒙汉文学交流的结晶。"综观元代蒙汉文学关系,明显存在着这样一个事实,即蒙古文化及其文学创作对中原汉文文学创作的影响较之汉族文化及其文学创作对蒙古族文学创作的影响要大一些。蒙古人入主中原后……他们的文化等对元杂剧、散曲、诗歌的繁荣与发展产生了明显的影响,并且他们还直接用汉文进行创作,为中国文学史上提供了大批独具特色,具有较高艺术水平的汉文文学作品。"②

元杂剧与散曲合称"元曲",代表着元代文学的最高成就。相比而言,杂剧影响更大。作为中国戏曲进入成熟期的重要标志,元杂剧兴盛于蒙元之际,衰微于元末明初,可谓辉煌于有元一代。可以认为,如果没有蒙古族政治经济和文化艺术对元杂剧的推动,没有元代各兄弟民族及其文化的大规模涌入,并与中原农业文化交流、融合,就不会有杂剧在元代这一特定时期的繁荣兴盛。③ 元代杂剧与散曲协同发展,促使别

---

① 云峰:《元代蒙汉文学关系研究》,民族出版社2005年版,"前言"第1页。
② 云峰:《略论元代蒙汉文学关系》,载陈岗龙、额尔敦哈达主编《奶茶与咖啡:东西方文化对话语境下的蒙古文学与比较文学》,民族出版社2005年版,第129页。
③ 参见云峰《元代蒙汉文学关系研究》,民族出版社2005年版,第178页。

一种与诗经、楚辞、汉赋、唐诗、宋词、明清小说相比肩的经典文学样式的发生,客观上成为中华民族文学史上多民族共生共荣的光辉典范。

元代蒙汉诗歌方面的交流主要体现在两个层面:一是蒙古族文人创作的汉文诗歌;二是汉族文人创作了大量反映蒙古族生活的诗歌。关于前者,主要以统治集团中的帝王官宦为创作主体,如元世祖忽必烈、元文宗图帖睦尔、元顺帝妥懽帖睦尔、顺帝太子爱猷识理达腊、梁王巴匝拉瓦尔密以及阿盖公主、中书右丞相伯颜、吏部尚书郝天挺和月鲁不花、礼部尚书泰不华、内御史笃列图、大司农达不花、南台监察御史察伋、江浙平章政事童童等,知名者达三十余人。总体上说,他们的汉文诗歌内容丰富,风格旷达,但部分作品艺术形式相对粗放。因统治阶层身体力行,因而带动作用十分显著。至于后者,号称"元诗四大家"的虞集、杨载、范梈、揭傒斯堪称代表,其他如杨允孚、柯九思、周伯琦、杨维祯、邱处机、许有壬、柳贯、员炎、胡助、袁桷、张昱、王逢等,多有关于蒙古族题材特别是宫廷生活和京都纪行方面的诗作。这在《宫词》和《上京纪行诗》中有充分体现。① 与元代杂剧和散曲的"主流"地位相比,元代诗坛的影响力总体偏弱。

正值北方杂剧、散曲强烈冲击中国文学既有格局时,南方少数民族文学及其诗学也以自己的方式惠及中原文坛。刘亚虎指出,春秋战国以来,汉族与古代南方各少数民族就处于聚居或杂居状态,从而使"中国文学史许多重要的文学现象蕴含着或吸收了大量的南方各民族的神话传说、宗教信仰、风俗民情、审美情趣以至艺术形式",《诗经》的一部分、《庄子》等诸子散文以及楚辞、汉赋直至唐代竹枝词等,都是民汉互动、以民泽汉的艺术结晶。② 这里仅举《诗经》、楚辞两例,以说明包括少数民族在内的南方各民族文学对中华文学及其诗学形态的有机介

---

① 参见云峰《略论元代蒙汉文学关系》,载陈岗龙、额尔敦哈达主编《奶茶与咖啡:东西方文化对话语境下的蒙古文学与比较文学》,民族出版社2005年版,第127—128页。
② 参见刘亚虎《以大视野追寻各民族文学关系史》,《文学评论》1996年第5期。

入姿态。

　　首先，《诗经》与南方民族歌节高度相关。"溱洧之风"与南方民族歌节歌圩有不少相似之处。从时间维度看，都在春季，前者多为三月上巳日，后者集中于三月初三。据南朝沈约的《宋书·礼志》"魏以后但用三日，不复用巳"的记载，可推知二者一脉相承。从空间维度看，同在水滨，前者在"溱洧"之滨，后者择"山椒水湄"之所。从活动内容看，大多是与祭祀活动相关的男女欢会，彼此对歌传情，互赠信物，以图喜结良缘。① 《生民》与《角角神的故事》分别是周人和羌人对先民事迹的追忆。据考证，其中的"姜嫄"和"羌源"当为羌水平原神话。"同时，周人姬姓自远祖以来对婚的部落即古羌人的姜姓，因而，周人和羌人的史事追述出现相同的祖先名字和情节的原因，除了古代同居羌水平原、可能同有某种仪式以外，就是两个对婚部落在文化上的互相影响。两则神话应该同源。"②

　　其次，楚辞是中原文化和南方民族文化共同孕育的结果。现有资料表明，自西周至战国中晚期，中原文化逐渐走向理性化的文明状态，但此时的南方各族文化还笼罩在巫术和神话的浓厚氛围中。正是这种受南北文化夹击的丰沃土壤，激活了《楚辞》这部被誉为"中国首部浪漫主义诗歌总集"的复合式经典的文化基因。刘亚虎认为，楚地盛行巫风，有着丰富的神话故事，人们所创造的人、神、鬼共处的境界，通过祭祀仪式、巫歌巫舞得以表现，并由此建构起一种为大众所接受的神巫文化心理氛围。③《九歌》《招魂》正是在此种文化心理氛围中应运而生的艺术瑰宝。

---

① 参见刘亚虎《中国南方民族文学关系史·先秦秦汉魏晋南北朝卷》，民族出版社2001年版，第131页。
② 刘亚虎：《中国南方民族文学关系史·先秦秦汉魏晋南北朝卷》，民族出版社2001年版，第135—136页。
③ 参见刘亚虎《中国南方民族文学关系史·先秦秦汉魏晋南北朝卷》，民族出版社2001年版，第185页。

第四章　中华诉求：少数民族与汉族比较诗学

不仅少数民族文学助益于汉民族文学以及中华民族文学共同体，而且，如前所述，相关少数民族诗学同样对汉族诗学以及中华民族诗学共同体做出了相应贡献。王佑夫注意到，鲜卑、匈奴后裔对唐代汉语诗学的丰富和发展增益良多。鲜卑、匈奴等少数民族曾长期驰骋于我国由北及西的广阔地带，至李唐王朝，鲜卑后裔元结、元稹，匈奴后裔刘禹锡等，在文学创作和理论批评方面均取得非凡成就，他们的著述虽用汉语写成，但也属于我国少数民族古代诗论的组成部分，并因此丰富了唐代汉语诗学的多彩形态。[1] 元结的诗学思想散见于他的诗作及所编文集序言中，《二风诗论》某种意义上可视为他的诗学纲领。总体而言，元结发展了"乐府"这一诗歌样式，并成为最早为新乐府实践命名的理论家。同时，元结提倡诗歌的政治规讽功能，主张戒除形式上的清规戒律，具有理论创新意义。与元结类似，元稹的诗学思想主要体现在两个方面：一是大力倡导新乐府；二是积极评价杜甫的创作。尤其值得关注的是，"元稹、白居易、李绅等人效仿杜甫，都不再写作古题乐府，新乐府的体制正式确立"[2]。此外，被认为是匈奴后裔的诗人、诗论家代表性人物刘禹锡，不仅强调诗歌的社会功能，而且也重视诗人的主体素养和诗歌创作的内在机制，并创作出具有多民族文化融合色彩的《竹枝词》，为我们研究汉语诗歌的兼容历史提供了新的思路。

通过少数民族与汉族诗学观念的总体性比较、主体民族文学及其诗学的带动作用、少数民族文学及其诗学的补益功能等多重探讨，我们发现，在久远而坚韧的文化发展历程中，中华民族文学及其诗学的资源整体化、精神贯通性和文化凝聚力正在进一步加速与增强。姚新勇将这种民汉多族群文学融合共进的规律命名为"共同寻找"的主题。他强调，抛开简单的"民族身份"，把不同少数族裔文学及某些边缘区域的文学放置到中国转型期这一整体语境下进行观察，就会使少数族裔文学与主

---

[1] 参见王佑夫《中国古代民族诗学初探》，民族出版社2002年版，第99页。
[2] 王佑夫：《中国古代民族诗学初探》，民族出版社2002年版，第105页。

流文学之间敞开比较性研究，从而揭示出转型期中国文学多元碰撞、多维互动的规律——中国多族群、跨地域、多样性的文学，在"寻找"这一共同主题之下发生着盲动的碰撞和切实的命运互动。从这种意义上讲，不宜过多、过度地突出各少数族裔文学及其诗学的个别特征，否则，"就很可能既取消具体作家、作品的艺术个体性，而且很容易会以所谓'某某族'文化的名义，将具体作家的写作肢解得七零八碎，重组为一些似是而非的形式。由此，少数族裔写作所具有的艺术性、丰富性、多样性，也就会被遮蔽"①。因此，在少数民族与汉族文学及其诗学比较研究的基础上，"寻找"中华各民族文学及其诗学共同体永续发展的融合共进规律，便理所当然地成为确立中国文化自信的题中应有之义。

---

① 姚新勇：《寻找：共同的宿命与碰撞》，《南方文坛》2010年第3期。

第五章

世界眼光：中外民族比较诗学

法国著名比较文学专家基亚认为，确切地说，比较文学的称呼应该是"国际文学关系史"，因为"比较文学工作者站在语言的或民族的边缘，注视着两种或多种文学之间的题材、思想、书籍或感情方面的彼此渗透"①。换言之，比较文学以及比较文学学科中狭义的比较诗学必须在"跨界"的基础上才能获得同中见异、异中有同的比较性参照。特别是在跨国交流加速推进的全球化时代，"人们的认识正朝着综合化、整体化的方向发展，文学研究中那种孤立、封闭的圈子正在突破，一个世界文学的时代将会随着历史的向前发展而到来"②。

正是在世界视野的跨国比较中，中外民族文学及其诗学的比较研究更多地指向包括少数民族在内的中华民族文学及其诗学与异国他民族文学及其诗学的比较。兼顾既有研究成果体量以及阐述上的便利，本章主要从中外民族神话比较、中外民族史诗比较、中外民族作家文学及其诗学比较三大层面来检视中国当代中外民族比较诗学理论与实践的总体状貌。

---

① ［法］马里奥斯·法朗索瓦·基亚：《比较文学》，颜保译，北京大学出版社1983年版，第4页。
② 庹修宏：《我国民族文学与外国文学比较的意义》，载陈守成等主编《中国民族文学与外国文学比较》，中央民族学院出版社1989年版，第1页。

第一节 中外民族神话比较诗学

作为远古时代人类依据自己的想象来探究自然和社会生活本原的神话，属于人民大众的集体口头创作，具有较强的想象性、哲学性、宗教性和艺术性。就现有研究成果来看，相关学者主要从创世神话、推原神话、射日神话等方面对包括少数民族神话在内的中国神话和外国神话进行相应的比较研究。

一 中外民族神话比较的关联域

就新中国中外民族神话比较的关联域来看，中印神话间的影响研究尤为引人瞩目。作为毗邻而居的亚洲大国和文明古国，中印之间已有数千年的文化交流历史，季羡林、陈寅恪、饶宗颐等都在这方面发表过独到见解。具体到中印神话的比较研究，相关学者也发表了相应的看法。陈寅恪就将印度视为最富于玄想的民族之一，认为天竺是世界神话故事的共同起源。[①] 丁山更是明确指出："春秋时代，印度婆罗门教的经典已假道荆楚输入中国，同时，秦起西戎，也将印度须弥山王神话输入中土；于是'五岳'之外，又盛传昆仑山神话。"[②]

中印神话交流或者说古印度神话对中国民族神话的影响，大体呈现为北方和南方两大空间界面。就北方而言，蒙古族神话不同程度地受到印度佛教和神话的影响。严耀中曾撰文分析中国神话和小说里的古印度"婆罗门文化因子"问题。他认为，中国神话在两汉时期日趋丰满，中国的小说自唐宋以后才获得蓬勃发展的文化氛围。这些与包括婆罗门教在内的印度宗教文化的传播与影响有很大关系。关于中国创世神话中的

---

① 参见陈寅恪《西游记玄奘弟子故事之演变》，载陈寅恪《金明馆丛稿二编》，上海古籍出版社1980年版，第192页。
② 丁山：《中国古代宗教与神话考》，上海文艺出版社1988年版，第575页。

开天辟地、补天造人，民间宗教信仰中的地狱阎王、山神湖神、动物植物神通等故事，可能受到包括印度文化在内的外来文化的影响。① 在印度，作为知识分子主体的婆罗门有着与生俱来的宗教身份，从而使印度文学随之充满了神本色彩，印度神话尤其如此。在中国，文化的主导者是儒家士大夫，文学艺术的人本意味和士大夫情怀十分浓厚，相当程度上抑制了文学创作中的夸张虚幻之论。尽管如此，中国神话特别是少数民族神话仍以自己的方式生长着，并在吸收和借鉴包括印度神话在内的文化因子的基础上得以丰富和发展。概而言之，印度神话对中国神话和小说的影响主要体现在三个层面，即情节内容、叙事形式和角色形象。

具体到我国北方蒙古民族神话，其发生学意义上的"多源性"决定了早期蒙古神话表现形态上的多元性。一是阿尔泰—突厥民族古老神话的滋养；二是印度佛教的影响；三是印度古代神话的启益。循着这种思路，我们才能"把蒙古神话置于'北方阿尔泰神话——蒙古神话——印度神话和佛教神话'的多元文化体系中，从而看到了蒙古神话的多元文化特征"②。印度文化能传入中国并对古代神话产生多方面的影响，"丝绸之路"功不可没。客观地说，丝绸之路不仅是商贸之路，也是文化传播之路。僧侣沿丝绸之路开展讲经、译经、传经等宗教活动，印度文化与宗教典籍中的神话故事、人物传说也随之传入中国，成为中国民间文学创作的灵感和素材，演绎出跨文化交流的文化典故。③

卢国荣、徐驰在比较蒙古族与北美印第安人"无中生有"型创世神话时，认为二者都坚持世界是由造物主所创造的总体观念。造物主先于"世界"而存在，在此之前，"世界"并不存在。不仅如此，"从神

---

① 参见严耀中《述论中国神话与小说里的婆罗门文化因子》，《华东师范大学学报》（哲学社会科学版）2019年第3期。
② 陈岗龙：《蒙古民间文学比较研究》，北京大学出版社2001年版，"前言"第2页。
③ 参见黎跃进《丝路文化视域中的中印古代神话故事传播交流》，《衡阳师范学院学报》2019年第5期。

话中佛祖不杀生、动物协助造物者创造世界，动物教会人类生存的本领等情节，可以看出蒙古族与北美印第安人在远古时代便有了尊重生命、人与自然万物和谐相处的理念，由此可以警示后人敬畏自然"[1]。具体而论，中国和北美土著民族"无中生有"型神话在具体造物主的指认上又各具特色——蒙古族神话将释迦牟尼视为世界的创造者；印第安易洛魁人诸部神话则认为，自然界中的每个生灵都蕴含伟大的神灵和神力，阿塔思特西克（阿温哈伊）是人类的始祖母，她从上界跌落，借麝鼠之力在龟背上抟土而为大地。

南方的东巴神话与印度文化之间有着古老的渊源关系。据陈烈考论，同时兼有原始巫教和宗教特征的纳西族东巴教以及东巴神话，其崇奉的主神是丁巴什罗"祖师"。然而，追根溯源，丁巴什罗并非纳西族固有的神或人，这一神格同时也是藏族原始民族宗教——苯波教的至圣始祖。进一步比较，纳西族东巴超荐祖师时使用的"神路图"，纳西语称作"亨日屏"，它的最后一幅画"亨迪俄盘"亦即藏语的"尼玛俄蕊"，就是印度的"佛"；东巴教的神山"居那什罗"是丁巴什罗大神的居住地，该神山也在印度；丁巴什罗的遇难地"毒亨那海"，纳西人认为还是在印度。由此，陈烈得出结论，"东巴教及其东巴神话乃至整个东巴文化，是世界东西方文化大交流、大融合的产物"；"东巴文化与东巴神话因其幽深神秘的源头，对于苯教文化、佛教文化的研究提供了一份不可多得的活材料，是一座人类精神财富的宝藏"。[2] 据此可见，中印诸多神话之间具有一定程度的同源性，这保证了中外神话比较研究的关联性与有效性。

二 中外民族创世神话比较

包括中国少数民族在内的华夏创世神话与古希腊创世神话的总体性

---

[1] 卢国荣、徐驰：《蒙古族与北美印第安人无中生有创世神话对比研究》，《内蒙古民族大学学报》（社会科学版）2018年第4期。
[2] 陈烈：《东巴神话论》，《民族艺术研究》1996年第6期。

比较研究，表现出颇为浓郁的哲学拷问意味和艺术想象色彩。事实上，通过创世神话来表达先民的宇宙观和生命价值论，是人类成长过程的必经阶段，也是人类早期艺术的魅力所在。正如马克思所说，"希腊神话不只是希腊艺术的武库，而且是它的土壤"；"希腊艺术的前提是希腊神话，也就是已经通过人民的幻想用一种不自觉的艺术方式加工过的自然和社会形式本身。这是希腊艺术的素材"。[①] 可见，神话作为民间文学的基础形态，对包括作家文学在内的民族艺术的发展具有重要意义。正因如此，通过不同民族、国家和地区创世神话的比较研究，有利于更好地揭示民族文学发生和人类社会发展的双重规律。

赵新林在《从同质到异质——中西创世神话的比较研究》一文中，宏观地比较了中西创世神话的思维方式和哲学精神。他认为，西方文化思想的基本观念及理论思维模式，与古希腊神话及其语义系统密切相关。古希腊神话关于宇宙起源以及宇宙空间模式的图景，体现出古希腊人关注和崇尚自然。源于古老神话的奥林匹斯新神话，则标志着古希腊人关注重点的转变——由自然转向人本身，诸神的境遇与自然现象之间不再具有直接联系。正是依托古希腊神话中的思想及其在后世的发展与演变，西方哲学中的"逻各斯"观念才得以产生。在神话思维向哲学思辨的转化中，柏拉图与亚里士多德功不可没，他们找到了人与神之间的"逻各斯"联系纽带即语言或理解力。中国古代神话在其漫长的传承过程中，同样不断融入哲学、宗教和文学艺术因素，并以儒道经典的形式传承下来，进而深刻影响着中国人的思维模式。相比之下，中华古代民族神话与古希腊神话思维具有一定的同质性——古代华夏先民对宇宙天地、万物起源的认识与理解，与赫希俄德的《神谱》中所载古老神话故事所体现出来的古代西方人的宇宙观并没有本质上的差异。但二者仍存在某些异质性。

---

① 中共中央马克思恩格斯列宁斯大林著作编译局：《马克思恩格斯文集》第8卷，人民出版社2009年版，第35页。

第一，中西创世神话的空间结构不同。古希腊神话中的奥林匹斯神系按水平方向建构而成，众神与宙斯在空间上是非垂直的空间关系；而中国古代民族神话中的宇宙多按清阳之天与阴浊之地的垂直结构建构而成。

第二，中西创世神话的传播方式不同。华夏先民以农耕生活方式为主，各部族间的早期交往交流相对有限，因而未能出现像荷马那样的行吟诗人将各部族之间的神话传说加以传播、串结、加工形成较为完整的故事，而主要依靠部族内的垂直方式进行传承。"这与古希腊神话在其纵横交织地发展过程中不断补充、丰富，最终构成完整体系的传承路径迥然相异。"①

第三，中西创世神话的哲学化路径不同。希腊罗马神话在经历早期哲学化阶段后，于中世纪经历宗教化过渡阶段，至文艺复兴时期重新焕发其文化风采，18世纪以来则实现了较为彻底的哲学化阐释目标。而中国古代神话早在发展的初级阶段便开始了理性的历史化过程，其中儒家学说对它的改造与道家思想的介入，使之走上了一条与古希腊神话不同的哲学化道路。

庹修宏在对中华民族和古希腊创世神话进行比较时指出，虽然我们注意到古希腊神话与我国古代神话在天体起源传说中有诸多相同之处，"但希腊神话是男女神合造天、地、日、月、星辰，而我国汉族的盘古和瑶族的密洛陀却是单神独造天、地、日、月、星辰。另外，希腊神话中的大神造万物并不需要付出生命代价，而我国的大神造万物却多是用自己的躯体血肉作代价。如盘古死后'头为四岳，目成日月，脂膏变江海，毛发成草木，气为风，声为雷，目瞳是电'。又如阿昌族创世神话《遮帕麻和遮米麻》，遮米麻的右腮流血变成东海，左腮流血变成西海等"②。庹

---

① 赵新林:《从同质到异质——中西创世神话的比较研究》，《重庆师范大学学报》（哲学社会科学版）2004年第3期。

② 庹修宏:《我国民族文学与外国文学比较的意义》，载陈守成等主编《中国民族文学与外国文学比较》，中央民族学院出版社1989年版，第3页。

修宏同时比较了中国少数民族神话和意大利著名诗人但丁的《神曲》中的宇宙思维。在她看来,《神曲》中"九重天地狱"的艺术结构源于托马斯·阿奎那的神学体系,反映了中世纪的宇宙观。回视我国布依族、苗族神话古歌,其中也有类似《神曲》的12层天、12层地的宇宙意识和结构方式。"如果我们将二者作比较研究,不但有很高的文学价值,而且具有科学价值,对重新认识东西方在宇宙观上的变迁是十分有意义的。"①

在亚洲文化共同体中,中印、中日文化关系向来是学界关注的重点,中外创世神话比较研究自然不能例外。

前述东巴教以及东巴神话无疑受到了苯教、佛教的深刻影响,这种影响当然包含着深层次的创世理念。陈烈对东巴经典中的创世观念及其文化来路作了大致梳理。她的基本结论是,在纳西族东巴经典《崇搬图》(汉译《创世纪》)中,完整记录了苯教关于创世的内容——混沌之初,董神和塞神调理万物,利用真假、虚实之间的两两配合,生成太阳和月亮,善神依格窝格和恶神依古丁那随之诞生。前者产下一枚白蛋,孵出白神鸡,产下九男七女;后者产下一枚黑蛋,孵出黑神鸡,产下九种妖魔,九种鬼怪。由此,光明与黑暗、善与恶之间的对立冲突拉开帷幕。"表现这一主题最鲜明者莫过于东巴经英雄神话史诗《董埃术埃》(汉译为'黑白战争')……黑白、善恶尖锐对立的二元论哲学思想可说是整个东巴教和东巴经的宗旨,而且有神话故事形象生动的叙述。这是与太阳神教、苯教在本质上的相同之处。"② 与此相关,纳西族反映生死轮回的重要仪式——葬仪,明显是对"三界"观念的演绎,葬仪中因果报应、天堂地狱、转世轮回等要素无不彰显着东巴教与苯教、藏传佛教以及太阳神教的深远联系。

---

① 庹修宏:《我国民族文学与外国文学比较的意义》,载陈守成等主编《中国民族文学与外国文学比较》,中央民族学院出版社1989年版,第4页。
② 陈烈:《东巴神话论》,《民族艺术研究》1996年第6期。

在比较日本与中国西南少数民族创世神话时，徐晓光认为，中国古代天地乾坤、阴阳相生观念是多个民族所共有的。在藏族、彝族、羌族、白族等民族的核心史料中就能找到混沌宇宙和天父地母的表述，甚至在东亚、东南亚多个地区的民族远古神话中也能找到相一致的内容。由此推断，中国的天地阴阳观念早在古代就产生了广泛的影响，并最终形成了亚洲神话某些共同的内容。有感于日本与中国西南地区自然环境和文化现象的某些相近之处，徐晓光着重探讨了日本、中国内地及西南少数民族地区关于天地起源与"气"生神话、化生神话、胎生神话以及"贵左"观念、母体分解等神话情节及其相互之间的联系和影响。按照徐晓光的理解，《日本书纪》"神代上"中所载"上古，天地未剖，阴阳不分，浑沌如鸡子，溟涬含牙。及其清阳者，薄靡而为天；重浊者，淹滞而为地。精妙之合专易，重浊之凝竭难。故天先成而地后定。然后，神圣生其中焉"，与中国古代典籍《太平御览》《三五历纪》《淮南子》等高度相关。据此可知，日本天地阴阳宇宙观糅合式借鉴了中国古代相关文化典籍中的创世学说。①

伊藤清司是著名的中日神话比较研究专家，撰有《昔话传说的系谱》《中国少数民族的信仰与习俗》《日本神话与中国神话》等多种著述，并与人合编了《世界神话事典》。他非常关注中日两国民间关于开天辟地的神话传说，并就此进行了深入的比较分析。在他看来，云南西北部大洋洲语系的布朗族，有这样一个开辟天地的传说："宇宙形成之初，黑雾淹滞，浑沌不分，无天地草木，巨人创世神用一头巨牛创造天地万物。剥皮为天，肉为大地，眼变星辰，骨成岩石。"这与《述异记》《五运历年纪》关于"巨人盘古的身体上生出万物"之说极为相似。不过，布朗族的传说同时记载——天地动摇不稳，创世神以巨牛四脚支撑天空四隅以作天柱，命巨龟背负大地，天地得以

---

① 参见徐晓光《清浊阴阳化万物——日本与我国西南少数民族的创世神话比较》，《贵州民族学院学报》（哲学社会科学版）2007年第1期。

稳定。这种类似阿特拉斯神支撑大地的传说，与共居云南同属藏缅语系的另一少数民族——彝族的"天地开辟"神话极为相似。彝族创世神话中有"大地创造之初，置于三条大鱼背上，大鱼不停跳动，天帝命英雄神持锁将鱼捆住，大地才终于稳定不动"的记载。"由此，进一步联想日本的《出云风土记》中有关'八束水臣津野命神牵引国土'的传说，以及其后出现的将木桩插入大地以消除地震的灵石神的传说，就不难看出这均属同一类型的传说，并且均源于把远古的大地看成是飘浮的大鱼的概念，而后者的宇宙观又将地震灾难和太古的浑沌不清叠加在一起了。"① 这种跨境神话比较研究，不仅有益于扩展宇宙创世神话研究的视野，揭示宇宙关怀区域性联结的会通性与互鉴性，而且对于彰显人类在认识并力图战胜自然灾害方面的主体地位有积极意义。

易国定从比较神话学的角度对中日创世神话的母题、形象、结构、讲传方式与流变规律等进行了多层次事实比较，认为中日创世神话都表现出"晚出"和"哲学化"特征。从体系性角度衡量，中国创世神话具有较为突出的"散漫"化特征，而日本创世神话则追求一定的系统性。② 陈娜等学者在总结新时期以来我国少数民族创世神话研究的历史总貌时，认为从20世纪80年代的史料整理到20世纪90年代的方法探索再到21世纪的"遍地开花"，中国少数民族创世神话研究在此前既有成果的基础上日趋成熟。展望21世纪少数民族神话研究的前景，建立真正合理的、体现跨文化意义的、为全球学者所接受的世界创世神话比较研究体系，应成为下一步努力的目标。③

---

① ［日］伊藤清司：《日本神话与中国神话》，高鹏译，载周发祥编《中外比较文学译文集》，中国文联出版公司1988年版，第5—6页。
② 参见易国定《中日创世神话之比较》，《辽宁师范大学学报》（社会科学版）2000年第6期。
③ 参见陈娜、张开焱《近三十年中国各少数民族创世神话研究述评》，《内蒙古民族大学学报》（社会科学版）2010年第2期。

三　中外民族推原神话比较

与宇宙创世神话密切相关的人类推原神话和万物生成神话，都属于广义创世神话的核心内容。之所以从理论上对其进行分层论述，是因为在比较诗学视野中，前者侧重于客观世界的宏观创造，后者倾向于主体生灵的具体创生。

向柏松在对中外水生神话进行比较研究时发现，世界文明古国——中国和古埃及、古印度、古巴比伦、古希腊，几乎都有水生型创世神话。关于水生崇拜的原因，主要体现在两个方面。一是水域直接关乎古老文明的起源；二是世界文明古国在创世神话产生之时已步入农耕时代。通过对文明古国水生型创世神话的比较，可以发现其间的异同所在。最明显的区别在于中华民族的水生型创世神话种类多样、形式丰富，而其他文明古国的水生型创世神话则相对简单，鲜有变化。造成这一差异的原因是复杂的。首先，中国的地域形态、环境气候普遍比其他文明发源地复杂，因此创世神话中水的形态不限于江河湖海，还包括溪流、湿地，甚至井、泉、雨、雪等变体。其次，民族组成和农业文明的发展情况等多方面的人文因素也影响着水生型创世神话的形成。但总体而言，"五大文明古国的水生型创世神话共同表现了对水的生命力的崇拜"[①]。

在人类推原神话中，与水崇拜高度关联的是洪水神话。如果说水是生命之源，那么，大洪水则无异于灾难。辩证地看，洪水神话是在水生型创世神话的基础上产生的，主要包含两种类型，即洪水创世神话和洪水遗民神话。前者认为，世界最初洪水滔天，洪水退去形成大地，随后诞生了人类和万物；后者设想，某个神发动洪水毁灭了人类和世间万物，但留下了遗民（通常为兄妹或姐弟）重新繁衍人类。从本质上说，

[①] 向柏松：《中外水生型创世神话比较研究》，《中南民族大学学报》（人文社会科学版）2008年第1期。

无论是前者还是后者，都属于洪水再生神话范型。有学者为此总结出一种模式化结构——"创世—毁世—再创世"。创世摆脱混沌，再创开启文明，"洪水"在这个结构中具有内外矛盾的双重身份，它既是生命破坏者又是秩序重建者。① 这在民民比较诗学"洪水再生神话比较研究"部分已有阐释，这里不再赘述。

尽管水生型创世神话广布世界，但万物诞生特别是人类创生却有着更为丰富的推原性神话类型，主要包括"创生""化生""胎生"三类。西方的上帝造人、普罗米修斯造人以及东方的阿图姆神造人、女娲抟土造人等，都是神灵创生神话。在神灵创生神话中，泥土、水分、吹气堪称生命"三元素"，体现的是神灵崇拜。《圣经》中的筋骨造人、我国满族《天宫大战》中女神用自己的骨肉变人等推原神话，均属于身体化生神话，同样具有神灵崇拜特征。而"胎生"神话，多为远古人类（有时是人神）雌雄交合繁衍人类，显然与祖先信仰和崇拜有关。

伊藤清司在前述中日神话比较中同时指出，中国古籍关于伏羲的传说主要见于《易·系辞传》，但仅有"古者，包牺氏之王天下也，仰则观象于天，俯则观法于地"以及"蛇面人身"等寥寥数语。"之后伏羲和女娲结为偶生之神，共同开始了创造这个世界的事业，从而成为人类之祖的神灵，他们的出现和存在堪与我国的伊邪那岐命、伊邪那美命的传说相比。"② 他认为，《古事记》和《日本书纪》中有关"伊邪那岐和伊邪那美二神绕着树在淤能基吕岛上的天之御柱求婚后，先生下水蛭子，后生下诸神"的故事，如果对照琉球群岛与伊邪那岐、伊邪那美有亲缘关系的祖先传说进行分析，便不难看出，这种神话中已经包含了人类起源的因素。关于跨国神话比较的基本原则，伊藤清司特别强调两点。一是两个民族的文化应有性质上的类同；二是重复概率高的材料比

---

① 参见王勇《中外洪水神话之平行比较》，《太原教育学院学报》2005年第3期。
② ［日］伊藤清司：《日本神话与中国神话》，高鹏译，载周发祥编《中外比较文学译文集》，中国文联出版公司1988年版，第7页。

孤证更为真实，更能显示神话传承的结构，也更能揭示规律性。在他眼中，中国大陆神话特别是南方和西南地区的少数民族神话，与日本古代神话有颇多相似之处。二者间的比较研究，不仅可以阐述古代神话丰富的含义和体系特征，而且对分析考证《古事记》《日本书纪》中早期日本神话的基本形态具有参考价值。①

日本神话学奠基人、民间文艺学家高木敏雄的《日本神话传说研究》② 一书，有关于中国古文献《玄中记》"女鸟"故事的详细记载。国内比较文化学者金文学在此基础上延展开来，论及中国、日本、韩国"天鹅处女"传说谱系的比较问题。金文学认为，尽管日韩关于天鹅处女的神话传说常常复杂地交织在一起，但它们与中国大陆天鹅处女型故事高度相关则是不争的事实。③ 将中日韩三国天鹅处女型故事打通来看，不难得出结论——日本单方面地接受了中国的影响，且主要接受了南方少数民族神话的影响；相比而言，韩国除接受中国的神话影响之外，还承袭了北方大陆蒙古族的神话文学传统。这种传承上的选择与两国的地域特征和民族特性密不可分。

那么，中国的天鹅处女型神话故事是否受到他国影响呢？对此，王青在考辨傣族长诗《召树屯》的情节来源及其流播渠道时作了必要考辨。天鹅处女型神话故事最早记载于印度文献《百道梵书》中，故事中的人物可上溯至《梨俱吠陀本集》（汉译名《歌咏明论》）。这既是印度最古老的一部诗歌集，也是"吠陀"最为重要的一部作品，其内容广涉神话传说、祭祀活动以及自然和社会现象阐释，有极高的文学价值。从神话角度看，《梨俱吠陀本集》作为印度最有影响力的神话故事之一，一些最重要的梵语文学均与此有关。于阗文献中也发现了"吠

---

① 参见［日］伊藤清司《日本神话与中国神话》，高鹏译，载周发祥编《中外比较文学译文集》，中国文联出版公司1988年版，第10—11页。
② ［日］高木敏雄：《日本神话传说研究》，荻原星文馆1943年版。
③ 参见金文学《中国日本韩国天鹅处女传说谱系比较研究》，《社会科学辑刊》1994年第6期。

陀"故事，不过其中的"羽衣"情节则属中国独创。总之，"作为'天鹅处女型'故事异文之一的傣族长诗《召树屯》，渊源于佛教说出世部和说一切有部的律藏文献，主要人物与情节通过南传佛教的路线从泰国流播到西双版纳。中原地区作为此故事的次级传播地之一，对诗歌情节也有一定的影响。"①

此外，中外太阳神话以及射日神话比较研究也取得相应成果。

李子贤对包括我国少数民族在内的中日太阳神话进行了多重比较。他认为，在中日古籍早期太阳神话中，"女性太阳—多日并出—英雄射日"是亚太地区太阳神话的基本情节框架。后来，太阳和月亮性别互换，这应该与人类进入父系社会形态相关。在我国南方，多日并出造成严重旱情，"射日"随之被提上日常生活议程。英雄射日神话表面上以消除炽烈的太阳为目标，实则暗含——太阳多了受煎熬，没有太阳也不行。"于是，就产生了英雄征服了太阳，让天上只剩下一个太阳、一个月亮来造福人类的英雄射日神话。"② 依循此种逻辑，中国西南诸少数民族开始了雄壮的射日之旅。至于射日的方式方法，除射杀之外，辅之以手捉、云捂、土埋，等等。扩而大之，类似的射日神话广布东南亚、中亚以及南北美洲印第安人地区。

李子贤继而指出，在中日射日神话视野中，有关射日、请日的描述有以下共同点：其一，太阳的复出皆缘于英雄的征服或胁迫；其二，把雄鸡报晓这一自然现象融入射日神话之中；其三，太阳复出后宇宙正常秩序得以确立。中日太阳神话关于日出日落的有机调控，某种意义上表明古代民俗信仰中太阳崇拜的衰落，并由此转向了英雄崇拜，中国西南地区的苗、壮、彝、哈尼、独龙等民族的太阳神话恰好印证了这一点。

---

① 王青：《天鹅处女型故事渊源再探》，《民族文学研究》2004年第1期。
② 李子贤：《太阳的隐匿与复出——中日太阳神话比较研究的一个视点》，《思想战线》1994年第6期。

第二节　中外民族史诗比较诗学

以《格萨尔》《江格尔》《玛纳斯》为代表的中国少数民族史诗，内容宏富，规模庞大，特色鲜明，不仅成为中华民族史诗宝库中的经典文本，而且业已走出国门，享誉世界，客观上促成了中国民族史诗与国外史诗进行比较研究的诗学谱系形态。

一　"三大史诗"与古希腊史诗的比较研究

"三大史诗"虽然在民间流传久远，但毕竟是在新中国成立后整理成型的，堪称纵贯古今的中华民族共有的文学珍宝。除国内学者的相关研究，俄国、德国、英国、美国、法国、蒙古国等二十余国均有学者研习《格萨尔》，涌现出诸如帕拉斯、帕塔宁、达维·尼尔、石泰安等一批知名学者。关于《江格尔》，除中国、蒙古国、俄国三国外，德国、美国、日本、英国、法国和吉尔吉斯斯坦等国用力良多。至于《玛纳斯》的研究，阿地里·居玛吐尔地在《〈玛纳斯〉国内外研究综述》一文中有详细介绍。相比而言，在有关中国民族史诗的"外向型"比较中，三大经典史诗与古希腊《荷马史诗》间的比较研究相对充分。

马学良在《中国少数民族文学比较研究》的序言中指出："我国藏族的《格萨尔》、蒙古族的《江格尔》和柯尔克孜族的《玛纳斯》是闻名世界的三大史诗，与西方的荷马史诗《伊利亚特》和《奥德赛》（又称《奥德修纪》）比较并无逊色，有的在数量和内容上超过西方史诗。"[①] 总体来说，中国的三大史诗与《荷马史诗》都属于广义的英雄史诗，但它们产生的时代、叙事方式、文本形态都存在差异。其一，"我国三大史诗的产生时代，与荷马时代不同，与印度两大史诗的时代

[①] 马学良：《中国少数民族文学比较研究》，中央民族大学出版社1997年版，"序"第2页。

也不同，它们不是氏族社会和奴隶社会初期的作品，而是各相关民族进入封建时代以后形成的史诗"[1]；其二，我国三大英雄史诗属于口承活态史诗，而包括《荷马史诗》在内的西方英雄史诗多为书面"固态"史诗；[2] 其三，我国三大英雄史诗主要采用由本及末的纵式连贯性叙事方式，西方史诗多采用倒叙的叙事方式，抑或截取英雄一生中的一段经历或参加的某次战役加以重点叙述。[3]

聂珍钊就藏族史诗《格萨尔》和荷马史诗《伊利亚特》中的"神/人"世界作了比较研究。他认为，《伊利亚特》中神的世界由高居于奥林匹斯圣山之巅的众神组成，万神之主宙斯坐在雄鹰背上，一手掌雷电，一手握权杖，既是众神之父，又是万民之王。《格萨尔》中的白梵天王，居住在33层天的清净国土之中，主宰神界，注视人间。不过，这两个神的世界虽同为天国，但各具特点。《伊利亚特》中的奥林匹斯天神世界混乱不堪，充满矛盾冲突；《格萨尔》所描写的神界则是莺歌燕舞、和谐统一的美善之境。这两种不同的"神/人"世界，揭示了某些基本规律。

第一，它们都是神话和历史相结合的产物，标志着艺术向现实迈进了一大步。[4]

第二，《伊利亚特》按照当时的时代观念改造了神话，使奥林匹斯诸神打上了氏族贵族社会的烙印，而《格萨尔》中的天神世界却相当程度上超越了现实世界，更接近美好的乌托邦社会；《伊利亚特》中的天神常以鲜活的形象出现在英雄们面前，而《格萨尔》里的天神更多地作为一

---

[1] 仁钦道尔吉：《蒙古口头文学论集》，社会科学文献出版社2011年版，第291页。
[2] 参见马学良等主编《中国少数民族文学比较研究》，中央民族大学出版社1997年版，第263页。
[3] 参见马学良等主编《中国少数民族文学比较研究》，中央民族大学出版社1997年版，第265页。
[4] 参见聂珍钊《论〈伊利亚特〉和〈格萨尔王传〉中的神与英雄》，载陈守成等主编《中国民族文学与外国文学比较》，中央民族学院出版社1989年版，第38页。

种永恒的正义力量、崇高的绝对精神和抽象的道德观念存在着。[1]

第三，荷马和《格萨尔》的创作者作为早期各自民族精神的体现者，既有鲜明的民族意识，也是伟大的艺术家——他们在各自的艺术创造活动中普遍并成功地运用了想象和夸张的艺术手法。[2]

第四，《伊利亚特》把神当作人来写，神有时变成了主角；而在《格萨尔》中，神在史诗中已远不如英雄重要。[3]

除为数不菲的学术论文外，王卫华所著《〈江格尔〉与〈荷马史诗〉比较研究》分别从史诗创作的历史背景、宗教信仰、战争描写、英雄形象、女性形象等方面对蒙古族史诗《江格尔》和古希腊《荷马史诗》进行了相对系统的比较研究。她认为，《江格尔》是蒙古族文学和文化的巅峰之作，代表了中国史诗的成就和特点，而《荷马史诗》用艺术的手法对古希腊生活进行了全景展示，使之成为有关古希腊的百科全书和西方文学的重要源头。因此，对二者进行系统比较具有重要的学术价值。

第一，《江格尔》和《荷马史诗》拥有相似的生成背景。两种史诗均以部落战争为核心内容，并且由于它们的时代背景、历史条件具有一定的相似性，因而决定了二者价值观念与审美意识上的相近性。具体而言，"《江格尔》主要是在蒙古族本身的文化土壤上形成和发展的长篇英雄史诗。它具有多层次文化结构：既有古代文化，又有近代文化；既有蒙古文化，又有北方其他少数民族和汉族文化；既有早期神话、萨满文化因素，又有后来的佛教和印度、西藏文化因素；既有新疆各民族文化影响，又有波斯、阿拉伯文化影响"[4]。而《荷马史诗》所反映的是

---

[1] 参见聂珍钊《论〈伊利亚特〉和〈格萨尔王传〉中的神与英雄》，载陈守成等主编《中国民族文学与外国文学比较》，中央民族学院出版社1989年版，第39—40页。
[2] 参见聂珍钊《论〈伊利亚特〉和〈格萨尔王传〉中的神与英雄》，载陈守成等主编《中国民族文学与外国文学比较》，中央民族学院出版社1989年版，第43页。
[3] 参见聂珍钊《论〈伊利亚特〉和〈格萨尔王传〉中的神与英雄》，载陈守成等主编《中国民族文学与外国文学比较》，中央民族学院出版社1989年版，第49页。
[4] 王卫华：《〈江格尔〉与〈荷马史诗〉比较研究》，昆仑出版社2007年版，第31页。

公元前10世纪到公元前8世纪希腊社会特别是小亚细亚地区希腊人的生活状况，是在长期民间口传文学的基础上加工而成的。①

第二，《江格尔》和《荷马史诗》具有相似的宗教观念。两种史诗都受到本民族神话传说的深刻影响，反映了多神信仰以及早期人类对自身处境的思考。《江格尔》和《荷马史诗》中所描绘的神灵，"集中反映了民众的思想和心理，其中既有对高于人类的能力的渴望，又表现了征服超自然力量的勇气"②。尽管如此，两种史诗中的神灵无论是性格还是行为方式都与人类有相似之处，他们被设定了各自的管辖范围，权力和能量都受到相应限制。

第三，《江格尔》和《荷马史诗》具有相似的宇宙结构意识。通过比较不难看出，两种史诗都反映了上、中、下三界的宇宙结构意识。这种宇宙意识以人为中心，既表现出人的强大自信心和顽强创造力，也体现出对异质文化相当的包容性，同时让我们看到了东西方不同地域的民族极为相似的宇宙结构思维模式。这种宇宙结构观念上的会通性，不仅反映了史诗诞生时代东西方民族在生活观念、思维方式上的相似性，而且启发我们进一步思考宇宙信仰对民族历史以及民族心理的综合影响。③

第四，《江格尔》和《荷马史诗》具有相似的战争主题。两种史诗的中心内容都是战争，其相似的主题思想体现在以下几方面：对财产和女性的争夺是战争的起因；战争过程中双方极尽斗智斗勇之能事；在对强力的赞誉中也不乏部分参与者的厌战情绪；财物和人力的重新分配是战争的必然结局；正义原则是战争伦理的核心。所不同的是，《江格尔》将团聚作为最终理想，《荷马史诗》在团聚之前需经历漫漫归途以及归途中的种种考验。

---

① 参见王卫华《〈江格尔〉与〈荷马史诗〉比较研究》，昆仑出版社2007年版，第53页。
② 王卫华：《〈江格尔〉与〈荷马史诗〉比较研究》，昆仑出版社2007年版，第83页。
③ 参见王卫华《〈江格尔〉与〈荷马史诗〉比较研究》，昆仑出版社2007年版，第96—97页。

第五，《江格尔》和《荷马史诗》具有近似的英雄崇拜情结。毫无疑问，两种史诗关于江格尔、阿喀琉斯等英雄形象的刻画，对于忠臣良将洪古尔和赫克托耳保家卫国的责任担当以及对朋友大义至诚等方面的描写，再现了史诗时代蒙古民族和古希腊人相似的英雄模式与人生理想，反映了东西方古老民族在思维方式和理想境界上的相通之处。两种史诗还分别塑造了阿拉坦策吉和奥德修斯等智者的形象，他们同样勇敢无畏，意志坚定，但他们显然更加理性，更具智慧。总之，"《江格尔》与《荷马史诗》之所以发展成大型的英雄史诗，一个共同的心理基础是英雄崇拜意识。这两部史诗的核心人物是超越家族系统的民族英雄……对这些英雄的崇拜成为民族凝聚力的象征"①。

第六，《江格尔》和《荷马史诗》具有近似的性别认同意识。作为女性学者，王卫华特别关注两种史诗的女性观念及其形象塑造。她认为，在《江格尔》和《荷马史诗》中，女性十分重要并承担着复杂的社会生活角色，如阿盖与佩涅洛佩的聪慧，参丹格日乐和海伦的叛逆，以及其他各具特色的女性群体。丰富多样、鲜明生动的女性形象，既反映了两种史诗在性别认同上的基本共识，也彰显了其间的民族差异性。需要反思的是，无论是《江格尔》还是《荷马史诗》，女性都处于被物化、超凡化同时也存在被束缚的尴尬处境，她们常常无法表达自己的意志，更不要奢谈真正获得男女平等的地位。②

《中国少数民族文学比较研究》专设"突厥语民族史诗与希腊史诗比较"一节，对突厥语民族史诗与希腊史诗进行了比较研究。这部分由郎樱执笔，其相关见解被收入2011年出版的《中国北方民族文学比较研究》一书。

突厥是6世纪中叶兴起并逐渐活跃于蒙古高原及中亚地区的相关族群的总称，也是中国西北与北方草原地区继匈奴、鲜卑、柔然之后又一

---

① 王卫华：《〈江格尔〉与〈荷马史诗〉比较研究》，昆仑出版社2007年版，第245页。
② 参见王卫华《〈江格尔〉与〈荷马史诗〉比较研究》，昆仑出版社2007年版，第217页。

个重要的游牧族群，隋唐时期一度成为草原霸主。突厥语族归于阿尔泰语系，隶属该语系的还有蒙古语族与满—通古斯语族。我国的突厥语民族主要集中在西北地区，包括维吾尔、哈萨克、柯尔克孜、乌孜别克、塔塔尔、裕固、撒拉等7个具体民族。突厥语民族的英雄史诗极为丰富，流传于我国西北地区的英雄史诗就有数十部之多。郎樱在研究过程中发现，突厥语史诗与古希腊史诗有许多相同或近似之处。表面上看，突厥先民居住在北亚山林与草原地带，希腊人生活在地中海环绕的半岛上；突厥史诗属于东方史诗，希腊史诗是西方史诗；两类史诗不仅有着遥远的时空距离，而且各自的文化背景也迥然相异——这就产生了一个问题——两类史诗何以出现诸多相同或近似之处？

在藏量丰富的突厥语民族史诗中，最著名的当数柯尔克孜族英雄史诗《玛纳斯》。这部气势磅礴的英雄史诗约23万行，体量相当于《伊利亚特》的16倍、《奥德赛》的19倍，表现了玛纳斯及其七代子孙的伟大抗争。在全面比对《玛纳斯》和《伊利亚特》之后，郎樱认为，二者至少存在六方面的相同或近似之处。[①]

第一，两部史诗都以征战为主要内容，都是宏伟的充满悲剧美的英雄主义史诗。

第二，两部史诗的起因都是争夺美女。特洛伊战争因争夺海伦而起，《玛纳斯》中的战争因争夺阿依曲莱克而起。

第三，《伊利亚特》中的跛腿铁匠赫淮斯托斯以无与伦比的精湛工艺为英雄阿基琉斯打造盾牌、金盔、铠甲等武器，《玛纳斯》中也有一位来自埃及的充满神秘色彩的瘸腿铁匠多略克。

第四，《伊利亚特》记述了吕喀亚王萨尔柏科战死后，尸体被神托着飞回故乡吕喀亚，《玛纳斯》则有玛纳斯之子赛麦台依和英雄恰克玛克塔什被害后尸体由仙女托着从空中运走的情节。

第五，《伊利亚特》对帕特洛克罗斯葬礼的描写，与《玛纳斯》对

---

① 参见郎樱《中国北方民族文学比较研究》，民族出版社2011年版，第197—198页。

哈萨克汗王阔阔台依祭典的描写有着异曲同工之妙。

第六，在人物形象特别是英雄人物的塑造上，两部史诗均突出了英雄气概、悲剧结局和震撼效果。

尽管突厥史诗与古希腊史诗有诸多相近之处，但二者也存在一些差异。这些差异突出表现为两个方面。一是传承方式不同。"突厥史诗基本上是口传史诗，至今仍在民间由歌手演唱，是活态史诗。而希腊史诗是书面史诗，已不再以口承方式在民间流传。"[①] 二是叙事方式有别。突厥史诗与希腊史诗属于两种不同类型，即突厥史诗一般以人物为中心，采用顺时而连贯的叙事方式建构作品，而希腊史诗以事件为中心，多采用打破自然时序的倒叙方式来建构文本。[②]

通过上述比较，郎樱认为，突厥语史诗和希腊史诗在东西方文化交流的大背景下相互借鉴，彼此补充，从而使自身变得更为丰满。"突厥史诗与希腊史诗中的类同巧合，既是早期人类思维的共同特点、史诗文化发展规律使然，也是古代东西文化相互影响所致，这种影响反映在史诗之中，成为古代东西方文化交流的结果。"[③] 这种结论，比此前她在《中国少数民族文学比较研究》中所作的古希腊神话"源于东方，源于北亚草原上的游牧民族，源于突厥语诸民族"的单向度推断更为妥帖。

突厥语史诗与古希腊史诗《奥德赛》之间也不乏可比性。其中，某些情节上的相似性格外引人注目，如惩治求婚人的情节。《奥德赛》的核心情节是英雄征战及战后回归期间，求婚人纠缠奥德修斯之妻，佩涅罗佩坚贞自守，奥德修斯归来惩处求婚人，最终夫妻团圆、家人团聚。广泛流布于突厥民族中的《巴木斯·巴依拉克》以及哈萨克族英雄史诗《阿勒帕米斯》、柯尔克孜族英雄史诗《加芮什与巴依什》等，也有惩处求婚人的母题。郎樱特别指出，"古老的突厥史诗《巴木斯·

---

① 郎樱：《中国北方民族文学比较研究》，民族出版社2011年版，第199页。
② 参见郎樱《中国北方民族文学比较研究》，民族出版社2011年版，第199—200页。
③ 郎樱：《中国北方民族文学比较研究》，民族出版社2011年版，第202页。

巴依拉克》与希腊著名史诗《奥德修纪》，不仅叙述模式相同，甚至连情节、细节，都完全一样"①。此外，还有其他一些突厥史诗与《奥德赛》存在某些相似的母题。譬如，突厥与蒙古族史诗中广泛流传的女巫通过魔法将英雄变为骡、驴、羚羊、野猪等动物的母题，与奥德修斯在埃亚依岛遭遇的刻尔吉女神运用魔法将希腊人变为猪的母题极为相似。从更为广泛的范围来考察，"施魔法将人变成动物是一个相当古老的母题，在古代印度《僵尸鬼故事》中就有将人变驴的母题存在。这一母题随着印度故事的传播四散到各方。蒙古史诗《格斯尔》中女妖在食物中投药，使用黑色魔力杖把人变成驴的情节，以及《太平广记》中三娘子用药饼之魔力把赵季和变成驴的情节，明显受到古老印度故事之影响"②。这种比较，再次表明"同源异流"是文学跨界传播中的基本规律。

二 中国民族史诗与印度史诗的比较研究

中国和印度同为文明古国，双方文化交往密切并互有影响。鲁迅早就说过："尝闻天竺寓言之富，如大林深泉，明徐元太辑《喻林》，颇加搜录，然卷帙繁重，不易得之。佛藏中经，以譬喻为名者，亦可五六种，惟《百喻经》最有条贯。"③ 季羡林谈及印度文化的民族特征时，也充分认识到这一国度充满幻想的寓言和童话对世界其他国家与民族文学所产生的积极影响，包括对中国书面文学《西游记》《封神榜》的陶染作用。季羡林指出，"《西游记》许多妖怪的故事来自印度固然是尽人皆知的了，连孙悟空也不是土产的猴王，他的前身大概就是印度长篇史诗《罗摩衍那》里的那个猴子。《封神榜》里许多想入非非的斗法的故事也都不是我们中国人可以创造出来的，来源也同样是印度。在短篇

---

① 郎樱：《中国北方民族文学比较研究》，民族出版社2011年版，第194页。
② 郎樱：《中国北方民族文学比较研究》，民族出版社2011年版，第195—196页。
③ 鲁迅：《鲁迅全集》第7卷，人民文学出版社2005年版，第103页。

小说方面，我只想提醒大家看唐人的短篇小说。在唐人的短篇小说里，有的简直直抄印度的故事，有的故事虽然是中国的，但里面却杂入了很多的印度成分，像王度的《古镜记》，沈既济的《枕中记》，沈亚之的《秦梦记》都是"[1]。

相比而言，张炯则更为看重中国文学在接受他者文学滋养的同时也给予相关外国文学以不同程度的影响。譬如，随着佛教的传入，印度文学给予中国文学特别是唐代变文以明显影响；近代以来，中外交流日趋频繁，俄罗斯、欧美及日本文学更多地被译介到我国。与此对应，我国文学也给予他国文学以补益。汉唐以来，中国文学对朝鲜、越南、日本等国有直接影响，即便是德国的歌德、法国的伏尔泰等大师级作家也对中国文学成就赞誉有加。引人注目的是，"20世纪以来，中国古典文学名著《三国志演义》、《水浒传》、《西游记》、《红楼梦》和现代中国名家的创作等均先后翻译到外国。生活于世界各地的数千万华人，更无不把中国文学的传统带到相应的国家和地区。今天，书写汉语的华文文学已成为世界上读者人数最多的语种文学之一"[2]。正是在中华文学内外多层级交往的文化通道中，中国民族文学及其诗学也积极参与到世界文学的有机循环系统之中。

郎樱在对《格萨尔》和《罗摩衍那》的叙事结构进行深度比较分析后指出，我国藏族格萨尔大王与印度罗摩王的身世和经历极为相似，如都来自天界；都有被流放的经历；都有妻子被劫以及救妻之战；均完成平妖除害使命；均被众神迎回天界。藏族史诗《格萨尔》的叙事空间，紧紧围绕格萨尔大王的业绩展开，涉及天界、人界和地界，构成一种独特的圆形叙事结构，即来自天界——建功立业于人世间——入地下界救母救妻——完成下凡使命——被迎回天界。总体而言，"《罗摩衍那》与《格萨尔》圆形叙事结构的形成，受到佛教观念的影响。佛教

---

[1] 季羡林：《比较文学与民间文学》，北京大学出版社1991年版，第69页。
[2] 张炯：《论中国文学史的史观与分期、前沿问题》，《文学遗产》2004年第2期。

信仰轮回，他们认为有生命的东西永远像车轮一样在天堂、地狱、人间等六个范围内循环转化"①。

关于藏族史诗《格萨尔》对印度《罗摩衍那》的接受与改造，郎樱认为，与彼此间的经贸、旅游、文化往来密不可分。《格萨尔》约形成于 11 世纪，当时已出现《罗摩衍那》的藏文故事梗概译本。《格萨尔》一方面受到《罗摩衍那》圆形叙事结构的影响，另一方面又有属于自己的创造。因两部史诗赖以生成的社会环境、文化背景不同，因而它们所反映的社会内容、形象塑造以及所体现出来的伦理观念、民族精神和审美理想等也有所差异。首先，从思想内容上看，《罗摩衍那》中的罗摩是刹帝利，魔王罗波那是婆罗门，罗摩与罗波那的斗争是印度古代社会刹帝利与婆罗门斗争在史诗中的反映；而《格萨尔》中的雄狮国王格萨尔则是人民心目中理想的英雄，他智勇双全，神通广大，降服四方妖魔，铲除八面暴君，使四分五裂的部落形成统一的局面。其次，就艺术风格而言，《罗摩衍那》书面定型较早，结构相对严谨，文学性较强，对于人、猴、魔三方的联盟与战争多有绘声绘色的描写；而作为口传史诗的《格萨尔》在流传过程中不断发展、变异，尽管已有书面文本，但其各种异文本至今仍处在成长的路上，其文学性和结构的严谨程度不如《罗摩衍那》纯熟。最后，《格萨尔》虽然在形成、发展过程中受到《罗摩衍那》的影响，但整部史诗所揭示的是古代藏族人民的社会生活，反映的是藏族的民族性格与民族情感，表达的是藏族人民久经战乱、渴求统一的强烈愿望和要求。②

通过对《格萨尔》与《罗摩衍那》传承特点及其异同表现的比较，可使我们更为清晰地理解和把握不同民族间文化交往交流交融的基本规律。事实上，作为印度的古老史诗，《罗摩衍那》对东方众多国家和民

---

① 郎樱：《中国北方民族文学比较研究》，民族出版社 2011 年版，第 207 页。
② 参见马学良等主编《中国少数民族文学比较研究》，中央民族大学出版社 1997 年版，第 294—296 页。

族的文学都产生过不同程度的影响。就其文化辐射路径来看，大体有三条传播主线。一是东线，传播到缅甸、泰国、老挝、柬埔寨和越南；二是北线，传播到我国西藏、新疆进而深入中原汉地；三是南线，传播到印度尼西亚、马来西亚等广大地区。现有事实表明，《罗摩衍那》的放射状文化传播与佛教的传播路径基本一致。

在我国藏区以外的《罗摩衍那》接受史上，傣族史诗《兰嘎西贺》受其影响至深。按照季羡林的理解，印度《罗摩衍那》之所以流行于我国傣族民间，其影响程度也远超其他地区，主要基于两个原因。一是云南傣族和缅甸接壤，而缅甸有更为便利的地缘条件较早接受印度文化；二是傣语与泰语同根同系，借由泰国这一文化过渡地带，傣族也较早接受了印度的文学与宗教。① 这种分析有理有据，令人信服。郎樱也认为，《罗摩衍那》和《兰嘎西贺》有诸多近似之处：

> 这两部史诗主人公的名字"罗摩"与"朗玛"，发音相似；英雄的妻子"悉多"与"西拉"的发音也较为相近。这两部史诗的主人公下凡投胎，都是四位王子。罗摩与朗玛都是通过拉神弓娶的美女为妻，他们本应继承王位，但均受到小后的阻挠与陷害，他们都有被流放到森林的经历（罗摩14年，朗玛12年）。他们的妻子均被妖魔劫走，罗摩与朗玛都有借助猴国兵力，在神猴哈奴曼的帮助下战胜恶魔、救出妻子的情节。甚至连怀疑妻子贞操、妻子跳入烈火证明清白的细节，这两部史诗都相同。②

《兰嘎西贺》与《罗摩衍那》的基本情节之所以如此接近，确实与傣族由来已久的佛教信仰高度相关。据考证，傣族地区早在公元前就流行小乘佛教，后又直接由印度传入大乘佛教。与《格萨尔》接受《罗摩衍那》的影响相比，《兰嘎西贺》受到《罗摩衍那》的影响更为直接

---

① 参见季羡林《比较文学与民间文学》，北京大学出版社1991年版，第216—217页。
② 郎樱：《中国北方民族文学比较研究》，民族出版社2011年版，第211页。

和强烈。由此，郎樱得出三点结论。第一，印度史诗《罗摩衍那》随佛教的传播而流传到亚洲各地，并对包括中国在内的相关国家和民族文化尤其是史诗形态产生深远影响；第二，经由《罗摩衍那》与中国《格萨尔》《兰嘎西贺》等史诗的比较研究，不难发现，《罗摩衍那》对我国藏族史诗和傣族史诗的影响十分显著；第三，通过文化交流达成异质性文化间的单向、双向或多向影响，是民族文学发展的基本规律。①

罗汉田所著《中国南方民族文学关系史·元明清卷》也高度关注《兰嘎西贺》对《罗摩衍那》接受基础上的创新。他认为，《兰嘎西贺》被誉为傣族"五大诗王"之一，广泛流传于我国云南的西双版纳、德宏、思茅、红河、玉溪等傣族地区。虽然《兰嘎西贺》与《兰嘎西双贺》有明显差异，但一般认为后者就是前者的变异本。20世纪50年代以来，在搜集、整理、翻译过程中，学者们对《兰嘎西贺》的文本、源流及其与印度史诗《罗摩衍那》的关系进行了比较研究，并提出翻译、缩写、改造、创新等四种不同观点。②

罗汉田认可广泛流传于傣族地区的《兰嘎西贺》源于印度《罗摩衍那》的基本说法，但不认为前者是后者的傣文译本或傣文缩写本，而是由熟悉傣族文学传统、具有丰富创作经验的傣族学者英达万参照傣传佛教中的罗摩故事加以重新构思创编而成的具有中国民族特色的新作。"所以，《兰嘎西贺》浸透的不是印度教的精神而是佛教的精神，字里行间到处充满着对佛陀、佛法的歌颂和对佛教的赞美。"③ 有别于郎樱的研究结论，罗汉田更为看重《兰嘎西贺》对《罗摩衍那》的"再创造"，认为这种"再创造"主要表现为四大"不同"。

一是主题思想不同。《罗摩衍那》浸透着印度教精神，惯于颂扬刹帝利的道德伦理和政治主张；《兰嘎西贺》充盈着佛教精神，以颂扬佛

---

① 参见郎樱《中国北方民族文学比较研究》，民族出版社2011年版，第212页。
② 参见罗汉田《中国南方民族文学关系史·元明清卷》，民族出版社2001年版，第52—53页。
③ 罗汉田：《中国南方民族文学关系史·元明清卷》，民族出版社2001年版，第61页。

教的道德伦理和政治主张为己任。"这种不同，正是《兰嘎西贺》在主题思想方面所作的新的再创造。"①

二是人物形象不同。《兰嘎西贺》对《罗摩衍那》作了人物形象方面的改造。相比而言，《兰嘎西贺》不仅将罗摩改为召朗玛、悉多改为西拉、罗什曼那改为腊嘎纳、罗波那改为捧玛加、哈奴曼改为阿努芒，"而且将史诗中的人物从外貌到内心都作了一番脱胎换骨的改造，使他们失去了原有的性格特征，彻底变成地道的符合傣族群众欣赏习惯的新形象"②。

三是结构框架不同。《罗摩衍那》以男主人公罗摩为中心，从他诞生、成长写起，直至结婚、流放、悉多被劫、罗摩与十首魔王罗波那激战，属于"先颂美后惩恶"的结构框架；而《兰嘎西贺》先铺陈反面人物十首魔王的种种恶行，再叙述召朗玛如何战胜十首魔王，是"先抑恶后扬善"的结构模式。③

四是情节与细节不同。《罗摩衍那》随着佛教文化的传播流布到我国云南傣族地区后，经由傣族民间诗人、歌手的吸收与改造，形成拥有傣族特色的长诗《兰嘎西贺》，并在与之毗邻的布朗、景颇、德昂、阿昌等民族地区广泛流播，产生诸多情节、细节不尽相同的异文和抄本。④

罗汉田同时指出，傣族民间还广泛流传着"阿銮系列故事"和佛本生故事。阿銮散文体故事和韵文体长诗纷繁复杂，大体可分为三种类型，即神话型、英雄型、佛本生型。⑤傣族的《阿銮桑吉沙》和阿昌族的《爱撒萨》明显同源于缅甸历史传说《江喜陀》。而在"阿銮系列故事"中，《稀奇古怪》和《阿銮金乱》这两个故事"与壮族的《百鸟

---

① 罗汉田：《中国南方民族文学关系史·元明清卷》，民族出版社2001年版，第61页。
② 罗汉田：《中国南方民族文学关系史·元明清卷》，民族出版社2001年版，第61—62页。
③ 参见罗汉田《中国南方民族文学关系史·元明清卷》，民族出版社2001年版，第63页。
④ 参见罗汉田《中国南方民族文学关系史·元明清卷》，民族出版社2001年版，第66页。
⑤ 参见罗汉田《中国南方民族文学关系史·元明清卷》，民族出版社2001年版，第70页。

衣》、布依族的《九羽衣》、苗族的《百鸟衣龙袍》、白族的《百羽衣》、水族的《蒙虽与龙女》、瑶族的《龙师与三女》、彝族的《聪明美丽的姑娘》等广泛流传于南方少数民族地区的故事十分相似"①。

陈岗龙对《蒙古秘史》与《罗摩衍那》中的女主人公进行了专项比较。在他看来，罗摩的妻子悉多与古代蒙古族成吉思汗的妻子孛儿帖既有相同点也有相异处。二者的相同点在于：悉多和孛儿帖都是皇帝或国王的妻子；两人都有被敌方劫持的经历；被劫皆起因于复仇；均对丈夫忠贞不贰；均身陷囹圄而被丈夫救出；回到丈夫身边后均被人们议论；丈夫对自己的妻子都产生过各种想法；最后丈夫都摧毁了仇敌。二者的相异处在于：迎娶方式不同；两位妻子的能耐不同；被劫后的境遇不同；被劫后两位丈夫的态度不同；两位妻子对丈夫及其事业产生的作用不同。陈岗龙还梳理了印藏诗学对蒙古族诗学的影响，并特别强调："在印藏诗学对蒙古文学理论影响方面，巴·格日勒图的《〈诗镜论〉与蒙古族文艺理论研究》、照日格图的《〈萨迦格言〉对蒙古文学的积极作用》、娜仁图雅的《〈诗镜论〉对蒙古族诗论的影响》、萨仁高娃的《〈诗镜〉〈苏巴喜地〉对摩尔根格根训诫诗的影响》、巴图的《〈育民甘露〉与蒙古训喻诗》、却拉布吉的《〈善书宝藏〉和蒙古族古代格言诗的关系》等论文，对推动蒙古族诗学建设有积极意义。"②

三 中国民族史诗与俄罗斯、苏美尔史诗的比较研究

除部分博士、硕士学位论文涉及中俄史诗比较研究外，单篇学术论文相对少见。斯钦巴图在比较流传于俄罗斯联邦图瓦共和国的民间史诗《克孜尔》和蒙古族史诗《格斯尔》时认为，《格斯尔》虽产生于蒙古族和藏族，但已广泛流播到国内其他民族地区和国外相关民族地区。相

---

① 罗汉田：《中国南方民族文学关系史·元明清卷》，民族出版社2001年版，第83页。
② 陈岗龙：《改革开放三十年蒙古比较文学研究的回顾与展望》，《内蒙古师范大学学报》（哲学社会科学版）2009年第1期。

比之下，《格斯尔》和《克孜尔》乃同源异流之作——其中，《格斯尔》是源，《克孜尔》是流。图瓦《克孜尔》在接受蒙古族《格斯尔》的影响时，既有译自蒙古文的部分，也有在蒙文基础上创编的部分，还有图瓦自身独创的部分。①

就同源性来说，北京木刻版《格斯尔》和图瓦《克孜尔》仅第一章就有多达21个逐一对应的情节——霍尔穆斯塔遗忘法旨；霍尔穆斯塔决定派次子下凡；预言格斯尔/克孜尔降生；楚通放逐格斯尔/克孜尔未来父母；格斯尔/克孜尔投胎；珠儒/朝儒铲除三魔；珠儒/朝儒使父母致富；出现家庭矛盾；珠儒/朝儒之父试探儿子；珠儒/朝儒母子俩被楚通放逐到七个魔鬼处；珠儒/朝儒消灭七魔；珠儒/朝儒收服百姓和强盗并使之皈依佛教；珠儒/朝儒告知哲萨自己就是格斯尔/克孜尔；珠儒/朝儒斩除塔顶妖魔；楚通再次驱逐珠儒/朝儒母子；珠儒/朝儒痛打楚通；珠儒/朝儒和阿尔伦·豁阿/图们吉尔嘎拉姑娘；珠儒/朝儒到楚通家参加婚礼；珠儒/朝儒娶茹格慕·豁阿为妻；楚通意欲抢夺茹格慕·豁阿；珠儒/朝儒向妻子现身。② 通过上述21个相同或近似母题的比对，完全可以断定图瓦《克孜尔》和蒙古族史诗《格斯尔》的同源性。

但因为《克孜尔》同时具备相应的创编性，因此，它与《格斯尔》之间的异流特征也不容忽视。这种异流性创造主要体现在三个方面。一是图瓦人创编了异名史诗《克孜尔》；二是增加了某些新篇章；三是改变了《格斯尔》原有人物的姓名。毫无疑问，蒙古族《格斯尔》流传到图瓦地区成为《克孜尔》，必定会发生某些变异。其中，由于"格斯尔"在图瓦语中的发音变化，因而被误认为成吉思汗，致使有关成吉思

---

① 参见斯钦巴图《图瓦〈克孜尔〉与蒙古〈格斯尔〉比较研究》，载陈岗龙、额尔敦哈达主编《奶茶与咖啡：东西方文化对话语境下的蒙古文学与比较文学》，民族出版社2005年版，第217页。

② 参见斯钦巴图《图瓦〈克孜尔〉与蒙古〈格斯尔〉比较研究》，载陈岗龙、额尔敦哈达主编《奶茶与咖啡：东西方文化对话语境下的蒙古文学与比较文学》，民族出版社2005年版，第217—218页。

汗的传说故事成为图瓦史诗新篇章并得以广泛流传。基于这种认识，同时也缘于图瓦人将所传故事视为真实发生过的历史事件，所以有人索性把《克孜尔》称作《克孜尔·成吉思汗传》。正因如此，斯钦巴图指出，在图瓦地区将克孜尔和成吉思汗误认为同一个人，主要得益于《克孜尔·成吉思汗水渠》《克孜尔坝》等历史风物传说的广泛传播。这种现象在蒙古地区极为罕见。

我国西南少数民族地区也有不少创世史诗和英雄史诗，如壮族的《布洛陀》、瑶族的《密洛陀》、苗族的《古歌》、阿昌族的《遮帕麻与遮米麻》、拉祜族的《牡帕密帕》等。相比而言，彝族史诗尤为丰富，现知的就有24部之多，主要包括《勒俄特依》《阿细的先基》《天地祖先歌》《阿黑西尼摩》《阿鲁举热》《梅葛》《查姆》《铜鼓王》等。

王菊以彝族的《勒俄特依》、拉祜族的《牡帕密帕》为例，将之与巴比伦苏美尔人创世史诗《埃努马·埃利斯》进行比较研究。流传于四川彝族地区的《勒俄特依》由14章组成，分别为"天地演变史""开天辟地""阿俄署布""雪子十二支""呼日唤月""支格阿龙""射日射月""喊独日独月出""石尔俄特""洪水漫天地""兹的住地""合侯赛变""古侯主系""曲涅主系"。拉祜族创世史诗《牡帕密帕》由"造天造地""两兄妹打猎"和"寻找肥沃的土地"三部分组成，流传于云南的澜沧、孟连、双江、勐海等地。巴比伦的《埃努马·埃利斯》叙述了马尔都克创世的基本过程：很久以前，上天没有名字，深渊中的女魔梯阿玛特与阿普苏生下许多妖魔怪兽，后来又与儿子金古生出一批魔怪，以对付众天神中的勇者——马尔都克。马尔都克杀死女魔后将其尸体剖开，一半作天，一半造地；接着创造了日月星辰和游鱼走兽；杀死金古后用它的血液掺和泥土创造出人类万象。

经由比较分析，王菊总结出《勒俄特依》《牡帕密帕》《埃努马·埃利斯》三大创世史诗的四个共同点。第一，观点相同——神创造世界。彝族的恩体谷兹、拉祜族的厄莎、苏美尔人的马尔都克以天神的形

· 297 ·

象创造了世界。第二，情节相同——天神们创造了开天辟地的伟业。无论是利用自身的本领还是借助其他诸神的力量，天神们最终都战胜了妖魔鬼怪，分开天地，创造日月、山川、动物、植物和人类。第三，基本结构相同——天神的来源与结局是不可知的。天神哪里来、何处去，没有明确交代，倍感神秘和玄妙。第四，体裁相同——以诗歌体记叙创世历史。[1] 三大史诗既有上述相同点，也有四大差异。一是创世过程的细节不同；二是造人细节有别；三是章节内容相异；四是艺术表现方式各有特点。

除创世史诗的相关比较外，王菊还对彝族《支格阿鲁王》《勒俄特依·支格阿龙》与藏族《格萨尔王》的母题作了相应比较，并得出四大相同点和五大不同点。所谓四大相同点，主要指《支格阿鲁王》《勒俄特依·支格阿龙》《格萨尔王》母题上的四大趋同性。一是英雄母亲神奇受孕；二是英雄奇异诞生；三是英雄的苦难童年；四是英雄少年立功。三种英雄史诗的五大不同点在于：事迹不同、婚姻不同、结局不同、原型不同、叙事手法不同。[2] 王菊还同时比较了彝族迁徙史诗《彝族源流》与《诗经·公刘》的异同之处。[3] 因此类比较属于少数民族比较诗学范畴，这里不予展开讨论。

第三节　中外民族作家文学及其诗学比较研究

关于中外民族作家文学及其诗学比较研究，主要体现在三个方面。一是俄苏文学与中国民族文学及其诗学的融通比较；二是欧美文学及其

---

[1] 参见王菊《比较文学视野下的彝族文学研究》，民族出版社2013年版，第31页。
[2] 参见王菊《比较文学视野下的彝族文学研究》，民族出版社2013年版，第35—40页。
[3] 王菊认为，《彝族源流》与《诗经·公刘》二者有三大相同点。一是相同的复沓式诗歌结构；二是相同的尊祖敬祖信仰；三是相同的迁徙结果。二者的三大不同点在于，叙述重点不同、叙述对象不同、语言策略不同。参见王菊《比较文学视野下的彝族文学研究》，民族出版社2013年版，第42—43页。

理论批评观念与中国民族诗学建构的参照比较；三是东方异国情调与中华民族文学及其诗学的互证比较。

一 俄苏文学与中国民族文学及其诗学的融通性比较

俄苏作为横跨欧亚大陆的中国近邻，与我国有着久远而深刻的文化渊源关系。对于包括少数民族在内的新中国文学及其诗学建设而言，俄国批判现实主义作家果戈理、列夫·托尔斯泰以及苏联著名作家肖洛霍夫、马雅可夫斯基、艾特玛托夫等，都曾经、正在并将继续对中国文学及其理论批评产生重要而积极的影响。

陈莫京认为，果戈理的《钦差大臣》与老舍的《西望长安》是把文学、法学与心理学融为一体的讽刺喜剧作品，具有很好的可比性。就主人公而言，赫列斯塔科夫生活在19世纪30年代的俄国，栗晚成生活于20世纪50年代的新中国。"他们尽管民族不同，时代不同，但都是政治骗子。都冒充国家工作人员的身份，不仅骗取财物而且还骗取政治地位、荣誉等等。"[1] 赫列斯塔科夫与栗晚成都有虚伪狡诈的心理特征，两位作者都给予了辛辣的嘲讽和犀利的批判。不过，果戈理的《钦差大臣》与老舍的《西望长安》虽然都是讽刺喜剧，但二者在讽刺对象、讽刺手法和讽刺效果等方面却有一定的差异性。果戈理讽刺的是19世纪上半叶俄国的腐败官僚制度和农奴制，而老舍却是在讴歌新社会制度的基础上嘲笑盲目的英雄崇拜、官僚主义、麻痹大意等现象；《钦差大臣》以含泪的笑、尖刻的笑让读者捧腹大笑，《西望长安》则是善意而含蓄的笑，难以引发读者大笑。[2] 陈莫京认为，产生这种差异的原因在

---

[1] 陈莫京：《赫列斯塔科夫与栗晚成——果戈理〈钦差大臣〉与老舍〈西望长安〉的比较》，载陈守成等主编《中国民族文学与外国文学比较》，中央民族学院出版社1989年版，第139页。

[2] 参见陈莫京《赫列斯塔科夫与栗晚成——果戈理〈钦差大臣〉与老舍〈西望长安〉的比较》，载陈守成等主编《中国民族文学与外国文学比较》，中央民族学院出版社1989年版，第148—149页。

于，《钦差大臣》在创作中运用了诸如夸张、误会、巧合、突变、重复、逆转、对比、细节描写等多种方式方法，"不仅写形，而且重视写神；不仅写实，而且重视写虚；不仅按照生活本身样子来反映生活，而且重视夸张变形；他不仅重视生活的必然性，而且重视偶然性，常使情节发展出乎意料之外，又入情理之中"[①]；"老舍的《西望长安》涉及了生活中的偶然性，但更注重必然性，刻画了剧中人的心理活动，但更着笔于人物的行动；理性的分析多于感情的描绘，写实多于写虚，夸张但嫌不够，正面的揭露多于讽刺，多于嘲笑"[②]。相比之下，受特定时代语境的制约，《西望长安》的讽刺力度略显不足。

19世纪中期俄国批判现实主义作家列夫·托尔斯泰及其作品，被列宁誉为"俄国革命的镜子"。杨远鹿曾专门就其长篇小说《战争与和平》与老舍的长篇小说《四世同堂》进行比较研究。他认为："《战争与和平》和《四世同堂》描写的都是自己民族历史上一次重要的民族自卫战争，由于作者所处的时代、社会条件不同，托尔斯泰是站在贵族的立场看事物，《战争与和平》反映的是贵族革命酝酿的时代，着笔于上层贵族知识分子。《四世同堂》所反映的是党领导下的无产阶级革命的时代，当时面临的任务主要是解决民族矛盾，老舍拥护共产党领导，从爱国主义立场着笔于下层知识分子和劳动者。"[③] 尽管所写内容不同，但两部作品客观上仍有相通之处。首先，《战争与和平》和《四世同堂》均汇集了分散在不同生活空间中的各种类型的爱国主义者形象，使其形成最为广泛的统一战线，两位作者都在这种统一战线中热情赞扬了

---

① 陈莫京：《赫列斯塔科夫与栗晚成——果戈理〈钦差大臣〉与老舍〈西望长安〉的比较》，载陈守成等主编《中国民族文学与外国文学比较》，中央民族学院出版社1989年版，第149页。

② 陈莫京：《赫列斯塔科夫与栗晚成——果戈理〈钦差大臣〉与老舍〈西望长安〉的比较》，载陈守成等主编《中国民族文学与外国文学比较》，中央民族学院出版社1989年版，第150页。

③ 杨远鹿：《〈战争与和平〉与〈四世同堂〉》，载陈守成等主编《中国民族文学与外国文学比较》，中央民族学院出版社1989年版，第187页。

城乡劳动者的爱国精神。其次，两部作品都善于通过多种艺术手段打开人物的心灵世界，使这些复杂的心理状态在表层、里层、深层等多层次展示中仍具有清晰的头绪。最后，《四世同堂》受到《战争与和平》的影响，老舍称《战争与和平》写得"亲切活现"，堪称"伟大"作品。[1]

特别值得关注的是，中国和俄苏对于老舍的研究虽不同步，但彼此的研究过程却有某些相似之处。对此，石兴泽在《中国与苏俄老舍研究比较》一文中作了较为清晰的梳理和阐述。他认为，苏联学界对老舍的关注始于20世纪40年代初期，这比20世纪20年代末就已开始的中国老舍研究滞后十余年。至20世纪30年代，国内相关学者如朱自清、李长之、赵少侯、毕树棠等重点关注老舍作品的情节结构、人物塑造、语言特点、幽默风格等审美层面的问题。以郭沫若、茅盾、阳翰笙、胡风等为核心的革命作家群，借纪念老舍创作20周年活动，对其"文协"业绩、人格精神以及创作和理论批评的社会价值给予积极评价。同苏联翻译并收录老舍的《人同此心》一样，自20世纪40年代开始，中国的老舍研究从审美批评转向社会学批评，显示出鲜明的政治意识形态倾向。苏联学界之所以看重老舍，与老舍时任中华全国文艺界抗敌协会总务主任及其进步的创作倾向以及对苏联的友好态度密切相关。老舍曾撰文向苏联介绍中国战时文艺概况，参与郭沫若、茅盾、沈钧儒、陶行知等240位文艺界进步人士发起的致信苏联科学院的行动，参加过招待苏联汉学家费德林·米克拉舍夫斯基及苏联外交官费多连科的相关活动，出席过中苏文化人联欢会。上述系列活动，无疑引起了苏联文化界对老舍的高度关注。[2]

中华人民共和国成立后，中苏文化交流更趋频繁，老舍长期担任北京市中苏友好协会副会长，并兼任若干与中苏友好关系相关的临时性职

---

[1] 参见杨远鹿《〈战争与和平〉与〈四世同堂〉》，载陈守成等主编《中国民族文学与外国文学比较》，中央民族学院出版社1989年版，第187—204页。

[2] 参见石兴泽《中国与苏俄老舍研究比较》，《贵州民族大学学报》（哲学社会科学版）2014年第6期。

务，多次接待来访的苏联作家，并数次访问苏联。鉴于老舍为中苏友好交往所做的突出贡献，1956—1957年，莫斯科国家文学出版社相继出版了《老舍选集》和两卷本《老舍文集》，并陆续刊发B.谢曼诺夫的《论老舍的剧作》、H.费德林的《论老舍的创作》等专门介绍老舍文学成就的长篇论文。20世纪60年代中后期，随着老舍的辞世，苏联的老舍研究热与国内的老舍批判热形成强烈反差，但客观上恰好相反相成地推动了老舍研究的国际化趋向。

新时期以来，中苏关系渐趋正常化，苏俄的老舍研究再度复兴。相关数据表明，苏联文艺界相继举办老舍诞辰80、85、87周年纪念活动，老舍作品在苏联的发行量已超过百万册，相关学者发表了大量老舍研究论文。与此同时，俄罗斯学者多次来中国参加老舍学术研讨会。1999年，在北京举行的第二届老舍国际学术研讨会上，著名老舍研究专家索罗金、司格林、博洛京娜携研究生罗季奥诺夫一同抵京，并提交了《俄罗斯眼里的老舍》《老舍与幽默》《老舍〈二马〉中主人公与中国民族心理特色》《抗战前夕小说〈火车〉的思想艺术特色》等高质量学术论文。这些论文表明，在保持苏联时期研究态势的基础上，俄罗斯的老舍研究又有了新的拓展——更好地贴近了老舍研究的学术本位和国际视野。石兴泽在梳理和比较中俄老舍研究成果的基础上得出结论，虽然两国关于老舍研究的起点、过程、成就等均不相同，但在两个方面具有高度的相似性。"首先，中国与苏俄老舍研究都曾带有明显的意识形态特点"；"其次，中国与苏俄老舍研究大都重视综合概括和宏观把握"。①

苏联20世纪杰出文学代表、列宁勋章和"社会主义劳动英雄"称号获得者肖洛霍夫，对新中国文学有重要影响。我国文学理论批评界多方位探讨了肖洛霍夫对蒙古族作家玛拉沁夫的影响。

---

① 石兴泽：《中国与苏俄老舍研究比较》，《贵州民族大学学报》（哲学社会科学版）2014年第6期。

刘祥文专文检视了玛拉沁夫与肖洛霍夫的艺术情缘。他深信，蒙古族作家玛拉沁夫是受肖洛霍夫的《静静的顿河》的影响最为明显也最为深刻的中国作家之一。基于这种判断，他深入两位作家作品的内部，认为相似的人生经历与同样深厚的草原情怀，使玛拉沁夫对肖洛霍夫产生了异乎寻常的亲近感。其表征在于，从《茫茫的草原》的情节安排、人物刻画、景物描写、风土人情、抒情方式等层面看，都有《静静的顿河》的影子，并带有《新垦地》的某些艺术痕迹。尤为重要的是，两位作家对各自家乡的草原情有独钟。玛拉沁夫说过，肖洛霍夫笔下富有草原气息的哥萨克生活，对他帮助极大。①

刘祥文考察后认为，《茫茫的草原》与《静静的顿河》存在着创作上的"同源"关系。这种同源关系主要体现在四个方面。其一，情节安排上，两部作品都描述了当地人民在动荡年代"走上社会主义道路的艰难历程"；其二，风情描写上，肖洛霍夫被称为"顿河草原的歌手"，玛拉沁夫的作品则惟妙惟肖地展现了草原景色，有牛羊骏马、沙丘湖水、雾雪秋风，还有"无边无际的大森林以及草原上特有的牛毛味、牛粪味和夜风传来的秋草味"；其三，抒情方式上，通过一些富有象征意义的画面，两位作家都表达了自己的爱憎感情与生活感悟；其四，人物塑造上，两位作家都刻画了交相辉映的艺术形象。②刘祥文强调，此前，学者们大都关注两位作家对主要人物形象的塑造，事实上，其他次要人物更能证明玛拉沁夫对肖洛霍夫创作方法的成功借鉴。譬如，肖洛霍夫以麦列霍夫家族的兴衰来影射时代的风云变幻，玛拉沁夫则通过大牧主瓦其尔的家庭生活揭示两条道路的矛盾斗争。两相比较，瓦其尔与潘莱苔、旺丹与彼得罗、卡洛与达丽亚、沙克蒂尔与葛利高里、南斯日玛与娜塔丽娅，都具有极高的相似度，有异曲同工之妙。据

---

① 参见周作秋编《玛拉沁夫研究专集》，内蒙古人民出版社1984年版，第37页。
② 参见刘祥文《共鸣与借鉴：玛拉沁夫与肖洛霍夫的艺术情缘》，《南华大学学报》（社会科学版）2010年第3期。

此可见，玛拉沁夫的《茫茫的草原》确实受到了肖洛霍夫艺术手法的深刻影响。

沙媛重点比较了肖洛霍夫和玛拉沁夫笔下的"草原"书写。她认为，尽管两位作家属于不同国家、不同民族，创作内容和表现方法也不尽相同，但他们却有一些显著的共同点——真情讴歌祖国大地特别是"草原"；浓郁的地方色彩；强烈的抒情性；风趣幽默的语言。作为成熟的民族作家，他们笔下的"草原"书写又各具特色。

首先，肖洛霍夫为我们描绘出独特而丰富的草原风光，玛拉沁夫笔下虽然同样散发着浓郁的草原气息，但描写相对概括化。肖洛霍夫描绘的哥萨克顿河草原似一座座浮雕，凝重而有力量；玛拉沁夫笔下的草原风光则饱含主观色彩，在二度平面上尽力表现出景物的立体感，浓郁的情感跃然纸上。[①]

其次，肖洛霍夫的草原背负着战争和革命时期哥萨克人的命运，跌宕起伏，富于变化。特别值得称道的是，肖洛霍夫运用强烈的时空对比来表现与人物性格、人物活动或相向或相背的环境，在时空烘托中凸显出人民的悲剧性命运。[②] 玛拉沁夫笔下的自然风景虽然同样注意到了时空的统一与变化，但更为注重营造一种主观心境。[③]

最后，肖洛霍夫作品的基调悲凉雄壮，风格凝重，节奏时而舒缓时而急促，犹如浩荡汹涌的顿河，富有强烈奔放的节奏性和变幻无穷的韵律感，同时将史诗与悲剧艺术相结合，表现出事物的丰富性、复杂性和生动性，唱出了时代的最强、最高音。玛拉沁夫作品的基调欢乐轻快，风格清新明丽，将细腻温柔的情思与粗犷辽阔的草原风景相结合，一定

---

① 参见沙媛《肖洛霍夫和玛拉沁夫笔下的草原》，载陈守成等主编《中国民族文学与外国文学比较》，中央民族学院出版社1989年版，第175—177页。
② 参见沙媛《肖洛霍夫和玛拉沁夫笔下的草原》，载陈守成等主编《中国民族文学与外国文学比较》，中央民族学院出版社1989年版，第178页。
③ 参见沙媛《肖洛霍夫和玛拉沁夫笔下的草原》，载陈守成等主编《中国民族文学与外国文学比较》，中央民族学院出版社1989年版，第181页。

第五章 世界眼光：中外民族比较诗学

程度上实现了动中有静、静中有动、景中有我、我中有景、景中有画、画中有情的艺术美，但描绘的事物相对单一，深度、广度、力度略显不足。①

在肖洛霍夫与玛拉沁夫的比较研究领域，庹修宏更为强调纵横考察的重要性。她认为：

> 我们比较玛拉沁夫与肖洛霍夫，既要横向考察他们描写的人物性格、人物社会环境和自然环境，情节结构，人物外貌、心理、语言、抒情、叙事、幽默等艺术手法，民族特色以及作家的世界观等等。这只是就作家本身来说，对他们的横向思考还包括肖洛霍夫与苏联同辈作家的关系与影响，玛拉沁夫与我国同辈作家的关系，以及他们与其他各国文学的关系。从纵向考察来说，首先我们要探寻他们各自成长发展的道路，看他们怎样一步一步走向成熟。此外还要考察肖洛霍夫与俄罗斯古典文学以及高尔基等前辈作家的继承关系，他对当代苏联文学的影响；考察玛拉沁夫与蒙古族及汉族古典文学以及与茅盾、老舍等前辈作家的继承关系，他对我国，特别是对蒙古族文学的影响；考察玛拉沁夫、肖洛霍夫与其他各国的前一辈文学家、后一代文学家的关系及影响等。②

这种纵横复式比较的研究方法，对于跨民族比较诗学来说，具有重要的方法论价值。

在比较蒙古族诗人纳·赛音朝克图与马雅可夫斯基的诗歌创作观念时，关纪新、朝戈金认为，纳·赛音朝克图的诗作一方面借鉴了苏联著名诗人、《革命颂》和《列宁》的作者马雅可夫斯基的方法，另一方面

---

① 参见沙媛《肖洛霍夫和玛拉沁夫笔下的草原》，载陈守成等主编《中国民族文学与外国文学比较》，中央民族学院出版社1989年版，第183—184页。
② 庹修宏：《我国民族文学与外国文学比较的意义》，载陈守成等主编《中国民族文学与外国文学比较》，中央民族学院出版社1989年版，第20页。

又融合了蒙古民族民间文艺的相关元素，从而形成了具有我国民族特色的新型诗歌风范。在《多重选择的世界——当代少数民族作家文学的理论描述》中，关纪新、朝戈金指出，纳·赛音朝克图在域外生活时期就接触到马雅可夫斯基首创的"楼梯诗"这一诗歌形式，并在1946—1947年开始尝试这种诗歌形式，这在《自由》《长途》《黎明》等诗作中有明确表现，到《狂欢之歌》时已运用得相当娴熟。"诚然，纳·赛音朝克图不应当被仅仅当作一位热衷于引进外来形式的文体实验者。他大量的诗作是与蒙古史诗、说书、好来宝、民歌等民间传统文艺样式之间连接着剪不断的文化脐带的。"① 从这种意义上说，纳·赛音朝克图的创新精神及其立体未来主义诗歌实践，为中国少数民族诗学提供了新的比较阐释对象。

张海燕对艾特玛托夫与新时期新疆民族文学的关系作了比较性探讨。苏联作家艾特玛托夫以《查密莉雅》《一日长于百年》《白轮船》等作品著称于世，并由此获得列宁奖金和苏联国家奖金。通过比较，张海燕认为新时期新疆民族文学注重从外国优秀文学作品中汲取营养，其中，艾特玛托夫无疑是产生重要影响的外国作家之一。

其实，艾特玛托夫本身就是一位兼收并蓄的作家，也是富有强烈社会责任感的作家。他善于接续吉尔吉斯和俄罗斯两种民族文化的优秀传统，同时乐于吸收外来文化的养分。开阔的文化视野和强烈的人道主义精神，使之在苏联乃至世界文坛产生巨大影响，他的作品相继被译成多种文字在全球出版发行。作为古代丝绸之路的必经之地，新疆成为历代东西方文化的交汇区，特别是与俄苏的文化交往十分密切。从19世纪起，新疆少数民族知识分子就开始接受包括托尔斯泰、契诃夫、高尔基等优秀作家作品在内的外国文学的影响。新时期以来，包括新疆在内的中国文坛在改革开放的春风中开启了规模化译介外国作家作品的浪潮，

---

① 关纪新、朝戈金：《多重选择的世界——当代少数民族作家文学的理论描述》，中央民族大学出版社1995年版，第115页。

新疆各民族文学对艾特玛托夫的接受正是在这种总体文化氛围中进行的。

维吾尔族作家艾合坦木·吾麦尔深受艾特玛托夫的影响。塔克拉玛干大沙漠独特的自然地理环境和文化风尚——酷热的天气、冒着热气的沙丘、因缺水而枯萎的树枝、在极度干旱的沙漠里仍顽强生长的红柳以及被酷暑灼烤却依然露出棉桃一样灿烂笑容的沙漠腹地的人们，共同构成了吾麦尔作品鲜明的"塔克拉玛干之魂"，从中不难看出艾特玛托夫式的民族情韵。吾麦尔本人坦率地承认："艾特玛托夫作品给予我很大的鼓励。"[1] 事实上，在新疆民族作家创作中出现与艾特玛托夫相似的作品并不鲜见。譬如祖尔东·沙比尔，作为当代维吾尔族文学颇具代表性的作家，他的短篇小说《塔里木河不会倒流》与艾特玛托夫的《查密莉亚》有许多相似点。情节上，两部小说分别讲述了一个嫁入富家的女人如何冲破封建传统观念的束缚，大胆追求爱情的故事；人物刻画上，两位女主人公无论心理还是个性方面都高度一致，都是幸福生活的勇敢追求者——为追求平等且真挚的爱情，均放弃了原本富有的生活；立意上，两篇小说中女主人公所追求的理想爱情，实质上都是对人性和人道的渴望与肯定。[2]

哈萨克族作家朱马拜的创作既受到艾特玛托夫的影响，又可从中窥见其他中外作家的笔致。他的短篇小说《蓝雪》《白马》《渴望》《棕牛》《网》《皮笼套》等，仿佛暖日下的蓝田玉，精致完美而又朴素自然，给人留下摇曳多姿、妩媚可爱的深刻印象。特别是《蓝雪》，很容易使人想起梅里美的《马铁奥·法尔哥尼》，契诃夫的《万卡》，海明威的《乞力马扎罗的雪》。[3] 在张海燕看来，朱马拜的同名小说集《蓝

---

[1] 努尔买买提：《写真实的事——艾合坦木访谈录》，《新疆文化》（维文版）2008年第6期。

[2] 参见张海燕《艾特玛托夫与新时期新疆少数民族文学》，《喀什师范学院学报》2014年第1期。

[3] 参见李建军《朱马拜：一个被忽视的小说大师》，《西部》2016年第1期。

雪》风格上几近艾特玛托夫，特别是那些描写天山景物、牧民放牧、转场狩猎、叼羊抢婚等自然风物和民俗风情的片段。他的小说《少妇》从叙述风格、作品情节、人物设置等多个方面表现出与艾特玛托夫的《查密莉雅》惊人的相似性。① 此外，哈萨克族作家苏里堂·张波拉托夫的小说《猎骄昆弥》中宇宙人看待地球与人类生活的情节，也很容易让人想起艾特玛托夫的《断头台》。

如果说李建军、张海燕等主要从小说角度比较分析了俄苏文学对新时期新疆少数民族文学的正面推动作用，那么，韦建国则从诗歌层面肯定了新疆少数民族文学对于俄罗斯诗歌的借鉴与创新。他认为，俄罗斯文学对我国西北民族文学特别是对维吾尔、哈萨克、乌兹别克、柯尔克孜、塔吉克等民族文学影响极大。事实上，我国西北少数民族现代文学大师几乎都受到了俄罗斯文化或文学的熏陶。维吾尔现代诗人艾里谢尔·纳瓦依、努尔·伊斯拉依里、玉买尔·穆罕默德、买买江·沙德克、买买提里·谢尚、唐加勒克·焦德勒巴耶夫等，都曾在苏联读书学习。著名诗人穆泰里甫精通俄语，库尔班阿里据说是手捧着苏联出版的课本进入小学课堂的。毫不夸张地说，"这些文学家的启蒙读物是普希金的诗歌集，普希金是他们文学创作初期阶段共同的楷模"②。

张海燕同时梳理了新时期以来新疆少数民族学者关于俄苏作家特别是艾特玛托夫的相关研究成果。如维吾尔族学者艾赛德·苏莱曼的《艾特玛托夫作品中的图腾意识》，柯尔克孜族学者阿力木江·阿布都克热木的《艾特玛托夫——吉尔吉斯民族的骄傲》、麦提居苏甫·阿曼图尔的《世界文学舞台的艾特玛托夫》、曼拜提·吐尔地的《鲁迅与艾特玛托夫》，哈萨克族学者浩斯力汗·哈米江的《维吾尔当代文学与钦吉

---

① 参见张海燕《艾特玛托夫与新时期新疆少数民族文学》，《喀什师范学院学报》2014年第1期。
② 韦建国：《西北民族文学比较研究的魅力无穷》，《唐都学刊》2004年第1期。

斯·艾特玛托夫》，等等。① 这些成果，不仅总结了艾特玛托夫对中国作家特别是对新疆少数民族作家的影响，而且丰富和拓展了我国少数民族诗学及其比较研究的形态与视野。

藏族作家意西泽仁的多元借鉴与中西融通同样具有中外民族诗学研究的典型意义。据他自述，除爱读俄苏、法国、美国和拉丁美洲文学作品外，他还重点研读过英国詹·乔·弗雷泽的《金枝》、法国丹纳的《艺术哲学》以及美国学者露丝·本尼迪克特的《文化模式》和鲁道夫·阿恩海姆的《艺术与视知觉》等理论名著，从中不断汲取思想精华和写作智慧。开放的视野和相对扎实的功底，促使其创作了大量具有探索精神的抒情散文小说、复调小说、对话体小说和近乎魔幻现实主义的中短篇小说，在表现手法上大胆借鉴意象并置、象征梦幻、时空交错等西方现代派手法。② 不过，相比之下，艾特玛托夫仍然是意西泽仁最为青睐的外国作家，受其影响颇深。他曾对《永别了，古利萨雷!》《断头台》《一日长于百年》和《成吉思汗的后代》等作品津津乐道，被艾特玛托夫诚挚的人类意识、深刻的生活洞悉、鲜明的民族意识和高超的艺术穿透力量所折服。徐其超以艾特玛托夫的《永别了，古利萨雷!》《断头台》和意西泽仁的《野牛》《变形镜头》等作品为例，比较分析了两人的"同中见异"。相同点在于，艾特玛托夫的长篇小说《永别了，古利萨雷!》与意西泽仁的中篇小说《野牛》《变形镜头》中描写的具体时代环境虽然不同，但所反映的均是普通牧民的悲惨命运；艾特玛托夫在《永别了，古利萨雷!》中表现出的人道主义精神，在《断头台》中则被呈现为意西泽仁那"让世界充满爱"的博大胸怀。意西泽仁虽然没有塑造出理想化的现代耶稣形象，却塑造和讴歌了一批仁慈、高尚的社会主义新人形象。两者的不同点在于，艾特玛托夫通过文

---

① 参见张海燕《艾特玛托夫与新时期新疆少数民族文学》，《喀什师范学院学报》2014年第1期。

② 参见徐其超《从传统跨向现代——四川新时期少数民族文学与外国文化》，《西南民族学院学报》（哲学社会科学版）1999年第3期。

学表述积极介入各种时弊，使其作品能够关注许多重大而迫切的现实问题，他所塑造的人物形象也因此被寄寓浓厚的人道主义色彩，并据此拥有足够的深度、广度和力度；意西泽仁对自己的民族和人民显现出极大的热爱，但其作品不及艾特玛托夫深刻与厚重。①

此外，张直心的《云南少数民族文学与外国文学》一文通过新时期以来云南少数民族作家李必雨、景宜、存文学、董秀英、纳张元等对梅里美、肖洛霍夫、艾特玛托夫等作家作品独特的接受取向，探讨了接受者的少数民族立场和审美趣味，阐释了接受主体与客体间潜在的亲和关系。② 这类研究成果同样值得重视。

总之，上述俄苏名家及其作品与新中国文学千丝万缕的文化关联，一方面推动了包括少数民族在内的中国文学的发展，另一方面为中外民族文学理论批评的比较研究提供了鲜活生动的学术资源，客观上丰富了中外比较诗学的色彩，优化了中外比较诗学体系建构的整体框架。

二 欧美文学观念与中国民族诗学建构的参照性比较

欧美文学及其理论批评观念对中国少数民族文学界的影响，以西方现代派和所谓后现代派文学及其理论批评观念的参照性借鉴最为醒目。

《20世纪中华各民族文学关系研究》将中国少数民族与国外民族文学的整体性文化互动工程概括为"三个步骤"和"三种路径"，对民族比较诗学的宏观建构具有观念和方法上的推进意义。

"三个步骤"，是指中外各民族文学相互交往中的三个阶段，即拿来、消化、创造。"任何一个民族，对外民族文学作品的吸收与择取，首先以自己的眼光，把它拿来，然后经过自己的消化，为我所用，再在

---

① 参见徐其超《意西泽仁创作论——兼论艾特玛托夫小说对意西泽仁的影响》，《当代文坛》1996年第3期。
② 参见张直心《云南少数民族文学与外国文学》，《云南社会科学》2001年第3期。

这个基础上创造升华，生成精品，这三个阶段，实际上是文学吸收中民族化的三个步骤，不宜缺少任何一步。"①

所谓"三种路径"，是指吸收与转化他民族文学及其理论批评观念的三种方式。

其一，人物生活方式的民族化转换。"把外民族的文学作品变成本民族的文学，首先是内容方面生活方式的民族转换。不能完成作品中人物生活方式的民族转化，文学作品就不能民族化。只有生活方式民族化了，文学作品才有了民族化的基础。"②

其二，艺术表达方式的民族化转换。中古时代越南诗人阮攸的著名长诗《金云翘传》的题材源自中国清朝康熙年间青心才人所编订的章回小说《金云翘传》。"作品把汉语原著的特点与越南文学的民族特色糅合起来，不但把小说的陈述语言变成诗歌语言，而且充分发挥越南诗歌恣肆汪洋的艺术特色，深受越南人民喜爱。"③

其三，文化背景的民族化转换。"中国抗日战争时期流行的独幕剧《放下你的鞭子》，就是根据德国作家歌德的《威廉·迈斯特的学习时代》中媚娘的故事改编的。这个改编，仅只是文化背景的改变。"④

从文本的角度考察，跨民族文学吸收与转化的要点在于内容与形式两大层面。其中，最重要的是对创作思想和创作方法的合理吸收。《20世纪中华各民族文学关系研究》指出，中国当代少数民族文学与国外他民族当代文学的碰撞、吸收与转化，最富成效者当属藏族文学。以扎西达娃及其作品《西藏，系在皮绳结上的魂》为代表的当代藏族文学对魔幻现实主义的选择性吸收，在中外民族文学交流史上具有典型意义。由此，关于扎西达娃创作中魔幻现实主义创作思想与方法的探讨，成为中外民族比较诗学研究的题中要义。

---

① 关纪新主编：《20世纪中华各民族文学关系研究》，民族出版社2006年版，第305页。
② 关纪新主编：《20世纪中华各民族文学关系研究》，民族出版社2006年版，第306页。
③ 关纪新主编：《20世纪中华各民族文学关系研究》，民族出版社2006年版，第306页。
④ 关纪新主编：《20世纪中华各民族文学关系研究》，民族出版社2006年版，第306页。

就创作思想而言,《西藏,系在皮绳结上的魂》以塔贝和婥之间的离合聚散为纽带来建构故事,深得魔幻现实主义的神韵——现实与梦幻的同一。作为一个虔诚的宗教徒,他始终虔诚甚至庄严地追求神佛的幻影,为此一往无前,甚至忽视了婥的存在。他的终极目标只有一个——走到圣地,获取神的启示!"通过这个全新的生活故事,表现了作家对宗教的超越和对神佛道路的否定,对人的生活欲求与现代文明之路的肯定。作品因此获得了时代性的新高度。"[①] 从创作方法来看,"扎西达娃不生搬硬套魔幻现实主义突兀与夸张的个别技巧,而是抓住'幻与实'相同一的根本法则,对西藏雪域佛地的历史文化、自然风物,作如实描写,同时有意神化笔下的山水……流露出原始的自然崇拜的气味,加上神话成分与传奇色彩,整个作品笼罩在一种似真似幻的神秘的氛围中"[②]。这种吸纳中的选择以及选择中的辨析,总体上抓住了扎西达娃创作中中外民族文学经验交融互惠的精神追求和艺术境界。在卓玛看来,马尔克斯的《百年孤独》和扎西达娃的《西藏,系在皮绳结上的魂》,分别写出了因自然和社会原因所造成的哥伦比亚与中国西藏居民独特的民族风情,探讨了作者基于民族情感而试图为各自民族寻求一条古今对接、中西碰撞中的民族重塑、现实重建、文学更新之路。[③]

吴功文从比较形象学的角度分析了乌热尔图与海明威小说中的"硬汉"形象。他认为,解读乌热尔图小说中刚强不屈的猎人,扑面而来的是一股阳刚之气——这很容易让人想起海明威笔下的"硬汉子"形象。两相比较,"海明威是美国精神的象征;乌热尔图则是鄂温克民族的代

[①] 关纪新主编:《20世纪中华各民族文学关系研究》,民族出版社2006年版,第307—308页。
[②] 关纪新主编:《20世纪中华各民族文学关系研究》,民族出版社2006年版,第308页。
[③] 参见卓玛《不相似的原始互渗 相似的现代阐释——马尔克斯〈百年孤独〉与扎西达娃〈西藏,系在皮绳结上的魂〉比较研究》,《青海民族研究》1999年第4期。

表。他们都写各自民族的硬汉,他们也是生活中的硬汉"①。乌热尔图曾明确表示,海明威刻画的强悍性格"震撼我的灵魂"。表层地看,这是对海明威"强者"情结和高超技艺的褒奖;深层观察,居住在大兴安岭崇山密林和额尔古纳河边的鄂温克人及其游猎生活才是乌热尔图"硬汉"书写的不竭源泉。尽管如此,海明威毕竟是乌热尔图写作旅程中重要的艺术标杆,自觉吸收与创造转化协同成就了这位鄂温克族历史上第一个广有影响的作家。《老人与海》中"一个人并不是生来要给打败的,你尽可以把它消灭掉,可就是打不败他"的信条,以精神内核的形式深深吸引着乌热尔图的审美注意力,使其在独特的边地环境中塑造了鄂温克猎人强悍不屈的性格特征。从这种意义上说,"他的成功在于给'硬汉子'注入了鄂温克的民族精神"②。除此之外,如果试图找出两人作品其他明显的差异,那便是——海明威作为资产阶级民主作家,"他的小说,似乎都离不开孤独感和失败感"③;乌热尔图的作品则"有深刻的揭露,有愤懑的呼喊,但更多的是热烈讴歌,歌颂光明是乌热尔图小说创作的基调"④。

赫哲族作家乌·白辛的《赫哲人的婚礼》,以本民族叙事方式为根柢,大胆吸纳布莱希特的现代戏剧美学——陌生化戏剧理论以及斯坦尼斯拉夫斯基的写实风格,创造出别具特色的形式感。正如徐昌翰、黄任远所说:

　　剧作者让一位伊玛堪老歌手充当叙述人,以演唱伊玛堪的形式

---

① 吴功文:《打不败的硬汉——海明威与乌热尔图》,载陈守成等主编《中国民族文学与外国文学比较》,中央民族学院出版社1989年版,第165页。
② 吴功文:《打不败的硬汉——海明威与乌热尔图》,载陈守成等主编《中国民族文学与外国文学比较》,中央民族学院出版社1989年版,第167页。
③ 吴功文:《打不败的硬汉——海明威与乌热尔图》,载陈守成等主编《中国民族文学与外国文学比较》,中央民族学院出版社1989年版,第171—172页。
④ 吴功文:《打不败的硬汉——海明威与乌热尔图》,载陈守成等主编《中国民族文学与外国文学比较》,中央民族学院出版社1989年版,第173页。

来贯穿全剧，展现一个又一个历史场面，巧妙地把具有三百年跨度的跳跃性很强的情节组织在一起，形成了不受时空限制的结构，这些是他创造性地吸收布莱希特戏剧理论的结果。至于每场的那些逼真的场面和细节，则又是斯坦尼斯拉夫斯基的写实风格。作者在剧中穿插的许多抒情化歌舞和着意追求的版画式舞台风格，则表现了中国传统戏曲的写意特色。①

关纪新和朝戈金在《多重选择的世界——当代少数民族作家文学的理论描述》中也持类似的肯定态度，认为乌·白辛将本民族传统的伊玛堪说唱文学形式、汉民族传统戏曲的某些手法以及最负盛名的国外戏剧大师们的艺术观念进行创造性融合，不但没有影响作品的民族风格，反而赋予民族文学以崭新的时代风采。②

尽管某些少数民族作家主要受到俄苏、欧美抑或其他国家和地区某种创作思潮的影响，但在实际创作过程中，则往往表现为多种异域因素与本民族本地区创作传统以及审美定势间的相融创生。前述藏族作家意西泽仁如此，彝族作家吉狄马加、阿库乌雾和土家族作家周辉枝等也是如此。

彝族诗人吉狄马加是新时期以来真正走出国门并产生广泛国际影响的中国少数民族诗人。辩证地看，他之所以走向世界，除改革开放的大环境外，还因为他以拥抱的姿态先期接纳了世界与世界文学。正如他本人所说："我写诗，是因为哥伦比亚有一个加西亚·马尔克斯，智利有一个巴波罗·聂鲁达，塞内加尔有一个桑戈尔，墨西哥有一个奥克塔维奥·帕斯。"③ 从拉丁美洲文学的"爆炸"和非洲文学的"崛起"中获取启发性鼓舞力量，的确是吉狄马加快速成长为具有全国性影响并获得

---

① 参见徐昌翰、黄任远《赫哲族文学》，北方文艺出版社1991年版，第247页。
② 参见关纪新、朝戈金《多重选择的世界——当代少数民族作家文学的理论描述》，中央民族大学出版社1995年版，第113页。
③ 吉狄马加：《吉狄马加的诗与文》，人民文学出版社2007年版，第410页。

第五章　世界眼光：中外民族比较诗学

国外汉学界认可的重要因素。① 不过，换个角度观察，吉狄马加走向世界的意义，并不仅仅在于他受到了上述外国作家的吸引，对于中华民族文学共同体以及由此而来的诗学共同体而言，吉狄马加在拥抱世界的同时已经将中华文明独特的文化因子播撒给了世界。正是基于此种判断，比较吉狄马加和聂鲁达的诗歌，不难发现以下共性："由本土意识走向人类意识，使他们的诗歌底蕴深厚，且拥有了一个更加宽阔的视野；由民族小爱走向世界大爱，使他们的诗歌情愫盎然，更兼备了一种共鸣、理解的审美品质；由对民族苦难的浅吟低唱走向对人类苦难的悲悯同情，使他们的诗歌独具一层悲剧意蕴和精神品质，并产生了一种深度之美。如果要选择最富有概括力的词语进行表述，这就是：'人类意识'的宽广胸怀、'悲剧精神'下的深刻叩问与探询。"② 由此可见，民族特色固然重要，但中华情怀和人类意识无疑是中国少数民族文学及其创作观念走向世界的基本凭据，而这也正是少数民族比较诗学在中外民族视域中赖以生成和发展的逻辑支点和价值体现。

伴随着中国改革开放力度的加大以及全球化语境的凸显，中外少数民族文学及其理论批评的比较研究随之被提上议事日程。从创作层面看，阿库乌雾（罗庆春）的彝文诗集《冬天的河流》和散文诗集《虎迹》大量运用西方文学的象征主义、意象派等现代主义或后现代主义创作技巧。"通过这些艺术手段的借鉴并灵活运用，在语义的深掘、语言的创造性使用、艺术意境的全新营造、审美旨趣的变革与拓新，现代美感的训练等方面，为彝族母语文学注入了崭新的'诱导素'，从而自觉担负起文学必须对自身所使用的语言具有创造性贡献的使命，为彝语文现代化建设作出了可贵的贡献。"③ 就理论层面看，

---

① 参见徐其超《从传统跨向现代——四川新时期少数民族文学与外国文化》，《西南民族学院学报》（哲学社会科学版）1999 年第 3 期。

② 范景兰：《人类意识·悲剧精神——吉狄马加与聂鲁达诗歌的比较阐释》，《青海社会科学》2011 年第 5 期。

③ 关纪新主编：《20 世纪中华各民族文学关系研究》，民族出版社 2006 年版，第 224 页。

多年来，阿库乌雾及其领衔的学术团队自觉运用民间文学、文艺学、民俗学、民族学、人类学、比较文学等多学科交叉的方法，并逐步形成自身的研究特色。①

土家族作家周辉枝不仅精读《静静的顿河》《驿站长》《外套》等俄苏现实主义作品，而且认真研修卡夫卡、茨威格、萨特、马尔克斯、福克纳、海明威、博尔赫斯等各派作家作品及其相关研究成果，极大地开阔了艺术视野，夯实了理论基础，从而获取了多元融汇、多维探索的动力。正因如此，他的短篇小说集《蜜月》既有关于阿坝藏羌地区独特风情和改革巨变的生动描绘，又闪动着与现代主义和拉美魔幻现实主义文学交融对话后的多彩灵韵。

曾担任中国少数民族比较文学研究会会长的庹修宏主张将研究视野扩展到中西比较诗学领域。她认为，外国某些学者长期奉行"欧洲中心主义"，将中国文学排斥在比较文学研究的范围之外，这是极其错误的。韦勒克和纪延等学者倡导的包括中国少数民族文学及其理论批评在内的比较文学观点才是客观而实际的。② 张永刚所著《后现代与民族文学》选取在地缘、民俗和文化价值取向上具有更多趋同性的云南、广西、贵州等西南三省当代形态的少数民族文学作为整体研究对象，考察了民族文学及其理论批评在后现代背景下的环境变化、发展形态、主体行为和文学实践策略，阐述了全球化背景下民族文论建设的价值问题。这些学术见解，在中外民族诗学及其比较研究中值得关注。

---

① 杨荣将其归纳为八个方面："注重中华少数民族文学理论体系的全新建构；注重少数民族文学文本的系统阐释和各民族文学的比较研究；重视世界少数族裔文学成就、现象、规律的总结与归纳；重视少数民族母语文化的保护与当代母语文学发展的理论导向；重视少数民族文学的对外评价和宣传，扩大民族文学的国际影响；深入关注中国少数民族文学在全球化趋势中面临的任务与挑战；注重中国少数民族文学的文化生态环境与文化性格培养；探讨中国少数民族文学如何在全球化的语境中实现既借鉴外国文学发展规律，又弘扬本民族文学精神的多元化发展道路。"参见杨荣《比较文学视阈下的四川民族文学教学与研究》，《四川文理学院学报》（社会科学版）2009年第6期。

② 参见庹修宏《中国少数民族文学与外国文学比较》，《民族团结》1995年第9期。

三　东方异国情调与中华文学及其诗学的互证性比较

在论及东方文化圈内部的文学交往时，代迅指出："我们有必要积极拓展跨越同属东方文化内部的不同国家和民族的文化研究。这对亚洲国家来说尤有必要，因为亚洲国家众多，宗教多样，文化各异，语言不同，差别显著。就地理范围而言，亚洲国家可分为近东、中东和远东；就文化圈而言，至少有伊斯兰文化、印度文化和东亚文化，其复杂程度远胜于欧洲。如果西方文学构成了中国文学的一面镜子，那么，我们还需要东方文学来作为中国文学的另一面镜子。"[1] 毫无疑问，中国作为文明古国，拥有东亚地缘政治、族缘伦理与深厚诗学传统等优长，因而在包括民族文学理论批评及其比较研究在内的东方文化交流中有着不可替代的独特优势。

在东方文化圈中，包括少数民族在内的中国民族文学及其诗学与周边国家的文学及其诗学多有交往，其中，关系较为密切、影响甚为显著者有四大向度，即中印、中日、中朝和中越。

（一）中印文学及其诗学对话中的选择性吸收

通常，学者们倾向于将地缘关系密切的印度文化圈与我国多民族广布的青藏高原、云贵高原文化带进行关联性考察。这种关联性考察往往有着坚实的事实依据。梁庭望指出："从很早的时候起，壮侗语族、藏缅语族、孟高棉语族、南岛语系诸语族各民族的祖先，就与周边国家各民族有着悠久而广泛的友好往来。其中景颇、佤、傣、壮、苗、瑶、京等不少民族跨境而居，在文化上更有着天然的联系。在青藏高原的西藏地区，藏族祖先很早就与印度、尼泊尔人民往来。"[2] 一个毋庸置疑的事实是，印度佛教文化及其制导下的印度文学和文学理论批评，对藏族

---

[1] 代迅：《西方学界的东方转向及其应对：跨文化比较诗学评议》，《清华大学学报》（哲学社会科学版）2011年第6期。

[2] 梁庭望：《中华文化板块结构与中国文学关系研究》，民族出版社2011年版，第201页。

文学及其理论批评产生了广泛而深远的影响——"从文学理论到创作环境,从题材到主题,从诗、小说、史书、传记、格言到戏剧等体裁,从人物刻画到环境情节,以及整个文学的风格,都受到印度佛教文化的强烈熏陶。"① 梁庭望将这种广义文学的影响方式分为三个层次。一是翻译层次——将印度作品译为藏文,最重要的译作当属《诗镜》;二是改编层次——在原文基本框架的基础上加入藏族人民的生活和思想,具有典型意义的是藏戏和《尸语故事》;三是思想层次——在佛教文化特别是梵文佛教文学影响下沿着崇佛的轨道进行文学创作和诗学阐释。由此可见,"雪域灿烂的文学既得益于佛光之普照,同时又以自己的光辉辐射于境外,以喜马拉雅山的居高临下之势波及全球,形成历久不衰的藏学现象"②。

云南作为我国西南门户,自古就是内地通往印度和中南半岛诸国的重要通道。借此便利,傣族数百部长篇叙事诗中的不少作品都吸收了印度佛教题材故事。梁庭望认为,尽管印度文学对傣族文学产生了不可忽视的影响,但傣族文学中的印度因素未必径直传入我国,很可能经由中南半岛迂回传入。譬如,《召树屯》的故事主题源自佛教经典《素吞本生经》,泰国一般称其为《帕素吞》,而在泰国南部称《玛诺拉》,到了老挝则叫《陶西吞》。"其实,'召树屯'一名乃是'善财童子'(Sudhana)的音译。它经过泰、老、缅等国的辗转流传和变异,到了傣族地区已面目迥异。如今我们所见到的傣文《召树屯》唱词,已变成了歌颂坚贞爱情的美丽故事了。"③ 除藏、傣文学受到印度及中南半岛诸国文学较大影响外,同样信仰小乘佛教的布朗族、德昂族的文学也不同程度地受到佛教经典的浸染。

在中印文化对话过程中,中国诗学亦即文学理论批评同样有选择地

---

① 梁庭望:《中华文化板块结构与中国文学关系研究》,民族出版社2011年版,第202页。
② 梁庭望:《中华文化板块结构与中国文学关系研究》,民族出版社2011年版,第205页。
③ 梁庭望:《中华文化板块结构与中国文学关系研究》,民族出版社2011年版,第212页。

吸收了部分印度因子。王向远所著《佛心梵影：中国作家与印度文化》依次论述了唐代法僧印度游记中的印度人形象以及康有为、梁启超、章太炎、苏曼殊、许地山、郑振铎、季羡林、金克木等研究印度文化的基本概况。该著虽然没有直接介入中印文学及其理论批评的比较研究，但所涉相关学者却不乏中印文学及其诗学研究大家。其中，季羡林、金克木作为著名"未名四老"中的两位，在中印文化、文学、文艺理论研究方面成就卓著。《佛心梵影》未能涉及的黄宝生等学者，在印度梵语诗学研究方面颇有建树。他于1993年出版的《印度古典诗学》被公认为我国第一部系统介绍和研究梵语诗学的专著，标志着中国诗学界在梵语诗学研究方面已经达到与印度诗学和西方诗学进行平等对话的水准。

季羡林对印度民间文学与中国作家文学的关系向来抱有高度热忱，他所提出的"出自—创新"说在中印文学交往史上颇负盛名。在他看来，在古代文学史上，吴承恩所撰《西游记》的"印度成分"十分明显，陈寅恪曾详细论证过玄奘三弟子故事的演变历程。《西游记》与印度文学的渊源关系，主要表现为以下若干要素——孙悟空"大闹天宫"出自《贤愚经》卷一三《顶生于像品》之六四；猴王出自《罗摩衍那》第六篇工巧猿那罗造桥渡海的故事；猪八戒出自唐义净译《根本说一切有部毗奈耶杂事》卷三《佛制苾刍发不应长因缘》；沙僧出自《慈恩法师传》卷一玄奘穿越八百里莫贺延碛的记载。季羡林特别强调，"所谓'出自'，当然并非完全抄袭，只是主题思想来自那里，叙述描绘，则自然会有所创新。"① 也就是说，《西游记》虽然受到印度民间文学的影响，但它毕竟是在中国文化沃土上开放的文学之花，有着鲜明的中华民族艺术特色。即使到了现当代，印度文学依然有其独特魅力，沈从文从中获益良多。通过深入比较，季羡林指出，沈从文主要经由汉译佛经取材印度寓言文学。比如，《五卷书》第1卷第16个故事"两个天鹅和

---

① 季羡林：《比较文学与民间文学》，北京大学出版社1991年版，第127页。

一个乌龟做朋友"通过佛经传到中国，影响了沈从文等作家的创作。沈从文曾称赞佛典中言简而意深的风格特征，他的短篇小说集《月下小景》除第一篇外，其余篇目均不同程度地取材于诸如《长阿含经》《杂譬喻经》《智度论》《法苑珠林》《五分律》《生经》《大庄严论》《太子须大拿经》等汉译佛典。季羡林认为沈从文在对佛教素材的运用上最为突出的成就在于他赋予这些材料以地方色彩。① 显然，季羡林关于中印文学影响比较方面的研究有理有据，与我们在"导论"中所描述的中印文论比较研究构成阐释上的互文效应。

韦建国认为，古印度文论随佛教东传而对中国民族文学创作及其诗学建构方式产生深刻影响。"佛教和随之传入的印度古时的声明论，导致了中国古代音韵学的巨大变革和声律论的发明。不仅使古诗创作运用了平仄相协的理论，还促生了骈文、律诗等新体裁。佛教的传入对中国古代文学理论产生了重大影响，如妙悟说、神韵说、性灵说等均与佛家的某些理论紧密相关。"② 承此而来，新中国老中青三代学者对中印"韵/味"论、"情/味"说等进行了开源溯流式的比较研究。总体来说，季羡林关于中国古代神韵论和古印度韵论的异同比较，黄宝生的《禅和韵》以及杨晓霞、李思屈等学者对中印韵论的区辨，包括尹锡南在《印度诗学导论》中关于印度古典诗学重要范畴、经典命题、主要文体的精要述评，都是广义中印比较诗学研究的重要组成部分。

李淳在比较中国、印度、西方三大诗学体系的不同价值取向时，对中印诗学中的"韵味"论、"情味"说等作了参照式或影响性阐释。他指出，相对体系化的印度古代诗学著述主要有印度教经典文献之一《火神往世书》、婆摩诃的《诗庄严论》以及檀丁的《诗镜》。与中、西方诗学相比，印度文艺理论以公元前后的艺术总论《舞论》为源头。《舞论》从理论上系统阐述了戏剧与现实的关系、戏剧的基本因素以及

---

① 参见季羡林《比较文学与民间文学》，北京大学出版社1991年版，第113页。
② 韦建国：《西北民族文学比较研究的魅力无穷》，《唐都学刊》2004年第1期。

戏剧的目的、效果和教育意义,并特别强调了戏剧应具备统一的基本情调——"情"与"味"。新护的《舞论注》则创造性地诠释了婆罗多《舞论》中的"味"论,认为"味"源于常情,但更倾向于超越世俗束缚的审美体验,从而将艺术审美心理的探索推进到一个新的阶段。而欢增在《韵光》中所创立的"韵论",其核心要义在于,"庄严"属于诗的外在美,"韵/味"是诗的内在美。其中,韵是诗的灵魂,味是韵的精髓。11世纪后,被称为新时代的"庄严论者"恭多迦在《曲语生命论》中试图以"曲语"范畴涵括庄严、风格、诗德以及"韵/味",并据此成为庄严论的最后终结者。[①] 关于中印"韵/味"范畴的关联性以及关联中的异同性,已在本书"导论"中有所阐释,此处不赘。

(二) 中日文学及其诗学交往中的中华因子

蔡镇楚于1992年在《文学评论》上发表《中国诗话与日本诗话》一文,在比较视野中对中日诗话进行了系统研究。他认为,所谓日本"汉诗",即日本人运用汉语并参用中国旧体诗歌格律形式所创作出来的诗歌形式。从发生机制来看,儒学东渐是日本诗话兴起的重要文化契机——"盛极一时的日本诗话,就诞生在中日文化交流的艺术氛围之中,它既是古代日本汉诗繁荣发展的产物,又是日本人善于吸收中国诗话这一独特的诗论之体,经过移植、模仿而逐渐使之日本化的结果。"[②] 随着中日两国政治、经济、文化交流的多向推进,大批日本留唐学生或学僧将汉诗移植日本。关于日本汉诗创作的历史,据载始于天智天皇时期,至奈良时代,日本汉诗已日渐自立。公元751年,日本第一部汉诗集《怀风藻》问世,内收64名日本诗人的120首汉诗。平安时代初期,《凌云集》《文华秀丽集》《经国集》等汉诗集共同宣告了日本汉诗创作高潮的到来。正是在中国古代诗学以及日本汉诗创作的综合推动下,虎

---

① 参见李淳《试论中、西、印三大诗学体系的不同价值取向》,《国外文学》1997年第3期。

② 蔡镇楚:《中国诗话与日本诗话》,《文学评论》1992年第5期。

关师炼的《济北诗话》得以诞生。这部诗话比中国首部以"诗话"命名的《六一诗话》晚270余年。

蔡镇楚进而总结了受中国诗学影响的日本诗话的类型、特征和价值。

首先，关于日本诗话的类型。按语种划分，日本诗话可分为汉文诗话和日文诗话两大类型。随着中日文化交往，汉字东传，因此日本早期诗话多为汉文诗话，评论对象也多为中国古典诗歌。至江户时代，汉文诗话和日文诗话并行不悖。按照论诗主旨划分，可将日本诗话分为诗论、诗格、诗史、诗证、诗录、诗事等若干类型。

其次，关于日本诗话的特征。蔡镇楚将日本诗话特征归纳为"三化"，即诗格化、钟派化、诗论化。所谓诗格化，是指日本诗话高度重视诗歌格律和法式。考察日本诗话的中国渊源，主要有两大传统。一是唐人诗格传统——空海大师根据《文赋》《诗品》《文心雕龙》和唐人诗格编纂而成的《文镜秘府论》一度被奉为日本诗话之祖；二是宋人诗艺——释玄惠于镰仓时代正中元年将南宋魏庆之编《诗人玉屑》21卷引入日本正式出版，成为最早传于日本的宋代诗话。这两大传统共同促进日本诗话对于诗歌格律的偏好。所谓钟派化，是指日本诗话对于钟嵘《诗品》中"论诗及辞"主张的大力推崇倾向。根据中国诗话的论诗宗尚与论诗体制，素有本于欧阳修《六一诗话》"论诗及事"与缘于钟嵘《诗品》"论诗及辞"的趣尚之辨。相较而言，朝鲜诗话宗尚"欧派"，而日本诗话则偏好"钟派"。至于诗论化，是指日本诗话不尚"以资闲谈"而重务实论诗的诗学倾向。由此可见，日本诗话具有较强的知识性、针对性、系统性。[①]

最后，关于日本诗话的价值。蔡镇楚比较后认为，日本诗话具有三大价值：一是史料参证价值；二是比较研究价值；三是诗歌理论价值。他特别注重比较研究价值，认为日本诗话、朝鲜诗话等均为中国诗话的

---

① 参见蔡镇楚《中国诗话与日本诗话》，《文学评论》1992年第5期。

衍生物。[1] 谭雯在其专著《日本诗话的中国情结》中，吸收了蔡镇楚关于日本诗话以及中日诗话比较的相关思想，并重申了日本诗话的理论价值："总结了日本本土汉诗创作的经验教训，指导了数百年来日本汉诗的创作，甚至为日本的和歌创作提供了宝贵的借鉴与有益的启迪，并且也给中国的诗学批评研究提供了一些新的启发。"[2]

关于中国诗学之于日本诗学的影响，以及中日诗学交往、对话的历史效果与现实场景，孙立也作了相对全面的评析。在其专著《日本诗话中的中国古代诗学研究》中，他重点探讨了日本古代诗话对中国古代诗学的接受与研究。他将日本诗话界定为镰仓至明治时期日本古代学者所撰诗话的集合体，今存百余种，内容多以中国诗学为研究对象。基于此，他以日本诗话中有关中国诗学的研究为对象，分别考察了日本文学与中国文学的关系，日本诗话关于中国历代作家作品、文学批评、中国诗体、日本诗学界的唐宋之争，兼及日本诗话的个案研究，对中日比较诗学特别是中日古代诗学比较研究具有参考价值。该著的部分重要观点，被浓缩进同年发表的《面向中国的日本诗话》一文。该文指出，著名日本僧人遍照金刚（谥号"弘法大师"）于盛唐时期"留学"回国后，将流行于中国的诸多诗论编辑成《文镜秘府论》，这是由日本人编辑的最早关注中国古代诗论之作。但《文镜秘府论》的主要作用是向日本传播汉诗知识，诗学建构功能并不显著。虎关师炼完成于14世纪初的《济北诗话》被公认为日本人写的第一部诗话，书中不仅提到《古今诗话》《庚溪诗话》《遁斋闲览》《苕溪渔隐丛话》等宋人诗话和笔记，而且引用了梅尧臣论诗之语和欧阳修《六一诗话》的相关内容。

---

[1] 蔡镇楚明确指出："通过中日、中朝诗话之比较研究，不仅能够清楚地认识到中国诗话在东方文论史上的学术价值和历史地位，弘扬民族优秀文化传统，批判'五四'以降中国文论界崇拜西方诗学而漠视以中国诗话为主体的东方诗话学的理论倾向性，而且可以将中国诗话研究推向世界比较文学特别是比较诗学的广阔的学术领域，因而具有跨国界的现实意义。"参见蔡镇楚《中国诗话与日本诗话》，《文学评论》1992年第5期。

[2] 谭雯：《日本诗话的中国情结》，中国社会科学出版社2007年版，第229—230页。

据此判断，《济北诗话》从书名到内容都深受中国古代诗话影响。《济北诗话》之后，林梅洞的《史馆茗话》面世，被誉为第二部真正意义上的日本诗话。此后250年间，日本诗学界约出版百余部诗话，其中62部辑录于《日本诗话丛书》。总体而言，日本诗话脱胎于包括少数民族比较诗学在内的中国诗话诗论，但同时也面向日本文学实际进行一定程度的适应性改变。"两种力量的合力，成为今天我们所看到的日本诗话。"①

综上所述，无论蔡镇楚、谭雯还是孙立，他们围绕中日诗话的多向度比较虽然各有侧重，但都认可日本诗话对中国古代诗话的接受以及改造。这种从影响层面进行的比较研究，不仅有益于揭示中日广义民族比较诗学的渊源关系及其基本特征，而且有利于增强中华民族诗学共同体建构的理论自信。

(三) 中朝文学及其诗学交流中的东渐路向

在研究中日诗话的同时，蔡镇楚对中朝诗话也进行了比较研究。他认为，"纵观朝鲜诗话，其历史演进过程大致经历了高丽、朝鲜两个朝代，并可分为中古、近古、近世三个发展阶段，与中国诗话发展史上的元、明、清、近代基本吻合"②。

蔡镇楚梳理后指出，李仁老的《破闲集》是朝鲜第一部论诗之作，成文于高丽朝元宗元年（公元1260年），与中国的《六一诗话》相距200余年。据考，朝鲜历史上最早采用"诗话"命名的著述是徐居正的《东人诗话》，成书于成宗五年（公元1474年），比中国的《六一诗话》晚近400年之久。韩国学者赵钟业所编《韩国诗话丛编》同样视《破闲集》为朝鲜诗话发端之作。至李氏朝鲜中末叶，朝鲜诗话进入鼎盛时期，其表征在于诗话种类繁多，千姿百态。代表性作品有：李晬光的《芝峰类说》、申钦的《晴窗软谈》、姜沆的《睡隐诗话》、许筠的《惺

---

① 孙立:《面向中国的日本诗话》,《学术研究》2012年第1期。
② 蔡镇楚:《中国诗话与朝鲜诗话》,《文学评论》1993年第5期。

叟诗话》、梁庆遇的《霁湖诗话》、南龙翼的《壶谷诗话》、申昉的《屯庵诗话》、赵秀三的《秋斋诗话》、朴趾源的《杨梅诗话》、成海应的《兰室诗话》、尹廷琦的《舫山诗话》、朴永辅的《绿帆诗话》、李建昌的《宁斋诗话》、申采浩的《天喜堂诗话》，等等。从文化发生学角度看，"朝鲜诗话，正是朝鲜千年汉诗繁荣发展的产物，是朝鲜先民吸收中国诗话这一独特的诗歌评论样式，经过移植、模仿而使之高丽化、朝鲜化的结果"①。

蔡镇楚认为，在中朝诗话交流过程中，中国诗话对朝鲜诗话的影响突出体现在四个方面。一是语言形态的影响。历史上的朝鲜诗话一直采用汉语的文言语体，与宋代诗话的语言格式极为接近。二是结构形态的影响。与宋代诗话相似，朝鲜诗话多运用闲谈式、随笔式形式论诗，各诗条之间缺乏必然的逻辑关联，体制结构相对散漫。三是论诗对象的影响。与日本诗话类似，朝鲜诗话也拥有双重论诗对象——中国诗人诗作和朝鲜诗人的汉诗作品。四是诗学宗尚的影响。追慕中国诗歌风尚和诗论观念，朝鲜诗话崇尚李白、杜甫、韩愈、柳宗元、白居易，高丽中后期推崇苏轼、欧阳修、梅圣俞、黄庭坚，李朝英祖正祖期间向往清代乾嘉诗风，尊崇王士祯、袁枚，兼宗唐宋。关于中国诗话影响下的朝鲜诗话特征，蔡镇楚将其总结为"三化"，即儒化、欧化（欧阳修化）、"稗说"化。总体来说，朝鲜诗话不仅是朝鲜文学史研究的资料库，而且是我们从事古代文学理论批评的宝贵财富，同时也是中朝两国文化交流的鲜活见证。②

发展地看，朝鲜学者特别是当下的韩国研究者，不仅十分尊重传统文化和历代朝鲜诗话的整理与研究，而且高度重视中、日、韩三国诗话间的比较研究。"他们不仅把历代朝鲜诗话如《破闲集》《补闲集》《东人诗话》《诗话丛林》等名作作为'古典大学讲读教材'使用，而

---

① 蔡镇楚：《中国诗话与朝鲜诗话》，《文学评论》1993 年第 5 期。
② 参见蔡镇楚《中国诗话与朝鲜诗话》，《文学评论》1993 年第 5 期。

且编辑出版了《韩国诗话丛编》《韩国历代诗话类编》等大型诗话丛书，还出版了一批诗话研究专著。"①赵季通过考察，发现《韩国诗话全编校注》所辑韩国136种诗话中，有134种是用汉语汉字书写的，只有两种汉韩文并用。②这表明，中朝、中韩诗学特别是古代诗话，具有明确而深厚的同源性，中华民族诗学共同体至今依然葆有强劲的文化生命力。

（四）中华民族文学及其诗学在中越文化交往中的辐射效应

庹修宏说过，"我们要考察外国文学对少数民族文学的影响，也要考察少数民族文学对外国文学的影响。比如英国文学家狄更斯等对满族作家老舍有一定的影响，但老舍对英美和日本也有影响。有的作家先影响别人，有的作家后影响别人，有的通过对一个作家影响而影响到第二个作家，也可能后者反过来又影响前者所在的国家，这在文学史上也是屡见不鲜的"③。事实确实如此，不同于前述青藏高原、云贵高原文化带对印度文化的接受型模式，我国华南地区的民族文学及其诗学对邻国他民族文学及其诗学的影响更大，在跨国跨民族文化交往中更多地表现为外向型辐射效应。

梁庭望将华南民族文学的外向型辐射归纳为三个传播圈。其中，最基本的传播圈是由民族流动而形成的"迁徙文学圈"。譬如，京族迁到广西时，将其特有的民族民间文学形式带到京族三岛；瑶族祖先迁往越南等国家时，也将自己部众范围的文学形式带至越南④；佤族的创世神话《司岗里》、拉祜族史诗《牡帕密帕》、景颇族史诗《木脑斋瓦》等

---

① 蔡镇楚：《中国诗话与朝鲜诗话》，《文学评论》1993年第5期。
② 参见赵季《136种韩国诗话与中国典籍之关系》，载姜振昌、刘怀荣主编《东亚文学与文化研究》第2辑，中国社会科学出版社2012年版，第20页。
③ 庹修宏：《我国民族文学与外国文学比较的意义》，载陈守成等主编《中国民族文学与外国文学比较》，中央民族学院出版社1989年版，第21页。
④ 参见梁庭望《中华文化板块结构与中国文学关系研究》，民族出版社2011年版，第207—208页。

第五章 世界眼光：中外民族比较诗学

虽起源于我国境内，但同样流传于国外同一民族之中①。相比之下，"壮族文学圈"要广阔得多。作为中越跨境民族，壮族在越南一般被称作岱依族或侬族，是越南境内人口最多的少数民族。这种跨境民族文学的同源共生特征十分明显。而"南海文化圈"无疑比"壮族文化圈"更为宏阔。长期以来受经济、文化交流的推动，"岭南和南海周围的东南亚国家共同孕育着 AT 分类法中的若干故事类型"②。这三种文化圈的共性在于，跨境而居的同一民族甚或周边其他民族往往有更多的机会共享风俗民情和同源性文学资源。

黄玲曾关注中越跨境民族文学的比较问题。在她看来，"中越跨境民族文学"是指生活在中越两国的跨境民族的文学叙事，而"中越跨境民族文学比较研究"则是在中越民族交流互动的文化场域内进行的文学研究。中越跨境民族是一个动态发展的族群系统，其演变时间长，涉及范围广，牵涉族群多，因此需要以比较视域为切入点，综合汉、骆越、苗瑶和越南等相关民族的文化形态，以此来观照中越跨境民族文学的变异创生。基于此，黄玲认为："从纵向的时间维度来看，中越跨境民族文学凝聚了从原始生命信仰到现代民族意识的历史进程；从空间维度来看，是两个国家政权和文化中心的边缘位置和交接地带；从叙事内涵来看，是一个集结了民间、文人与国家三种话语的共同参与和创作。"③

放眼世界，包括少数民族诗学在内的中国文学理论批评正以独特的东方形象傲立于世界文化之林。当此之时，尤有挖掘、整理、比对中华诗学特长之必要。诚如曹顺庆、刘衍群所言："我国青年学者及广大的青年学生对海德格尔、德里达、福科、叔本华等等西方文论家佩服得五

---

① 参见梁庭望《中华文化板块结构与中国文学关系研究》，民族出版社 2011 年版，第 215 页。
② 梁庭望：《中华文化板块结构与中国文学关系研究》，民族出版社 2011 年版，第 209 页。
③ 黄玲：《中越跨境民族文学比较研究的问题、理论与方法》，《百色学院学报》2012 年第 3 期。

体投地,崇拜有加,但是,对中国古代文论却不甚了了,甚至对中国文化与文论嗤之以鼻,不屑一顾。然而,人们万万没有料到,人们无比崇拜的西方文论,事实上却有着中国文化与文论因素,海德格尔、德里达、福科、叔本华等等西方文论大家,都曾经向中国古代文论与中国文化学习,从这个意义上说,中国古代文论、中华文化是当代西方文论的渊源之一。"[①]

总之,中外民族文学可以相互交流与影响,中外民族诗学也必然彼此接洽与对话。鉴貌辨色,鉴往知来,相形见"绌",取长补短,本就是文化昌明、人类进步、社会发展的基本动力要素。我们期待并相信,在构建中华民族共同体和人类命运共同体的伟大征程中,包括中外民族文学及其诗学在内的中外文化的互鉴共进,必将发挥其不可替代、日渐重要的助推功能。

[①] 曹顺庆、刘衍群:《比较诗学新路径:西方文论的中国元素》,《浙江社会科学》2019年第1期。

第六章

中国民族比较诗学研究的方法论

　　方法论是人们借以认识客观世界进而改造主观世界的过程中所遵循的相关程序、途径、方式和手段的总和。人们一般把方法论分为三个层级。一是关于认识客观世界和改造主观世界的哲学方法论；二是适用于一般学科领域、带有一定普遍意义的一般科学方法论；三是涉及某学科领域的具体学科方法论。哲学方法论对一般科学方法论和具体学科方法论具有总体上的指导意义乃至决定作用，而一般科学方法论和具体学科方法论则为哲学方法论提供必要的支撑。总体上看，特定的世界观与方法论之间具有辩证统一性，但也存在着矛盾性及其可调节性。据此可知，一方面，民族诗学及其比较研究的观念规定着少数民族诗学及其比较研究中具体方式方法的选择；另一方面，民族诗学及其比较研究实践中的方法论之于相应的诗学观念又具有修复、完善乃至转型的作用。

　　本章主要对新中国特别是新时期和 21 世纪以来民族比较诗学研究所涉及的相关方法进行归类梳理。出于由外而内再到中介性比较因素的逻辑设定，可将中国民族比较诗学及其体系建构中的方法论选择划分为四大序列。一是社会学、民族学、人类学方法；二是女性主义、生态学、文化学方法；三是文本阐释、比较文学、类型学方法；四是传播学、译介学、地理学方法。

第一节 社会学·民族学·人类学方法

社会学、民族学、人类学方法，属于民族比较诗学研究中相对宏观的外部研究方法。这类研究方法以马克思主义唯物史观为指导，从社会学、民族学、人类学及其相互关联的角度对少数民族文学及其理论批评进行显性或隐性比较研究。

一 社会学研究方法

准确地说，用社会学的方法来研究文学创作、传播和接受的基本特征与规律的方法即文学社会学研究方法。文学社会学研究方法是马克思主义社会历史研究方法在文学领域的具体实践形态。其哲学根基是马克思主义唯物论；其美学遵循是"美即生活"；其核心理念是——文学是对社会生活的审美反映，并反作用于社会生活；其操作程序是——重在研究文学作品反映社会生活的真实性、作家思想感情的倾向性以及作品的认识、教育和审美功能。总体上看，文学的社会学研究方法属于文学外部研究，当代民族文学的社会学研究也不例外。

民族文学的社会学研究在强调民族文学创作真实地、具体地、历史地、美学地反映社会生活的同时注重文学的意识形态功能，特别强调要突出表现正确的政党意识、国家观念和民族立场。这方面，刘大先的观点颇具代表性。在他看来，少数民族文学涉及作家主体、社会生活、预期的受众以及传播媒体等诸种因素，这一系列与文学文本相关的因素影响十分广泛。换言之，当代民族文学与当代中国社会整体的政治态势、经济发展状况以及文化思潮演变的轨迹密切相关。因而，企图将孤立的文本从其社会语境中析解出来，如同希望从啤酒中提炼出麦粒一样，注定是徒劳的。他特别指出：

> 要理解作品，就得了解其作者；要了解作者，就得把握其所处

的时代。作品的思想感情内涵、形式风貌，与作者的生活经历、思想情感、艺术修养以及时代精神、社会风气是息息相通的，因此要准确理解作品，就必须"知人论世"，这构成了中国文学批评的一大传统。这种观点在西方也是由来已久，如果说丹纳的种族、时代、环境三要素说显得机械，那么黑格尔的时代精神观念的影响则深远无比，马克思主义的文学批评更是非常重视作家与社会时代的紧密联系，延及当代西方马克思主义、文化唯物论、新历史主义都比较注重作家与整体所处世界的结合。知人论世才能很好地知世论书，它们的共识在于文学与社会历史的不可割裂的统一性。①

他的看法，基本上揭示了少数民族文学社会学研究方法的总体基调。

除部分老一辈学者的惯性表述外，中青年学者也在"社会主义制度""中国共产党领导""统一的多民族国家"三大语境的规定之下来讨论民族文学的相关问题。这一方面体现出马克思主义文艺理论的深刻影响，另一方面则与民族文学及其理论研究的特定社会内容密切相关。

李丛中非常重视从政治角度来考察民族文学。他认为，从社会学角度研究各民族的作家文学，这是与各民族作家文学自身所具有的强烈社会性、政治性特点分不开的。中华人民共和国成立，各民族人民翻身解放，是民族作家文学产生的社会基础；各民族政治地位的提高，经济的发展与繁荣，则是各民族出现自己的作家的社会前提；翻天覆地的政治变革、新人新事的大量涌现，为作家文学提供了丰富的创作题材；党对文学新人的大力扶持，对民族文学的热情关怀，使民族作家有了崭露头角的机会。这一切，只有从文学的社会性角度去理解和阐发，才能把握住新中国成立后民族作家文学的特点和本质。他举例说："当彝族人民为有了自己的作家李乔而感到骄傲之时，当佤族的董秀英，土家族的孙

---

① 刘大先：《当代少数民族文学批评：反思与重建》，《文艺理论研究》2005年第2期。

健忠，壮族的陆地，鄂温克族的乌热尔图出现在中国文坛之时，难道只是多了几个作家吗？不是。它表明，一个民族不单政治地位上可以和其他民族平等，而且在文化上也决无愧色。"① 但他同时注意到，过分强调政治因素对于文学的影响，有可能会在一定程度上淡漠对于文学内部规律的研究。

陈祖君同样认为，中国共产党在民族地区的政治实践带来一系列巨大变革。"这些巨大变革的实质是，原来不仅在地域上处于边缘而且在文化上也处于边缘的各少数民族，几乎是身不由己地一下子被拉进整个中华民族共同发展的轨道，加入到共同构建民族国家的现代性宏大叙事中……这一切，自然会反映到文学中，而文学也自然会以自身的力量参加到民族国家现代性宏大叙事的构建中。"② 这种对于少数民族文学家国观念和国家主流意识形态的充分肯定，既是新中国少数民族文学的自在表现，也是同期我国少数民族文学研究最为基本的方法论选择。诚如刘大先所说："从现实来看，任何当代合法的'少数民族文学'总是受庇于国家文学组织和体制体系，比如少数民族文学扶持计划、作协与评奖机制等，先天地属于国家主流意识形态辖制下的文学之一种，而不可能超脱这个限制。"③ 席扬透过对新时期初期几本具有代表性的当代文学史的分析，认为这一时期中国当代文学史的叙述话语与意识形态话语之间存在着同构关系。"这不仅体现在对当代文学史阶段的划分自觉与当代史的'革命式'划分相一致，重要的是把当代政治对历史的评判体系移植于审美评价过程中。"④ 就新中国少数民族文学的总体研究特别是前二十七年的研究状况而言，上述评价应该是符

---

① 李丛中：《方向的转移与角度的变换——对当代民族文学研究的一管之见》，《山茶》1988年第4期。
② 陈祖君：《论中国少数民族文学的现代转型》，《宁夏社会科学》2009年第6期。
③ 刘大先：《民族文学研究的方法、立场和理论命题的生产》，《贵州民族大学学报》（哲学社会科学版）2014年第1期。
④ 席扬：《关于中国当代文学史中"少数民族文学"的"历史叙述"问题》，《民族文学研究》2011年第2期。

合实际情况的。

事实上，在打造体现民族国家意志的少数民族文学范本，使少数民族文学话语完全进入民族国家一体化文学的进程中，民族国家有效参与了对少数民族文学话语的构建过程。李晓峰指出，此种情形在少数民族电影艺术中也有充分体现，如《内蒙古人民的胜利》《回民支队》《羌笛颂》等反映了新中国少数民族在党的领导下获得民族解放；《冰山上的来客》《阿娜尔罕》《边寨烽火》等反映了新中国成立初期民族地区包括阶级斗争在内的复杂形势；《五朵金花》《达吉和她的父亲》《两代人》《患难之交》等歌颂了党的民族政策，宣传了民族团结和建设美好家园的愿望。这些以少数民族生活为题材的电影，因其及时乃至充分地表达了民族国家意识形态，客观上成为社会主义主流文学的有机组成部分，并以总体政治氛围的方式制约着包括少数民族文学研究在内的价值取向。①

显然，有关新中国民族电影艺术国家意识形态的研究，客观上与文学艺术的国家意识形态考察构成阐释学意义上的互文效应。也有学者论及民族文学对于精神文明建设的作用，客观上佐证了文学作品显著的社会功能。农学冠认为："建设社会主义精神文明，少数民族文学负有添砖加瓦的光荣职责。因其既为文学的一个方面，毋庸置疑地以独特的审美意识对建设新世界的人们（尤其是少数民族）起到惊醒、感奋、激励和鼓舞的作用，对人们文化素质的提高起到催化和促进的功能。"②他进而将少数民族文学对于社会主义精神文明建设的积极作用概括为以下四点：一是艰苦奋斗、积极进取的精神；二是赏善罚恶、爱憎分明的审美观；三是团结友爱、相互关切的情操；四是大公无私、英勇献身的精神。

---

① 参见李晓峰《论中国当代少数民族文学话语的发生》，《民族文学研究》2007年第1期。
② 农学冠：《少数民族文学与精神文明建设》，《广西民族学院学报》（哲学社会科学版）1987年第1期。

除国家政治生活对民族文学及其批评具有显著影响外，民族的经济生活和文化状况也制约着民族文学和民族文学批评的总体面影。关于经济生活对文学形态的规约作用，欧阳可惺认为，少数民族文学中的叙事主题往往与当下中国的经济社会生活紧密相连。他强调，少数民族文学的民族性诸如民族传统、民族习俗、民族宗教、民族个性等的完整表现固然重要，"但要注意的是，经济发展带来的消费文化在我们的少数民族生活中产生着一定的影响，虽然由于地域的分布和经济发展的不平衡这种影响是有差异的，但是消费主义文化对中国少数民族日常生活的影响已是一个无法回避的事实"①。

文学社会学研究方法还异常关注社会转型对于文学形态以及理论批评的影响。有学者指出："在城市化和全球化的历史转型期，少数民族作家的生活和文化状态也发生了重要的变化。少数民族作家出生于本民族的土壤，然后到现代化的都市求学和工作，接受的是主流文化的知识体系，经历的是汉族式的生活方式，因而他们反观民族文学和文化问题就不再是纯粹的本族视角，他们的知识结构和情感诉求也变得复杂。这便是我们所说的'流散'现象。"②事实上，我们所说的"三新"（新中国、新时期、新世纪）本身就指涉了少数民族文学创作文以代变的跟进姿态。③

张永刚以西南边疆少数民族文学为例，阐述了后现代生活方式的显

---

① 欧阳可惺：《经济开发与消费社会中的少数民族文学批评》，《新疆大学学报》（哲学·人文社会科学版）2008年第2期。

② 李翠芳：《多元文化格局中少数民族作家的文化认同与身份建构》，《扬子江评论》2014年第6期。

③ 正如王炜烨所说："每一个时期的文学必定打上这个时代的烙印，这不取决于文学自身的意愿。尽管80年代语破天惊地呼唤'文学向内转'，却远不及90年代社会转型对文学转型的冲击与推动……顺应这一时代的发展方向，文学的转型逐渐露出端倪，呈现出其作为这一时代特有产物的特征。少数民族文学也与这个文学时代同步，一起进入转型期，没有也不可能有遁出这个转型的丝毫余地。90年代的社会转型对文学的影响是从外部开始的，文学的'转'自然展开就慢了一些，其中多有曲折，一层一层地蜕变，使之显得艰难。"参见王炜烨《少数民族文学走向自身与面向市场》，《内蒙古社会科学》1998年第2期。

著影响。在他看来，后现代形成的多元文化观念拓展了西南边疆少数民族文学的主体空间，增强了文化资本，也激发了西南边疆少数民族文学的写作动力，为西南边疆少数民族文学提供了新的创作环境。承认这种相容性带来的机遇，可以更好地促进西南边疆少数民族文学的发展，实现和而不同、多元共通的文化交融。① 罗庆春认为，自20世纪80年代初期以来，随着中国社会意识形态领域进行的一系列空前变革和拨乱反正，中国社会文化进入全面转型时期，导致中国当代文学批评由过去的"政治阐释""阶级分析"模式，逐步走上"文化阐释""审美阐释"的道路，进入了全新的"多元批评"的发展时期。受这一总体文化语境的影响，中国境内少数民族文学批评也同样由过去的"民间文艺论""政治分析""阶级分析"，以及"照顾批评""迁就批评"等状况，不断提高到"文艺美学批评""民族文化阐释""宗教美学批评"等复合层面。② 包括少数民族文学批评在内的当代文学批评的多元化路向，标志着文化的进步和思想的开放。

张直心从作家传记学的角度论述了"鲁迅传统"对于少数民族文学创作潜移默化的引导作用。他说："借助于少数民族作家的自传、回忆，我悉心统计出了以下这张为鲁迅引领而跨入文学之门、走上思想求索之路的作家名单：纳·赛音朝克图、马子华、张子斋、杨明、黎·穆塔里甫、艾里坎木·艾合坦木、乌铁库尔、祖农·哈迪尔、郭基南、端木蕻良、舒群、李辉英、关沫南、李乔、李纳、李寒谷、陆地、苗延秀、马犁、白练、巴图宝音、孟和博彦、包玉堂、李根全、伍略、汪承栋、张二牧、苏晓星、熊正国、玛拉沁夫、扎拉嘎胡、葛尔乐朝克图、超克图纳仁、克尤木·吐尔地、晓雪、杨苏、张长、古笛、袁仁琮……尽管这些作家的族属不尽相同，生活经历、创作历程也不尽相同，但他

---

① 参见张永刚《西南边疆少数民族文学与后现代文化的相容性》，《思想战线》2013年第1期。

② 参见罗庆春《转型中的构型——论中国少数民族文学批评当代转向》，《西南民族学院学报》（哲学社会科学版）2002年第8期。

们却异口同声地感念着同一位导师——鲁迅。一部《中国少数民族现代作家传略》，'鲁迅'一词出现的频率遥遥领先。"[①] 正是缘于鲁迅的唤醒、引导和提升，渐次生成了少数民族文学创作的精神立场、基本主题和风格范型。这种研究，拓展了少数民族文学研究的视野，昭示了少数民族文学与汉民族文学深度融合的必然性与可行性。

总之，文学社会学方法尊重民族社会生活对于民族文学创作的"基础"意义，认为民族文学及其理论批评敏锐反映着相应的时代特征，并反过来对社会生活产生了多方面的影响。这正是民族文学社会学研究方法带给我们的启示。

二 民族学研究方法

民族学方法论又称"常人方法论""本土方法论"或"民俗学方法论"，是对一定社区社会成员在社会互动过程中所遵循的基本规则的社会学研究。美国社会学家哈罗德·加芬克尔被视为该理论的鼻祖。加芬克尔的民族学方法是在乔治·赫伯特·米德的角色理论、胡塞尔的现象学以及以阿尔弗雷德·舒茨为代表的现象学社会学等基础上演变而来的。民族学方法强调个人间的微观互动过程，重视对行为主体意图的理解，并把这种原则应用于经验研究，从而在方法论上发展了马克斯·韦伯的"理解的社会学"。民族学研究的具体方法有实地调查法、文献研究法、跨学科综合研究法等。

民族学方法对于民族文学研究的天然适用性决定了它的极端重要性。部分研究者运用该方法来探讨民族生活、作家的民族身份对于文学创作的影响，分析作品本体的民族特性和审美表现，总结民族文学创作及其理论建构的特性与规律，取得相应实效。罗宗宇认为："民族学关于民族理论、民族发展过程及其规律、民族政治经济与文化关系研究的新成果，可为民族文学关系研究提供新的视角和认识，使民族文学关系

[①] 张直心：《论鲁迅对少数民族文学潜在基质的唤醒》，《鲁迅研究月刊》2000年第6期。

研究获得深广的民族学背景,对于推动民族文学关系的研究有重要作用。"① 覃代伦在谈及民族文学研究视角变更问题时说,民族环境对于民族文学创作具有特别的意义,它不仅影响不同民族作家的外在生活和表现这些外在生活的吃、穿、住、行,而且直接促使一个民族作家带有本民族特征的善恶伦理观念、民族性格、民族气质、民族心理结构、民族文化意识与民族审美趣味的产生、发展与完善。② 蒙古族学者扎拉嘎更是突出强调:

> 反映民族的社会生活是民族文学的首要的、根本的特征,这在我国的社会主义民族文学中表现得尤为突出。大力提倡少数民族作家主要面向本民族社会生活和本民族群众进行创作,鼓励具有本民族文字的民族的作家主要用本民族文字进行创作,正确地引导各少数民族的作家在自己的创作中积极地借鉴本民族的优秀文学遗产,这既是我国社会主义民族文学的根本任务,也是新时期民族文学实现民族化的必由之路。③

扎拉嘎的阐释既有思想高度也不乏理论力度。也有学者从民族学角度反向论及作家民族身份的认同危机问题。广西作家东西曾公开表示,自己其实并非壮族,而是汉族,但没有机会去更正。他解释说,之所以如此,"挂一个少数民族,它能享受很多待遇"。同为广西作家的鬼子虽是仫佬族,但他的小说写作已经走出了他所属的民族生活圈子,从他的作品中看不出明显的民族意识。④ 据此可知,无论是正面疏导还是侧面反思,都反映出研究者对于少数民族文学"民族性"身份的高

---

① 罗宗宇:《观念与方法:民族文学关系研究的学理性阐释二题》,《西北第二民族学院学报》(哲学社会科学版) 2008 年第 3 期。
② 参见覃代伦《论民族文学研究视角的变更》,《中央民族学院学报》1988 年第 5 期。
③ 扎拉嘎:《文学的民族性与新时期的少数民族文学》,《民族文学研究》1984 年第 3 期。
④ 参见李翠芳《多元文化格局中少数民族作家的文化认同与身份建构》,《扬子江评论》2014 年第 6 期。

度重视。

关纪新和朝戈金的《多重选择的世界——当代少数民族作家文学的理论描述》非常重视对少数民族文学民族特性的深层挖掘，并将其总结为三个基本方面。一是文学作品存在方式的民族特性；二是体现在全部文学活动过程中的民族特性；三是投射在文学创作中的全部社会意识的民族特性。这种归纳较为完整地概括了少数民族文学活动的民族性表现，富有涵盖力。相比而言，欧阳可惺更为看重特定民族时空对于文学作品民族特色的不可或缺性。他认为，有相当数量的当代少数民族作家自觉追求本民族"时间上的古老"性和"空间上的当地"性，并由此交织成民族的文化独特性。"大量的各民族古老的历史故事和风俗人情，以及大量的未经文化开垦的原始地貌，仿佛使人回到某一个古老的年代。"[1] 在他眼中，少数民族文学中所表现出的古老的历史传统以及特定的地域性风光、人情风俗拥有不朽的魅力，这或许正是少数民族文学具有独特价值和重要影响的原因之一。

正因如此，有关学者倾向于从民俗学角度来分析少数民族文学中独特的风俗人情。覃代伦认为，运用民俗学方法研究不同民族作家所处的不同民俗环境十分必要，"因为民俗是民族精神、民族心理的外在的感性的物质显现，我们不仅要研究民俗的形式特征，而且须研究民俗的本质特征"[2]。民俗学方法尤其适用于少数民族民间文学的研究。过伟以侗族娘梅故事的发生、流变为例，深入剖析了侗族的"月堂文化""火塘文化""萨文化""款文化""鼓楼文化"等民俗文化形态对《娘梅》故事的深刻影响，有理有据，不令而信。

刘宗迪阐述了民间文学研究从文艺学到民俗学的范式转换问题。在他看来，民间文学研究从文艺学研究范式向民俗学研究范式的转变，与学者们对民间文学学科独立性的焦虑有关。一是意识到过去专注于文

---

[1] 欧阳可惺：《当代少数民族文学批评与地域文化》，《西部》2010年第22期。
[2] 覃代伦：《论民族文学研究视角的变更》，《中央民族学院学报》1988年第5期。

本解读的局限性——不仅无法透彻理解民间文学的独特价值和自在意蕴，而且有可能丧失学科的立足之地；二是意识到民间文学与作家文学的区别是由创作、传承和接受语境所造成的。所以，研究者开始从专注文本转而关注语境。在说明这种范式转换原因的同时，他还指出了转换过程中面临的危机——当民俗学、民间文艺学的从业者摈弃民间文学，离开文本，舍弃了文本所展现的对于田野的"前理解"时，就像一个失去了向导的探险者，田野对于他不再是熟悉亲切的家园，而成了四顾茫然的未知之域。置身于这样的田野，他只能像人类学家那样按照现成的理论和表格对田野照单全收，结果搜罗了一大堆自己可能也不知道有什么用、如何用的田野材料，却没有增进对于"田野"的深度理解。可见，从事民间文学的研究者们从文艺学走向民俗学，并没有达到最初想更好地解读民间文学的意愿。对此，刘宗迪认为，正是意识到这一迫在眉睫的危机，学者们又呼吁"告别田野""回到文本"。至于如何回到文本，他认为，回到文本与走向田野不是对立的。回到文本，不应该回到书面上现成的、凝固为文字的文本，而是要回到田野中的文本，回到口头传统中世代流传的口头文本。因此，回到文本的同时，也便是走向田野。

在强调民族学方法对于少数民族文学研究的重要性时，既要防止"去民族化"的主观故意，也要摒弃"庸俗民族化"的偏向。杨春风说得好，民族特色虽然是一个民族的文学区别于其他民族文学的重要特征，但少数民族作家在表现这种民族特色时，应该克服创作心态上极易出现的两种倾向。一是单纯从民族学角度来观照文学的思维定式和"文化自恋"心态；二是"民族自卑"意识以及由这种意识所派生出来的对汉族文学的简单趋同心理。[①] 这种对于少数民族文学研究过程中民族、民俗方法运用的辩证警示是十分必要的。

[①] 参见杨春风《中国当代少数民族文学的民族性辨析》，《社会科学战线》2008年第11期。

三 人类学研究方法

中国民族比较诗学中的人类学研究方法论重视从生物学和文化学的角度来研究人类的起源、进化与发展规律。通过研究人类各民族所创造的包括文学形态在内的文化集合体，以达到揭示人类文化本质的目的，在研究方法上常借用考古学、人种学、民俗学、语言学等学科方法的原理与思路。严格来讲，民族学、人类学方法与社会学方法同宗同源，社会性、生活性、现实性是其基本价值追寻。虽然民族学与人类学两种研究方法侧重点不同，但都具有很强的实践性和跨学科性。

文学人类学作为批评方法有其特殊意义。在王轻鸿看来，20世纪以来的人文社会科学研究深受现代人类学的影响，民族性和人类性的研究存在着内在关联，对现代人类学研究方法的借鉴、整合与转化，有助于民族文学研究视野的拓展。作为方法论，文学人类学的系统功能主要体现在三个层面。其一，就民族文学研究的逻辑起点而言，文学人类学有助于还原民族文学的原始风貌，建立独特的范畴体系和理论体系；其二，就民族文学研究的操作方式而言，文学人类学有助于通过发掘民族文学的独特魅力以实现民族文学的创新发展；其三，就民族文学研究的最终归宿而言，文学人类学有助于探讨民族文学所包含的人的自由自觉。[1] 刘俐俐指出，人类学的优点在于，可以将人类现象包括文学现象放在长时段、大视野中进行考察。基于民族发展中的差异性，我们有理由在人类学视野中重新提出并研究少数民族文学的功能。[2]

王敏认为，文学人类学研究方法具有跨界对话性、多元视角性、整体辩证性等基本特性。这些特性决定了人类学方法对少数民族文学研究

---

[1] 参见王轻鸿《民族文学批评的人类学范式》，《民族文学研究》2007年第3期。
[2] 参见刘俐俐《"美人之美"为宗旨的民族文学理论与方法的几个论域》，《文艺理论研究》2010年第1期。

的介入方式和四大作用。一是有利于少数民族文学研究对传统民族性认知的纠偏；二是有利于促进少数民族文学研究的实践化；三是有利于促进文学生态多样化和各民族文学的和谐化；四是有利于促进少数民族文学研究的多样化。她尤为强调文学人类学批评的跨界特征，认为少数民族文学涵盖了民族文化、民族历史和民族语言。"当跨界性的人类学遇见跨界性的少数民族文学，一定会产生跨界的少数民族文学人类学批评。"[①] 这种跨界特征不仅有助于少数民族文学研究打破过去那种单一的学科壁垒和史段划分，还可以将少数民族文学研究从以往单一的文学角度拓展到知识论角度，从而使少数民族文学研究具备更宏观的视野和更宽容的姿态。究其实，人类学方法的最高追求在于它所体现出的人本价值观，这种价值观对包括少数民族文学及其理论批评在内的文学研究活动具有显著的阐释效果。张直心将文学人类学批评视为一种兼具人类学观念与审美意识的文学研究方法。他以云南当代少数民族较为重要的小说文本为例，探讨了文学人类学对于边地民族文学研究的显著适用性。他考察后得出结论："参考、汲取国内外文学人类学批评的已有成果，化用人类学（主要是文化人类学）的理论方法，借助民俗学、民族学等学科的视角与材料，对少数民族小说进行某种性质的文学考古或文化诠释工作，不仅可以弥补当代少数民族文学研究的方法论缺失，甚至可能增强已有文学人类学批评的深厚度与坚实度。"[②]

徐杰舜、刘大先等充分肯定了人类学方法对比较文学以及比较诗学研究的重要意义。徐杰舜、林建华在《开拓中国少数民族文学比较研究的新领域》一文中指出，"人类学，这是一门专门研究人与人、人与自然、人与心理关系的学科，它对比较文学研究是不可或缺的理

---

① 王敏：《论少数民族文学人类学批评的特点和意义》，《中南民族大学学报》（人文社会科学版）2011年第6期。
② 张直心：《少数民族文本的文学人类学诠释》，《民族文学研究》2001年第4期。

论。不管你是进行国与国，或者是民族与民族的文学比较研究，都离不开人类学"①。刘大先也有类似看法——"'文学人类学'如果要表现出其独特性，那显然突出地体现在它的想象与表述上，它通过叙述、虚构、语言、文字的表述来重新塑造世界，这一点在晚近逐渐也为相关学者认识到。就中国各个族群文化而言，不同的文学表述，构成了中华民族文化的历史动力系统，也是进行文学比较的基础。"②叶舒宪表示，民族国家作为现代性的话语建构，它所具有的"想象的共同体"性质，是在文化人类学反思性的后现代语境中才逐渐被认可和接受的。因为文化人类学的认知性质和知识结构本身就带有非西方中心的、非主流的、非贵族化的倾向，这有助于重构以少数族裔和弱势话语为特色的、另类视角的全球新知识系统。可以说，人类学的文化相对主义原则、文化多样性原则和地方性知识范式，都成为后现代知识观得以确立进而取代现代性知识观的学理基础。③

在回眸文学人类学的中国历程时，徐新建指出，人类学自诞生之日起，就突出了文化比较研究的意义。当人类学家从"比较文化"的角度考察和分析不同族群的文学现象时，往往超越过去"国别文学""世界文学"的范畴而上升到"人类学文学"或"文学人类学"的层面。他将改革开放以来文学人类学的学科重建归结为五大面向。一是经典与重释；二是原型与批评；三是文学与仪式；四是民歌与国学；五是神话与历史。当代中国的文学人类学实践可概括为四个数字：一、二、四、五。"一"即文学人类学是一个学科，一种尝试，一种方法或一个领域，同时也是一种从西方引进并逐渐在本土生长起来的新知识范式；

---

① 徐杰舜、林建华：《开拓中国少数民族文学比较研究的新领域》，《广西民族学院学报》（哲学社会科学版）2000年第1期。
② 刘大先：《民族文学的跨界、翻译与超越》，载刘大先主编《本土的张力：比较视野下的民族文学研究》，中国社会科学出版社2013年版，第7页。
③ 参见叶舒宪《中国文化的构成与"少数民族文学"：人类学视角的后现代观照》，《民族文学研究》2009年第2期。

"二"即文学人类学关涉的两个领域是文学与人类学，强调两个门类的连接和打通；"四"即四个相关问题——文学问题、人类学问题、文学与人类学问题、文学人类学问题，四个问题交织为一体，构成了此项研究的基本内容；"五"即到目前为止中国文学人类学较有代表性的五个方面。①

与民族比较诗学建构密切相关的还有"民族志诗学"。"民族志诗学"是20世纪中后期在美国人类学、民俗学及其交叉地带兴起的一个重要理论流派，它首先承认每一特定文化都有其独特的诗歌形式和结构，并据此发展出一套关于口头艺术文本迻录和翻译的观点与方法。作为一种交叉科学和明显适用于民间文学田野调查的方法，一般倾向于将其置于人类学知识谱系中予以调度。由此出发，我们不妨将民族志诗学界定为基于田野调查而对社会文化现象进行描述和阐释的方法。民族志诗学为文化人类学与社会人类学提供了很多经典文本，对少数民族文学及其诗学研究具有显著作用。

按照美国学者托马斯·杜波依斯的理解，作为方法论的民族志诗学已经被应用到许多口头传统之中。早年的一些学者可能对民族志诗学有所感知，却鲜有系统性的揭示。② 丹尼斯·特德洛克和杰诺姆·鲁森伯格联手创办的《黄金时代：民族志诗学》于1970年面世，成为该学派迅速崛起的标志，先后加盟其间的还有戴维·安亭、斯坦利·戴尔蒙德、加里·辛德尔和纳撒尼尔·塔恩等人。巴莫曲布嫫、朝戈金在介绍民族志诗学研究方法时说，在口头程式理论和讲述民族志的影响下，为推动口头艺术文本呈现的新实验，美国一些对人类学、语言学感兴趣的诗人以及对诗歌颇有研究的人类学家和语言学家之间达成了共识——他们强调把讲述、经颂、歌唱的声音还原给谚语、谜语、挽歌、寓言、赞

---

① 参见徐新建《文学人类学的中国历程》，《西南民族大学学报》（人文社会科学版）2012年第12期。

② 参见［美］托马斯·杜波依斯《民族志诗学》，朝戈金译，《民族文学研究》2000年增刊。

美诗、公开演说以及叙事等口头表达文化。特别需要说明的是，民族志诗学建构者们热切希望，"通过对文本呈现方式及其操作模型的实验性探究，对口语交际中表达和修辞方面的关注，以及对跨文化传统及其审美问题的解索，民族志诗学能够给人们提供一套很有价值的工具去理解表达中的交流，并深化人们对自身所属群体、社区或族群的口头传承的认识和鉴赏"①。由此可见，国外学者不约而同地默认了民族志诗学作为一种研究方法的合法性。

在北京师范大学民俗学与文化人类学研究所杨利慧看来，民族志诗学既是一种研究方法，也是20世纪中后期以来在美国民俗学、人类学界兴起的一个重要理论流派。这种方法，既极大地拓展了书写文化对口头传统的表现力，也为深入认识口头艺术乃至所有文学传统的内在特征提供了一个崭新的视角。她进一步指出："民族志诗学的影响不仅限于民俗学领地，也影响到了人类学、语言学和文学批评等许多领域。拿它对文学批评的影响来说，它启示批评家们注意到对作品相关语境的感受与理解能力的重要性，而不仅仅是艺术的审美的批评技巧；同时也注意到，那些受到较多口头传统影响的作家，可能会将口头艺术的因素融合到自己的创作中去，因此要想深刻理解这样的作品，就必须了解这些口头传统。"② 可见，作为研究方法的民族志诗学特别适用于拥有悠久口传历史和民间传统的少数民族文学的阐释，包括各民族文学之间的跨语际翻译研究。

民族志诗学的理念和方法不仅适用于民族民间文学的研究，还有利于从发生学的意义上把握民族作家文学的诗学特征。1949年以来，韦其麟、苗延秀、晓雪、吉狄马加等一批在中国文坛具有影响力的少数民族诗人，很大程度上是以少数民族诗歌作为民族志"文化书写"与诗

---

① 巴莫曲布嫫、朝戈金：《民族志诗学》，《民间文化论坛》2004年第6期。
② 杨利慧：《民族志诗学的理论与实践》，《北京师范大学学报》（社会科学版）2004年第6期。

性"深描"来彰显其影响和意义的。对此,李翠芳认为,20世纪80年代以来,我国少数民族作家创作表现出明显的民族志诗学特征,民族志诗学所彰显的民族性和异质性促进了少数民族文学的崛起,其中的历史追忆和文化焦虑成就了少数民族书写的文学价值。[①] 循此思路,何小平认为,多民族混血作家沈从文的文学创作具有民族志特征;耿占春认为,彝族诗人吉狄马加的长诗《我,雪豹……》"包含着一种民族志诗学的意味";丹珍草认为,藏族作家阿来的长篇地理文化散文《大地的阶梯》"具有现代民族志诗学写作特征"。类似的关于少数民族作家文学民族志诗学层面的研究成果还有不少,这里不再逐一列举。

第二节 女性主义·生态学·文化学方法

中国民族比较诗学的方法论选择,在女性主义、生态学、文化学等层面同样绽放异彩,并以各自独特的视角观照并推动了民族文学及其理论批评的深度发展。

一 女性主义研究方法

女性主义批评是在西方女权主义运动及其延伸性文学创作活动中应运而生的。毋庸置疑,所有的女性主义活动因其受到鲜明的主体性观念的影响,可以被简约地认定为一种追求男女平等的价值活动与社会实践。在解构主义批评家乔纳森·卡纳看来,"女性主义文学批评比其他任何批评理论对文学标准的影响都大,它也许是现代批评理论中最富有革新精神的势力"[②]。20世纪80年代以来,西方女性主义文学批评传入我国,为审视中国文学尤其是中国少数民族文学提供了一个重要的研究

[①] 参见李翠芳《民族志诗学与新时期少数民族文学书写》,《广西民族研究》2012年第4期。

[②] 陈厚诚、王宁:《西方当代文学批评在中国》,百花文艺出版社2000年版,第415页。

角度，引起了相关学者对少数民族女性文学、女性批评的特别关注，从而促进了中国民族女性文学研究的发展和繁荣。

当然，中西女性主义文学批评的侧重点有所不同。西方女性主义文学批评一出场便带有浓重的政治色彩，长于从女权主义出发审视文学现象。一般将西方女性主义文学批评的指归分为四个层面。一是确立性别范畴；二是形成主流理论话语；三是关注读者；四是跨学科式融合发展。相比而言，中国女性主义文学批评擅长从具体作家、文本出发，一度倾向于对男性作家笔下的女性形象进行反思性研究，在追溯父权制产生的根源中强调对女性文本和女性意识的阐扬。总体上说，西方女性主义文学批评的中国化之旅大致经历了三个阶段，即译介引进、自觉建设和多元化发展。我们也可将女性主义批评以及由此而来的女性主义文学理论统称为女性主义诗学。

新中国民族女性主义诗学研究与女性主义写作互为观照。新中国民族女性文学写作是新中国女性文学写作的具体体现，更是对民族女性意识的集中凝视。李天福认为，作为民族文学研究的重要维度，女性主义诗学高度关注少数民族女性作家的"女性身份认同""本民族文化认同"以及"中华民族文化认同"的复杂交织情形。就此而言，民族女性写作、民族文学中的女性形象、民族文学的女性主义叙事，乃至在女性主义视角下重构民族文学史等，便理所当然地成为具有中国民族特色的女性主义文学批评的重要内容。[①]

据实而论，"中国少数民族女性作家创作"话题的提出还是新中国特别是新时期以后的事。西南大学研究生张凌波曾搜集整理出一份中国现当代少数民族女性作家名单，罗列了赵银棠、颜一烟、李纳、马瑞芳、柯岩、席慕蓉、叶广芩、娜仁高娃、霍达、赵玫、魏光焰、边玲玲、董秀英、景宜、叶梅、黄玲、央珍、钟晶晶、田金凤、赵艳萍、庞

---

① 参见李天福《双重束缚下的边缘写作——少数民族文学女性主义研究的几个论域》，《贵州民族研究》2013年第4期。

天舒、王华、石继丽、梅卓、格央、娜夜、罗晓燕、柏桦、鲁娟、巴莫曲布嫫、艾傈木诺、金仁顺、苏兰朵、娜仁琪琪格、阿娜尔古丽、鲍尔金娜、白玛娜珍、帕蒂古丽、许连顺、扎西措、阿拉旦·淖尔、姚笛、陶丽群、和晓梅等数十位少数民族女性作家。尽管如此，这份名单显然只是中国现当代少数民族作家群体中的一部分。

　　检视中国少数民族女性文学研究的现有成果，只有在了解其演进历程、创作内容、发展特征的基础上，才能对少数民族女性文学研究有总体性把握，这对建构新中国少数民族女性文学史同样至关重要。王芳、刘万庆、黄晓娟、田泥等学者对此发表了各自的看法。

　　王芳简约梳理了中国少数民族女性文学的演进历程。在她看来，中国古代就有少数民族女性创作，只不过她们当时的个人书写大多演绎着"闺怨"的情绪；"五四"反封建浪潮促使少数民族女性文学开始关注社会变革、妇女解放和自由平等，这种状态一直持续到新中国"十七年"时期；女性意识的蒙昧与觉醒，正是我国少数民族女性文学突破狭隘创作模式继而进入创作转型的根本动因。[①] 事实上，少数民族女性文学中的女性意识从蒙昧到觉醒的曲折历程，与少数民族的历史发展以及整个中国社会的文明进程息息相关。同时，我们也应看到，只要存在形成性别差异的社会因素，性别意识、性别文学就不会消失，文学将永远是包括少数民族女性作家在内的广大社会群体抒发心声的一种重要方式。

　　刘万庆等在20世纪80年代中期撰文考察了新时期初期我国少数民族女性作家创作概貌，并归纳出三个基本特点。一是新时期少数民族女性作家将自己的创作扎根于现实，反映了广阔的社会生活。这些女性作家大多生活在基层，与本民族的人民及其生活有着紧密的联系，当她们走上创作道路后，能够自觉地将自己的创作扎根于本民族现实生活的土

---

① 参见王芳《论少数民族女性文学女性意识的蒙昧和觉醒》，《广西民族学院学报》（哲学社会科学版）2000年第4期。

壤之中，及时反映新时期民族地区的深刻变革以及向"四化"进军途中出现的新矛盾、新问题，讴歌新的历史条件下各民族间的新型团结关系。二是对妇女问题的高度关注。在中国现代化进程中，妇女问题是个重要问题，自然也是当代文学中的基本主题。就少数民族女性作家的创作实际来看，景宜、斯日古郎、梁翠英、刘霞、麦丽丝等人的作品对有关妇女的种种问题进行了深层思考和文学表达。三是少数民族女性作家作品具有较为浓郁的民族特色。这些作家大都生活在民族地区，了解本民族的过去和现在，熟悉本民族人民的生活情景、性格特征、心理愿望以及风俗人情、语言风格，因而便于撷取本民族人民生活中特有的矛盾和斗争，刻画本民族人民特有的性格与气质。读她们的作品，犹如领略了长白山的浩瀚林海、草原牧民的古朴婚俗，看到了苍山洱海的瑰丽风光、布依山乡的妇女摔跤，醇厚的民族和地域气息扑面而来。[1]

黄晓娟则相对宏观地将当代少数民族女性文学发展历程划分为三个阶段，即20世纪50年代至60年代中期、20世纪70年代末至80年代和20世纪90年代至今。她的总体评价是，少数民族女性作家创作是我国当代多民族文学花园里一道亮丽的风景线，这些女性作家们不仅肩负着传承与重塑本民族文化的重任，而且成为当代少数民族文学的精神守护者。对于本民族文化的继承和发扬以及对外来文化的吸收与借鉴，是我国当代少数民族女性文学繁荣发展的重要基础。[2] 同时，黄晓娟等所撰《中国当代少数民族女性文学研究》涉及女性经验与民族文化传统、女性话语与族群记忆、多元文化背景下的女性书写、民族身份与作家身份的建构与交融、当代少数民族女性文学的民族性与时代性等，彰显出宏观概括与微观分析相结合、美学嬗变与个体跟踪相对照、融学理于历史整合、绎结论于文本细读的学术特色。而在《多元文化背景下的边缘

---

[1] 参见刘万庆等《我国少数民族女作者及其创作简介》，《中南民族学院学报》（社会科学版）1986年第2期。
[2] 参见黄晓娟《当代少数民族女性文学发展概论》，《广西民族师范学院学报》2013年第4期。

书写：东南亚女性文学与中国少数民族女性文学的比较研究》一书中，设置了越南女性文学与壮族女性文学、马来西亚女性文学与回族女性文学、泰国女性文学与壮族女性文学等七个专题，通过对中国少数民族女性文学与东南亚女性文学整体性创作以及具有代表性的作家、文本和重要文学现象的分析研究，根据不同的空间关系与时间关系进行横向和纵向的比较，在女性文学历史进程的多元状况中，探究其间的相似性和差异性，这在新中国少数民族比较诗学的女性主义方法论选择上具有一定的借鉴意义。

田泥重点考察了20世纪80年代以来少数民族女性小说的叙事追求。她认为，进入改革开放的新时期，中国少数民族女性文学的内在发展轨迹、特点以及主题内容等方面都发生了显著变化。与此前相比，新时期少数民族女性作家通常以素朴的话语方式逼近女性生存的历史与现实境遇，并强调对原始状态的风景与现代都市景观的多重呈现。一方面，无论是民间本土叙事、多民族文化沟通抒写，还是融入了主流文学的写作，都着力于对女性生存以及民族生活的反思。基于此种认识，田泥认真分析了少数民族女性小说的叙事追求。叙事内涵层面，由自身而及同类，立足于个体生命，着眼于人类群体精神处境；叙事视点层面，由外部探索转换为女性本体生命与精神的深层叩问；叙事话语层面，既有对于民间叙事话语的承接，也有现代性超越，因而有机协调了女性叙事与民族叙事的关系；叙事审美效果层面，达成了审美情感性与理性思考的高度统一。[①]

除上述研究成果外，任一鸣的《关于新疆当代少数民族女性文学研究的思考》[②]、黄玲的《云南少数民族女性文学创作与发展》[③]、管钰的

[①] 参见田泥《可能性的寻找：在民族叙事与女性叙事之间——20世纪80年代以来少数民族女性小说的叙事追求》，《民族文学研究》2007年第4期。

[②] 任一鸣：《关于新疆当代少数民族女性文学研究的思考》，《昌吉学院学报》2005年第4期。

[③] 黄玲：《云南少数民族女性文学创作与发展》，《云南民族大学学报》2007年第6期。

《自我的表征与他者的符号——试论文本中的西部少数民族女性形象》[1]等关于区域性少数民族女性文学研究的论文也值得关注。

与此同时，后起的生态女性主义和后殖民女性主义等研究方法也在我国少数民族文学研究中得到创新运用。

生态女性主义（Ecofeminism）是法国女性主义学者弗朗西斯·德·奥波妮于1974年在《女人或死亡》中首次提出的概念。其基本观点是女人与自然有着极大的亲近性，女性在诸如月经、怀孕和生产过程等生理上的经验类似于自然生态的循环，有其周期性规律。进而，生态女性主义者把自然和女性受压迫的遭遇相提并论，并将解放女性和解决生态危机、反对压迫等同时作为自己的价值目标。刘大先认为，生态女性主义将关注女性生存和自然状态相提并论，其生态意识促使我们对文明进程、历史传统、政治生态、经济生态、文化生态以及思维方式、民族心态与生活习俗等进行全面观照。纵向地看，作为女性主义发展的第三个阶段，生态女性主义是女性主义与生态文化思潮相结合的产物。差异性生态女性主义强调女性特质对于缓解生态危机的价值，认为女性对自然的亲和性有利于维护生态环境的应然状态。基于此，"在生态女性主义批评这里，'女性美德'和'生态原则'将成为衡量文学价值的新标准……生态女性主义文学批评将不再孤立地考虑文学中人（性别）的问题或是自然的问题，它不仅要考虑人伦道德，更要弘扬生态伦理道德"[2]。就我国少数民族文学生态女性主义批评的实践性而言，不同代际的生态女性主义者虽然偏好不同的文学批评方式，但都具有近乎相同的伦理关怀。诚如刘大先所言，近年来，我国少数民族文坛宿将或后起新锐，其创作明显呈现出两大转向。一是诸如鄂温克族作家乌热尔图、土家族作家李传锋、蒙古族作家郭雪波等对于生态文学的关注；二是类

---

[1] 管钰：《自我的表征与他者的符号——试论文本中的西部少数民族女性形象》，《青年文学家》2010年第12期。

[2] 刘大先：《边缘的崛起——族裔批评、生态女性主义、口头诗学对于少数民族文学研究的意义》，《民族文学》2006年第4期。

似回族作家马瑞芳、佤族作家董秀英、满族作家叶广岑、白族作家景宜等女性作家群体稳健的创作态势。两相参照，正好印证了生态女性主义文学批评适时而生的强劲时代语境。

广义的后殖民女性主义将性别视角介入民族议题之中，在民族、国家、阶级和性别的动态关系中讨论关于第三世界女性的相关问题。这种理论跨界，使我们有可能对国/族主义的某些论述保持清晰的辩证思考。具体而言，后殖民女性主义讨论的主要问题涉及三个方面。一是公私话语的设置导致了女性身份的暧昧不明；二是置身于性别利益之上的国/族话语对女性的暴力倾向；三是为抵抗西方殖民或争夺对女性的控制而提倡某种落后的传统观念。肖丽华认为，第三世界的妇女不只拥有性别化身体，她们的身体还受制于种族化规训。不过，第三世界女性群体对于女性主义观念的张扬，并非要与国/族主义作战；反之，支持国/族主义和民族解放，也不意味着一定要放弃自己的性别权利和性别追求。说到底，"殖民批判和种族批判一直是后殖民女性主义的重要议题，男性不必是女性的敌人，反而是需要携手共进的同志，尤其是在有些深受跨国企业迫害的第三世界国家，方能彻底解决这些国家妇女都面临的问题"[①]。狭义的后殖民女性主义批评则侧重于分析文学作品中的性别殖民与反殖民意涵，尤为关注少数民族女性创作的性别觉醒与自主追求，因而在反思与重构民族文学生态平衡的事业中具有积极作用。

就生成机理而言，后殖民女性主义批评方法是后殖民主义批评理论对于女性主义批评实践融汇渗透的结果。据刘俐俐分析，后殖民主义观念之所以影响当代少数民族文学研究，是因为以下几个缘由。一是全球化境遇对当代人文知识分子的抑制；二是后殖民主义思潮及其批评思路对于本质决定论的反思姿态；三是当代文学人民性与民族性问题的交叠，等等。由此，导致后殖民情境中当代文学批评势必采取两大应对策

---

① 肖丽华：《性别、民族与权力：后殖民女性主义文学批评中的"国/族"论》，《温州大学学报》（社会科学版）2013年第6期。

略：一是关注民族与平等的双重诉求；二是关注民族文学边缘地位及其对于当代文学的建构意义。少数民族作家创作无论沉默抑或发出自己的声音，对我们都是有意义的参照。尤为重要的是，循着后殖民文化理论的路向，我们可以充分了解少数民族作家创作的独特意义。其一，少数民族作家及其创作的边缘性作为一种文化力量，促使主流文学及其研究变换角度、体验边缘、发现问题；其二，少数民族文学创作可望以多元姿态激发文学激情和艺术想象，有利于酝酿文学的审美情思；其三，少数民族文学可作为文学批评从整体上考量文学活动的一种制衡因素，借以彰显文学的价值选择和审美追求永远是繁复多样的。因此，"后殖民主义理论的引入大大拓宽了中国人文知识分子特别是少数民族人文知识分子的思考空间"[①]。

那么，少数民族女性文学将走向何方？刘大先在预设其发展前景时，认为我国少数民族女性文学呈蓬勃葳蕤之势，叶梅（土家族）、白玛娜珍（藏族）、金仁顺（朝鲜族）、赵玫（满族）、王华（仡佬族）等堪称代表。在将改革开放以来少数民族女性/男性作家创作进行潜在比较后，刘大先指出，总体上看，少数民族女性作家置身于多重边缘境遇，她们的文学书写无一例外地拥有浓厚的女性主义气质，欲望、情感等成为她们作品的主要内容，透射出女性个体对于历史、命运、爱情的特有体验、感悟、意绪、理解。"这是一种区别于男性刚性话语的柔性话语，偏重于感性、肉身、经验和个体。"[②] 这意味着，在女性意识不断高扬、女性身体美学日渐昌盛的全球化时代，民族女性文学及其研究将拥有更为广阔的拓展空间。

二 生态学研究方法

我国生态学文学批评发端于 20 世纪 80 年代，是生态学与文艺学交

[①] 刘俐俐：《后殖民主义语境中的当代民族文学问题思考》，《南开学报》2000 年第 1 期。
[②] 刘大先：《从差异性到再融合：后社会主义时代的各民族文学》，《南方文坛》2013 年第 3 期。

叉共生的结果。受制于全球化时代生态恶化的严峻现实，生态学批评积极介入人与自然之间的关系调解，试图揭示人、自然、社会、文化等各种变量关系及其发展演进规律。就我国文学研究的当代格局而言，生态学批评已然成为包括少数民族文学研究在内的重要阐释方法之一。

从我国生态学批评的历史进程来看，赵鑫珊较早将生态学方法引入文学研究，并明确呼吁文学艺术家改变过去那种以人为中心的文学创作观念，努力关注现代科学技术对自然、社会和人生的多面影响，准确把握时代哲学精神，谋虑如何建立人与自然之间的和谐互惠关系。[①]

文学与环境间的关系繁复多样，民族文学中同样蕴含着丰富且复杂的生态关怀。在纳张元看来，新中国一个相对较长的时段内，为数不少的民族作家作品对展示奇异的民族风情津津乐道，古老、野蛮、狩猎、杀戮等被作为吸引读者眼球的民族文化符号反复渲染。在这些作家笔下，人类乃万物之灵长，理所当然地成为自然的主宰。20世纪80年代中期以后，少数民族作家自觉反思人与自然的关系，对人类自身的生存环境有了新的理解和更深层次的认识。其中，鄂温克族作家乌热尔图的小说《七岔犄角的公鹿》围绕"我"与"公鹿"的三次邂逅展开情节，通过"我"去打猎、公鹿抗狼、解救公鹿等一系列事件，表现了少年的成长过程以及人对鹿的依靠、崇拜乃至神化等复杂感情。毫无疑问，这里的"公鹿"是一种象征，代表了人类周边的生命存在，它唤醒了"我"的生命意识。进一步分析，乌热尔图不仅为读者讲述了一个鄂温克少年传奇般的成长故事，更为我们展示了一幅弱势民族不断完成自我"重构"的文化想象图景，凝聚着鄂温克族传统文化历经千百年积淀而形成的自然伦理观。傈僳族作家杨泽文的《大山无虎》真诚呼吁人与包括"老虎"在内的一切动植物和谐相处。在作家笔下，人与自然不再是对抗关系，人与老虎也不再互相敌视，而表现出容忍与权利的协调互谅。彝族作家李智红的《喊那口老井为爹》从民间文化图腾意识的

[①] 参见赵鑫珊《生态学与文学艺术》，《读书》1983年第4期。

视角来传达人对自然的态度——人们敬畏那口"四季清泉喷涌的白沙水井",相信它有消灾免祸的魔力,于是祖祖辈辈拜祭老井,喊它为"爹"。在此,"老井"是一种源远流长的生命期望和生生不息的民族精神的化身,具有浓郁的精神象征与生命昭示意味。类似的作品还有很多,如壮族作家黄杰英的《内蒙古随笔》中人与自然水乳交融、物我两忘的境界,回族作家左侧统的《最后的兔子》让读者与作者一起体会自然失调、久旱不雨的痛苦,还有彝族作家李友华的《响水河的情调》、白族作家魏向阳的《潇洒风城雨》、壮族作家黄青松的《与沅水同行》、土家族作家余晓华的《想起国歌》、满族作家宋占芳的《飞鹤记》、哈尼族作家艾吉的《幸福路上》,等等。鉴于此,纳张元欣喜地表示:"我们看到当下少数民族作家的笔下,正缓缓地流淌着一种全新的审美观和自然伦理观,他们不再以刀耕火种、狩猎杀戮为原始古朴美而加以称颂,也不再试图征服或改造自然,而只希望永远做大自然的忠实守望者,他们主张人类能够通过与自然平等对话而真正回归自然,与自然同存共荣,和谐共处。"[1]

马明奎和王静对少数民族作家"回归自然"的生态书写同样持正面评价。马明奎在评析蒙古族作家满都麦小说的生态叙事时认为,"题材与意象的结合是少数民族文学生态叙事研究的根本命题,它指涉情节、人物以及世界三个层次。满都麦不仅书写故事,书写生态状况,尤其是以蒙古族文化意象悦纳、镶嵌题材,以蒙古民族文化原型熔铸人物塑造,以民间传说和历史记载嫁接生态叙事,描述了工业社会的荒诞和罪恶,阐发了民族文化精神及人性观点,试图实现人与世界、人与历史、人与自然神性诗意关系的修复"[2]。王静将新时期以来我国少数民族生态文学的主要实绩归纳为三个方面。一是以生态写作为创作追求,

---

[1] 纳张元:《从斗争哲学到生物权利——九十年来少数民族作家创作观念变迁》,《大理民族文化研究论丛》2012年总第5辑。
[2] 马明奎:《少数民族文学生态文本叙事性研究》,《中央民族大学学报》(哲学社会科学版)2013年第6期。

第六章　中国民族比较诗学研究的方法论

从题材上弥补了自然审美视角在文学作品中的缺席，主题上涉及民族生存、狩猎、死亡、战争、人的批判等；二是形式灵活，体裁多样，小说、散文、诗歌、报告文学、童话剧、电影剧本等众体兼备；三是语言上采用汉语、母语乃至多语创作并行的方式。① 在《人与自然：中国当代少数民族作家生态文学创作研究》中，她重点考察了中国少数民族当代作家对自然环境的忧患意识以及对人类自身存在价值的重新审视，将人与自然关系的认识作为对以往文学作品中人与人、人与社会关系的一个重要补足。在她看来，当代少数民族作家作品具有来自边缘的活力，尤其在民族精神的表达、人文地理观念的确立以及生态文明的呼唤等方面，具有鲜明的中国民族特色。少数民族生态作家保护环境、尊重生命的责任感，体现了与自然沟通的自觉精神，为当代文学注入了新鲜血液。②

　　从更高层次观察，少数民族生态文学属于少数民族生态文化的重要组成部分。宋占海、周兰兰认为，民族地区发展生态文化和生态文化产业，是深入贯彻落实科学发展观、全面建设小康社会和实现社会和谐的内在要求，是建设社会主义先进文化、满足人民群众日益增长的物质文化需求的必然选择，是转化民族生态文化资源优势、培育新的经济增长点的迫切需要。中国各少数民族在与自然生态环境交往的漫漫历程中，用它特有的生态观、文化观和宇宙观为指导，以调适生态与文化间的关系，寻求人与自然的和谐共存，进而形成生态物质文化、制度文化和总体性生态观念。具体来说，"生态文化是经历了一个漫长历史过程逐步积累而成的文化，是历史的产物。正因如此，我们在考察民族生态文化时，必须以一种历史的眼光看问题，回复到传统社会特有的文化背景、话语体系、思维方式和文化观念中，认真梳

---

① 参见王静《人与自然：当代少数民族文学生态创作概述》，《河南大学学报》（社会科学版）2006 年第 1 期。
② 参见王静《人与自然：中国当代少数民族作家生态文学创作研究》，中国社会科学出版社 2011 年版。

理在多样化的自然生态环境、多样化的生计模式和经济形态中形成的丰富多彩的民族生态文化"①。

从发生学角度看,少数民族作家大多生活在与自然条件更为亲近的环境中,因而具有思考、书写人与自然关系的先天优势,这也是少数民族生态文学兴起与发展的便利因素。杨建军、陈芬认为,在藏族作家阿来的小说《达瑟和达戈》中,猎人达戈为给爱人色嫫换取一台电唱机而向猴群开枪,由此猎物逐渐减少,乡村生态平衡被打破,致使猎人达戈最终与熊同归于尽,揭示了破坏人与自然的和谐关系无异于人类自身毁灭的深刻主题;土家族作家李传锋的小说《红豺》,讲述曾经帮助过山民的野生动物红豺却遭到为了眼前狭隘经济利益的山民的猎杀,借以表明人与兽的对抗本质上是人与自然的冲突。这些生态主题小说创作,一方面是少数民族作家对于21世纪世界生态文学浪潮的呼应,更重要的则是少数民族作家从本民族生存经验出发对人类生存境遇的文学思考。②湖北民族学院张丽莉的硕士学位论文《论土家族文学的生态美学思想》和喀什师范学院张钰聆的硕士学位论文《论维吾尔文学中的生态意识》等,也从不同侧面涉及族别文学中的生态主题。无论是正面书写抑或侧面反思,都标志着我国少数民族生态文学正向纵深掘进。

邢海燕思考并比较了"生态文学"与"文学生态"的关系。她认为,人们常常容易把"文学生态"与"生态文学"放在一起进行联想,但二者是两个不同的概念。"生态文学"是一种反映生态环境与人类社会发展关系的文学;"文学生态"则是一个关注文学自身发展规律和影响因素的综合体系,它包含了主流意识形态、民间意识形态以及自然环境、社会发展、历史文化、创作主体与客体等一系列要素。简言之,

---

① 宋占海、周兰兰:《生态批评与民族文学研究》,《湖北函授大学学报》2013年第12期。
② 参见杨建军、陈芬《论新世纪少数民族文学》,《北方民族大学学报》(哲学社会科学版) 2012年第5期。

"文学生态是把文学视为一个生态系统,即从相互制衡、衍生循环的'文学生态链'的角度来考察与判断文学作品、文学史、文学理论,以及作家生存与创作、读者接受与批评等的一种理论体系"[①]。这种辨析,既有利于人们正视文学生态的和谐建构,又有助于矫正人们对于少数民族生态文学现代复合功能的认知误区。

李长中希望在生态文学研究中更多地兼顾民族文学尤其是人口较少民族文学的维度。这种价值诉求,对于促进我国民族生态文学的发展及其理论批评的自觉未尝不是一种有益的提醒。通过对诸如撒拉族作家韩文德的《家园撒拉尔》《永远的家园》《永恒的河岸》,鄂温克族杜梅的《那尼汗的后裔》,鄂伦春族空特乐的《绿色的回忆》,裕固族铁穆尔的《星光下的乌拉金》,毛南族谭亚洲的《毛南山情》,阿昌族曹先强的《远山童话》,普米族和平的《阿妈的头帕》《父亲的马铃声》等一系列文本的简要分析,他判断,"人口较少民族作家的文化寻根和民族忧患意识日益凸显,民间话语资源作为民族性或'民族特色'的象征性符码,成为其生态写作建构自我认同的根基,并对其生态写作的文化观、价值观和审美观产生深远影响与制约"[②]。回族作家叶多多坚信:"少数民族文学应该有更宽广的表达,而所有的敬畏与努力,都将化为璀璨的精神钻石,凝结在永恒的地方。"[③] 为此,她在《时代呼唤生态的民族文学》一文中呼吁,少数民族文学应该表达生生不息、蓬勃丰沛的生命气象,表达生命的欢歌,表达对自然的敬重,表达对多元文化的尊重,表达健康的美学导向。

除上述作家作品外,还有一些作家通过文学创作传达了相应的现代生态理念。譬如,鬼子(廖润柏)关注人与动物的关系,挖掘社会底

---

① 邢海燕:《文学生态观与当代土族文学生态研究》,《青海民族大学学报》(社会科学版) 2013 年第 1 期。
② 李长中:《"生态写作"的不同面相——以人口较少民族文学生态书写为例》,《中南民族大学学报》(人文社会科学版) 2011 年第 6 期。
③ 叶多多:《时代呼唤生态的民族文学》,《中国艺术报》2013 年 12 月 13 日第 3 版。

层小人物的生存冲突；张承志从生态环境（如对城市文明的反思与批判）到精神生态，找寻城市中"自然"的意义；吉狄马加、江浩、石舒清、关仁山、赵剑平、敖长福、伍略、孙健忠、金瓯等以及中国台湾高山族作家群的创作呈现出多样化生态书写的特点。而诸如哈萨克族的艾克拜尔·米吉提、蒙古族的满都麦、维吾尔族的艾赫坦木·乌麦尔、巴格拉西等擅长用母语写作的民族作家，他们的生态书写业已在各自民族引发强烈反响，同样值得关注和珍视。

三 文化学研究方法

中国民族比较诗学中的文化学研究方法是一种从文化角度观察文学现象、研究文学的文化性质的研究方法。由文化学研究方法所带动的文化学批评，被认为是在文化人类学的启发和推动下建立与发展起来的综合性现代批评方法。梁庭望认为："文化学的角度已经突破三个层次，第一个层次是作者或作品的文化背景……反过来说，作家只有以民族文化为沃土，才能创作出有特色的、产生轰动效应的作品。第二个层次是作品内容本身的文化内涵，它所反映的纵向和横向文化系统的深刻程度和准确程度，藉以研究一个民族的生存条件和文化创作。第三个层次是更为深刻的文化内核层次，即民族深层心理结构，通常称之为民族心理素质。"[1]

运用文化学批评方法来研究民族文学的必要性与可行性，在学术界已经取得广泛共识。施旭、陈珏认为："以文化话语研究为视角来重新审视和观照少数民族文学，可以帮助我们突破传统的制约，拓宽和丰富对少数民族文学研究的理论认识，更重要的是，可以帮助发掘少数民族文学新的研究课题和行动策略，推动中华民族文学研究的繁荣发展。"[2]

---

[1] 梁庭望：《20世纪的中国少数民族文学研究》，《中南民族学院学报》（人文社会科学版）2001年第1期。
[2] 施旭、陈珏：《文化话语研究与少数民族文学的新视野》，《民族文学研究》2013年第1期。

譬如，发掘少数民族文学作为"文化话语现象"的内涵与特征，并围绕"话语"研究范畴如话语主体、话语主题、话语策略、媒介形式及话语效果等，提出研究少数民族文学的诸多新问题。再如，从生成演进规律来看，"少数民族文学"以动态方式随历史的发展而发展；从话语交际主体形成的社会关系来看，"少数民族文学"与主流文学之间形成差异性文化互补关系；从文化形态来看，"少数民族文学"是一种构造多元、向外开放的文化现象。鉴于此，有必要考察少数民族文学话语主体及相互之间的关系，重视当代少数民族文学话语的形态变迁，关注少数民族文学的媒介运作，体察少数民族文学的话语效果。彝族学者罗庆春更是直言不讳地强调，中国当代少数民族文学批评应该加强少数民族文学批评中的文化阐释及文化深层揭秘，高度重视当代少数民族文学对各民族文化转型、文化变迁、文化重构等文化历史命运的体认与思考，探究文学作为文化记忆的转述功能以及对于文化前景最为贴切的构拟作用。[1] 正是在这种时代氛围中，从文化学角度切入少数民族文学研究成为一种必然的方法论选择。

对少数民族文学进行文化研究之所以成为可能，最为根本的原因还在于少数民族文学本身潜含着丰厚的文化意涵。李丛中考察后认为，文化学作为研究方法在民族文学阐释中的适用性，"是由于民族作家文化意识的觉醒和文学作品中民族文化心理得以充分展示的结果所使然"[2]。罗庆春、刘兴禄进一步明确指出，从文化构成论角度看，当代少数民族文学具有"混血性质"。中国"多元一体"的文化体系由来已久，在这个体系中，既有各少数民族自成体系的、独特的文化传统形态，又有以"汉文化"为主体和中介的各少数民族文化之间以及各少数民族文化与汉文化之间交叉互补、互融互渗、你中有我、我中有你的中华文化特殊

---

[1] 参见罗庆春《转型中的构型——论中国少数民族文学批评当代转向》，《西南民族学院学报》（哲学社会科学版）2002年第8期。

[2] 李丛中：《方向的转移与角度的变换——对当代民族文学研究的一管之见》，《山茶》1988年第4期。

形态。正是这两种文化形态，在长期的历史发展过程中，共同构成了"中华民族"这一整体的、集政体文化与血缘文化于一身的大中华文化圈。论者进而从文学创造、文学接受、文学发展三个层面来论述少数民族文学的文化混血性质。在文学创造层面，创造主体的文化背景决定了中国少数民族文学创作无法规避"文化混血"的历史命运；创作主体的文化构成和时代生活使中国少数民族文学创作必然遭遇"混血"的现实；全球化语境中文学艺术发展的多元同构、多元共生的总体趋势要求少数民族文学创作必须进行现实的"混血"实践。在文学接受层面，当下接受者的范围空前扩大，角色类型更加庞杂，审美标准更为多元，接受者对于"超越本文"的创造性接受显得越来越重要。因此，由"文化混血"而导致的当代少数民族"文学混血"，正在或将要逐步成为不可抗拒的时代潮流。[1]

  在覃代伦看来，民族作家往往具备更加多维的文化意识，从而为我们对民族作家作品复合交叉的文化意识进行政治、经济、社会、文化等多维结构分析提供了可能。[2] 论及少数民族文学文化学阐释问题，土家族学者向云驹提出"两种文化选择"的思路——"如果说从文化学角度看，我们民族文学正经历的历史嬗变中的自足与奔突，是在强化民族意识目的下的文化模式的'稳定选择'，即将接近文化特性轴心的变异个体作为理想模式的选择……那么，一旦完成观念意识的文化认同，文学的自足就应该通过个性的完善（自足）和丰富获得对自我的超越，理论就要不失时机地为文学的发展确定新的选择模式：'定向选择'，即以潜在的可能和发展趋势为选择依据，向某些数量虽少但与发展趋势相一致的表现型个体靠拢的选择"[3]。"两种文化选择"论的提出，一定

---

  [1] 参见罗庆春、刘兴禄《"文化混血"：中国当代少数民族文学文化构成论》，《民族文学研究》2006年第1期。
  [2] 参见覃代伦《论民族文学研究视角的变更》，《中央民族学院学报》1988年第5期。
  [3] 向云驹：《创作主体的个性与文学的民族性和世界性》，《民族文学研究》1987年第6期。

程度上拓展了少数民族文学研究的比较思维视野，提升了少数民族诗学研究的理论境界。

就民族文学自身的丰富性和复杂性来看，也需要多元方法协同联袂出场。正如刘大先所说，书面文学和口头文学并存、审美研究与文化研究同在的民族文学及其研究的现实，呼吁综合性、整体性、比较性的文化研究方法与之相适应。这是因为，文学并不是对社会现实机械的反映，而是人类精神文化极其复杂的创造性投射。文化研究一定程度上固然构成对于文本中心主义的反拨，但它也吸收了包括语言论转向在内的基本成果。在这种情况下，"少数民族文学及其背后所蕴涵的深厚而广博的文化资源只有在充满文化意识的观照下才可能得到更好的展现，口头文学更是涉及民俗学、人类学、社会学的广泛意义。这些仅靠审美研究是无法完成的"①。

从实践层面看，关纪新的专著《老舍评传》和《老舍与满族文化》堪称少数民族文学领域文化学研究的范例。特别是后者，从八个方面讨论了满族文化对老舍创作的深刻影响以及老舍文艺文本中所显示出的满族文化因子，即京师旗族的家庭出身对老舍的人文模塑、20世纪满族社会变迁对老舍民族心理的制约、满族伦理观念赋予老舍的精神烙印、老舍的京旗及北京情结、老舍赖以托足的满族文化艺术沃壤、满人的语言天分与老舍的烹炼琢磨、老舍文学艺术之中的满族文化调式、老舍对满族及中华文化的忧思与自省。黄伟林比较分析后指出，"在方法论层面，《老舍评传》遵循的是以时间为经作品为纬的评传模式，这正是文学研究叙论结合的传统模式。《老舍与满族文化》建构了一个'文化—文学—文化'的论述模式。这里，文化包括了家庭出身、社会变迁、伦理观念、地理、艺术、语言、文化调式、文化反思八个单元的内容，每个单元又各自对应了老舍的人文模塑、民族心理、精神伦理、地理情结、艺术才华、语言天分、文学风格以及思

---

① 刘大先：《中国少数民族文学学科之检省》，《文艺理论研究》2007年第6期。

想境界八种个人素养"①。可以认为，文化学方法的匠心独运，使《老舍与满族文化》的研究思路、结构布局和阐释结果别开生面，令人耳目一新。

涂鸿的《文化嬗变中的中国当代少数民族文学》② 撷取一些具有代表性或鲜明特色的少数民族作家作品进行文化审视。主体内容包括当代民族作家现代主义书写的语言实验、重庆当代民族文学创作的言说策略、存在主义在当代民族小说中的投影、将艺术的触角伸向民族文化的深层、中国当代民族诗歌创作的原型构建、当代民族诗歌创作的抒情艺术、土家族诗人冉庄创作的个性心理、藏族嘎代才让诗作的话语空间、当代西南地区民族诗歌创作的现代意识和文化解析、当代民族报告文学主体建构中的意识形态、当代民族戏剧创作中的象征主义。通过上述研究，涂鸿得出结论，这些少数民族作家在当今民族文化发生的深刻嬗变中，在对民族精神文化进行清醒而深刻的检省中，认识到文学的意义在于由它所观照的民族精神、文化心理以及由此所折射出的人类意识。

尹虎彬以新时期少数民族小说创作的主题意向为切入点，从文化价值取向的民族本位意识、文化价值取向的变更与批判意识的增强、沟通生命的形而上学的诗境等三个层面，阐述新时期少数民族文学已经实现了从文化归附到文化超越的转型。他认为，新时期以来特别是1985年以后，张承志、蔡测海、扎西达娃、江浩、白雪林等少数民族作家作品流露出远离现代文明的倾向，摒弃现代人的文化优越感，试图证实原始的创造力，肯定自然、感性的生命之美。不仅如此，他们还致力于发掘人的潜能，意欲在少数民族文化与汉族文化乃至中西文化的统观之中为整个人类寻求一种新的创造力。"这是一种世界的眼

---

① 黄伟林：《潜入民族文化深水区，探究文学多样性》，《中国现代文学研究丛刊》2009年第3期。

② 涂鸿：《文化嬗变中的中国当代少数民族文学》，中国社会科学出版社2014年版。

光，是 20 世纪中国文学发展中的新因素的萌芽。这些作家已经超出了一般反传统小说的旧格局。一般反传统往往是指对一种旧传统的反抗和挑战，它必须引入另外的传统和价值准则，如现代中国引入西方价值和传统来反抗封闭的传统文化。这证明人类所面临的一系列全球性问题也开始介入少数民族作家的视野，从而表现了一种超越具体文化范畴及价值观念的普遍人类共同困惑的主题。"① 这种分析，既走进少数民族文学的现场，又放眼全球文化视野，将民族文化传统的内在性与超越民族文化传统的必要性和可行性有机结合起来，显示出相应的理论效度和较强的说服力。

在对少数民族文学的文化研究过程中，丁子人注意到"鲁迅传统"的推进作用。据他考察，新中国成立后，少数民族文学得到长足的发展，其中得力于鲁迅文学作品的普及和教科书式的推广。其结果不仅使掌握汉语的少数民族读者和作家能够更广泛地阅读鲁迅作品，其他少数民族读者和作家也可从本民族文字的鲁迅作品译本中获得熏陶。可以肯定，鲁迅的战斗精神与人格力量，他的小说、杂文、文艺评论等，曾深刻地影响着中国少数民族现当代文学的发展。一个显而易见的事实是，李乔、陆地、苗延秀、李纳、巴·布林贝赫、敖德斯尔、特·达木林等众多少数民族作家，要么亲自聆听过鲁迅的讲演，要么在以弘扬鲁迅文学传统为己任的相关学习机构学习过，更多的则是直接阅读鲁迅的相关著述。当代中国少数民族作家已经不再仅仅局限于鲁迅的战斗精神与革命现实主义，而是从鲁迅作品特别是鲁迅小说中获取直接的艺术借鉴，借以丰富和提升少数民族文学的思想内涵和审美价值。"学习鲁迅，师承鲁迅，结果在中国当代少数民族文学中产生了一些既植根于本民族文学传统又可以同鲁迅名著类比的作品。它们不是简单的模仿，但鲁迅作品的影响的印记又历历在目。这

---

① 尹虎彬：《从文化的归属到文化的超越——新时期少数民族小说创作主题意向辨析》，《民族文学研究》1987 年第 6 期。

类作品曾经引起过研究比较文学的学者的关注。无疑，这是鲁迅文学传统深入中国少数民族文学取得的相互交融的成果，它们是一些本民族生活土壤里嫁接鲁迅文学传统所灿开的艺术之花。"① 关于鲁迅以及由此凝聚而成的"鲁迅传统"对于我国少数民族文学及其理论批评多方面的深刻影响，我们在第四章"主体民族文学及其诗学的带动作用"部分已有所阐述，这里不再重复展开。

匡宇注意到文化解析方法对于少数民族文学研究范式转换的意义。在他看来，文化研究范式的提出与进展，并非局限于纯文学领域或少数民族文学领域，而是要从根本上突破以往封闭式的少数民族文学研究思路，以文学研究为基点进而扩展至文化研究，以期在对现代性问题的接续和解答中作用于中国社会的现代性文化转型。他认为："在中国的现代性转型进一步展开的语境中，对多民族文学史观的讨论、建构和扩展的问题意识，一方面指向知识—文化再生产，多民族文学研究如何提供了一种重新观察和书写中国文学史的可能；另一方面，更重要的功能是，这种重写文学史的尝试与努力，并非仅仅局限于专题化的文学史学科知识更新，而是可能促进对民族—文化记忆和政治共同体记忆的修正与重构。"② 据此可知，文化学研究方法与前述社会学、民族学、人类学研究方法密不可分，它们客观上结成了民族文学研究的"方法论共同体"。

伴随着全球化步履的加速，跨民族交往以及与此相关的跨语际对话和民族文化安全战略问题被提上研究日程。

21世纪以来，研究者们越来越重视跨国界审视路径。关于跨文化研究方法对于民族文学理论研究的价值，李娟作了相对精要的概括。她认为，作为一种研究手段，"跨文化"不仅能够变换视点，主客互视，有效避免各是其是、各非其非的弊病，而且可望在平等对话的语境中求

---

① 丁子人：《鲁迅文学传统与中国少数民族文学》，《鲁迅研究月刊》1997年第12期。
② 匡宇：《论多民族文学研究的公共性》，《中外文化与文论》2013年第2期。

同辨异，以求在互渗互补、互释互摄的基础上探求一种更具普遍性的文学规律。如此说来，"跨文化应当是一种路径，世界文学的多元格局与互动机制决定了理论诗学的深化可以也必须在不同的诗学思想体系的对话与汇通之中展开"①。历史已经、正在并将继续证明，新中国民族文学及其理论批评日渐运行至中华性与全球化内外交叠的双重现代化轨道。在这样一种文化背景下，少数民族文学理论批评必须拥有多元化的文化价值取向，并从审美心理、审美方式到精神旨归、美学品格上表现出文化融通的和合姿态。

随着民族文学文化研究的不断深入，中西民族文学交往对话中的话语权问题开始引起学者的关注。邱运华在《"世界文学"概念的建立与跨民族文学研究中的文化站位问题》一文中指出，不同的文化站位体现出不同的文化心态，而不同的文化心态必然表现为相应的话语权力模式。归纳起来，存在着三种文化站位倾向，即体用倾向、圣典化倾向、文化殖民倾向。他认为，后现代文化语境下的跨民族文化和文学交往，不能一厢情愿地想象存在着所谓未受污染的纯粹的民族文化或民族文学。"从文艺复兴开始尤其是19世纪以来日益加剧的殖民化过程，使民族文学交往过程中的话语权力问题显得益加剧烈。西方文化话语成为交往过程中的强势话语，由此形成了不仅在西方学术界而且在各个民族学术界都不同程度上存在着'西方中心主义'。"②

在这种情况下，看似两相情愿的"我者"与"他者"间的相互学习和彼此参照，常常会不可避免地出现"去民族化"或"民族性弱化"的倾向。鉴于此，在促使我国各民族文学面向世界、面向现代化的同时，有必要持守一种清醒的抵抗"西方中心主义"的文化姿态。因为，跨民族文学交往过程中的文化站位问题，其实质就是如何在全球化文

---

① 李娟:《中国少数民族文学理论的跨文化研究》,《民族文学研究》2008年第4期。
② 邱运华:《"世界文学"概念的建立与跨民族文学研究中的文化站位问题》,《民族文学研究》2006年第4期。

境遇中正确解决民族文学的独立性和开放性这个悖论性的问题。对此,骆郁廷建议,在当前经济全球化、社会信息化和文化多样化的背景下,国家文化话语权已经成为表达、实现和维护国家政治利益、经济利益、文化权益乃至国家安全的重要手段。因此,"应把提升我国文化话语权作为重大而紧迫的战略任务,有针对性地加强我国文化话语权建设,不断提高我国文化话语主导权"①。

第三节 文本阐释·比较文学·类型学方法

如果说上述研究方法主要倾向于民族文学及其理论批评外部研究的话,那么,相对而言,民族文学的文本阐释、相互间的多维比较以及建基其上的类型学归纳方法,则渐次趋向民族诗学及其比较研究的内部探询。

一 文本阐释研究方法

中国民族比较诗学的文本阐释法,指的是从文本外层深入文本内层,以发现那些仅通过宏观阅读不易把握的深层意义的方法,"形式关注"是文本阐释的核心诉求。

刘亚虎认为,形式主义批评又称本体批评、语言批评等。它的特点是把作品看成形式自主的本体,只注重对作品尤其是抒情诗的"形式"——"完成了的内容"或者文本语言进行分析。形式主义批评起源于对19世纪实证主义、浪漫主义传统批评的反拨,实证主义批评视文学为种族、环境、时代三要素的产物,浪漫主义批评将文学视为作家思想感情的流露。在这种情况下,19世纪后半期的文学批评大多围绕社会背景和作家生平做文章,而把作品本身置于相对次要的位置。鉴于此,形式主义批评应运而生。刘亚虎注意到,法国的巴尔特从语言

---

① 骆郁廷:《提升国家文化话语权》,《人民日报》2012年2月23日第7版。

学借来一个重要概念——"描述层",以此来建构其"描述模式"。在语言学中,某个层次的任何单位只有与高一层次结合才有意义,如音素只有与词结合才具有意义,而词也要与句子结合才有价值。巴尔特仿此创立了一种由三个"描述层"组成的叙事作品结构模式——"功能"层、"行动"层和"叙述"层,并据此提出文学作品是个完整系统的论断。

具体到中国民族文学研究领域,对作品本体形式和结构的探讨已有相关成果,有关中国各民族神话母题、各民族史诗程式等方面的归纳和演绎,堪称这方面突出而成功的例证。刘亚虎强调,需要重点加以探究的是,"行为模式"派从某类作品群体共有的内在的东西中抽出一个整体结构并加以描述,使本来较为模糊的东西变得有迹可循。在此基础上进一步探究,由结构分析迈向作品内涵的发掘,将能在更高的位置以更广阔的视野探寻其结构和意义。[①] 由此看来,刘亚虎所论并非狭义的俄国形式主义批评流派,而是包含了俄国形式主义批评、英美新批评和法国结构主义批评在内的广义的形式化批评谱系。尽管如此,他的介绍以及他对于形式主义批评之于民族文学研究的操作价值,仍具有积极的理论参照意义。

无论如何,语言研究都是作品本体论批评思维的优势兴奋中心。1988年年初,马学良在《满族研究》上发表了《重视和发展少数民族文学的研究》一文,其中突出强调了少数民族文学语言学研究的重要性。同年,土家族学者覃代伦撰文重申,作为语言风格理论,需要不断地自我超越。超越之一,就是不再视语言为文学的表现手段或表情达意的媒介。按照俄国形式主义和法国结构主义批评理论的规定,语言本身就是文学的目的,语言本身就是文本的内容;超越之二,就是加强对语言本体的研究。在分析少数民族文学作品时,关注语言的能指与所指、表层意义与深层意义、现实意义与联想意义。在此基础上,将语言视为

---

① 参见刘亚虎《少数民族文学研究空间的拓展》,《百色学院学报》2008年第5期。

一个符号系统置于文学大系统中考察其存在的意义与功能，分析其语言的句法结构和叙述频率。以叙述频式为例，"在现代派气息强烈的达斡尔族作家李陀的《自由落体》等系列作品里，发生 X 次的事件被叙述 Y 次，为异频式叙述；而在大多数民族作家的大多数作品里，发生 X 次的事叙述 X 次，为同频式叙述，等等。"① 显然，相对于社会历史批评方法而言，这是更为民族化、内在化的形式主义批评，在少数民族文学作品的本体论研究方面具有一定的示范作用。

宋占海等通过对《民族文学研究》所刊相关文章的梳理与分析，发现少数民族文学批评界对结构主义叙事学理论的吸收与运用也取得一定成绩，并将结构主义叙事学在少数民族文学中的批评实践归纳为三种类型：对民间故事叙事类型化现象的探究与概括、对叙事话语的研究、对叙事主题的研究与探讨。比如，康丽以中国巧女故事为研究对象，从故事人物的角色类型及其行为特征入手，考察其角色分布与职能转换的规律，将角色类型作为突破点，在故事的叙事形态结构研究与社会文化意义研究之间建立起一个有效的关联；通过解析中国巧女故事类型丛中故事范型序列的组成成分、排列顺序与排序原则，进而发掘出隐匿于故事丰厚表述之下的叙事秩序与结构关联，并通过寻找能够连接母题与类型丛的结构分析工具，来勾勒巧女故事类型中的叙事结构轮廓。② 这种梳理式研究，对拓宽少数民族文学研究视域不无裨益。

刘大先特别关注少数民族文学的叙事/抒情方式问题。他明确指出，重述历史是 21 世纪以来少数民族文学的突出现象，抒情性是少数民族文学重述历史时的突出特征，重述历史叙事提供了从特定的族群、地域和文化视角观察中国历史的新颖角度，可以揭掘曾被主流叙述所遮蔽的

---

① 覃代伦：《论民族文学研究视角的变更》，《中央民族学院学报》1988 年第 5 期。
② 参见宋占海、龚道臻《结构主义叙事学与民族文学批评研究——以〈民族文学研究〉为视点》，《开封教育学院学报》2013 年第 6 期。

部分历史，激活文化多样性的活力因子，但往往也存在陷入孤立与封闭的风险。他认为，重建包含着个人与国家、欲望与社会、情感与理想、美学与价值的历史观，走出狭隘的自我、记忆、经验，才有可能突破地方、文化和族别的局限，而获得特殊性与普遍性的统一。重述历史的基本模式以家族史、民间史、私人史、欲望史、生活史、心灵史取代了此前的斗争史、官方史、革命史、社会史和文化史，开启了情感、身体、欲望等被压抑的个人化美学，还加强了地方性、族群性话语对于国家性话语的补充。① 汪荣以"蒙古历史叙事"为考察对象，认为历史、叙事与现实有着辩证关系，是三位一体的结构，历史不是冰冷的材料，而是带有情感温度的记忆。当作家在现实文化语境下重新书写与演绎历史，历史也就带有了浓厚的寓言意味，成为现实社会的隐喻。通过诸多差异性的历史想象，重构中国历史的文学版图，能够更好地理解中国这个统一多民族国家的过去和现在。②

需要辨明的是，不同民族的文学作品在叙事方式上存在异同性。纵观各少数民族的史诗和神话传说，大都关注世界、宇宙、人类的起源，族群、部落的迁徙，以及对先祖和英雄的追忆，叙事视角宏大，但又有其各自的特色。将藏族的《格萨尔》与蒙古族的《江格尔》两部史诗进行比较，不难发现，二者在结构上同属项链式结构，全文从头至尾分别以格萨尔和江格尔为中心连接点，展开各章节的主要事件，以完成对两位英雄人物的叙事与礼赞。所不同的是，二者都彰显了各自所在民族的民族特性，《格萨尔》采用了藏族民间流行的谚语、赞词，表达了藏族人民崇尚勇敢、智慧、积极进步的精神风貌；而《江格尔》则使用蒙古族丰富优美的卫拉特民间口语，展现了蒙古族人民英武、豪爽、自由的民族个性。事实上，即使同一少数民族的不同文学作品之间，叙事

---

① 参见刘大先《新世纪少数民族文学历史叙事的方式及其问题》，《中国文学批评》2018年第2期。

② 参见汪荣《历史再现与身份认同：以新时期以来的"蒙古历史叙事"为中心》，社会科学文献出版社2017年版，第2页。

方式也不尽相同。同为以云南楚雄彝族生活为写作素材的小说,段海珍的《天歌》为神性叙事,李夏的《大地子民》为浪漫叙事。二者的相似之处在于,都以回忆/回溯的形式引出故事或进行讲述;不同之处在于,《天歌》的作者站在阿吉独枝玛这位86岁老人的第一人称视角反观人生过往,叙事结构遵循"总—分—总"的传统形式,叙事话语具有强烈的抒情性和沉痛感;而《大地子民》的叙事语言更为质朴平淡、清秀灵动——罗玛沼"乳白的晨雾流淌于野草之上,像缥缈的白色浪花一样充满了动感和诱惑"——这种意境十分契合彝族自然风光和原生态文化憧憬。

尹晓琳专文论及民族文学语言研究的价值。她承认,语言是一个民族最具"民族性"的文化符号,是一个民族属性的重要表现,同时也是构成文学作品的第一个因素。文学和语言是相辅相成的,透过文学作品可以看到语言在发展过程中的变迁。由各个民族历史地构成的中华民族共同体,具有多种多样的语言形态,许多民族的悠久历史和灿烂的传统文化随着语言的传承而得以延伸和丰富。同样,透过各少数民族所创作的文学作品,可以判断其语言上的亲属关系、演变过程与差异所在,从而为语言学研究提供相应的参考资料。譬如,语言分布存在地域差异,北方地区的满—通古斯语族、蒙古语族,西北地区的突厥语族以及印欧语系中的俄罗斯族和塔吉克族,与华南地区的壮侗语族、中东南地区的苗瑶语族以及南岛语系的高山族都有各自不同的语言特点。"一般而言,同一语言系属的民族在文学上会较为接近。这样,通过文学作品便可以考察不同民族在语言上的亲属关系。最明显的文学形式要属少数民族的民歌,通过民歌的韵律可研究各民族语言表达上的相近性。"[①] 显然,她不仅肯定了语言要素对于民族作家文学创作的重要意义,而且希望通过不同或近似的语言表达来甄别少数

---

① 尹晓琳:《论少数民族文学研究的语言学价值》,《沈阳师范大学学报》(社会科学版) 2011年第2期。

民族文学书写的"亲属关系",从而达成语言学和文学地理学方法的融会贯通。暨南大学武艳飞的硕士学位论文《20世纪80年代以来少数民族汉语诗歌中母语现象呈现》初步探讨了少数民族诗人阿库乌雾、阿堵阿喜和哥布等汉语诗歌中的母语表述问题,也具有一定的参考价值。

张永刚将语言方式与少数民族文学的主体性追求结合起来,重点阐释了母语写作和汉语写作对于少数民族作家的非矛盾性,预期汉语写作最终将成为中华民族文学书写的主流方向。在他看来,统一的多民族国家共同体所决定的国族文化想象,在某种意义上不仅合乎主体民族的需要,也合乎55个少数民族的利益。但是,怀念与亲和自己民族的母语,渴望用民族母语进行言说,这种个人愿望在后现代背景下同样显得质朴和强烈,并不断从西南边疆少数民族众多作家笔下迸发出来。尽管如此,系统地看,文学活动本是一个由作家到作品再到读者的系统工程,文学意义的生产离不开读者的阅读、交流和沟通。"要实现这种丰富性,在语言选择上,它不取决于作家是否具有母语写作能力,甚至是否用母语写出了作品。而在于这些作品是否可能获得广泛的接受,是否在这种接受中实现了丰富的文学价值。在统一的多民族的中国,文化共同体是赋予文学最大价值的场域,它带着天然的整合之力,这是任何作家,包括少数民族作家都无法拒绝的空间。"[1] 面对这样的公共空间,张永刚提出,母语和汉语在具体的文学语境中实际上是互补互惠的关系,也就是说,西南边疆少数民族作家把本民族语言中鲜活的词汇、语法以及由此连带着陌生化的民族思维运用到汉语言说中,在一些特殊文本中还可运用神话叙事技巧表达民族生活和民族文化的内容,以形成独特的文学语言方式,这一方面增强了民族文学的表达效果,传达出特有的民族气氛和民族气质;另一方面也使逐渐格式化的汉语焕发出新的表现力。

---

[1] 张永刚:《从语言方式看少数民族文学的主体追求》,《文艺理论研究》2014年第1期。

张直心将端木蕻良小说语言的特点归纳为华美、浩瀚、恣肆，有意触犯规范汉语，有意反拨汉儒文化"中和"的审美趣味；张承志则竭力传递少数民族语言基于传统和文化史可意会的心理气质，让习见详熟的汉字折射出朴素又强烈的异质之辉；白族作家景宜大胆地将欧化话语与乡间方言并置为一套表义系统，形成现代与传统的文学交响——正是鲁迅的身教言传，促使少数民族文学的语体范式"冲出方块字"而别开新境。[①] 这种对于多民族语言共同体建构机制的探究以及建基其上的学术建言，客观上符合少数民族文学走进中国文学史并最终走向世界的民族愿景。

二 比较文学研究方法

比较文学研究方法对于民族文学研究的介入无疑具有普遍意义，因为它是新中国民族比较诗学方法论建构的基础。正如刘大先所说："自我与他者之间的辩证关系是一切文化关系的基础，比较是对付新事物和疏者的唯一途径。"[②] 他同时认为，比较文学本质上是一种"异中求同"的思维模式，类似于人类学中起基础性作用的全球性、整体性视野，而比较的方法显然是民族文学研究最基本的路径。

中国民族文学及其理论批评的比较研究，主要关涉三个向度。一是少数民族文学及其理论批评之间的比较；二是少数民族文学及其理论批评与汉民族文学及其理论批评之间的比较；三是少数民族文学及其理论批评与外国文学及其理论批评之间的比较。

刘再复曾明确指出，中国多民族文学特点各异，相互交融，对其进行比较研究既有必要性，也有可能性。[③] 郑谦在研究中体会到，"充分

[①] 参见关纪新主编《20世纪中华各民族文学关系研究》，民族出版社2006年版，第19页。
[②] 刘大先：《民族文学的跨界、翻译与超越》，载刘大先主编《本土的张力：比较视野下的民族文学研究》，中国社会科学出版社2013年版，第13页。
[③] 参见刘再复《中国文学的宏观描述——〈中国大百科全书·中国文学卷〉"中国文学"条目初稿》，《北京社会科学》1986年创刊号。

揭示文学的民族特色,必须经过一个深入细致的分析研究过程。而最重要的方法,是比较研究"①。严绍璗特别提出拓展民族文学研究"比较文学空间"的学术构想,认为"比较文学"可以从三个层面进入"民族文学研究"。第一,在"文学的发生学"层面上,可以揭示与世界文化的连接状态,从而使"民族文学"摆脱它虚假的所谓"单一性"繁殖的"文学孤儿"的不真实身份,以便更好地在人类文明的成果中表述自己生成的内在逻辑,进而确认自己是世界文化进程中具有生命力的成员;第二,在"文学的传播学"层面上,可以揭示"民族文学"与世界文化的连接属性,使其摆脱在世界文明发展中"自我幽闭"的孤独境地,从而在人类文明进程中显现其对于世界文化的独特作用与贡献;第三,在"文学的阐述学"层面上,可以揭示作为人类文明共同瑰宝的"民族文学"在"解读"层面上凝聚着人类共同的智慧,从而克服把"民族文学"作为"家传遗产"的"关门消费主义"和"独家把玩主义"偏向。②

民族文学比较研究的历史渊源是一个不可回避的话题。据向云驹梳理,早在19世纪,比较文学的应运而生以及各民族文学比较研究的成果,直接促使各民族文学萌生了自我超越意识,并开始了走向世界的追寻之旅。③ 结合中国比较文学研究历程,魏泉鸣将闻一多认定为在我国少数民族文学研究领域最早运用比较方法的先行者。早在西南联大时期,闻一多考察和研究神话时,就注意到我国少数民族神话及其相互关系问题。另如季羡林、金克木等在对印度梵语文学的引进、译介中,也偶尔涉及我国的某些少数民族文化。然而,自觉地将比较和比较文学的

---

① 他进而认为,"只要将少数民族文学与同类的汉族文学进行比较,或将某少数民族文学与其他少数民族的同类文学进行比较,它的民族特色,就像摆在放大镜下一样,显得更加鲜明突出。"郑谦:《关于编写少数民族文学史的一些理论问题(续)》,《思想战线》1985年第4期。

② 参见严绍璗《民族文学研究中的比较文学空间》,《中国比较文学》2005年第3期。

③ 参见向云驹《创作主体的个性与文学的民族性和世界性》,《民族文学研究》1987年第6期。

方法导入少数民族文学研究领域并取得规模化成果的，则是新时期以来的事情。① 杨荣在研究中发现，我国至少有 23 个少数民族跨越国界，如朝鲜族、蒙古族、维吾尔族、俄罗斯族、哈萨克族、乌孜别克族、藏族、壮族、傣族、彝族、回族等。因此，用比较文学的方法进行民族文学研究不仅非常必要，而且大有可为。统观我国少数民族比较文学的发展乃至比较诗学研究的全貌，不难发现，历史梳理、纵横比较和学科建构三方面均取得显著实效，充分展示了"比较文学"作为文学观念和批评方法的强劲力量。②

从学科建设角度看，由中国社会科学院、北京大学、北京师范大学等 34 个单位联合发起的中国比较文学学会成立于 1985 年（其前身为北京比较文学研究会），是经国务院批准成立的国家一级学会。1993 年，在中国比较文学学会第四届年会上，成立了少数民族比较文学分会，标志着少数民族比较文学作为相对独立的学科正式迈入自足发展的轨道。维吾尔族学者姑丽娜尔·吾甫力在回顾我国少数民族比较文学发展历程时，特别提到季羡林和贾植芳两位前辈的开拓之功。她说，季羡林在其

---

① 魏泉鸣指出，"据不完全的资料表明，在我国少数民族文学研究领域，对比较方法的运用，是从影响研究开始的，这方面的重要论文如白崇人的《少数民族文学与汉族文学的相互影响和交流》、马光星的《关于土族神话〈阳世的形成〉》、刘守华的《佛本生故事与傣族阿銮故事》、海馨的《印度文化对西藏文化的影响》、阿布利米提·玉素甫的《阿拉伯、波斯文化对维吾尔古典文学的影响》、朗樱的《从〈霍斯林与西琳〉到〈帕尔哈德与西琳〉的演变看波斯与维吾尔文化的交流》等，这类论文，向人们显示文化的迁徙汇合及演变的研究，是我国少数民族文学研究中的一个资料堆积异常丰富、范围相当广阔、前途十分壮观的领域，如历史上苗、瑶族的南迁，游走；回鹘的西迁、南下；羌氏族的大转移、大分化和重新组合；美国印第安人在七千年前同半坡村氏族的关系；世界三大宗教佛教、伊斯兰教、基督教的传入我国；许多民族的族源及其最后之形成；民族之间的战争、贸易、通婚联姻等等，都是比较文化研究家的用武之地。"参见魏泉鸣《论比较文学的方法在少数民族文学研究中的运用》，《西北民族学院学报》1987 年第 1 期。

② 在他看来，"坚持比较文学与民族文学研究联姻，一方面拓宽了民族文学研究的视野，更新了民族文学研究的方法，从而提高了民族文学理论及民族文学研究的学术质量。另一方面，反过来，这样的研究及成果又以民族文学的素材、资源、理论等启发比较文学理论批评家提凝出新的理论、新的观点和新的方法，从而丰富了比较文学理论。"参见杨荣《民族文学研究与比较文学联姻及意义》，《西华师范大学学报》（哲学社会科学版）2011 年第 6 期。

专著《比较文学与民间文学》中,撰有《少数民族文学研究应该纳入比较文学研究的轨道》一文,阐述自己关于少数民族比较文学的观点。贾植芳历来主张中华民族的每一个民族都应为中国文学的整体繁荣作出自己应有的贡献,因此必须打破各民族封闭或单一的格局,特别是要打破"中国文学研究"与"少数民族文学研究"之间的界限,创建一个各民族文学共同拥有的学术空间。民族比较文学学科概念的诞生,体现了中国比较文学事业发展的内在张力,为中国比较文学的繁荣增添了新鲜血液,彰显了比较文学研究的中国气派。姑丽娜尔·吾甫力希望,随着包括少数民族比较文学在内的中国比较文学研究的不断深入,中国文学研究中的上述二元结构能够逐步得到改变。[1]

而在徐杰舜等人眼中,民族比较文学和中外比较文学构成比较文学的两翼,二者相辅相成,缺一不可。但长期以来,比较文学界出现了重国与国比较、轻民族与民族比较的现象,亦即少数民族比较文学与中外比较文学虽然处在同一平行线上,却又不在同一起跑线上,这是不正常的。[2] 对此,吴雨平特别强调少数民族文学及其诗学比较研究的跨界特征——"在多个民族共存的国家中以各少数民族文学为对象进行比较研究,是比较文学跨文化、跨民族、跨语言研究特点的具体体现。"[3]

关于民族文学跨族研究问题,张思齐在区辨国家和民族关系之后指出,国家文学既可以是某一个民族的文学,也可能是多个民族组成的文学集合体;比较文学应该是跨民族文学之间的比较,而不一定是跨国界

---

[1] 姑丽娜尔·吾甫力同时对既往单一化的比较文学模式提出批评:"在以往的比较文学教学与研究中,汉族文学中的比较文学研究被称为中国比较文学,而少数民族的比较文学则被称为少数民族比较文学的研究。实际上这是中国比较文学研究复兴之初、中国文学二元结构思维方式指导下的产物。"参见姑丽娜尔·吾甫力《比较文学视野下的中国少数民族文学研究:回顾与瞻望》,《中国比较文学》2011 年第 2 期。
[2] 参见徐杰舜、林建华《开拓中国少数民族文学比较研究的新领域》,《广西民族学院学报》(哲学社会科学版) 2000 年第 1 期。
[3] 吴雨平:《中国少数民族文学比较研究的范畴》,《常州师范专科学校学报》2003 年第 1 期。

文学的比较。① 杨建军等也持类似观点，并将比较文学的"跨族"含义梳理为两大基本向度：一是少数民族文学之间的跨族比较；二是各少数民族文学与汉民族文学集合体之间的跨族比较。② 这种不同民族文学之间双向或多向互动的流向，业已得到比较文学专家的普遍认同。如汤晓青认为，少数民族比较文学实际上涉及各民族文学关系研究，其跨民族、跨文化、跨语言、跨学科研究的学科特性，决定了它在比较文学研究领域不可或缺的地位。进而，她框定了民族文学关系研究的若干重要维度："开展中国各民族文学关系研究，既要注意研究汉族文学对少数民族文学的影响，也注意研究少数民族文学对汉族文学的影响，还注意研究各少数民族文学相互之间的影响问题；既注意到不同民族书面文学之间的相互影响，也注意到不同民族民间文学作品流传过程中的相互影响；既注意文学作品流传过程中的互相影响和促进，也注意研究在同一历史朝代中接受群体之结构变化对文学发展的影响，以及不同民族作家之间的交往对文学发展的影响等等。"③ 这种纵横坐标中的立体比较思

---

① 张思齐认为："国家并不等于民族。一国之内的居民可以是单一民族也可以是多民族，因此，一个国家的文学可以是一个民族的文学，也可以是由多个民族文学组合而成的文学。进而，比较文学研究的对象应该是跨越民族的界限，而不是跨越国界的界限。拿这个观点来看待中国的少数民族文学研究，最佳的研究方法就是比较文学所倡导的方法了。因此，从原则上说，研究中外比较文学的方法大都可以运用到我国的少数民族文学研究上来。于是运用西方的文艺理论来研究少数民族文学乃是理所当然的事情，运用马克思主义来指导少数民族文学研究乃是历史的必然。"参见张思齐《论〈族群记忆与多元创造〉的学术品格》，《民族文学研究》2003年第2期。

② 杨建军、陈芬指出："跨少数民族之间的族际就是打破原来多研究某个民族文学发展的思路，去关注各个少数民族之间的相互关系，尤其是有共同宗教信仰的各民族之间的文学，以及微观上民族文化相异、宏观上又处在相同生存环境的少数民族文学，都可展开比较研究。跨汉族与少数民族之间的族际就是研究汉族文学与少数民族之间的相互影响，现在的研究多注重汉族文学对少数民族文学的影响，却忽视了少数民族文化对汉族文学的影响，实际上少数民族地区的文化曾对昌耀、高建群、红柯等汉族作家产生了深刻影响，目前学界对于这方面的研究还明显欠缺，此问题微观上是个别作家现象，宏观上可是少数民族文化影响当代汉族文学的一个大命题，未来在此方面的研究无疑有很大的伸展空间。"参见杨建军、陈芬《论新世纪少数民族文学》，《北方民族大学学报》（哲学社会科学版）2012年第5期。

③ 汤晓青：《比较文学视阈下的中国各民族文学关系研究》，《新疆大学学报》（哲学·人文社会科学版）2006年第1期。

维，符合比较文学作为学科发展的历史趋势。

白崇人等在正视少数民族语言文学与汉民族语言文学相互影响的前提下，充分肯定了先进文化在跨界交流中的先导作用。毫无疑问，作为多民族国家，在漫长的历史进程中，中华各民族都在顽强地保持和发展着自身民族文化传统的优势，同时也在不断地相互影响和彼此融合。即便某一少数民族在某个时期占据统治地位，但在文化上，常常不以人的意志为转移地接受着先进民族文化的影响。① 他们辨析后发现，中国现当代文学史上运用汉语言文字从事文学写作的少数民族作家非常多，除满族作家老舍外，还有蒙古族的玛拉沁夫、李凖、敖德斯尔、扎拉嘎胡，回族的胡奇、哈宽贵、赵之洵，藏族的饶阶巴桑、丹真贡布、伊丹才让，维吾尔族的克里木·霍加，苗族的伍略、杨明渊、石太瑞，彝族的李乔、普飞、吴琪拉达，壮族的陆地、韦其麟、莎红、黄勇刹，满族的胡可、寒风、关沫南，侗族的苗延秀，白族的杨苏、晓雪、张长，土家族的汪承栋、孙健忠，东乡族的汪玉良，达斡尔族的李陀，仫佬族的包玉堂，京族的李英敏，赫哲族的乌·白辛，等等。白崇人等指出："我们在鼓励有民族文字的少数民族作家使用本民族的语言文字进行创作的同时，也支持有些民族恢复或新创民族文字的要求。而对有些少数民族作家，尤其是目前尚没有民族文字的少数民族的作家，使用汉语言文字写作也应表示欢迎。"② 苏利海也认为，有清一代，满汉文化始终处于相融互补态势，而两种异质文化间的碰撞更是激活、扩展了两大民族原有的生态场域，使之朝向更具活力、韧性的方向发展，表现之一就

---

① "历史上看，如北朝民歌的许多作者就是当时的少数民族（匈奴、氐、鲜卑、羯、羌）。元代用汉语创作的少数民族作家也不少，如回族的萨都剌、高克恭、纳新、马昂夫，蒙古族的杨景贤、阿鲁威、泰不花；维吾尔族的贯云石、三宝柱、契玉立；女真族的石君宝、李直夫、奥敦周卿；党项族的李伯瞻；契丹族的耶律楚材、宇文公谅；唐兀族的余阙、昂吉、拜帖穆尔；雍古族的马马祖常、赵世延；也里可温族的雅琥；康里族的金元素；朵鲁别族的郝天挺、郝经等。"参见白崇人等《少数民族文学与汉族文学的互相影响与交流》，《民族文学》1981年第1期。

② 白崇人等：《少数民族文学与汉族文学的互相影响与交流》，《民族文学》1981年第1期。

是清代文学成为中国古典文学继唐宋之后的又一个高峰。客观地说，满族的加入不仅是对汉文化的一种补充，而且是一种推进与伸延，并最终推动了整个中华民族文化的大发展。①

在对少数民族文学进行比较研究的过程中，民间文学、区域性民族文学以及中外民族文学间的比较分析均被纳入学术建构视野。

黄学军以民间文学为切入点，重点探讨了少数民族文学与汉民族文学间的互动关系。他调查后发现，牛郎织女传说、孟姜女传说以及《三国演义》刘关张桃园结义的故事，在相关少数民族文学中也出现过。有的少数民族文学吸收了汉民族文学的相关元素，如故事情节、文学体裁、表现手法等，然后加以发展，使之成为本民族文学的一部分。② 林建华认为，生活在中国南方的壮侗两族同是百越民族的后代，具有明显的百越民族文化特征。壮侗两个民族具有相同的神话传说，体现了壮侗民族文学的同源性特点。随着社会的发展，唐朝以后，壮侗文学日渐分流，壮侗民间文学各具特色。总体而论，壮侗两个民族的文学同源不同流，可以互为他山之石。③ 汤晓青在回望1995年少数民族文学研究状况时，认同仁钦道尔吉在《略论〈玛纳斯〉与〈江格尔〉的共性》一文中所提出的蒙古族英雄史诗与突厥英雄史诗的共性关系。之所以出现这种情况，是因为柯尔克孜族英雄史诗《玛纳斯》与蒙古族卫拉特人英雄史诗《江格尔》既有共同而古老的阿尔泰语系民族英雄史诗传统，又有西迁以后所面临的相同影响。对此，仁钦道尔吉从两部史诗相似的形成与发展过程、相似的结构与题材以及相似的人物形象、萨满信仰、

---

① 参见苏利海《少数民族文学研究——一种新的文学史视角》，《民族文学研究》2009年第1期。

② "例如《梁山伯与祝英台》中，梁祝二人都演变而成为地道的壮族青年男女，以吃槟榔来表达彼此的爱情，成了一个十足的具有壮族风格的爱情故事。当然，少数民族文学对汉文学也有影响，汉文学中的一些故事类型、人物模型，都来源于少数民族文学；尤其是汉族民间文学，受少数民族文学影响更大。"参见黄学军《浅谈当前的少数民族文学研究》，《西北第二民族学院学报》（哲学社会科学版）1995年第2期。

③ 参见林建华《同源异流：壮侗文学比较研究》，《广西民族学院学报》（哲学社会科学版）2000年第1期。

原始母题和细节描写等方面进行了综合分析,以此提醒人们重视《玛纳斯》和《江格尔》乃至整个蒙古族英雄史诗与突厥英雄史诗的比较研究。这种研究方法,不是简单地进行对比,而是在深广的文化背景中进行更深入的理论阐发。《民族文学研究》1995年第1期同时刊出郎樱的《〈玛纳斯〉与希腊史诗之比较》、潜明兹的《从比较史诗学看中国〈玛纳斯〉的艺术层次》,同样运用比较研究的方法探讨《玛纳斯》的文化蕴涵和艺术特征。[①] 这些关注少数民族文学比较研究的基础性成果,成为建构民族比较诗学的重要支撑。

区域性少数民族文学的比较研究在21世纪比较诗学格局中也取得一定实绩。其中,由徐其超等带动的四川少数民族文学比较研究富有成效。杨荣、徐其超总结说,新时期四川民族文学理论批评与比较文学联姻的30年是拓宽民族文学研究视野、更新民族文学研究方法、提高民族文学理论及民族文学史研究学术质量的30年,也是比较文学从民族文学创作、理论批评及其历史发展积累的经验中提炼出新理念、新范畴、新范式的30年,对构建中华多民族文学体系起到了应有的作用。[②] 徐其超、罗布江村联合主编的《族群记忆与多元创造:新时期四川少数民族文学》,堪称运用比较文学相关理论和方法进行民族文学研究的厚重成果。

随着中国改革开放力度的加大和全球化语境的进一步凸显,中外少数民族文学及其理论批评的比较研究被提上议事日程。罗庆春带领的学术团队,综合运用相关学科方法特别是比较文学方法,将加强中国各民族文学之间以及中国民族文学与世界文学间的对话交流视为中国民族文学学科建设的必然诉求,并将这种研究诉求贯穿于实际教学过程,使之转化为现实文化生产力,值得借鉴。曾担任中国少数民族比较文学研究

---

① 参见汤晓青《1995年少数民族文学研究》,《民族文学研究》1996年第3期。
② 参见杨荣、徐其超《四川少数民族文学研究与比较文学联姻三十年》,《西南民族大学学报》(人文社科版)2009年第9期。

会会长的庹修宏将研究视野扩展到中西比较诗学领域。她明确指出："长期以来，外国某些学者因偏见或囿于旧习，一直奉行'欧洲中心主义'，以欧洲为本位来研究欧洲各国文学的关系，把中国文学排斥在比较文学研究的范围之外，直到近世，美国学者韦勒克和纪延等才开始注意到东方尤其是中国文学，认为如果不研究中国文学，不开展中西文学比较研究，比较文学就不可能具有完整的概念。"① 在此基础上，庹修宏呼吁将我国少数民族文学纳入中西比较文学议程，使之尽快迈进民族比较诗学的国际运行通道。

对南方民族比较诗学而言，张直心的《云南少数民族文学与外国文学》一文通过新时期以来云南少数民族作家李必雨、景宜、存文学、董秀英、纳张元等对梅里美、肖洛霍夫、艾特玛托夫以及马尔克斯等异域作家作品独特的接受取向，揭示了接受者的少数民族立场和审美趣味，并阐释了接受主体与客体间潜在的文学演进亲和力。他分析认为，肖洛霍夫、梅里美、马尔克斯、略萨等欧美作家创作对我国民族文学有重要启示。② 由此可见，将跨民族文学的比较因子由作者延伸至读者，这是对比较文学学科系统性的应有尊重。"70后"学者黄玲重点阐述了中越跨境民族文学的比较研究问题。在她看来，"中越跨境民族文学"是指生活在中越两国跨境民族的文学叙事，而"中越跨境民族文学比较研究"则是在中越民族交流互动的文化场域内进行的文学比较研究。中越跨境民族是一个动态发展的族群，其演变时间长，涉及范围广，牵涉民族多，因此必须遵从大文化观念，以"比较视域"为理论框架，在研究过程中综合汉族、骆越、苗瑶和越南等民族文化，由此来检视中越跨

---

① 庹修宏：《中国少数民族文学与外国文学比较》，《中国民族》1995年第9期。
② 张直心认为："反观新时期以降云南少数民族作家的接受史，有一现象分外耐人寻味：不仅艾特玛托夫的吉尔吉斯族属使其创作留有鲜明的少数民族胎记，不仅马尔克斯、略萨的拉丁美洲血统使其文本中混杂了'潺流不息的印第安血液'甚或'黑人血液'，即便是肖洛霍夫与梅里美，所展现的也依然是俄罗斯民族中的特殊部落，所激赏的依然是吉卜赛人、科西嘉岛人、非洲黑人一类的'化外之民'。这一共性分明透露出接受者的少数民族立场。"参见张直心《云南少数民族文学与外国文学》，《云南社会科学》2001年第3期。

境民族文学的变异创生。具体而言，中越两国的边疆地区生存着众多的跨境民族，包括中国的壮、傣、苗、瑶、京等 12 个民族和越南的岱、侬、越、苗、赫蒙、哈尼、傣等 26 个民族，他们之间有着同根异枝的族群关系和同源异流的文化传承。①

实际上，包括少数民族文学在内的异质性文学及其相应理论批评形态之间的比较，是人类文化乃至文明研究的必然趋势。正如欧阳可惺所说，随着文学研究活动的深入，文学批评更多地将富有民族特性的文学放到比较的范围内进行考察，这种研究已由关注自然环境转向关注文学的文化语境。② 席扬等也认为，全球化时代实质上就是跨文化交流的时代，自然也是"比较的时代"。③

当然，在民族文学比较研究过程中，并非没有困难与挑战。鉴于此，朱斌等指出，我们始终在追问三个根本问题——如何比较？比较什么？谁有资格比较？这种追问表明，对民族文学的比较研究，应该是一种"深度比较"，这就要求研究者必立足于"文学"，且应具有"全球"视野和胸襟。以此为尺度，可以衡量出少数民族比较文学研究中的三大具体缺陷。其一，在具体的比较中出现了毫无价值的肤浅比附倾向；其二，在具体的比较中存在跨出文学边界进行"越界"比较的倾向；其三，在具体的比较中出现了囿于狭隘民族情感或地域情结的不良倾向。对此，任何从事比较研究的学者都应以宏大的全球胸襟和世界文学的理想，尽量避免狭隘的地方情结和偏激的民族情感，从而将各民族文学的比较研究真正引向深入。④ 尽管这种主张未必完全符合社会公众对民族

---

① 基于这种认识，黄玲得出结论："中越跨境民族之间频繁的民间交往和延绵的文化交流，使其文学发展呈现多元共生的样态。他们在夹缝中唱和歌吟，担当着中越民族文化沟通的桥梁，也日渐成为中越国家文化发展的动力。"参见黄玲《中越跨境民族文学比较研究的问题、理论与方法》，《百色学院学报》2012 年第 3 期。

② 参见欧阳可惺《当代少数民族文学批评与地域文化》，《西部》2010 年第 22 期。

③ 参见席扬、卢林佳《主体 关系 差异——从黑格尔的辩证法论中国现当代少数民族文学的特质》，《中央民族大学学报》（哲学社会科学版）2014 年第 3 期。

④ 参见朱斌、张瑜《对我国少数民族文学比较研究的反思》，《北方民族大学学报》（哲学社会科学版）2011 年第 2 期。

比较文学及其诗学发展的全部预期，但隐含其中的忧患意识或许正是少数民族文学研究中建设情怀的另一种表达。

三 类型学研究方法

作为按照同类相聚的原则来把握认识对象的思维方式和研究方法，"类型学"本身隐含着比较、抽象、归类等基本方式。一般认为，类型学方法作为民间故事研究的重要方法之一，发轫于19世纪下半叶。当时民间故事的研究者们基于故事资料的繁杂和情节类型的限定，感觉有必要对其进行分类和统编。于是，芬兰学派在进化论和实证主义的启发下，采用历史的或地理的、历时的或共时的比较研究方法来建构故事的"生活史"。"经过芬兰历史地理学派的努力，在20世纪初，类型研究逐渐形成了一套较为规范的研究民间故事的理论体系和操作体系。经过一个世纪的个案实践和理论完善，类型研究已经成为人们认识民间故事艺术世界的有效手段，也为我们进行世界民间故事类型索引的编排提供了理论基石。"[①]

我国南方的"梅葛"是一种广泛运用赋比兴等诗学技巧进行口头传唱的民间诗歌形式，主要流传于云南省楚雄彝族自治州。这里主要以"梅葛"研究为例，重点考察其区域分布以及内容形式等方面的类型学特征。

按区域类型学划分，可将"梅葛"分为四种类型，即姚安县官屯乡型、大姚县昙华乡型、牟定县凤屯镇型、姚安县左门乡型。[②]

其一，姚安县官屯乡型。姚安县官屯乡马游村是民间公认的"梅葛"发源地之一，此处的"梅葛"曾代表"梅葛"的传统形态，自朵觋（即学界统称的毕摩）及其传统知识在"文化大革命"中消失后，唱

[①] 王丹：《民间故事类型研究法述评》，《湖北民族学院学报》（哲学社会科学版）2003年第5期。

[②] 参见李世武《从地方知识到史诗学术语：彝族史诗"梅葛"的内涵和外延》，《民族艺术》2019年第1期。

史类"梅葛"总纲随之而逝。相比国家级传承人郭有珍认为"梅葛"是罗罗颇（即朵觋）的调子、曲子，"梅葛"省级传承人罗英则认为"梅葛"是罗罗颇的史诗。这基本上代表了目前人们对"梅葛"的三种解释方式。一是字面意义上的"嘴巴转弯"；二是译、唱结合"说古"；三是经过学术建构的"史诗"。

其二，大姚县昙华乡型。大姚县昙华乡型"梅葛"的传唱主体是昙华乡的里颇歌手，据楚雄彝族自治州毕摩文化传承人李学民介绍，昙华乡"梅葛"已将丧葬仪式中毕颇演述经典纳入"梅葛"范畴。

其三，牟定县凤屯镇型。该镇里颇在历史上盛行"梅葛"演述传统。据里颇歌手李福寿口述，作为当地一种古老的演述传统，流传于凤屯镇的"梅葛"主要用于婚礼歌场中进行对唱。

其四，姚安县左门乡型。该地毕玛唱史传统，某种意义上是马游村毕玛唱史传统的活形态遗存。这种类型多用于为亡灵举行教路仪式，具有古老的民族宗教传统。

经由上述简要分类，可见不同区域间的歌手对唱史传统的理解以及当今演述方式存在较大差异。但因历史久远、相关人员去世、记录遗落等诸多因素的影响，今天已很难详尽考证"梅葛"内涵以及外延的本相。

按内容形式划分，"梅葛"也有不同类型。马游村国家级传承人郭有珍将"梅葛"按年龄段分为四种，即苍茫"梅葛"、累苏"梅葛"、蒻美累蒻搓累蒻"梅葛"、阿妮"梅葛"。苍茫"梅葛"即老年"梅葛"，又称"赤梅葛"，歌唱创世立业、劳作生活等古老的故事，歌唱主体为中老年，多用于婚事以及接祖先、天地、神灵回家过年时唱，不接不敢唱；累苏"梅葛"即中年"梅葛"，又称"山梅葛"，曲调悲苦，歌唱男女成家立业之后的困苦艰难，歌唱场合不固定，多在劳作艰辛、遇到困难或内心悲苦时唱；蒻美累蒻（小姑娘）搓累蒻（小伙子）"梅葛"即青年"梅葛"，又称"山梅葛"，歌唱青年男女纯真的爱情生活，可用于野外或姑娘闺房中谈恋爱时唱；阿妮"梅葛"俗称"娃娃腔"，属于儿歌性质，主要供孩子们玩耍时唱。①

除"梅葛"的类型划分外，相关学者还对英雄史诗的"母题"以及相关民间传说的类型进行了比较研究。

"母题"，一般指那些在民间文学作品中经常出现的最小叙事单元。据考，"母题"一词最早出自法国学者 S. D. 波洛萨尔编纂的《音乐辞典》，后被借用到民间文学研究领域。20 世纪 30 年代，美国著名民俗学家斯蒂·汤普森在对全球 4 万多个神话、传说、故事、寓言以及民间叙事诗等进行归类整理的基础上，陆续推出 6 卷本《民间文学母题索引》。20 世纪 40 年代，其又在原《民间故事类型》的基础上出版了《民间故事》（中译本《世界民间故事分类学》）。该著从历史、地理等角度，对流布于世界各地的民间故事进行了梳理和分类，沿波讨源地勾勒了各类故事发展演变的历史轨迹，探索了不同类型、母题故事的形成内核及其所宣示的道德观念，为认识人类民俗、宗教、巫术、道德、法律、语言、民间艺术和社会文化心理提供了丰富而宝贵的资源。斯蒂·汤普森认为："对于民间叙事作品作系统的分类，必须将类型与母题清楚地区分开来，因为对这两方面项目的排列实质上是不一样的。"② 进而，他将绝大多数母题分为三种类型。一是故事角色，诸如众神、巫婆、妖魔、神仙乃至神奇动物，也可以是年幼的孩子、残忍的后母等传统人物；二是情节背景，如魔术器物、特殊习俗、信仰等；三是单一事件，因其涵盖绝大多数母题，并且允许其独立存在，因此可以用于真正的故事类型。③ 根据汤普森的观点，不难看出类型与母题间的关联性以

---

① 参见李世武《从地方知识到史诗学术语：彝族史诗"梅葛"的内涵和外延》，《民族艺术》2019 年第 1 期。
② [美] 斯蒂·汤普森：《世界民间故事分类学》，郑海等译，上海文艺出版社 1991 年版，第 498 页。
③ 参见 [美] 斯蒂·汤普森《世界民间故事分类学》，郑海等译，上海文艺出版社 1991 年版，第 499 页。

及关联中的差异性，二者客观上隐含着比较的可能性。著名蒙古族学家瓦·海希西、尼·波佩等学者则以母题为单元，分类探讨了蒙古族英雄史诗的情节结构类型，并建立起蒙古族英雄史诗结构和母题分类体系。

按照英雄史诗情节结构上的差异，我国学者仁钦道尔吉将其分为三大类型：一是单篇型史诗；二是串联复合型史诗；三是并列复合型史诗。单篇型史诗可看作单一情节结构的英雄史诗，是指基本情节由一种母题系列所组成的史诗；串联复合型史诗又称串联复合型情节结构的英雄史诗，即基本情节以前后两个或两个以上串联性史诗母题系列为核心的史诗；并列复合型史诗即并列复合型情节结构的英雄史诗，以长篇英雄史诗《江格尔》最为典型。在对国内外二百多部史诗及其异文进行比较分析的基础上，仁钦道尔吉根据英雄史诗母题系列的具体内容，将其分为婚姻型母题系列和征战型母题系列两大类，并据此将蒙古族早期英雄史诗细化为两种类型。一是勇士远征求婚型史诗；二是勇士斗恶魔型史诗。前者的情节结构框架对应婚姻型母题，后者的结构框架对应征战型母题。婚姻型母题具体表现为时间、地点、小勇士及亲人、战马、家乡、宫帐、未婚妻的信息、小勇士提亲、亲人劝告、抓战马、备鞍、携带弓箭和宝剑、远征、途中战斗、到未婚妻家、女方拒绝嫁女儿或提出苛刻条件、经英勇斗争征服或说服女方、举行婚礼以及携带美丽妻子返回家乡；征战型母题则表现为时间、地点、勇士及其亲人、战马、家乡、宫帐、恶魔来犯凶兆、证实来犯、抓马、备鞍、携带弓箭和宝剑、出征迎战、骑马勇士的威力、发现敌人、与蟒古思相遇、互通姓名和目的、战斗、蟒古思失败、求饶、杀死敌人、烧毁骨肉和胜利归来。[①]

郎樱从比较视野中的母题总结出三个特点。一是在不同作品中重复出现；二是高度程式化；三是具有丰富的文化内涵和象征意义。其中，她将英雄史诗的母题分为三种类型，即英雄身世类母题、英雄对手类母

[①] 参见仁钦道尔吉《蒙古—突厥英雄史诗情节结构类型的形成与发展》，《民族文学研究》2000年第1期。

题、神奇动植物类母题。英雄身世类母题主要包括英雄特异诞生母题、英雄苦难童年母题、少年英雄立功母题、英雄婚姻母题、英雄结义母题、亲友背叛母题、死而复生母题、英雄外出家乡被劫母题、英雄妻子被劫母题、英雄复仇母题等。① 英雄的对手主要指特定的超自然对手，这在中西史诗中均有表现。如古希腊史诗《奥德赛》中的海神之子独眼巨人曾是英雄奥德修斯的对手。由于奥德修斯戳瞎了它的独眼，触怒了海神波塞冬，奥德修斯被迫在海上漂泊达十年之久。我国英雄史诗中，格萨尔王相继征服了北方魔国、东北方的霍尔国、东南方的姜国和南方的门国，消灭了祸害这些国家的鲁赞、白帐王、萨丹、辛赤等四大魔王。② 至于神奇动植物类母题，种类繁多，我国英雄史诗中经常出现鹰、狼、熊、马、天鹅等动物。尤其是神鹰母题，广泛存在于我国北方民族以及土耳其、匈牙利、塞尔维亚等欧洲民族的神话传说、英雄故事、英雄史诗之中。③

从北方传入南方少数民族地区的四大民间传说，经过改编，呈现出对比鲜明的变异类型。《白蛇传》《牛郎织女》《梁山伯与祝英台》《孟姜女》作为我国汉族地区的四大传说，元朝以后通过多种渠道流传到南方少数民族地区，其间经过民间歌手、说书艺人等各类群体的再加工和再创作，在思想内容、艺术形式、表现手法等方面发生了较大改变，某些人物或情节得到了进一步丰富、充实和发展。譬如，《白蛇传》传说就被改编成弹词、评弹、莲花落、子弟书、单弦、琴书、西河大鼓、山东犁铧大鼓等多种艺术形式。《牛郎织女》在湘西一带的苗族地区被称为《天女与农夫》，在黔东南一带苗族地区被称作《牛郎织女的故事》，在黔西南布依族民间被称作《重然的故事》，在滇西傈僳族民间则唤作《花牛牛和天鹅姑娘》，等等。尽管名称有所改变，但其情节单元却与

---

① 参见郎樱《中国北方民族文学比较研究》，民族出版社2011年版，第62页。
② 参见郎樱《中国北方民族文学比较研究》，民族出版社2011年版，第64页。
③ 参见郎樱《中国北方民族文学比较研究》，民族出版社2011年版，第65页。

羽衣仙女型故事具有相似性，这或许源于我国远古时代对鸟类的原始崇拜。南方梁祝传说的形式极为丰富，主要有散文、韵文、戏曲等，框架大多由求学、同窗、辞别、访友、出嫁、哭坟、化蝶等基本情节构成，主题也是歌颂纯洁坚贞的爱情，反对封建包办婚姻，追求恋爱自由和婚姻自主，但名称上大多经过了因地制宜的民族改造。如广西瑶族民间的《梁山伯与祝英台》和《山伯英台读书歌》、畲族的《山伯英台》和《仙伯英台》、侗族的《山伯与英台》、彝族的《山伯英台歌》、布依族的《英台姑娘与山伯相公》、壮族的《梁尚英台》、白族的《祝英台在山伯墓前拜哭调》等。孟姜女传说在南方少数民族中有散文体故事、韵文体长诗以及散韵结合的说唱体形式，名称上出现了毛南族的孟姜女传说、仫佬族古条歌《孟姜女与范郎》、侗族琵琶歌《孟姜女》、壮族师公唱本《姜诗》等。[①] 由此可见，在民族文学交往交流交融过程中，民族化和趋同性常常是一体多元、并行不悖的。

此外，在关于我国南方民族文学风格类型研究方面，邓敏文通过分析隋唐十国两宋阶段的南方民族文学关系史，将南方民族诗歌的风格分为浪漫诗风、田园诗风、婉约诗风和隐逸诗风四种类型。在他看来，屈原、司马相如、李白、苏轼、郭沫若等人的浪漫诗风，得益于夏、巴、蛮、夷文化的哺育；以陶渊明为代表的反映田园诗风的大部分作品都是描写南方各族农民的田园生活，其《桃花源记并诗》作为田园诗和隐逸诗的典范，与南方少数民族有密切联系；婉约诗风的形成根源，主要依存于南方各少数民族青年男女之间恋爱自由而婚姻不能自主的传统生活；隐逸诗风的形成和发展，与南方民族多半是农耕民族、水稻民族以及向往和平与安宁的性格特征有关。[②]

[①] 参见罗汉田《中国南方民族文学关系史·元明清卷》，民族出版社2001年版，第222页。

[②] 参见邓敏文《中国南方民族文学关系史·隋唐十国两宋卷》，民族出版社2001年版，第189—190页。

第四节　传播学·译介学·地理学方法

中国民族文学及其理论批评的跨界比较，势必涉及传播学以及传播中的译介学问题，而这些都与隐含其后的地理学上的区位特征和族属差异密不可分。

一　传播学研究方法

民族文学的传播研究属于比较诗学视域中的事实性影响研究，与民族文学的创作、接受等研究同等重要。民族文学以及由此而来的理论批评传播，涉及少数民族传播、少数民族与汉族传播和中外民族传播三大界面，而传播媒介正是促使这三大界面得以实现的重要因素。

首先，传播媒介的变革影响着民族文学及其理论批评的传播方式和传播绩效。

文学传播媒介的发展大致经历了口传媒介、纸质媒介、电子媒介等三大媒介形态。可以肯定的是，不同的传播媒介促使文学传播活动形成了相应的传播特性。

一是民族文学及其理论批评的口头传播表现出鲜活性特征。贾木查、巴图那生、仁钦道尔吉等分别对《江格尔》流传过程中的口传现象进行了考辨，相关研究成果突出了口传媒介对《江格尔》传播的重要作用。贾木查、巴图那生等在深入调研的基础上，分别写出了《江格尔的流传及蕴藏概况》《江格尔在和布克赛尔流传情况调查》。这两份调查报告路径清晰，描述翔实，有力地证明了土尔扈特部早在迁往伏尔加河流域之前就能演唱长达70章的《江格尔》。就阐述的全面性和系统性而言，仁钦道尔吉的《〈江格尔〉论》不乏代表性。该作依次从活态史诗《江格尔》、演唱艺人江格尔奇、搜集出版、文化渊源等诸方面，对《江格尔》的产生、流传与研究状况进行了详细描述，认定

"《江格尔》是在中国、蒙古国和俄罗斯境内的各蒙古语族民众中以口头形式流传着的英雄史诗，即以活形态存在着的史诗"①。

二是民族文学及其理论批评的书面传播呈现出稳定性特征。刘大先、曹萌分别以格萨尔王和东北少数民族文学的传播媒介研究为例，认为书面文字作为文学传播媒介具有比口传媒介更好的稳定性。刘大先评价，《格萨尔》的传播方式几乎涵盖了人类历史上的所有媒介形式——口传、抄录、出版、广播影视、互联网、电子游戏等。虽然口传的直接性、临场性、互动性提升了传播与接受的在场感，但是书面传播的直观性、储存性、稳定性促进了文化形态的时间性遗存，经由文字记载的口头史诗显然更加牢固、经典和权威。②曹萌以东北满族、蒙古族、朝鲜族、锡伯族、鄂温克族、俄罗斯族、鄂伦春族、赫哲族等世居少数民族所创作的文学为例，研究了东北少数民族文学在发生、发展过程中的传播媒介、传播过程、传播类型和传播特征。关于传统文学媒介，东北少数民族与汉民族可谓同中见异，异中有同。汉文学传统传播媒介主要有石刻、墙壁、抄写、歌伎传唱、讲唱、演唱、版本印刷、宗教祭祀、节庆活动以及后起的影视等，而东北少数民族文学则以石刻、铁铸、口传、宗教形式、民俗载体、历史著作等为传统媒介。③无论如何，口传文学及其理论批评最终将凝聚为书面文学和书面文学理论批评，并据此获得进入文学及其理论批评史的有效凭证。

三是民族文学及其理论批评的电子网络传播体现了跨媒介复合特征。王丙珍、刘大先、徐杰等首先肯定了电子网络媒介为民族文学活动所带来的创作主动性和审美积极性，同时分别从少数民族文学影视化、新媒体下的文学走向、网络文学所呈现的本真价值等多个维度发表了各

---

① 仁钦道尔吉：《〈江格尔〉论》，内蒙古大学出版社1994年版，第3页。
② 参见刘大先《新媒体时代的多民族文学——从格萨尔王谈起》，《南方文坛》2012年第1期。
③ 参见曹萌《东北少数民族文学传播研究的意义与构架》，《沈阳师范大学学报》（社会科学版）2012年第5期。

自的观点。王丙珍认为，少数民族文学的影视化趋向集中体现在民间文学作品与现当代文学作品影视改编两大基本层面。宏观地看，在全球化语境中，我国少数民族文学的影视化可望提升少数民族文学的普及面和影响力，优化中国影视生态及其审美文化品位，进而促进少数民族文学影视传播的跨文化认同。[1]刘大先发现，新媒体促使文学审美观念、情感诉求、书写方式和接受效果的全方位转变，迫使我们必须养成一种"多民族文学史观"。[2]在徐杰看来，优秀的少数民族网络文学不会因为网络媒介而变得平庸化和低俗化，恰恰相反，少数民族网络文学同样表达着民族记忆、族群认同和文化想象。[3]从某种意义上说，网络媒介促使少数民族文学及其理论批评在创作、传播和接受链条上发生质的转变——创作方式上，实现了手写纸质稿到键盘电子稿的转变；传播渠道上，实现了纸质印刷传递到在线文件传输的转变；接受形式上，实现了从"读书"到"读屏"的转变。少数民族网络文学既是少数民族文学的当代发展形态，也是当代网络文学的有机组成部分，更是中国当代文学未来发展的重要趋向之一。[4]正因如此，我们需正视并重视少数民族网络文学对于当代文学史的建构功能。

其次，传播路径的通达推动了民族文学及其理论批评的交流与共创。

关于少数民族、少数民族与汉族、中外民族文学及其理论批评间的多向传播，我们在第三至第五章已有相对详细的比较性论述。这里需予以强调的是，文学及其理论批评的跨族际传播不仅促进了不同文化间的

---

[1] 参见王丙珍《少数民族文学影视化的生态审美文化价值》，《电影文学》2019年第19期。
[2] 参见刘大先《新媒体时代的多民族文学——从格萨尔王谈起》，《南方文坛》2012年第1期。
[3] 参见徐杰《现状、界定与研究方法——少数民族网络文学批评基本问题》，《民族文学研究》2014年第3期。
[4] 参见龚举善《少数民族网络文学对于当代文学史的建构功能》，《当代作家评论》2014年第5期。

交流，而且可望借此提高民族文学的创作水平和民族诗学发展的速度与质量。有一点是确定无疑的，随着现代传媒的快速发展，当今少数民族文学及其理论批评的传播与汉民族文学及其理论批评传播间的代际区隔日趋缩小。换言之，在现代电子网络传播环境下，各地区、各民族、各文体间的跨界特征、速率效应、交互性能，更好地保障了民族文学及其理论研究的机遇公平和效益公正。

关于我国少数民族文学间的跨族际传播，学界已有涉猎。同样谈论新疆少数民族文学之间的传播问题，张明和艾光辉等分别从举例阐述和问题剖析入手，展现了不同的问题意识，拓宽了我们对新疆少数民族文学的认知视域。张明指出，锡伯族当代诗人哈拜因"文化大革命"期间与哈萨克族牧民度过了艰难的岁月，其诗歌《小毡房，你好》《姑娘追》等流露出对哈萨克族牧民的深厚感情。[①] 艾光辉等以问卷调查所获取的数据为基础，得出新疆各民族之间以及新疆与内地之间在经济、文化等方面融合程度不断提高的基本结论。[②]

清代汉民族文学与北方少数民族文学的互动交流，成为我国汉族与少数民族文学传播史上的生动例证。卢明辉在谈及清代汉族与北方各族的文化交流时指出，满族统治者入关以后不仅没有破坏汉族的传统文化链条，而且因势利导，推进了二者间的沟通融合。譬如，皇太极为有效吸收汉族文化，命达海等人翻译汉文典籍；鼓励满蒙学者直接使用满、蒙、汉、藏等多种文字进行写作；尹湛纳希受曹雪芹《红楼梦》的影响，创作了《一层楼》《泣红亭》以及未完成稿《红云泪》，并通过长篇历史小说《青史演义》向蒙古民族阐扬古老汉族文化的精髓。[③] 由此可见，少数民族文学与汉民族文学交往密切，早已形成互助传播的效

[①] 参见张明《20世纪下半叶新疆多民族文学交流影响初探》，《民族文学研究》2001年第2期。

[②] 参见艾光辉、艾美华《新疆当代各民族文学关系的实证分析》，《新疆师范大学学报》（哲学社会科学版）2014年第3期。

[③] 参见卢明辉《略谈清代汉族与北方各族的文化交流》，《北方文物》1985年第4期。

果期待。

我国少数民族文学与外国相关民族文学之间的交往，主要表现为"走出去"和"引进来"两大传播路向。对于中国民族文学"走出去"，刘玉珺以晚清壮族诗人黎申产的创作为例，阐述了中越文学间的深度交流状况。他指出，"黎申产曾作为中国文士的代表，通过赠答唱和、题词、书信笔谈三种形式与越南使臣及当地官员进行文学交流，这些文学活动呈现了中越诗赋外交的各种生动细节，显示了'汉文学'是一个有机的文化体"①。在"引进来"方面，仁钦道尔吉以《罗摩衍那》为例，比较性地探讨了印度文学对蒙古文学的影响。总体面影是，"从13世纪开始，尤其是16—17世纪以后，随着佛教传入蒙古，除大量的佛经由梵文、藏文译成蒙古文外，蒙古人还翻译了许多印度文学作品，其中包括印度史诗《罗摩衍那》及其他诗歌、故事和语言文学理论著作。这些作品对蒙古文学的发展起了一定作用"②。

二　译介学研究方法

在探究民族文学及其理论批评的传播规律时，跨语际翻译是一个绕不过的话题。

1956年，老舍在中国作家协会第二次理事扩大会议上明确提出，"翻译是个关键问题，没有翻译，就没有各民族间的文学交流"；"翻译可分为三类：各民族翻译汉族文学，汉译各民族文学，和各民族互相翻译"。③ 今天看来，除上述三种译介方式外，还应该包括中外民族互译和中外互译。由此可见，中国当代民族比较诗学中的译介学，主要通过少数民族、少数民族与汉族、中外民族等多向度译介得以达成。当然，在汉语已经成为中华民族共同语的现代语境下，我国民族文学对内对外

---

① 刘玉珺：《晚清壮族诗人黎申产与中越文学交流》，《民族文学研究》2013年第3期。
② 仁钦道尔吉：《蒙古口头文学论集》，社会科学文献出版社2011年版，第342页。
③ 老舍：《关于兄弟民族文学工作的报告——在中国作家协会第二次理事会会议（扩大）上的报告》，载《老舍全集》第18卷，人民文学出版社2008年版，第438—439页。

译介通常都要经由汉语这一重要语言中介。如此说来，借助汉语中介的"民译外"翻译方式本质上是一种"二度翻译"，存在汉语译者和外语译者在视域上的二度融合。

各少数民族文学及其理论批评之间的互译是我国民族诗学译介中的基本向度。譬如，新疆地区的少数民族在文学上联系密切，相互影响，这与他们相近的语言、生活习惯、民俗风情等有直接关系。张明指出，伴随着新中国的统一、团结和进步，国家从文化战略高度加强了对各少数民族语言文学的翻译工作。尽管新疆地区不同少数民族有自己的语言，但新疆少数民族文学主要是通过译介获得更好传承和更大发展的。维吾尔族著名诗人铁依甫江的诗歌不但被译成汉语，还被翻译为蒙古、哈萨克、乌孜别克、柯尔克孜、朝鲜等多民族语言，受到新疆各少数民族读者的喜爱。[1] 我国西南地区有34个世居民族，他们使用的语言分属3个语系7个语族。李子贤等分析认为，中国西南地区不同语系、语族的民族中，有一些相同或非常相似的文学现象。[2] 这从侧面反映了少数民族译介的必然性与合理性。

少数民族文学及其理论批评与汉民族文学及其理论批评之间的译介，堪称我国民族诗学译介中的主流板块。就总体情况来看，民译汉呈现出"多对一"的译介特征。铁依甫江的诗集《铁依甫江诗选》、铁木尔·达瓦买提的诗集《生命的火炬》、祖农·哈迪尔的剧本《喜事》、赛福鼎·艾则孜的长篇小说《苏图克·布格拉汗》和诗集《献给母亲的歌》、亚森江·萨迪克的长篇历史小说《魔鬼夫人》等维吾尔族作家作品，均被译成汉语。当然，相关汉民族作家作品也被译成少数民族语言，表现出"一对多"的译介特征。维吾尔族著名鲁迅作品翻译家托乎提·巴克指出，新中国成立后，以维吾尔文、哈萨克文等语种翻译鲁

---

[1] 参见张明《20世纪下半叶新疆多民族文学交流影响初探》，《民族文学研究》2001年第2期。

[2] 参见李子贤等《多元文化与民族文学——中国西南少数民族文学的比较研究》，云南教育出版社2001年版，第268页。

迅作品的数量猛增，部分鲁迅作品还被编入民语版中小学教材，鲁迅精神及其文学成就因而得以在民族地区产生广泛、深刻而持久的影响。[①]除鲁迅作品之外，毛泽东诗词以及郭沫若、茅盾、巴金、老舍、曹禺、艾青、冰心、丁玲、赵树理等现代文学大家的代表性作品，闻捷、郭小川、贺敬之、姚雪垠、王蒙等当代作家作品，都被大量翻译为少数民族语言版本。在这种情况下，少数民族与汉族文学及其理论批评之间的互译互通、共鉴共享成为中华文化共同体中至为显著的特征之一。

新中国特别是新时期以来，中外文学及其理论批评交流的范围不断扩大，深度日益增强。在这种背景下，除18—19世纪欧美批判现实主义和浪漫主义创作对我国相当一部分作家依然葆有重要影响外，西方20世纪文学思潮特别是现代主义乃至后现代主义文学观念和作家作品被大量引进。对此，徐其超评价，从整体上看，外国文学的各种文艺思潮、创作方法、风格、流派、形式、手法等，几乎都能在新时期四川少数民族作家中找到知音；就个体而言，四川少数民族作家一般不拘泥于师从某一种外国文学模式而崇尚多元探索，追求多元融汇。徐其超同时以彝族诗人吉狄马加、藏族作家阿来和意西泽仁、白族诗人栗原小荻等为例，阐明四川民族文学在"引进来"的基础上通过译介"走出去"的生动实践。吉狄马加的诗歌被译成英、法、日、意大利、罗马尼亚、西班牙文，引起国际诗坛的关注，诺贝尔文学奖评委、汉学家马悦然访问中国期间给予吉狄马加积极评价，认为他的诗作具有人类意识，是把民族性和人类性很好地结合起来的诗歌之一。1977年参加哥伦比亚麦德林国际诗歌节时，举行了吉狄马加诗歌朗诵会，很多听众被其《母亲们的手》《致印第安人》深深感动。阿来的长篇小说《尘埃落定》曾轰动海内外，在加拿大出版时封面导语标明"历史深处的人性表达，中国当代文学的经典"，并被翻译为英、法、德等多种外文。意西泽仁的创作获得日本学者西胁隆夫、牧田英二、川口孝夫和法国汉学家德耐赛的

[①] 参见李振坤、黄传《鲁迅与少数民族文化》，新疆美术摄影出版社1994年版，第26页。

推崇。栗原小荻不仅在中国大陆、中国台港澳地区以及欧美和东南亚地区华语报刊发表诗作,而且他的诗作还远播英国、法国、德国、日本、俄国、芬兰、蒙古、意大利、西班牙及拉丁美洲地区,日本学者井上靖颂其诗"用空前活跃的多元思维方式和崇高的审美旨趣凸显独特的诗艺"。德国汉学家贝恩、加拿大汉学家克里多、美国汉学家尤斯特朗、芬兰汉学家罗奥蒂等均高度评价栗原小荻的诗作。①

在翻译中国少数民族优秀作家作品的同时,相关学者还致力于译介外国专家对中国民族文学的研究成果。如翻译印度莱玛·切帕的《印度与蒙古的文学联系》、保加利亚学者亚历山大·费多代夫的《藏族文学对蒙古族文学传统的影响》、蒙古国勒·呼日勒巴特尔的《浅议蒙藏文学关系》《印度、吐蕃、蒙古训喻诗歌的关系》等。②

如何开展中国民族文学对外译介,美国学者本德尔提出三种路径。一是基于第二种语言的翻译("二度翻译");二是在二度翻译的基础上附加大量相关民族语言文化生活信息;三是直接将民族语言翻译成外语。③ 为达成有效翻译,段峰建议,少数民族文学的对外译介宜更多地采用"异化"的翻译策略。具体而言,可更多采取直译加注释的深度翻译方式,这样既能满足目标语读者对异域文化的阅读期待,又能使少数民族的独特文化与艺术风格得到相对完美的展现。在他看来,随着全球化时代的到来,作为少数民族文学走向世界重要桥梁的翻译工作越来越显示出重要性。范庆超就中国文学走向世界以及世界文学进入中国并对中国民族文学产生影响提出自己的看法。他认为,包括少数民族文学在内的中国民族文学在与外国文学进行交流、比较时,必须坚守民族本

---

① 参见徐其超《从传统跨向现代——四川新时期少数民族文学与外国文化》,《西南民族学院学报》(哲学社会科学版) 1999 年第 3 期。
② 参见陈岗龙《改革开放三十年蒙古比较文学研究的回顾与展望》,《内蒙古师范大学学报》(哲学社会科学版) 2009 年第 1 期。
③ 参见段峰《民族志翻译与少数民族文学对外译介》,《西华大学学报》(哲学社会科学版) 2014 年第 2 期。

位文化立场。藏族作家扎西达娃和色波等在接触拉美魔幻现实主义创作之后，开始有意识地选择并借鉴其技巧，并据此创造了让人耳目一新的具有中国民族特色的东方魔幻现实主义作品。① 魏清光等在认真梳理并分类统计我国当代少数民族文学对外译介的各种数据后，肯定了"走出去"的外译工程所取得的显著成效，同时较为深入地分析了我国对外译介工程在制度安排、路径设计、计划实施、经费分配、译介渠道、输出语种等方面存在的不足，并提出了初步改进建议。②

有必要予以强调的是，任何文学及其理论批评的跨国族、跨语际、跨文化译介，都会受到译介主体、译介对象和译介环境等诸多因素的综合制约，进而影响到译介品质和传受效度。其中，语言译介的非对等性、跨学科方法的综合度以及意识形态因素的作用力，在译介过程中至关重要。

所谓语言译介的非对等性，是指不同语种在翻译、传播和理解接受过程中的非同一性。这种非同一性突出表现为某一语种的特定概念、范畴及其隐含其后的文学意义，很难在其他语种中找到最为恰当的对等性表述。正因如此，"翻译是否可能"的命题由来已久。本雅明在为波德莱尔的《巴黎风光》译本所作的导言《翻译者的任务》一文中，提出"翻译是否可能"的另外两种情形。"一部作品是否可译"具有两层含义："其一是：在该作品的读者整体中，可能找到一个称职的译者吗？其二则更进一步：是否这部作品的性质便是适合翻译的，并且因而由于（翻译）这一形式的重要性，它也要求翻译？"③ 面对上述疑问，刘禾提出了自己的反向解决思路。其一，"我们现在所要做的，也许就是超越那个试图证明对等词并不存在的解构主义阶

---

① 参见范庆超《新世纪中国少数民族作家的创作取向》，《社会科学家》2010年第7期。
② 参见魏清光、曾路《当代少数民族文学对外译介：成效与不足》，《西南民族大学学报》（人文社会科学版）2017年第3期。
③ 刘禾：《跨语际实践——文学，民族文化与被译介的现代性（中国，1900—1937）》，宋伟杰译，生活·读书·新知三联书店2002年版，第20页。

第六章 中国民族比较诗学研究的方法论

段,转而直接考察这些对等词是如何从无到有地生产出来的"[1];其二,"如果说汉语仍旧是最难翻译的语言之一,那么可能的情况是,这种难度恰恰在于汉语和其他语言之间假设的对等词的数量越来越多,而不在于缺少这种对等"[2]。这意味着,即使译介中存在着"不对等"的语言转换障碍,我们仍然可以"不可译而译之",仍然可能在译介过程中获取"同情的理解"。

关于译介过程中跨学科方法带来的翻译阻力问题,一般与译介对象本身所含的明晰度或复杂程度密切相关。大体说来,译介对象所涉学科越单一,翻译的难度相对较小,造成译介歧义的可能性就越小;反之,译介对象所涉学科越繁复,翻译的难度相应加大,导致译介歧义的可能性就越大。王治国通过《格萨尔》英译过程中的多维比较研究,一方面对这部史诗的多向译介与传播进行了历时描写和共时比较,就其中的几种典型英译本与相关翻译现象进行了解释和阐发;另一方面,他试图从翻译学、民族志诗学等角度出发,对民族史诗翻译的类型和方法作出规划,以探索更为可行的民族史诗翻译的原则、类型和方法。[3] 人们业已注意到,译介者的多学科阐发与译介对象以及翻译文本自身的跨学科书写不无关系。梁昭对阿库乌雾"二度跨文明写作"的关注便不失启发意义。据她界定,所谓"二度跨文明写作",是指阿库乌雾"从彝族文化到汉族文化再到美国文化的两次跨文明、跨语际"写作行为。"这个术语准确描述了诗人从小到大顺次经历过的文化体验,也概括了诗人在书写美国时所具有的双重文化储备,以及诗人使用的是'第二母语'汉语来进行创作。由于已经具有了被译介的经验,所以在'二度

---

[1] 刘禾:《跨语际实践——文学,民族文化与被译介的现代性(中国,1900—1937)》,宋伟杰译,生活·读书·新知三联书店2002年版,第22页。
[2] 刘禾:《跨语际实践——文学,民族文化与被译介的现代性(中国,1900—1937)》,宋伟杰译,生活·读书·新知三联书店2002年版,第24页。
[3] 参见王治国《民族志视野中的〈格萨尔〉史诗英译研究》,《西北民族大学学报》(哲学社会科学版)2010年第5期。

· 397 ·

跨文明写作'的一开始，阿库乌雾就已经预想到这些汉语诗歌将被翻译成英文，被英语读者阅读。"① 虽然"二度跨文明写作"给跨语际译介工作带来不同程度的困难，但创作主体对于即将到来的译介预设却同样不同程度地迎合着翻译的趋近性原则，并因此尽可能规避译介中过度变形或异化的种种风险。

意识形态因素同样作用于译介效果。诚如刘禾所说，当"概念"从一种语言转换为另一种语言时，其意义必然在后者的地域性环境中得以再创造。"在这个意义上，翻译已不是一种中性的、远离政治及意识形态斗争和利益冲突的行为；相反，它成了这类冲突的场所，在这里被译语言不得不与译体语言对面遭逢，为它们之间不可简约之差别决一雌雄，这里有对权威的引用和对权威的挑战，对暧昧性的消解或对暧昧的创造，直到新词或新意义在译体语言中出现。"② 民族文学及其理论批评的跨语际译介当然也不例外。

综上所述，新中国尤其是新时期以来，少数民族、少数民族与汉族、中外民族译介以跨语际双向乃至多向交流对话的方式，在弘扬中华优秀文化、促进文学多维交流、增进各族人民团结、传递世界先进信息等方面，发挥了并将继续发挥着不可替代的积极作用。尽管跨语际译介还存在一些有待解决的问题和困惑，但作为文学传播与文化交流活动中必不可少的环节，民族文学及其理论批评的跨界译介工作理应得到持续加强。

三 地理学研究方法

地理学对于民族文学研究极为重要，文化地理学及其重要组成部分——文学地理学作为新中国民族比较诗学在方法论选择上的重要体

---

① 梁昭：《彝人诗中的印第安——阿库乌雾〈凯欧蒂神迹〉的跨文化书写》，《民族艺术》2016年第1期。
② 刘禾：《跨语际实践——文学，民族文化与被译介的现代性（中国，1900—1937）》，宋伟杰等译，生活·读书·新知三联书店2002年版，第115页。

现，越来越受到包括少数民族在内的民族文学研究者的关注。犹如迈克·布朗所言："我们不能把地理景观仅仅看作物质地貌，而应该把它当作可解读的'文本'，它们能告诉居民及读者有关某个民族的故事，他们的观念信仰和民族特征。"[①]

对于民族文学的地理学研究而言，杨义的《文学地理学会通》[②]堪称扛鼎之作。该论集收录了《文学地理学的本质、内涵与方法》《文学地图与文学地理学、民族学问题》《屈原诗学的人文地理分析》等15篇长篇论文，既有综合性研究，也有关于地区和作家的个案分析，既有古代文学地理学探微，也有基于文学地理学原理对现当代文学的深刻阐释。李庆福评价，《文学地理学会通》"运用文学地理学这门新学科的理论方法，对中国文学特别是少数民族文学研究提出了许多新观点，如'地气''三维空间''太极推移''剪刀轴'等这些新概念，对今后我们开展少数民族文学研究提供了新的视角和新的方法"[③]。

肖太云认为，当代少数民族文学有内在的地理学属性，通过诸如地理基因、地理意象、地理空间和地理叙事四个维度，可望还原当代少数民族文学时空交融的立体化文学生态景观。[④] 关于文学地理学的地缘特征，可由以下实例获取更为真切的"一方水土养一方人"的"文化区位"感受。

首先，"北方的东西蒙古族文学"在地缘政治与文学形态上的差异性比较。依据包红梅的考察，东部蒙古族和西部蒙古族的作家文学，在

[①] [英]迈克·布朗：《文化地理学》（修订版），杨淑华、宋慧敏译，南京大学出版社2005年版，第7页。
[②] 杨义：《文学地理学会通》，中国社会科学出版社2013年版。
[③] 李庆福：《少数民族文学研究的新视角新方法——兼评〈文学地理学会通〉》，《世界文学评论》2014年第2辑。
[④] 参见肖太云《文学地理学维度下的中国当代少数民族文学扫描》，《民族文学研究》2012年第5期。

代表人物、文体形式、氛围影响、创新发展等方面均有差异。[①]

其次,"南方词"与南方地理环境有着深厚的渊源关系。邓敏文指出,"词"萌生并兴盛于南方,词作大家多为南国文人或长期生活于南方的北方文人——"花间派"词人绝大多数是四川人,李璟、李煜、冯延巳、秦观都是江苏人,欧阳修、晏殊、姜夔是江西人,柳永是福建人,周邦彦是浙江人,李清照寓流南方长达29年。关于"词"萌生于南方地区的原因,大体可归结为四点,即文化基础、自然条件、通性语言、和平民居。[②] 由此可知,借助自然地理条件和人文地理环境不仅能够区别包括文体风格在内的地域文学特征,而且为在此基础上进行民族文学及其诗学的比较研究创造了必要的前提条件。

最后,与文学地理学高度相关的空间理论,助益于民族文学研究。文化地理学所指涉空间倾向于地域性综合文化因素对民族作家创作以及相应学术研究的影响,我们不妨称之为"外空间"。从学科

[①] 包红梅认为,从代表人物上看,东部蒙古族作家阵营,以清代卓索图盟土默特右旗的文学评论家哈斯宝及尹湛纳希家族兄弟四人为代表,而西部蒙古族作家阵营由喀尔喀蒙古的游僧丹津拉布杰、鄂尔多斯郡王旗公尼召活佛伊希·丹金旺吉拉和鄂尔多斯乌审旗文人贺希格巴图为代表;从文体形式上看,东部蒙古作家阵营以长篇小说和格律诗为主,而西部蒙古族作家阵营以诗歌为主;从氛围影响上看,东部阵营的蒙古族作家主要从蒙汉两种民族文化碰撞交融的氛围中汲取养分,而西部阵营的蒙古族作家则生活在蒙古文化和藏传佛教文化并行不悖的浓郁氛围中;从创新发展上看,西部阵营蒙古族作家的诗歌创作冲破了寺庙文学的禁锢,积极从底蕴丰厚的蒙古族民间文化中汲取养分,显示出文学审美由佛向人,由虚向实的文化意识新趋向。而东部阵营的蒙古族作家在蒙汉两种文化的碰撞与交融中完成了审美意识由佛向儒、题材内容由历史向现实的巨大转变,以史传文学传统模式的创造性转化宣告了作家文学的繁荣成熟。参见包红梅《蒙古文学文体转化研究——〈青史演义〉与蒙汉文历史著作的比较》,辽宁民族出版社2012年版,第38—39页。

[②] 据邓敏文理解,"南方词"的兴盛有四大条件。一是文化基础。因南方山多水多,所以南方民族众多,素有"百越""百濮""诸蛮"之称……这些不同民族、不同种类的歌谣,为"词"的产生奠定了丰厚的文化基础。二是自然条件。由于南方湖泊众多,溪河众多,所以南方民族大多是"水性民族",其经济以稻作为主,其文化也具有优柔、婉转的抒情特性。三是通性语言。南方绝大多数民族的语言都属于汉藏语系中的语言,这些语言有许多共同特点,如每个音节都有声母、韵母和声调,单音节或双音节词居多,有大量的同源词等。这些共同特点,都为"调有定格、字有定音"的"词"的产生奠定了语言基础。四是和平民居。相比北方,南方社会相对安定,文人或歌伎有较多闲情雅致从事填词活动。参见邓敏文《中国南方民族文学关系史·隋唐十国两宋卷》,民族出版社2001年版,第200页。

第六章 中国民族比较诗学研究的方法论

生成的角度看,文学的区域性文化特征,同样规定着文学文本以及相应的文学理论批评文本的空间形态,进而内在地限定着中华各民族文学关系研究的文化地理学视野,此为"内空间"。① 可以肯定,"外空间"对"内空间"具有创作转换和审美机制上的基础作用与规约功效。

运用文学地理学的基本观点和方法来探究内蒙古、新疆、西藏和西南等地域性少数民族文学创作实践,成为21世纪以来民族文学研究的重要学术增长点。在关于西南地区少数民族文学地理学研究方面,除前述张永刚、张直心等人的云南视野以及徐其超等人的四川关怀外,其他相关学者的地域性少数民族文学研究成果也不乏精细之作。如成都大学邓经武教授与人合著的《巴蜀文学与文人》《四川省少数民族文学研究》等多部著作,并独立发表多篇相关学术论文,从文学地理学角度较为深入地阐述了巴蜀民族文学的独特生态价值。② 在此基础上,他把四川少数民族文学的区位优势归结为肉体和精神、母体文化与汉族文化、中华文化和西方文化碰撞交汇下的"双重混血"特质。沙玛拉毅等在评述徐其超和罗布江村主编的《族群记忆与多元创造——新时期四川少数民族文学》一书时,认为编著者用全面、系统、综合、历史的眼光来研究巴蜀少数民族当代文学创作,进而揭示其独特而鲜明的

---

① 参见罗宗宇《观念与方法:民族文学关系研究的学理性阐释二题》,《西北第二民族学院学报》(哲学社会科学版) 2008年第3期。

② 邓经武认为:"巴蜀地区处于中国西南部,位于黄河与长江两大流域之间,是南北文化交汇的中转点,又处于青藏高原向东南水乡泽国过渡的第二阶梯,兼有两个阶梯的各种地理地貌特征,以内陆型农耕生产为主,兼有游牧、商业等各种生产方式及生存形态,疆域面积相当于两个法国。它是多个民族杂处共居的地方,除汉族外,有彝族、藏族、苗族、土家族、羌族、回族,以及蒙古族、满族、纳西族、布依族、傣族、壮族、白族等'14个民族'……因此研究四川少数民族文学的生态诸因素,探讨其所处环境和文化背景与其发生发展的关系,这对于研究中国文学和研究中国少数民族文学,都有着极大的意义。"参见邓经武《民族文化、地域人生与世界时潮的交融》,《四川师范大学学报》(社会科学版) 2001年第1期。

时代性、地域性和民族性，堪称民族文学地理学研究的厚重之作。[1]现实接受效果表明，该著的地理视角、民族立场、多元创见等价值诉求基本得到实现。

在民族文学地域性研究中，吴重阳、李瑛、过伟、周翔、王志彬、朱双一、肖宝凤、向忆阳、王进、苏珊、李娜等都有相应的理论奉献。

早在1988年，吴重阳就发表了《为台湾文学注入新血——台湾当代少数民族文学简谈》一文。[2]进入21世纪，随着中国改革开放的持续深入和海峡两岸文化交流通道的不断敞开，有关中国台湾少数民族文学的研究取得长足进展。论著方面，李瑛的《台湾少数民族作家文学论》[3]和过伟的《台湾少数民族民间文学》[4]堪称代表。前者对中国台湾少数民族作家文学的兴起原因、发展道路特别是艺术特点作了充分论证，如苦难的主题、失落的痛楚、民族文化的追恋、人文精神的表现、传统原始观念的奇异、道德伦理的古朴、原生语言的精妙、意象的流动表达、变形的魔幻色彩、象征的隐喻使用，以及背离与对比现象所带来的美学取向上的悲情风格，并比较分析了台湾地区少数民族文学与总体

---

[1] 评论者强调："新时期以来，四川地区少数民族文学创作取得了前所未有的突出成就，并一直处于当代中国少数民族文学的先锋和前沿。如阿来的《尘埃落定》，吉狄马加的《初恋的歌》，意西泽仁的《松耳石项链》，粟原小荻的《血虹》，何小竹的《梦见苹果和鱼的安》，列美平措的《心灵的忧郁》，阿库乌雾的《虎迹》，昔扎的《九色鹿》等等。然而过去对其研究或侧重于个案点评，或侧重于族别文学史的角度的定位，而缺乏史与论结合、宏观与微观结合、民族与区域结合的整体研究，没有构建出一定的理论体系。《族群记忆与多元创造——新时期四川少数民族文学》一书，弥补了这一'批评空洞'。"参见沙马拉毅、阿牛木支《民族文学研究的地域拓荒与理论创新》，《西南民族学院学报》（哲学社会科学版）2002年第5期。

[2] 其中指出，"在台湾文学中，不仅存在着先住民高山族的口头流传的神话、故事等民间文学，而且还有高山族作家的书面创作；不仅有高山族的文学，而且有其他少数民族出身的作家的创作，如回族、蒙古族、满族、维吾尔族、锡伯族等等。台湾文学由于少数民族作家的创作的加入，而呈现一种绚丽多姿的丰富和多样。台湾少数民族作家的创作所表现的少数民族历史和现实生活，所抒发的少数民族人民特有的感情、心理，都是汉族作家所无法取代的"。参见吴重阳《为台湾文学注入新血——台湾当代少数民族文学简谈》，《中央民族学院学报》1988年第2期。

[3] 李瑛：《台湾少数民族作家文学论》，民族出版社2006年版。

[4] 过伟：《台湾少数民族民间文学》，上海文艺出版社2011年版。

性台湾文学的相通默契之处。后者重点探讨了自然地理因素与人文历史环境对台湾少数民族民间文学的综合影响。

论文方面，青年学者王志彬在博士学位论文的基础上发表了多篇有关中国台湾少数民族文学研究方面的论文。据他梳理，自1962年排湾族作家陈英雄在《联合报》副刊发表《山村》一文开始，台湾少数民族汉语文学创作已经走过了半个多世纪的历史旅程，形成了以莫那能、瓦历斯·诺干、夏曼·蓝波安、田雅各、孙大川、霍斯陆曼·伐伐、巴代、亚荣隆·撒可努等为主的多族群多梯队创作队伍，推出了《美丽的稻穗》《最后的猎人》《黥面》《老海人》《走过》《追风的人》等一批颇有影响的作品。关于台湾少数民族文学创作的意义，王志彬认为，台湾少数民族文学深受民族口传文学传统和中国文学传统的双重影响，经历了从启蒙救亡到自觉审美的转型。色彩斑斓的文学创作不仅改变了台湾少数民族长期以来"被看""被写"的命运，实现了民族文学创作的主体性转变，而且丰富了岛内汉语文学创作面貌，促进了中国台湾文学多元化格局的形成。不过，辩证地看，"台湾文学史在处理台湾少数民族文学时，存在着论述简化、定位不清或将其视作某些理论的注脚等问题"[①]。这些研究成果，在民族和地域的交合点上看待中国台湾少数民族文学的民族性和中华性，拓展了我国民族文学研究的界域。

新中国民族文学研究方法的选择运用以及新近拓展，与既有的文化传统、民族心理以及当下现实情境、社会思潮、文学观念密不可分。实际上，民族文学发展的历史传统、民族意识、现代观念的更迭与研究方法的创新，本身也体现了辩证统一的互斥互惠关系。无论人们持何种态度，有一点是确定无疑的，即上述诸种研究方法以及隐藏其后的观念形态，扩大了中国民族文学研究视野，丰富了中华民族文学研究手段，并得出了一些新的富有启示性的结论，因而不容小视。但是，也不容否

---

① 王志彬：《论台湾少数民族文学与当代台湾文学史的书写》，《中国现代文学研究丛刊》2013年第2期。

认，与日新月异的民族创作实践和理论批评运作相比，现有民族文学研究的方法总体上还不够多元、立体和自足，一些现代新兴研究方法仅被极少数科班出身的研究者所运用，其综合程度和对位效应显然尚未达到理想状态；数量统计方法、模型分析方法、类型聚合方法、比较诗学方法等尚未被充分认识和自觉运用；大数据时代的网络"采集—发表—传播—接受"等新兴数字人文方法还没有广泛进入研究者的既有学术机制。这些都是应予以正视并有待逐步解决的问题。

需要强调说明的是，在新中国民族比较诗学的方法论操演中，不同方法间的交叉综合已经、正在并将继续成为方向性选择趋势。譬如，在为彝族学者巴莫曲布嫫的专著《鹰灵与诗魂——彝族古代经籍诗学研究》所作序言中，马学良指出："在田野调查的基础上，巴莫曲布嫫运用民族学、民俗学、文化学、宗教学、社会学等多学科的理论，对彝族经籍文学进行多角度、多侧面、多层次的演绎、归纳、梳理和分析，尤其在彝族经籍文学研究方面，取得了突破性的进展。"[1] 黄晓娟等所著《多元文化背景下的边缘书写：东南亚女性文学与中国少数民族女性文学的比较研究》将女性主义、文学地理学、跨文化比较文学方法等有机糅合起来，根据不同的空间关系和时间关系进行横向与纵向比较，通过对中国少数民族女性文学与东南亚女性文学整体性创作以及具有代表性作家、文本和重要文学现象的分析研究，相对深入地探讨了越南女性文学与壮族女性文学、马来西亚女性文学与回族女性文学、泰国女性文学与壮族女性文学等七个专题，在女性文学历史进程的多元状况中，揭示其交往交流、交互发展的相似性和差异性。这说明，在具体的民族文学研究过程中，采用何种方法，需要依据研究对象、研究环境、研究诉求以及实际上的阐释可能等诸要素来综合权衡。这同时意味着，我国少数民族诗学及其比较研究中的方法论创新仍然处于成长阶段。

---

[1] 马学良：《鹰灵与诗魂——彝族古代经籍诗学研究》，社会科学文献出版社2000年版，"序"第3页。

结　语

中国民族比较诗学的融合创新规律

纵观70年来我国民族诗学及其比较研究的发展历程，民族性、中华性和世界性是其永不褪色的三大品质。这些品质，是中国民族诗学及其比较研究中多元自性发展、交叉互惠发展和外向互鉴发展的必然结果。中国当代民族比较诗学的融合创新规律恰好隐含在上述三大向度之中。

第一节　中国民族比较诗学的多元自性融创规律

民族比较诗学的多元自性融创规律，旨在保障国内各民族文学及其理论批评相互之间的个性化生长、民族性呈现以及创新性发展的总体趋势。这里谨以我们反复提及的关于老舍、沈从文、吉狄马加的相关研究为例，系统观摩新中国民族比较诗学多元自性阐释的融合创新特征。

一　老舍书写中的"京腔满味"与理性反思

综观满族文学发展的历史，老舍无疑是中国20世纪最杰出的民族作家之一。他连同纳兰性德、曹雪芹一起，既是满族文学最高成就的代表，也是中国少数民族文学乃至中国民族文学的典范。

作为满族古典文学向满族当代文学过渡的一道桥涵，老舍的"丰厚创作，对满族文学的历史发展来说，具有承上启下继往开来的关键意义"①。

1635年，女真族更名为满族，满族文学随即开启新的历史大门。不过，满族最初几乎没有专门的作家和相对成熟的文学作品，只是在满文历史文献中夹带着一些具有文学色彩的篇目。入主中原后，满族统治者积极学习汉族文化，出现了一些用满文创作的文学作品，但成就和影响有限。满族文学的真正辉煌，得益于满族作家的汉语创作。岳端、文昭、永忠、敦诚、铁保、奕绘、英和等将清代诗歌创作推向繁荣；纳兰性德、顾太清等词作大家留下不少脍炙人口的名篇；《红楼梦》《儿女英雄传》《夜谭随录》《萤窗异草》等小说将满族叙事文学推向了高峰。据统计，有清一代艺术成就突出的满族作家不下300人。辛亥革命后，涌现出诸如舒群、王度庐、端木蕻良、关沫南、马加、李辉英等知名满族作家。其中，真正延续了满族文学传统并加以发扬光大者当首推老舍。关纪新如此评价："老舍留给满族后代作家的，远比他在自己那个时代能从前辈满族作家手中接过来的遗产要多。"②

大部分学者认为，老舍早期和中期并未刻意在文学作品中表现应有的满族特征，这应该与辛亥革命后一段时间内统治者所推行的大汉族主义政策有关。在一度风行的"反满"氛围中，老舍只能淡化自己以及作品人物的满族身份。中华人民共和国成立后，各民族取得平等的社会地位，老舍也彻底敞开了他的民族心扉。经过长时间的积累和准备，1961年年底，老舍开始创作描绘19世纪末满族社会生活的长篇小说《正红旗下》。关纪新评价，《正红旗下》构造了一个充满民俗风情的清末旗人社会。阅读这部最终并未完成的自传体长篇小说，读者仿佛置身于19世纪末京师的旗人生活，并不难获取彼时彼地丰富的社会文化知识。不仅如此，在这部小说中，老舍式的京味语言和幽默笔触已然达至

---

① 关纪新主编：《20世纪中华各民族文学关系研究》，民族出版社2006年版，第67页。
② 关纪新主编：《20世纪中华各民族文学关系研究》，民族出版社2006年版，第68页。

炉火纯青的境界。

　　清代后期的都市满族被认为是一个颇为艺术化的群体，正是受到这种满族文化的熏染，老舍的文学创作富含鲜活而丰富的民族色彩。关纪新将老舍文学创作中的民族意涵概括为四个方面。一是北京语言的运用。满族人放弃满语之后对京城流行汉语进行了改造。"京腔京韵"的熏陶和后天在语言方面的努力使得老舍有能力游刃有余地使用北京话进行创作，并借此淋漓尽致地表达其艺术理想。二是以幽默的笔法抒写悲剧。老舍的作品多有悲剧，但他显然属于那种善于以幽默笔法来抒写悲剧的作家，读来"笑中含泪，泪中有笑"。这种风格的形成，与老舍的民族身份有着深厚的渊源关系。清朝覆灭后，老舍对下层旗人的悲惨境遇抱有深切同情，并将这种同情投向受苦受难的同胞——车夫、警察、卖艺者、工匠、买卖人、妓女等。经由这些鲜活生动的艺术形象，深刻地反映了满族的历史悲剧。据此可见，痛苦郁闷的生活练就了旗人愁里寻欢、苦中作乐的行事风格，他们通过彼此间的戏谑调侃、插科打诨获得心理快慰，老舍作品中的幽默格调正是建基于这种民族文化意涵。三是大胆借鉴北京俗文艺手法。老舍十分热衷俗文艺样式，他不仅深入研究过相声、大鼓、快板等曲艺创作手法，还曾与民间艺人们同台演出。但他并非因循传统固守模式，而是对旧式曲艺进行相应改造并将其融入小说、剧本创作之中。四是深受满族书面传统文学影响。老舍十分喜爱纳兰性德的《饮水词》、曹雪芹的《红楼梦》、顾太清（西林春）的《东海渔歌》、文康的《儿女英雄传》等满族经典书面文学，通过对满族前辈作家丰富创作经验的汲取，他以自己的方式继承并发扬了民族文学的优秀传统。[①]

　　我们注意到，20世纪20年代末，初登文坛的老舍受时代思潮的冲击和鲁迅创作精神的影响，将现代性问题作为创作的表现对象，并于此

[①] 参见关纪新主编《20世纪中华各民族文学关系研究》，民族出版社2006年版，第61页。

后执着于这一问题的思考与文学表达,从而显示出独特的思想品质。

吴小美、魏韶华认为,在老舍研究的学术轨道上,首先应将其定位为一个中国现代文化人。正是在"五四"浪潮的冲击之下,老舍突破了传统人格而跨入了现代人格——"由兢兢业业、恭恭顺顺、规规矩矩的老中国儿女,跨入了能够从现代的高度建立起自己的理性判断的现代文化人,这就成了老舍作为一个现代启蒙作家、民主主义作家的最基本的觉醒"[1]。但也应该注意到,鲁迅和老舍并非完全否定民族传统,恰恰相反,他们以中华优秀传统文化作为入世和写作的根基。正因如此,老舍一方面以现代意识和反思眼光审视传统文明,另一方面又竭力发掘传统文明中那些符合现代要求的积极因素,从而实现了对中华文明的辩证省思。譬如,他的第一部小说《老张的哲学》通过"老张"和蓝小山两个人物形象,异常深刻地揭示了国民的劣根性;《猫城记》等作品则审视了现代文明的相关弊端。在蒋芝芸看来,老舍的创作把人作为文学表现的中心,不仅反映了向往自由的主体精神境界,而且高度关注国民精神与民族命运,这无疑是中国现代文学现代性的重要体现。"老舍通过对市民生活的描写,深刻地批判了国人普遍存在的愚昧、麻木、中庸、敷衍、妥协、苟且偷安又妄自尊大等国民劣根性。"[2] 总体而言,老舍对满族、中华民族乃至整个人类命运的关注使其超越了一般少数民族作家可能存在的局限,从而实现了将鲜明的民族特色和较强的现代性诉求有机统合的美学追求。

谢昭新重点论及老舍的诗学观及其现代性品格。具体而言,通过融合中西文论和诗论,老舍创造性地提出了"心灵表现"的诗学观,富有现代生活时空色彩的民族忧患意识以及对新诗形式的探索共同促成了老舍诗学"现代性"的审美品格。可以肯定,"老舍的旧体诗突出特点

---

[1] 吴小美、魏韶华:《现代性与传统性的交战——论老舍对传统文明与现代文明的批判》,《中国现代文学研究丛刊》1987年第3期。
[2] 蒋芝芸:《从老舍创作看中国现代少数民族文学的现代性》,《河海大学学报》(哲学社会科学版)2003年第1期。

是讲究意境美、音乐美,而他的新诗则在叙事和韵律上多有创新,体现了'诗是创造的表现'的美学观"①。据此可见,老舍的诗学理论建构走的是中西诗学交汇的"现代性"路子,在其中既能看到陆机《文赋》的"以情为主"、司空图的"情悟"、严羽的"诗之道在悟"的影子,又深受克罗齐"直觉"论的影响。

20世纪30年代,老舍在齐鲁大学授课时撰写了《文学概论讲义》。50年后,这份12万字的讲稿被理论界重新发掘并正式出版。老舍虽然没有读过大学,但他努力精研中外文学以及相关理论,并结合个人的创作经验,提出了诸多对当时来说具有创新性的观点,如强调文学理论的科学性,重视文学的内部研究,为中国古代"文说"进行正名,崇尚文学价值的审美愉悦因素等。总体而言,《文学概论讲义》一书视野开阔,旁征博引,是老舍文艺美学思想集中而生动的体现。诚如关纪新所说,老舍"全面酌取中西方文艺理论之精华,注重对文学及艺术创造内在规律的思考,指出文学艺术的首要功能是审美,强调文学的特质在于感情、美和想象"②,表现出现代诗学的精髓与风采。

二 沈从文记忆中的"苗族血缘"与现代追寻

湘西是汉、苗、瑶、土家等多民族杂居之地。新中国成立前,湘西统治者对苗族主要采取军事管制方式,造成苗汉间的紧张关系。沈从文长大后从父亲口中得知,他的曾祖母、祖母都是苗族血统,自己身上流淌着苗族血液,由此产生一种对于苗族血缘的亲和感。据刘洪涛梳理,沈从文"首次承认自己有苗族血统,是1930年,其时,他写了《我的二哥》一文,说,'母系应属于黔中苗族已经有两次',第一次是曾祖母,第二次是祖母"③。1931年,在《龙朱》序文中,他公开表示自己

---

① 谢昭新:《论老舍诗学的"现代性"审美品格》,《民族文学研究》2005年第1期。
② 关纪新:《多重文化场域中的老舍》,《满语研究》2007年第2期。
③ 刘洪涛:《沈从文小说中的苗汉族形象及其背景——比较文学形象学研究一例》,《北京师范大学学报》(社会科学版) 1996年第4期。

的血管中流淌着苗族的健康血液。独特的"汉苗土家"混血身份和民族复合特征，蕴含着民族融合因子和文化比较优势，从而为沈从文的文学创作带来了有别于一般民族作家作品的"边城"风采。

学界习惯于将沈从文的创作分为三个时期，1924—1927年为创作初期，1928—1929年为创作过渡期，1930年后为创作成熟期。

创作初期，沈从文在《我的小学教育》《在私塾》《瑞龙》《阿丽思中国游记》等作品中多以湘西民族风情来反映现实生活境遇。在《我的小学教育》中，作者称家乡镇筸城（今凤凰县城）三分之一苗人与三分之二外迁汉人混合居住，"苗人勇敢，好斗，朴质的行为，到近来乃形成了本地少年人一种普遍的德性"，苗族与汉族的"风俗，性质，是几乎可以说已彼此同锡与铅样，融合成一锅后，彼此都同化了"。①《在私塾》生动描绘了撑船的苗兵、唱歌的公主以及和气的苗族酋长。《阿丽思中国游记》"所写的是我所引为半梦幻似的有趣味的事"②，其中涉及汉苗民族生活以及作者自己的生活体悟。

在创作过渡时期，沈从文通过塑造一系列生动的苗族人物形象来着力表现湘西风土人情，礼赞了淳朴而富有地方色彩的苗族文化。譬如，《阿金》中土生土长的"阿金管事"，《媚金·豹子·与那羊》中"白脸苗中顶美的女人"媚金，《旅店》中风流娇俏的27岁花脚苗寡妇"黑猫"，《龙朱》中的白耳族苗人龙朱，等等。作者同时对当时的社会问题进行了深度反思——"人人成天纳税，成天缴公债，成天办站……为了逃避法律，人人全学会了欺诈"③。

进入创作成熟期的沈从文，总体上说，他在创作中似乎在有意淡化

---

① 沈从文：《我的小学教育》，载《沈从文全集》第1卷，北岳文艺出版社2002年版，第263页。
② 沈从文：《阿丽思中国游记》，载《沈从文全集》第3卷，北岳文艺出版社2002年版，"后序"第3页。
③ 沈从文：《七个野人与最后一个迎春节》，载《沈从文全集》第4卷，北岳文艺出版社2002年版，第182页。

狭隘的民族意识。换言之，在这个阶段，沈从文笔下人物的民族身份意识相对模糊，如翠翠、三三、夭夭等都未被贴上具体族属身份的标签。对此，刘洪涛分析："在身份上，他是苗族，而在心态和思想意识上，他把自己归入汉族。"① 在由其执笔的《20世纪中华各民族文学关系研究》第二章第二节，刘洪涛进一步指出，1928年后，沈从文在一些思乡忆旧的作品中着重刻画了许多苗人形象，这与他写苗族传奇的时间是吻合的；1932年苗族传奇《月下小景》完成后，沈从文就不再格外昭示自己的苗族身份了。事实正是如此，"从沈从文后期作品中我们可以看出，'隐瞒'民族身份，是一个普遍存在的现象，绝非偶然为之，且愈到后来，这种现象愈突出。他采取的策略是用地域性消解民族性，用地域的存在瓦解民族的存在。读者见到的是湘西人、乡下人，而不是苗族人"②。

1917年，中国文学史上发生了著名的文学革命。作为"界碑"，它标志着中国传统古典文学的结束，自然也预示着中国现代文学的开端。这场轰轰烈烈的文学革命运动提倡白话文和新文学，重视"人"自身的问题，为现代文学注入了强烈的启蒙色彩。透过沈从文的创作，我们分明感受到这场文学革命带给他的影响——对质朴人性的歌颂以及对现代化所造成的人类异化现象的深刻反思。在《长河·题记》中，沈从文就"现代"带给湘西的变化发表了看法。他将"现代"在湘西的表现分为两种：一种是如上等纸烟、各样罐头等奢侈品的输入；另一种则是政治中的公文八股和交际世故。大家都以谦虚而诚恳的态度来接受并学习这些或具体或抽象的现代事物，只有那些年事较长、体力衰竭、情感凝固的老人因为相对保守，没有受到现代化的污染，"多少尚保留一

---

① 刘洪涛：《沈从文小说中的苗汉族形象及其背景——比较文学形象学研究一例》，《北京师范大学学报》（社会科学版）1996年第4期。
② 关纪新主编：《20世纪中华各民族文学关系研究》，民族出版社2006年版，第80页。

些治事做人的优美崇高风度"①。在沈从文心中,"现代"给湘西带来的进步只是表面上的,农村社会原有的朴素人性被唯实唯利的庸俗人生观所取代,人性在"现代"演进趋势中逐渐滑落。因此,他一直以"乡下人"自居。1934年,在为萧乾小说集《篱下集》所作"题记"中,沈从文明确指出:"在都市住上十年,我还是个乡下人。第一件事,我就永远不习惯城里人所习惯的道德的愉快,伦理的愉快。"②"乡下人"的视角,无疑加深了沈从文对城市麻木、庸俗、唯利是图的印象,并促使其将重义轻利、人性纯朴的湘西作为一种理想社会形态的参照。

逄增玉在论及沈从文与现代性问题时指出,通过设置"乡村"与"城市"二元对立形象并赋予其不同情感色彩与价值取向,沈从文客观、直接且主动地在其小说或理论文章中表现出反现代的主题和叙事倾向。③ 杨联芬也探讨过沈从文的"反现代性"问题,并提出了自己的辩证理解。④ 赵学勇、魏巍研究后指出,在沈从文研究大量"重复再生产"的今天,刘洪涛、吴晓东等关于《边城》《长河》作为"国族寓言"象征性文本的解读有一定新意。尽管"现代性"是一个普泛性、不确定性的概念,但有关沈从文创作"现代性"的研究无疑是有意义的。⑤ 魏巍等

---

① 参见沈从文《长河·题记》,载《沈从文全集》第10卷,北岳文艺出版社2002年版,第3页。

② 沈从文:《萧乾小说集题记》,载《沈从文全集》第16卷,北岳文艺出版社2009年版,第324页。

③ 参见逄增玉《现代性与中国现代文学》,东北师范大学出版社2001年版,第130—131页。

④ 杨联芬认为,"沈从文其实是矛盾的,他的'反现代性',也许只是针对现实的以进步理性主义为特征的现代性选择的一种保留姿态,而非一切方式的现代性"。如此说来,沈从文的所谓"反现代性",本质上是别一种现代性选择行为。换言之,"沈从文存在的意义,除了审美以外,他选择中国传统文化另一种资源(老子)而建立的与欧洲浪漫主义暗合的自然哲学精神,对以工具理性为特征的中国的现代性选择,应当是一种补充和丰富。"参见杨联芬《沈从文的"反现代性"——沈从文研究》,《中国现代文学研究丛刊》2003年第2期。

⑤ 赵学勇、魏巍认为,"无论从哪一个角度看,'现代性'视野观照下的沈从文及其创作也大大开阔了人们的眼界,它不仅丰富、拓宽了'沈研'格局,同时也从另一向度显现了沈从文创作的丰富性、独特性以及学界再一次激发出的沈从文创作研究的多维可能。"参见赵学勇、魏巍《1979—2009:沈从文研究的几个关键词》,《中国现代文学研究丛刊》2010年第6期。

还特别强调,"现代性"和"现代化"是两个既相互依存又截然不同的概念,从某种意义上说,"现代性"是对物质"现代化"所造成的人的异化问题的思考。因此,沈从文曾经可能是一位"反现代化"作家,但绝不是任性而为的"反现代性"信徒。

三 吉狄马加诗作中的"彝人梦想"与中华意识

彝族诗人吉狄马加是我国当代诗坛代表性诗人之一。这位从四川凉山彝族自治州走出来的少数民族诗人,自20世纪80年代以来,先后出版了《初恋的歌》《一个彝人的梦想》《罗马的太阳》《吉狄马加诗选译》《遗忘的词》《吉狄马加短诗选》《吉狄马加的诗》《火焰上的辩词:吉狄马加诗文集》《应许之地》《裂开的星球——献给全人类和所有的生命》以及意大利文版《天涯海角》、马其顿文版《秋天的眼睛》、保加利亚文版《"睡"的和弦》、塞尔维亚文版《吉狄马加诗歌选集》、捷克文版《时间》、德文版《彝人之歌》、匈牙利文版《我,雪豹……吉狄马加诗集》等,发行于近30个国家和地区。在《我与诗》一文中,吉狄马加这样表述自己的创作理念:"我在创作上追求鲜明的民族性和世界性的统一。我相信任何一个优秀的诗人,他首先应该属于他的民族,属于他所生长的土地,当然同样也属于这个世界。在我们这个世界上,没有也不会存在不包含个性和民族性的所谓世界性、人类性,我们所说的人类性是以某个具体民族的存在为前提的。"[1] 可见,将鲜明的民族特色、清醒的现代意识以及开放的世界性眼光融为一体是吉狄马加崇高的诗学追求。

作为我国第六大少数民族,彝族人民勤劳坚韧、热情善良,是一个具有独特而悠久文化传统的民族。在表现土地、民族、国家等诗歌主题时,吉狄马加通常采用两种方式。其一,通过对民族风情的生动描绘揭示彝族人民的心灵本质;其二,直写彝族人民的生死、命运和心态。相

---

[1] 吉狄马加:《我与诗》,《中国文学》(外文版) 1990 年第 3 期。

比而言，吉狄马加的诗作善用想象、联想和幻想，总是带着充沛而强烈的情感色彩，真正达到了使"彝魂跳舞"的境界。

吉狄马加首先关注的还是彝族的精魂。在长期的历史发展过程中，彝族人民逐渐形成了"三色崇拜"的文化传统。彝族文化中的红、黄、黑，分别代表着火、太阳和土地，它们映照着彝族人的内在精神，堪称彝族文化的精髓。[①] 吉狄马加的诗作鲜明地体现了这种色彩崇拜心理。在《一支迁徙的部落》中，诗人在火光的照耀下重温先民的迁徙之梦，以"火文化"来表现彝族先民的坚强意志和美好愿望；《黑色的河流》透过彝人葬礼，展现了彝族人民"人性的眼睛闪着黄金的光"；《死去的斗牛》赞美打不败的斗牛"高傲而满足的微笑"，象征着彝族人民威武不屈的性格；《彝人梦见的颜色》则通过红黄黑三种色彩的描绘，深刻揭示了英雄的骄傲、少女的爱情和关于死亡的哲思。

作为故乡赤子，吉狄马加不仅为家乡的风土、历史、文化而骄傲，而且常常以饱含忧郁的笔触轻抚故乡的伤痛和不幸，体现了一位敏感诗人深沉的乡情回眸与坚毅的责任担当。《一支迁徙的部落》让诗人"看见了一个孩子站在山冈上，双手拿着被剪断的脐带/充满了忧伤"。《达基沙洛故乡》连用15个"我承认"——"我承认一切痛苦来自那里/我承认一切悲哀来自那里/我承认不幸的传说也显得神秘/我承认所有的夜晚都充满了忧郁……"——酣畅淋漓地表达了诗人对"生我养我的故土"的满腔挚爱。《回忆的歌谣》将古老、神秘而又略带迷惘、忧伤色彩的从远远的大山背后"升起的旋律"，串成如诗似画的歌谣："就是那种旋律/多么熟悉而又深沉的旋律/它就像母亲的乳房，它就像妻子的眼睛/就是那种旋律/它幻化成燃烧的太阳，它披着一身迷人的星光/就是那种旋律/不知是谁推开了彝人的木门/一串金黄的泪滴流进了火塘"。毫无疑问，我们不能把吉狄马加的眼泪仅仅看成纯个人的哀伤，其中不乏对民族命运的忧戚——"它实际上代表了一个历史坎坷的民族

---

① 参见关纪新主编《20世纪中华各民族文学关系研究》，民族出版社2006年版，第106页。

的眼泪，代表了一个民族灵魂深处的创伤。当然，同时也包含着理想、希望和高度的民族使命感、责任感。"① 因此，诗人终究还是希望自己的故乡摆脱封闭、贫穷和忧伤，并祈盼"我的民族升起明亮而又温暖的星星"——这，就是祖国！

由此看来，吉狄马加一方面是彝族文化传统的继承者，另一方面又积极谋求冲出彝族传统文化桎梏的新路径，所以他能以新中国崭新的中华意识打量相对封闭的"大山"境遇，从而开拓出当代彝族汉语文学创作的新境界。

作为古老的山地民族，彝族文化中既有宝贵的值得继承的遗产，也不排除尚存的某些一时难以改变的惰性因素。面对某些糟粕性因素，吉狄马加希望通过彝族文化先行者的示范进行现代汰滤乃至重塑。从经济相对落后的大凉山走出，吉狄马加肩上承载着古老民族现代化的历史重担。因其受到西方文化思潮中批判精神的影响，其诗作充满了危机意识和文化批判力量。作为精神复归的觉醒者，吉狄马加大胆采用象征、暗示、隐喻等艺术手法来描画彝族人民的劳动方式、民俗活动、宗教信仰，并将其寄寓于生动可感的艺术追求之中。② 这表明，只有摆脱狭隘的民族文化局限，主动适应新中国先进文化的指令，才能实现对于中华民族文化共同体形象的完型建构。③

据此可知，吉狄马加的现代国族观念，受益于中国20世纪80年代文化寻根和精神溯源思潮的影响。他的诗作如《故土的神灵》《灵魂的住址》《被埋葬的词》《故乡的火葬地》《看不见的波动》《鹰爪杯》《宁静》等，都带有强烈的寻根意识和溯源精神。其中，既有对民族情感的深切呼唤，又有自觉摒除糟粕后的中华先锋意识——这就是当代彝族文化先行者"远离式回归"的精神图式。

---

① 关纪新主编：《20世纪中华各民族文学关系研究》，民族出版社2006年版，第108页。
② 参见关纪新主编《20世纪中华各民族文学关系研究》，民族出版社2006年版，第112页。
③ 参见关纪新主编《20世纪中华各民族文学关系研究》，民族出版社2006年版，第111页。

总之，吉狄马加既传承着彝族文化的血脉，又接受过汉文化的高等教育以及西方文化思潮的陶冶，并以全新的艺术观念审视本民族悠久的文化传统，因而成为运用汉语进行文艺创作的彝族现代文化建构的导引。

第二节　中国民族比较诗学的交叉互惠融创规律

毛泽东在《论十大关系》的第六条专门论述"汉族和少数民族的关系"。其中指出："我们说中国地大物博，人口众多，实际上是汉族'人口众多'，少数民族'地大物博'，至少地下资源很可能是少数民族'物博'。""各个少数民族对中国的历史都作过贡献。汉族人口多，也是长时期内许多民族混血形成的。"[1] 中华民族混融发展的历史事实，促进了各民族文学及其诗学的交叉融合。少数民族比较诗学的交叉互惠规律，正是关于少数民族诗学、少数民族与汉族诗学之间已经、正在并将继续存在的交往、融合、互补式发展关系的必然性和应然性探讨。总体而言，中华各民族诗学在交往中互学，在融合中发展，在互惠中创新，共同铸就了中华民族诗学共同体。

首先，以中国民族诗学为观察原点的诗学系统，在交叉融合发展中表现出"多向互动，差异互补""雅俗嬗革，刚柔更迭"和"旧染既除，新机重启"三大特征。

一是"多向互动，差异互补"特征。

中国各民族文学及其理论批评之间的交往交流源远流长，其规模和幅度随着历史的发展而不断扩大和加深。今天，要想在我国56个现存民族以及若干被历史尘埃湮没了的过往民族中找到不曾接受其他民族文学及其理论批评影响的民族几乎是不可能的。各民族文学及其理论批评的互动互补早已成为文化常态。

---

[1] 毛泽东：《论十大关系》，载《毛泽东文集》第七卷，人民出版社1999年版，第33页。

结　语　中国民族比较诗学的融合创新规津

关纪新认为，中华各民族文学间的交往交流，古已有之。进入20世纪，我国56个兄弟民族与祖国母亲一道面对各种风云激荡和命运遭际，以空前近似的文化作为表达着共同的精神诉求。讨论20世纪中国少数民族文学的整体演进态势，我们不能不关注两种相辅相成的作用力：一种是内聚整合力，另一种是个性趋异力。前者通过各民族文学的彼此交流，促进不同民族文学的相互融合；后者力图以自身个性努力保持本民族文学不断地为祖国以及世界文学宝库作出有别于他民族的独特奉献。①关纪新指出："文学在每两个民族（即便二者在人数上和文化能量上有多么大的落差）之间的沟通交往，总会构成一种双向交流的态势、双向互动的态势。当汉族文学对某一个少数民族的文学产生积极作用力的时候，后者也会借此机会对前者产生相应的反作用力。它们彼此的作用和反作用，可以有程度的差异，却肯定是互惠互利的关系。"②从《诗经》中的十五国风到《乐府诗集》中的《敕勒歌》，都是汉文学与少数民族文学相互交流的成果，而蒙古族的《格斯尔》也是在藏族《格萨尔》的影响下创编而成的。

从三千年前武王伐纣到春秋战国时期诸侯争霸再到起于南北朝而迄于中唐的儒、释、道三教合流，在我国古代各民族文学间的交流主要是通过战争、人才流通或宗教传播所带来的文化变迁实现的。作为文化变迁的基本内容之一，各民族间的文学交流规则必然服膺于文化变迁的总体规律。就总体发展趋势来看，"文化是不断地由低级向高级，由简单向复杂发展的，这就是所谓的'文化进化'。各民族间的文学的交流与影响也受着这个规律的制约。一个民族的文学，其发展的外显形式，一是大的变迁，二是渐次进化，变迁与进化把一个民族的文学推向新的更

---

① 参见关纪新主编《20世纪中华各民族文学关系研究》，民族出版社2006年版，"绪论"第3—4页。
② 关纪新主编：《20世纪中华各民族文学关系研究》，民族出版社2006年版，"绪论"第6页。

高级的水平"①。

梁庭望将中华文化板块结构下的少数民族文学与汉民族文学的关系分为三个基本层次——互相补充、互相影响和互相融合。汉民族文学与各少数民族文学间的互相影响，突出体现在题材、主题、体裁、方法、技巧、风格、思潮诸层面。在漫长的历史发展进程中，中国各民族之间的文化交流日趋深广，促使各民族文学进一步趋向融合。这种跨民族文学融合，主要体现在两个方面。其一是创作主体多元化。如产生于明代的我国西北地区的"花儿"，就是由汉族、回族、藏族、撒拉族、土族、保安族、东乡族七个民族共同创造的。又如，新中国成立后，壮、汉、仫佬等多民族作家共同创作了电影《刘三姐》的民歌歌词。再如，民间长诗《阿诗玛》的搜集整理也是由汉彝等多民族作家共同完成的。诸如此类的例子还有很多，纳西族的《创世纪》、傣族的《娥并与桑洛》等作品也是多民族作家协同创作的。其二是作品内容多元化。《红楼梦》堪称满汉文学交叉互惠的大百科全书。

二是"雅俗嬗革，刚柔更迭"特征。

各民族文学间的融合，特别是汉族和少数民族之间文学的融合，往往造成创作倾向上的雅俗替革。对此，李炳海认为，民族融合之于中国古代文学的功能有二：一是推动了中国古代文学通俗化的进程；二是促进了中国古代文学的典雅化倾向。这两种相反相成的倾向，构成一种互补之势，使中国古代文学的发展呈现出辩证统一的规律。由民族文学融合促成的文学通俗化倾向，突出体现在文学样式和创作风格上。就文学样式来说，秦汉以来，经过十六国北朝、唐末五代金元和清朝三个阶段的融合，变文、小说、词曲、戏剧等通俗文学取代了典雅诗文的主导地位。李炳海总结后认为，通俗文学的发展历程与民族融合的历史进程具有一致性。中国古代各种通俗文学的起源和繁荣并非发生在汉、唐、宋、明等盛世，反而发生在民族大融合时期。将汉族王朝与民族融合时

---

① 关纪新主编：《20世纪中华各民族文学关系研究》，民族出版社2006年版，第304页。

期的代表性文学样式进行对比，的确可以发现通俗文学样式多发生于民族大融合时期。从文学风格来看，民族融合时期的中国古代文学具有俚俗质野、浅显易懂的特点。如成霄、姜质、胡僧祐、甄琛、裴景融等北魏文人的作品大多文辞鄙俚。少数民族入主中原不久，汉文化程度不高，民族融合期的战乱纷扰也不同程度地造成了社会文化素质的下降，这些因素共同构成了文学创作通俗化的动力。①

随着少数民族进入中原以及民族融合程度的进一步提升，中国古代文学又朝着典雅的方向发展。少数民族统治阶层在推行文教的过程中选用了大量汉儒，这些文人所崇尚的典雅倾向无疑会影响到少数民族作家。许谦、崔宏、崔浩、高允等北魏谋士都是儒家文人，"声实俱茂，词义典正"，有效推进了鲜卑拓跋政权的文明进程。元代忽必烈统治时期，起用王磐、徐世隆、阎复、李谦等儒士，其典雅的风格奠定了元代诗文发展的基调。清朝桐城派文人方苞和格调派诗人沈德潜，文风典雅，成为康熙时期典雅派的代表性人物。特别值得关注的是，民族融合中的典雅派文人虽以汉族为主，但也不乏少数民族作家，他们受儒家思想和汉族文人的影响，逐渐培育起崇尚典雅的审美趣味，如鲜卑贵族元彧、元宏、元勰、元澄等。

辩证地看，在民族融合时期，中国古代文学出现通俗化趋势和典雅化倾向并存的局面。总体上看，两种倾向最终表现为由俗入雅的抬升过程——在民族融合初期，文学以通俗为主要基调；随着少数民族及其文化的中原化和中华化，文学的典雅化成为主流方向。不过，就文学融合的风格特征来看，仍然呈现出民族差异和地域区隔。相对而言，惯于在马背上闯天下的北方游牧民族性格刚健强悍，入主中原之后，这种遗风对幽燕之地的汉族文人产生了明显的影响，文风也逐渐趋向雄健刚直。李延寿在《北史·文苑传》中就对这种现象进行了记录："江左宫商发

---

① 参见李炳海《民族融合与中国古代文学》，东北师范大学出版社1997年版，第121—123页。

越，贵于清绮；河朔词义贞刚，重乎气质。气质则理胜其词，清绮则文过其意，理深者便于时用，文华者宜于咏歌，此其南北词人得失之大较也。"①这种贞刚粗犷的河朔文风，在《捉搦歌》《淳于王歌》《折杨柳歌辞》等北朝民歌中有充分体现。即使辽代契丹女诗人萧观音的《君臣同志华夷同风应制》《伏虎林应制》诸作，也气势磅礴，尽显英雄气概。经过北方游牧民族改造的以妇女、爱情、婚姻为题材的文学作品，也充满了刚直之气，如北朝民歌《木兰辞》、杂剧《便宜行事虎头牌》等。一向以婉约为主的宋词，到了北方少数民族作家笔下，也变得气壮声宏，笔力雄健，甚至充满了杀伐之气。如完颜亮的《喜迁莺·赐大将军韩夷耶》《鹊桥仙·待月》等，便是气冲霄汉的豪迈之作。

当然，民族文学的融合是一个双向乃至多向交流的过程。在游牧文化的刚健之风影响汉族文学的同时，汉族文学的风格取向也会反过来影响游牧民族的文学，使其部分作品呈现出轻艳柔软的风格。北朝后期，受南朝文学的熏陶，北齐后主高纬就曾让萧放等人为其抄录"近代轻艳诗以充画图"。相比之下，北朝前期文学的表现方式相对直白，但北魏宣武帝胡皇后的《杨白华歌》、温子升的《咏花蝶诗》、北周明帝宇文毓的《和王褒咏摘花》等作品，一反北朝早期文学平淡直白的特点，写得委婉曲折，韵味悠长。

三是"旧染既除，新机重启"特征。

曹顺庆等认为，研究多民族文学并非简单地辨析文学资源的族属关系，而要立足于中华文化发展的历史，考察各民族文学之间的交流和融通关系。因为这种交流融通为中华文化的发展注入动力，并有力地推动了中国文学的发展。不过，由于语言、文化和不同民族间的相互阐发，文学交往过程中也会发生变异现象。②

中国古代的民族融合通常经由野蛮民族的征服活动予以实现，这种

---

① （唐）魏徵、令狐德棻：《隋书》，中华书局1973年版，第1730页。
② 参见曹顺庆、付品晶《多民族文学史的编写问题》，《民族文学研究》2008年第2期。

结　语　中国民族比较诗学的融合创新规律

方式的负面作用是破坏了生产力，一定程度或很大程度上延缓了经济、文化与社会发展。然而，从文学演进的角度看，民族间的多类型融合客观上促成了许多重要文学现象的发生，其中包括新型文体的产生。李炳海指出："中国古代各体文学种类繁多，除传统诗文之外的其他主要文学样式，几乎都是在民族融合过程中孕育的。戏剧、词曲、变文、白话讲史小说，它们的生成根据在于民族融合所形成的社会风气、文化氛围。民族融合是产生新的文学样式的温床，许多新的文体在这种特殊的文化生态下特别容易萌生，因此，追溯中国古代各体文学的产生和发展，不能离开民族融合的大气候。"[1] 譬如，南方的吴声西曲和北朝各少数民族的乐曲，是南北朝时期曲子词产生的两大基础；曲是契丹等少数民族文化与中原汉族文化融合的产物；中国古代白话历史小说与南北朝民族融合时期的讲史活动密不可分。此外，他还提出民族融合对中国古代文学的显性影响和隐性影响问题，强调应深入思考民族融合所引发的古代文学深层次变化的规律。而要有效达成上述目的，比较诗学维度正好有助于深刻揭示民族融合之于中国古代文学及其理论批评所产生的巨大影响。

其次，汉语诗学在中华各语种诗学体系中具有根本性影响。

我国各民族文学及其诗学间的融合创新虽然依循多向互动、差异互补的总体规律，但相对而言，汉语文学及其诗学对少数民族作家及其文学理论批评显然具有更加突出的影响。这表明，先进文化在跨界交流互动中常常具有先导作用。

关纪新、朝戈金指出，任何一位作家都必定属于某个特定民族，其文学创作也势必流露出本民族的审美意识。民族审美意识主要寄寓在作品语言的声音、意义两大层面。由此看来，一个民族如果拥有自己的语言，就能相对完美地传达本民族的审美意识，这是不懂该民族语言的人所难以理解的。当然，在共铸中华民族共同体意识的大背景下，越来越

---

[1]　李炳海：《民族融合与中国古代文学》，东北师范大学出版社1997年版，第172页。

多的少数民族作家正接受着汉文学的强烈影响。这种影响突出体现在两个方面。一是思想内容，包括主流的思想、观念等；二是艺术形式，包括题材、体裁、艺术手法、语体风格、结构框架等。尤其是社会发生重大变革之时，少数民族文学对汉文学的这种接受和学习尤为突出。① 有鉴于此，他呼吁少数民族作家认真思考如何在吸收借鉴他民族文学成果的同时，坚持自己的审美理想和民族特色。

白崇人、刘俊田、禹克坤在探讨少数民族文学与汉民族文学的相互影响时指出，在二者交往交流交融过程中，先进文化无疑起着主导作用。中国是一个多民族国家，各民族在漫长的历史发展过程中形成了自己独特的传统。正是基于这些不同特色的文化传统，各民族文学及其诗学之间得以彼此碰撞，相互借鉴，融合发展。总体上说，少数民族文学及其诗学更多地接受了来自主体民族文化的影响。即使少数民族在某些特定历史时期取得了统治地位，其文学创作和诗学建设依然受到主体民族先进文化的引导。如前所述，南北朝时期，匈奴、鲜卑等少数民族文人就主动使用汉语来进行创作；元代的回族、蒙古族、党项族、契丹族、唐兀族、雍古族、也里可温族、康里族、朵鲁别族都有不少作家使用汉语进行文学创作。由此，白崇人进一步梳理了现当代文学史上使用汉语创作的少数民族作家，从满族的老舍到蒙古族的玛拉沁夫、回族的胡奇，再到藏族的饶阶巴桑、维吾尔族的克里木·霍加等，他们的汉语文学创作都取得了较高成就。白崇人等强调，少数民族作家无论是使用本民族语言抑或汉语进行文学创作，都有选择的自由，都应得到尊重。唯其如此，中华民族的文学事业才能繁荣昌盛。②

冯文开、李青林、王旭专文探讨了元代蒙古族作家的汉语诗歌创作。他们认为，蒙古民族自入主中原起，便主动学习和研究汉文化，从

---

① 参见关纪新、朝戈金《多重选择的世界——当代少数民族作家文学的理论描述》，中央民族大学出版社1995年版，第112页。
② 参见白崇人等《少数民族文学与汉族文学的互相影响与交流》，《民族文学》1981年第1期。

而使草原游牧文化与中原农耕文明发生深度碰撞和深刻交融。体现在文学领域特别是诗歌创作上，便是元代蒙古族文人大量运用汉文进行创作——忽必烈、伯颜、泰不华、月鲁不花、笃列图、察伋、同同、童童、阿荣、聂镛、阿盖等，都以自己的汉文诗作留痕于中国诗歌史。这种蒙汉之间以及其他少数民族诗人之间互相唱和的文学局面，直接促进了中华多民族文学的繁荣与发展，并推动了相关学者的理论研究。从学术史的角度观察，陈垣的《元西域人华化考》从儒学、佛老、文学、美术、礼俗等多层面详细论述了元代进入中原的西域人逐步被中原文化所同化的情形，彰显了中原文化的先进性和蓬勃的生命力。新时期以来，王叔磐、孙玉溱合编《古代蒙古族汉文诗选》，收录86位古代蒙古族诗人330余首诗作，其中元代蒙古族诗人就达44人。随后，相关学者对清代顾嗣立选编的《元诗选》进行了全面整理、纠错和点校，于1987年以初集、二集、三集的形式由中华书局出版，并于2003年出版《元诗选》癸集，蒙古族汉文诗作以及蒙汉诗歌关系研究随之步入崭新阶段。特别值得肯定的是，"在研究方法上……中国学人接受并运用了民族文化心理学、接受美学及其他学科的理论与方法来分析、研究蒙古族诗人及汉文诗作以及蒙汉诗歌关系"[1]，提升了蒙汉文学关系比较研究的境界。

米彦青在《接受与书写：唐诗与清代蒙古族汉语韵文创作》中指出，清代用汉文从事创作的蒙古族作家近百名，刻有诗集或词集的韵文作者近30名，数量上远超同期蒙文书面创作。该著重点研究了蒲松龄、梦麟、博明、法式善家族、和瑛家族、明安后裔诗人群、道咸诗人群、柏葰家族、恭钊家族、八旗驻防诗人群、延清、柏春、三多、升允、那逊兰保、旺都特纳木吉勒（又名旺都特那木济勒）家族及其诗作。这里暂且不论将蒲松龄作为蒙古族作家是否稳妥，仅就该著所取清代蒙古

---

[1] 冯文开等《元代蒙古族诗人汉文诗歌创作研究谫论》，《内蒙古大学学报》（哲学社会科学版）2014年第3期。

族汉语韵文创作对唐诗的接受角度而言，确实很好地触及了汉语诗学对少数民族诗学的辐射作用与影响绩效。米彦青认为，清代蒙古族诗人的汉诗创作，突出体现在清代蒙古族诗人群对唐人生活态度的认可，以及对王孟体、太白体、元白体、杜子美及晚唐诗的仿效和同语的袭用两大层面。具体而言，梦麟对太白体的汲取，法式善、和瑛、瑞常对王孟的追摹，梦麟、柏葰、柏春、松筠、延清、锡缜锡纶兄弟对杜甫的景仰，恭钊、瑞洵、花沙纳、恩孚、崇彝对温李诗风的体认，贵成对元白诗、晚唐皮陆讽喻诗的借鉴，三多对杜牧诗风的推崇等，堪称亮点。由此可见，"清代蒙古族诗人在学作汉诗时，对唐诗的共同选择，在某种程度上，也是其学术思想之一端，清代蒙古族诗坛的发展与繁荣，说明了'少数民族文人起到的胡汉文化交融的桥梁和先导作用，把拙朴浑厚的文学美学特质带进了诗文殿堂'，起到了民族和文化融通的作用。而与汉文化融通后的本民族'文化精神之大传统大体系'也就集中体现在他们的可以言志的诗歌里"[①]。

苏利海以清代词史为例，从满汉文学互动的角度对满族词学兴盛的原因作了较为深入的分析。纵观清代文坛，相对于诗文创作，满族作家的词作成就更为耀目，涌现出如纳兰性德、岳端、承龄、顾太清等一大批优秀满族词人。研究这些词人词风的来源、形成与特征，应结合其民族背景及满汉文学互动的实际语境。苏利海认为，研究两种异质文化交流碰撞所带来的影响必须先确认两个民族文化间的相融互济特征，因为任何影响必然是相互关联和彼此作用的结果。在漫长的历史发展过程中，满族文化形成了关爱万物、讴歌真善、追求性灵的特色。当汉族文化中典雅清淡的审美观与满族词人的细腻敏锐相遇，就造就了满族词人语言上的清新脱俗、情感上的真挚动人。在汉文化的濡染下，清代满族词作"风格渐趋典雅、柔丽，呈现出真纯与细腻，自然与绮丽相结合的

---

① 米彦青：《接受与书写：唐诗与清代蒙古族汉语韵文创作》，中国社会科学出版社2014年版，第3—4页。

特点"①。可见，清代满汉文化的交流互动、融合互补为满族文学的发展注入了新的活力，促使其词风向典雅清丽转型，清代文学也因此成为唐宋之后中国古典文学的最后一个高峰。

民族文学及其诗学观念间的交流与影响，与民族文化结构和语言选择策略高度相关。正如朝戈金所说，每个民族共同体的文化内部结构都具有多面性，从而决定了这种整体由许许多多相互关联的体系和亚体系所构成。"在可以想见的将来，语言问题，像过去一样，仍然会是中国少数民族文学诸问题中的一个重要的、同时又是复杂的和较敏感的问题。如我们所预料的，随着文化渗透、文化同化过程中的不平衡规律的作用，会有更多的人不仅仅用本民族的母语创作。"② 这意味着，民族共同语或国家通用语言将在多民族国家的文学交流和诗学共建中发挥越来越重要的作用。也是在这种意义上，姚新勇反思了转型期中国文学的先锋性在汉语主流文学和少数族裔文学中的不同表征。在他看来，转型期汉语主流文学写作的现代主义探索，对我国少数族裔文学具有毋庸置疑的影响。其表现在于：首先，主流文学或文化对非主流文学和文化的影响在所难免；其次，在影响与比较中进行文学创新应该是每一个作家的自觉追求，对汉语文学及其先锋写作的追摹，同样是少数民族文学进一步发展的重要动因；最后，客观上说，汉语言及其文化位置的便利性，决定了汉语作家通常要比少数族裔作家先行一步。"上述这三点都决定了汉族文学的先锋性追求，肯定会影响到少数族裔文学。但是这并不意味着少数族裔文学及文化对当代主流先锋写作毫无贡献。"③

汉语文学及其诗学在中华多民族交流中的主导地位，本质上说明了先进文化的积极引领功能。严格来说，汉语作为中华民族的通用语言，享有民族共同语的媒介品质和融通功能。事实上，汉语本来就是中华各

---

① 苏利海：《少数民族文学研究：一种新的文学史视角——以清代满汉词学互动为例》，《民族文学研究》2009年第1期。
② 朝戈金：《中国双语文学：现状与前景的理论思考》，《民族文学研究》1991年第1期。
③ 姚新勇：《先锋与抑制：一个比较的视野》，《民族文学研究》2011年第6期。

族人民集体创造并共同享用的文明符码,我们不能简单地将汉语认定为汉民族的专有发明和专用语言。由此出发,中华语言文明以及建基其上的多民族文学及其诗学间的交叉融合、互利互惠也就合情合理了。

最后,应警惕民族文学及其诗学交往中汉民族的傲慢姿态。

关纪新主编的《20世纪中华各民族文学关系研究》提醒我们,"一方面,各个民族之间在文化及文学上的交流,十分有益于不同民族的文化及文学大发展;而另一方面,假如一旦由于文化的交融失控与过度,多元文化被人为地过早地简约成了少元文化或者一元文化,各民族间文化及文学的交流、互动也便不复存在,失去任何的意义和价值了"[1]。这种提示很有必要。姚新勇曾经发出同样的疑问——当今主流文学及其理论批评期刊中,有多少文章是关于少数族裔文学或边疆地区的?少数族裔文学及其研究论文,似乎只能在《民族文学》《民族文学研究》及其他民族院校或民族地区的刊物上发表。这种情况让我们联想到20世纪90年代以来,后现代、后殖民主义、文化批评在中国大陆的热炒,联想到已成为时尚的以边缘自居的态度,这种态度恰好说明主流文学界无法回避的傲慢之嫌。[2]

那么,如何确立对待民族文学及其诗学研究的正确态度呢?沙媛的答案是,文学现象本来就是复杂多元的,用主流或非主流的范畴对其进行界定显然有失偏颇。应充分重视老舍、沈从文、端木蕻良等作家的族属身份及其文学创作的民族特色。同时有必要"在多元景观包括民族性景观中,为'现代性'重新寻求更合理的定位,完成进化论文学史观未竟的建立现代文学学科科学体系的事业"[3]。其实,新中国特别是新时期以来,便开启了中华民族共同体规约下中华民族文学及其理论批评共同体的建构工程。汤晓青在界定毛星主编的多卷本中国少数民族文学

---

[1] 关纪新主编:《20世纪中华各民族文学关系研究》,民族出版社2006年版,第140页。
[2] 参见姚新勇《寻找:共同的宿命与碰撞——"转型期中国文学与边缘区域及少数民族文化关系研究"》,《南方文坛》2010年第3期。
[3] 沙媛:《多民族性:中国现代文学重要的历史特征》,《贵州民族研究》1999年第1期。

概论时，明确指出，改革开放初期湖南人民出版社出版的毛星主编三卷本《中国少数民族文学》，依据既有的二十余年基础性研究成果，系统展示了我国少数民族文学的整体面貌，凸显了少数民族文学对于中华文学宝库的重要贡献，阐述了中华民族共同体中多民族文化融合并进的历史进程。① 此后，这种多民族文学及其理论批评交融互惠关系的研究一直行进在中国当代诗学研究的主流轨道上。

当然，中华民族文学及其诗学的比较研究，"并不是把各民族所拥有的资源放在一起，去衡量各自的所属关系。而是在整个中华文化的发展史中，注重多民族文学的交流和融通。多民族文化的交流和融通促进了中国文学的发展，促进了中国文化的发展，关于这一点的研究尤其重要"②。曹顺庆等特别强调，务必关注中华各民族文学交往活动中的两大要点。一是汉文学史中的多民族文化因子；二是各民族文学交往中的变异学现象，包括跨语际变异、跨文化变异和相互阐发中的变异。

第三节　中国民族比较诗学的对外互鉴融创规律

保罗·柯奈阿指出，辩证观察，"不仅存在一个差异的基础，还有一个更深层的基础，它指向人类的同一性。正是人类的同一性使我们能够超越古代、中世纪和现代，超越民族和陆地的界限而融入一种有着相似创世神话和艺术杰作的共同体"③。从比较诗学的角度看，我们不仅要看到中国少数民族文学及其理论批评的特质——民族性，又要发掘它与异质文化沟通交流的深层基础——世界性。所谓外向互鉴融创规律，就是中华民族诗学共同体以总体形象面向世界，以具有中国当代特色的

---

① 参见汤晓青《比较文学视阈下的中国各民族文学关系研究》，《新疆大学学报》（哲学·人文社会科学版）2006年第1期。
② 曹顺庆、付品晶：《多民族文学史的编写问题》，《民族文学研究》2008年第2期。
③ ［罗马尼亚］保罗·柯奈阿：《相对主义的挑战和理解"他者"》，周莽译，载乐黛云、张辉主编《文化传递与文学形象》，北京大学出版社1999年版，第38页。

诗学思维参与全球化背景下国际文化大循环，在互鉴共进中为推动构建具有相对普适性的人类诗学共同体提供不可或缺的中华元素和中国方案。

冯雪峰高度重视包括文学形态在内的各民族文化间的交流、交往和交融。在提出同化力、他化力、创造力的同时，他特别指出："艺术和一般文化的民族特质，是和那人类的、世界的本质处在辩证关系中。"[①]正是基于文化交往中多维辩证关系的事实，关纪新将我国当代少数民族作家划分为三种类型。第一种是"本源派生—文化自恋"型；第二种是"植根本源—文化交融"型；第三种是"游离本源—文化他附"型。相比而言，第二种类型的作家作品既能保持本民族文化的特色又善于借鉴吸收外民族文化的精华，从而在多元并存、互动交流的宏大语境中获取更加旺盛的生命活力。有人认为老舍的作品主要体现了本土民族情韵，异国文化借鉴不足，这显然是片面的认识。[②]事实上，老舍不仅较为系统地学习了古希腊、古罗马文艺以及中古时代北欧、英国、法国的史诗，而且对但丁的《神曲》钦佩之至，他甚至不无夸张地说，"世界上只有一本无法模仿的大书，就是《神曲》，它的气魄之大，结构之精，永远使文艺学徒自惭自励"[③]；称颂《神曲》这部"天才与努力的极峰"使之"明白了肉体与灵魂的关系，也使我明白了文艺的真正的深度"[④]；盛赞马克·吐温是美国杰出的批判现实主义作家，多明戈·福斯蒂诺·萨米恩托是阿根廷的伟大作家和民主战士；对狄更斯、威尔斯、康拉德、梅瑞狄斯、福楼拜、莫泊桑、布莱希特等欧洲名家名作多有研习。徐德明对老舍的《断魂枪》《上任》《兔》《月牙儿》等作品

---

① 冯雪峰：《民族性与民族形式》，载《冯雪峰论文集》上，人民文学出版社1981年版，第161页。
② 参见关纪新主编《20世纪中华各民族文学关系研究》，民族出版社2006年版，第69—70页。
③ 老舍：《神曲》，载《老舍文集》第15卷，人民文学出版社1990年版，第486页。
④ 老舍：《写与读》，载《老舍文集》第15卷，人民文学出版社1990年版，第544页。

进行分析后指出："老舍对传统诗学文化与世界文艺意识间的差别有清醒的认识。他30年代创作的小说对中国小说的一大贡献是将传统诗学文化中的材料进行现代化的处理。"①

陈世荣比较《老张的哲学》和《匹克威克外传》后发现，老舍在创作早期明显受到英国作家狄更斯的影响。事实上，老舍自己也承认是在阅读狄更斯的《尼古拉斯·尼克尔贝》和《匹克威克外传》后创作了《老张的哲学》。陈世荣首先从幽默与讽刺的角度对比了两部作品，认为二者都描写了金钱势力所导致的各种社会罪恶；在艺术手法上，两位作家都擅长将主要人物的某些性格特征予以夸大，尤其醉心于通过漫画式的手法放大反面人物的丑陋之处，以达到让人发笑的效果；关于情节设置，相比之下，狄更斯的作品情节更为广阔，而老舍则较为注重表现情节发展中的人物心理；"狄更斯与老舍的语言相比，同为幽默，但表现不同。前者比较含蓄，富于情趣。后者多为挖苦揶揄，蕴蓄不深"。② 需要指出的是，《匹克威克外传》和《老张的哲学》虽然在内容和形式上不乏相似之处，但不能就此认定后者是对前者的简单模仿。准确些说，老舍对狄更斯的艺术借鉴，本质上建基于对各自国家社会生活的深刻体察，本于各自的民族精神和艺术气质，因而客观上拥有各自独特的文学风格。

在老舍所取法的欧洲相关作家中，康拉德无疑是非常醒目的一位。对此，老舍在《一个近代最伟大的境界与人格的创造者——我最爱的作家康拉德》一文中有明确表述。老舍说：

> 康拉德在把我送到南洋以前，我已经想从这位诗人偷学一些招数。在我写《二马》以前，我读了他几篇小说。他的结构方法迷惑住了我，我也想试用他的方法。这在《二马》里留下一点——

---

① 徐德明：《老舍小说融中西诗学的实践》，《中国现代文学研究丛刊》2000年第1期。
② 陈世荣：《〈匹克威克外传〉和〈老张的哲学〉的幽默与讽刺》，载陈守成等主编《中国民族文学与外国文学比较》，中央民族学院出版社1989年版，第136—137页。

只是那么一点——痕迹。我把故事的尾巴摆在第一页，而后倒退着叙说。我只学了这么一点；在倒退着叙述的部分里，我没敢再试用那忽前忽后的办法。①

对老舍而言，康拉德严肃的创作态度、卓越的语言表达、新颖的结构方法和富有表现力的风景描写，有着巨大的吸引力和良好的示范性。老舍坦陈："从他的文字里，我们也看得出，他对于创作是多么严重热烈，字字要推敲，句句要思索；写了再改，改了还不满意；有时候甚至于绝望。他不拿写作当种游戏。"② 这种字斟句酌、反复推敲的严谨文风，使老舍每当读到他的作品，总好像见到了这位和艺术拼命的"受着苦刑的诗人"③。在老舍看来，康拉德的创作惯用两种结构方法。一是古代说故事的方式；二是割裂故事正常进程，进行忽前忽后地叙述。严谨的创作追求和独特的叙述方式以及惊人的描写能力，保障了康拉德作品的生动性和感染力——"他不但使我闭上眼就看见那在风暴里的船，与南洋各色各样的人，而且因着他的影响我才想到南洋去。他的笔上魔术使我渴想闻到那咸的海，与从海岛上浮来的花香；使我渴想亲眼看到他所写的一切。"④ 不过，尽管康拉德一度成为老舍"最爱的作家"，但其稍后的创作仍然对之进行了选择性扬弃，并由此达成了具有中国民族特色的创造性超越。

史承钧和伍斌探讨了老舍创作与西方文学特别是西方"现代派"文学的关系。在《老舍与西方现代派文学》一文中，他们将西方"现

---

① 老舍：《一个近代最伟大的境界与人格的创造者——我最爱的作家康拉得》，载《老舍全集》第16卷，人民文学出版社1999年版，第513页。
② 老舍：《一个近代最伟大的境界与人格的创造者——我最爱的作家康拉得》，载《老舍全集》第16卷，人民文学出版社1999年版，第510页。
③ 老舍：《一个近代最伟大的境界与人格的创造者——我最爱的作家康拉得》，载《老舍全集》第16卷，人民文学出版社1999年版，第512页。
④ 老舍：《一个近代最伟大的境界与人格的创造者——我最爱的作家康拉得》，载《老舍全集》第16卷，人民文学出版社1999年版，第513页。

代派"文学对老舍的影响归纳为四个方面。其一，在写景与叙事方面，深受前述康拉德的恩惠；其二，在心理与意识表现方面，积极汲取亨利·詹姆斯、劳伦斯等作家作品的营养；其三，在价值沉思和社会忧患方面，受益于"反乌托邦小说"；其四，在历史与时代观照方面，与福克纳、布莱希特有着显著的契合性。[1] 史承钧重点阐述了20世纪"反乌托邦小说三部曲"[2]特别是赫胥黎的《美丽新世界》对老舍《猫城记》的深刻影响。在肯定老舍是一位善于汲取东西方文学营养进而形成自己独特风格作家的基础上，史承钧分析指出，老舍执教伦敦并开始文学创作之时，"正是《我们》在欧洲出版并风行之日。他是否读过《我们》的英译本不得而知，但他确实读过《美丽新世界》的最初版本并从中受到启发，影响了他的《猫城记》的写作……1984年发现并由北京出版社出版的《文学概论讲义》这本老舍在齐鲁大学执教时编印的讲义中，便提到了《美丽新世界》"[3]。

史承钧认为，《猫城记》对于《美丽新世界》等"反乌托邦小说"的借鉴，首先表现为对人类前途的深刻忧患和对民族命运的深沉忧虑。从这种意义上说，二者在思想上和精神上具有趋同性，都是关注、思考并预知人类未来的书，都带有幻想和寓言的性质。其次，二者在体裁和写法上相近。《猫城记》《美丽新世界》以小说文体形式揭示了"新世界"和"猫国"的权力高度集中、底层居民乐天安命的生存状态。当然，因为作者所处社会情境不同，审美方式有别，老舍的《猫城记》与"反乌托邦小说"仍表现出相应的差异性。第一，《美丽新世界》侧重于科学技术的发展，而《猫城记》则偏重于文化沉滞落后方面的反

---

[1] 参见史承钧、伍斌《老舍与西方现代派文学》，《上海师范大学学报》（哲学社会科学版）1994年第4期。
[2] 叶甫盖尼·尤金·扎米亚金的《我们》和英国阿道斯·赫胥黎的《美丽新世界》、乔治·奥维尔的《1984》等三部相对经典的"反乌托邦小说"的统称。
[3] 史承钧：《〈猫城记〉与西方"反乌托邦小说"》，《中国现代文学研究丛刊》1993年第1期。

思；第二，《美丽新世界》《我们》等作品将"爱情"这一最能体现个人精神品质和人类本性的崇高感情作为反抗无情世界的基本动力，而《猫城记》在这方面的表现则相对薄弱；第三，《美丽新世界》等作品明显带有科幻成分，包括试管婴儿技术，而《猫城记》则缺乏这方面的知识呈现；第四，《美丽新世界》等"反乌托邦小说"着眼于人类未来，而《猫城记》关心的则是中华民族的前途和命运。①

1936年，老舍创作了短篇讽刺小说《新爱弥尔》②，被认为是对卢梭1762年出版的三大杰作之一《爱弥尔》的"反写"。事实上，老舍20世纪30年代初期执教齐鲁大学时，在《文学概论讲义》第十讲就谈到卢梭。董炳月认为，老舍对卢梭儿童观念以及儿童教育思想的接受，在其1932年创作的《猫城记》中已初露端倪。如果将老舍的《牛天赐传》与卢梭的《爱弥尔》作比较，很容易发现四个方面的相同之处：一是都把主人公从婴儿期到20岁的成长经历作为基本内容；二是都通过切断主人公与其父母关系的方式来证明后天教育比门第、遗传等固有因素更为重要；三是都肯定并尊重儿童的自然天性；四是都把"农夫"作为主人公获取道德启蒙的范本。③ 这说明，在精神内涵、作品结构以及人物设计等方面，《牛天赐传》都接受了《爱弥尔》的影响。换言之，在20世纪三四十年代，卢梭的《爱弥尔》在很大程度上决定了老舍小说的基本品格，它不仅促使《牛天赐传》和《新爱弥尔》成为真正的"成长小说"，而且使《猫城记》《四世同堂》等作品拥有了"教育小说"的色彩。④

追溯老舍接受卢梭儿童教育思想的原因，主要有这样几个方面：一

---

① 参见史承钧《〈猫城记〉与西方"反乌托邦小说"》，《中国现代文学研究丛刊》1993年第1期。
② 《新爱弥尔》原载《文学》杂志1936年7月7卷1号，1980年前后被作为老舍佚文发现。初收《老舍小说集外集》，继收《老舍选集》第3卷，现收《老舍文集》第9卷、《老舍小说全集》第11卷、《老舍全集》第8卷。
③ 参见董炳月《卢梭与老舍的小说创作》，《中国现代文学研究丛刊》1996年第1期。
④ 参见董炳月《卢梭与老舍的小说创作》，《中国现代文学研究丛刊》1996年第1期。

是担任过教师的老舍曾从教育学角度研究过儿童心理问题；二是老舍在认识、思考社会问题时常常持有鲜明的文化决定论倾向；三是老舍与卢梭在平民意识方面具有一定的相通性。老舍接受卢梭影响的意义有以下几点。其一，很大程度上促成了老舍价值观念的内在统一性以及对市民人格的超越；其二，促使老舍不自觉地成为20世纪三四十年代"五四"精神的重要体现者；其三，表明卢梭思想在中国政治、教育、文学领域具有积极的传播意义。① 辩证地看，老舍虽然接受了卢梭的儿童教育思想，但由于文化传统、时代环境和作家个性等多方面的差异，二人的具体表达方式显然有所差异——"如果说卢梭的《爱弥尔》是在假定的世界中通过爱弥尔的健康成长从正面表达自己的理想，那么老舍正相反，他是在现实的社会环境中通过幼小生命的被扭曲从反面表达自己的理想"②。

老舍的话剧创作同样取得了很高成就。洪忠煌特别比较了老舍话剧与布莱希特史诗剧，认为二者最大的相似点在于"现代性"诉求。通过《小井胡同》《狗儿爷涅槃》《天下第一楼》等名噪一时的话剧，不难理解老舍式"风俗喜剧"或"世态戏剧"何以在新时期以来的中国话剧界产生重要回响。从"抗战戏剧"经由《龙须沟》再到《茶馆》，强烈的现代意识促使老舍不断趋向叙事体结构创新，这与他青年时代的旅英经历、西方文化的熏陶以及曾经有过的大学文学教授职业等因素密不可分。需要特别强调的是，老舍与布莱希特同属于那种遵循客观性原则而将创作主体隐身于幕后的作家。③ 同时，通过老舍以《茶馆》为代表的极富特征、令人称奇的话剧作品，我们很容易体会到接近或吻合布莱希特的"陌生化"艺术效果。老舍和布莱希特不仅具有诗人气质，而且都拥有幽默天赋和喜剧才情，都擅长戏剧艺术的通俗化、大众化处

---

① 参见董炳月《卢梭与老舍的小说创作》，《中国现代文学研究丛刊》1996年第1期。
② 董炳月：《卢梭与老舍的小说创作》，《中国现代文学研究丛刊》1996年第1期。
③ 参见洪忠煌《老舍话剧与布莱希特史诗剧》，载曾广灿等编《老舍与二十世纪》，天津人民出版社2000年版，第360页。

理，并由此将戏剧创作导向史诗剧方向。此外，老舍和布莱希特的戏剧创作均不同程度地受益于狄更斯的小说艺术。因而，"在老舍话剧中与在布莱希特史诗剧中一样，这些富于特征的艺术形象则都是社会性的、政治性的，其中透露出剧作家本人借以观察社会的政治观点和哲学观点。正是这种富于意识形态性的理性倾向，使老舍话剧与布莱希特史诗剧相通"①。

关于国外老舍研究情况，曾广灿认为："从（20世纪）30年代开始有人注意到老舍这个名字；40年代老舍的某些作品开始较多被翻译成外文传播；50到70年代，老舍的名字已响遍全世界，就认识老舍的价值和研究专著成果方面，甚至外国人走到了中国的前面；从70年代末到80年代初开始，伴随着国内'老舍热'的兴起，国外对老舍的兴趣和研究投入也进一步加强。"② 其中，俄苏、欧美和日本学界研究成果相对丰饶。

在欧洲，苏俄老舍研究引人注目。在苏联学者 B. 谢曼诺夫眼中，老舍无疑是中国现代文学的独特作家，因为他的创作"最能显示出民族与国际同时也是个人与整个人类之间的相互关系"③。1969年，在为《猫城记》俄译本所撰前言《讽刺家·幽默家·心理学家》一文中，B. 谢曼诺夫称老舍是"中国的天才作家"，老舍作为幽默讽刺家有时甚至"超过了鲁迅"。在《〈猫城记〉与欧洲文化》一文中，谢曼诺夫将《猫城记》与威尔斯的《首先登上月球的人们》、谢德林的《一个城市的历史》、法朗士的《企鹅岛》相比较，认为老舍的《猫城记》集中体现了幽默戏谑的风格。热洛霍夫采夫在《新世界》1969年第6期撰文指出，老舍的《猫城记》颇有吴敬梓和鲁迅的笔锋。罗

---

① 洪忠煌：《老舍话剧与布莱希特史诗剧》，载曾广灿等编《老舍与二十世纪》，天津人民出版社2000年版，第362页。
② 曾广灿：《老舍研究在日本和南洋》，《社会科学战线》1996年第6期。
③ [苏] A. A. 安基波夫斯基：《老舍早期创作与中国社会》，湖南文艺出版社1987年版，第170页。

季奥诺夫则强调，老舍的《二马》对民族心理研究具有重要价值。原因有以下四点。一是《二马》侧重于心理分析；二是作品所涉事项以及渗透其中的思想感情多出自老舍亲身经历；三是老舍对中英民族心理有深刻体会；四是老舍善于揭示两个民族在矛盾冲突中所表现出来的民族特点。①

斯别什涅夫着重探讨了老舍创作中的幽默风格。他注意到，老舍作品的幽默风格，首先源自他独特的经历、性格、气质、爱好、文学素养及其相互间的互动作用。其次，执教英伦时，老舍直接领略到富有幽默感的英国文学所具有的机智俏皮的语言、夸张渲染的描写以及轻松诙谐的风格魅力，并为之深深吸引。②《老舍幽默诗文集》③ 里的幽默小品堪称"心理小品"或"幽默素描"，它们鲜明生动，主题突出，在老舍创作中占有重要地位。其中，"许多作品里常常含有英国幽默的痕迹，但其反映的社会内容不同，主要是因为中国人对笑的心理知觉有独特的民族特色……这种新颖的、过去从未有人采用过的、穿插着柔和的幽默的创作方式，事实上却给中国文学开辟了新的创作领域"④。

在1954年12月中下旬召开的第二次全苏作家代表大会上，诗人吉洪诺夫在《当代世界进步文学》的报告中，向出席会议的作家们郑重

---

① 参见［俄］阿·阿·罗季奥诺夫《老舍〈二马〉中主人公与中国民族心理特色》，载曾广灿等编《老舍与二十世纪》，天津人民出版社2000年版，第269—270页。

② 参见［俄］斯别什涅夫《老舍与幽默》，载曾广灿等编《老舍与二十世纪》，天津人民出版社2000年版，第71页。

③ 《老舍幽默诗文集》主要有四种版本。一是1934年4月时代图书公司版，收录作者的《序》和幽默诗歌10首、小品25篇；二是1982年1月香港三联书店版，在时代图书公司版《老舍幽默诗文集》的基础上删减6篇，增补11篇，书后附胡絜青所撰《后记》；三是1992年10月海南出版社版，由舒济选编，收录老舍自1929—1961年间幽默诗文126篇，书中附幽默插图82幅；四是2004年1月人民文学出版社版，汇集老舍幽默诗文160余篇，并附画家叶浅予、关良、丁聪、方成、韩羽、张守义、毕克官、叶武林、高荣生等前后60年间所作插图100余幅。

④ ［俄］斯别什涅夫：《老舍与幽默》，载曾广灿等编《老舍与二十世纪》，天津人民出版社2000年版，第73页。

推荐老舍的《龙须沟》。1955年,费德林的《老舍——北京的歌者》首发于苏联大型文学杂志《新世界》第8期,后收入《中国笔记》一书。在1956年出版的《中国文学史纲》中,费德林专设一章讨论老舍生平与创作。1957年,苏联《外国文学》杂志负责人为编辑中国文学专号前来北京组稿,丹古洛夫撰写长文《沿着鲁迅开辟的道路》,其中指出,"中国当代长篇小说中,没有一部能像老舍的名篇《骆驼祥子》那样受到我国读者的广泛青睐"①。同年,苏联作家柯切托夫率团访问中国,回国后在《人民的手》一书中,高度赞誉《骆驼祥子》以"遒劲的笔力"表现了劳动人民的日常生活。野婴指出,20世纪50—90年代,在苏联出版的多种老舍文集中,相当一部分"前言"或"序"出自费德林之手。② 在《老舍及其创作》中,费德林评价:"老舍是20世纪中国最突出的小说家之一,他的作品具有极深刻的独特性和人道主义精神,早已越过民族界限,赢得了国际声誉。"③ 彼得罗夫作于1970年的《老舍及其长篇〈骆驼祥子〉》同样肯定了老舍及其创作的人道主义力量。

值得提及的还有两部关于老舍早期创作的研究专著——安基波夫斯基的《老舍的早期创作:主题、人物、形象》和博罗金娜(中文名"罗金兰")的《老舍战争年代的创作(1937—1949)》,它们将苏俄老舍研究向前推进了一大步。《老舍的早期创作:主题、人物、形象》出版于1967年,重点分析了《老张的哲学》《赵子曰》《二马》《猫城记》《黑白李》《离婚》《骆驼祥子》等文本。其中特别指出,接近于世界伟大讽刺作家最优秀作品的《猫城记》足以与但丁《神曲》的"地狱"篇相提并论,《骆驼祥子》可以与果戈理的《外套》相媲美。

---

① 野婴:《老舍研究在苏联》,《新文学史料》1999年第1期。
② 如1956年出版的《老舍短篇小说剧本论文集》中的《老舍》;1957年两卷本《老舍选集》的"前言";1981年《老舍文集》中的《老舍及其创作》等。参见野婴《老舍研究在苏联》,《新文学史料》1999年第1期。
③ 野婴:《老舍研究在苏联》,《新文学史料》1999年第1期。

20世纪70年代，他相继发表了老舍研究系列论文，如《20世纪二三十年代中国文学的一个主导倾向——讽刺》《二十年代的老舍：世界观、创作》《老舍与"左翼作家联盟"》《文学批评家老舍》等。1983年，博罗金娜的《老舍战争年代的创作（1937—1949）》问世。该著介绍了老舍与中华全国文艺界抗敌协会的关系，比较深入地剖析了《火车集》《火葬》《四世同堂》等作品。博罗金娜认为："老舍1937到1949年创作中的进化……以人民群众为对象，顽强地寻觅正面人物和朝气勃勃的因素，以新的形式丰富诗学——这些正是战争年代老舍的创作特色，它为作家接受中国人民革命的先进思想作了准备。"[1] 正因如此，1991年，索罗金在俄译本《老舍选集》前言《一位艺术家的生平与命运》中，将老舍界定为"近似鲁迅"的最负盛名的中国作家之一。

如前所述，英语世界的老舍研究一向备受关注。续静将这种研究主体大致分为三类。一是以英语为母语或第一写作语言的学者；二是从大陆地区或台港澳地区前往英语世界定居的华裔学者；三是旅居英语世界的相关国家留学生和访学者。[2]

关于美国老舍作品译介以及研究概况，黄淳的《老舍研究在美国》[3]、张曼和李永宁的《老舍作品在美国的译介与研究》[4]、续静的《"变异学"视野下的英语世界老舍研究》[5] 等可供参考。概略来说，1939年，美国华裔学者乔志高（原名高克毅）发表《论老舍小说》[6]

---

[1] 野婴：《老舍研究在苏联》，《新文学史料》1999年第1期。
[2] 根据续静的梳理，国外老舍研究者主要包括："第一类以欧洲的斯乌普斯基、普实克（Jaroslav Prušek）、保尔·巴迪（Paul Bady），美国的兰伯·沃哈、威廉·莱尔（William Lyell）、乔治·里昂多（George Arther Lloyd）等为代表；第二类以从中国到美国定居的夏志清、李欧梵、王德威等几代华裔学者为代表；第三类则以何官基（Koon - Ki Tommy Ho）、梁耀南（Yiu - Nam leung）、陈慧敏（Wei - ming Chen）、雷金庆（Cam Louie）等留学生或访问学者为代表。"参见续静《"变异学"视野下的英语世界老舍研究》，《广西社会科学》2015年第7期。
[3] 黄淳：《老舍研究在美国》，《民族文学研究》2005年第1期。
[4] 张曼、李永宁：《老舍作品在美国的译介与研究》，《上海师范大学学报》（哲学社会科学版）2010年第2期。
[5] 续静：《"变异学"视野下的英语世界老舍研究》，《广西社会科学》2015年第7期。
[6] George Kao, *The Novels of Laoshe*, China Instihute Bulletin, No. 3, 1934, pp. 184 - 189.

一文,首次将老舍小说介绍给美国文学界。1944年,哥伦比亚大学出版社出版美籍华裔学者王际真所译《当代中国小说集》,内收老舍五个短篇小说《黑白李》《眼镜》《抱孙》《麻醉师》《柳家大院》。1968年,该小说集由纽约格林豪斯出版社再版。1945年和1948年,伊文·金先后翻译了老舍的《骆驼祥子》和《离婚》。此后,《骆驼祥子》在美国又有多个译本。1946年,袁家骅和罗伯特·佩恩合作编译《中国当代短篇小说集》,收录老舍的《"火"车》。1948年,老舍与郭镜秋重新合译《离婚》,以区别于伊文·金的译本。新中国成立之初,老舍与浦爱德合译《四世同堂》第三部《饥荒》,他与郭镜秋合译的《鼓书艺人》也在纽约出版。日本学者山口守谈及《四世同堂》时指出:"老舍的《四世同堂》,在描绘抗战时期中国人的生与死、理想与绝望的同时,揭示了对于传统中国与近代中国的连续性和非连续性的认识,体现了其他描写抗战时期的作家作品中所没有的一种'整体性'。"① 说到《四世同堂》英译本,山口守认为,老舍两次穿越美国大陆,先后到访芝加哥、西雅图、纽约、华盛顿、洛杉矶等地,甚至远涉加拿大,边考察边写作,促使《四世同堂》第三部以英语摘译形式问世,并努力保留其原始面貌,这是值得肯定的。根据赵家璧在《老舍和我》中的回忆,老舍赴美主要有两大计划。一是解决《骆驼祥子》英译本的版税问题并准备将其改编为电影;二是将相关版税用于在中国内地成立出版社以救济文化事业。②

1961年,英裔美籍学者西里尔·伯奇发表《老舍:幽默中的幽默家》,相对集中地论述了老舍创作的政治生活背景。1964年,英译本《猫城记》在美出版并产生反响。1974年,兰伯·沃哈的博士学位论文《老舍与中国革命》以及瓦尔特·麦瑟夫、鲁斯·麦瑟夫合撰的《老

---

① [日]山口守:《〈四世同堂〉英译本的完成与浦爱德》,载曾广灿等编《老舍与二十世纪》,天津人民出版社2000年版,第310页。
② [日]山口守:《〈四世同堂〉英译本的完成与浦爱德》,载曾广灿等编《老舍与二十世纪》,天津人民出版社2000年版,第315—317页。

舍：从人民的艺术家到人民的敌人》问世。1976—1977 年，普鲁登斯·瑞宁和穆思礼的博士学位论文《老舍：知识分子的担当及其在现代中国的困境》《老舍作品里的讽刺功能》相继完成。1979 年，琼·詹姆斯重译《骆驼祥子》，力争再现中文原貌。1981 年，许芥昱、王廷主编《中华人民共和国文学》译录《茶馆》第一幕。21 世纪以来，更多的老舍研究著述陆续面世，如李欧梵的《老舍〈黑白李〉的心理结构解读》，王德威的《现实主义叙述的可能性：茅盾和老舍的早期小说研究》《老舍的〈骆驼祥子〉》《老舍战争年代的小说》《20 世纪中国小说现实主义：茅盾、老舍、沈从文》，陈伟明的《笔或剑：老舍短篇小说里的文武冲突》，梁耀南的《老舍和狄更斯——一个文学影响与平行研究的个案》，陈国球的《老舍〈人力车夫〉和菲茨杰拉德〈了不起的盖茨比〉：论小说的分子结构》，何官基的《乌托邦为何失败：中文文学、英语文学和日语文学中的现代反乌托邦传统比较研究》《猫城记：反乌托邦的讽刺》《动荡世界中的个人命运：老舍两部长篇小说中的声音与幻象》，乔志高编译的《老舍与陈若曦：两位作家和文化革命》，罗伯特·布里科斯的《老舍：伦敦和伦敦教会的新发现》，陶普义的《老舍：中国讲故事大师》《论老舍对中国基督教会和"三自"原则的贡献》《老舍：在波西米亚和斯洛伐克的接受》，高美华的《老舍：教师和作家，短暂与永恒》，李培德的《老舍在英国：1924—1929》，乔治·李昂多的《历史上有名的两层"茶馆"：老舍戏剧里的艺术与政治》，亚历山大·黄的《世界主义和不满者：老舍小说里的全球化和本土性间的对立》，等等。

夏志清对包括老舍在内若干中国现代作家作品的研究，无疑代表了美国学者的研究水平。出版于 1961 年的《中国现代文小说史》第七章专论老舍，时有新见。夏志清认为，相比而言，茅盾深受俄国和法国小说的熏陶，而老舍的教育背景及其创作个性使之更为偏好英国小说。1925—1930 年，正当茅盾醉心于社会活动的时候，老舍却寄居伦敦用功写作——"他对狄更斯极为喜爱，不久就模仿他写了一本滑稽小说《老张的哲学》。许地山那时在英国念书，很欣赏这篇稿子，就推荐给《小说月报》的编辑，从1926年6月开始连载。老舍接着就写了另一部滑稽小说《赵子曰》，还是带着狄更斯的影响，但比前一本在技巧上颇有改进。他在伦敦任教和居留时期的最后一本小说是《二马》，写的是中英关系"[1]。夏志清对《赵子曰》评价极高，认为该作结尾尽管流于通俗剧式的调子，但它放浪的喜剧气氛和尖锐的嘲讽使其成为"现代中国文学中的第一部严肃的喜剧小说"，"至今还是这个形式里少数几本赏心悦目的创作"[2]。相比于《赵子曰》的"狄更斯风味"，《二马》的风格更为接近维多利亚晚期和爱德华七世时代那些"父子冲突小说"[3]。《离婚》和《牛天赐传》从正反两面较多地模仿了菲尔丁的《汤姆·琼斯》，《歪毛儿》模仿了贝雷斯福德的《恨世者》，而《骆驼祥子》在感情上则与哈代的《卡斯特桥市长》非常接近。但必须承认，写于抗日战争前夕的《骆驼祥子》，"是到那时候为止的最佳现代中国长篇小说"[4]。在此之前，"老舍一直忠实地相信一个比较单纯的爱国信条：所有中国人都应该尽力做好分内的事，来铲除中国的因循腐败"[5]。

在老舍追慕的外国作家中，前有欧洲的狄更斯和康拉德，后有美国的马克·吐温。正因如此，有学者将老舍视为中国的狄更斯、康拉德或马克·吐温。不过，学界同样注意到，在学习西方文学技巧的同时，老舍及其创作也给西方文学以相应启示。诚如布瑞特·陶普义所言："他给西方的启示是要学习中文和向中国人民学习。我们要意识到他们伟大的历史和文学成就。我们应该知道加在亚洲之上的蹂躏和

---

[1] 夏志清：《中国现代小说史》，刘绍铭等译，浙江人民出版社2016年版，第184页。
[2] 夏志清：《中国现代小说史》，刘绍铭等译，浙江人民出版社2016年版，第187—188页。
[3] 夏志清：《中国现代小说史》，刘绍铭等译，浙江人民出版社2016年版，第190页。
[4] 夏志清：《中国现代小说史》，刘绍铭等译，浙江人民出版社2016年版，第207页。
[5] 夏志清：《中国现代小说史》，刘绍铭等译，浙江人民出版社2016年版，第183页。

侵占正在消失，他们的世界不再落后，而要领导 21 世纪。我们对中国的理解必须超出傅满洲（Fu Manchu）和苏西·王（Suzie Wang）的框框而走向深入。那不是我们在老舍那儿读到的现实，将来也不会是那样。"①

法国老舍研究专家巴迪是巴黎第七大学东方语言文学系教授，专治中国现代文学，尤以老舍研究见长。巴迪曾翻译出版老舍的《老牛破车》《正红旗下》，主持翻译过老舍的短篇小说集《北京人》②，与李治华、费正清夫妇等发起并成立"老舍国际友人协会"，被我国现代文学研究者尊为"巴黎的老舍专家"。巴迪 1968 年开始研究老舍，1983 年完成博士学位论文《小说家老舍》。通过细致考察，巴迪确信，"老舍虽属于自由主义知识分子阶层，受过胡适社会改良派思潮的影响，但更多的是不为任何理论框架所拘范的独立思考，老舍的族属、家庭、信仰和阅历的独特性决定了他的艺术视角"③。德国学者凯茜 20 世纪 80 年代中期来北京学习期间，痴迷于中国传统文化特别是满族文化，认为老舍作品精准描绘了老北京的生活。她不仅阅读并翻译了老舍的《正红旗下》，而且颇为称道老舍笔下的女性题材。她辩证指出："老舍自己说，两性之间关系的描写在他的作品中只起次要的作用，而我却认为，老舍作品中的两性关系题材正是他叙述艺术的一个重要母题。"④ 这种判断源自阅读实践，很有见地。旅匈华人冒寿福的博士学位论文《〈骆驼祥子〉中所运用的语言》用法国结构主义批评方法剖析《骆驼祥子》语言运用的五大特点。第一，北京方言土语的运用；第二，欧化语法的影响；

---

① ［美］布瑞特·陶普义：《老舍：不朽的说书人》，载曾广灿等编《老舍与二十世纪》，天津人民出版社 2000 年版，第 425 页。

② 巴迪选编的老舍短篇小说法文版名为 *Gens De Pekin*，汉语译为《北京人》（或《北京市民》），选录《断魂枪》《老字号》《我这一辈子》《邻居们》《柳家大院》《月牙儿》《歪毛儿》《兔》《善人》等作。该著由法国伽利玛出版社 1982 年出版。1984 年，巴迪发表《时间之门：遗忘和复归的老舍》，对老舍的族属及小说创作作了进一步研究。

③ 吴永平：《再论法国学者巴迪的老舍研究》，《北京社会科学》2004 年第 1 期。

④ ［德］凯茜：《试论老舍作品中的女性描写》，载曾广灿等编《老舍与二十世纪》，天津人民出版社 2000 年版，第 212 页。

第三，灵活运用成语、歇后语、谚语、熟语；第四，语言表述的幽默化；第五，其他修辞法，如继承古典白话小说的写作手法。① 这种研究，体现了研究者良好的专业素养。

斯洛伐克学者马利安·高利克是享誉欧美的比较文学专家、"布拉格汉学学派"代表人物之一。1999年2月，在北京举行的"老舍与二十世纪"国际学术研讨会上，高利克介绍了1947—1987年间老舍及其作品在波希米亚和斯洛伐克的研究概况。他检索后指出，第二次世界大战结束后两年，老舍的作品便传入捷克斯洛伐克。尽管如此，在汉学家普实克1950年来中国之前，布拉格关于中国现代文学的书籍很少。事实确乎如此，捷克汉学家雅罗斯拉夫·普实克十分推崇老舍惊人的语言表现力。普实克确信："老舍的意图首先是写出有意思的故事，他希望用他独特的风格来讲述这些故事，并娴熟地运用了生动和丰富多彩的日常口头语言。这种文体和他小说情节的复杂性使人们一方面联想起中国古老的说书艺术，另一方面联想到他最为喜爱的楷模——狄更斯。"② 这种评价是敏锐而公允的。基于这种认识，"普实克到中国后，在捷克斯洛伐克政府的资助下，'购买了大批精心挑选过的中文书，超过6万册的图书足以为布拉格东方研究所的中文图书馆打下一个坚实的基础，绰绰有余'。在1782册有关中国现代文学的书中，现在有36本是老舍的专著，有7本是他与别人的合著"③。高利克欣喜地指出："在波希米亚和莫拉维亚超过5500册、在斯洛伐克将近6000册的老舍翻译作品，不曾从读者和图书馆的书架上消失；就那些对具有高度文学价值的作品感兴趣的人来说，它们现在是，将来也是他们

---

① 参见宋永毅《老舍与中国文化观念》，学林出版社1988年版，第335页。
② [捷克] 雅罗斯拉夫·普实克：《普实克中国现代文学论文集》，李燕乔等译，湖南文艺出版社1987年版，第243页。
③ [斯洛伐克] 马利安·高利克：《老舍在波希米亚和斯洛伐克》，载曾广灿等编《老舍与二十世纪》，天津人民出版社2000年版，第446—447页。

的精神滋养。"①

在高利克的老舍研究视域中,波兰学者日比格涅夫·斯乌普斯基(中文名史罗甫)的老舍情怀不容忽视。自1953年开始,史罗甫相继发表《老舍创作第一阶段(1924—1932)的作品》《一位中国现代作家的历程:老舍小说分析》等。《一位中国现代作家的历程:老舍小说分析》将老舍小说情节结构艺术的发展划分为三个阶段。其一,以《老张的哲学》为代表,故事的主要轮廓与某些主要人物、小说基本情节、解决冲突的方法模仿了狄更斯,但情节结构却继承了中国古典长篇章回小说的模式;其二,大胆采用狄更斯小说的神秘因素和康拉德小说的倒叙等方法;其三,以《骆驼祥子》为代表,以一个主要人物组成整个故事情节的主干,基本上克服了插曲式结构。②

按照高利克的理解,"史罗甫研究的最重要成果之一,是发现老舍在其创作初期'无意识中'受到了中国传统笔记小说和章回小说的影响,而'有意识地'从狄更斯和康拉德的小说中汲取了营养"③。在20世纪60年代初普实克与夏志清的著名会谈中,史罗甫是其导师普实克的"随军参谋"。普实克本人也明确表示,在与夏志清的论战中,得到了史罗甫的有力帮助;在论述"老舍的短篇小说"时,自己利用了学生史罗甫搜集汇编的材料。高利克也承认,与史罗甫一样,自己正是在布拉格求学期间开始关注老舍的——"我和史罗甫在同一个宿舍里住了几年,有机会阅读他的手稿和共同讨论问题。1959年冬天到1960年春天在中国的时候,我们经常在北京大学校园里见面。"④ 这种特殊交谊以及对北京的了解,使高利克对老舍及其作品情有独钟。据他自己回

---

① [斯洛伐克]马利安·高利克:《老舍在波希米亚和斯洛伐克》,载曾广灿等编《老舍与二十世纪》,天津人民出版社2000年版,第453页。
② 参见宋永毅《老舍与中国文化观念》,学林出版社1988年版,第335页。
③ [斯洛伐克]马利安·高利克:《老舍在波希米亚和斯洛伐克》,载曾广灿等编《老舍与二十世纪》,天津人民出版社2000年版,第449页。
④ [斯洛伐克]马利安·高利克:《老舍在波希米亚和斯洛伐克》,载曾广灿等编《老舍与二十世纪》,天津人民出版社2000年版,第450页。

忆，1961年离开中国回到斯洛伐克一年之后，有人请他将茅盾的《子夜》或老舍的《骆驼祥子》译成斯洛伐克语，他毫不犹豫地"选择了后者"。同年5月，高利克通过茅盾请老舍为捷克斯洛伐克语译本《骆驼祥子》作序，老舍很快写好寄给了他。有趣的是，该译本由史罗甫撰写后记。① 高利克强调，老舍不仅善于汲取西方优秀文学作品的有益经验，而且还乐于参考西方相关文学理论批评资源。譬如，"老舍从伊丽莎白·尼奇的《文学批评》（1928年版）一书中受益匪浅，部分章节他译成了汉语。他也熟知瓦尔特·雷利的《英国小说》（1894年版），无疑还对皮特金的《小说写作的艺术与职责》（1912年版）非常感兴趣。在我看来，当他涉及短篇小说的理论问题时，他受到了最后这本书的很大影响"②。

在中国之外的东方老舍研究领域，印度学者兰比尔·沃勒的英文著作《老舍与中国革命》③ 有较高的学术价值。不过，相比之下，日本的老舍研究成效更为突出。曾广灿曾提出一个问题——老舍在自己的文字中很少说过日本的好话，但日本学界却对老舍及其创作赞誉有加，原因何在？"也许正是老舍的这种带'固执性'的感情起作用，日本的读者和学者对老舍却产生了一种分外的兴趣和特殊感情。"④ 曾广灿梳理、比较后认为，日本翻译老舍作品的时间较早，体量也最大。1939—1940年，老舍的《大悲寺外》《小坡的生日》被相继译成日文。截至20世纪末，老舍的绝大部分小说、剧作及其他相关作品基本上都有日文版本。其中，《骆驼祥子》的日文版本达10种以上，而1981—

---

① 参见［斯洛伐克］马利安·高利克《老舍在波希米亚和斯洛伐克》，载曾广灿等编《老舍与二十世纪》，天津人民出版社2000年版，第451页。
② ［斯洛伐克］马利安·高利克：《老舍在波希米亚和斯洛伐克》，载曾广灿等编《老舍与二十世纪》，天津人民出版社2000年版，第453页。
③ 该著1974年由哈佛大学东亚研究中心出版，除导言"老舍与中国现代文学"外，正文共有八章。第一章"成长"、第二章"早期创作（1924—1929）"、第三章"艺术成熟期"、第四章"疏远社会解剖"、第五章"《骆驼祥子》"、第六章"动荡社会中的女性"、第七章"战争时期（1937—1949）"、第八章"后记（1950—1966）"。
④ 曾广灿：《老舍研究在日本和南洋》，《社会科学战线》1996年第6期。

结　语　中国民族比较诗学的融合创新规律

1983 年由学研社出版的 10 卷本《老舍小说全集》堪称世界首套"老舍小说大全"。日本作家水上勉、井上靖分别于 1967 年、1970 年发表《蟋蟀葫芦》和《壶》，深切悼念老舍先生。1984 年 3 月，名古屋成立"全日本老舍研究会"（与"中国老舍研究会"组建时间几乎相同），资深汉学家柴垣芳太郎被推举为首任代表委员，同时出版《老舍研究会会报》。

20 世纪 80 年代以来，柴垣芳太郎相继出版《老舍著作年表》《老舍著作题名索引》《老舍著作题解》《老舍与日中战争》，并发表不少相关研究论文。日下恒夫的《老舍与西洋——从〈猫城记〉谈起》视《猫城记》为受到西洋文化影响的罕见佳作，他与仓桥幸彦合编的《日本出版老舍研究文献目录》成为日本老舍研究必读书目。中山时子主编的《老舍事典》①于 1988 年由大修馆书店出版，被称作老舍研究的"百科全书"。老舍夫人胡絜青在序言中将《老舍事典》的特点概括为四个方面。其一，开创性——这是世界上第一本关于老舍的事典；其二，丰富性——《老舍事典》不仅涉及文学、语言，而且包括大量的历史、地理、气候、祭祀、服饰、戏曲、宗教、食品、房舍、风习、交通、古迹、官职、生活用物等；其三，学术性——《老舍事典》吸收了当代世界老舍研究的最新成果，具有很高的学术价值；其四，实用性——对于外国人及初识老舍的研究者具有参考意义和工具书价值。② 1988—1994 年间，高桥弥守彦发表了《〈茶馆〉的版本比较与时代考察》（1—8）。杉野元子的《夏目漱石与老舍——以两位文学家的英国体验为中心》将两位跨国界作家共同

---

① 《老舍事典》分前后两编。前编重在考释老舍作品中的北京街道、胡同、公园、河湖、古迹、交通、动植物以及北京自清朝到当代各阶层职务、生活、经济、风俗、宗教、教育等方面的知识；后编主要涉及老舍传略、年表、居家生活、作品翻译、著作中方言土语解释等方面的内容。参见曾广灿《老舍研究在日本和南洋》，《社会科学战线》1996 年第 6 期。

② 参见曾广灿《老舍研究在日本和南洋》，《社会科学战线》1996 年第 6 期。

置于英国文化背景下加以论述,深入讨论了《我是猫》和《猫城记》两部作品内涵的异同点,让人耳目一新。1992年和2000年,她发表于《中国现代文学研究丛刊》上的《老舍与学校风潮——以〈赵子曰〉为中心》《老舍与萧乾》两篇论文,分别比较了赵子曰和阿Q之间的因缘关系以及老舍与萧乾、基督教的渊源关系。关于20世纪90年代以后日本的中国现代文学研究,杉野元子认为,除鲁迅之外,关于老舍的研究成果最为丰富,很多大学甚至将老舍作品作为学习汉语的教材。①

关于老舍作品在韩国的翻译与研究概况,韩国外国语大学中国语言文化学部教授朴宰雨作了简明综述。他指出,老舍不仅受到中国读者的喜爱,而且历经数十年岁月的考验,已经成为世界不朽作家。1931年11月8日—12月1日,韩国留学生丁来东在朝鲜日报连载《中国文坛活动的最近情况》一文,其中指出:"老舍以富于谐谑而流丽的笔致在《小说月报》上连载《老张的哲学》《赵子曰》《二马》等。"② 1966年年底,当老舍去世的消息传到韩国时,丁来东撰文《相传自尽的老舍作品》以示纪念。不过,韩国关于老舍较为深入的研究始于20世纪80年代以后。朴宰雨将20世纪80—90年代韩国老舍研究分为三个阶段。一是初步介绍期(1981—1985),以金河中的《骆驼祥子》缩约翻译本出版以及陆完贞的《对老舍的再认识》、朴云锡的《老舍的生涯和他的长篇小说》、李炳汉的《老舍的小说与剧本》等论文的发表为标志;二是关心高潮期(1986—1991),以相关硕士学位论文如朴准锡的《〈骆驼祥子〉所反映的悲剧性以及人道主义》、姜炯臣的《老舍研究:以〈离婚〉为中心》、金宜镇的《老舍小说研究——以二三十年代长篇小说为中心》、张圣在的《老舍研究——以〈月牙

---

① 参见[日]杉野元子《20世纪90年代后日本的老舍研究》,《安徽师范大学学报》(人文社会科学版)2003年第3期。

② 参见[韩]朴宰雨《老舍研究与作品译介在韩国》,载曾广灿等编《老舍与二十世纪》,天津人民出版社2000年版,第460页。

儿〉〈骆驼祥子〉〈鼓书艺人〉为中心》、李喜甲的《老舍的〈骆驼祥子〉研究》以及崔玲爱的《骆驼祥子》全译本等为代表；三是稳定发展期（1992—1999），成果数量显著增加，出现了一批博士学位论文，如刘丽雅的《蔡万植与老舍的比较研究》、金宜镇的《老舍小说研究》、金泰万的《20世纪前半期中国知识分子小说与讽刺精神》、崔顺美的《老舍长篇小说研究》等。①

新加坡国立大学作家型学者王润华多年来对老舍创作进行了研机综微的探究，在新加坡以及中国大陆和港台相关刊物陆续发表《老舍与康拉德》《从康拉德的热带丛林到老舍的北平社会——论老舍小说人物"被环境锁住不得不堕落"的主题结构》《〈骆驼祥子〉中〈黑暗的心〉的结构——老舍与康拉德比较研究》《从李渔的望远镜到老舍的近视眼镜》《老舍在新加坡的生活与作品新探》《从康拉德偷学来的"一些招数"：〈二马〉解读》《老舍研究的新起点——从首届国际老舍研讨会谈起》等一系列论文，带动了部分年轻的老舍研究学者，培养了一批从事老舍研究的研究生。特别是1995年由台北东大图书股份有限公司出版的《老舍小说新论》一著，堪称老舍研究成果中的扛鼎之作。其中，王润华突出强调了老舍小说创作的国际视野。他说："老舍的小说观是世界的……从《二马》到《骆驼祥子》，老舍都以世界的目光来探讨现代人、现代社会的病态。"②

引人注目的是，王润华对老舍创作中的后殖民主义主题作了相当精深的剖析。在他看来："老舍为了颠覆西方文化优越霸权的语言，反对殖民思想，他要书写华人开拓南洋丛林的刻苦经验，要描写殖民受压迫的各民族联合在一起的南洋。结果他以新加坡的经验，于1930年在新加坡的中学当华文老师期间，创作了《小坡的生日》，

---

① 参见［韩］朴宰雨《老舍研究与作品译介在韩国》，载曾广灿等编《老舍与二十世纪》，天津人民出版社2000年版，第462—469页。

② ［新加坡］王润华：《老舍小说新论》，学林出版社1995年版，第12页。

以新加坡多元种族、多元文化的社会取代了康拉德令白人堕落的落后的南洋土地。这本小说，我认为应列为早期重要的后殖民文学作品。"①事实上，不仅是《小坡的生日》具有浓郁的反殖民情结，类似《二马》之类的作品也透射出反殖民主义倾向。因为老舍清醒地意识到："不管康拉德有什么民族高下的偏见没有，他的著作中的主角多是白人；东方人是些配角，有时候只在那儿做点缀，以便增多一些颜色——景物的斑斓还不够，他还要各色的脸与服装，做成个'花花世界'。我也想写这样的小说，可是以中国人为主角。"②正是在这种民族精神内驱力的策动下，老舍下定决心——"我想写南洋，写中国人的伟大"③。诚如王润华所言："如果说，后殖民文学是由于帝国主义文化与本土文化互相碰击、排斥之下产生的，那么老舍的《二马》就是世界华文文学最早期的一部后殖民文学作品。"④

沈从文的文学创作及其研究同样超越了国族界限而走向了世界。从20世纪30年代开始，沈从文的文学作品在美、英、法、德和瑞典等国陆续译介出版，随之而来的是对沈从文文学成就的理论研究。1961年，夏志清用英文在美国出版了《中国现代小说史》；1979年和1991年，该著中译繁体字本分别在香港和台湾出版；2001年，香港中文大学出版社出版了该著中译繁体字增订本；2005年，中译简体字增删本由复旦大学出版社出版；2022年，该著由上海人民出版社再版。在这本被誉为"用艺术的尺度、敏锐的眼力和犀利的笔锋重构中国现代文学研究格局"的著作中，设有研讨沈从文的专章。夏志清指出，沈从

---

① ［新加坡］王润华：《从后殖民文学理论解读老舍对康拉德热带丛林小说的批评与迷恋》，载曾广灿等编《老舍与二十世纪》，天津人民出版社2000年版，第174页。

② 老舍：《我怎样写〈小坡的生日〉》，载《老舍全集》第16卷，人民文学出版社1999年版，第176页。

③ 老舍：《我怎样写〈小坡的生日〉》，载《老舍全集》第16卷，人民文学出版社1999年版，第177页。

④ ［新加坡］王润华：《从后殖民文学理论解读老舍对康拉德热带丛林小说的批评与迷恋》，载曾广灿等编《老舍与二十世纪》，天津人民出版社2000年版，第180页。

文及其作品流露出对人生的虔诚态度与执着信念；沈从文创作中的田园气息其实是对现代人异化处境的一种文化批判；沈从文阅读狄更斯的作品，模仿路易·喀罗的《阿丽思漫游奇境记》而作《爱丽斯中国游记》，参照《十日谈》创作《月下小景》，《主妇》是学习西方句法的成功例证。总之，这位可与华兹华斯、叶芝、福克纳并列的中国作家，"他是中国现代文学中最伟大的印象主义者。他能不着痕迹，轻轻的几笔就把一个景色的神髓，或者是人类微妙的感情脉络勾画出来。他在这一方面的功夫，直追中国的大诗人和大画家，现代文学作家中，没有一个人及得上他"[①]。

美国华裔作家聂华苓的《沈从文评传》，被誉为英语世界第一部沈从文传记和研究专著。该著运用新批评方法细读沈从文作品，对人物形象和情节结构予以分类阐释，并将沈从文笔下的"乡下人"与加缪的"局外人"进行比较研究。值得称道的沈从文研究专家还有美国学者金介甫。1977年，他的博士学位论文《沈从文笔下的中国》由哈佛大学出版社出版。次年，他的《沈从文传》面世，被王德威称作"英语世界迄今为止最好的对沈从文其人其作的研究"。尤其值得肯定的是，在研究沈从文期间，金介甫多次亲临中国当面采访沈从文，并深入沈从文创作的"母本"——湘西进行实地考察。在此基础上，他将沈从文看作与福楼拜、普鲁斯特、斯特恩等成就相当的世界级作家，并与夏志清一起向瑞典文学院提名沈从文为诺贝尔文学奖候选人。在他们的全力举荐下，沈从文两度入围诺贝尔文学奖，最终因离世而与诺奖失之交臂。王德威侧重于运用西方文学理论观念来研究沈从文，著有《写实主义小说的虚构：茅盾、老舍、沈从文》《从头说起——鲁迅、沈从文与砍头》等，将沈从文与屠格涅夫相提并论。此外，美国学者傅汉思、林浦、白保罗以及瑞典、德国、法国、意大利等欧洲国家相关学者对沈从文的创

---

① 夏志清：《中国现代小说史》，刘绍铭等译，浙江人民出版社2016年版，第232页。

作都有相应研究。①

受齐藤大纪 2004 年度日本中国学会前夜祭发言的启发，中国青年学者李东将 1926 年以来日本沈从文研究的历史过程概括为从"疏离"到"回归"的变迁，并将其划分为四个阶段。"译介"阶段（20 世纪 20 年代中期—20 世纪 40 年代后期）；"初论"阶段（20 世纪 40 年代末期—20 世纪 70 年代末期）；"变革"阶段（20 世纪 80 年代末期—20 世纪 90 年代初期）；"创新"阶段（20 世纪 90 年代前期—21 世纪初期）。② 这种划分大体符合日本沈从文研究的实际状况。

据小岛久代介绍，日本学者很早就关注沈从文及其创作，并在译介和研究方面颇多建树。早在 1927 年，柳湘雨就将沈从文剧作《盲人》译为日文《失明的人》。1935 年，大高岩节译沈从文的《若墨医生》和《黄昏》，冈崎俊夫在题为《老舍和沈从文》的演讲中将他们界定为具有"中华民族特色"的作家。1938 年，松枝茂夫将《边城》《丈夫》《夫妇》《灯》《会明》《柏子》《龙朱》《月下小景》等 8 篇小说译成日文，以"边城"为总题由改造社出版发行，广受好评。译者赞叹，再没有像沈从文这样令自己兴奋的作家了——"他文笔畅达的灵活性使人联想到郁达夫，可是他的笔比达夫更明朗而健康。那一种不可形容的甜

---

① 参见凌宇《从边城走向世界：对作为文学家的沈从文的研究》，生活·读书·新知三联书店 1985 年版；张晓眉《中外沈从文研究学者访谈录》第 1 辑，北岳文艺出版社 2015 年版；周刚、陈思和、张新颖主编《全球视野下的沈从文》，上海交通大学出版社 2019 年版；杨瑞仁《近二十年来国内沈从文与外国文学比较研究述评》，《外国文学研究》2000 年第 4 期；杨瑞仁《域外学者关于沈从文与世界文学比较研究述略》，《文学评论》2002 年第 6 期；李东《从"疏离"到"回归"：日本沈从文研究的历史发展（1926—2004）》，《辽宁大学学报》（哲学社会科学版）2006 年第 6 期；张晓眉《沈从文文学在欧美国家传播及研究述评》，《楚雄师范学院学报》2014 年第 11 期；刘竺岩、周倩《新世纪美国沈从文研究述评》，《湖北经济学院学报》（人文社会科学版）2020 年第 9 期；孙国亮、高鸽《沈从文在德国的译介史述与接受研究》，《中国比较文学》2021 年第 3 期；［日］小岛久代《沈从文研究在日本》，《吉首大学学报》（社会科学版）1986 年第 4 期；［日］小岛久代《日本近期的沈从文研究》，《中国文学研究》2010 年第 3 期。

② 参见李东《从"疏离"到"回归"：日本沈从文研究的历史发展（1926—2004）》，《辽宁大学学报》（哲学社会科学版）2006 年第 6 期。

美也许是从坦率的色情发散出来的"①。此后数年，松枝茂夫又陆续翻译了《山道中》等诸多沈从文的作品。1941年，龙吟社出版小田岳夫、武田泰淳合著的《扬子江文学风土记》。在这本介绍安徽、江西、湖北、湖南、四川等长江流域五省作家作品的书中，由武田泰淳执笔的《湖南之兵》第9—11章"桃源的妓女""苗族的城镇"和"年轻兵的旅途"，取材于《记丁玲》《从文自传》和《湘行散记》，集中介绍了沈从文和丁玲这两位湖南籍作家作品。1942年，武田泰淳再编《湖南之兵》。1954年，松枝茂夫与竹内好联合编辑《现代中国文学全集》，其第8卷为沈从文篇。除此前松枝茂夫翻译的8篇作品外，还收录了立间祥介翻译的《从文自传》和冈本隆三所译《旅店》《结婚前》。1970年，小野忍、高桥和巳、竹内好、武田泰淳、松枝茂夫等编辑《现代中国文学》，其第5卷为《丁玲·沈从文》，收录沈从文的《边城》《丈夫》《夫妇》《灯》《会明》诸作。②

　　小岛久代认为，日本的老舍研究主体大致可分三代。冈崎俊夫、竹内好、武田泰淳、松枝茂夫等为第一代；20世纪70—80年代投入沈从文研究的城谷武男、小岛久代等为第二代；20世纪90年代开始沈从文研究的新生代属第三代。第二代城谷武男的沈从文研究主要有三个特点。一是实地调查；二是版本校勘；三是践行中上健次在《物语の系谱》中所倡导的叙事学理论研究。《〈边城〉主题考》采用的是第一和第三种研究方法，《〈萧萧〉小论》主要运用第二种研究方法。他还著有《沈从文研究之我观》《沈从文与中上健次对比研究》等。后者"类似美国学者金介甫将沈从文与William Faulkner对比的研究法，但城谷更是站在日本人立场上把被歧视地区出身的中上健次与沈从文相提并论。在对于沈从文40年代创作处于低谷之原因的分析中，城谷认为这

---

① ［日］小岛久代：《沈从文研究在日本》，《吉首大学学报》（社会科学版）1986年第4期。

② 参见［日］小岛久代《沈从文研究在日本》，《吉首大学学报》（社会科学版）1986年第4期。

与沈从文三族混血的出身有关"①。在日本有关沈从文研究的专刊中,《湘西》视野开阔,雅俗兼收,凡与沈从文相关的资料、随笔、译介、研究论文等均在刊选之列。

就沈从文研究视域中的比较诗学取向来看,黄媛玲、齐藤大纪、津守阳等各有拓进。黄媛玲通过精读《沈从文小说选集》题记、《从文自传》有关《圣经》影响的自述以及《新潮》《创造》《创造周报》中的相关作品,比较验证了沈从文初期作品对《圣经》等典籍的接受情况,试图由此归纳出沈从文早期创作的基本特征。受此启发,齐藤大纪试图"阐明沈从文在现代化进程中的北京城里所尝试的文学实验"的问题,进而"从沈从文与文学青年交流的事例中重新把握文学实验的问题"②。齐藤大纪多以"公寓"为舞台来阐述沈从文与胡也频、刘梦苇、蹇先艾、黎锦明、朱湘、于赓虞等人的文学交往活动,并撰有《年轻诗人的肖像——刘梦苇与沈从文》《涂成黑色屋子的诗人们——闻一多〈死水〉与沈从文〈还乡〉》《于赓虞的诗——围绕三·一八事件、〈晨报·诗镌〉》等相关论文。③ 齐藤大纪同时分析指出,"沈从文从徐志摩的鼓励和赞许中大受影响,创作了一系列'湘西作品'。早期沈从文的'湘西作品',正好与徐志摩的文学观发生契合,这种'湘西作品'倒不主要是完成对'湘西内容'的写作,而主要是完成了对高超的文学形式感的把握"④。

如果说黄媛玲、齐藤大纪长于横向比较,那么,津守阳则善于纵向检视沈从文早期作品女性形象的演变。在《潜伏在沈从文女性形象里的"乡土"——白色女神还是黑色乡下姑娘》一文中,津守阳提出有别于

---

① [日]小岛久代:《日本近期的沈从文研究》,《中国文学研究》2010年第3期。
② [日]小岛久代:《日本近期的沈从文研究》,《中国文学研究》2010年第3期。
③ 参见[日]小岛久代《日本近期的沈从文研究》,《中国文学研究》2010年第3期。
④ [日]齐藤大纪:《灵动的私语——徐志摩与沈从文的"湘西小说"》,参见李东《从"疏离"到"回归":日本沈从文研究的历史发展(1926—2004)》,《辽宁大学学报》(哲学社会科学版)2006年第6期。

结　语　中国民族比较诗学的融合创新规津

中国现代文学中长期沿用的杜赞奇(Prasenjit Duara)和鲁迅的"乡土文学"概念,认为沈从文的"乡土观"含有一种"微妙的非统一性"。基于此,论者对比阐释了沈从文作品中"朴素的女孩子"形象的历时性演变轨迹——写于1928年的《雨后》《采蕨》《雨》里的女主人公都是黑皮肤少女,都充满着共同的性魅力;写于1929年的《龙朱》《媚金·豹子与那羊》《神巫之爱》等作品中的女主人公,则都是白皮肤、白衣裳、长黑头发,都有着耀眼的美貌,唱的都是浪漫的抒情诗;自1932—1933年开始,上述两种描写特征走向融合,美貌与性感出现在同一女性人物身上,如《边城》中的翠翠经过净化变成了一个兼有美貌和野性美的浅黑色皮肤少女形象。津守阳肯定地指出,这些具有"乡土符码"功能的女性形象,在沈从文的湘西作品中被不断地更新。①

关于吉狄马加及其创作的跨国交流和当代意义,"译介学研究方法"部分已作相应阐明,这里不再详述。需强调说明的是,吉狄马加诗作的全球视野以及他本人关于诗学的基本看法,确实体现出鲜明的现代意识和较为浓郁的人类意识。就思想内容而言,"吉狄马加一方面把凉山和世界、彝族和人类联系起来,用现代文化意识,从世界看凉山和彝族,显示彝魂的深邃;另一方面则从凉山看世界,从彝族看人类,扩大诗美表现的空间,努力使诗行包孕人类意义"②。从表现手法上看,吉狄马加不仅继承发扬了我国诗歌传统中的抒情优长和"意象"营造,而且善于取法西方现代诗艺,大量运用通感和象征,体现了贯通中西的艺术追求。在艺术风格上,吉狄马加力图将柔美与粗犷、清新与深沉有机融合起来,有效增强了诗作的审美功能。总之,吉狄马加熔民族性、传统性与现代性、世界性于一炉的创作路径,决定了其诗歌创作的广度、厚度与高度,也奠定了他在中国当代文学特别是当代少数民族诗歌史上的地位。正因如此,孙静轩称吉狄马加是以现代和世界眼光来探寻

---

① 参见[日]小岛久代《日本近期的沈从文研究》,《中国文学研究》2010年第3期。
② 关纪新主编:《20世纪中华各民族文学关系研究》,民族出版社2006年版,第118页。

本民族历史与现实的诗人,① 李力在其主编的《彝族文学史》中认为吉狄马加在面向全国的同时已经走向了世界。②

在涉及民族文学及其诗学研究的多维多向比较时,同样应坚持实践第一、本体优先、理论指导的建构理念。无论如何,比较诗学研究工程中"民族"维度的介入,毕竟有利于揭示中华文学的多民族特性,有利于带动文学史编撰及其研究范式的转换,并且有利于促进中华民族文化共同体的复合式增值效应。特别是随着各民族相互交往交流交融程度的不断强化,各民族文学及其理论批评之间原有的界限日益模糊。朝戈金已经注意到了这种文化动向,并明确指出,科学技术与跨国贸易的发展使人类的活动范围空前扩大,全球化程度的日益加深,使文学的民族属性逐渐减弱。③ 这或许验证了陈寅恪所说"文化大于种族"的论断,抑或同时表明,歌德早年所期待的"世界文学"的时代正以新的妆容款步走来。不过,面对经济、信息全球化的风潮,固守民族特质和文化多样性的逆全球化力量也在生长,"新中国民族比较诗学研究"或许刚好暗合了"立体全球化"的文化现实与未来诉求,这有可能部分抵消或相对制衡某些过于草率的非理性全球化冲动。

---

① 参见孙静轩《一个彝人的梦想·序》,《当代文坛》1987年第6期。
② 参见李力主编《彝族文学史》,四川民族出版社1994年版,第528页。
③ 参见《重建文学的民族性》"对话"朝戈金的有关论述,《人民日报》2014年4月29日第14版。

参考文献

一 著作类

阿库乌雾:《密西西比河的倾诉》,作家出版社2008年版。

[英]埃里克·霍布斯鲍姆:《民族与民族主义》,李金梅译,上海人民出版社2000年版。

巴·布林贝赫:《蒙古英雄史诗诗学》,陈岗龙译,中国社会科学出版社2018年版。

巴·格日勒图:《蒙古文论史研究》(蒙文版),内蒙古大学出版社1998年版。

巴·苏和:《中国蒙古文学学术史》,内蒙古文化出版社2007年版。

巴莫曲布嫫:《鹰灵与诗魂——彝族古代经籍诗学研究》,社会科学文献出版社2000年版。

白·特木尔巴根:《古代蒙古作家汉文创作考》,内蒙古教育出版社2002年版。

包红梅:《蒙古文学文体转化研究——〈青史演义〉与蒙汉文历史著作的比较》,辽宁民族出版社2012年版。

[美]本尼迪克特·安德森:《想象的共同体——民族主义的起源与散布》增订本,吴叡人译,上海人民出版社2011年版。

才旦夏茸:《藏族诗学概论》,贺文宣译,民族出版社2014年版。

曹顺庆：《跨文化比较诗学论稿》，广西师范大学出版社2004年版。

朝戈金：《口传史诗诗学——冉皮勒〈江格尔〉程式句法研究》，广西人民出版社2000年版。

陈惇、刘象愚：《比较文学概论》（修订版），北京师范大学出版社2000年版。

陈岗龙、额尔敦哈达主编：《奶茶与咖啡：东西方文化对话语境下的蒙古文学与比较文学》，民族出版社2005年版。

陈岗龙：《蒙古民间文学比较研究》，北京大学出版社2001年版。

陈守成、庹修宏、陈世荣主编：《中国民族文学与外国文学比较》，中央民族学院出版社1989年版。

陈寅恪：《金明馆丛稿二编》，生活·读书·新知三联书店2001年版。

邓敏文：《中国多民族文学史论》，社会科学文献出版社1995年版。

邓敏文：《中国南方民族文学关系史·隋唐十国两宋卷》，民族出版社2001年版。

东噶洛·桑赤列：《藏族诗学修辞指南》，贺文宣译，中国藏学出版社2016年版。

多洛肯：《元明清少数民族汉语文创作诗文叙录》，中国社会科学出版社2014年版。

［美］厄尔·迈纳：《比较诗学——文学理论的跨文化研究札记》，王宇根、宋伟杰译，中央编译出版社1998年版。

费孝通主编：《中华民族多元一体格局》，中央民族大学出版社2018年版。

干永昌、廖鸿钧、倪蕊琴选编：《比较文学研究译文集》，上海译文出版社1985年版。

龚举善：《新中国少数民族文学总体研究的叙述框架》，人民出版社2016年版。

关纪新、朝戈金：《多重选择的世界——当代少数民族作家文学的理论描述》，中央民族大学出版社 1995 年版。

关纪新主编：《20 世纪中华各民族文学关系研究》，民族出版社 2006 年版。

何积全：《彝族古代文论研究》，民族出版社 2012 年版。

胡传志：《宋金文学的交融与演进》，北京大学出版社 2013 年版。

黄宝生：《印度古典诗学》，北京大学出版社 1993 年版。

黄维樑、曹顺庆选编：《中国比较文学学科理论的垦拓：台港学者论文选》，北京大学出版社 1998 年版。

季羡林：《比较文学与民间文学》，北京大学出版社 1991 年版。

金克木：《印度古代文艺理论文选》，人民文学出版社 1980 年版。

举奢哲、阿买妮、布独布举：《彝族诗文论》，王子尧译，康健、王冶新、何积全整理，贵州人民出版社 1988 年版。

康健、何积全、王本忠主编：《彝族古代文论研究》，贵州民族出版社 1992 年版。

康健、王子尧、王冶新等编：《彝族古代文论》，贵州人民出版社 1997 年版。

郎樱主编：《中国各民族文学关系研究》，贵州人民出版社 2005 年版。

老舍：《老舍全集》（修订本），人民文学出版社 2008 年版。

乐黛云、张辉主编：《文化传递与文学形象》，北京大学出版社 1999 年版。

［美］雷·韦勒克、奥·沃伦：《文学理论》，刘象愚、邢培明、陈圣生等译，生活·读书·新知三联书店 1984 年版。

李炳海：《民族融合与中国古代文学》，东北师范大学出版社 1997 年版。

李鸿然：《中国当代少数民族文学史论》，云南教育出版社 2004 年版。

李晓峰、刘大先：《多民族文学史观与中国文学研究范式转型》，中国社会科学出版社 2016 年版。

李晓峰主编：《中国少数民族文学学术史》13 卷，辽宁师范大学出版社

2020年版。

李振坤、黄传:《鲁迅与少数民族文化》,新疆美术摄影出版社1994年版。

李子贤主编:《多元文化与民族文学——中国西南少数民族文学的比较研究》,云南教育出版社2001年版。

梁庭望、张公瑾主编:《中国少数民族文学概论》,中央民族大学出版社1998年版。

梁庭望:《中华文化板块结构与中国文学关系研究》,民族出版社2011年版。

刘大先:《现代中国与少数民族文学》,中国社会科学出版社2013年版。

刘大先主编:《本土的张力:比较视野下的民族文学研究》,中国社会科学出版社2013年版。

刘禾:《跨语际实践——文学,民族文化与被译介的现代性(中国,1900—1937)》,宋伟杰等译,生活·读书·新知三联书店2002年版。

刘红麟:《晚清四大词人研究》,湖南师范大学出版社2012年版。

刘亚虎:《中国南方民族文学关系史·先秦秦汉魏晋南北朝卷》,民族出版社2001年版。

龙长吟:《民族文学学论纲》,湖南文艺出版社1997年版。

罗汉田:《中国南方民族文学关系史·元明清卷》,民族出版社2001年版。

罗庆春:《灵与灵的对话——中国少数民族汉语诗论》,中国香港天马图书有限公司2001年版。

罗庆春:《双语人生的诗化创造——中国多民族文学理论与实践》,民族出版社2015年版。

罗义群编著:《中国苗族诗学》,贵州人民出版社1997年版。

[捷克] 马利安·高利克:《中西文学关系的里程碑(1898—1979)》,伍晓明、张文定译,北京大学出版社1990年版。

马清福：《八旗诗论》，延边大学出版社1989年版。

马戎：《中国民族史和中华共同文化》，社会科学文献出版社2012年版。

马戎主编：《"中华民族是一个"：围绕1939年这一议题的大讨论》，社会科学文献出版社2016年版。

马学良、梁庭望、李云忠主编：《中国少数民族文学比较研究》，中央民族大学出版社1997年版。

玛拉沁夫、吉狄马加主编：《中国少数民族文学经典文库1949—1999》（理论评论卷），云南人民出版社1999年版。

买买提·祖农、王弋丁主编：《中国历代少数民族文论选》，新疆人民出版社1987年版。

[法]米歇尔·福柯：《知识考古学》，谢强、马月译，生活·读书·新知三联书店1998年版。

米彦青：《接受与书写：唐诗与清代蒙古族汉语韵文创作》，中国社会科学出版社2014年版。

米彦青：《清中期蒙古族汉语创作的唐诗接受史》，内蒙古教育出版社2009年版。

米彦青主编：《元明清蒙汉文学交融研究论文集》，中国社会科学出版社2017年版。

欧阳可惺、王敏、邹赞等：《民族叙述：文化认同、记忆与建构》，暨南大学出版社2013年版。

彭书麟、于乃昌、冯育柱：《中国少数民族文艺理论集成》，北京大学出版社2005年版。

仁钦道尔吉：《蒙古口头文学论集》，社会科学文献出版社2011年版。

沙马拉毅主编：《彝族古代文论精译》，王子尧译，民族出版社2010年版。

孙克强：《清代词学》，中国社会科学出版社2004年版。

孙立：《日本诗话中的中国古代诗学研究》，北京大学出版社2012年版。

谭雯：《日本诗话的中国情结》，中国社会科学出版社2007年版。

汤晓青主编：《多元文化格局中的民族文学研究——中国社会科学院民族文学研究所建所30周年论文集》，中国社会科学出版社2010年版。

汪荣：《历史再现与身份认同：以新时期以来的"蒙古历史叙事"为中心》，社会科学文献出版社2017年版。

王戈丁主编：《少数民族古代文论选释》，新疆人民出版社1993年版。

王静：《人与自然：中国当代少数民族作家生态文学创作研究》，中国社会科学出版社2011年版。

王菊：《比较文学视野下的彝族文学研究》，民族出版社2013年版。

王满特嘎：《蒙古文论史（17—20世纪初）》蒙文版，内蒙古人民出版社1996年版。

王满特嘎：《蒙古现代文学理论批评研究》蒙文版，民族出版社2003年版。

王其嘎：《蒙古族诗学浅释》蒙文版，内蒙古大学出版社1996年版。

王卫华：《〈江格尔〉与〈荷马史诗〉比较研究》，昆仑出版社2007年版。

王宪昭：《中国各民族创世神话基本母题索引》，民族出版社2015年版。

王宪昭：《中国民族神话母题研究》，民族出版社2006年版。

王兴先：《格萨尔论要》，甘肃民族出版社2002年版。

王佑夫：《中国古代民族诗学初探》，民族出版社2002年版。

王佑夫：《中国古代民族文论概述》，中央民族学院出版社1992年版。

王佑夫主编：《民汉诗学比较研究》，中央民族大学出版社2017年版。

王佑夫主编：《清代满族诗学精华》，中央民族大学出版社1994年版。

吴小美、魏韶华：《老舍的小说世界与东西方文化》，兰州大学出版社1992年版。

吴重阳：《中国少数民族现当代文学研究》，中央民族大学出版社2013年版。

吴重阳：《中国现代少数民族文学概论》，中央民族学院出版社1992年版。

夏冠洲、阿扎提·苏里坦、艾光辉：《新疆当代多民族文学史·文学翻译文学评论卷》，新疆人民出版社2006年版。

胥洪泉：《清代满族词研究》，中国文史出版社2015年版。

徐世昌：《晚晴簃诗汇》（精装全10册），中华书局1990年版。

徐照华：《纳兰性德与其词作及文学理论之研究》，台中大同资讯图书出版社1988年版。

杨恩洪：《民间诗神——格萨尔艺人研究》，中国藏学出版社1995年版。

尹锡南：《印度诗学导论》，上海古籍出版社2017年版。

［美］约翰·迈尔斯·弗里：《口头诗学：帕里—洛德理论》，朝戈金译，社会科学文献出版社2000年版。

云峰：《蒙汉文化交流侧面观——蒙古族汉文创作史》，天津古籍出版社1992年版。

云峰：《蒙汉文学关系史》，新疆人民出版社1997年版。

云峰：《元代蒙汉文学关系研究》，民族出版社2005年版。

云峰主编：《民族文化比较论》，中央民族大学出版社1994年版。

曾广灿、范亦豪、关纪新编《老舍与二十世纪》，天津人民出版社2000年版。

查洪德：《元代诗学通论》，北京大学出版社2014年版。

扎拉嘎：《〈一层楼〉〈泣红亭〉与〈红楼梦〉》，内蒙古人民出版社1984年版。

扎拉嘎：《比较文学：文学平行本质的比较研究——清代蒙汉文学关系论稿》，内蒙古教育出版社2002年版。

张佳生：《清代满族诗词十论》，辽宁民族出版社1993年版。

张炯、邓绍基：《中华文学通史》10卷，华艺出版社1997年版。

张菊玲：《清代满族作家文学概论》，中央民族学院出版社1990年版。

张俊哲：《东亚比较文学导论》，北京大学出版社 2004 年版。

张隆溪选编：《比较文学译文集》，北京大学出版社 1982 年版。

张寿康编：《少数民族文艺论集》，北京建业书局 1951 年版。

张曙光主编：《民族信念与文化特征——民族精神的理论研究》，人民出版社 2009 年版。

张永刚：《后现代与民族文学》，人民出版社 2014 年版。

张玉安、陈岗龙：《东方民间文学比较研究》，北京大学出版社 2003 年版。

赵秉理：《格萨尔学集成》，甘肃民族出版社 1990 年版。

赵志忠主编，王佑夫、艾光辉、李沛著：《中国少数民族文学史·文学批评卷》，人民文学出版社 2016 年版。

郑堆主编：《第六届北京国际藏学研讨会文集》，中国藏学出版社 2017 年版。

中共中央马克思恩格斯列宁斯大林著作编译局：《列宁全集》，人民出版社 1990 年版。

中国社会科学院民族研究所：《马克思恩格斯论民族问题》（上、下册），民族出版社 1987 年版。

中国作家协会选编：《新中国成立 60 周年少数民族文学作品选·理论评论卷》，作家出版社 2009 年版。

钟进文主编：《中国少数民族母语文学研究》，民族出版社 2014 年版。

周发祥选编：《中外比较文学译文集》，中国文联出版公司 1988 年版。

周延良：《汉藏比较文学概论》，中央民族大学出版社 1995 年版。

二　论文类

［苏］V.S. 维诺格拉多夫：《〈玛纳斯〉的旋律》，阿地里·居玛吐尔地、马睿译，《民族文学研究》2018 年第 5 期。

阿地里·居玛吐尔地：《〈玛纳斯〉史诗的口头特征》，《西域研究》2003

年第 2 期。

阿地里·居玛吐尔地：《〈玛纳斯〉史诗五个唱本中"阔阔托依的祭典"一章的比较研究》，《民族文学研究》2003 年第 3 期。

阿来：《文学表达的民间资源》，《民族文学研究》2001 年第 1 期。

艾光辉：《古代少数民族与汉族文学本质论之比较》，《民族文学研究》1992 年第 4 期。

巴·苏和：《论蒙古族文学中的外来文学影响》，《民族文学研究》1996 年第 3 期。

巴莫曲布嫫、朝戈金：《民族志诗学》，《民间文化论坛》2004 年第 6 期。

巴莫曲布嫫：《彝族古代经籍诗学的学术流变》，《贵州社会科学》1998 年第 1 期。

白崇人、刘俊田、禹克坤：《少数民族文学与汉族文学的互相影响与交流》，《民族文学》1981 年第 1 期。

蔡镇楚：《中国诗话与朝鲜诗话》，《文学评论》1993 年第 5 期。

蔡镇楚：《中国诗话与日本诗话》，《文学评论》1992 年第 5 期。

蔡宗齐：《内文化、跨文化和超文化语境中的诗学研究方法》，《北京大学学报》（哲学社会科学版）2019 年第 6 期。

曹顺庆、刘衍群：《比较诗学新路径：西方文论的中国元素》，《浙江社会科学》2019 年第 1 期。

朝戈金：《作为认识论和方法论的口头传统》，《内蒙古社会科学》（汉文版）2019 年第 2 期。

陈惇：《跨越性、可比性、文学性——论比较文学的研究对象》，《北京师范大学学报》（社会科学版）1997 年第 1 期。

陈岗龙：《改革开放三十年蒙古比较文学研究的回顾与展望》，《内蒙古师范大学学报》（哲学社会科学版）2009 年第 1 期。

陈水云、吴莹：《20 世纪以来满族诗学理论研究述评》，《语文学刊》2017 年第 3 期。

代迅：《中国当代少数民族文学理论的发生——兼谈西方文学理论与中国本土文学的错位》，《社会科学战线》2018年第6期。

丹珍草：《阿来的民族志诗学写作——以〈大地的阶梯〉为例》，《民族文学研究》2010年第1期。

邓敏文：《论多民族共同语文学》，《民族文学研究》1996年第4期。

邓敏文：《中国各民族文学的化合反应》，《民族文学研究》1988年第2期。

邓时忠：《民族文化身份的共同追寻——大陆台湾"比较文学"论》，《台湾研究集刊》2004年第1期。

丁颖：《文学精神的承继与嬗变——鲁迅对满族作家端木蕻良的影响研究》，《齐齐哈尔大学学报》（哲学社会科学版）2009年第1期。

丁子人：《鲁迅文学传统与中国少数民族文学》，《鲁迅研究月刊》1997年第12期。

董迎春、覃才：《民族志书写与民族志诗学——中国少数民族诗歌的文学人类学考察》，《北方民族大学学报》（哲学社会科学版）2019年第4期。

杜红梅：《新世纪少数民族文学研究的知识图谱》，《中央民族大学学报》（哲学社会科学版）2017年第5期。

［越］杜文晓：《中国古代诗学在越南》，《南都学坛》2014年第6期。

段峰：《民族志翻译与少数民族文学对外译介》，《西华大学学报》（哲学社会科学版）2014年第2期。

范景兰：《人类意识·悲剧精神——吉狄马加与聂鲁达诗歌的比较阐释》，《青海社会科学》2011年第5期。

范庆超、景志强：《比较文学视阈下东北汉族与少数民族作家创作摭论》，《辽宁师范大学学报》（社会科学版）2013年第6期。

［越］芳榴：《中国比较诗学的先锋性及其对越南诗学的影响》，《首都师范大学学报》（社会科学版）2015年第1期。

冯文开：《传统性指涉：口头传统结构的美学功能》，《民间文化论坛》2009年第1期。

冯文开：《论满族诗人文昭对唐诗的接受》，《内蒙古大学学报》（哲学社会科学版）2015年第3期。

冯文开等：《元代蒙古族诗人汉文诗歌创作研究谫论》，《内蒙古大学学报》（哲学社会科学版）2014年第3期。

高博：《蒙古族〈格斯尔〉与藏族〈格萨尔〉的关系》，《青海民族研究》2000年第3期。

高海珑：《中国壮侗语族射日神话形态结构分析》，《民间文化论坛》2010年第5期。

高荷红：《口头传统·口头范式·口头诗学》，《贵州民族大学学报》（哲学社会科学版）2015年第5期。

耿占春：《吉狄马加的民族志诗学与生态伦理》，《青海社会科学》2015年第1期。

更藏卓玛、才项多杰：《试论藏族〈格萨尔〉与土族〈格赛尔〉之间的联系》，《西藏艺术研究》2016年第4期。

龚举善：《少数民族网络文学对于当代文学史的建构功能》，《当代作家评论》2014年第5期。

龚小雨、龚举善：《中华多民族文学史观的复合响应逻辑》，《青海社会科学》2019年第1期。

龚小雨：《当代少数民族文学研究概观》，《齐齐哈尔大学学报》（哲学社会科学版）2016年第8期。

姑丽娜尔·吾甫力：《比较文学视野下的中国少数民族文学研究：回顾与瞻望》，《中国比较文学》2011年第2期。

关纪新：《打造全向度的民族文学理论平台——既往民族文学理论建设的得失探讨》，《西南民族大学学报》（人文社会科学版）2004年第12期。

关纪新：《多重文化场域中的老舍》，《满语研究》2007 年第 2 期。

何圣伦：《中西比较诗学研究的"民族性"问题》，《文艺评论》2009 年第 4 期。

侯传文：《中印"韵""味"比较谈——兼与刘九州同志商榷》，《外国文学研究》1989 年第 3 期。

胡传志：《北方民族对辽金元文艺思想贡献刍议》，《文学遗产》2016 年第 6 期。

胡传志：《元好问与戴复古论诗绝句比较论》，《文学遗产》2012 年第 4 期。

黄红春、王东梅：《叶广芩与老舍京味小说的比较》，《满族研究》2016 年第 4 期。

黄玲：《中越跨境民族文学比较研究的问题、理论与方法》，《百色学院学报》2012 年第 3 期。

黄泽佩：《谈彝族古典诗学的特点》，《西南民族学院学报》（哲学社会科学版）1993 年第 5 期。

吉狄马加：《我与诗》，《中国文学》（外文版）1990 年第 3 期。

季永海：《〈尸语故事〉在满族中的流传》，《民族文学研究》1993 年第 4 期。

蒋寅：《法式善：乾嘉之际诗学转型的典型个案》，《江汉论坛》2013 年第 8 期。

降边嘉措：《关于蒙藏〈格萨尔〉的关系》，《内蒙古社会科学》1985 年第 2 期。

金文学：《中国日本韩国天鹅处女传说谱系比较研究》，《社会科学辑刊》1994 年第 6 期。

[德] 卡尔·赖希尔：《口头史诗之现状：消亡、存续和变迁》，陈婷婷译，《贵州民族大学学报》（哲学社会科学版）2015 年第 5 期。

康磊：《西胁隆夫与日本的中国少数民族文学研究》，《百色学院学报》

2019年第1期。

蓝国华：《谈"后殖民主义"理论与少数民族文学批评》，《中州大学学报》2009年第5期。

郎樱：《多元一体中华民族文学史的体认与编纂》，《民族文学研究》2007年第4期。

郎樱：《比较文学及少数民族文学的比较研究》，《民族文学研究》1986年第1期。

李菲：《民族文学与民族志——文学人类学批评视域下的少数民族文学》，《民族文学研究》2009年第3期。

[俄]李福清：《国外研究中国各族神话概述——〈中国各民族神话研究外文论著目录〉序》，《长江大学学报》2006年第1期。

李国太：《文化交融时代双语写作的诗学特征——当代彝族诗人阿库乌雾母语诗学刍议》，《中央民族大学学报》（哲学社会科学版）2018年第1期。

李红雨：《纳兰性德的词学主张与审美倾向——兼谈王国维对其"未染汉人风气"之评的认识》，《中南民族大学学报》（人文社会科学版）2010年第6期。

李鸿然：《少数民族文学：概念的提出与确定》，《民族文学研究》1999年第2期。

李娟：《中国少数民族文学理论的跨文化研究》，《民族文学研究》2008年第4期。

李鹏：《神话母题与平行比较研究的范式探索》，《广西民族师范学院学报》2015年第1期。

李淑岩：《法式善"宗陶"趣尚与乾嘉士林的隐逸之风》，《民族文学研究》2020年第1期。

李淑岩：《论〈八旗诗话〉与法式善的诗学观》，《学术交流》2012年第5期。

李淑岩：《袁枚序法式善诗集考——兼论袁、法二人的忘年之谊》，《文艺评论》2012年第4期。

李伟昉：《文化自信与比较文学中国学派的创建》，《中国社会科学》2020年第9期。

李晓峰：《集体记忆·文化符号·民族形象——论1950年代少数民族文学文化民族主义话语》，《民族文学研究》2013年第6期。

李晓峰：《论20世纪50至70年代少数民族文学批评范式》，《民族文学研究》2017年第6期。

李晓峰：《论中国当代少数民族文学话语的发生》，《民族文学研究》2007年第1期。

李瑛：《云南跨境民族母语文学研究》，《沈阳师范大学学报》（社会科学版）2015年第3期。

李正荣：《从总体文学史观看民族文学与主流文学关系》，《民族文学研究》2012年第5期。

李子贤：《太阳的隐匿与复出——中日太阳神话比较研究的一个视点》，《思想战线》1994年第6期。

梁庭望：《20世纪的中国少数民族文学研究》，《中南民族学院学报》（人文社会科学版）2001年第1期。

梁庭望：《中华文化板块结构和多民族文学史观》，《民族文学研究》2008年第3期。

梁昭：《彝人诗中的印第安——阿库乌雾〈凯欧蒂神迹〉的跨文化书写》，《民族艺术》2016年第1期。

林红、沈玲：《宋元之际民族融合下的文学转型》，《长春大学学报》2003年第6期。

林建华：《殊途同归：壮京文学比较研究》，《河池学院学报》2005年第6期。

林建华：《同源异流：壮侗文学比较研究》，《广西民族学院学报》（哲学社会科学版）2000 年第 1 期。

林建华：《壮族文学的"容异"与瑶族文学的"变迁"》，《广西民族学院学报》（哲学社会科学版）1996 年第 2 期。

凌宇：《从苗汉文化和中西文化的撞击看沈从文》，《文艺研究》1986 年第 2 期。

刘大先：《边缘的崛起——族裔批评、生态女性主义、口头诗学对于少数民族文学研究的意义》，《民族文学》2006 年第 4 期。

刘大先：《当代少数民族文学批评：反思与重建》，《文艺理论研究》2005 年第 2 期。

刘大先：《论中国多民族文学的全球语境——兼及多元性与共同价值》，《汉语言文学研究》2014 年第 1 期。

刘大先：《民族文学研究的方法、立场和理论命题的生产》，《贵州民族大学学报》（哲学社会科学版）2014 年第 1 期。

刘大先：《新启蒙时代的少数民族文学：多元化与现代性》，《青海社会科学》2013 年第 1 期。

刘大先：《新世纪少数民族文学的叙事模式、情感结构与价值诉求》，《文艺研究》2016 年第 4 期。

刘大先：《中国少数民族文学学科之检省》，《文艺理论研究》2007 年第 6 期。

刘大先：《中国少数民族文学研究七十年》，《东吴学术》2019 年第 5 期。

刘九州：《中印"味说"同异论》，《外国文学研究》1986 年第 3 期。

刘魁立：《关于民族文学研究问题的断想》，《民族文学研究》1988 年第 1 期。

刘俐俐：《后殖民主义语境中的当代民族文学问题思考》，《南开学报》2000 年第 1 期。

刘梦溪：《十二论马克思主义文艺学的发展问题——关于建立具有中国民族特色的文艺学理论体系》，《文艺争鸣》1986 年第 1 期。

刘淑欣：《彝汉古代诗论比较研究二题》，《民族文学研究》1996年第4期。

刘淑欣：《彝汉古代诗论历时性比较研究》，《民族文学研究》1995年第3期。

刘淑欣：《彝汉古代诗论中的"相对观"之比较》，《黑龙江民族丛刊》2011年第6期。

刘为钦：《韦勒克的民族文学观及其启示》，《文学评论》2016年第2期。

刘湘萍、袁愈宗：《接受视域下的彝语诗学与汉语诗学比较》，《西昌学院学报》（社会科学版）2018年第3期。

刘祥文：《共鸣与借鉴：玛拉沁夫与肖洛霍夫的艺术情缘》，《南华大学学报》（社会科学版）2010年第3期。

刘亚虎：《中国南方少数民族文学文化的特质及其与汉族文学的关系》，《社会科学战线》1999年第4期。

龙珊、郭锐瑜：《彝族古代诗论中的诗学功能与价值》，《中央民族大学学报》（哲学社会科学版）2015年第6期。

龙长吟：《构建民族文学话语系统的理论支点》，《武陵学刊》2013年第5期。

龙昭宝：《试论各民族文学的相互关系——以汉族和侗族为例》，《凯里学院学报》2011年第1期。

卢国荣、徐驰：《蒙古族与北美印第安人无中生有创世神话对比研究》，《内蒙古民族大学学报》（社会科学版）2018年第4期。

罗布江村、徐其超：《和而不同——新时期四川少数民族文学与汉文化》，《西南民族学院学报》（哲学社会科学版）1999年第6期。

罗汉田：《民族民间文学的影响比较研究》，《民族文学研究》1986年第2期。

罗杰：《比较文学视域下竹枝词中的云南少数民族形象书写》，《中国比较文学》2017年第2期。

罗庆春、刘兴禄：《"文化混血"：中国当代少数民族文学文化构成论》，《民族文学研究》2006年第1期。

罗庆春：《转型中的构型——论中国少数民族文学批评当代转向》，《西南民族学院学报》（哲学社会科学版）2002年第8期。

罗宗宇：《观念与方法：民族文学关系研究的学理性阐释二题》，《西北第二民族学院学报》（哲学社会科学版）2008年第3期。

吕微：《中国少数民族文学史研究：国家学术与现代民族国家方案》，《民族文学研究》2000年第4期。

马焯荣：《世界比较文学与民族比较文学》，《江汉论坛》1986年第11期。

马国伟：《彝、纳西创世史诗的艺术特色比较研究》，《中央民族大学学报》（哲学社会科学版）2007年第5期。

马丽娟、西胁隆夫：《日本的中国少数民族文学研究及〈玛纳斯〉的日译——西胁隆夫教授访谈录》，《浙江外国语学院学报》2020年第1期。

马龙潜、吉新宏：《从他者阐释走向主体阐释——20世纪中国少数民族与汉民族文学关系发展进程思考》，《东方丛刊》2002年第4期。

马学良、巴莫曲布嫫：《略论少数民族文学的影响研究》，《西南民族学院学报》（哲学社会科学版）1989年第1期。

买提吐尔逊·艾力：《试论新时期后12年的维吾尔文学理论批评》，《中央民族大学学报》（哲学社会科学版）2007年第6期。

买提吐尔逊·艾力：《试论新时期前10年的维吾尔文学理论批评》，《中央民族大学学报》（哲学社会科学版）2006年第5期。

毛巧晖：《现代民族国家话语与民间文学的理论自觉（1949—1966）》，《江汉论坛》2014年第9期。

米彦青：《清代边疆重臣和瑛家族的唐诗接受》，《民族文学研究》2010年第2期。

缪俊杰：《多元一体与民族特色——论西南地区兄弟民族文学与汉文化

的关系》,《社会科学战线》1995 年第 5 期。

欧阳可惺:《"走出"的批评:关于当代少数民族文学的多样性与"单边叙事"》,《民族文学研究》2010 年第 3 期。

欧阳可惺:《现代性意义与中国少数民族文学批评》,《民族文学研究》2003 年第 3 期。

欧阳可惺:《作为学科群的少数民族文学研究与关系论范式》,《中南民族大学学报》(人文社会科学版) 2017 年第 3 期。

齐木道吉:《蒙文〈岭格斯尔〉及其藏文原文考》,《民族文学研究》1987 年第 4 期。

邱婧、王兆楠:《比较视域下粤北乳源瑶歌中盘王形象的演变》,《广东技术师范学院学报》2019 年第 1 期。

邱婧:《1980 年代以来少数民族汉语新诗的世界性》,《扬子江评论》2017 年第 1 期。

邱运华:《"世界文学"概念的建立与跨民族文学研究中的文化站位问题》,《民族文学研究》2006 年第 4 期。

热依汗·卡德尔:《比较诗学语境中的北宋理学与喀喇汗智学》,《民族文学研究》2015 年第 5 期。

仁钦道尔吉:《蒙古—突厥英雄史诗情节结构类型的形成与发展》,《民族文学研究》2000 年第 1 期。

任先大:《中印古典"韵"论比较研究》,《吉首大学学报》(社会科学版) 2007 年第 2 期。

石兴泽:《中国与苏俄老舍研究比较》,《贵州民族大学学报》(哲学社会科学版) 2014 年第 6 期。

史承钧、伍斌:《老舍与西方现代派文学》,《上海师范大学学报》(哲学社会科学版) 1994 年第 4 期。

史承钧:《〈猫城记〉与西方反乌托邦小说》,《中国现代文学研究丛刊》1993 年第 1 期。

树林：《哈斯宝与蒙古族高僧文学鉴赏论之比较》，《蒙古学集刊》（蒙古文版）2015 年第 4 期。

树林：《萨班·贡嘎坚赞与阿拉善·阿旺丹达诗学观点之比较》，《内蒙古社会科学》（蒙古文版）2013 年第 6 期。

树林：《中国当代蒙藏"诗镜"诗学研究述评》，《内蒙古社会科学》（汉文版）2019 年第 6 期。

宋晓云：《刘熙载与举奢哲、阿买妮诗歌本质观之比较》，《民族文学研究》2001 年第 2 期。

宋晓云：《刘熙载与举奢哲、阿买妮诗歌创作观之比较》，《中南民族学院学报》（人文社会科学版）2001 年第 2 期。

宋晓云：《维汉"发愤著书"说之比较》，《新疆师范大学学报》（哲学社会科学版）2003 年第 4 期。

孙纪文：《秋色长江万里来——清代回族诗人与杜诗》，《光明日报》2017 年 2 月 27 日。

孙燕：《儒家文化与纳兰性德的诗学思想》，《黑龙江民族丛刊》2016 年第 2 期。

孙郁：《老舍的鲁迅观》，《兰州大学学报》（社会科学版）2009 年第 2 期。

汤力文：《中印韵论比较研究》，《深圳大学学报》（人文社会科学版）1997 年第 1 期。

汤晓青：《比较文学视阈下的中国各民族文学关系研究》，《新疆大学学报》（哲学·人文社会科学版）2006 年第 1 期。

汤晓青：《回族文学批评家李贽的多元文化背景》，《民族文学研究》2003 年第 2 期。

田泥：《可能性的寻找：在民族叙事与女性叙事之间——20 世纪 80 年代以来少数民族女性小说的叙事追求》，《民族文学研究》2007 年第 4 期。

田文兵：《建构与颠覆：老舍与王朔创作中的"京味"比较》，《兰州大学学报》（社会科学版）2008 年第 2 期。

佟杨：《抗战时期老舍与沈从文的文学创作比较》，《滨州学院学报》2016 年第 1 期。

庹修宏：《中国少数民族文学与外国文学比较》，《民族团结》1995 年第 9 期。

汪荣：《"跨民族连带"：作为比较文学的少数民族文学》，《民族文学研究》2015 年第 3 期。

王吉鹏、冯岩：《鲁迅与张承志》，《东方论坛》2006 年第 5 期。

王吉鹏、高明明：《老舍小说中的鲁迅因子分析》，《南通航运职业技术学院学报》2009 年第 3 期。

王美逢：《试论汉族同西南少数民族神话传说的关系》，《中央民族学院学报》1985 年第 4 期。

王平凡：《新时期民族文学研究的现状及其展望》，《民族文学研究》1986 年第 6 期。

王轻鸿：《民族文学批评的人类学范式》，《民族文学研究》2007 年第 3 期。

王兴先：《藏、土、裕固族〈格萨尔〉比较研究》，《西北民族研究》1990 年第 1 期。

王兴先：《解析土族〈格萨尔〉源于藏族〈格萨尔〉史诗的事实依据》，《西北民族大学学报》（哲学社会科学版）2007 年第 6 期。

王沂暖：《蒙文〈岭格斯尔〉的翻译与藏文原本》，《西北民族研究》1986 年创刊号。

王佑夫：《清代满族诗学的基本特征》，《民族文学研究》1994 年第 2 期。

王佑夫：《应当开展民汉比较诗学研究》，《民族文学研究》2001 年第 2 期。

王佑夫：《中国少数民族文学理论批评发展引论》，《中央民族大学学报》（哲学社会科学版）2014年第2期。

王元元：《〈词论〉与〈填词〉的比较研究》，《湖南工业职业技术学院学报》2013年第3期。

王志彬：《论台湾少数民族文学与当代台湾文学史的书写》，《中国现代文学研究丛刊》2013年第2期。

王治国：《民族志视野中的〈格萨尔〉史诗英译研究》，《西北民族大学学报》（哲学社会科学版）2010年第5期。

王治国：《中国翻译史书写的民族文学之维》，《广西民族大学学报》（哲学社会科学版）2014年第4期。

韦建国：《西北民族文学比较研究的魅力无穷》，《唐都学刊》2004年第1期。

魏泉鸣：《论比较文学的方法在少数民族文学研究中的运用》，《西北民族学院学报》1987年第1期。

吴道毅：《论阿来对外国文学的借鉴与转化》，《华中师范大学学报》（人文社会科学版）2019年第2期。

吴刚：《中华多民族文学的交融范畴》，《贵州民族大学学报》2015年第1期。

吴投文：《大文学观视野下的少数民族女性文学谱系》，《学术论坛》2015年第4期。

吴雨平：《中国少数民族文学比较研究的范畴》，《常州师范专科学校学报》2003年第1期。

吴子林：《"安尼玛的吟唱"——〈格萨尔〉神授艺人的多维阐释》，《小说评论》2013年第5期。

[日]西胁隆夫：《中国少数民族文学论》，何鸣雁节译，《民族文学》1985年第3期。

席扬、卢林佳：《主体 关系 差异——从黑格尔的辩证法论中国现当代少数民族文学的特质》，《中央民族大学学报》（哲学社会科学版）

2014年第3期。

席扬:《关于中国当代文学史中"少数民族文学"的"历史叙述"问题》,《民族文学研究》2011年第2期。

席扬:《寻找民族文学批评的正确性与可能性》,《中央民族大学学报》(哲学社会科学版)2012年第6期。

夏冠洲、阿扎提·苏里坦:《为了中国文学史的整体性——〈新疆当代多民族文学史〉前言》,《新疆师范大学学报》(哲学社会科学版)2006年第2期。

鲜益:《古典诗学与口头诗学的史诗主题叙述差异——以彝族史诗〈勒俄特依〉为例》,《中华文化论坛》2011年第4期。

鲜益:《口头诗学视阈下的彝诗声律传统》,《贵州大学学报》(社会科学版)2010年第3期。

向云驹:《创作主体的个性与文学的民族性和世界性》,《民族文学研究》1987年第6期。

肖丽华:《性别、民族与权力:后殖民女性主义文学批评中的"国/族"论》,《温州大学学报》(社会科学版)2013年第6期。

肖佩华:《边地的歌者——阿来与沈从文创作之比较》,《广西社会科学》2017年第8期。

谢会昌:《彝族诗学的理论基石》,《贵阳金筑大学学报》2004年第2期。

徐德明:《老舍小说融中西诗学的实践》,《中国现代文学研究丛刊》2000年第1期。

徐国琼:《藏族史诗〈格萨尔王传〉》,《文学评论》1959年第6期。

徐国琼:《论〈格萨尔〉与〈格斯尔〉"同源分流"的关系》,《青海社会科学》1986年第3期。

徐杰舜、林建华:《开拓中国少数民族文学比较研究的新领域》,《广西民族学院学报》(哲学社会科学版)2000年第1期。

徐其超：《从传统跨向现代——四川新时期少数民族文学与外国文化》，《西南民族学院学报》（哲学社会科学版）1999 年第 3 期。

徐其超：《回到何其芳——少数民族文学界定标准之反思》，《西南民族大学学报》（人文社会科学版）2008 年第 12 期。

徐其超：《论民族文学与世界文学杰作对话》，《西南民族大学学报》（人文社会科学版）2011 年第 12 期。

徐晓光：《清浊阴阳化万物——日本与我国西南少数民族的创世神话比较》，《贵州民族学院学报》（哲学社会科学版）2007 年第 1 期。

徐新建：《跨族群对话：中国比较文学的双重路径》，《中国比较文学》2011 年第 4 期。

徐新建：《文学人类学：中西交流中的兼容与发展》，《思想战线》2001 年第 4 期。

严绍璗：《民族文学研究中的比较文学空间》，《中国比较文学》2005 年第 3 期。

杨春风：《中国当代少数民族文学的民族性辨析》，《社会科学战线》2008 年第 11 期。

杨荣、徐其超：《四川少数民族文学研究与比较文学联姻三十年》，《西南民族大学学报》（人文社会科学版）2009 年第 9 期。

杨义：《茅盾、巴金、老舍的文化类型比较》，《文艺研究》1987 年第 4 期。

杨义：《重绘中国文学地图与中国文学的民族学、地理学问题》，《文学评论》2005 年第 3 期。

姚新勇：《先锋与抑制：一个比较的视野》，《民族文学研究》2011 年第 6 期。

姚新勇：《寻找：共同的宿命与碰撞——"转型期中国文学与边缘区域及少数民族文化关系研究"导论》，《南方文坛》2010 年第 3 期。

姚新勇：《追求的轨迹与困惑——"少数民族文学性"建构的反思》，

《民族文学研究》2004年第1期。

叶尔肯·哈孜依、负娟：《哈萨克族与蒙古族神话渊源比较研究》，《西部蒙古论坛》2020年第4期。

叶舒宪：《中国少数民族英雄史诗的类型及文化生态》，《东方丛刊》1998年第2期。

叶舒宪：《中国文化的构成与"少数民族文学"：人类学视角的后现代观照》，《民族文学研究》2009年第2期。

意娜：《新时代民族文艺理论建设的五重进路》，《江西社会科学》2019年第1期。

尹锡南、朱莉：《梵语诗学在中国的译介、研究和批评运用》，《南亚研究季刊》2010年第1期。

于乃昌：《中国少数民族文艺理论概览》，《云南民族学院学报》（哲学社会科学版）1999年第5期。

于晓川：《味"味"之味——彝族文论与汉族文论之个案比较》，《西北民族大学学报》（哲学社会科学版）2007年第2期。

余虹：《"文学"下放：批评理论与比较诗学的家族意识》，《外国文学研究》2003年第3期。

袁愈宗、刘湘萍：《古典汉语诗学与彝语诗学创作特征比较论》，《贵州民族大学学报》（哲学社会科学版）2018年第2期。

袁愈宗：《古典彝语诗学与汉语诗学理论背景比较》，《楚雄师范学院学报》2018年第1期。

袁愈宗：《汉语诗学与彝语诗学文本特征比较论》，《红河学院学报》2008年第1期。

扎拉嘎：《蒙古比较文学传统及其现代方法论意义》，《内蒙古大学学报》（人文社会科学版）2005年第4期。

扎拉嘎：《文学的民族性与新时期的少数民族文学》，《民族文学研究》1984年第3期。

张承志：《越过人心的死海——在复旦大学中文系的演讲》，《回族研究》2013年第1期。

张海燕：《艾特玛托夫与新时期新疆少数民族文学》，《喀什师范学院学报》2014年第1期。

张杰：《少数民族与汉族文学理论比较之商榷》，《西北民族大学学报》（哲学社会科学版）2007年第3期。

张珂：《再谈比较文学的定义兼论少数民族比较文学》，《学术探索》2019年第3期。

张勤：《中国少数民族射日神话类型与分布研究》，《贵州师范大学学报》（社会科学版）2008年第2期。

张少康：《中国古代各民族文学思想的交流与融合》，《楚雄师专学报》（社会科学版）1995年第4期。

张胜冰：《西南少数民族原始诗学与汉语诗学的关系》，《民族艺术研究》2004年第6期。

张永刚：《少数民族文学研究与中国当代文论的基本关系》，《民族文学研究》2020年第1期。

张永刚：《西南边疆少数民族文学与后现代文化的相容性》，《思想战线》2013年第1期。

张媛：《吉狄马加——人类学诗学之诗的中国践行者》，《四川民族学院学报》2016年第3期。

张直心：《论鲁迅对少数民族文学潜在基质的唤醒》，《鲁迅研究月刊》2000年第6期。

张直心：《云南少数民族文学与外国文学》，《云南社会科学》2001年第3期。

赵秉理：《论藏〈格萨尔〉与蒙〈格斯尔〉的关系》，《内蒙古社会科学》（文史哲版）1993年第5期。

赵蕤：《论彝族、日本民间文学中的道教思想及二者关系》，《当代文坛》2015年第4期。

赵志忠：《曹雪芹·文康·老舍——京味小说溯源》，《民族文学研究》1998年。

郑依：《尤素甫·哈斯·哈吉甫与孔子诗学思想之比较》，《湖南工业职业技术学院学报》2011年第6期。

周荣胜：《比较诗学的第一领域：国际诗学关系研究》，《北京教育学院学报》2018年第3期。

周扬：《关于建设具有中国民族特点的马克思主义文艺理论问题——周扬同志答〈社会科学战线〉记者问》，《社会科学战线》1983年第4期。

朱斌、张瑜：《对我国少数民族文学比较研究的反思》，《北方民族大学学报》（哲学社会科学版）2011年第2期。

朱万曙：《空间维度与中华文学史的研究》，《民族文学研究》2016年第4期。

祝注先：《先秦时代民族文学的交融及其少数民族的诗歌创作》，《中央民族大学学报》1994年第2期。

卓玛：《心理时间的绵延——试论中外比较视域下的当代西藏意识流小说》，《中国比较文学》2011年第3期。

三　外文类

André Lefevere, "What is Written Must Be Rewritten, Julius Caesar, Shakespeare, Voltaire, Wie-land, Buckingham, Theo Hermans", In *Second Hand: Papers on the Theory and Historical Study of Literary Translation*, Antwep, ALW-Cahier, No. 3, 1985.

Benedict Anderson, *Imagined Communities: Reflections on the Origin and Spread of Nationalism*, London and New York: Verso, 1991.

Earl Miner, *Comparative Poetics: An Intercultural Essay on Theories of Litera-*

ture, Princeton: Princeton University Press, 1990.

Edward Said, *The World, the Text, and the Critic*, Cambridge: Harvard University Press, 1983.

Jan Vansina, *Oral Tradition as History*, Madison: The University of Wisconsin Press, 1985.

Mark Bender, "Book Review of Oral Poetics: Formulaic Diction of Arimpil's Jangar Singing by Chao Gejin", *Asian Folklore Studies*, No. 2, 2001.

Otto Bauer, *The Question of Nationalities and Social Democracy*, Minneapolis: University of Minnesota Press, 2000.

Susan Bassnett, *Comparatiive Literature: A Critical Introduction*, Oxford: Blackwell, 1993.

后　　记

　　《中国民族比较诗学研究》是 2016 年国家社科基金年度项目"新中国少数民族比较诗学体系建构研究（1949—2015）"的结项成果。考虑到原课题立项名称字数偏多、诗学共同体意识日渐显要、研究对象时限有所后延、比较诗学体系建构雏形初现等缘由，出版时对题目作了必要精简。按照原有结构框架，除导论和结语外，成果主体部分应安排九章内容，但因教学工作繁忙、疫情防控影响以及出版容量限制等因素，"中国民族比较诗学的历史进路""中国民族比较诗学的媒介形态"以及"中国民族比较诗学的时空维度"三章未能纳入结项成果出版计划之中。

　　鉴于"比较诗学"学科意识的当代性，中国民族比较诗学可理解为中华人民共和国成立以来相关学者对我国包括少数民族在内的民族文学及其理论批评所作的原生性比较研究以及建基其上的后发式、发散性比较研究的集合体。其中，尤以前者为重。尽管如此，在具体阐述过程中，我们发现，中华人民共和国成立以来，少数民族文学及其理论批评之间，少数民族文学及其理论批评与汉民族文学及其理论批评之间，是如此紧密地你我关联、彼此参证、相互影响，已经凝聚而成事实上的中华民族诗学共同体。在这样的现实情境和学术语境中讨论"中国民族比较诗学"，实质上是在阐释"中华民族诗学共同体"内部的相互关系及其对于"世界诗学共同体"的独特贡献。

作为一门刚刚起步的新兴交叉学科，中国民族比较诗学显然是中国当代比较诗学体系建构中一项有待探索、前景可期的开放性研究课题。因中国民族诗学资源相对繁杂，民族和地区分布不够均衡，相关比较研究成果较为分散，这些实际情形无疑造成了科学描述和系统归纳的难度，遗珠之憾在所难免。也正是基于这种考量，本书主要以1949—2020年间有关我国民族文学及其理论批评的原生性比较以及后发式建构性比较研究成果为依据，试图在少数民族、少数民族与汉族、中外民族三大比较向度上初步搭建起中国当代民族比较诗学体系的基本框架，以期借此彰显中华民族诗学融创新形象，拓展中华民族诗学阐释新视界，优化中华民族诗学体系建构新格局。

基于上述考量，导论部分简约概述了中国民族比较诗学研究的态势与意义，结语部分以老舍、沈从文、吉狄马加等研究个案为参照，力求揭示中国民族诗学及其比较研究的多元自性融创规律、交叉互惠融创规律以及对外互鉴融创规律。正文部分共分六章。第一章"中国民族比较诗学的生成语境与建构原则"，从逻辑支点上检视了中国民族诗学及其比较研究历史生成的"五大要素"，并从研究理念层面确立了中国民族比较诗学及其体系建构的"四大原则"。具体而言，中国当代民族诗学及其比较研究的历史生成，受制于五大方面的现实背景、文化情境、学科语境的协力推进。一是中国化马克思主义唯物史观的引导；二是"统一多民族国家"情境的限定；三是"人民共和"社会主义制度的规约；四是多民族文学史观的学术牵引；五是民族文学学科建设的基础性铺垫。在从事中国民族比较诗学研究过程中，可比性、跨越性、文学性和理论性是必须遵循的基本原则。第二章"中国民族比较诗学的概念谱系与核心语域"，集中梳理了中国民族比较诗学及其体系建构中的三大概念单元，即"民族"与民族文学、少数民族文学，比较文学与民族比较文学，诗学、比较诗学和民族比较诗学。在此基础上，提炼出中国民族比较诗学的六大核心语域——多元一体与多元共生；民间文学与作家文学；民族性与现代性；地方性与世界性；单边叙事与多边叙事；板块结构与知识图谱。第三至第五章依次阐述了中国当代民族比较诗学体系的三大向度，即少数民族比较诗学的民族根性、少数民族与汉族比较诗学的中华意识、中外民族比较诗学的世界眼光。第六章将中国民族比较诗学及其体系建构中的方法论运用归纳为四大序列——社会学·民族学·人类学方法；女性主义·生态学·文化学方法；文本阐释·比较文学·类型学方法；传播学·译介学·地理学方法。

尽管研究过程中存在诸多困难，研究成果的理论性、全面性、系统性和逻辑性均有待加强，但来自不同方面的支持和帮助仍有力保证了本课题如期结项。在此，除感谢书中所涉相关作家、学者及其著述外，还要感谢全国哲学社会科学工作办公室的立项资助，感谢中南民族大学文学与新闻传播学院和校科学研究发展院的支持，感谢向柏松教授、刘为钦教授、陶喜红教授、覃瑞教授、朝戈金研究员、汤晓青编审、刘大先研究员、鲍建强老师等诸多师友的关心，感谢项目组成员龚小雨老师以及博士生陈园、韩明明、李慧、王鹏和硕士生薛冉冉等在结项过程中所提供的相应帮助。结项成果得以顺利出版，还应感谢中国社会科学出版社郭晓鸿编审和王小溪博士的学术指正与精心编辑。

因受繁重教务、学术水平以及蒙藏维等民族语言能力等诸因素所限，书中不乏错漏或不当之处，诚祈读者朋友批评指正，以便后期择时修订。

龚举善
2023 年·元旦